飘（下）

Gone With The Wind

[美] 米切尔◎著　麦　芒◎译

天津出版传媒集团
天津人民出版社

目录 Contents

第四部

第五部

第四部分

第三十一章

1866年一月份一个寒冷的下午，斯佳丽坐在账房里给佩蒂姑妈写信，这是她第十次写信详细向她做出解释了，她再次解释为什么自己、玫兰妮和阿希礼不能回亚特兰大陪她同住。她写信的时候觉得很不耐烦，因为她心里清楚，佩蒂姑妈一看了信的开头就会把信抛在一边，立刻给她回信，用哀怨的口吻说："可我独自一人住在这儿害怕！"

她的双手冰凉，停下笔搓搓手，把两只脚往裹住腿脚保温的破棉被里伸了伸。她那双舞鞋的后跟已经磨穿了，用一点破地毯块补在上面。破地毯总算没让她赤脚挨着地板，却不能为她的脚保温。这天早上，威尔牵着马去琼斯博罗钉马掌了。斯佳丽心里怪别扭的，马倒有鞋穿，人却像狗似的光着脚，真是太不像话啦。

她抓起羽毛笔继续写信，这时听见威尔从后面进来，她又搁了笔。她听见他那条木制假腿在账房外面笃笃响，停在了账房门外。她等他进来，可他没动静了，她便叫了他一声。他进了屋，耳朵冻得通红，一头发红的头发乱蓬蓬的，低着脑袋看她，嘴角露出一丝淡淡的幽默。

"斯佳丽小姐，"他问道，"你到底有多少现钱？"

“威尔，该不是你看中我的钱，想要娶我吧？”她有点不高兴地说。

“不是的，小姐。我只是想知道一下。”

她感到莫名其妙，两眼瞪着他。威尔的样子不像一本正经的，可他从来就没显出过严肃的样子。她觉得准是有麻烦了。

“我有十美元的金币，”她说，“那个北佬的钱就剩这么点了。”

“噢，小姐，这钱不够。”

“不够做什么？”

“不够纳税。”他说完一瘸一拐走到壁炉旁，弯下身子，一双冻红的手伸出来，对着火苗烤火。

“纳税？”她重复着他的话，“天哪，威尔！我们已经缴过税了。”

“没错，小姐。可他们说，你没缴够。我是今天在琼斯博罗听说的。”

“威尔，我不明白。你说的到底是怎么回事？”

“斯佳丽小姐，我真不愿再给你添烦心事，你的麻烦实在够多了，可我不能不把这事告诉你。他们说，你得补缴税款，数目比你已经缴过的大得多。我敢肯定，他们给塔拉庄园估定的税额高得要命，比县里其他庄园的都高。”

“可他们不能让我们重复纳税啊，我们已经缴过了。”

“斯佳丽小姐，你现在难得去一趟琼斯博罗，我看不去也好。那地方如今不是个太太小姐能去的地方了。不过，要是你常去的话，就知道最近来了一帮无赖、一群共和党人和投机商，他们控制了那个地方。那帮人能把你气得暴跳如雷。还有，黑鬼们在街上横冲直撞，白人都得躲他们三分，而且……”

“可这些跟我们纳税有什么关系呢？”

“我正要说到这事呢，斯佳丽小姐。也不知道为什么缘故，那帮恶棍把塔拉庄园的税赋定得特别高，好像这地方每年能出产一千包棉花似的。我听了这消息后，就溜进酒吧，听几个人闲聊说，有人看中了塔拉这块地方，要是你缴不出这笔额外的税金，有人想等到县当局拍卖这地方时，捡个便宜。大家都知道，你根本付不出那么高的税金。我还没打听出是谁想买这地方。不过我看娶了凯瑟琳的那个呆小子准知道，因为我向他打听的时候，他朝我笑了笑，一副不怀好意的模样。”

威尔在沙发上坐下，揉了揉那截断腿。他的断腿每逢冷天就疼，再说木头假肢做得不合适，戴着不舒服。斯佳丽瞪大了眼睛盯着他。他这话等于是给塔拉敲响了丧钟，可他的语气却那么随便。县当局拍卖塔拉庄园？大家到时候上哪儿去呢？塔拉庄园落进别人手里！绝对不行，简直是不能想象的！

她近来埋头经营，要让塔拉庄园多出产品，对外面发生的事很少关心。要是在琼斯博罗和费耶特维尔有什么事与她有关，都由威尔和阿希礼照料，所以她难得离开庄园。每天晚饭后，她父亲大谈战前的战争话题，威尔和阿希礼讨论战后重建，她全没听进去。

当然啦，她听说过那帮无赖，那帮家伙都是南方人，后来参加了共和党，为的是投机谋利，她也听说过那帮投机商，那是一群秃鹰般的北佬，趁南方战败了一股脑儿扑过来，他们的全部家当都装在一只旅行提包里。她跟那个奴隶解放事务局还有过几次不愉快的交往。有传闻说，获得自由的黑奴态度十分傲慢，可她怎么也无法相信，因为她一辈子还从没见过傲慢无礼的黑人呢。

不过，有许多事威尔和阿希礼只好瞒着她。战争的灾难过去后，接踵而至的是重建带来的灾祸，而且更加深重。两个男人讨论家乡形势的时候，都心照不宣地避免说出让人惊慌的具体事情。就算斯佳丽愿意费心听他们谈话，也多半是左耳朵进，右耳朵出。

她听阿希礼说过，北佬把南方当作被征服的外省对待，征服者的主要政策是报复性的。可这种说法在斯佳丽听来没有丝毫意义。政策不过是男人的事。她还听威尔说过，他认为北方的目的是让南方永远翻不了身。斯佳丽自忖，男人永远有愚蠢的念头，搞得自己不得安宁。在她看来，北佬的鞭子一次也没抽住她，这次他们也不能把她怎么样。现在只有拼命干活，别替北佬政府瞎操心。毕竟战争已经打完了。

斯佳丽没有意识到世道已经变了，规规矩矩干活不再能得到正当报酬。如今佐治亚实际上处在戒严令管制下。北佬驻兵到处都是，奴隶解放事务局控制着一切，正在制定符合自己利益的法律。

奴隶解放事务局是由联邦政府组建的，专门照料原先的黑奴，这帮黑人个个无所事事，兴高采烈，事务局号召他们离开种植园，然后把成千上万的黑人送到村子里和城市里去。事务局供养黑人，教他们游手好闲，毒化他们的思想，让他们跟原来的东家作对。杰拉尔德家原来的监工乔纳斯·威尔克森就当了本地分局的头目，他的助手正是凯瑟琳·卡尔弗特的丈夫希尔顿。这两个人极力散布谣言，说南方人和民主党人正伺机反扑，要把黑人拉回去当牛做马，黑人只有受到奴隶解放事务局和共和党的保护，才能免遭吃第二遍苦的厄运。

威尔克森和希尔顿还告诉黑人说，他们跟白人在任何方面都没什么两样，不久就会允许白人与黑人通婚。用不了多久，他们就要分东家的土地，每人要分得四十英亩地和一头骡子。他们还编造白人奴隶主如何如何残酷的谎言来煽动黑人，结果，在这块奴隶与奴隶主感情淳厚的土地上，憎恨与怀疑开始滋生。

事务局有军方做后盾。军方发布了许多相互抵触的法令，管制被征服者的行为。人们轻易就遭到逮捕，哪怕怠慢一下事务局的官员也会遭拘禁。一切都在军法管制之下，大到学校、卫生机构，小至衣服上的纽扣、商品销售，一切都不例外。威尔克森和希尔顿有权干涉斯佳丽搞的任何交易，不论她出售任何东西或搞任何物品交换，他们都有权指定价格。

幸亏斯佳丽与这两个人很少打交道，是威尔劝她专心经营庄园，买卖的事情由他去照料。威尔生性温和，几桩让人挠头的事都让他给应付过去了，甚至对她只字未提。迫不得已的话，威尔也能跟那帮投机商和北佬周旋。可是眼下的难题实在太大，他应付不了啦。这笔额外的税款和失去塔拉庄园的危险就不得不告诉斯佳丽，而且要马上让她知道。

她望着他，眼睛在闪闪发亮。

“哎呀，这帮该死的北佬！”她嚷起来，“他们打败我们，让我们变成叫花子还不够，现在又放出这帮流氓来对付我们！”

战争是结束了，也宣告了和平，但是北佬照样可以抢劫她，照样能让她饿肚子，照样可以把她赶出家园。她真是太傻了，在疲惫忧虑的那几个月里，以为熬到春天就有转机，一切都会好起来。大家累死累活，苦了整整一年，结果盼回威尔带来这么个灾难性的消息，她再也承受不了啦。

“威尔啊，我还以为，战争打完咱们的麻烦就到头了！”

“不行啊，小姐。”威尔抬起一张乡下人的瘦脸，长时间盯着她。“咱们的麻烦才刚刚开了个头呢。

“他们要咱们额外缴多少税金？”

“三百块钱。”

她惊得目瞪口呆，半晌说不出话来。三百块！这跟三百万有什么两样。

“这……”她结结巴巴地说，“这……这，这么说，我们非得筹措三百块不可啦？”

“没错，小姐——就像筹措一架彩虹和一两颗月亮。”

“可是，威尔！他们不能卖掉塔拉庄园。这还用说吗……”

他那双温和暗淡的眼睛里，憎恨和痛苦神色十分强烈，让她吃了一惊。

“他们不能？他们当然能，他们巴不得那么干呢！斯佳丽小姐，这个国家他妈的简直下地狱啦。请你原谅我说粗话。那帮投机商和恶棍都有选举权，可我们大半民主党人却没有。这个州的民主党人凡是在65年的征税册上纳税超过两千美元的，都没有选举权。这么一来，你爸爸、塔尔顿先生、麦克雷一家和方丹兄弟都没有选举权了。还有呢，斯佳丽小姐，凡是战争中在南军的军衔是上校以上的，都不能参加选举。我敢打赌，本州的上校比邦联其他州的都多。另外，凡是在邦联政府里担任过公职的人员都不能参加选举，上至法官，下至公证员都一样，这种人如今都躲在树林里藏身呢。虽然北佬搞了个大赦宣言，但事实上凡是战前有头有脸的人物都被剥夺了选举权，可他们都是有名望、有地位、有财产的人哪。

“哈！我倒是可以参加选举，只要我愿意搞那种该死的宣誓。我65年那阵子一个子儿都没有，既没当过上校，也不是什么了不起的人物。可我就是不宣那个誓。看了他们的所作所为，我才不干呢！要是北佬行为正当，我可能会宣誓效忠，如今这局面，我才不干呢。他们可以控制我的身体，可他们不能洗我的脑。就是一辈子不给我选举权，我也不宣那个誓。可是像希尔顿那种渣滓却有选举权，像乔纳斯·威尔克森那种流氓也有选举权，像斯莱特里那种穷白人、像麦金托什那种没地位的人倒有选举权了。如今一切都是他们说了算。他们要是想让你增加十几倍的税款，也干得出来。就是个黑鬼杀了白人，也用不着受绞刑，而且……”他打住话头，有点尴尬，因为他跟斯佳丽都记起一桩事，那是一个单身白种女人在拉夫乔伊附近一个荒凉的农场上的遭遇……”那帮黑鬼对付我们，什么事都干得出来，他们背后有奴隶解放事务局，还有军队的枪炮为他们撑腰，我们没有选举权，完全无可奈何。”

“选举！”她嚷道，“选举！威尔，这一切跟选举有什么相干呢？咱们说的是税金……威尔，人人都知道塔拉是个好庄园。万不得已咱们可以把它抵押出去，筹款缴税。”

“斯佳丽小姐，你不傻，可说起话来却很幼稚。你这份财产能抵押给谁来筹款呢？除了那帮投机商谁又有钱借给你？可他们却千方百计要把塔拉从你手里夺走哪。你想想，人人都有土地，大家都自身难保。你抵押不出去的。”

“我还有从那个北佬身上弄来的钻石耳坠，可以拿去卖掉。”

“斯佳丽小姐，如今这边谁还有钱买耳坠呢？人们连买好猪肉的钱都没有了，谁会花钱买这种华而不实的东西。既然你有十块钱的金币，我敢打赌，你已经比大多数人富有了。”

他们再次沉默下来，斯佳丽觉得自己简直是在拿脑袋撞石壁。过去一年来，她碰的壁真够多的。

“我们怎么办呢，斯佳丽小姐？”

“我不知道，”她有点懵懵懂懂，心里并不担心。这不过是又一堵石壁而已。她忽然觉得非常疲惫，全身骨头都觉得疼了。她的每一次奋斗结果都终归枉然，都受到命运的嘲弄。她干吗还要这样拼命干活，奋斗，累得精疲力竭？

“我不知道，”她说，“不过别告诉我爸爸，免得让他担心。”

“我不告诉他。”

“你跟别人说起过没有？”

“没有。我是径直上你这儿来的。”

可不是嘛，谁有了坏消息都来找她，可她都听厌了。

“韦尔克斯先生在哪儿？说不定他能出点主意。”

威尔温和的目光盯在她脸上，她觉得他就像阿希礼回家头一天那样，什么都知道得清清楚楚。

“他在果园劈木头做栏杆呢。我拴马的时候听见他抡斧子劈木头。可他一个子儿也没有，比我们还穷。”

“我跟他商量商量还行吧？”她没好气地说，说完把脚腕上的破棉絮踢开，站起身。

威尔没再分辩，继续对着火焰搓手。“最好围上披肩，斯佳丽小姐。天气糟透了。”

她没围披肩就走了出去，披肩还在楼上，可她急着要见阿希礼，向他倾诉自己的烦心事，实在等不及了。

要是阿希礼独自一人在那里，就太幸运了！他回家后，她还从来没跟他单独说过一句话呢。家里人总是围在他身边，玫兰妮总是守在他身旁，不时摸摸他的袖子，仿佛想证明他真的在自己身边，完全属于自己，这才安心。斯佳丽见状，心中的妒火又死灰复燃。几个月来，她以为阿希礼准是死了，心中的嫉妒已经熄灭。现在谁也不能阻拦她，她要单独跟他谈谈。

她穿过树枝光秃秃的果园，树下湿漉漉的野草把她的脚都打湿了。她听见阿希礼抡板斧劈木头的声音，他正把沼泽地运来的原木劈成做栅栏用的木片。修复北佬烧毁的栅栏是桩费时又费力的差事。她不禁疲惫地心想，一切工作都费时费力，她觉得疲惫，烦恼，厌恶。假如阿希礼是她丈夫，而不是玫兰妮的丈夫，她现在就能扑到他跟前，把脑袋伏在他肩膀上哭一场，将自己肩上的重担推卸给他，让他尽力挑起这副担子。要是能那样该多美啊！

她绕过一片寒风中摇动着枯枝的石榴树丛，看见他正倚着板斧，用手背擦额头。他下身穿一条破旧的灰胡桃色军裤，上身穿着杰拉尔德的一件衬衫，在过去的好时光中，只有在旁听法院审判或参加野外烧烤时，杰拉尔德才穿这件带褶边的衬衫，可阿希礼穿在身上实在太短了。他把上衣挂在一根树枝上，干这活儿实在太热，她走过来的时候，他正在休息。

看到阿希礼衣衫褴褛，手里握的是把破旧的板斧，她心里涌起一阵怜爱，也为命运的不公感到怒火满腔。她的阿希礼温文尔雅，高尚完美，真不忍心看他身穿破衣烂衫，干这种粗活。他那双手天生不是干活的，他的身子只应该穿呢料服装和细布衣服。上帝造了他本来是让他坐在豪华厅堂里，与上流人物愉快交谈，弹奏钢琴，写漂亮难懂的文章的。

她自己的孩子裹在粗麻布围裙里，妹妹们身穿邋遢的旧格子布衣裳，这些她都不在乎，威尔跟田里的奴隶一样卖命苦干她也受得了，可是阿希礼干苦工却让她难受。他太娇贵，太让她爱怜，他不该干这种活儿。她宁愿自己动手干这种活儿也不忍心看着他干。

“有人说，亚伯·林肯也干过劈栏杆片的活计，”他见她走过来这么说道，“看来我未来也要身居高位！”

她皱起了眉头。他谈论起目前的艰难处境，口吻总是这么轻松。可她觉得这些都是顶严肃的事情，有时候听他说这种话让她心里恼火。

她直截了当把威尔带来的消息告诉他，说得简洁明了，说完觉得心头轻松了不少。他当然会提出有用的建议。他什么都没说。见她身子在发抖，就取下外套披在她肩上。

“我说，”她后来开口说，“你是不是觉得我们该想法子搞这笔钱？”

“是啊，”他说，“可从哪儿搞呢？”

“我在问你呢，”她有点恼火。刚才卸下担子的轻松感消失了。即使他帮不上忙，也该说点安慰的话才对啊，哪怕仅仅说上句：“唉，我真难过。”

他微微一笑。

“我回来这几个月，只听说过一个真正的有钱人，那就是瑞特·巴特勒，”他说道。

佩蒂姑妈上个星期给玫兰妮写来信，说瑞特又回到亚特兰大了，说他驾着两匹好马拉的马车，兜里装满了花花绿绿的联邦钞票。不过，她暗示说，他的钱来路不正。佩蒂姑妈有一种论调，说瑞特弄走了邦联国库里一笔神秘的巨款，亚特兰大也有不少人这么说。

“咱们别提那个人，”斯佳丽的口吻很干脆，“他是个少有的下流胚。我们大家该怎么办呢？”

阿希礼放下板斧，目光转向别处，仿佛看到她无法企及的远方。

“我不知道，”他说，“我不知道咱们塔拉庄园的人会怎么样，也不知道所有南方人将来会怎么样。”

她真想怒气冲冲地脱口而出：“让所有南方人见鬼去！我说的是咱们自己！”可她没开口，因为疲惫的感觉再次回到她身上，而且比先前更加强烈。阿希礼根本帮不上忙。

“到头来，将来要发生的事情与过去一种文明瓦解时的情况没什么两样。有头脑有勇气的人得生存，没头脑没勇气的人遭淘汰。能目睹‘众神的末日’虽然要遭受苦难，但至少也算有趣。”

“目睹什么？”

“众神的末日。不幸的是，我们南方人以前都把自己看作神呢。”

“看在老天份上，阿希礼·韦尔克斯！别站在我面前对我说废话，现在要遭淘汰的是我们自己了！”

她激怒的声调疲惫不堪，仿佛让他受到了触动，把他迷失的遐思召回到现实中来。他抓起她的双手，翻过来看她的手掌，见上面长满了老茧。

“这是我见过的最美的手，”他说着在每个手掌上轻轻印下一吻，“说它们美，是因为它们强壮，每一个茧子就是一枚奖章。斯佳丽，每一个水泡就是一份勇敢无私的奖赏。这双手是为我们大家才变得这么粗糙的，为你的父亲，你的两个妹妹，为玫兰妮和她的婴儿，为家里的黑人，还有我。我亲爱的，我知道你心里在想什么。你在想：‘我面前站着一个不讲实际的傻瓜，满嘴的傻话，说什么死去的神，却不顾活人正面临危险。’我说的对不对？”

她点了点头，心里真希望他就这么永远拉着自己的手，可他却放开了。

“你来找我，希望我能帮你。唉，可我没办法。”

他望着那把板斧和那堆原木，眼睛里流露出痛苦的神色。

“我的家没了，所有的钱也没了，那些钱我原来理所当然认为属于自己，便根本没意识到拥有不拥有的问题。这个世界没我的位置，因为我归属的那个世界已经不复存在了。我没法帮你，斯佳丽，只能尽量学着做个笨拙的农夫。可那么做根本不能帮你保住塔拉庄园。别以为我没意识到目前的窘境，我们在靠你的施舍度日——唉，没错，斯佳丽，是靠你的好心施舍。你好心为我和我的家人做的事情，我永远也报答不完。这一点我一天比一天认识得更清楚。我每天都看得更清楚，自己对面临的困境无可奈何，自己逃避现实的可恶态度每天都让我更难以应付新的现实。你懂我的意思吗？”

她点了点头。其实他的话她似懂非懂，可她在屏息静听他的每一个字眼儿。这是他第一次对她说真心话，可他表面上却显得与她相隔甚远。她心里激动不已，仿佛马上就要发现他心中的秘密了。

“我不愿正视活生生的现实，这是祸根。战争爆发前，在我看来生活本来就像幕布上的影子戏一样虚幻。可我喜欢那样。我不喜欢事物的轮廓过分清楚，我喜欢柔和的模糊，稍带点朦胧。”

他停顿下来，淡淡微笑一下。一阵冷风刮过来，他上身只穿了件衬衫，不禁轻轻打了个寒战。

“换句话说，斯佳丽，我就是个懦夫。”

她听不懂他说的影子戏和朦胧的轮廓是什么意思，可他最后说的话她听懂了。她知道他说的不是真话。他可不是个懦夫。他瘦长身躯上的每一根线条都反映出，他祖辈多少代都英勇果敢，斯佳丽对他在战争中的功绩也铭记在心。

“这不是真话！一个懦夫能在葛底斯堡战役中爬上大炮重整旗鼓吗？难道将军会亲自写信给玫兰妮赞扬一个懦夫吗？再说……”

“那不是勇气，”他说得有气无力，“作战如同香槟酒，能让一个英雄陶醉，也能麻痹一个懦夫。上了战场，就是个傻瓜也会变得勇敢，要不勇敢就会掉脑袋。我说的是另外一码事。我的懦夫性格比听见第一声炮响就想逃跑更糟糕。”

他的说得很慢，很吃力，仿佛说出这些话让他感到痛苦，他仿佛站在一旁倾听，听了自己说出的这番话让他心里悲哀。要是听到别人也这么说话，斯佳丽准会认为是故作谦虚，企图博得听众称赞，她会报以轻蔑的驳斥。可阿希礼说的像是真心话，而且他的眼神让她无法理解——既不是恐惧，也不是歉意，而是一种紧张，是一种无法避免也无法抗拒的紧张。一阵寒风扫过她湿漉漉的脚踝，她不禁又打了个寒战，不过这一回主要不是因为寒风，而是因为听了他的话。

“阿希礼，可你到底害怕什么呢？”

“唉，是些不好用语言表达的东西，一旦用语言说出来，就显得非常可笑。主要是因为生活突然变得太真切，被迫与生活中的简单事实发生面对面接触，太直面人生了。我并不在乎站在泥地里劈木头，可我对它的意义十分在意。我很在意丧失昔日生活中美好的东西，我热爱那种生活。斯佳丽啊，战前，生活是美好的，就像一件古希腊的艺术品，匀称完整，尽善尽美，富有魅力。或许并非对每个人都是这样。我现在明白这一点了。对我自己来说，生活在十二橡树庄园是真正美好的。我属于那种生活。我是那种生活的一部分。可如今呢，那种生活没了，恐怕这种新的生活里没我的位置。现在我明白了，昔日我不过是在观看影子戏。我躲避一切并非幻影的东西，一切人和事都太真实，太生气勃勃了，我讨厌他们闯进我的生活。斯佳丽，我也竭力躲避你。你太富有生气，太真实了，可我却太怯懦，宁愿去寻找虚幻的影子和梦境。”

“但是……但是……玫兰妮呢？”

“玫兰妮是个最温柔的梦，也是我梦境中的组成部分。假如没有这场战争，我本来可以躲在十二橡树庄园里，安享自己的生活，也心满意足地旁观社会生活，却并不涉足其中。但是战争来临了，活生生的现实生活朝我逼来。我第一次参加战斗，你一定记得，那是在布尔伦河谷，我亲眼目睹儿时的朋友被炸得血肉横飞，听到垂死的马匹惨烈的嘶鸣声，体会到随着我的枪响有人应声倒下流血的恶心感觉。但是，斯佳丽，这些还算不得战争中最糟糕的事情。战争中最糟的是我不得不跟人们相处。

“以前我一向避免与人接触，交朋友也很谨慎。可这场战争让我了解到，过去我创造的完全是一个自家的梦中世界，其中的人物也都是虚幻的。战争还让我明白了，真正的人是怎么回事，却没有教会我如何与他们相处。看来我这辈子都学不会跟人相处了。如今我又懂得了，要想养活老婆孩子，就得跟那些毫无共同之处的人交往。你呢，斯佳丽，你却能抓住生活的双角，按自己的意愿摆布它。可这个世界哪里有适合我的位置呢？告诉你吧，我感到害怕。”

他的话声音低沉，鼻音共鸣，音调却很凄凉。斯佳丽并不理解其中的感情，只是东抓个字眼儿西抓个词，绞尽脑汁想解开其中含义。可是，一个个字眼儿都像野鸟儿似的扑棱着从她的把握中飞走了。好像他身后有某种东西在逼迫他，像用鞭子抽打他，可她并不理解那是什么东西。

“斯佳丽，真不知道从什么时候开始，我意识到自己的影子戏已经收场，心里便觉得凄凉。大概是在布尔伦河谷吧，当时我开枪打死的第一个人倒下后，在最初那五分钟里，我开始明白。那场影子戏已经落幕，我知道自己再也当不成观众了。而且还不止此呢，我发觉自己的影子给投在幕布上，成了个伶人，摆出荒唐姿势，在那里忸怩作态。我内心的小天地没了，让那些与我没有共同语言的人打进来占据住了，在我眼里，他们的行为就像非洲霍屯督部落的人一样陌生。他们用泥泞的脏脚践踏我的小天地，让我失去藏身之地，形势变得忍无可忍时，我的思想连退路也没有了。我在俘虏营里自忖道：‘等战争打完了，我就能回到昔日的生活中，重温旧梦，重看我的影子戏。’可是你看，斯佳丽，结果根本没有归途。如今大家面临的境遇比战争时期还糟，比俘虏营里还糟，对我来说，甚至比死了还糟糕……所以，你看，斯佳丽，我正在受惩罚，为我的胆怯受惩罚。”

“可是，阿希礼，”这番话让她听得稀里糊涂，她仿佛在泥潭里挣扎，“要是你害怕大家都得饿死，为什么……为什么……唉，阿希礼，我们会有办法的！我知道我们能熬下去！”

有一刻，他收回目光看着她，一双清澈的灰眼睛睁得老大，眼神里含着敬佩。接着，那眼光忽然变得深邃迷离，她的心不禁一沉，知道他刚才并没有思考挨饿的事。他们交谈时从来就像各自使用一种不同的语言。她爱他太深，他像现在这样撤回目光时，她就觉得一轮温暖的太阳已经西沉，把她丢弃在暮色中忍受寒露的冰凉。她想抓住他的肩膀，把他搂在自己怀抱里，让他意识到她是个有血有肉的人，而不是书中读到的概念或梦中见到的幻影。很久很久以前，当时他从欧洲回来，站在塔拉的台阶上抬起头朝她微笑，她心里便产生了与他心心相印的感觉，打那以后，她一直渴望再次体会那种感觉。

“挨饿是不好受，”他说，“这我知道，因为我挨过饿。可我不怕。我害怕的是面对一种不同的生活，其中失去了昔日生活圈子中舒缓生活的美。”

斯佳丽感到非常失望，她想道，玫兰妮听得懂他这话。玫兰妮跟他在一起总是说这种傻话，谈论诗歌、书籍、梦想、月光、星辰什么的。她担惊受怕的事情他却不怕，他不怕肚子饿得咕咕叫，不怕冬天刺骨的寒风，也不怕让人从塔拉撵出去。可是，让他畏缩的事情她从来就不懂，也无法想象。老天在上，世界已经变得支离破碎，如今除了挨饿挨冻和失去家园之外，还有什么让人害怕的？

她以为，要是仔细倾听，本来是能与阿希礼对答的。

“唉！”她的声音里带着失望，就像孩子打开漂亮的包装，发现盒子是空的一样。听到她的声音，他苦笑一下，仿佛在道歉。

“斯佳丽，请原谅我说这番话。我没法让你明白，因为你不懂害怕的含义。你有狮子般的勇气，却丝毫没有想象力，你这两样品质都让我羡慕。你永远不在乎面对现实，也永远不会像我这样总是要逃避现实。”

“逃避！”

他说了那么多，她好像只懂得这个字眼儿。阿希礼跟她一样，也厌倦了斗争，他也想逃避。她的呼吸急促了。

“阿希礼啊，”她嚷道，“你错了。我也想逃避。对这一切我都厌倦透了！”

他不以为然地挑了挑眉毛。她一只手热切地搭在他的胳膊上。

“听我说，”她匆匆开口，词语倾泻而出，“我告诉你，我对一切都厌倦了，实在厌倦透顶，再也忍受不住了。我为吃的拼命，为钱斗争，我拔草，锄地，摘棉花，甚至还得犁地。这种生活我一分钟也过不下去了。我告诉你，阿希礼，南方已经灭亡！它完了！北佬和自由黑鬼还有投机商，他们统治了这地方，没我们的份了。阿希礼，咱们逃走吧！”

他低下头，敏锐的目光凝视着她，见她的脸红得像着了火。

“对，我们逃走，把他们统统丢下！为这些人干活让我厌倦了。会有人照看他们的，凡是不能自理的人总会有人照看的。

阿希礼啊，我们逃走把，就你和我。我们可以去墨西哥，墨西哥军队里需要军官，我们到了那儿会幸福的。我会为你干活，阿希礼。我什么都愿意为你做。你知道自己心里并不爱玫兰妮……”

他一脸惊讶，刚想开口，却被她滔滔不绝的语流打断了。

“那天你对我说过，你爱她不及爱我——噢，你一定记得那一天！我心里清楚你没变！我看得出你没变！你刚才还说过，她不过是你的一个梦。阿希礼啊，我们走吧！我能让你生活得非常幸福，”她又恶狠狠地补充说，“反正玫兰妮不会让你幸福的……方丹大夫说过，她不可能再生孩子了，可我能给你……”

他的手紧紧抓住她的肩膀，她都感觉到疼了，这才气喘吁吁地打住话头。

“我们该忘掉那天在十二橡树庄园的事。”

“你以为我能忘掉？你忘掉了吗？说真心话，你难道不爱我吗？”

他长吁一口气，匆匆回答道：“当然，我不爱你。”

“撒谎。”

“就算是撒谎，”阿希礼的声音平静极了，“这种事不能再讨论了。”

“你是说……”

“就算我讨厌玫兰妮和孩子，你以为我能丢下他们不管一走了之吗？难道我能让玫兰妮心碎，让他们母子俩靠朋友的施舍度日？斯佳丽，你疯了吗？你心里还有没有忠诚？你不能丢下父亲和两个妹妹。你对他们负有责任，我对玫兰妮和博也同样负有责任。不管你是不是觉得厌倦，他们在这儿，你非忍受不可。”

“我可以丢下他们……我讨厌他们……他们让我厌倦……”

他俯身朝她靠过来，一时让她怦然心动，以为他马上要把她搂进怀抱。可他只是拍了拍她的胳膊，像哄孩子似的开了口。

“我知道你难过，也知道你厌倦了，所以才会说出这种话。你肩负着三个男人才挑得起的重担。以后我会帮助你……不会老是这么笨手笨脚的……”

“你要帮我只有一条路，”她面色阴郁，“那就是带我离开这儿，我们在别处开始新生活，寻找幸福的机会。这里什么都不值得我们留恋。”

“什么都没有了，”他的口气平静，“除了荣誉，其他什么都没有了。”

她压抑住心中的渴望，举目望着他，仿佛平生第一次发现他浓密的金色睫毛像熟透的麦穗，他的头颅傲然耸立在光裸的脖子上，虽然他的一身破衣烂衫显得滑稽，却遮盖不住高挑身材透露出的门第和尊严。她的目光与他的相遇了。她的眼神里赤裸裸流露出乞求，而他的眼睛却像灰色天空映衬下遥远的两泓清泉。

从他的眼睛里，她看到自己的梦想已经幻灭，那是放肆的梦想，疯狂的欲望。

她又伤心又疲惫，不能自持，双手捂着脸哭了。他从没见她哭过，也从没想过她这种刚强的女人也有哭的时候，一阵怜悯和悔恨不由涌上心头，连忙靠上去，把她搂在怀里，把她的脑袋和一头乌发靠在自己胸前，安慰她，低声对她说：“亲爱的！我勇敢的人儿，别哭。千万别哭！”

在他的接触下，他觉得她在自己怀抱里变化着，搂着的这个苗条身体迸发出狂热和魔力，那双绿眼睛抬起来，热辣辣地望着他。突然间，萧瑟冬景不见了，春天回到了阿希礼心田，他早已将春天大半忘掉了，如今春天的芬芳，婆娑的绿枝，呢喃的微风，洋洋的暖意又回到他心里。苦难的日子给抛在了脑后，他看见两片嘴唇仰起来向他凑近，鲜红的嘴唇颤抖着，不禁亲吻了她。

她耳朵里嗡地响起一阵低沉的耳鸣，就像耳朵贴在海螺壳听到的声音，急促的怦怦心跳声也隐隐传进耳朵里。她的肉体似乎整个融化了，融进了他的身体。他俩就这样静静站了不知多长时间，两人的身体紧紧贴在一起，他如饥似渴般亲吻着她，仿佛永远没个够。

后来，他突然放开了她，她觉得站不住，连忙用手抓住栏杆支撑着身子。她两眼闪烁出爱情和狂欢的火焰，抬起目光望着他。

“你真的爱我！你真的爱我！说爱我……说出来吧！”

他的双手仍旧搭在她肩膀上，她感到他的手在颤抖，也喜欢他这样颤抖。她热情洋溢，又朝他靠过去，可他挡住她朝他看，眼睛里没有了那种遥远的漠然神色，却充满了饱受折磨的绝望。

“别这样！”他说。“别这样！要不然我马上就要你，就在这儿。”

她粲然一笑，笑容热情奔放，忘却了时间与空间，也忘却了一切，只留下他亲吻她的销魂记忆。

突然，他双手使劲晃动着她的身体，直到把她一头乌黑的头发摇得披散在肩膀上，仿佛对她大发雷霆——也对自己怒不可遏。

“我们绝不能做这种事！”他说。“我告诉你，我们绝不能做这种事！”

要是他再这么摇晃她，她的脖子准会啪的一声折断。她的眼睛被自己披散的头发遮住了，他这种举止让她脑袋发晕。她挣出身子，呆呆地瞪着他，只见他额头上渗出细细的汗珠，两只手痛苦地痉挛着，一双灰眼睛正面瞪着她，仿佛要把她看穿。

“这都是我的错——你没有过错。这种事再也不会发生了，因为我这就带着玫兰妮和孩子走。”

“走？”她叫起来，声调十分痛苦，“噢，不！”

“老天在上，我要走！你以为经历了这种事，我还能在这儿待下去？这种事还可能发生……”

“阿希礼啊，你不能走。你为什么要走呢？你爱我的……”

“你想要我说出口？好吧，我就说给你听。我爱你。”

他蓦然朝她靠过去，模样十分凶狠，吓得她连连后退，靠在栅栏上。

“我爱你，爱你的勇气，爱你的固执，爱你火一般的感情，爱你不留情面的冷酷。我爱你有多深？爱到片刻之前险些凌辱这个家对我的盛情，爱到几乎忘记这座庄园收留了我的全家，爱到忘记了世上难得的贤妻，爱到险些要在这泥潭里要了你，就像一只……”

她的思绪乱作一团，心里像冰凌刺穿了似的又冷又痛。她结结巴巴地说：“既然你心里有这种感觉，却又不要我，那你就不是真心爱我。”

“你永远也不会了解我。”

他们不再开口，面面相觑。忽然，斯佳丽浑身冷得发抖，仿佛刚刚长途跋涉归来，这才发现此时正值严冬，周围一片凋敝凄凉。她冷得要命。她还看到，阿希礼脸上重新换上她熟悉的那副冷漠神色，但面孔有点扭曲，含着痛苦和悔恨。

她本想当下转身离开他，逃回屋子里躲起来，可她浑身疲惫，走不动了，就连开口说话也仿佛成了桩累人的劳役。

“什么都没留下，”她终于开口说道，“我什么都没留下。没有值得爱的人，没什么东西值得奋斗。你变了，塔拉庄园也要失去了。”

他长时间盯着她，然后弯下身子抓起一块红泥。

“不对，还是留下了一些东西，”他说着，脸上重新泛起那种神秘的微笑，像在嘲弄她，也像嘲弄他自己。“有一样东西你爱它胜过爱我，只是你也许没有意识到。你还拥有塔拉庄园。”

他抓起她一只无力的手，把那团潮湿的泥巴塞进她手心，又把她的手指掰过来合上。他的两只手已经没有了激情，她的手也没有激情了。她朝那团泥巴望了片刻，并没有明白任何意义。她望着他，朦胧意识到他的精神仍然非常健全，她激情洋溢的手或其他人的手都不能撕碎他的精神。

他到死都不会离开玫兰妮了。就算他到死都对斯佳丽怀着火热的感情，也永远不会要她，他会竭力与她保持距离的。她再也不可能打破这层盔甲。他比她更加重视诺言、友情、忠诚和荣誉。

那团泥土抓在手里冷冰冰的，她再次低头看去。

“没错，”她说，“我还拥有这个。”

起初，她觉得这话没什么意义，不过是团红泥巴。可她不禁联想到塔拉庄园周围一望无际的红土地，觉得它非常珍贵，她费了多大的力气才把它保住啊，要想继续保住它，她还得耗费多大的工夫啊。她再次朝他望去，心里不由诧异，刚才那种热血沸腾的激情上哪儿去了呢？她又能思索了，却没了感觉，对他的感觉，对塔拉的感觉全没了，她的一切感情全都枯竭了。

“你用不着走，”她明确地说。“我不能因为自己发疯似的爱你，就让你们全家挨饿。刚才那事再也不会发生了。”

她转过身子，穿过高低不平的田野朝宅子走去，边走边用手将头发绾起来，在脖子后面绾成一个髻。阿希礼目送她远去，见她两只瘦削的小肩膀高高耸起，这个姿势深深打进他心里，比她说的任何话都更加明确。

第三十二章

她登上正门台阶时，手里还握着那团红泥巴。她仔细避开后门，因为黑妈妈眼睛敏锐，瞅见她没准会发现出了大乱子。斯佳丽不想见黑妈妈，她谁也不见，也不想再跟任何人交谈。此刻她并不觉得丢人，也感觉不到失望或痛苦，只觉得两膝有点发软，心里空荡荡的。她使劲捏着那团红泥，泥巴都从她的拳头里挤出来了。她像鹦鹉学舌似的一遍遍重复说："我还拥有这个。没错，我还拥有这个。"她什么都没有了，只剩下这片红土地，仅仅几分钟前，她还愿意把这片土地像一方破手帕那样随意丢弃掉呢。现在，她又觉得这土地非常珍贵，心里不禁呆呆地觉得奇怪，不知道自己刚才怎么昏了头，竟然那么轻视它。假如刚才阿希礼向她让步，她会撇下家人和朋友，跟他私奔，头也不回一下。但是，即使现在心里一片空虚，她也知道，要离开这片可爱的红土山丘，离开流水潺潺的小溪和挺拔的黑松树，她准会觉得心都要碎了，她有生之年都会魂牵梦萦地怀念这一切。要是把塔拉从她心里挖走，就是阿希礼也填不起那片空虚。阿希礼多聪明啊，他太了解她了！仅仅把一团泥巴塞进她手里，就让她恢复了理智。

她在门厅里刚打算关上门，就听见外面有马蹄声，便朝车道上望去。她这个时候可没心思接待客人。她想推说头疼，打算赶紧跑回自己房间。

但是，等到马车驶近了，她才大吃一惊，不禁停住了脚步。那是一辆簇新的马车，油漆闪闪发亮，马具也都是新的，到处还点缀着亮晃晃的铜饰。肯定是个陌生人。她认识的人没一个有钱置办这么豪华的新马车。

她站在门口张望着，凉飕飕的穿堂风吹动她的裙子，在湿漉漉的脚踝边飘来飘去。马车停在房子跟前，乔纳斯·威尔克森下了车。斯佳丽见是自己家原来的监工，见他驾着这么漂亮的马车，身穿这么高级的大衣，一时不敢相信自己的眼睛了。威尔跟她说过，这人自从在奴隶解放事务局当差后，看上去像发了大财。威尔说，他不是吃政府就是吃黑人，要么两头诈骗，赚了大钱。他还没收老百姓的棉花，硬说是邦联政府的库存。在这种艰难岁月里，他的钱肯定来得不正当。

这时他从一辆精美华丽的马车里走出来，还搀下一个女人，只见那女人打扮得花枝招展，简直是要美不要命。斯佳丽扫视她一眼，见她的服装说不出的花哨俗气，不过她的目光还是贪婪地把她打量个够。斯佳丽审视着她的大红色格子呢长裙，心想：噢！这么说，今年的裙子不时兴宽边了。斯佳丽又看着她那件黑色天鹅绒宽外套，心想，这外套多短啊！那顶帽子真够漂亮的！无边软帽准是过时了，因为这个女人头上戴的是顶红色天鹅绒做的扁壳，就像在脑袋上顶了块硬邦邦的烙饼。帽子的丝带不是像软帽的带子那样结在下巴底下，却是系在帽子后面的一束头发下。斯佳丽不禁看出，那束头发不论颜色还是质地，都与这个女人的头发不同。

那女人站到地面上后，朝房子打量了一眼，斯佳丽看出，这张抹了厚厚一层白粉的兔子脸有点眼熟。

“哎哟，这不是埃米·斯莱特里嘛！”她嚷起来。她觉得太意外了，禁不住大声说出来。

“是的，小姐，是我，”埃米谄媚似的微笑一下，扬起脑袋朝台阶走来。

埃米·斯莱特里！这个原来浑身肮脏，头发蓬乱的娼妇，她养的那个私生子还是埃伦给行的洗礼，就是这个埃米把伤寒传染给埃伦，结果要了妈妈的命。这个粗俗卑贱的穷白佬竟然打扮得花枝招展，要登上塔拉庄园的台阶，还趾高气扬，面带笑容，仿佛这座宅子是她的一样。斯佳丽想起了埃伦，空虚的脑袋里顿时充满激情，那是一股杀气腾腾的愤怒，像疟疾般传遍她全身。

"从台阶上滚下去，你这下流荡妇！"她大声喝道，"从这块地上滚出去！快滚！"

埃米顿时张口结舌，朝乔纳斯瞟了一眼。乔纳斯皱起了眉头，压住怒火，竭力装出一本正经的模样。

"你不该这么对我太太说话。"他说。

"太太？"斯佳丽说完放声大笑，笑声里充满利刃般的轻蔑，"你是该娶她做老婆了。你把我妈害死了，再养下崽子让谁行洗礼哪？"

"哎呀！"埃米叫了一声，连忙后退，乔纳斯拦住她逃往马车的退路，抓住她的胳膊。

"我们是来拜访的——友好拜访，"他嚷道，"还有点生意要跟老朋友谈……"

"朋友？"斯佳丽的声音像甩鞭子一样脆，"我们什么时候跟你这种人交上了朋友？斯莱特里一家靠我们施舍过日子，结果以怨报德害死我妈……你……你……我爸解雇你就是因为你跟埃米养了那个小杂种，你知道得清清楚楚。朋友？赶快从这儿滚出去，免得我叫本蒂恩先生和韦尔克斯先生来赶你们。"

埃米听了这番话，羞得挣脱她丈夫的手，朝马车奔逃，匆匆跳上车，闪露出缀着红穗子的红色漆皮鞋。

乔纳斯一时怒不可遏，气得浑身发抖，不亚于斯佳丽的愤怒，一张黄脸涨得像发怒的雄火鸡冠子。

"你还这么趾高气扬，嗯？说实在的，你们的底细我全掌握。我知道你脚上没鞋穿。我也知道你父亲变成个白痴……"

"滚出去！"

"哼，你这高调唱不了几天啦。我知道你一文不名了，连税款都付不出。我本来是要买这个宅子的，还打算出个好价钱。埃米很想住这个地方。老天在上，现在我一个子儿也不给你！你这个不知天高地厚的爱尔兰乡巴佬。等到拿不出税款拍卖这房子，你就知道这地方谁说了算。到时候我会把这地方全买下——家具、存货、木桶、锁头一样不剩。然后我就搬来住。”

这么说，是乔纳斯·威尔克森想打塔拉的主意——乔纳斯和埃米在这座宅子里受过羞辱，如今他们想住进这宅子，用这种迂回方式洗雪自己。斯佳丽的每根神经都恨得嘎巴作响，就像那天用枪指着那个北佬的脸扣动扳机时一样。她真希望此刻手里握着把手枪。

“我宁愿把这房子的石头一块块拆掉，放火烧光，在田里撒满盐，也不让你们踏进这道门槛，”她喝道，“你们给我滚！快滚！”

乔纳斯眼睛直勾勾瞪着她，开口又说了几句话，然后朝马车走去。他登上马车，在呜咽个不停的老婆身旁坐下，掉转了马头。马车驶离的时候，斯佳丽恨不得朝他们脸上唾一口。她朝他们的背影唾了一口，心里知道那只是个孩子气的平常举动，不过心里觉得好受一些。可她但愿当着他们的面唾他们。

这两个亲黑鬼的该死家伙竟敢上这儿来嘲笑她穷！这个卑鄙小人哪里是来出价买塔拉的？他分明是找借口，为的是当着她的面炫耀自己和埃米。这两个肮脏的无赖，卑鄙下流的穷白佬，竟敢吹嘘要来塔拉住！

接着，她忽然感到一阵恐惧，怒气也消散了。活见鬼！他们要来这儿住！她无法阻拦他们买塔拉，没法阻止他们扣押家里的每一面镜子、每一张桌子、每一张床、埃伦那些闪闪发亮的红木和花梨木家具，这些家具虽然让北佬强盗糟蹋得满是伤痕，可是在她眼里每一件都是珍贵的。啊，还有罗比亚尔家族的银器。“我绝不让他们得逞，”斯佳丽情绪激昂地想道，“就是把这地方烧成灰，也不让他们得手！这是母亲走过的地板，埃米·斯莱特里休想把脚伸进来！”

她关上门，背靠在门上，心里非常恐惧，甚至比那天谢尔曼的士兵来家里抢劫还害怕。那天她害怕的最糟糕情况无非是匪徒纵火烧塔拉，可这一次更糟糕——这帮下流的家伙要住进这所宅子，还会向他们的卑鄙同伙吹嘘，说他们把高傲的奥哈拉一家撵出了家门。他们甚至会把黑人带到这儿来吃饭睡觉。威尔对她说过，乔纳斯大肆叫嚷什么与黑人平等，跟黑人一起吃饭，上他们家拜访，带他们乘坐自己的马车兜风，还搂着他们的肩膀套近乎。

她一想到塔拉可能遭受这样的侮辱，心就怦怦狂跳，让她几乎喘不过气来。她竭力静下心，思考自己的难题，设法想对策，可每次想集中思想，就有一阵怒火和恐惧袭上心头。准能找到出路的，她肯定能找到个有钱人借给她钱。钱又不能化成灰烬飞走。有钱人肯定是有的。后来，阿希礼笑着说出的那句话重新浮现在她脑子里：

“一个真正的有钱人，那就是瑞特·巴特勒。”

她连忙走进客厅，随手带上门。客厅里所有窗帘都拉上了，此时正值冬天的黄昏，屋子里暮色沉沉。谁也不会想到她在这儿，她需要静静思索，不容人打扰。刚才出现在她脑袋里的念头非常简单，她奇怪自己原来为什么没想到。

“我要从瑞特那儿弄到这笔钱。我要把钻石耳坠卖给他。要不就跟他借这笔钱，让他留下耳坠，等我还了钱再把耳坠要回来。”

她心里暗暗宽慰极了，浑身的紧张一时松懈下来。她会付清税款，然后当面去嘲笑乔纳斯·威尔克森。但是，有了这一愉快念头后，她紧接着又意识到一个严酷的事实。

“我不仅今年需要税金。还有明年，我只要活一年就要付一年的税金。要是我这次付清了，他们下次会提高税额，直到把我撵走为止。要是我的棉花收成好，他们可以把税金定得高高的，让我一个子儿也留不下，要么就说这是邦联政府库存的棉花，把收成整个没收掉。北佬和那帮流氓勾结起来，可以随心所欲对付我。我只要活着，就得一辈子提心吊胆，担心他们变着法子来收拾我。我一辈子都得拼命挣钱，累死累活到头一场空，棉花让他们夺走……

借三百块钱付税金不过是权宜之计。更重要的是永远摆脱这种困境——到时候每天晚上就能睡安稳觉，用不着担心明天有什么不测，也不用为下个月或明年犯愁了。”

她的脑子一刻不停地思索着。后来，她脑子里形成一个冷静而合理的念头。她想到了瑞特，脑海里浮现出他黝黑的皮肤，衬托着那口雪白的牙齿，那双爱恋地打量她的黑眼睛总是带着嘲弄神色。她回想起当初在亚特兰大的那个炎热夜晚，围城将破，他坐在佩蒂姑妈家的门廊上，门廊半掩在夏夜的黑暗中，他的手搭在自己的胳膊上。她仿佛再次感觉到他热辣辣的手，听到他对她说：“我喜欢你胜过喜欢任何女人，我也从来没有这么长时间等过其他女人。”

“我要嫁给他，“她冷冷地想道，“然后我就再也用不着为钱犯愁了。”

啊，多美的想法啊，比希望进天堂还美呢，再也不用为钱犯愁，塔拉从此安全了，家人能吃饱肚子，穿上衣服，她再也用不着撞石壁，用不着碰得头破血流了！

她忽然觉得自己上了年纪。这天下午发生的事情把她的感觉磨得迟钝不堪：先是听到关于税金的惊人消息，接着是跟阿希礼的接触，最后又是冲着乔纳斯·威尔克森大发雷霆。不错，她现在什么情感都没有了。要是她的感情还没有丧失殆尽，准会有个声音反驳脑子里形成的计划，因为她憎恨瑞特胜过憎恨世界上的任何人。可已经没有感觉，此刻的想法便非常实际。

“那天夜里，他在半路撇下我们，我对他说了许多难听的话，可我会让他忘掉的，”她这么想着，心里含着轻蔑。她确信自己仍然很有魅力。“我去见他的时候，可以对他甜言蜜语。我可以让他相信，我从来都爱他，只是那天夜里心烦，也吓得要命。哼，男人都很自负，只要一听奉承话，就什么都相信……我无论如何不能让他猜到目前的境遇，等我把他弄到手再说。对，千万不能让他知道！哪怕他仅仅猜到我们如今有多穷，他就知道我图的是他的钱，不是爱他这个人。话说回来，他根本没法子了解实情，因为就连佩蒂姑妈也不知道最糟糕的情况。等我跟他结了婚，他就得伸手帮助我们。他不能让妻子家的人挨饿。”

做他的老婆。做瑞特·巴特勒太太。在她冷静的思维深处，隐藏着一种反感，那种感觉稍稍挣扎一下后，又重归平静。她记起自己跟查尔斯的短暂蜜月，其中发生过好些让她尴尬的事情，让她感到——他的手在她身上乱摸，他的举止笨拙，他那种让她难以理解的感情，结果生下了韦德·汉密尔顿。

“我现在不考虑这种事了，等嫁给他以后再费心考虑吧……”

等嫁给他以后！这又唤醒了她的记忆。她顿时感到一丝冰凉顺着脊椎往下蹿。她再次记起那天晚上在佩蒂姑妈家门廊上的情景，记起问过他是否打算向她求婚，可他当时一副可恶模样，笑道："我不是个想结婚的男人。”

假如他还是不想结婚，那可怎么办呢？假如她一再向他献媚，一再引诱他，可他就是不愿娶她，那可怎么办呢？假如……唉，可怕的念头！说不定他已经完全把她忘掉了，正在追求另一个女人呢。

“我喜欢你胜过喜欢任何女人……”

斯佳丽的指甲都掐进手心里了。“就算他已经忘掉我了，我也要让他想起我，让他重新想要我。”

就算他不愿跟她结婚，可是仍然喜欢她，那就有法子弄到钱了。毕竟他还请求过她，要她做自己的情妇。

在客厅的昏暗中，她与心灵中最强大的三种约束力量进行着殊死决战，一种是对埃伦的回忆，一种是她的宗教信仰，另一种是对阿希礼的爱。她知道，如果母亲在天有灵，得知自己脑袋里的念头，即使是在遥远温馨的天堂里，也一定会觉得骇人听闻。她知道，通奸是一宗大罪。她也清楚，既然自己心里爱着阿希礼，她的计划便构成了双重堕落。

但是，她这时内心已经变得冷酷无情，迫不及待要去拼命，这些约束力全都失去了效力。埃伦已经死了，或许死能谅解一切。宗教不准通奸，威胁要用炼狱之火和痛苦来惩罚通奸者，但是，即使为了保住塔拉，让全家人不挨饿，教会仍然认为有些事情不能做，那就让教会去伤脑筋吧。她才不操这份心呢。至少现在不打算操心。最后就是阿希礼——可阿希礼并不要她。不错，他不要她。她的嘴唇上还印着他的热吻，可他不会带她私奔，这一点不会记错。奇怪的是，她觉得跟阿希礼私奔算不得罪过，但是跟瑞特……

从亚特兰大失陷的那个夜晚开始，斯佳丽一直在一条漫长的旅程中跋涉，在这个冬日的苍茫黄昏，她总算走到了尽头。刚刚踏上这段旅程时，她还是个不知人间甘苦的小姑娘，自幼受宠，自私自利，充满青春活力和激情，很容易受到生活的迷惑。如今，到了这段旅程的终点，原来那个小姑娘已经彻底变了。她饱尝饥饿和辛劳，备受恐惧和紧张，经历过战争带来的恐惧和重建强加的惊骇，她的青春、热情和温存都不复存在了。在她生命的核心周围生成了一层硬壳，在这漫长的几个月里，这层壳长得越来越厚了。

就在今天之前，一直有两种希望支撑着她。她希望战争结束后，生活能渐渐恢复原先的面貌。她也希望阿希礼归来后，能给生活带来某种意义。现在，两种希望都破灭了。她在塔拉门前的车道上见到乔纳斯·威尔克森后，这才意识到，对她和整个南方来说，战争将永远不会结束。最残酷的战争、最野蛮的报复行动才刚刚开始。而阿希礼则用词语把自己禁锢起来，他那些词语比任何实体的监狱更牢不可破。

她对和平的愿望破灭了，对阿希礼的希望幻灭了。这两桩事发生在同一天，仿佛她生命外壳上的最后一道裂缝也封死了，最后一层壳也硬化了。她走上了方丹老奶奶告诫她避免的道路，她有过最糟糕的经历，结果成了个什么都不怕的女人。她不怕生活中的种种遭遇，不怕母亲的责备，不怕失去爱情，也不怕舆论对她说三道四。让她感到害怕的只有饥饿和饥饿的威胁。

如今她硬起心肠摆脱了对她的一切束缚，不再是昔日那个斯佳丽了，心里便感到轻松自由，让她自己也觉得奇怪。她已经打定了主意，谢天谢地，她并不感到害怕。她什么都不会失去，她的主意已定。

只要能甜言蜜语诱使瑞特跟她结了婚，一切就圆满了。可是，倘若她不能如愿呢？嘿，她照样能搞到钱。有那么一瞬间，她冷漠而好奇地想象着，做情妇会怎么样。瑞特会不会硬要她留在亚特兰大？人们说他在那里养着那个叫沃特林的女人。要是他想把她留在亚特兰大，那他就得花大钱才成，要足够补偿她离开塔拉的损失。斯佳丽对男人生活中不为人知的一面完全不了解，自然不知道那种生活会怎么安排。她不知道会不会跟他生个孩子，那显然是桩倒霉事。

“那种事我现在不考虑了，等以后再说吧。”她把这种不愉快的念头抛在脑后，免得它动摇自己的决心。她今晚就告诉大家，说她要去亚特兰大借钱，如果有必要，就拿农场做抵押。目前让他们知道这点就够了，最后倒霉的日子来临时，他们会了解到其他不同情况的。

想到要采取行动，她昂起了脑袋，挺起了胸脯。她知道这事并不简单。从前，是瑞特在求她，操权柄的是她。现在是她要去求他，求人就不好规定条件了。

“可我去见他不能显得像个叫花子。我要显得像个女王给他恩赐。绝不能让他看出来。”

她走到穿衣镜前，高高昂起头，望着自己在镜子里的模样。雕花镀金镜框满是裂纹，镜子里竟是个陌生人。仿佛一年来她第一次真正意识到自己的面貌。她每天早上都要朝镜子里瞅一眼，看看脸洗干净没有，头发是不是整齐，但是，成天总有许多事让她操心，她对自己的模样并没有在意。可眼前她竟成了个陌生人！这个面容憔悴，脸颊深陷的女人不可能是斯佳丽·奥哈拉！斯佳丽·奥哈拉有一张漂亮脸蛋，既迷人又生气勃勃。她眼前这张面孔一点儿也不漂亮，也根本没有她记忆中的妩媚。这张脸又苍白又疲倦，一双吊眼梢的碧眼上面，两道黑眉毛在白皮肤的映衬下，像受惊的鸟儿一样跃起。这张面孔上有一种饱经沧桑和落难的神色。

“要想把他搞到手，我不够漂亮！”她想道，心里又涌起了绝望，“我瘦了，唉，我瘦得吓人！”

她拍了拍自己的脸颊，又狂乱地摸着自己的锁骨，能感觉到锁骨从紧身衣里突了出来。她的乳房也太小了，几乎像玫兰妮的一样小。她也不得不用褶边掩饰，才能显得乳房丰满，可她向来小瞧女孩子使用这种骗人的把戏。褶边！说起褶边，又让她产生了另一个想法——她的服装。她低下头看了看自己的裙子，双手把补过的褶皱扯平。瑞特喜欢穿着讲究的女子，喜欢穿时髦服装的女人。她热切地回忆起自己刚刚脱下丧服的情景，当时她穿上那套带荷叶边的绿裙子，还戴上他为她买回的那顶插着绿羽毛的遮阳帽，她回忆起他还对她说了不少赞许的话。她又想起埃米·斯莱特里穿的红格子呢外套，脚上穿的那双带穗子的红帮漆皮鞋，头上顶着的烙饼似的帽子，嫉妒使她更增添了心中的憎恨。那种服装俗不可耐，却是新的，也很时髦，而且肯定很炫目。噢，她多想打扮得炫目啊！尤其想打动瑞特·巴特勒！要是让他看到自己身穿旧衣服，他准会知道塔拉境况不妙。千万不能让他得知真相。

她多傻，竟然以为就这么上亚特兰大去，还能让他向自己求婚呢，就她这副模样！骨瘦如柴，衣衫褴褛，眼睛像只饿慌的猫！当初在她美貌巅峰时期，身穿最漂亮的衣服，都没有得到他的求婚，如今人又丑，衣服又破旧，还指望引诱他求婚？假使佩蒂姑妈的说法真实可靠，瑞特一定比亚特兰大任何人都有钱，那他也许能在所有漂亮女人里随意挑，不管她们是好是坏。“哼，”她冷冷地想道，“我有一样其他女人没有的东西，那就是我坚定的信心。要是我有一件漂亮衣服……”塔拉庄园一件漂亮衣服也没有，庄园上没有一件衣服不是翻了两次面，缝补过无数遍。

“穷成这样。”她闷闷不乐地自忖着，耷拉下脑袋，望着地板。她看着埃伦那块苔藓绿色的天鹅绒地毯，无数士兵曾在上面睡觉，地毯已经给糟蹋得破破烂烂，污渍斑斑了。看到的东西让她心绪更加恶劣，她意识到，塔拉如今跟她一样，也是一派破败景象。整个屋子的光线越来越暗淡，她觉得心情压抑，就走到窗前，抬起窗扇，打开外面的百叶窗，让冬天落日后的余晖射进屋子。她关上窗子，脑袋靠在天鹅绒窗帘上，望着窗外，目光越过荒凉的牧场，遥望坟地上那片黑黢黢的雪杉树。

苔藓绿色的天鹅绒窗帘贴在脸颊上，既柔软又有点刺人，她就像只猫似的用脸蛋在上面摩擦，觉得挺惬意。忽然间，她认真端详起那窗帘来。

片刻之后，她便动手从屋子另一头拖拽那张大理石台面的厚重桌子，四个脚轮生了锈，吱吱呀呀叫个不停，仿佛在提抗议。她把桌子拖到窗下，拉起裙子，爬到桌子上，踮起脚尖抓那根粗粗的窗帘杆。窗帘杆很高，她刚刚够得着，便不耐烦地使劲一拉，结果把钉子都从木头窗帘盒上拽出来了，窗帘、窗帘杆和上面的所有东西哗啦一声掉在地板上。

仿佛她在变魔术似的，客厅门骤然打开，黑妈妈宽阔的黑脸从门外闪进来。只见她脸上每一条皱纹都露出诧异和狐疑。她望着斯佳丽，露出一脸责备神色。斯佳丽正把裙边撩到膝盖上，准备从桌子上往下跳。她显得又激动又得意，黑妈妈马上生了疑心。

“你干吗糟蹋埃伦小姐的窗帘？”她质问道。

“你干吗躲在外面偷听？”斯佳丽动作轻巧地跳到地板上，把沉甸甸的窗帘收拾起来，天鹅绒窗帘上吸满了灰尘。

“这么大动静还用得着偷听？”黑妈妈反驳道，她挺了挺身子，像是要拼命。“埃伦小姐的窗帘碍你什么事，干吗把窗帘杆也拽下来，弄得满地尘土。埃伦小姐特别爱惜这些窗帘，我不能让你这么瞎折腾。”

斯佳丽那双绿眼睛转过来盯着黑妈妈，眼睛里流露出热情和欢乐，活像昔日让黑妈妈直摇头的那个捣蛋鬼小姑娘。

“黑妈妈，快爬到阁楼上去，把我那箱服装纸样找来，”她一边嚷，一边轻轻推了黑妈妈一把，“我要做件新衣裳。”

黑妈妈非常恼火，她两百磅的身子不论让差使到哪儿都够呛，别说上阁楼了，她开始怀疑要发生什么可怕的事情了。她一把夺过斯佳丽手里的窗帘，贴在自己下垂的硕大乳房前，仿佛那是件神圣的遗物。

“埃伦小姐的窗帘不能让你拿去做衣裳，你想打它的主意？哼，只要我还有一口气，就休想。”

年轻的女主人脸上顿时浮出一种表情，黑妈妈心里总是把这模样叫作“牛犟”，可它很快就转变成一脸微笑，让黑妈妈难以招架。微笑并没有骗过老女人。她知道斯佳丽小姐使出微笑这一招，不过是想让她屈服，可她决心已定，在这桩事情上绝不屈服。

“黑妈妈，别小气了。我要上亚特兰大借钱，得有身新衣裳才成。”

“你用不着穿新衣裳。别的小姐也没新衣裳。大家都穿旧衣裳，也觉得挺体面。埃伦小姐的孩子干吗不能穿？你穿破衣裳，大家照样看重你，跟你穿绸缎没两样。”

“牛犟”表情又慢慢浮上斯佳丽的脸庞。老天爷，可真奇怪哪，斯佳丽小姐越大越像杰拉尔德老爷，越来越不像埃伦小姐了！

“听着，黑妈妈，佩蒂姑妈来信说，范妮·艾尔辛小姐这个礼拜六要结婚，我当然要去参加婚礼。我得有身新衣服才行。”

“你这身衣裳就跟范妮小姐的结婚礼服一样好。佩蒂小姐信里说过，艾尔辛一家穷得要命呢。”

“可我一定要有条新裙子！黑妈妈，你还不知道我们多需要钱吗？税款……”“知道的，小姐，税款的事我全知道，可是……”

“你知道？”

“可不是嘛，小姐，老天不是给我安了对耳朵吗，让我什么都听得见。威尔先生说话还从不费心压低嗓门。”

难道黑妈妈什么都偷听到了？老女人身子笨重得一走路地板都会跟着震动，可她偷听别人说话却神不知鬼不觉，真让斯佳丽觉得纳闷。

“噢，既然你什么都能听到，我看你也听见乔纳斯·威尔克森和埃米……”

“没错，小姐。”黑妈妈眼睛里冒着火。

“那就别这么倔了，黑妈妈。难道你看不出？我非去亚特兰大借来钱缴税不可。我非弄到钱不可，一定得这么办！”她双手攥成拳头，相互砸了一下。“老天在上，黑妈妈，他们想把我们全都撵到外面，让我们到处流浪，到时候我们该上哪儿去呢？害死母亲的那个贱货埃米·斯莱特里要住进这房子，还想睡在妈妈睡过的床上，你还为妈妈的窗帘这点小事跟我争？”

黑妈妈把身子重心从一条腿挪到另一条腿上，活像个不肯安静的大象。她隐隐约约感到自己要屈服了。

“小姐，我当然不愿意看着那贱货进埃伦的家，也不愿大家给赶到马路上，不过……”她忽然死死盯住斯佳丽，一脸的谴责神情，“你非穿新裙子不可，是打算跟谁借钱？”

斯佳丽吃了一惊：“那……那是我自己的事。”

黑妈妈死死盯住她端详，就像斯佳丽小时候做了错事还想花言巧语搪塞时一样。她好像看出了斯佳丽的心思，斯佳丽耷拉下眼皮，这才头一次对自己打算做的事有点羞愧。

“这么说，你为了借钱需要一条崭新的漂亮裙子。我觉得这个理由不充足。你还不说出要跟谁借钱。”

“我什么也不说，”斯佳丽怒气冲冲道，“那是我自己的事。你到底给不给我这窗帘，帮不帮我做裙子？”

“好吧，小姐。”黑妈妈口气软下来，突然让了步，斯佳丽顿时起了疑心。“我帮你做。窗帘里面的缎子衬里还能做条衬裙，花边还能做内裤的镶边。”

她把窗帘递还给斯佳丽，脸上浮现出狡黠的笑容。

“斯佳丽小姐，玫兰妮小姐也要一道去亚特兰大吧？”

“不，”斯佳丽厉声说，她开始明白黑妈妈的念头了，“我独自去。”

“那是你的想法，”黑妈妈的口吻同样强硬，“可我要陪你去，带着你的新裙子。没错，小姐，半步也不离开。”

斯佳丽马上想象出她这趟亚特兰大之行，她跟瑞特谈话时，旁边守着黑妈妈，她两眼瞪得恶狠狠的，活像阴曹地府的看门狗。她脸上重新挂出微笑，手搭在黑妈妈胳膊上。

“我亲爱的黑妈妈，你这是好心，想陪在我身边帮我，可是，没有你，这里的其他人怎么活呢？塔拉的什么事都离不开你哪。”

“哼！”黑妈妈说，“你这套甜言蜜语没用，斯佳丽小姐。自打给你垫第一块尿布起我就一直养着你，你那点心思我还不知道？我说要陪你去亚特兰大，就一定要去。你一个人去亚特兰大，埃伦小姐在坟墓里也不得安宁，那地方到处是北佬，还有自由黑鬼和其他坏人。”

“可我要住在佩蒂帕特姑妈家的。”斯佳丽情绪激动地说。

“佩蒂帕特小姐是个好女人，她自以为什么都懂，可她什么都不懂。”黑妈妈说完转身就走，威风凛凛地结束谈话，径自走进走廊。她大声喊叫，走廊里的地板墙却都震动了。

“普莉西，小鬼！快上阁楼去，把斯佳丽小姐的衣裳纸样盒取来，再找把好剪刀来。你别给我磨蹭上老半天！”

“这下事情闹大了，”斯佳丽自忖道，觉得丧气，“就是身后跟上条大猎犬也比这强啊。”

晚饭过后，斯佳丽和黑妈妈在收拾过的餐桌上摊开纸样，苏埃伦和卡丽恩忙着拆窗帘上的缎子衬里，玫兰妮用一把毛刷清理天鹅绒上的灰尘。杰拉尔德、威尔和阿希礼坐在屋子里抽烟，望着一屋子女人忙乱的样子，觉得好笑。斯佳丽的兴奋情绪感染了大家，可大家都不懂为什么要这么兴奋。斯佳丽脸色红润，两眼熠熠放光，还不断发出笑声。听到她的笑声，大家都高兴，因为他们已经有好几个月没听见她大声笑过了。杰拉尔德的眼睛也不像平时那么痴呆，他看着女儿在屋里走动，听着她衣裙挥舞的飕飕声，尤其觉得快活。只要斯佳丽走到杰拉尔德跟前，他都要满意地拍拍她。另外两个女儿也兴致勃勃，仿佛在为舞会作准备。她们又是撕，又是剪，又是剥衬里，仿佛在为自己做参加舞会的裙子。

斯佳丽要去亚特兰大借钱，如果有必要，她可能要抵押塔拉借钱。但抵押究竟是怎么回事呢？斯佳丽说，等到明年收了棉花，他们轻而易举就能把塔拉赎回来，而且钱还绰绰有余。她说得斩钉截铁，大家都觉得没有疑问。大家问她打算向谁借钱，她说：“沉住气的有肉，管闲事的没汤。”话说得太调皮了，大家都放声大笑，还逗乐说，她有个百万富翁朋友。

“我猜准是瑞特·巴特勒船长。”玫兰妮狡黠地说。大家听了哄堂大笑，觉得荒唐，因为大家都知道斯佳丽恨这个瑞特·巴特勒，她每次提起他的名字，都免不了咬牙切齿地叫他“瑞特·巴特勒那个流氓”。

斯佳丽听了却没笑。阿希礼刚才也笑了，可他看见黑妈妈朝斯佳丽投去匆匆一瞥，眼神里藏着警惕，他忽然打住不笑了。

苏埃伦让聚会气氛感染了，慷慨贡献出她那条镶着爱尔兰花边的领子，这件宝贝稍有点旧，却仍然漂亮。卡丽恩也执意要斯佳丽穿她的鞋去亚特兰大，在塔拉庄园，这双鞋比任何人的鞋都好。玫兰妮恳求黑妈妈给她留点天鹅绒布头，让她给遮阳帽换个面，还指着帽子开玩笑说，要是这只老公鸡不赶紧钻进泥沼里，它的古铜和墨绿相间的漂亮尾羽就要从身上掉下来了。大家一听立刻捧腹大笑。

斯佳丽看着大家手忙脚乱地干活，听着大家的欢声笑语，也就把满腹伤心事和对他们的轻蔑都藏进了心底。

“他们都不知道我正遭遇到什么事，也不知道他们自己和整个南方要发生什么事。已经沦落到这步田地了，他们还以为没什么大不了的，就因为他们姓奥哈拉、韦尔克斯、汉密尔顿，他们脑袋上就不会降临什么可怕的灾难。就连这里的黑人也是这个想法。唉，整个一群傻瓜！永远也清醒不过来！他们还是过去的老脑筋，还是过去的生活习惯，怎么也不转变。玫兰妮倒是穿得破破烂烂，下田摘棉花，还帮我杀人，可她还是改不了老做派，还是那个羞答答有教养的韦尔克斯太太，还是那位十全十美的淑女！阿希礼倒是目睹了战争和死亡，受伤后还住过战俘营，可他回到几乎一贫如洗的家里，却还是那副绅士派头，跟他拥有十二橡树庄园时毫无二致。威尔却不同。他了解真实处境，可他也绝不会有什么损失。至于苏埃伦和卡丽恩，这姐妹俩以为眼前的一切不过是暂时的。这些人都不愿改变自己去顺应环境，以为用不了多久，一切都会过去，以为上帝会特别为他们创造奇迹。可上帝不会这么做的。这里唯一可能发生的奇迹得由我利用瑞特·巴特勒来创造……他们不会改变。大概他们也不能改变。只有我改变了……要是行得通，我也宁愿不改变。”

后来黑妈妈让男人都离开餐厅，把门关上，让斯佳丽试衣。波克扶杰拉尔德上楼去睡觉，阿希礼和威尔单独待在前门厅的灯光里。两人一时默默无语。威尔像一只安静的反刍动物一样嚼着烟草。可他脸上的神色却并不安静。

他终于开了口，缓缓地说：“我不赞成她去亚特兰大这事。一点儿也不赞成。”

阿希礼匆匆瞟了威尔一眼，然后望着别处，没开口，他拿不准威尔是否跟自己一样，心里也是一团狐疑。可这是不可能的。威尔不知道果园发生的事，所以不会了解斯佳丽因此才自暴自弃的。威尔不可能注意到刚才提起瑞特·巴特勒的名字时，黑妈妈脸上的表情，再说，威尔不知道瑞特有钱，也不了解他臭名昭著。至少阿希礼认为，他不可能了解这些事情。不过，自从他回到塔拉后，便渐渐意识到，威尔的直觉像黑妈妈的一样灵，仿佛用不着别人说，就能了解情况，事情发生前就有预感。阿希礼觉得气氛不祥，可究竟是什么原因，他也说不准，可他没能力搭救斯佳丽。整整一个晚上，斯佳丽就没正眼看过他一下，而且当着他的面表现出强烈的喜悦，这让他感到恐惧。他心头的疑虑太强烈了，简直不敢说出口。他不能要她证实自己的疑虑，因为他无权这样侮辱她。他握紧了拳头。他没有丝毫权力过问她的任何事。这天下午，他彻底丧失了所有权力。他不能帮她。谁也帮不了她。不过，他想起了黑妈妈，想起她刚才剪裁天鹅绒窗帘时，脸上露出冷冰冰的果断表情，心里才稍感振奋。不管斯佳丽愿意不愿意，黑妈妈都会照顾斯佳丽。

“这一切都是我造成的，”他心里感到绝望，“是我把她逼到这步田地的。”

他想起今天下午发生的事，记起她当时一副倔强模样，昂着脑袋，挺起胸脯，转身离开他。他喜爱她，他为自己无能为力而痛心，也因为钦佩她而伤心。他知道，她根本不用“豪侠”这个字眼，如果对她说，她是他认识的人里最豪侠的，她准会瞪着眼睛迷惑不解。他把她的许多美好品质归结为她的豪侠，可他知道，她自己并不懂。他知道，她能够适应生活，用自己刚强的意志应付生活中的各种坎坷，奋斗时果敢顽强，绝不认输，明知道失败不可避免，照样不中途退缩。

但是，四年来，他见过许多不认输的人，明知前面是灾难，却无所畏惧，勇敢向前，因为他们有豪侠气概。不过他们终归还是失败了。

在这间灯光昏暗的门厅里，阿希礼盯着威尔，心想，他绝对不了解这种豪侠气概，斯佳丽·奥哈拉这是要穿着用母亲的天鹅绒窗帘改制的裙子，插上公鸡尾巴上的羽毛，以自己的豪侠气概去征服世界。

第三十三章

次日下午，斯佳丽与黑妈妈乘火车抵达亚特兰大。当时寒风凛冽，乌云滚滚。城市遭战火焚毁后，车站一直没有重建，她们就在烧焦的车站废墟外几码远的灰烬和烂泥地下了车。斯佳丽习惯成自然，朝四周张望着，寻找彼得大叔和佩蒂姑妈的马车。打仗那几年，她从塔拉庄园来到亚特兰大，总是彼得大叔赶着马车来接她。她不禁为自己心不在焉哑然失笑。彼得大叔自然没来，因为她事先并没有把自己来亚特兰大的事通知佩蒂姑妈，再说，老小姐在一封信里十分伤感地说起过，彼得大叔那匹老马已经死了，那匹马是在南方投降后彼得从梅肯“弄到的”，还用这匹马拉车送她回到亚特兰大。

她环顾车站周围，见地面凹凸不平，到处布满了车辙。她满心希望能遇到个熟人，好搭他们的车去佩蒂姑妈家。可她一个熟人也没见着，不论黑人还是白人，没有一张面孔是熟悉的。也许佩蒂姑妈信里说得没错，如今她的熟人里没一家有马车了。岁月艰辛，如今养活人都困难，谁还养得起牲畜呢？佩蒂姑妈的朋友们跟她自己一样，出门都得步行。

有几辆马车在货车车皮旁边装货，公共马车上溅满了泥浆，赶车的是面孔陌生的粗野车夫，而且只有两辆公共马车。一辆是轿车，另一辆是敞篷车。敞篷车上坐着一位衣着整齐的女士和一位北佬军官。斯佳丽一见那身制服就不禁猛吸了一口气。佩蒂姑妈来信说过，亚特兰大驻扎着军队，满街都是士兵，可是，她乍一见他们身上的蓝色军装，还是免不了吃惊。她几乎忘记战争已经结束了，也没有意识到这个军人不会来追赶她，抢劫她的东西，也不会侮辱她。

车站周围不像过去，那么拥挤了，她不由得回忆起一八六二年那天早上的情景，当初她刚刚成了寡妇，身上披着黑纱，来到亚特兰大时心里烦得要命。她记起那天这里挤满了人，火车、客车、救护马车挤作一团，车夫谩骂叫嚷，人们跟朋友大声寒暄，一片人声鼎沸。回想起战争年月的轻松和激动心情，她不禁叹了口气，一想到不得不一路走到佩蒂姑妈家，她又叹了口气。可她还不死心，以为到了桃树街上，说不定能遇到个驾着马车的熟人让她们搭车。

就在她东张西望的时候，一个皮肤深棕色的中年黑人赶着一辆马车朝她驶来，只见那人弯下腰，问道："要马车吗，夫人？两毛钱，在亚特兰大上哪儿都成。"黑妈妈恶狠狠瞪了他一眼。

"出租马车！"她嘟囔着说，"黑鬼，你当我们是什么人？"

虽说黑妈妈是乡下的黑人，可她并不是生来就待在乡下，她知道，没有家里男人陪着，正经女人是不坐出租马车的，尤其不能乘坐封式的马车。就算有个黑女佣陪着，也还是不合礼节。她见斯佳丽眼巴巴想坐这辆车，就狠狠瞪了她一眼。"你给我过来，斯佳丽小姐！出租马车，加上个自由黑鬼！哼，真够得意的。""俺可不是个自由黑鬼，"车夫口气激烈地说，"俺是老塔尔博特小姐家的，这车是她家的，我赶车是为了给家里挣几个钱。"

"你说的是哪个塔尔博特小姐？"

"是米勒奇维尔的苏珊娜·塔尔博特小姐。老东家战死后，我们家就搬这儿来住了。"

"你认得她，斯佳丽小姐？"

"不认识，"斯佳丽感到遗憾，"米勒奇维尔的人我认识得很少。"

“那咱就走着去，”黑妈妈口气严厉地说，“把你的车赶开，黑鬼。”

黑妈妈提着绒线包，腋下夹着个印花布包袱。绒线包里装的是斯佳丽那件天鹅绒新裙袍，还有她的一顶帽子和一件睡衣，包袱里装着自己的东西。她就这样带领着斯佳丽，徒步穿过大片湿漉漉的焦土。斯佳丽很想坐马车，可并没有为这桩小事跟黑妈妈争执。自从黑妈妈昨天下午发现她摘天鹅绒窗帘开始，眼睛里就一直露出怀疑和警惕的神色，让斯佳丽觉得不舒服。她很难逃避黑妈妈的陪伴，不到万不得已，不想激怒黑妈妈。

她们俩沿着狭窄的人行道朝桃树街走去，一路上，斯佳丽觉得又沮丧又悲伤。没想到亚特兰大这么荒凉，与她记忆中的情景大不相同了。她们从亚特兰大旅馆旁边走过，瑞特和亨利伯伯以前都住在这里，可这座豪华旅馆如今成了一片废墟，只剩下个框架和烧焦的残垣断壁。早先，沿着铁路有四分之一英里长的货栈，里面装着成吨成吨的军需物资，如今这地方仍然没有修复，只剩下长方形的地基暴露在黑黢黢的天空下，显得十分凄凉。铁路两旁没有建筑物的墙壁，车棚也没了，车站的铁路光秃秃的无遮无拦。在这片废墟之间，本来有一间仓库，那是查尔斯遗留给她的财产，如今也无法辨认了。亨利伯伯替她缴纳这间仓库的税赋，一直缴到去年。她将来得偿还这笔钱。这又是桩让她头疼的事。

她们拐进桃树街。斯佳丽朝五角广场望去，不禁失声叫起来。弗兰克曾经告诉她说，这座城市被烧成了平地，可她从来没料到破坏竟如此彻底。在她的想象中，这座她非常热爱的城市仍然是建筑林立，楼宇豪华。然而，桃树街上连一个熟悉的标志都没了，让她觉得非常陌生，仿佛她从未来过这里。战争岁月里，她不知多少次赶着马车驶在这条泥泞的街道上，围城的日子里，炮弹在脑袋上呼啸而过，她曾低头弯腰，脚步匆匆在这条街道上奔逃。她最后一次见到这条街道，是在那个撤退的夜晚，当时炎热不堪，心里着急得要命。如今这条街道面目全非了，让她看了真想大哭一场。

谢尔曼的军队离开这座燃烧的城市，邦联军队返回来。一年来这里雨后春笋般建起不少房子，可五角广场一带仍然十分空旷，到处是一堆堆破砖烂瓦和垃圾荒草。有几座残留的楼房她还认得出，可这些房子的屋顶都没了，只剩下了砖墙。白昼惨淡的光线透过没有玻璃的窗户照进去，烟囱耸立着显得孤零零没依没靠。她不时看见几座熟悉的店铺，心里觉得高兴，这些店铺在战火中没有完全毁坏，又经过修缮，崭新的红砖在乌黑的残垣断壁衬托下，显得分外惹眼。在几座店铺的橱窗上，她看到熟悉的人名，心里觉得高兴，但是更多的名字是她不熟悉的，有几十个招牌上，医生、律师和棉花商的名字她更是从来没见过。以前，亚特兰大的人她基本上都认识，如今看到这么多陌生的名字，她觉得心情压抑。但是，看到整条街都在盖新房子，她的精神才振奋了些。

新盖的房子有好几十座，其中有些还是三层楼！到处都在建造房子，她的目光顺着街道望去，想适应一下新亚特兰大的气氛，各种愉快的声音声声入耳，有锤子钉钉子的声音，有锯子锯木头的声音。举目望去，脚手架高高耸立，人们身背砖块，顺着梯子往上爬。她望着自己热爱的这条街道，眼睛让泪水模糊了。

她自忖道："他们焚烧你，他们把你夷为平地，可他们不能消灭你。他们就是不能消灭你。你会成长起来，恢复往日的繁荣和时髦！"

她沿着桃树街一路往前走，黑妈妈步履蹒跚跟在她身后，她发现人行道上像战争最激烈的时候一样拥挤。这座正在复兴的城市仍然是一派忙碌气象。很久以前，她第一次来到这里探望佩蒂姑妈，这座城市让她热血沸腾。如今，在泥泞坑洼中颠簸行驶的车辆，似乎跟当初一样多，只是看不见邦联军队的救护马车了。店铺的木棚马槽旁，拴的骡马也像以前一样多。虽然人行道上挤满了人，可是人们的面孔都像头顶上悬挂的招牌一样陌生。许多人相貌粗鲁，还有许多装束俗气艳丽的女人，她全不认识。到处有闲荡的黑人，街道上显得黑压压一片，黑人们有的斜靠墙壁站着，有的坐在路边石沿上，望着来来往往的车辆，脸上的神情像孩子观看马戏团游行一样好奇。

“哼，自由的乡下黑鬼，”黑妈妈嗤之以鼻，“一辈子没见过像样的马车。瞧那模样，多粗鲁。”

斯佳丽也有同感，他们的样子的确显得粗鲁，因为他们一个个瞪着她看，都是傲慢无礼的模样。接着，她又看见一群身穿蓝军装的士兵，心里又是一惊，就不再想那些黑人了。城里到处都是北佬士兵，有骑在马背上的，有步行的，有坐在军用马车里的，有的在街头闲逛，有的从酒吧走出来，嘴里胡言乱语说个不停。

她握紧了拳头自忖道：“我永远也习惯不了这帮人。永远习惯不了！”她扭回头说：“快走，黑妈妈，赶快离开这个人堆。”

“我得把这个挡道的黑鬼贱货撵开。”黑妈妈大声回答着，甩动手里的绒线包，把一个在她前面慢吞吞闲逛的黑人狠狠撞到一边，“我讨厌这座城市，斯佳丽小姐。到处是北佬和自由黑人！”

“人不多的地方还是不错的。穿过五角广场就没这么讨厌了。”

她们踩着一个个滑溜溜的踏脚石墩，穿过泥泞的迪凯特街，朝桃树街走去，人群渐渐稀少了。两人来到卫理公会教堂前，斯佳丽望着教堂放声大笑，笑声爆发得既突然，声音又恐怖。一八六四年，斯佳丽飞奔着去找米德大夫，当时跑得上气不接下气，曾在这儿停住脚喘气。黑妈妈满腹狐疑，一双敏锐的眼睛疑惑地盯着她，结果她的好奇心并没有得到满足。斯佳丽回想起当初吓得魂都要丢了，心中不禁一阵羞愧。那时她吓得胆战心惊，吓得不知所措，害怕北佬，也害怕玫兰妮的孩子生出来。现在她觉得纳闷，不知自己怎么会害怕成那副模样，就像个孩子听见一声巨响一样。她当时也真幼稚，竟然以为平生最糟糕的事情，莫过于见到北佬，遭遇火灾和军队战败。后来她经历了埃伦去世，杰拉尔德痴呆，挨饿受冻，干活累得半死，生活担惊受怕，比起这些磨难，原来害怕的事情多么微不足道啊。她发现，面对入侵的军队原来如此简单，但是要对付威胁塔拉庄园的危险，却非常困难。对，她如今什么都不怕了，只有贫穷才让她心悸。

一辆轿车沿桃树街驶来，斯佳丽连忙跑到路边石沿跟前，看看马车上坐的是不是熟人，因为佩蒂姑妈家离这儿还有好几条街呢。

马车驶近时，斯佳丽和黑妈妈都探过身子去看。车窗里掠过一个女人的脑袋，一顶精致的帽子下面露出一头火红的头发，斯佳丽本来装出一脸微笑，见状却几乎喊出声来。斯佳丽倒退一步，两人都认出对方是谁。那是贝尔·沃特林，斯佳丽瞅见她鼻翼厌恶地翕动了一下，然后那张脸就看不见了。真怪，她见到的第一个熟人竟是贝尔。

“那是谁？”黑妈妈存着疑心问道，“她认识你，却不跟你打个招呼。我一辈子从没见过那种颜色的头发。就是塔尔顿一家的头发也没那么红。看上去……嘿，我看准是染的。”

“没错。”斯佳丽接应一句，连忙加快了脚步。

“你认识这个染发的女人？我问你，这女人是个什么人？”

“是城里的坏女人，”斯佳丽不愿多说，“我告诉你，我不认识她，你闭嘴吧。”“我的天老爷！”黑妈妈压低声音说完，张开嘴巴朝远去的马车望去，露出一脸的好奇。自从二十多年前随埃伦离开萨凡纳以来，她还没见过一个专门卖淫的女人呢，心里后悔没把贝尔看个仔细。

“她的衣裳真够讲究，坐这么漂亮的马车，还有个车夫，”她喃喃地说，“我真不知道上帝是怎么想的，让坏女人这么享福，咱好人倒得饿肚皮，脚上连鞋都穿不上。”

“上帝好些年前就不想我们了，”斯佳丽放肆地说，“别对我说什么母亲听了这话在坟墓里也不得安宁。”

她心里想显得清高，在美德方面胜过贝尔，可她办不到。如果她的计划能奏效，她或许能跟贝尔处在同等地位，让同一个男人供养。她对自己的决定丝毫也不后悔，可这种事情的真相却让她心烦。“我现在不考虑这事。”她心里这么想着，便加快了脚步。

她们经过米德家房子的位置，如今，这里只留下两条孤零零的台阶和一条步行道，步行道尽头什么都没有了。怀廷家的房子无影无踪了，只剩下光秃秃的地面，连墙的基础和砖砌的烟囱也没了，运走房子材料的马车车辙倒是清晰可见。艾尔辛家的砖房还在老地方，而且还加盖了一层，建起了新屋顶。邦内尔家的屋顶用粗糙的木板代替木板瓦凑合，虽然看上去有点破败，还算能住人。这两家的窗户里和门廊上一个人影都没有。斯佳丽心里倒觉得高兴。她眼下不想跟任何人交谈。

再往前走，佩蒂姑妈那所石板屋顶的红砖房出现在眼前了，斯佳丽的心怦怦跳起来。上帝真是有眼，没让这房子夷为平地，也没有把它糟蹋得无法修复！这时彼得大叔胳膊上挎着篮子从前院走出来，他一见斯佳丽和黑妈妈蹒跚而来，一张黑脸上立刻绽开惊异的笑容。

“我真想亲吻你这个老黑傻瓜，见到你真高兴啊。”斯佳丽自忖道，心里非常兴奋，嘴上大声说：“彼得，快去，把姑妈的嗅盐瓶拿来！真的是我！”

那天晚上，佩蒂姑妈家餐桌上照例只有玉米糊糊和干豌豆。斯佳丽一边吃心里一边发誓说，等她有了钱，绝不让这两种东西摆上餐桌。无论她得付出什么代价，反正她要弄到钱，她要弄到足够多的钱，不仅要够支付塔拉庄园的税金。反正她总有一天会弄到大笔的钱，就是非杀人不可，她也不在乎。

吃饭的时候，斯佳丽借着昏黄的灯光，询问佩蒂姑妈家里的经济情况，暗自希望查尔斯家或许能借给她所需的那笔钱。她的问题提得并不含蓄，佩蒂巴不得有个家人能聊天，也没留意问话有多唐突，当下哭得泪流满面，说起自己的种种不幸遭遇。她根本不知道自己的农场、城里的财产和钱财都上哪儿去了，反正一切都没了。她哥哥亨利就是这么对她说的。他自己都没钱为自己的产业支付税款了。除了她住的这座房子外，其他一切都没了，佩蒂也没有仔细考虑，其实这房子原来也不是她的，而是玫兰妮和斯佳丽的共同财产。她哥哥亨利也仅仅支付得起这房子的税款。他每月给她一点点生活费。虽然接受他的钱让她觉得丢脸，可她没别的法子，只好接受。

“哥哥亨利说，他负担太重，税赋又那么高，实在不知道该怎么应付了，可他准是在说谎，他准有一捆一捆的钱，就是不多给我。”

斯佳丽心里清楚，亨利伯伯没说谎。她收到过他的几封信，说起关于查尔斯的财产的事务，信中说得很有道理。这位老律师为了保住这所房子和市中心那个仓库这两份财产，确实拼命抗争过，为的是让韦德和斯佳丽还能在劫难后得到点东西。斯佳丽知道亨利替她负担这些税款，做出了极大的牺牲。

“他当然一点钱都没有了，”斯佳丽冷冷地想道，“唉，那就把他和佩蒂姑妈从我的名单上划掉好了。现在除了瑞特就什么人也没有了。我不得不这么干，一定得这么干。不过我现在不考虑这事……我得引她谈谈瑞特，到时候随便提个建议，让她邀请他明天过来拜访。”

她脸上露出微笑，双手紧紧握住佩蒂姑妈的两只胖手。

“亲爱的姑妈，”她说，“咱们别说钱了，怪让人扫兴的。把那种事抛到脑后，说点高兴的事吧。快跟我说说咱们的老朋友，说说他们的消息吧。梅里韦特太太怎么样了，梅贝尔好吗？我听说梅贝尔的小个头克里奥尔人平安回家了。艾尔辛一家怎么样？米德大夫和米德太太好吗？”

换了个话题让佩蒂帕特面露喜色，那张娃娃脸不再挂满泪水了。她细细叙述老邻居的事，述说他们的生活起居，连穿什么，吃什么，想什么都说了个齐全。她说起勒内·皮卡德复原以前，梅里韦特太太和梅贝尔靠做馅饼卖给北佬士兵维持生活，讲述的声调挺吓人的。想想那种情景吧！有时候，梅里韦特家后院待着二十多个北佬士兵，等着馅饼烤熟。后来勒内回来了，每天就赶一辆破马车去北佬兵营，把蛋糕、馅饼、松饼之类卖给士兵。梅里韦特太太说，她要多赚点钱，以后要在闹市区开一间面包房。佩蒂不想批评别人，不过，这毕竟……佩蒂说，她自己就是饿死也不跟北佬做买卖。她坚持立场，每次在街上见了北佬当兵的，总是对他们鄙视一眼，便穿过马路，尽量表现出侮辱他们的样子，她说，遇上下雨天，这么做就不很方便啦。斯佳丽体会到，佩蒂帕特小姐这种人，虽然过马路要把鞋沾满了泥浆，可她那么做毕竟能显出对邦联的一片忠心。

米德太太和米德大夫的家毁了，北佬纵火烧城的时候，房子化作灰烬，他们既没钱也没心思重盖房子了，菲尔和达西都死了，米德太太说，她从此再也不要家了，儿子孙子都没有，还算个家吗？这夫妇俩非常孤独，就搬去跟艾尔辛家住在一起。艾尔辛家把被战火破坏的房子修好了。怀廷先生和怀廷太太也在那儿弄了个房子，邦内尔太太也要搬过去住，希望有幸找个北佬军官带着家眷来，好把房子租给他们住。

“可是，他们那么多人怎么挤得下呢？”斯佳丽嚷道，“房子里住着艾尔辛太太、范妮和休……”

“艾尔辛太太和范妮睡在客厅，休睡在阁楼上。”佩蒂解释得很详细，因为她对所有朋友家的安排都了解得一清二楚。“我亲爱的，我真不愿告诉你，可是艾尔辛太太把他们叫作‘付费的客人’，因为，”佩蒂压低声音说，“他们其实就是房客。艾尔辛太太竟然开起了客栈！真够可怕的，不是吗？”

“我倒觉得挺好，”斯佳丽的口吻挺干脆，“要是塔拉庄园的房客在去年一整年都付费，那我倒求之不得呢，要不是他们都免费居住，我们也不至于这么穷了。”

“斯佳丽，这话是怎么说的？塔拉庄园向客人收住宿费！你可怜的母亲在天有灵，躺在坟墓里也不得安宁。当然啦，艾尔辛太太也是迫不得已，她自己替人做精细针线活，范妮搞瓷器绘画，休卖木柴挣几个小钱，一家人总是入不敷出。你能想象得出吗，休这个宝贝儿子不得不沿街叫卖烧火柴！他本来一心一意要当个好律师的！看到咱的小伙子们沦落到这步田地，我就伤心得直掉泪！”

斯佳丽心里想着明亮刺眼的天空下塔拉庄园的一垄垄棉花，想起自己弯腰干活累得腰都要折了。她记起了自己不在行的手握紧犁把，手上打满水泡的感觉。想到这些，就觉得休·艾尔辛并不特别值得同情。佩蒂真是个天真的老傻瓜，她也真够幸运的，周围成了一片废墟，可她却安然无恙。

“既然他不喜欢沿街叫卖木柴，干吗不开业干律师呢？难道亚特兰大如今没有律师从业了？”

“啊，亲爱的，从业律师多的是。这年头，人人都在打官司。那场大火把一切都烧了，地界线毁了，弄得谁也不知道自家的土地从哪儿是始哪儿是终。可是，大家都是一个子儿也没有，律师替人打官司根本挣不上钱。所以休只好去卖木柴……哎哟，我差点忘了！我写信告诉你没有？范妮·艾尔辛明晚举行婚礼，当然你必须参加。艾尔辛太太知道你进城，见了你准会高兴得要命。真希望你除了这身衣裳还带着套好衣裳。倒不是说这套衣裳不够好，亲爱的，不过……就是显得有点破旧。啊，你还有一套漂亮外衣？那我就太高兴了。这可是亚特兰大失陷以来城里举行的第一次婚礼。婚礼上有蛋糕，有葡萄酒，接下来还有舞会。艾尔辛家那么穷，我真不晓得他们怎么操办得起。”

“范妮怎么会结婚呢？我原以为达拉斯·麦克卢尔在葛底斯堡战死后……”

“亲爱的，千万别责备范妮。你对死去的查尔斯忠心耿耿，但不是人人都能像你这么守节。让我想想。那人叫什么名字来着？我从来记不住人的名字……叫个汤姆，可他姓什么我记不起来了。我跟他妈妈很熟，我们在拉格兰奇女子学院是同学……让我想想，珀金斯？帕金森！对了就是帕金森。是斯巴达的人。门第不错，不过反正没什么两样……嘿，我知道不该这么说，可我不清楚范妮怎么会嫁这么个人！”

“他酗酒还是……”

“亲爱的，不是的！他的人品好极了，不过，他下半身受过伤，一颗炮弹炸伤了他的两条腿，弄得他两条腿……两条腿……嘿，我不愿那么说，可他两条腿走路总得叉开，难看极了。反正不好看。真不晓得她干吗要嫁他。”

“女孩子总得嫁人嘛。”

“才不见得呢，”佩蒂显得挺不高兴，“我就一辈子不想嫁人。”

“嘿，亲爱的，我又不是说你！大家都知道你当年多讨人喜欢，现在还是一样。谁不知道老法官卡尔顿见了你总是瞟着你，我还……”

“哎哟，斯佳丽，快别说了！那个老傻瓜！”佩蒂咯咯笑了，一肚子气顿时全消了。“不过，范妮毕竟是个讨人喜欢的好姑娘，本来可以找个好男人的，我就不信她真的爱那个叫汤姆的。我看达拉斯·麦克卢尔战死后，她根本没有忘掉他。可她不能跟你比，亲爱的。你有过几十个改嫁的机会，可始终对查尔斯守贞节。虽然不少人说你没心没肺，举止轻佻，可我和玫兰妮常常说起你，钦佩你一直把查尔斯记在心里。”

斯佳丽并不细究这些笨拙的贴心话，老练地将佩蒂的话头从一个朋友转向另一个，心里迫不及待想把话题引向瑞特。她们才刚到亚特兰大，直截了当问起他绝对不行。老小姐说不定会朝不该想的地方动脑筋。要是瑞特拒绝跟她结婚，到时候佩蒂有的是时间犯猜疑。

佩蒂姑妈高兴得像个孩子终于找到个听她说话的人，说得滔滔不绝。她说，亚特兰大成了一团糟，都怪那帮卑鄙的共和党人。他们干的坏事数也数不清，可最糟糕的就是他们往穷光蛋黑鬼脑袋里灌输他们的想法。

“我亲爱的，他们还要给黑鬼选举权呢！还有比这更荒唐的事情吗？不过……我搞不懂……我琢磨这种事，反正彼得大叔比我见过的共和党人都懂规矩，彼得大叔当然很有教养，他才不会要什么选举权呢。不过这种念头把黑人搞得神魂颠倒，如今他们都给调教坏了，有些黑鬼非常无礼。天一黑，在马路上走都不安全，有时候他们大天白日的就把上等女人从人行道往街上的泥泞地里推。要是哪个正人君子敢出面打抱不平，他们就会把他抓起来——我亲爱的，我告诉过你没有，巴特勒船长也给关进监狱了。”

“瑞特·巴特勒？”

虽然消息十分惊人，可斯佳丽还是感到庆幸，因为佩蒂姑妈这么说，就省得她自己在交谈中提起他的名字了。

“对啊！”佩蒂激动得脸蛋都涨红了，还坐直了身子，“他此刻正在坐牢，因为他杀了个黑人，他们说不定要让他上绞架呢。想想看，巴特勒船长要上绞架了！”斯佳丽一时气都喘不上来，惊得目瞪口呆，两眼盯着看这位胖乎乎的老小姐。老小姐见自己的话竟然如此打动人，高兴得不亦乐乎。

“他们还没有得到证实，不过那个黑人侮辱了一个白种女人，后来有人把那个黑人杀了。北佬非常头疼，因为近来有许多傲慢的黑人被杀。他们不能证实这事是巴特勒船长干的，不过米德大夫说，他们这是想敲山震虎。大夫说，要是北佬真的把他绞死，那倒是他们干的第一桩好事，可我不知道这话对不对……巴特勒船长上个礼拜还来过，送了我一只特别可爱的鹌鹑，他还打听你的消息，说是恐怕在围城那阵子得罪了你，怕你永远也不能原谅他了。”

“他在牢里要关多久？”

“谁知道呢。说不定一直关到绞死他为止，说不定最后他们无法证明是他干的。不过，北佬要想绞死人，才不管到底有罪还是没罪呢，”佩蒂帕特煞有介事地压低声音接着说，“他们让三K党闹得坐立不安。你们乡下有三K党没有？亲爱的，我看准有，只是阿希礼不告诉你们姑娘罢了。三K党的人都守口如瓶。他们晚上骑马出来，打扮得跟鬼魂似的，专门收拾那些偷大家钱财的投机商和傲慢的黑人。有时候，三K党的人只是吓唬他们一下，警告他们，要他们离开亚特兰大，要是他们干的事出了格，就会吃一顿鞭子，”佩蒂压低声音说，“有时候，三K党的人杀死他们，把他们的尸体丢在最容易让人找到的地方，还要把三K党的名片留在尸体上……所以北佬为这种事气得要命，想找个人杀杀他们的威风……不过，休·艾尔辛告诉我说，照他看，北佬不会绞死巴特勒船长，因为他们认为他知道钱在什么地方，只是不愿说出来。他们想让他开口。”

“钱？”

“你不知道？我写信没跟你说过？我亲爱的，你在塔拉消息真闭塞哪。巴特勒船长返回这里时，坐着一辆漂亮马车，拉车的是匹骏马，这里家家吃了上顿没下顿，可他口袋里却装满了钱，闹得全城议论纷纷。大家都怒不可遏，因为这个满口说邦联坏话的家伙竟然这么富有，可我们大家却这么穷。大家都渴望了解他的钱是怎么弄来的，可谁也不敢开口问，只有我问过他，他听了只是笑了笑，说：‘反正你知道来路不正。’你知道他那个人，说话从来没正经。”

“他的钱当然是闯封锁线挣来的……”

“当然是，亲爱的，不过那只是其中的一部分。比起那个人拥有的财富，那不过是一篮子米中的一粒。人人都相信当初邦联政府把千百万块钱金元藏了起来，后来落到他手里了，就连北佬也相信这话是真的。”

“千百万块——金元？”

“嘿，亲爱的，我们邦联的金元都上哪儿去了呢？准是有人弄走了，巴特勒船长就是这帮人中的一个。北佬原以为是戴维斯总统从里士满撤退时带走了，可他们后来逮住可怜的戴维斯后，发现他一个子儿也没有。仗打完后，国库里的钱全没了。大家就认为准是几个闯封锁线的家伙弄走了钱，还守口如瓶。”

“千百万块——金元！可他们怎么……”

“巴特勒船长把成千上万包棉花运到英国和拿骚，替邦联政府卖，不是吗？”佩蒂得意扬扬地问道，“他卖的不但有自己的棉花，也有政府的，难道不是？你准知道战争期间棉花在英国是个什么价钱吧！你要什么价就是什么价！他当时是全权替政府办事，本来应该卖掉棉花买枪炮，把枪炮给我们运进来。后来封锁越来越紧，军火运不进来，卖棉花的钱用来买了枪炮的连百分之一都不到。所以，巴特勒船长和另外一些闯封锁线的商人就把千百万块钱存在英国的银行，等待封锁线松动。你当然不相信他们会以邦联政府的名义存钱。他们都是用自己的名字存的，钱还在那边……投降后，人人都在说这种事，大家都严厉谴责闯封锁线的商人。北佬以杀那个黑人为由逮住巴特勒船长前，准是早就风闻此事了，因为他们一直逼他说出钱在哪里。你知道，如今我们邦联的资金都属于北佬了，至少北佬认为钱该归他们所有。可巴特勒船长说，他什么都不知道……米德大夫说，无论如何应该绞死他，他是个贼，是个投机商，上绞架是他罪有应得……亲爱的，你脸色这么难看！头晕吗？我说这些惹你难过了？我知道他原来追求过你，可我以为你们早就闹翻了。说句良心话，我从来就不喜欢他，他是个十足的流氓……”

“他不是我的朋友，”斯佳丽打起精神说，“围城的时候我跟他吵过一架，是在你去梅肯以后。他……他关在哪儿？”

“在公共广场附近的消防队！”

“在消防队？”

佩蒂姑妈咯咯笑了。

“对，他给关在消防队里。北佬如今把那儿改成军事监狱了。北佬部队在市政厅周围驻扎下来，搭了许多木棚当营房。消防队就在附近的一条街上，所以就把巴特勒船长关在那里了。斯佳丽，昨天我还听人说起巴特勒船长的一桩滑稽事，我忘记是谁说的了。你知道他这人总是讲究打扮，完全是个花花公子，可他们把他关在消防队里，不让他洗澡，他就天天闹着要洗澡，后来他们把他提出牢房，带到院子里，那里有个长长的马槽，整个一团士兵都用这个马槽，用同一槽水洗澡！他们允许他在里面洗澡，可他一口拒绝了，说是宁愿留着浑身南方牌号的污垢，也不换成北佬的污垢，再说……”

斯佳丽耳朵里听着她兴致勃勃说个不停，可她心里在想自己的心事。这会儿，她心里只记得两件事，一件是瑞特的钱比她预料的多得多，另一件是瑞特被关在监狱里。他还可能上绞架，这事把事情搞得有点乱，事实上，她反倒觉得这事比较乐观了。瑞特就是上绞架她也不同情他。她现在急需要钱，急得什么都顾不上了，哪有闲心管他是死是活？再说啦，她也颇为同意米德大夫的说法，认为他上绞架是罪有应得。一个男人，竟然深更半夜把一个女人丢在两军交战的地方不管，自顾自去投身一个败局已定的事业，这种人上绞架真是罪有应得……要是能趁他关在牢里的时候跟他结婚，等他被处死了，那千百万金元就归她独自所有了。要是不可能结婚，或许她能跟他借一笔款子，答应等他释放后跟他结婚，要不就答应他……嘿，答应他什么都行！要是他们把他绞死了，她就用不着还他的钱了。

她的念头一时像着了火一样热烈，想象着北佬政府干预这事，让她再做一次寡妇，那就等于是对她做了件善事。千百万块钱的金元哪！她能穿漂亮裙子，想吃什么就吃什么，苏埃伦和卡丽恩也是一样。韦德也能穿上暖和衣裳，吃有营养的东西，让塌陷的脸颊变得圆圆胖胖的，还要给他请个家庭教师教他，日后还要上大学……用不着从小光着脚丫子，像穷白佬那么无知。她还要请个医生来照料爸爸。至于阿希礼……她还有什么事不能为阿希礼做呢！

这阵子一直是佩蒂姑妈独自喋喋不休地说，可她突然打住话头，问道："怎么啦，黑妈妈？"斯佳丽也从自己的白日梦中回过神来，见黑妈妈站在门口，两手插在围裙下面，目光敏锐地盯着她。斯佳丽不知道她在那里站了多久，也不知道她听到些什么。不过，从她炯炯有神的眼睛判断，她大概什么都听到了，什么都看到了。

"斯佳丽小姐显得累了，我看你最好上床去休息。"

"我的确累了。"斯佳丽说着站起身，两眼望着黑妈妈，脸上的神情像个无依无靠的孩子，"恐怕路上还着了点凉。佩蒂姑妈，要是我明天在床上多躺躺，不陪你去拜访客人，你看行不行？拜访客人有的是时间，可明天晚上我一定要去参加范妮的婚礼。要是我变成重感冒，就去不成了。在床上睡一天简直是最美不过的事了。"

黑妈妈摸了摸斯佳丽的双手，又看了看她的脸色，马上显出焦急神色来。斯佳丽脸色的确不好。她激越的思潮消退后，脸色有点苍白，身子也有些发抖。

"宝贝，你的手凉得像冰。赶快上床去，我给你煮杯茶，再烫块热砖焐一焐，让你出出汗。"

"我真是太不体贴人了，"佩蒂姑妈嚷着从椅子上站起身，拍了拍斯佳丽的肩膀，"我只顾说个没完，就没为你着想。宝贝，你明天就待在床上好好睡，养养身子，我来陪你说说话……噢，天哪，不！明天不能陪你。我已经答应明天去陪邦内尔太太。她得了流行性感冒，她家厨娘也病倒了。黑妈妈，你能来我真高兴。明天早上你跟我一道去，帮帮我的忙吧。”

黑妈妈匆匆把斯佳丽赶上楼梯，嘴里嘟嘟囔囔说个不停，说小姐的手冰凉，说她脚上鞋穿得太单薄。斯佳丽一脸的顺从模样，而且心甘情愿。要是她能进一步消除黑妈妈的疑心，明天早上让她离开这个家，那就一切顺她的心了。到时候，她就能去北佬的监狱里探望瑞特了。她登上楼梯的时候，听见外面隐隐传来雷声，她站在熟悉的楼梯平台上，觉得这雷声就像当初围城时的炮声。她不禁打了个寒战。她永远会觉得雷声就是炮声，就是战争。

第三十四章

第二天早上，阳光时隐时现。疾风吹动一团团乌云，迅速从太阳面前飘过。风刮得窗玻璃嘎吱嘎吱乱响，整个房子里都是一片呜呜的风声。斯佳丽匆匆祈祷几句，感谢上苍让昨夜的雨在早上停了。夜里，她辗转反侧，倾听外面的雨声，要是雨继续下，她的新天鹅绒裙袍和新遮阳帽非弄得一塌糊涂不可。此时，太阳断断续续露出脸，她便觉得精神振奋了。她耐住性子赖在床上，装出无精打采模样，说话还装出嘶哑的声音，好不容易才熬到佩蒂姑妈带着黑妈妈和彼得大叔出门，朝邦内尔太太家走去。终于听到大门嘭的一声关上，家里只剩下厨娘在厨房里哼着小调，她立刻从床上蹦起来，从衣橱的挂钩上取下自己的新衣服。

睡了一觉后，她觉得精力旺盛，也从自己内心中那颗冰冷坚硬的核心里汲取到了勇气。她就要跟一个男人斗智了。哪怕是跟随便哪个男人斗智斗勇，这种前景就能让她感到勇气十足。过去几个月里，她历经无数挫折，如今她知道要最终向一个实实在在的对手挑战，她可以用自己的能力把他挑下马背，她心里产生一种轻快的感觉。

穿裙袍没人帮忙很费劲，可她最终还是穿戴完毕，把遮阳帽戴在头上，帽子上插着一支羽毛，显得很神气。她急忙跑进佩蒂姑妈房间，对着一面穿衣镜把自己打扮一番。她看起来多漂亮啊！帽子上的公鸡羽毛让她显得精神抖擞，在苔藓色的天鹅绒裙子衬托下，她的两眼几乎像翡翠一样碧绿，显得炯炯有神。身上的裙子简直无与伦比，看上去那么豪华漂亮，又那么庄重大方！能再次穿上漂亮裙子感觉真好。自己还是这么美，仍然富有魅力，她觉得得意极了，不禁俯身亲吻了一下自己的镜中映像，接着又嘲笑自己的幼稚举动。她披上埃伦的一方细毛披肩，可这方披肩褪了色，跟苔藓绿色的裙袍一比，显得既寒碜，又刺眼。她便打开佩蒂姑妈的衣橱，挑了件黑色的细布斗篷披在身上，这可是佩蒂星期日做礼拜才舍得穿的秋装。她又往自己刺了孔的耳垂上戴了一对从塔拉带来的钻石耳坠，摇晃一下脑袋，看看效果。耳坠叮当作响，声音非常悦耳。她暗自嘱咐自己，跟瑞特在一起要记着经常摇动脑袋。耳坠晃动起来，姑娘就显得活泼，男人见了就会着迷。

真可惜，佩蒂姑妈只有一双手套，让她戴在自己的胖手上了。女人不戴手套就显得不像个淑女，可斯佳丽自从离开亚特兰大后，就再也没有拥有过手套。一连几个月干繁重的体力活，她的手变得粗糙了，如今这双手可算不得漂亮啦。唉，反正没办法了。她就把佩蒂姑妈的一个精致的海豹皮暖手筒拿出来，套在自己裸露的手上。斯佳丽觉得暖手筒就像最后一抹神来之笔，她显得富贵高雅，什么都不缺了。任何人见了她现在这模样，都不会怀疑她贫穷拮据，不会以为她肩上压着沉重的负担。

可不能让瑞特产生疑心，这一点非常重要。必须让他认为，她纯粹是为了感情去探望他，不是为了其他原因。

她蹑手蹑脚下了楼梯，厨娘独自在厨房扯着嗓子唱小调，没注意到她，她悄悄走出房子外面，匆匆沿着贝克街走去，免得让熟人什么都漏不掉的眼睛瞅见。走到常春藤街一座让火焚毁的房子前面，她在一块下车台上坐下，盼望有辆马车经过，好搭个便车。飞度的云彩后面，太阳时隐时现，阳光时而洒在街面上，却丝毫没有温暖，风不停地吹动着她裤脚上的花边。天气比她预料的还冷，她冷得哆嗦起来，把佩蒂姑妈那件斗篷紧紧裹在身上，心里觉得烦躁。她正打算干脆长距离步行，穿过整个城区，去北佬的兵营，这时街头出现一辆破旧的马车。赶车的是个老婆婆，上嘴唇沾着鼻烟，土褐色的遮阳帽下，露出一张饱经风霜的脸，拉车的是一头有气无力的老骡子。车正朝市政厅方向驶去，老婆婆勉强答应让斯佳丽搭车。她显然看不惯斯佳丽的裙子、帽子和暖手筒。

“她把我当成个荡妇了，”斯佳丽自忖道，“或许她没看错。”

她们最后来到市中心的广场上，前面，市政厅的白色圆顶高高耸立。她向老婆婆道谢后下了车，望着那乡下女人赶车离去。斯佳丽朝四周小心翼翼张望一圈，看看有没有人注意她。她使劲捏了捏脸蛋，好让脸上露出些血色，又狠狠咬了咬嘴唇，想把嘴唇弄得红一点。她整了整遮阳帽，抹了抹头发，再次朝广场扫视一周。眼前这座二层楼的红砖市政厅经历了战火，却依然完好，但是，在灰蒙蒙的天空下，这座楼显得破旧凄凉。市政厅在广场中央，楼房周围布满了一排排肮脏的军营木棚，上面溅满了泥浆。北佬士兵在四处闲荡，斯佳丽望着他们，心里忐忑不安，勇气顿时泄了不少。她怎么能闯进敌人的营地去找瑞特呢？

她朝那条街上的消防队方向望去，只见拱形门下两扇大门紧闭，两名哨兵在房子两边来回巡逻。瑞特就在里面，可她怎么对那些北佬士兵开口呢？他们又会怎么对她说呢？她挺了挺胸，杀死一个北佬都没怕过，跟另一个北佬说说话有什么害怕的？

她小心翼翼踩着泥浆中的踏脚石穿过马路，径直走到消防队前面，一个哨兵上前来拦住她，那士兵把扣子一直扣到脖子下，为的是遮挡寒风。

“什么事，太太？”他操一口奇怪的中西部口音，不过话倒说得蛮客气，态度也恭敬。

“我要探望这里的一个人——是个犯人。”

“这可难说啦，”哨兵搔了搔头，“对探监的管得可严啦，再说……”他打住话头，瞅了她一眼。“天哪，夫人！别哭啦！你到那边警备司令部跟长官说说，他们准会让你探视的。”

斯佳丽本来就没打算哭，这时朝他绽开一丝笑容。哨兵转身对另一个正慢吞吞巡逻的士兵说：“嘿，比尔。上这儿来。”

另一个哨兵是个大个头，蓝色军大衣把身子裹得紧紧的，一脸黑黑的连鬓胡子露在外面，像个恶棍。他穿过泥泞朝他们走来。

“你带这位夫人去司令部。”

斯佳丽谢过他，跟着大个头走了。

“当心，脚在踏脚石上别崴脚脖子，”那士兵扶着她的胳膊，“最好把裙子撩起一点，免得沾上泥。”

从连鬓胡子里传出的声音鼻音浓重，声调却还友善，让她听着心里愉快，扶她的手既坚定又显得恭敬。原来北佬并不坏嘛！

“天真冷，夫人不该挑这种天气出门的，”护送她的士兵说，“走了挺远的路吗？”

“啊，没错，从城那头来的。”她说。他的话挺和气，让她心里觉着舒服。

“这种天气，夫人真不该出门，”那士兵的口吻带着责备，“到处还流行感冒。这就是司令部啦，夫人……你怎么啦？”

“这房子……这房子就是你们的司令部？”斯佳丽抬头看看这座临广场的老房子，见了这座熟悉的建筑，她几乎要嚷起来。战争期间，她在这里参加过无数次聚会。当时这是个漂亮而欢乐的所在，可现在呢——屋顶上飘扬着一面美利坚合众国的旗子。

“你怎么啦？”

“没什么……没什么……我以前认识住在这房子里的人。”

“噢，那可太糟了。我猜他们自己回来也认不出这地方了，里面弄得乱七八糟的。好啦，夫人，你进去吧，跟那位上尉说。”

斯佳丽抚摸着残破的白色扶手走上台阶，推开正门。门厅黑黢黢的，冷得像地窖，一个瑟瑟发抖的哨兵身体靠着一扇关闭的折门站着。在过去美好的日子里，折门里面是餐厅。

“我要见你们的上尉。”她说。

他把门拉开，让她走进屋子，她心跳加快了，心里又尴尬又激动，脸涨得通红。屋子里有一股不通风的陈腐气息，夹杂着火炉的烟味、烟草味、潮湿的毛料军装味，还有很久不洗澡的身子散发的臭味。她隐隐约约看见光秃秃的墙壁上有残破的壁纸，墙上挂着一排排军大衣和不成形状的军帽。她见屋子里炉火熊熊，一张长桌子上放满了文件，一群军官身穿钉着铜纽扣的蓝制服。

她咽了口唾沫，总算能开口说话了。她不能让这帮北佬觉得自己胆怯。她得让他们看到自己最漂亮的模样，就显出满不在乎的样子。

“哪位是上尉？”

“我就是个上尉，”一个没系上扣子的胖子说。

“我要见个犯人，瑞特·巴特勒船长。”

“又是个见巴特勒的？他这人交际真广，”上尉把嘴上叼着的雪茄抓在手里笑道，“你是他亲戚吗，太太？”

“是的……是他……他妹妹。”

那人又笑了。

“他的妹妹可真不少哇，昨天还来过一个妹妹呢。”

斯佳丽的脸红了。准是跟瑞特厮混的一个女人，没准就是沃特林那女人。这帮北佬准是把她当成一个那种女人了。简直让她难以忍受。就是为了塔拉庄园，她也一分钟都待不下去，再也忍受不了这种侮辱了。她气得转身去抓门把手，可是另一位军官连忙走到她身边。这是个年轻人，脸刮得干干净净，露出愉快和蔼的眼神。

“等一等，夫人。请你在火炉旁烤一烤，我看能不能帮你的忙。你叫什么名字？昨天那位夫人来，他拒绝会见。”

她在指定的那张椅子上坐下，朝那个一脸尴尬的胖上尉瞪了一眼，报出自己的姓名。和蔼的年轻军官匆匆披上大衣走出屋子，其他人挪到桌子另一头，伸手抓那些文件，压低声音交谈。她把脚伸向炉火，心里满是感激，这才意识到脚已经冻得冰凉，心里埋怨自己忘了在鞋底的破洞里垫块硬纸板。过了一会儿，门外传来喃喃交谈声，她听见瑞特的笑声。门开了，随着一阵刮进屋子的冷风，瑞特走了进来，他没戴帽子，身上随便披了件肮脏的长斗篷，身上脏兮兮的，脸上胡子没刮，脖子上没系领带。虽然衣着随便，可仍然显出得意扬扬的神色，一见到她，那双乌黑的眼睛便闪烁着欣喜的光芒。

“斯佳丽！”

他就像往常一样，把她的双手握在自己手里。让他的手握着，总是让她感到激动，感到热情洋溢，感到生气勃勃。她还没来得及考虑他打算做什么，他就弯腰在她脸蛋上亲了一下，小胡子搔得她怪痒痒。他感到她的身体在吃惊地骚动，想挣脱出来，便立刻搂住她的双肩说：“我亲爱的小妹！”低头望着她，满脸带着笑容。好像喜欢看她不让自己爱抚的那副无奈相。她见他趁机跟她亲热，不禁以笑容回报。真是个流氓！坐牢也没让他丝毫有所改变。

那个胖上尉叼着雪茄跟那个目光愉快的军官嘟嘟囔囔说了两句。

“太离谱了。他应该待在消防队。你知道这是命令。”

“啊，看在上帝分上，亨利！这位夫人在仓库里会冻僵的。”

“嗯，好吧，好吧！你得为这事负责。”

“我向你们保证，先生们，”瑞特转身面对着他们，手仍然把斯佳丽搂得紧紧的，“我……我妹妹绝对没带锯子锉子之类帮我逃跑的东西。”

他们都笑了，斯佳丽匆匆环顾一圈。我的天，难道她得当着这六个北佬军官的面跟瑞特谈话？他真是个危险的犯人，非得一直受到监视不可？那个和善的军官看出她眼睛里的为难神色，便推开一扇门，压低声音对里面的两个士兵简短交代了两句，那两个士兵立刻跳起身，端起步枪出来，关上门走进门厅。

“要是你们愿意，可以坐在连部办公室，”年轻上尉说，“不过，不准闩门。外面有人值守。”

“你看，他们把我看成个亡命徒了，斯佳丽，”瑞特说，“谢谢你，上尉。你真是太体贴人了。”

他满不在乎地鞠了个躬，抓着斯佳丽的胳膊把她拖得站起身，带她走进那间肮脏的连部办公室。她永远也记不得这间屋子里到底是什么样子，只记得屋子很小，光线暗淡，一点也不暖和，剥落的墙皮上钉着许多手写的字条，椅子座上铺着牛皮，可是牛皮上还残留着不少牛毛。

瑞特随手带上门，马上走到她跟前，低下头朝她靠过来。她知道他想吻她，连忙把脑袋转开，不过从眼梢向他递了个媚眼。

“我现在还不能真正亲吻你吗？”

“在额头上吻一下吧，就像个好哥哥。”她得体地说。

“不，谢谢你。我宁可等待，希望将来情况会好转。”他的目光盯在她嘴唇上，静静地看了一会儿。“不过，你能来看我，太谢谢你了，斯佳丽！我受到监禁后，你是来看望我的第一个上等公民，关在监狱里才珍视来探望的朋友。你是哪天来城里的？”

“昨天下午。”

“今天一早就来看我？我亲爱的，你真是太体贴我了。”他笑吟吟地看着她，这种真心的愉快表情斯佳丽还从来没见过。斯佳丽心里激动，垂下脑袋，仿佛腼腆的样子。

“当然，我马上来看你。昨晚佩蒂姑妈把你的事告诉我，我……我简直整夜不能入睡，没想到会发生这么倒霉的事。瑞特我太难过了！”

“怎么，斯佳丽？”

他的嗓音温柔，还带点颤抖。她抬起头望着他那张黝黑的面庞，见他的表情里丝毫没有平时那种怀疑神色，也没有她非常熟悉的嘲弄。他两眼直勾勾盯着她，她再次低下头，心里真的慌乱起来。事情进展得比她料想的还要好。

“能再次见到你，又能听你这么说，坐牢也值了。他们刚才向我通报你的名字，我简直不敢相信自己的耳朵。你知道，那天晚上我出于爱国心，在马虎村附近干出那种事，我没料到你会原谅我。你能来看我，我认为你已经原谅我了。”

虽然事隔这么久了，可一想到那天晚上的事，她心里还是马上升起一股怒火，可她还是按捺住心头怒火，脑袋晃动一下，让耳坠舞动起来。

“不，我没有原谅你。”她说着噘了噘嘴。

“希望又一次破灭了。我把自己贡献给国家，光着脚在富兰克林的雪地上战斗，得过最严重的疟疾，受过的苦你听都没听说过。事到如今你还不能原谅我？”“我才不想听你说你吃过什么苦呢。”她还是撅着嘴，不过眼睛睇视着他，对他微笑。“我仍然认为你那天晚上的行为非常可恶，永远也不会原谅你。把我孤零零丢下，也不管我会发生什么事！”

“可你什么事都没发生呀。你看，我对你的信心还是对的。我知道你能平安回家，上帝保佑，也没有北佬拦你的路！”

“瑞特，你到底干吗要做那种蠢事呢？到了最后一分钟了才报名参军，可你早知道我们马上就要打败了。而且你还说过，傻瓜才拿自己的身体给人家当枪靶子呢！”

“斯佳丽，饶了我吧！我一想到这事就觉得惭愧。”

“嗯，你为那么对待我感到惭愧，我听了觉得高兴。”

“你搞错了。我抛下你不管那桩事，我的良心一点儿都不觉得有愧，抱歉这么说。但是，至于我报名参军——想起当初参军穿上贼亮的皮靴，雪白的细布制服，腰间仅仅插着两把决斗用的手枪——想起靴子穿破了在寒风凛冽的雪地上行军几十英里，身上没有大衣，肚子里饿得直打鼓……直到现在我都不明白，当时为什么没有开小差。当初全凭一时的狂热。不过我的血液中有那种狂热。南方人永远无法容忍失败。但是，我也不讲什么道理了。只要你原谅我就够了。”“可我没原谅你。我认为你简直是一头猎犬。”不过她说最后这个字眼儿时，语调非常亲热，简直可以用“宝贝”取而代之。

“别骗我了。你已经原谅我了。一位年轻女士不怕北佬哨兵，来探视犯人，难道仅仅来表示一下仁慈？还身穿天鹅绒裙袍，帽子上插着羽毛，戴着暖手筒。斯佳丽，你多漂亮啊！谢天谢地，你还没有弄到衣衫褴褛的地步，也不再穿丧服了！我一看见女人身穿破衣烂衫，或者披着黑纱，心里就烦。你现在看着就像巴黎街头的时髦女子。转个身，我亲爱的，让我好好看看你。”

这么说，他注意到这条裙子了。当然，瑞特总是留意这种事情的。她乐了，激动得舒展双手，踮着脚尖旋转了一圈，还让裙箍向一侧倾斜，把裤脚上的花边露出一点。他的一双黑眼睛上下打量着她，从遮阳帽到鞋后跟，什么都没遗漏，还是原先那种粗鲁的目光，看得她仿佛自己赤身裸体站在他面前似的，从来都能让她起一层鸡皮疙瘩。

“你看上去非常富有，打扮得非常整洁。几乎称得上秀色可餐啦。要不是外面有北佬把守——不过你放心好了，我不会把你怎么样，亲爱的。坐下吧。我不会像上次那样欺负你了。”他装作悔恨的样子，揉搓一下脸颊，“斯佳丽，你说老实话，难道不觉得那天晚上你有点自私？想想我为你做的事情吧，我冒着生命危险为你偷了匹马，而且是那么好的马！然后跑去参军，为的是保卫‘我们壮丽的事业’！我吃了那么多苦，得到什么回报呢？一通臭骂，脸上还挨了狠狠一记耳光。”

她坐下来。谈话并没有顺着她希望的思路走。他刚见到她时显得那么温柔，为她来探望他而真心感到高兴。他刚才几乎显得像个普通人，而不是她熟悉的那个恶棍。

“你吃了苦头都要得到回报才行吗？”

“这还用说，当然是！我是个自私自利的妖怪，这你还不知道。我给人东西总是要得到回报的。”

这话让她不禁微微打了个寒战，不过她又振作起来，再次把耳坠摇晃得叮当作响。

“噢，瑞特，你其实并没有那么坏，不过做做样子而已。”

“哎哟，你变了！”他笑道，“你怎么变成个慈悲的基督徒了？我经常从佩蒂帕特小姐那里打听你的消息，可她并没有说你多了些女性的温柔。斯佳丽，说说你的事吧。我跟你分手后，你过得怎么样？”

原先他激起她的心头怒火和对抗情绪，至今她还耿耿于怀，恨不得说两句刻薄话解解心头恨。可她克制住自己，脸上浮出微笑，脸颊上还露出一对酒窝。他拉过一把椅子，坐在她身旁，她下意识地把身子靠过去，一只手轻柔地搭在他胳膊上。

“噢，我挺好，谢谢你。如今塔拉庄园一切都好。当然谢尔曼的军队来扫荡那阵子，我们吃尽了苦头，幸亏他们没有烧我们的房子，黑人把牲口赶进沼泽地藏起来，大半保住了。今年秋天收成还不错，棉花有二十包。当然，跟塔拉庄园原先的产量不能比，可我们人手太少。爸爸说，明年情况会好点。但是，瑞特，如今乡下实在乏味死了！想想看，根本就不举行舞会，也没有野外烧烤宴。人们聚在一起交谈，开口闭口只说生活艰难！天啊，我真是烦透了！上个礼拜，我再也受不了啦，爸爸就说，我该出门走走，散散心。我就上这儿来了，打算先做几套衣裳，然后上查尔斯顿去看看姨妈。能再次参加舞会真是太好了。”

她心里觉得得意。自忖道：“刚才这故事编得恰到好处，既没说得太富有，也没说得太穷。”

“你穿起跳舞裙真漂亮，我亲爱的，糟糕的是你自己心里也清楚！我看你这回出来串亲戚，真实原因是跟乡巴佬在一起待厌了，想到远处找几个新朋友吧。”

斯佳丽觉得庆幸，她知道瑞特最后几个月是在国外度过的，最近才回到亚特兰大，要不然他绝对不会说出这么可笑的话。她脑袋里匆匆闪过县里那帮乡巴佬，方丹家兄弟穿得破破烂烂，日子过得非常艰难，芒罗家兄弟穷得叮当响，琼斯博罗和费耶特维尔两个地方的花花公子，如今都忙着犁地，劈木头做篱笆，喂养又老又病的牲口，大家早把舞会抛到脑后了，哪里还顾得上调情作乐那种事呢。但是，斯佳丽把思绪拉回来，故意嗤笑两声，好像承认让他说对了。

“唉，得了吧。”她恳求道。

“你是个没心肝的家伙，斯佳丽，不过这大概正是你的魅力所在，”他笑了。笑容还是原来那模样，一个嘴角歪着。她知道，他这是在恭维她呢。“你自己当然也知道，你的魅力超出了法律允许的范围。结果，就连我这么感情僵化的人也让你迷住了。我常常感到奇怪，到底是你的什么东西让我老是想起你。我认识许多女人，她们都比你漂亮，肯定比你聪明，而且我还觉得她们比你诚实，心地比你善良。可我就是总要想起你。即使是在投降后那几个月，我到过法国和英国，既见不着你，又听不到你的声音，还在许多社交场合跟许多漂亮女人交往，可我总是想起你，惦记着你的近况。”

她心里一时怒火升腾，因为他说别的女人比自己漂亮、聪明、善良，可他说起她更富有魅力，还说起对她的想念，这立刻就把她心头的怒火扑灭了。这么说，他没有忘记她！那她的计划就好办多了。再说，他在此时此地的言谈举止差不多像个谦谦君子。她需要做的就是把话题转到他自己身上，这样她就能含蓄地表示她也没有忘记他。于是她开始行动了。

她再次轻轻捏了捏他的胳膊。

“嘿，瑞特，你总是逗我这个乡下姑娘寻开心！我准知道你自从离开我就再也没想过我。你成天跟那些漂亮的法国姑娘和英国姑娘厮混在一起，还敢说你脑袋里有我。我来……我来……是因为……”

“是因为什么？”

“唉，瑞特，我替你难过得要命！也为你害怕得要死！他们什么时候才放你离开这个可怕的地方？”

她那只手还搭在他的胳膊上，他伸手紧紧按住那只小手。

“你替我难过我真心感激。现在还说不准他们什么时候放我。说不定要等到绞索拉紧一点的时候。”

“绞索？”

“对，我估计得等到挂上绞索才能离开这里。”

“他们不会真的绞死你吧？”

“只要能找到一点证据，他们就会绞死我。”

“哎呀，瑞特！”她把手压在胸口上喊起来。

“你会为我伤心吗？要是你非常伤心，我就在遗嘱里提到你。”

他那双乌黑的眼睛盯着她，鲁莽地笑了，也把她的手握得更紧了。

他的遗嘱！她连忙垂下眼睛，害怕暴露自己的真实想法，可她的动作不够快，因为他的眼睛忽然闪出好奇的神色。

“北佬说，我该立个内容详细的遗嘱。他们好像对我目前的经济状况特别感兴趣。他们每天都要提审我，每次换一班人来审问，问的可都是愚蠢的问题。外面流传着一种谣言，说我侵吞了邦联政府一笔神秘的黄金。”

“那么……你侵吞了没有？”

“多巧妙的诱导性问题！你跟我知道得一样清楚，邦联只有印钞厂没有铸币厂。”

“你的那么多钱是打哪儿搞来的？靠投机生意？佩蒂帕特姑妈说……”

“你可真会盘问啊！”

这家伙真该死！他当然掌握着那笔钱。她情绪太激动，不能用温和口吻跟他说话了。

“瑞特，你关在这里我真替你难过。你觉得有机会出去吗？”

“我的座右铭是‘天无绝人之路。’”

“这话是什么意思？”

“意思是‘也许有希望’，我无知的美人儿。”

她浓密的睫毛眨巴几下，瞅了他一眼，又把头耷拉下去。

“哼，你这么聪明，哪会让他们绞死！我知道你会想出好办法打败他们，离开这里！等你出去……”

“等我出去怎么样？”他身子靠得更近些，声音温柔地问道。

“嗯，我……”她装出一脸尴尬模样，脸也涨红了。脸红并不难，因为这时候她正气喘吁吁，心跳得像打鼓。“瑞特，那天晚上我……我对你说了那种话，心里很难过……你知道……就是在马虎村。我当时……嗯，害怕极了，心里烦得要命，可你又那么……那么……”她耷拉下脑袋，见他古铜色的手把她的手抓得更紧了。“当时……我想，我永远也不能原谅你了！可佩蒂姑妈昨天把你的事告诉我……说他们说不定会让你上绞架……我突然难过得受不了，我……我……”她立刻装出一副哀求的神情，抬起头望着他的眼睛，还装出痛不欲生的样子。“瑞特啊！他们要是真的送你上绞架，那我也不活了！我受不了！你知道，我……”她受不了他炽热闪亮的目光，眼皮再次垂下来。

“我马上就要哭出来了，”她在惊异和激动的火头上心里暗自想道，“我该不该哭呢？要是哭了是不是显得更自然？”

他匆匆说道：“我的天哪，斯佳丽，你不是要说……”他的手抓得更紧，把她的手都捏疼了。

她紧闭双眼，想挤出点眼泪，可她又想到，应该把头抬得高一点，好让他亲吻自己。这下子，片刻之后，他的嘴唇就会跟她的嘴唇接触啦。她忽然清清楚楚记起他激烈的热吻，她曾经让他吻得浑身瘫软。可他却没有吻她。她心里充满失望，眼睛睁开一条缝，壮着胆子瞅了他一眼。她看到他满头乌黑的头发，正俯下脑袋看她的一双手，她正瞅着，只见他抓起她的一只手亲吻一下，又把另一只手挨在自己脸颊上贴了一会儿。她原以为他的举动会十分激烈，没想到他举止如此文雅缠绵，倒让她吃了一惊。她不知道他脸上这时有什么表情，因为他正低着脑袋呢。

她连忙垂下眼皮，免得他猛然抬起头，看到自己此刻的表情。她知道，自己眼睛里肯定流露着得意，他只要看一眼就能看透。用不了多一会儿，他就要向她求婚了——至少也会对她吐露衷肠，然后……她的目光从睫毛缝隙中看着他，只见他把她的手掌翻过来，让手心朝上，还在手心里亲吻了一下。忽然，他倒抽了一口冷气。她低头望去，看见了自己的手掌心，她这可是一年来头一次真正注意自己的手掌，心里顿时凉了半截，感到非常担忧。这准是个陌生人的手掌，不是她斯佳丽·奥哈拉那双绵软、白皙、关节处有小窝的纤手。这只手因为干活变得粗糙了，让太阳晒成了古铜色，上面布满了污渍。破损的指甲长短不齐，手心磨出许多老茧，大拇指上还有个没有干缩的水泡。上个月让沸腾的猪油烫伤的红疤十分难堪，显得很惹眼。她看着这只手，心里害怕了，连忙把手攥成拳头。

他仍旧低着脑袋，她还是看不见他的脸。他一点情面也不讲，使劲掰开她的手，盯着看那只手掌，又把另一只手抓起来，把两只手并排放在一起，一句话也没说，低头看着这两只手。

“看着我，”最后，他抬起头，声音非常平静，“别那么假正经。”

她不情愿地抬起头望着他的眼睛，脸上的表情既带着挑衅又有烦乱。他的两道黑眉毛向上挑，眼睛闪闪发亮。

“这么说，你在塔拉庄园过得不错，是吗？靠棉花收益可观，所以能到处串门子了。你这双手到底干过什么活儿？扶犁把子耕地吧！”

她使劲扭动双手，想挣脱出来，可他紧抓不放，还用大拇指触摸她的老茧。

“这可不是一双淑女的手。”他说着把那双手丢在她腿上。

“闭上你的嘴！”她嚷起来，一时觉得轻松了不少，因为她可以说出自己的心里话了，“我干什么活儿关你什么事？”

“我真傻，”她心里暗自恼火，“早知这样，该借用佩蒂姑妈的手套才对，或者偷出来戴戴。可我没想到这双手这么难看。他当然会注意到的。现在我又发了脾气，恐怕计划全砸了。没想到出了这么桩小事，本来他马上就要向我求婚了！”“你的手当然不关我的事。”瑞特冷冷地说着，身子靠向椅背，脸上变得一片漠然。

看来他这人不好对付了。形势竟然急转直下，她要想取胜就得逆来顺受，心里不愿意也不行。要是对他甜言蜜语几句，也许……

“你这么随便摔我的一双小手实在太粗鲁了。我不过是上个礼拜骑马没戴手套，把手弄伤了……”

“骑马？见你的鬼！”他仍旧是一副平淡腔调，“你这双手一直在干粗活，像个黑鬼一样干粗活。你还有什么话说？你干吗骗我，说什么塔拉一切都好？”

“听我说，瑞特……”

“咱们最好实话实说。你来看我的真实目的是什么？你对我卖弄风情，说你替我担心，为我难过，我差点相信了你的话。”

“我真的为你难过！说实在的……”

“你才不会难过呢。他们把我吊得比哈曼哈曼：波斯宰相，阴谋杀绝犹太人，阴谋败露后，被悬于75英尺高的木架上绞死。都高你也不会在乎。你的心思都清清楚楚露在脸上，就像一看你的手就知道你干过苦活一样。你想从我这儿得到什么？看来还很迫切，所以当着我演了这么一出戏。你要什么干吗不直截了当告诉我？要是那样，你得到的机会要大得多，因为我只看重女人的一种品性，那就是坦率。可你却没有表现出坦率，你一会儿把耳坠摇得乱响，一会儿噘嘴，一会儿忸怩作态，活像个拉客的妓女。”

他说到最后几个字眼儿并没有提高嗓门，也没有一板一眼儿加重语气，可斯佳丽听了却觉得像甩鞭子一样锐利刺耳，她绝望了，看来想逼他求婚的希望已经落空。换了别的男人，准会因为虚荣心受到伤害气得暴跳如雷，说不定还会责骂她一顿，要是那样她倒不难对付。可他的声调却极其平静，让她感到恐惧，不知该怎么下台了。虽然他现在是个囚犯，隔壁房间还有北佬看管，可她突然觉得，瑞特·巴特勒是个不该惹的危险人物。

“恐怕我的记性越来越差了。我本该想到你跟我同属一类人，做什么事都别有用心。等等，让我猜猜你心里有什么打算，汉密尔顿太太。你不至于错打算盘，以为我会向你求婚吧？”

她的脸涨得通红，没有开口。

“你不可能忘记我那句口头禅，我常说自己不是个能结婚的男人。”

见她依然一声不吭，他突然发作了：

“你没忘吧？回答我。”

“我没忘。”她可怜兮兮地说。

“斯佳丽，你简直是个赌徒！”他讥讽道，“你趁我被禁闭，没有女人做伴，就想试试机会，以为我像条鳟鱼，一见鱼饵就上钩。”

“你刚才就上了钩，”斯佳丽怒气冲冲地自忖道，“要不是因为我的这双手……”

“好啦，我们已经明白了大部分事实真相，就剩下你的动机了。你能不能告诉我为什么想把婚姻枷锁套在我脖子上？”

他的话说得很温和，还带着点戏弄的语调，她稍稍振作起来。觉得毕竟还没有一败涂地。她的结婚希望当然已经破灭了，不过，尽管她懊恼不已，却仍然觉得庆幸。这个顽固的人身上有一种品质让她惧怕，此时想到跟他结婚，还心有余悸。不过，假如她要点手腕，激起他的同情心，勾起他对往昔的回忆，说不定能向他借一笔钱。她脸上浮出息事宁人的幼稚表情。

“唉，瑞特，你能帮我个大忙——要是你愿意行行好。”

“我最喜欢做的事莫过于对人行好事。”

“瑞特，看在老朋友面上，我想请你帮我个忙。”

“这么说，这位手上长满老茧的夫人终于谈到正题了。恐怕‘探视病人和囚犯’不是你此行的真正目的吧。你想要什么？钱？”

这话说得太直率了。她本希望用打动感情的手段委婉提出来，看来这个希望也落空了。

“别小气，瑞特，”她嗲声嗲气地说，“我的确需要点钱。我想跟你借三百块钱。”

“终于说实话了。嘴上说的是爱情，心里想的是钱。多么真实的女性本质！你急需这笔钱吗？”

“对……不过也不是太急，我就是想用这笔钱。”

“三百块。这可是一大笔钱哪。你要这钱做什么？”

“缴塔拉庄园的税金。”

“这么说你想要借点钱。既然你的口吻听上去是公事公办，我也同样公事公办。你打算拿什么作担保呢？”

“什么是……”

“担保。就是对我这笔投资的安全保障。我当然不想白白丢掉这笔钱。”他说这话的声调平淡得像是在哄骗她，几乎有点嘲弄的口吻，可她并没有在意。或许事情的结局会比较顺利。

“我的耳坠。”

“我对耳坠子没兴趣。”

“我用塔拉庄园作抵押。”

“嘿，我要农场有什么用？”

“你可以……你可以……那可是个好庄园。你不会有什么损失的。等明年的棉花收了，我就能还你的钱。”

“我可没把握，”他把身子靠回椅背上，双手插进裤兜里，“棉花在落价。日子不好过，钱紧得很哪。”

“瑞特，你这是跟我开玩笑吧！你明知道自己有千百万块钱！”

他审视着她，眼神里跳动着强烈的恶意。

“这么说，你过得不错，也不急需这笔钱。我听了这话觉得高兴。得知老朋友过得好我心里舒服。”

“啊，瑞特，看在上帝的分上……”她绝望地说，勇气和镇定都崩溃了。

“小声点。我看你不想让北佬听见吧。是不是有人对你说过，你的眼睛像猫——就像只黑暗中的猫？”

“瑞特，别这样！我把一切都告诉你。我急需这笔钱。我说日子过得好，那不是真话。一切都糟透了。父亲……他……他失常了。自从母亲死后，他就变得非常古怪，帮不上我的忙，简直像个孩子。一个干农活种棉花的人都没有，倒有好多张嘴等着吃饭，家里一共有十三口人。再说那税金——税额高得厉害。瑞特，我什么都告诉你。一年多来，我们都在挨饿，几乎要饿死了。啊，你不知道！你不可能知道！我们从来吃不饱肚子，早上醒来肚子饿得厉害，晚上又饿着肚子上床睡觉。我们没有保暖的衣裳，孩子们总是受冻，还有病……”

“你这条漂亮裙子是哪儿弄来的？”

“是用母亲屋子里的窗帘改做的，”她回答道，急得编不出谎话来掩饰了，“挨饿受冻我还能忍受，可是……可是那帮投机商提高了我们的税金。还得马上缴清。我只有一枚五块钱的金币。我非得弄到这笔税款不可！你知道吗？要是我缴不出，我就……我们就会丢掉塔拉庄园！我绝不放弃塔拉！”

“那你一开始干吗不把一切都告诉我，偏要折磨我这颗伤感的心呢？凡是跟漂亮女子有关的事从来都让我变得脆弱。别，斯佳丽，别哭。你什么手腕都要过，可是还从来没要过这种手腕，我可受不了。我感到大失所望，你要的是我的钱，不是我这个富有魅力的人，你伤害了我的感情。”

她记起，他常常嘲讽别人也嘲讽自己，在这种时候，说的往往是实话。她连忙抬头望着他。他的感情真的受了伤害？他真的喜欢她？他看她的手掌前，真的有意向她求婚？还是像前两次那样，打算再次向她提出那种恶心建议？假如他真的爱她，她说不定还能征服他。可他那双黑眼睛在滴溜溜乱转，分明是在细细研究她，根本没有柔情蜜意。他轻声笑了。

“我不喜欢你的抵押品。我又不会经营农场。你还有什么可抵押的没有？”哎哟，他终于谈起这个话题了。得赶紧抓住机会！她深吸一口气，正视他的眼睛，她的全副精神都用来应付这个最害怕的事情，根本顾不上装出一副假面具来卖弄风情了。

“我……我还有我自己。”

“噢！”

她的下巴绷得紧紧的，眼睛绿得像翡翠。

“你还记得围城时期那天晚上，在佩蒂姑妈家门廊上，当时你说……你说你想要我。”

他松松垮垮靠在椅背上，望着她紧张的面孔，他黝黑的面孔上露出莫测高深的表情。他的眼睛深处仿佛在闪烁，他一句话都没说。

“你说过……你说过喜欢我胜过喜欢任何女人。要是你还想要我，你可以得到我。瑞特，你要我做什么都行，可是，看在上帝的分上，开张支票，给我这笔钱吧！我说话算话。我发誓说到做到。要是你愿意，我就给你写张字据。”

他望着她，眼神十分古怪，脸上还是那副莫测高深的表情。她匆匆说话的时候，拿不准他到底是感到可笑，还是觉得反感。他干吗不开口说话？随便说句什么话都行！她的脸蛋越来越烫了。

“瑞特，我马上就需要这笔钱。他们要把我们赶出家门，我父亲原来那个总管要来占我们家的地方，还要……”

“你等等。你怎么知道我还想要你？你凭什么认为自己值三百块钱？大多数女人可没有这么高的价码。”

她的脸一直红到了发际，心里的羞辱达到了顶点。

“你干吗非这么做不可？干吗不放弃庄园，住在佩蒂帕特小姐家？那房子一半归你所有嘛。”

“天哪！”她嚷道，“难道你是个傻瓜？我不能放弃塔拉。那是家。我不能不要家。只要还剩一口气，我绝不放弃！”

“嘿，这些爱尔兰人。”他说着把椅子放正，两手从裤子口袋里掏出来。“真是个该死的民族。总是把微不足道的东西看得那么重。比方说土地吧，这片土地跟那片土地有什么不同？斯佳丽，咱们把事情挑明吧。你这次是来跟我谈生意的。我给你三百块钱，你做我的情妇。”

“是的。”

这个可恶的字眼儿说出口以后，她倒觉得轻松了，心里又产生了希望。他刚才说了“我给你”这几个字。可他的眼睛里闪烁出恶魔般的光芒，好像为这事乐不可支。

“不过，以前我厚着脸皮向你提出同一个意思，你却把我赶出家门，还用许多恶毒字眼儿臭骂我一顿，说你不想给我生‘一窝小崽子’。不，我亲爱的，我这不是老调重弹。只是你脑袋里的奇怪逻辑让我惊讶。你这么做并不是为了自己快乐，而是为了不让豺狼进你家的门。这就证明了我的一个观点：一切美德不过是个代价问题。”

“噢，瑞特，你还有完没完！要是想侮辱我，就请便吧，接着说下去，不过你得给我这笔钱。”

她这阵子呼吸轻松了。瑞特这人她了解，他自然想要尽量折磨她，侮辱她，既为以前受过她的种种轻蔑发泄心头恨，又为刚才受她要弄报复她。随他吧，她能忍受得了。她什么都能忍受。为了塔拉庄园，忍受这一切也值了。她脑子里一时想象出一幅景象，在仲夏的午后，天空湛蓝，她懒洋洋躺在塔拉庄园浓密的三叶草坪上，仰望像空中楼阁般的云朵不断翻滚，满地白花芬芳阵阵，无数蜜蜂繁忙的嗡嗡声听着让人愉快。午后的寂静中，红土田野里盘旋而上的道路那边隐隐传来辚辚马车声。为了这些，什么代价都值得付出，再多代价也值得。

她抬起头。

“你打算给我钱吗？”

他仿佛在那里自得其乐，可是他开口讲话时，温和中却带着残忍。

“不行，我不给。”他说。

她的思路一时扭不过来，没听明白他的话。

“我就是愿意给，也没法给。我身上一个子儿也没有。在亚特兰大一块钱都没有。没错，我是有点钱，可是不在这儿。我不能告诉你钱在哪儿，也不能说出有多少钱。要是我给你开出一张支票，北佬就会像鸭子捕虫一样扑过来，你我都拿不到钱。你明白了吗？”

她的脸色顿时变得铁青，十分难看，鼻子尖上似乎冒出许多雀斑，嘴唇扭曲起来，活像杰拉尔德大发雷霆时的模样。她猛地从椅子上跳起身，嘴巴呜里哇啦乱嚷，闹得隔壁嗡嗡的谈话声也突然中止了。瑞特像只豹子一样扑到她跟前，有力的手掌一把捂住她的嘴，一只胳膊紧紧搂住她的腰。她发疯似的挣扎，想咬他的手，踢他的腿，想尖声嘶喊，把心中的怒气、绝望、憎恨、自尊心受伤的痛苦统统发泄出来。她拼命弯腰，扭动，想从他铁一般强壮的臂膀里挣脱出来，她的心快要迸裂了，她的紧身衣绷得她喘不上气。他紧紧抓着她不放，动作粗鲁得让她疼痛，捂在她嘴上的手非常残酷，手指都掐进她下巴里了。他黝黑的面孔变得煞白，目光既严厉又担忧，把她抱得离开地板，扭过来贴在自己胸脯上，自己在椅子上坐下，把她放在自己腿上，可她还是扭动个不停。

“宝贝，看在上帝的分上！别动了！住口！别嚷！不然他们马上就要进来了。请你安静。你真想让北佬看到你这副模样？”

谁看见她都不在乎，她什么都不在乎，一心想杀了他。她脑子忽然感到一阵眩晕。他还捂着她的嘴，堵得她喘不上气。她的紧身衣忽然变得像一排致密的铁箍，他的两只胳膊紧紧搂着她，让她满腹痛恨和怒火没处发泄。后来，他的嗓音似乎越来越微弱，越来越模糊，他俯视着她的那张脸让一层恶心的迷雾遮住了，那张脸旋转起来，迷雾越来越浓，最后她看不见他了，什么都看不见了。

她头晕目眩苏醒过来时，只觉得浑身虚弱，疲惫不堪，神志恍惚。她躺在椅子上，遮阳帽不见了。瑞特正拍打着她的手腕，一双黑眼睛盯着她的脸孔，满脸焦急神色。那位和蔼的年轻军官正端着一杯白兰地，想往她嘴里灌，大半洒到嘴外面，顺着脖子往下流。另外几个军官在她周围无可奈何地徘徊，他们低声交谈，做着手势。

“我猜……我准是晕过去了。”她说道，她的声音好像是从远处传来的，让她自己吃了一惊。

“把这个喝下去。”瑞特把一个玻璃杯靠在她嘴边。她这才记起刚才的事，有气无力地瞪了他一眼，可她疲惫得连发火的力气也没了。

“看在我的面上，求你喝下去。”

她喝了一口就呛住了，咳嗽起来，可他再次把杯子靠在她嘴边。她喝了一大口，那股热流顿时烧得她喉咙热辣辣的。

“我看她现在好些了，先生们，”瑞特说道，“谢谢你们。她得知我可能被处决，一时吓坏了。”

这群身穿蓝军装的人满脸尴尬，几个人清了清喉咙，慢吞吞地走出屋子。那位年轻军官在门口停下脚步。

“要是还有什么我能帮得上忙……”

“没有，谢谢你。”

他走出去，随手带上门。

“再喝点，”瑞特说。

“不。”

“喝点。”

她又吞了一口，觉得一股热流涌遍全身，身上渐渐有了力气，两腿也不发抖了。她把杯子推开，挣扎着想站起来，可他一把将她按住。

“把手拿开。我要走了。”

“现在别走。等一会儿。你会再次晕倒的。”

“我宁愿晕倒在路上也不想跟你待在一起。”

“反正我不能让你晕倒在路上。”

“放我走。我恨你。”

听她这么说，他脸上浮出淡淡的微笑。

“这才像你的本色。看来你好多了。”

她全身放松，又躺了一会儿，想鼓起心中怒气帮自己打起精神。可她觉得太疲惫了，疲惫得既没精力憎恨，也没精力顾虑任何事。失败像铅块一样沉沉压在她心头。她已经把自己的一切都当赌注押上了，结果输得一败涂地，连自尊心也没剩下。她的最后一线希望幻灭了。塔拉庄园完了，家人全没指望了。她闭上眼睛，重新躺下，耳朵里听到他在自己身边喘着粗气。她躺了很久，感觉到白兰地热乎乎地缓缓在身体中涌动，让她感到一种虚幻的力气和温暖。最后她睁开眼睛，望着他的面孔，心里又一次激起憎恨。她那对吊梢眉紧紧皱在一起，瑞特见了脸上又出现她熟悉的那种微笑。

“我当然没事。瑞特·巴特勒，我从来没见过你这么可恶的流氓！我刚才一开口，你心里就很清楚，知道我要说什么了，你也清楚不准备给我钱。可你还是要让我把话都说出来。你本来可以让我避免这么做……”

“不让你说，错过听你说的机会？我才不呢。这儿供我消遣的机会实在太少啦。我还从没听过这么迷人的事呢，”说完他突然笑了，声音带着嘲弄。她一听到这声音，马上跳起身，抓起自己的遮阳帽。

他突然抓住她的肩膀。

“别这么走。你觉得好多了？能认真谈一谈吗？”

“放开我！”

“我看你的确好多了。那就回答我一句话。我是不是你尝试的唯一机会？”他的目光敏锐，仔细注视她脸上的每一个变化。

“你这是什么意思？”

“你想用这办法借钱，是不是只打算找我一个人？”

“跟你有什么关系？”

“关系大着呢，只是你没意识到。你的名单上是不是还有别人？告诉我！”

“没有。”

“难以置信。你手头没有五六个候补人选才怪呢。肯定有人会接受你的建议。这我能肯定，所以想给你个忠告。”

“我不要你的忠告。”

“可我还是要说。眼下我也只能给你个忠告了。你该听听，因为这是个很好的忠告。你要想跟一个男人索取点东西，别像刚才对我那样不假思索，把一切都脱口说出。你应该做得委婉些，应该更加诱人。结果会好得多。你以前懂得如何做得尽善尽美。可你刚才提出你的……抵押品，向我借钱，态度僵得像根铁钉。我记得见过这种眼神，那是个二十步开外举着枪跟我决斗的人，他的眼神让人看了不舒服。这种眼神在男人心里激不起热情。不能这样对付男人，我亲爱的。你都快把早年受过的训练忘掉了。”

“用不着你教我怎么做，”她有气无力地戴上帽子，心里觉得纳闷。这个脖子上已经套在绞索里的人，已经面临绝境了，怎么还会谈笑风生。她甚至也没注意到，他的双手紧紧攥成拳头把裤兜撑得鼓鼓的，仿佛在与自己的无奈抗争。

“高兴点，”他看着她把帽子的丝带系上，“你可以来看我上绞架，看了感觉会好得多。到时候咱俩的旧账就结清了，眼下这笔账也就清了。我会在遗嘱里提起你的名字。”

“谢谢你，可他们也许一直拖着不绞死你，到时候就来不及付税款了。”她突然恶毒地开口说，为的是跟他针锋相对，而且她说的真是心里话。

第三十五章

斯佳丽从那座房子里出来时，天又下起了雨，天色阴暗，变成了铅灰色。广场上的士兵都钻进木棚去躲雨，街道上没有行人。一眼望去，一辆马车都见不着，她只好一路走回去了。

她拖着沉重的脚步走啊走，白兰地的酒劲也渐渐消失了。寒风冻得她瑟瑟发抖，冷雨像针扎似的打在她脸上。佩蒂姑妈的那袭薄斗篷很快就湿透了，黏糊糊交叠着耷拉在身上。她知道天鹅绒裙子也得弄坏，帽子上的羽毛湿漉漉耷拉着，就像原先长在塔拉的大公鸡尾巴上遭遇连连阴雨一样。人行道上的铺路砖破烂不堪，有些路段铺路砖都没了，泥泞能没到她的脚脖子，而且像胶水似的黏住她的鞋，有时拔出脚却带不出鞋。她弯腰去拾鞋，裙边就会挨住泥浆。她根本没打算绕道，拖着又湿又重的裙裾，径直朝泥潭闯过去。裙边和裤脚裹在她脚脖子周围又冷又湿，可她无心照料这套曾经押下无限希望的服装，任凭它搞得一塌糊涂。她浑身发冷，灰心丧气，无比绝望。

她如今还有什么脸回塔拉庄园呢？她曾当着大家的面夸下海口，如今怎么能告诉他们说，大家都得离开家到处流浪？啊，那片红土田野、那些挺拔的松树、那些黑油油的沼泽地，还有雪杉浓荫下埋葬着埃伦的肃穆坟地，她怎么能舍得下这一切呢？

她在泥泞的道路上一步一滑，心里燃烧着对瑞特的仇恨。真是个无比可恶的流氓！她真希望他们绞死他，让她再也用不着见他的面，也让自己蒙受的耻辱从此再也没人知道。毫无疑问，只要他愿意给她那笔钱，他准有办法。啊，绞死他实在是太便宜他了！谢天谢地，他现在见不着她，看不到她这副惨相。她衣服淋得透湿，头发凌乱，冻得牙齿咯咯响。要是他看见自己这副模样，准会幸灾乐祸，放声大笑。

她在烂泥路上滑得东倒西歪，还不时停下脚步喘口气，把陷在泥巴里的鞋拽出来重新套在脚上。路旁的黑人们见了都放肆地嘲笑她，还相互对视，哈哈大笑。这帮黑猩猩，怎么胆敢笑她！怎么胆敢嘲笑她斯佳丽·奥哈拉？她可是塔拉庄园的主人哪！她真想叫人用皮鞭抽他们，把他们的脊背抽得皮开肉绽，鲜血直流，才能解她心头之恨。给他们自由的北佬真是魔鬼，竟然放纵他们肆意嘲笑白人！

她沿着华盛顿街走去时，眼前景色沉闷得不亚于她忧郁的心情。这里没有桃树街那种繁忙和愉快的气氛。原来这里有许多漂亮的宅子，在废墟上重建的却没有几座，到处是烟火熏黑的房子基础，黑黢黢的烟囱孤零零耸立着，人们把它们戏称作“谢尔曼的哨兵”，这副景象让人看了心情沮丧。原来通往房子的步道上长满了杂草，原先的草坪上布满枯叶，一个个下车台上还留着她非常熟悉的名字，拴马桩却再也没有人把缰绳系在上面了。凄风苦雨中，这里一片寂静，只有泥泞和光秃秃的树木，让人感到悲哀。她的两脚都湿透了，回家的路多漫长啊！

她听见身后传来马蹄走在泥路上的噗噗声，连忙朝狭窄的人行道里面避让，免得把佩蒂帕特姑妈的斗篷溅得更脏。一匹马拉着一辆单座轻便马车走来，她转身望了一眼，如果赶车的是个白人，她一定得请求搭个便车。马车驶到跟前时，虽然雨丝模糊了她的视线，可她还是从防水油布上面看见了赶车人，那块油布从马车的挡泥板一直遮到这人的下巴。她觉得这人有点面熟，就走下路阶来到路中间，想看得清楚些。那人有点尴尬，干咳一声，接着，一个熟悉的声音叫起来，显得又惊又喜：“哎呀，这不是斯佳丽小姐吗！”

“哎哟，是肯尼迪先生！”她边嚷边溅着泥泞走到路心，靠在沾满泥巴的车轮上，也不顾把斗篷搞得更加肮脏。“没想到会见到你，我还从没这么高兴过呢。”斯佳丽的话显然出于真心诚意，他听了乐得脸都红了，赶忙朝马车另一侧吐了口满是嚼烟的唾沫，敏捷地跳下车，跟她热情握手，然后掀起油布扶她上了车。

“斯佳丽小姐，你独自一人跑到这种地方来干什么？你不知道如今这地方很危险吗？看你浑身都湿透了。来，用这条车毯把脚裹上。”

他大惊小怪围着她团团转，声音像只咯咯叫的母鸡，她也乐得享受让人照料的奢侈。有个男人嘟嘟囔囔围在身边忙乱，这感觉真不错，即使是眼前这个婆婆妈妈的弗兰克·肯尼迪，嘴里还喋喋不休地责怪她，她也觉得很舒服。刚才受过瑞特那番野蛮对待，此刻她心里特别舒坦。离家那么远，此时此地见到一个老乡，心里真高兴。她这才注意到，他衣着很整齐，马车也是新的。这匹马看上去还不老，显然喂养得很好。不过弗兰克显得老多了，与他的实际年龄不相称，比起他去塔拉跟她家人过圣诞节那阵子，人显得老多了。他看上去身体瘦削，形容憔悴，两只眼珠发黄，目光无神，深陷在皱巴巴的松弛皮肤里。他的姜黄色胡须稀疏了，上面沾着嚼烟汁，乱蓬蓬的好像他总是搔动胡子。不过他还是显得伶俐又欢乐，跟斯佳丽从其他人脸上看到的悲伤、担忧和疲惫表情大不相同。

“见到你真高兴，”弗兰克热情地说，“我不知道你在城里。我上个礼拜还见过佩蒂帕特小姐，她没告诉我说你要来。还有谁……塔拉的人还有谁跟你一道来？”

他心里想的是苏埃伦，这个老傻瓜。

“没别人。”她把那块暖和的车毯裹在身上，尽量往上拉，想把脖子也裹住，“我是独自来的。事先也没跟佩蒂姑妈打招呼。”

他对马吆喝一声，马便沉重地起步了，还尽量在滑溜溜的路上挑好路走。

“塔拉庄园的人都好吗？”

“噢，还过得去。”

她得想出点话来说说，可她觉得难以开口。刚刚遭受的惨败让她心情沉重，她只想裹着这条车毯靠在车座上，心想：“我现在不去想塔拉，等以后心里不太难受了再考虑吧。”她一心想引诱他说话，随便说什么都成，一路说到车到她家门口，自己用不着多开口，只需要不时接应一下，说上句“多好哇”或者“你真了不起”之类。

“肯尼迪先生，没想到会遇上你。我知道自己礼数太不周到了，没有跟老朋友们保持联系，不过我也不知道你在亚特兰大。我记得有人说过，你在玛丽埃塔。”

“我在玛丽埃塔做生意，生意做得可不少呢，”他说道，“后来我在亚特兰大定居下来，这事苏埃伦小姐没跟你说过？她没跟你说过我开店的事？”

她隐隐约约记得苏埃伦唠叨着说起弗兰克和什么店铺的事，可苏埃伦说的话她从来都不往心里去。只要知道弗兰克还活着，将来有一天他会把苏埃伦这个负担从她肩头接过去，她觉得就够了。

“她没说过，”她撒了个谎，“你开了个店铺？真能干！”

苏埃伦竟然没宣布过这个消息，他听了稍稍有点伤心，不过听了她的恭维，脸上又露出愉快神色。

“是啊，我开了个店铺，我认为经营得还不错。有人对我说，我天生就善于做生意，”

他咯咯地笑了，笑得喜滋滋的。斯佳丽听见这种嗤笑声从来就觉得心烦。

她自忖道：“真是个老傻瓜，哼，自吹自擂。”

“噢，肯尼迪先生，你干什么都在行。你这个店铺是怎么开的呢？前年圣诞节见到你，你还说自己身无分文嘛。”

他清了清沙哑的嗓子，挠了挠自己的连鬓胡子，面带羞涩地微笑着。

“嘿，说来话长啦，斯佳丽小姐。”

她想道：”谢天谢地！这下他就能一直说到我家门口了。”于是她说道：“快讲给我听听！”

“你还记得我最后一次上塔拉庄园征粮吗？那以后没多久，我就去服现役了，我说的是真正参加战斗，不再当军需官了。斯佳丽小姐，其实也没必要搞军需，因为当时军队什么也征不到了。我觉得自己身强力壮，上前线作战才能真正发挥作用。后来呢，我就在骑兵队作战，直到肩膀上吃了颗子弹才退下来。”

斯佳丽见他挺得意，就说：“真可怕啊！”

“噢，伤得不重，没伤着骨头，”他的口吻轻松，“他们把我送进一家医院，我的伤快要痊愈的时候，北佬来突袭。天哪，当时可真紧张！我们事先没得到消息，当时凡是能走动的人都帮着转移军用物资，把医院设备装上火车运走。我们刚刚装好一列车皮，北佬的骑兵就打进城那头了，我们连忙从城这头撤退。哎哟，那情景真惨。我们坐在火车皮顶上，看着北佬放火焚烧我们留在车站没法带走的物资。斯佳丽小姐，他们把沿铁路堆了半英里长的物资都给烧了。我们只是人逃出来了。”

“太可怕了！”

“是的，的确是太可怕了。我们的人回到亚特兰大，火车也开到这儿来了。唉，斯佳丽小姐，没过多久，战争就结束了。当时到处扔着瓷器、折叠床、床垫、毛毯，就是没人认领。我看那些东西按理归北佬所有。这也算投降的条件，不是吗？”

“嗯，”斯佳丽心不在焉地说。她身子暖和了，有点昏昏欲睡。

“直到现在我也不知道做得对不对，”他情绪有点恶劣，“不过我觉得北佬拿那种东西一点用也没有。他们准会放一把火烧掉。可这些东西是我们的人实实在在花钱买来的，所以我认为它们应该属于邦联和南部人民。你懂我的意思了吗？”

“嗯。”

“斯佳丽小姐，我很高兴你同意我的看法。可我一直觉得良心上过不去。很多人对我说：‘别这么想，弗兰克，’可我心里老是忘不掉。我要是觉得做了错事，就老是抬不起头来。你觉得我做得对吗？”

“当然。”她说道。可她心里在纳闷，不知道这个老傻瓜在说些什么。只知道他良心有些不安。一个男人像弗兰克一样上了年纪，应该学会不考虑那些无关紧要的事才对。可这人总是心情紧张，像个老女人似的大惊小怪。

“你这么说我很高兴。投降的时候，我身上除了十块钱的银币，其他什么都没有。你知道他们在琼斯博罗干的事，我的房子和店铺都毁了。我当时不知道该做什么了。可我花了十块钱把五角广场的那个店铺盖了个屋顶，把医院的设备搬过去卖。人人都需要瓷器、床垫之类东西，我卖得很便宜，因为我觉得这些东西其实不能算我的，它们本来就是大家的。我赚了点钱，又进了些货，结果店铺办得挺兴隆。要是周转得快，我能赚很多钱的。”

斯佳丽一听见“钱”这个字眼儿，脑子一下子清醒过来。

“你说你赚了钱？”

见她来了兴致，他说得更起劲了。除了苏埃伦之外，其他女人跟他交往不过是敷衍一下而已，他没想到斯佳丽这个以前的美女竟然对他的话发生了兴趣。他让马走得慢些，好让她到家前把话说完。

“斯佳丽小姐，我现在还不是个百万富翁。跟以前的钱相比，现在这点钱只是个小数目。不过今年我赚了一千块。当然我花了五百块进货、修店铺、付租金。可我净赚了五百块。生意越来越兴隆，明年我肯定能赚两千。这两千块我已经想好怎么用了。我已经有了计划。”

一听他说起钱，她立刻变得兴致盎然。她垂下浓密的睫毛，稍稍向他靠近一点。

“是什么计划，肯尼迪先生？”

他笑了，用缰绳在马背上抽了一下。

“恐怕我让你觉得厌烦了吧，斯佳丽小姐，我净谈生意经。像你这样年轻漂亮的小姐，根本用不着知道生意上的事情。”

这个老傻瓜。

“噢，我对生意一窍不通，不过我非常感兴趣！快跟我说说，遇上我不懂的，你就跟我解释解释。”

“好吧。我的另一个计划是开个锯木厂。”

“一个什么？”

“一个把木材锯成木板的工厂。我还没有买下那个工厂，不过我打算买。桃树街那头有个名叫约翰逊的，他拥有一家锯木厂，因为急需用钱，打算卖掉厂子。他本人还愿意留在厂里帮我经营，我每星期付给他工钱。这一带没剩下几家锯木厂，他那个厂就是其中一家。北佬把大多数厂子都毁了。拥有锯木厂等于拥有一座金矿，这年头，木材简直可以漫天要价。北佬把这里的很多房子都烧掉了，人多房子少，人人都急着想重建房子。可木材不够，供货期也长。如今人们都朝亚特兰大拥，因为没有黑人，地没法种了，乡下人都想进城，北佬和投机商也拥进来，我们已经给敲诈得一无所有了，可他们还想在我们身上榨出更多油水。告诉你吧，用不了多久，亚特兰大就会变成一座大城市。他们盖房子就得用木头，所以我打算尽快买下这个锯木厂。等我收回部分欠账，就把它买下。我……我猜想，你知道我为什么想尽快挣钱，对不对？”

他脸红了，再次咯咯笑起来。斯佳丽厌恶地想道：“他在想苏埃伦。”

她动了一下念头，想跟他借三百块钱，可她还是打消了这个念头。他准会吞吞吐吐找各种借口，拒绝她。钱是他辛辛苦苦挣来的，为的是到了春天可以娶苏埃伦。要是这笔钱没了，他的婚期就得往后推，还不知道要推到什么时候呢。就算她能激起他的同情心，让他意识到自己对未来岳父家的责任感，答应借这笔钱，她也知道苏埃伦不会同意。苏埃伦如今越来越着急，觉得自己已经是个老姑娘了，凡是耽搁她婚期的事，她准会坚决反对。

那个满腹牢骚的姑娘到底有什么魅力，竟然能让这个老傻瓜迫不及待，要为她筑个安乐窝？苏埃伦不配得到个痴情丈夫，也不配享受一个店铺和一座锯木厂的收益。苏埃伦只要手里有了钱，就会摆出一副派头，让人受不了，更不会掏一分钱帮助维持塔拉庄园。

苏埃伦肯定不会帮忙！她会为自己能离开塔拉感到庆幸，根本不关心塔拉缴不上税金让人家拍卖，就是塔拉烧成平地，她也不在乎，只要自己能穿上漂亮衣服，有人称呼她太太，就感到心满意足。

一想到苏埃伦的终身大事有了着落，可她自己和塔拉却没有保障，斯佳丽不禁怒从心头起，恨生活对她不公平。她连忙扭头望着车外泥泞的街道，唯恐弗兰克注意到自己的神情。她要失去一切，而苏埃伦却……突然，她心里做了个决定。

不能让苏埃伦得到弗兰克，不能让她得到他的店铺和锯木厂！

苏埃伦不配。斯佳丽自己要拥有这一切。她想到了塔拉庄园，回忆起乔纳斯·威尔克森站在家门台阶下的情景，那个响尾蛇一样歹毒的家伙。她的生命之船就要沉没，她要抓住这最后一根救命稻草。瑞特见死不救，可上帝却把弗兰克赐给了她。

"但是，我能得到他吗？"她握紧了拳头，目光恍惚地望着雨丝，"我能让他忘记苏埃伦，然后让他很快向我求婚吗？既然我差一点就让瑞特向我求婚，我一定能把弗兰克搞到手！"斯佳丽把目光转向弗兰克，眼睛眨巴了几下。"这个人实在算不得好看，"她冷冷地想道，"他的牙齿长得难看，一嘴的口臭，年纪大得像我父亲。再说，这个人还这么神经质，胆小怕事，从没见过哪个男人有这么讨厌的品质。不过，他总算是个正人君子，我看跟他一起生活比嫁给瑞特好忍受些。当然，要想驾驭他也比较容易。无论如何，如今沦落到了叫花子的地步，也就不能挑挑拣拣了。"

他是苏埃伦的未婚夫。这丝毫也没让她的良心有所顾虑。她能来亚特兰大来找瑞特，自己的道德观念就已经完全崩溃了，夺走妹妹的情人无非小事一桩，如今哪顾得上为良心烦恼呢？

心里有了新的希望，她挺直了脊梁骨，忘记了两脚又冷又湿，两眼眯成一条缝，目不转睛地盯着弗兰克，盯得他心里惊慌，赶忙垂下眼皮。她想起瑞特说的那句话："我记得见过这种眼神，那是个二十步开外举着枪跟我决斗的人……这种眼神在男人心里激不起热情。"

"斯佳丽小姐，怎么回事？你着凉了吗？"

“是啊，”她的声音里充满了无奈，“你能不能……”她迟疑着，声音显得很腼腆，“你能不能让我把手插在你上衣口袋里？天真冷，我的暖手筒都湿透了。”

“这还用说……这还用说……当然可以！你连手套都没戴！天哪！我太怠慢了，喋喋不休说个没完，可你却要冻僵了，需要赶紧去烤火。驾！萨莉！顺便问问，斯佳丽小姐，我只顾忙着说自己的事了，都没来得及问你，天气这么糟糕，你出来是要干吗？”

“我刚才去了北佬的司令部。”她想都没想就脱口而出。

他沙黄色的眉毛惊得挑起来。

“可是，斯佳丽小姐！那些士兵……你为什么……”

“圣母玛丽亚！让我想出一套真正管用的谎话吧，”她心里连忙祈祷。要是让弗兰克疑心她去看望过瑞特绝对不行。弗兰克认为瑞特是个最下流的流氓，规矩女人不该跟那种人谈话。

“我上那儿去……我上那儿去……为的是兜售刺绣活儿，看看哪个军官愿意买回去给自己的太太。我的刺绣手艺好极了。”

他吓得目瞪口呆，身子靠在车座上，迷惑中夹杂着愤怒。

“你去找北佬……哎呀，斯佳丽小姐！你可不该那么做。这……这……你父亲准不知道！佩蒂帕特小姐也肯定……”

“哎呀，你要是告诉佩蒂帕特姑妈，我就不活了！”她真急了，不禁放声大哭。这时候哭鼻子很现成，她本来冷得要命，心里又苦恼极了。可她这一哭，却产生了惊人的效果。弗兰克突然手足无措了，就是她突然当着他的面把自己脱得精光，他也不会更尴尬。他舌头抵住牙齿，一连啧啧了几声，嘴里嘟囔着“天哪！天哪！”对她做了几个安慰手势，却没有任何作用。他脑袋里突然产生了个大胆的念头，想把她拉过来，让她的脑袋靠在自己肩膀上，拍拍她。可他从来没跟女人做过这种事，几乎不知道该如何是好。斯佳丽·奥哈拉既风流又漂亮，竟然在他的马车里哭了。斯佳丽·奥哈拉简直是高傲的化身，竟然跑到北佬那里去兜售针线活儿。他的心里燃烧着愤怒的烈火。

她继续呜咽着，嘴里不时喃喃唠叨几个字眼，他便了解到，塔拉庄园境况不妙。奥哈拉先生仍然“神志不清”，那么多人都吃不饱肚子。她这才不得不上亚特兰大来，设法挣点钱，既为自己，也为自己的孩子。弗兰克再次啧啧几声，忽然发现她的脑袋已经靠在他肩膀上，他也不清楚这事是怎么发生的。肯定不是他动手把她搂过来的，可斯佳丽的脑袋已经过来了，还依偎在他干瘦的胸脯上，啜泣着，显得无比绝望。他体会到一种异常激动和新奇的感觉。他胆怯地拍了拍她的肩膀，发现她并不反抗，就壮起胆子拍着她。这是个多么甜蜜无助的弱女子啊。她也真有点蛮勇，靠针线活想赚点钱，而且是跟北佬做买卖——这可太过分了。

“我不告诉佩蒂帕特小姐，不过你得答应我，斯佳丽小姐，以后别再干这种事了。想想吧，你父亲的女儿竟然……”

她一双湿润的绿眼睛无可奈何地向他的眼睛望去。

“可是，肯尼迪先生，我总得干点什么才行。我必须照料我可怜的孩子，如今没人照料我们啦。”

“你是个勇敢的女子，”他说道，“不过，我可不能让你做这种事。你家里人会把脸都丢尽的。”

“那我该怎么办呢？”她抬起一双恍惚的眼睛望着他，仿佛知道他有办法，正等待着他出主意。

“这个嘛，我一时也没办法。不过我会想办法的。”

“噢，我就知道你有办法！你真有本事，弗兰克。”

她以前从未称呼过他的教名，他听了又惊又喜。这个可怜的姑娘准是心烦意乱得要命，甚至没注意自己说漏了嘴。他心里涌起一股对她的好感，也觉得自己有能力保护别人。要是他能为苏埃伦的姐姐帮上什么忙，他肯定愿意效劳的。他掏出一张印花手帕递给她，她揩了揩眼睛，战战兢兢露出笑容。

“我真是个小傻瓜，”她不好意思地说，“请你原谅我。”

“你可不是个小傻瓜。你是个非常勇敢的年轻女子，想要挑起一副非常沉重的担子。恐怕佩蒂帕特小姐对你没什么帮助。我听说她的大部分财产都散失了，亨利·汉密尔顿先生自己的经济状况也很糟。可惜我不好给你提供个房间来住。不过，斯佳丽小姐，你记住我这话，等我跟苏埃伦小姐结了婚，我们家有你和韦德·汉密尔顿住的地方。”

机不可失！如此天赐良机，准是天上诸位圣贤和天使在为她守望。她竭力装出一副既吃惊又窘迫的模样，仿佛打算脱口而出说点什么，又赶忙闭上了嘴。

“别假装不知道我开春就是你的妹夫了。”他装作打趣，心里却紧张不安。

接着，看见她眼睛里满含泪水，慌忙问道：“怎么回事？苏埃伦生病了，是不是？”

“噢，没有！没有！”

“准是出什么事了。你一定得告诉我。”

“啊，我不能！我不知道！我想她自己会写信告诉你的——唉，多丢人哪！”“斯佳丽小姐，到底是怎么回事？”

“啊，弗兰克，这话我本来不该说，可我以为你一定知道了……以为她已经写信告诉你了……”

“写信告诉我什么？”他浑身颤抖。

“唉，你是这么好的人，她却做出那种事！”

“她做了什么事？”

“她真的没写信告诉你？啊，我猜她准是羞得不敢给你写信了。她的确该感到羞愧！唉，没想到我有这么个丢人现眼的妹妹！”

这时候，弗兰克连提问的勇气都没了。他呆坐在那里，两眼瞪着她，脸色变得死灰，手里的缰绳松松垮垮耷拉下去。

“她下个月要跟汤尼·方丹结婚了。唉，弗兰克，我真替你难过。真不该由我告诉你这事。她等不及了，害怕变成个老姑娘。”

弗兰克搀扶着斯佳丽下车时，黑妈妈早已在门廊上等待多时了。她显然在那儿已经等了好一阵子，包头布都湿了，紧紧裹在脖子上的旧围巾也落了不少雨滴。那张皱纹满面的黑脸露出愤怒和焦急，斯佳丽从来没见过她的嘴唇撅得那么高。不过，她朝弗兰克瞟了一眼，马上认出他来，脸上的表情立刻变了，立刻露出喜悦，还有点迷惑，脸上变成一种类似羞愧的表情。她踉踉跄跄朝弗兰克走来，兴高采烈地与他寒暄，跟他握手时，她咧开嘴笑了，还行了个屈膝礼。

“看见老朋友回来，我真是打心眼里高兴哪，”她说道，“你好吗，弗兰克先生？老天爷呀，你气色真好！早知道斯佳丽小姐是跟你在一起，我就不担惊受怕啦。我准知道你会照顾她的。我回来见她不在，就像只没脑袋的鸡，急得团团转，以为她独自在城里乱跑，可街上到处是自由黑鬼。你怎么事先也不跟我打声招呼，宝贝？你还着了凉！”

斯佳丽顽皮地朝弗兰克眨巴了一下眼睛。弗兰克刚刚听到坏消息，心情非常沮丧，不过还是微笑了一下，因为他明白，她这是在叮嘱他要为他俩的愉快同谋保守秘密。

“黑妈妈，你赶快去替我准备几件干衣服，”她说道，“再端点热茶来。”

“天哪，你这身新裙子全糟蹋了，”黑妈妈嘟囔着抱怨道，“我得花工夫替你刷洗刷洗，好让你晚上去参加婚礼。”

黑妈妈走进屋子，斯佳丽靠近弗兰克，压低声音说：”今晚你一定要来吃晚饭，我们太孤单了。晚饭后我们去参加婚礼。一定要请你陪我们去！请你千万别对佩蒂姑妈说起……说起苏埃伦的事。她听了会伤心的，让她得知妹妹的事，我也受不了……”

“嗯，我不说！我不说！”弗兰克连忙说，这件事让他想想都害怕。

“你今天帮了我的大忙，真是太谢谢了。我又觉得勇气十足了。”她紧紧握他的手跟他道别，一双眼睛向他发动全面调情进攻。

黑妈妈在门扇后面等着她，意味深长地瞪了她一眼，然后气喘吁吁地跟在她身后上了楼，走进卧室。斯佳丽脱下衣服丢在椅子上，黑妈妈一声没吭，服侍斯佳丽上床睡觉。她给斯佳丽端来一杯热茶，拿来一块包在法兰绒里的热砖，低下头望着斯佳丽。接着她开口说话了，斯佳丽从来没听她这么说过话，声调里几乎带着歉意：“乖宝贝，你怎么也不说说你这趟到底要干啥？我可是你的黑妈妈呀。要不然我也犯不着一路跟你来亚特兰大嘛。我上了年纪，身子也太重，不能跟你跑来跑去。”

“你这话是什么意思？”

“宝贝，你瞒不过我。我了解你。我刚才看见你跟弗兰克先生的脸色，知道你脑袋里在动啥念头，就像念《圣经》一样明明白白。我还听见你跟他低声说苏埃伦小姐的事。要是早知道你追的是弗兰克，我就待在家里不出来了。”

“噢，”斯佳丽接应一声，身子在毯子下面舒舒服服蜷缩起来。她心里清楚，要想蒙骗黑妈妈是不可能的，“你当我是来找谁的？”

“闺女，我不知道，不过你昨天那张脸我可不喜欢。记得佩蒂帕特小姐写信告诉玫兰妮小姐说，那个叫巴特勒的流氓有的是钱，这话我可没忘。弗兰克先生长相不中看，不过他可是个正人君子。”

斯佳丽狠狠瞪了黑妈妈一眼，黑妈妈回瞪她一眼，平静的目光中带着无所不晓的神情。

“噢，你打算怎么办？对苏埃伦翻闲话？”

“我会想方设法帮你，从各方面逗弗兰克先生高兴。”黑妈妈说着替斯佳丽掖了掖毯子。

黑妈妈在屋子里忙乱的时候，斯佳丽静静躺了一会儿，心里觉得宽慰，这事两人非常默契，用不着多说。黑妈妈没有要求她解释，也没有责备她。黑妈妈心里明白了，嘴上就不再多说。斯佳丽发现，黑妈妈比她自己更讲求实际。一旦自己的宝贝面临危险，一双老眼虽然昏花，却立刻清清楚楚看透事态，就像个野蛮人那么直率，也像孩子一样无忌。斯佳丽就是她的宝贝，只要她的宝贝孩子想要的东西，尽管这件东西属于别人，黑妈妈也愿意帮她弄到手。她脑子里丝毫都没替苏埃伦和弗兰克考虑过，只是心里暗自冷笑几声而已。斯佳丽正面临困难，正在尽全力搏斗，而斯佳丽是埃伦小姐的孩子，黑妈妈毫不迟疑地支持她。

斯佳丽感觉到，这阵沉默就是对她的认可，脚下的热砖让她全身暖烘烘的，刚才乘车回家时心里产生的希望火花，此时变成了熊熊火焰。她浑身燃起了激情，怦怦的心跳使热流涌遍全身。她又恢复了力量，兴奋得几乎要放声大笑。她兴高采烈地想到，我还没有输。

“把镜子递给我，黑妈妈。”她说道。

“把肩膀盖住。”黑妈妈一边下命令，一边把镜子递给她，两片厚嘴唇上露出笑容。

斯佳丽看看自己镜中的形象。

“我的脸煞白煞白的，像个鬼。”她说道，“我的头发乱得像马尾巴。”

“你跟以前不一样了。”

“嗯……外面雨很大吗？”

“你还不知道，跟瓢泼似的。”

“反正都一样，你得替我上街走一趟。”

“雨这么大，我才不去呢。”

“你得去，要不我自己去。”

“有什么不能等的大事？好像这一天还没干够似的。”

斯佳丽对着镜子仔细端详着说道：“我要一瓶香水。你替我洗洗头发，往头发里喷点香水。再买一瓶温柏籽胶冻，把头发定定型。”

“这种天气，我才不帮你洗头呢，也不让你学那些放荡女人往头发上喷香水。只要我还有一口气，就不让你那么干。”

“我就要这么干。从我钱包里取出那个五块钱的金币，上街去买。另外……嗯，黑妈妈，到了城里，顺便给我买一罐胭脂。”

“胭脂是什么东西？”黑妈妈狐疑地问道。

斯佳丽盯着她的眼睛，眼神里带着一股她自己都感觉不到的冷漠。她从来摸不准，到底能把黑妈妈逼到哪一步。

“你别管，去店铺里买就是了。”

“我不知道的东西绝不买。”

“好吧，是一种颜色，这下清楚啦？往脸上搽的颜色。别站在那儿把腮帮子鼓得像癞蛤蟆。快去。”

“颜色！”黑妈妈嚷起来，“往脸上搽的颜色！要不是你已经长大了，我准得揍你！我从来没丢过这种脸！你准是昏了头！埃伦小姐这阵子准是在坟墓里翻身呢！把脸抹得像个……”

“你知道得清清楚楚，罗比亚尔外婆也搽脸的，还……”

“没错，她还不穿裤子只穿条衬裙，上面还要喷上水，连腿的形状都看得见，可这不等于说，你也可以那么干！老一代小姐们年轻时候，风气不好，可是时代变了，她们干的事……”

“我的天哪！”斯佳丽按捺不住性子，大声嚷起来，把盖在身上的毯子掀起来，“你趁早回塔拉去！”

“我不愿回塔拉你就休想打发我回去，我有这个权利，”黑妈妈怒气冲冲道，“我哪儿也不去，就待在这儿。你给我回床上去。想得肺炎啊？躺下，盖上！躺下，盖上，好乖乖。听话，斯佳丽小姐，这种天气哪儿都不能去。上帝呀！你就像你爹！回床上去，我可不给你买什么颜色！人人都会知道是我家孩子要用这东西，把我羞死了！斯佳丽小姐，你这么漂亮可爱，用不着什么颜色。宝贝，只有坏女人才用那种东西呢。”

“可是，她们搽了不是挺好看吗？”

“耶稣基督呀，听她说的是什么话！宝贝，不准说那种坏话！快把湿袜子脱下来，宝贝。我不准你买那种东西。埃伦小姐晚上会找我算账的。回床上去。我走了。我找一家不认识我们的店铺去买好了。”

那天晚上，艾尔辛太太家按时为范妮举行婚礼。老利维和其他乐师来为婚礼舞会伴奏，斯佳丽环顾周围，心里充满喜悦。能再次参加聚会她心里实在太激动了。她也为受到大家的热情欢迎感到喜悦。她挽着弗兰克胳膊走进屋子时，大家都朝她拥过来，人们乐得直嚷，欢迎她，亲吻她，跟她握手，述说对她的无比想念，还要她再也别回塔拉了。人们都宽宏大量，男人都忘掉她曾经竭尽全力伤他们的心，女子也忘记了她曾引诱她们的情人撇下她们。就连梅里韦特太太、怀廷太太和米德太太之类老女人，原来战争快要结束时曾对她十分冷淡，这时也忘掉了她的轻浮行为，忘却了对她的指责，只记得她跟大家一样，在共同的失败中饱受折磨，只记得她是佩蒂的侄媳，是查尔斯的寡妇。大家亲吻她，含着眼泪谈起她慈母的去世，还详细询问她父亲和妹妹的近况。大家也询问玫兰妮和阿希礼的情况，要她解释他们俩为何不回亚特兰大。

虽然斯佳丽因为受到欢迎心里喜悦，可她还是感到一丝不快，竭力想掩饰起来，那是因为这身天鹅绒裙袍是一副邋遢模样。黑妈妈和厨娘下了很大功夫，又是用开水壶烫，又是用一把干净梳头刷子刷，又是拼命在火苗上扇动，可它膝盖以下仍然湿漉漉的，裙边上还是沾着污渍。斯佳丽生怕有人注意到自己的裙子曾在泥水中弄脏，进而意识到她只有这么一条漂亮裙子，幸亏其他客人的衣服远不如她，心里这才稍感欣慰。大家的裙子都很旧，看上去都是仔细织补熨烫过的。而她自己这身裙子却是完整的，全新的，虽然有点湿，但是，在聚会上除了范妮那身白缎子婚纱裙袍外，唯一身穿新裙袍的就是她了。

想起佩蒂姑妈对她说过艾尔辛家的经济状况，她觉得纳闷，不知道做这条白缎子婚纱裙袍的钱是打哪儿来的，另外，她们买点心买装饰请乐师的钱也不知是怎么弄来的。这些一定花了很多钱。钱准是借来的，要么就是艾尔辛家上上下下都为这场奢侈的婚礼出了力。在当前困难时期，举办这样规模的婚礼，简直像塔尔顿家为儿子立墓碑一样铺张浪费。她当时站在塔尔顿家墓地上，心里也有过同样的恼火和反感。昔日那种挥金如土的时代已经一去不复返了，这些人干吗硬要追随逝去的岁月，摆出这番架势呢？

她耸了耸肩，把这个短暂的念头抛在脑后。反正不是她自己的钱，她才不愿为别人的愚蠢生气，不愿毁了自己今晚的兴致。

她发现新郎是自己的熟人，就是家住斯巴达的汤米·韦尔伯恩。1863年他肩膀受了伤，她曾在医院看护过他。当时他是个身高六英尺的帅小伙，是放弃医学专业参加骑兵团的。可现在他看上去像个小老头了，因为肩膀受过伤，身体佝偻得很厉害。他走路有点吃力，佩蒂姑妈说他走路叉着腿，模样很难看。可他本人好像完全没有意识到自己的外表，或者说并不在意，一副对别人无所求的态度。他已经彻底放弃了继续学医的希望，现成当了名承包商，管理着一批爱尔兰建筑工，正在承建一座新旅馆。斯佳丽心里纳闷，不知道他这般身体状况怎么应付那么繁重的工作，可她什么也没问，心里不无苦涩地想，人到无奈时，什么都能干。

汤米、休·艾尔辛、一副猴子长相的小个头勒内·皮卡德三个人跟她站在一旁聊天。其他人正把椅子和家具往墙边移，腾开空地准备跳舞。自从斯佳丽与休在一八六二年最后一次分手以来，他没什么变化，还是原来那个身材瘦削神色机敏的小伙子，前额照旧耷拉着一绺浅棕色头发，一双手还是她记忆中的那么纤细，不像个能干活的样子。但是，勒内自从那次休假时跟梅贝尔·梅里韦特结了婚，就有了很大变化。一双黑眼睛还是像法国人似的闪闪发光，还是像克里奥尔人一样对生活充满热情，虽然他的笑容十分开心，可是战争初期那种轻松表情已经变成了现在的艰难神情，身穿义勇兵制服时脸上那种目空一切的傲慢神色已经荡然无存了。

“你的脸颊如玫瑰，眼睛像翡翠！”他与斯佳丽行吻手礼时恭维道，接着又称赞胭脂让她显得更漂亮。“就像我最初在义卖会上见到你时一样漂亮。你还记得当时情景吗？你把戒指丢进我提的篮子，那情景我怎么也忘不掉，你真勇敢！可我绝对想不到，你过了这么久还没得到另一枚戒指！”

他调皮地眨巴一下眼睛，还用胳膊肘朝休的肋间捅了一下。

“我也绝对没想到，你会赶着车卖糕饼，勒内·皮卡德，”她说道。有人当面提起他干的低贱行当，可他似乎并不感到丢人，反而显得开心，拍了拍休的脊背，放声大笑。

“说得好哇！”他嚷道，“是我岳母梅里韦特太太要我干的，这可是我一辈子干的头一桩活计。我勒内·皮卡德原来想养良种赛马，想拉小提琴！如今我赶着马车送糕饼，我喜欢干这个！我岳母能把男人培养得什么都干得了。她本该去当将军，那我们就能打胜仗了。对吗，汤米？”

“哼！”斯佳丽自忖道，“还说喜欢赶车送糕饼！他家当年在密西西比河畔拥有十英里的土地，在新奥尔良还有座大宅子！”

“要是我们原来让岳母参军，不出一星期，我们就能打败北佬。”汤米表示同意，眼睛扫视着他这位新岳母虽然瘦弱却顽强不屈的身影，“我们能坚持这么久，唯一的原因就是背后有不愿屈服的妇女在支持。”

“绝不屈服的妇女。”休改正他的说法，脸上的微笑中带着自豪，不过稍有点挖苦味道。“今天到场的妇女没一个投降的，在阿波马托克斯投降的是她们的男亲属。她们现在比我们当时还难过。我们至少还能在战斗中出出气。”

“她们可以靠憎恨来出气，”汤米替他把话说完，“你说呢，斯佳丽？女士们见自己的男人沦落到如此地步，心里比我们还难受。休本来想当法官，勒内想当着欧洲观众演奏小提琴……”他低头躲过勒内打来的一拳，“我本想当个医生，可如今……”

“假以时日，”勒内嚷道，“我会成为南方的糕饼王子！我的休老弟就会成为木柴大王，你呢，我的汤米老兄，你养的不是黑奴，而是爱尔兰奴隶。多大的变化——多大的乐趣！斯佳丽小姐，你和玫兰妮小姐会有什么变化呢？你们挤牛奶摘棉花吗？”

“才不干呢！”斯佳丽口气十分冷淡，她没有理解勒内接受艰苦生活的乐观态度。“那种活由我们的黑人干。”

“听说玫兰妮小姐给儿子取名叫‘博勒加德’。你捎个话告诉她，就说我勒内赞成这名字，就说除了‘耶稣’外，没有比这更好的名字了。”

“可是，还有‘罗伯特·爱德华·李’，”汤米说，“我并不是有意贬低博的声誉，可我为长子起的名字叫‘鲍勃·李·韦尔伯恩’。”

勒内笑了，耸了耸肩膀。

“我给你们说个笑话，不过这是个真实故事。你们知道克里奥尔人怎么看待我们勇敢的博勒加德和你们的李将军吗。在一趟火车上，车快到新奥尔良的时候，一个李将军手下的弗吉尼亚人遇到一个博勒加德部队里的克里奥尔人。这个弗吉尼亚人对李将军的言行说个没完。那个克里奥尔人显出很有礼貌的样子，皱了皱眉头，若有所思，后来，他微笑着说：‘李将军！对啦，我知道！李将军！就是博勒加德将军称赞的那个人！’”

斯佳丽出于礼貌想陪他们一起笑，可她觉得这个故事没什么可笑的，只说明克里奥尔人跟查尔斯顿人和萨凡纳人一样高傲。另外，她一直认为，阿希礼的儿子应该按阿希礼的名字命名。

乐师调准了音调，忽然演奏起《丹·塔克老伙计》，汤米转向她说：

“斯佳丽，跳舞吗？我不能跟你跳，不过休或者勒内……”

“不，谢谢你。我还在为母亲服丧呢，”斯佳丽连忙说，“我就坐着看看吧。”

她的眼睛找到弗兰克·肯尼迪，做个手势把他从艾尔辛太太身边叫过来。

“我想坐在那边的凹室里，要是你能给我端点点心过来，我们可以好好聊聊。”趁另外三个人走开了，她对弗兰克说。

他匆匆走去替斯佳丽端一杯酒和一片薄蛋糕，她便坐在客厅另一端的凹室里面，还小心翼翼把裙子摆弄好，把最难看的污渍掩盖起来。见到这么多熟人，又听到了音乐，她心情激动，把早上跟瑞特在一起的羞辱场面抛在了脑后。明天她要回顾瑞特的行为，也要回忆起自己蒙受的耻辱，心里会感到痛苦。明天她会考虑是否给弗兰克惶惑难过的心里留下了什么印象。不过今晚她不愿思索。今晚她感到了勃勃生气，浑身的每一个感官都充满了希望，她的眼睛在熠熠生辉。

她从凹室朝宽敞的客厅望去，看着人们跳舞，记起战争期间她初到亚特兰大来时，这间屋子曾非常漂亮。当初，这里的硬木地板像玻璃似的闪闪发亮，头顶上的枝形吊灯装饰着几百块晶莹的玻璃棱柱，把吊灯上几十支蜡烛上的光芒反射出来，就像钻石，就像火焰，就像蓝宝石的光芒，照亮了整个房间。墙壁上悬挂的家人肖像，尊贵而端庄，俯视着满堂宾客，神色显得矜持而好客。几张红木沙发柔软诱人，其中一张最大的曾经摆放在她此时坐的凹室中显著的位置上。以前举办聚会时，斯佳丽最喜欢坐在这个位子上。从这个位置可以看到整个漂亮的客厅，以及客厅另一端的餐厅。餐厅里摆放着一张可以围坐二十个人的椭圆形红木餐桌，周围靠墙摆放着二十把端庄的细腿椅子，一个大餐具柜里放着沉甸甸的银餐具，上面还墩着几个七叉蜡台，放着高脚酒杯、调味品瓶子、水瓶和亮晶晶的小玻璃杯。战争打响的头一年，斯佳丽曾多次在那张沙发上就座，身旁总有个英俊的军官陪着，耳畔响着小提琴、低音提琴、手风琴和班卓琴演奏的音乐，夹杂着人们的舞步在打过蜡的地板上擦出让人激动的沙沙声。

如今，枝形吊灯歪歪斜斜挂在那里，黑黢黢的，上面的棱形玻璃装饰大半破碎了，仿佛北佬占领者曾把这些美好的东西当成靴子蹂躏的目标。此时，照亮屋子的是一盏油灯和几支蜡烛，但大壁炉里燃烧的熊熊炉火成了主要光源。跳跃的火苗照耀下，旧地板失去了光泽，上面斑痕累累，破烂不堪。褪色的壁纸上看得出几个长方形印渍，表明那里曾经悬挂过肖像。天花板上面宽宽的裂缝让人回忆起，攻城那天有一枚炮弹在屋子上面爆炸，把屋顶和二层楼的一部分都掀掉了。曾经摆放过蛋糕和玻璃水瓶的那张红木餐桌，如今仍然摆在显得空荡荡的餐厅里，桌面上布满了划痕，几条桌腿看得出经过笨拙的修理。餐具柜、银餐具、细腿椅子都不见了。屋子背面的拱形法式凸窗上，原来的暗金色窗帘也没了，只有不多几块带花边的窗帘还在，洗得挺干净，可是显然都修补过。

在这个凹室里，原先那张她非常喜爱的曲线沙发没了，放了张硬邦邦的长凳，坐着实在不舒服。她坐在上面尽量显出文雅姿态，心里却希望自己的裙子不是现在这模样，好让她参加跳舞。能够重新跳舞就太让她高兴了。但是，她不打算气喘吁吁地跳弗吉尼亚乡村舞，因为在这间僻静的凹室更能对弗兰克施加影响，她可以倾听他谈话，装出心醉神迷的模样，好鼓励他大犯傻劲。

音乐的确听着入耳。利维长长伸出一只大脚踢踏着打拍子，她也踢踏着脚上的软鞋热切地合着节拍踏动。老利维拼命弹拨着班卓琴，招呼大家跳弗吉尼亚乡村舞。两排舞伴相互靠拢，接着后退，

转身，手臂搭成拱形，脚步在刮擦，踢踏。

丹·塔克老兄喝得醉醺醺……

（舞伴们转个身！）

他倒在火堆里踢出火星星！

（女士们轻轻跳一下！）

在塔拉庄园度过好几个月的沉闷时光，吃过精疲力竭的苦头，如今再次听到音乐，听到人们的舞步声，看到熟悉的友善面孔，大家在微弱的灯光下欢笑，大声说起以前的笑话，用昔日的流行俚语打趣逗乐，挖苦嘲弄，这种感觉真好。如同死而复生。几乎让人觉得又回到了五年前的愉快岁月。假如她闭上眼睛不看眼前这些一改再改的旧衣服，不看那些打过补丁的靴子和舞鞋，假如她脑袋里不老是想着双人舞伴里缺少的小伙子们，她几乎能觉得一切都没变。可是，她看着眼前景象，望着老人们围在餐厅的玻璃水瓶跟前，妇女们手里没拿扇子沿墙站着聊天，旁观年轻人摇摆着身子跳舞，忽然感到不寒而栗，感到恐惧，觉得一切都彻底变了样，眼前的熟悉身影仿佛都是些鬼魂。

他们还是老面孔却跟以前不一样了。这是怎么回事？仅仅因为他们长了五岁吗？不，远远不是因为时间在逝去。他们身上的某种东西不见了，他们的生活圈子中某种东西消逝了。五年前，一种安全感把他们包围其中，那是一种非常缥缈的东西，就连他们自己也没有察觉到。他们就是在那种安全感里成长起来的。如今这种感觉没有了，昔日那种随时存在的激动和喜悦，以及那种生活方式的魅力也随之丧失掉了。

她知道自己也变了，但变化没有他们大，他们变得让她迷惑不解了。她坐在那里望着他们，觉得自己与他们格格不入，就像来自另一个世界的陌生人一样孤独，仿佛自己说的是他们不懂的另一种语言，他们的语言她也听不懂。后来她明白了，她跟阿希礼在一起就有这种感觉。他和他那种类型的人构成了她的主要生活环境，可她觉得自己并不能融合在这个环境中，其中某些东西是她无法理解的。

他们的面孔没有多少变化，他们的礼貌一点儿也没变，可是她似乎觉得，她的老朋友们身上只留下这两种东西没有变。他们还是那一副永恒的尊严和那一套永恒的殷殷礼数，至死也不会改变。但是，他们经历的苦难深重得无法用言语形容，心灵的伤痕到死也无法抚平。他们是谈吐温和的人，性格强悍，但已经精疲力竭，虽然遭受了失败，却不愿在失败面前低头，他们被打败了，却依然挺直腰杆。他们是被征服的土地上受镇压的人民，遭受蹂躏，得不到保护，他们眼睁睁看着自己热爱的州遭受敌人践踏，看着自己的法律受到恶棍们嘲弄，看着以前的奴隶威胁自己，看着自己的男人被剥夺公民权，自己的女人受尽侮辱。他们认为生活像地狱一样黑暗。

他们原来的世界发生了彻底改变，只剩下个旧的形式。旧习惯还会延续下去，也必须延续，因为这是他们仅有的财富了。他们紧紧抓住昔日自己最熟悉、最珍视的东西不放，那就是他们从容不迫的礼貌，他们的礼数，他们与人交往的随和风度，尤其突出的是男人保护女子的态度。男人们恪守着自幼习得的传统，他们彬彬有礼，温柔体贴，从来都能创造一种保护女性的气氛，使她们避免严酷的东西，不使她们看到女性不宜的场面。斯佳丽想，这实在是无比荒唐，因为在过去五年里，就是最与世隔绝的女子，也无不目睹其惨。她们看护伤员，合上垂死者的眼皮，遭受战火，经历毁灭，饱尝恐惧、逃难和饥饿的滋味。

但是，不论他们亲眼目睹过何种景象，也不论他们执行过何等卑微的任务，他们仍然是绅士淑女，他们是被流放的贵族，生活痛苦但精神照旧高贵，对一切都失去了兴趣，但依然友爱待人，他们虽然像头顶上那盏枝形吊灯的水晶一样破碎了，但意志仍然像钻石一样坚强。往昔的岁月已经一去不复返了，但是这些人会继续走老路，仿佛昔日的生活仍然存在，仍然富有魅力，仍然是原来的悠闲从容。他们打定了主意，绝不仿效北佬那种见钱不要命的疯狂，决心丝毫不偏离旧的生活轨道。

斯佳丽心里清楚，她自己也发生了极大的变化。否则哪会干出最后离开亚特兰大以来的这一切，否则，她也不会像现在这样煞费苦心，迫不及待地满足自己的愿望。但是，她的顽强与他们的宁折不弯是有区别的，可她一时也说不清楚到底区别何在。或许在于她什么事都干得出，而许多事其他人宁死也不愿做。也许在于他们虽然绝望却依然笑对生活，态度优雅地朝生活鞠一躬，然后从旁边绕过。斯佳丽可做不来这个。

她不能无视生活。她得过日子，生活太残酷了，充满了敌意，她不可能漠然笑对生活。斯佳丽觉得，朋友们的温和、勇气、气节都没什么价值。她只觉得那是一种愚蠢的倔强，因为他们看到了严酷的现实，却仅仅面露微笑，不愿正视现实。

她旁观着跳舞的人们，见他们跳乡村舞乐得满面通红，不知道他们是不是也有像她这样紧迫的事情要办。当然，他们也经历过各种压力——情人战死，丈夫残废，孩子挨饿，土地不再属于自己，心爱的家园里住进了陌生人。她只是关注别人的事较少，操心自家的事更多而已。其实，他们的损失也是她自己的损失，他们受到的贫困与她受到的贫困原因相同，他们面临的问题与她面临的问题性质一样。然而，他们对这些问题做出的反应却不同。她在这间屋子里见到的面孔并非他们的真实面目，那不过是他们的假面具，是他们永远不愿摘下的假面具。

但是，既然他们像她一样饱尝了残酷生活中的苦头——他们当然饱尝了苦头——那他们怎么还能这么欢乐轻松呢？他们究竟为什么要这样表现呢？她难以理解他们，因此心头隐隐约约感到一丝恼火。她不可能模仿他们。她不能装出无动于衷的态度面对这片生活的废墟。她像一只受到追捕的狐狸，奔逃得心都要破裂了，指望在被猎犬追上前钻进巢穴。

她忽然对所有这些人心生憎恨，因为他们跟她不同，因为他们承受失败的态度自己永远也学不会，也永远不愿仿效。她恨他们，恨他们的微笑，他们是些步履轻盈的陌生人，是些狂妄的傻瓜，明明是些失败者，还觉得自豪，仿佛在为自己失去某些东西而骄傲。这些女人的仪态举止像淑女，她心里也知道她们的确是淑女，可她们日常干的却是卑微的活计，还不知道什么时候才能得到下一套新衣服呢。可她们还是淑女！虽然她自己现在身穿天鹅绒裙袍，头发上喷了香水，尽管她身世高贵，拥有过引以自豪的财富，可她感觉自己不再是个淑女了。在塔拉的红土地上干苦活已经让她斯文扫地，她心里清楚，除非餐桌上摆满银餐具和水晶杯盘，摆上丰盛的菜肴，香气扑鼻，除非她的马厩里有马匹和车辆，除非在塔拉庄园的棉花田里摘棉花的是一双双黑人的手，而不是白人的手，否则自己再也不会感到是个淑女了。

“唉！”她喘了口气，愤愤然想道，“差别就在这里！他们虽然穷，却依然觉得是淑女，可我就没这种感觉。这些愚蠢的女人好像没意识到，没钱当不了淑女！”尽管心里突然有了这个新发现，可她还是隐隐约约意识到，尽管她们看起来傻，但她们的态度仍然是正确的。要是埃伦活着，也会这么想的。她心里感到不安。她知道，自己应该与这些人想法一致，可她不能。她知道自己应该像她们一样虔诚，相信一个女子生下是淑女一辈子就是淑女，即使沦落到一贫如洗，也还是个淑女。可她现在不能逼自己相信这个。

她有生以来一直听人们嘲笑北佬，说他们以拥有的金钱多少论斯文，而不论出身高贵与否。尽管这是一种歪理邪说，可她此刻不禁想到，北佬在其他问题上可能全是错的，不过这一点却没错。要成为淑女得有钱。她清楚，要是埃伦听女儿说出这种话，准得晕过去。无论穷到什么地步，埃伦都不会觉得羞愧。羞愧！不错，斯佳丽感到的正是这个字眼。她为贫穷而感到羞愧，为沦落到囊空如洗不择手段而羞愧，为不得不干黑人的活计而羞愧。

她心里恼火，耸了耸肩膀。也许这些人是对的，自己错了，但是，这些骄傲的傻瓜不像她一样往前看，他们竭尽全力，不惜牺牲荣誉和名声，想要夺回已经失去的东西。他们中间的许多人认为，努力挣钱有失体面。可这是个野蛮而艰难的时代，要想生存，就得付出野蛮而艰难的斗争。斯佳丽知道，家族传统会阻止他们中的许多人投身这种斗争，因为不得不承认，赚钱是这种斗争的目的。他们都认为明显的赚钱行为是极端不雅的，甚至谈论钱也粗鄙不堪。当然，也有例外的情况。梅里韦特太太烘面包，休·艾尔辛砍木柴沿街叫卖，汤米承包建筑工程，这些就是例外。另外，弗兰克还雄心勃勃开了家店铺。他们干的算是什么阶层的活计呢？庄园主们如今却在不多几英亩地上勉强收获，过着贫苦生活。律师和医生可以恢复自己的老本行，等待当事人和病人上门，恐怕永远是空等待。还有那些靠年金过消闲日子的人，他们会怎么样呢？

她可不愿一辈子受穷。她不会坐在那里耐心等待，指望一种奇迹来帮助她。她要闯进生活，夺取自己想要的东西。她父亲当初就是从一个两手空空的移民孩子起家的，后来获得了塔拉庄园辽阔的土地。他能办到的事，他女儿也办得到。她跟这些人不一样，她不会像他们那样把赌注押在已经不复存在的事业上，还为事业失败心满意足，说为了这个事业做出多大的牺牲都值得。他们从昔日的生活中汲取勇气，可她却是从未来中汲取勇气。眼下弗兰克·肯尼迪就是她的未来。至少他有一家店铺，还有现钱。只要她能嫁给他，把握住那些钱，就能应付塔拉庄园又一年的开销。在这之后，弗兰克必须买下那间锯木厂。她自己也清楚城市重建的进展有多快，因为竞争对手很少，任何人现在搞木材生意都会富有得像拥有一座金矿。

她的脑海深处响起了瑞特在战争初期说的话，当时他谈起自己闯封锁线是为了赚钱。她没费心去理解那番话，可是那句话的含义现在却好像非常清楚，她觉得奇怪，为什么当时没有理解，是因为她年轻，还是脑瓜子笨。

“有两种机会可以赚大钱，一种是国家初建，另一种是国家崩溃。”

“这就是他预见的崩溃吧，”她思忖道，“他说对了。谁不怕干苦活，谁不惜争夺，谁就能挣大钱。”

她见弗兰克穿过客厅朝她走来，手里端着一杯黑莓酒，另一只手端着个小碟子，上面放着一小片蛋糕。她脸上装出笑容。她甚至没有仔细思索，为了塔拉庄园而嫁给弗兰克，这到底值不值。她知道值得这么做，可她没有费心再想一遍。

她呷了口酒，抬起头对他微微一笑，知道自己的脸颊比跳舞的人都红，也更加诱人。她把裙摆挪动一下，让他坐下，还慵懒地挥动手帕，为的是把香水味扇到他鼻子里。她为自己的香水感到得意，因为这间屋子里没一个女人喷过香水。弗兰克也注意到了这一点。他一阵冲动，压低嗓音对她说，她就像玫瑰一样娇艳芬芳。

要是他不这么腼腆多好哇！他的模样让她想起田野上看到的棕色老兔。要是他能有塔尔顿家孪生兄弟的殷勤与热情，甚至有瑞特·巴特勒的粗野厚颜，那该多好。但是假如他具备哪些品质，也许早已看出，在她频频眨巴的端庄眼睛后面，潜藏着绝望的挣扎。事实上，他对女人所知甚少，根本没有疑心她想达到什么目的。她够幸运的，可她对他的敬意并没有因此增加。

第三十六章

在弗兰克·肯尼迪旋风式的追求下，斯佳丽两个星期后便跟他结了婚。她红着脸对他说，他的追求让她透不过气来，实在无法再拒绝他的热情了。

可他并不知道，在那两个星期中，她每天夜里都在房间里踱来踱去，对他的反应迟钝恨得咬牙切齿，恨他不理解她的暗示和鼓励，她还在心中默默祈祷，但愿他别在这个节骨眼上收到苏埃伦的来信，毁了她的计划。幸亏她这个妹妹最懒得动笔，只喜欢收别人的来信，却不愿给别人回信。在漫长的深夜，她把埃伦那条褪色的披肩紧紧裹在睡衣外面，在卧室里冰凉的地板上来回踱着步，心里紧张得想了又想，妹妹写信的机会总是存在的，可能性总是存在的啊。弗兰克也不了解，她收到过威尔的一封短信，信中叙述说，乔纳斯·威尔克森又去过塔拉庄园，得知她去了亚特兰大，气得暴跳如雷，最后威尔和阿希礼把他赶出了庄园。威尔的信再次强调了一个她非常清楚的事实——那笔额外税金的缴纳期限越来越近了。看到时间一天天逝去，她急得坐立不安，恨不得抓住沙漏，阻止沙粒落下。

但是，她把自己的心情掩饰得滴水不漏，把自己的角色扮演得天衣无缝，结果弗兰克丝毫没有起疑心，只看到她做的表面文章——查尔斯·汉密尔顿年轻漂亮的遗孀无依无靠，每晚都在佩蒂帕特小姐的客厅里迎接他，心怀敬佩，屏息静听他的店铺经营计划，倾听他说起买下那家锯木厂预期能赚多少钱等等。她两眼闪闪发亮，对他说的每一句话都表示出同感和兴趣，这无疑是一剂药膏，治愈了苏埃伦所谓的变心带给他的创伤。苏埃伦的行为让他痛心也让他迷惑，他敏感而羞怯的虚荣心受到了深深的伤害，他是个中年单身汉，虽有虚荣心，却意识到自己对女人已经不再有吸引力了。他不能写信给苏埃伦谴责她的不忠，这种念头他想都不敢想。不过他可以跟斯佳丽谈论她，让自己的心情得到安慰。斯佳丽用不着说苏埃伦的一句坏话，她告诉他说，她理解自己的妹妹太对不起他，还对他说，像他这样的人理应得到一位有慧眼的女子真诚相待。

年轻的汉密尔顿太太竟是如此漂亮的红颜美女，她想起自己的悲哀处境禁不住忧伤叹息，听了弗兰克开导她的小笑话又会发出银铃般欢快的笑声。她身上那条绿裙袍让黑妈妈收拾得干净整洁，把她的纤细腰肢勾勒得尽善尽美。她的手帕和头发总是飘出淡淡的幽香，令人着迷！如此娇艳孱弱的少妇竟然孤苦伶仃地生活在这个乱世上，她甚至都不了解世道有多暴虐，这真是太遗憾了！如今没有任何人保护她，没有丈夫，没有兄弟，甚至连父亲也不能保护她。弗兰克认为，世界太残暴了，一个孤零零的女子简直无法单独生活下去，斯佳丽默默表示衷心的赞同。

弗兰克每晚都要来访，因为佩蒂家愉快的气氛能抚慰他那颗心。黑妈妈露出专门迎接贵客的笑容，在正门前迎接他，佩蒂用咖啡掺白兰地招待他，嘴里还对他恭维备至，斯佳丽则倾听他说的每一句话。有时候，他下午出去做生意，请斯佳丽也坐他的马车一道去。让她坐在马车里真是件快乐事，因为她总要提许多幼稚的问题。“真是女人见识。”他得意地自忖道。她对生意上的事务一窍不通，让他不禁发笑，她也附和着笑笑说：“嘿，我这种傻女人，当然不懂得你们男人的事啦。”

她让这个老男孩头一回感觉到，他拥有天造地设的优秀品质，比其他男人更具有堂堂男子汉气概，是专门为了保护无依无靠的幼稚女子来到这个世界上的。

他们终于站在教堂圣坛前结了婚。他握住她信赖的小手，看着她低垂的眼皮上浓密乌黑的睫毛，那睫毛如两弯新月，投在粉红的脸颊上。他稀里糊涂，这种事情是怎么发生的，他根本就没明白过来，只知道自己平生头一回干了桩又浪漫又激动的事。他弗兰克·肯尼迪，把这么个美人搞得神魂颠倒，竟然投入自己的怀抱，真是一种让他禁不住狂喜的感觉。

没有亲戚朋友参加他们的婚礼。证婚人是个从马路上叫进来的陌生人。斯佳丽坚持这么做，他也就勉强让了步。他原打算从琼斯博罗把妹妹和妹夫请来作陪，还想在佩蒂小姐的客厅举办一场招待会，让兴高采烈的朋友们向新娘敬酒，那样他心里才会感到喜悦。但是斯佳丽甚至不愿请佩蒂小姐参加婚礼。

"就我们俩，弗兰克，"她捏捏他的胳膊乞求道，"就像私奔一样。我心里一直盼望着私奔式的结婚！求求你，亲爱的，就按我的意思办吧！"

他耳畔至今还响着这些亲密的话语，还能看到她抬起头哀求般的目光，淡绿色的眼珠周围涌出亮晶晶的泪水。他被打动了。毕竟，男人对新娘应该迁就，尤其在婚事上更得迁就她，因为女人对感情之类事情总是看得很重。

他还没完全明白过来，便结了婚。

弗兰克给了她那三百块钱。起初他很不情愿，因为这意味着马上买下锯木厂的希望要落空，但是她甜言蜜语解释，把事情说得非常紧迫，他当然不能眼看着她的家人被赶出家门。他见她乐得笑逐颜开，失望情绪才有所减轻，她以缠绵的爱感激他的慷慨，让他彻底把失望情绪抛在了脑后。还从来没有女人如此对弗兰克表示过感激呢。这笔钱毕竟花得很值。

斯佳丽立刻为了三重目的打发黑妈妈回塔拉庄园：一是把钱交给威尔；二是宣布她的婚事；三是把韦德接到亚特兰大。没出两天，她便收到威尔写来的一纸便条，她不忍释手，把便条念了一遍又一遍，越念越欣喜。威尔在信里说，税金已经缴了，乔纳斯·威尔克森得知此事后“举止很尴尬”，迄今还没有进一步威胁。威尔在信末尾写了句祝福的话，无非是句简短的套话，并没有特别的意思。她知道威尔理解她做的事，也清楚背后的原因，因此既没有责备，也没有赞扬。“但是，阿希礼会怎么想呢？”她焦躁不安地想道，“我在果园跟他说过那番话才过了这么短的时间，他会怎么看我呢？”

她还收到苏埃伦一封错字连篇的信，用恶毒的词语狠狠咒骂她，信纸上泪痕斑驳，对她性格的评论倒也恰如其分，她永远忘不掉这封信，也忘不掉写这封信的人。但是，塔拉庄园安全了，至少暂时不会发生什么危险，她高兴还高兴不过来呢，苏埃伦的话并没有减轻她的愉快心情。

如今，她永久的家是在亚特兰大，而不再是塔拉庄园了，她几乎没有意识到这一点。她不择手段地设法搞那笔税金时，脑袋里除了塔拉及其命运外，其他什么都没顾上考虑。即使是在结婚的那一刻，她也丝毫没想过，自己为保全家园要付出永远离开家的代价。如今买卖已经成交，她才意识到这一点，心里不禁涌起驱之不散的思乡情。但是事情已成定局。既然已经做成了交易，她就要信守诺言。弗兰克救了塔拉，她非常感激他，对他爱恋有加，心中打定主意，永远不为嫁给他而后悔。

亚特兰大的妇女对邻居家的事向来如数家珍，兴趣浓得超过对自家事的关心。她们都知道弗兰克·肯尼迪已经跟苏埃伦·奥哈拉有多年的“默契”了。事实上，他自己还怯生生地说过，打算明年春天成婚。因此大家得知他跟斯佳丽举行过平静的婚礼后，各种传言、猜度、疑心一起出笼，这也就不足为奇了。梅里韦特太太从来不放过自己好奇的疑点，只要自己力所能及，就一定要尽快解开各种谜团。她直截了当问弗兰克，既然跟妹妹订了婚，为什么娶的却是姐姐？后来她向艾尔辛太太报告说，她费了老大的劲，得到的结果却是他的一脸傻相。不过，就连梅里韦特太太这么泼辣的女人，也不敢当着斯佳丽的面扯起这个话题。这些日子，斯佳丽显得非常温存妩媚，可她眼睛里有一种得意扬扬的神色，看了恼人，而且还有一副挑衅架势，谁也不想惹她。

她知道全城都在议论她，可她并不在乎。毕竟嫁男人并不是什么道德过错。塔拉庄园安全了。人们想说随他们去好了。她脑子里要操心的事多着呢。眼下顶要紧的是委婉地让弗兰克意识到，他应该设法让店铺尽量多赚钱。受过乔纳斯·威尔克森那顿惊吓后，她和弗兰克手头不积攒点钱，她就安不下心。即使没遇上紧急情况，弗兰克也需要多多赚钱，她得为缴纳明年的税金攒足钱才行。另外，弗兰克说的那个锯木厂让她一直放不下心。弗兰克得到这座厂子，准能赚大钱。现在木料贵得惊人，谁拥有一座锯木厂都能赚大钱。她心里暗自着急，因为弗兰克的钱缴了塔拉的税就不够买厂子。因此她打定了主意，要想方设法在店铺里多赚钱，而且要快，这样弗兰克就能抢在别人前头买下锯木厂。她看得出这是桩划算的买卖。

假如她是个男人，她会买下那座锯木厂，为了筹钱就是把店铺抵押出去也行。她在婚后第二天就把自己的想法暗示给弗兰克，他听了微微一笑，要她别让漂亮的小脑袋费心考虑生意上的事。但是，他感到吃惊，没想到她居然知道什么是抵押。起初他觉得可笑，可很快便觉得不那么可笑了，在他们新婚的日子里就换成了震惊的感觉。一次，他不经意地对她说，“有人”他十分谨慎，没有提到人名。欠他的钱，可现在还不起，他也不愿讨债，因为毕竟都是老朋友啦，而且还都是上流社会的人。弗兰克真后悔不该当着她的面提起这事，因为她后来一再追问这事，总是装出一副孩子气，说自己只是好奇，想知道谁欠他钱，欠他多少。弗兰克对这事一再推托搪塞，往往不安地咳嗽几声，挥动一下双手，然后重复那套让她讨厌的老话，说些别让漂亮的小脑袋费心之类的话。

他开始意识到，这颗漂亮的小脑袋也是个“善于算计的脑袋”。其实比他自己的脑袋还精于计算呢。弗兰克发现这一点后，感到忧虑。他发现，她能靠心算迅速加起一长串数字，他不禁大吃一惊，因为他自己要算三个以上的数字就非用纸笔不可。她搞分数计算也一点不困难。弗兰克觉得，女人懂得分数计算和生意上的事似乎有失体统，即使一个女人不幸熟悉这种不符合上等女子身份的东西，也应该装作不懂才对。没结婚的时候，他喜欢当着她的面谈生意经，可现在他不喜欢跟她谈了。原先，他以为她的脑袋不可能理解，便乐于向她作出解释。如今他发现，她对一切都了如指掌，便心生恼怒，像男人发现女子有双重性格时的感觉一样。另外，他还像男人发现女子颇有头脑时那样，不禁萌发出男人通常有的希望幻灭感。

谁也说不准弗兰克婚后多久才发现，斯佳丽嫁给他原来是个骗局。也许他是在汤尼·方丹进城做生意时发现真相的，汤尼自然绝对没有想象到其中的奥妙。也可能是她妹妹从琼斯博罗写信来，更为直截了当把事情告诉他的。他肯定不是从苏埃伦那里了解到的，因为她从来没给他写过信，他也自然不能写信向她做出解释。既然已经跟别人结了婚，解释又有什么用呢？一想到苏埃伦永远不了解真相，还以为是他无情无义抛弃了她，他心里就觉得苦恼。或许人人都这么想，都在指责他呢。这的确让他处在尴尬境地，而且要想洗刷自己也毫无指望。一个男人哪能对别人说自己为一个女人昏了头，再说，一位绅士也不能公开说，老婆用谎言让自己落入了圈套。

斯佳丽是他的妻子，有权要求丈夫对她忠诚。再说，他无法让自己相信她嫁给自己并非出于爱情。男子汉的虚荣心不允许他在脑袋里给这种想法以立足之地。换一种角度来看，她是突然爱上他的，为了得到他才撒了个谎，这种想法才比较愉快。但是，这个想法的真实性大可怀疑。他知道，自己很难迷住年龄比自己小一半的女人，尤其迷不住漂亮精明的女子。但弗兰克是个正人君子，只能把自己的迷惑藏在心底。斯佳丽是他的妻子，他不能提出难堪的问题侮辱她，何况问了也于事无补。

弗兰克也不是特别想要挽回任何事，因为他的婚姻表面上十分幸福。斯佳丽是个最迷人不过的女人，总是令他怦然心动，他觉得她在各方面都十全十美——只是有点任性。婚后不久，弗兰克便体会到，只要依着她，生活就非常愉快，但是假如不由着她的性子来，那就……只要依了她，她就会欢乐得像个孩子，满屋子欢声笑语，满口说些傻乎乎的笑话，爬到他膝头上捋他的胡子，让他觉得自己年轻了二十岁。她的温柔和体贴有时出乎他的意料。他晚上回来，她把他的鞋放在炉前烘烤，遇上雨天他把脚弄湿了，或者一连几天感冒不好，她就大惊小怪忙个不停，她忘不了他喜欢吃鸡胗，也记得他咖啡里要放三匙糖。总之，与斯佳丽过夫妻生活既甜蜜又舒适——只是凡事都要依着她。

婚后过了两个星期，弗兰克染上了流行性感冒，米德大夫要他卧床休息。战争爆发后第一年，弗兰克患过肺炎，住了两个月医院，打那以后，他一直害怕再得肺炎，所以心甘情愿躺在床上，盖上三层毯子发汗，每隔一小时就喝一次黑妈妈和佩蒂姑妈给他端来的热汤药。

一天天在床上养病，弗兰克越来越担心店铺里的事情。店铺由一个伙计掌管，这人每天晚上来家里报告一天的买卖，但是弗兰克不满意，心里焦急。斯佳丽一直在等待这样的机会，这时伸出一只凉凉的手摸了摸他的额头，说道："听我说，亲爱的，你老这样可让人担心死了。我去城里看看情况吧。"

他有气无力地说了些不赞成的话，都让她微笑着反驳了回去，结果她去了。新婚后这三个星期里，她一直迫不及待地想查看他的账簿，想知道他财产的底细。如今他病倒了，这是个多幸运的机会啊！

那间店铺就在五角广场附近，翻新过的屋顶在烟火熏黑的旧墙衬托下显得格外醒目。人行道上的木质遮阳篷一直搭到马路边，柱子间的长铁杆上拴着骡马，骡马背上披着破烂毯子和棉被，正低着脑袋淋着细细的雨丝。店铺里面的格局很像在琼斯博罗的布拉德家那间店铺，只是熊熊炉火旁没有一群闲散的人用刀切嚼烟，往沙箱里吐嚼过的烟草。这间店铺比布拉德家的大，但是里面的光线暗得多。门外的木质遮阳板把冬季的阳光大半挡住了，店里一片昏暗，只有山墙高处的几扇污渍斑驳的小窗户透进一线亮光。地板上尽是沾着泥的木屑，到处是灰尘和污垢。店堂正面还显得有点秩序，高高的货架一直高耸到黑黢黢的上方，货架上摆满了色彩鲜艳的布匹、瓷器、炊具和小饰物。可是用板壁隔开的店堂背面则是一片混乱了。

店堂背面没有铺地板，硬泥地上杂乱无章地堆放着各种货物。昏暗中，她看见装在箱子和麻袋里的货物，有犁头、马具、马鞍、廉价的松木棺材，还有各种旧家具，从橡胶木的到红木的、檀木的都有，统统堆在黑黢黢的阴暗处；色泽艳丽但已经磨损的织锦面马毛垫子光彩夺目，与周围环境很不协调。一套套瓷盆瓷碗瓷水罐摆得满地都是，靠墙放着一圈木箱，箱子里黑黢黢的，她把灯举到箱子上面，才看清里面放的是种子、铁钉、门闩和木工工具。

“我原以为像弗兰克这么婆婆妈妈爱挑剔的人能收拾得整洁些呢，”她想道，用手帕揩了揩弄脏的手，“这地方简直是个猪圈。什么管理方法！要是他把这些东西上面的灰尘掸干净，摆在前面让人看见，准能卖得快些。”

他的货物尚且乱成这样，账目就更可想而知了！

“我去看看他的账目，”她想着，拿起灯走到店堂前面。那个叫威利的伙计挺不情愿地把一大本分类账递给她，账本封面积满了污垢。很显然，虽然他还年轻，却跟弗兰克观点相同，认为女人不该管生意上的事。斯佳丽厉声呵斥他一声，让他住了口，打发他出去吃午饭。他走之后，斯佳丽觉得情绪好了一点，店伙计也敢不赞成她查看账目，让她觉得恼火。她把一条腿盘起来，坐在火炉旁一张铺着破坐垫的椅子上，把账簿摊在腿上。这时候正是吃午饭的时间，街上行人稀少，没有顾客来买东西，铺子里就她一个人。

她慢慢翻看着账簿，仔细审视上面一行行的名称和数目，字迹娟秀却难以辨认。弗兰克缺乏生意意识，这一点她早有预料，她不禁皱起了眉头。至少有五百块钱的欠账，有几笔已经欠了好几个月，欠债的有些是她熟悉的人，其中有梅里韦特家和艾尔辛家。弗兰克不愿提到欠债者的人名，她以为数目很小呢。结果数目竟这么大！

“他们付不起钱，干吗还不断地来买东西呢？”她恼火地想道，“既然他知道他们付不起钱，干吗还不断地卖给他们东西？只要他催他们，这些人大半还是付得起的。艾尔辛家既然给范妮买得起缎子裙袍，办得起有排场的婚礼，就当然付得起欠账。弗兰克心肠太软，结果受人欺负。嘿，要是他收回半数欠账，早就买得起锯木厂，还能留点余钱攒下替我付塔拉的税金呢。”

接着她想道：“想象一下弗兰克会怎么经营那个锯木厂吧！活见鬼！他开这间店铺就像办慈善机构，怎么能指望他开锯木厂赚钱呢？开上一个月准会被收税官没收掉。这间店铺要是让我管，准比他干得好！尽管我对木材生意一窍不通，经营锯木厂也准比他干得好！”

这是个让她震惊的想法。女人能像男人一样搞生意，甚至能比他们干得好，这本身对斯佳丽就是个革命性的观念。在她生长的那个环境里，传统观念认为，男人无所不能，而女人却没一个聪明伶俐的。当然，她已经发现，并认为这种观念并非完全正确。她脑子里至今仍然有一种根深蒂固的愉快幻想。她从来没有把这种奇妙的想法说出口。她静静地坐在那里，账簿摊在腿上，嘴巴微微张开，心里感到惊讶。她回顾起在塔拉庄园的那几个月艰难时光，自己干的可是个男人的活计，而且干得相当好。她从小受过的教诲让她相信，一个女人没有男人的帮助，什么事都干不成。但是在威尔来塔拉前，她并没有得到男人的帮助，却把庄园经营得不错。她脑子里断断续续自忖道：“没错，对，我相信，没有男人的帮助，世界上没有女人干不了的事，只有生孩子是个例外，上帝明白，凡是心智正常的女人，只要有半分选择的余地，没一个愿意生孩子的。”

想到自己跟男人一样能干，她心里不由涌起一阵自豪感，迫不及待地想要证明自己的能力，要像男人一样为自己挣钱。那将是她自己的钱，用不着向别人索取，也用不着向哪个男人报账。

“要是我有足够的钱买下那家锯木厂就好了，”她把话说出了口，接着叹了口气，“我肯定能把它办得繁荣兴旺。而且我连一个小木片也不赊给人。”

她又叹了口气。她没有任何办法弄到钱，所以这个想法行不通。弗兰克只要把欠账收回，就能买下那家锯木厂。那是个可靠的赚钱途径。等他得到锯木厂后，她准能找到某种办法，让他具有经营头脑，不会像开这间店铺一样糊涂。

她从账簿背后撕下一页，开始抄录几个月没还钱的欠债人名单。等会儿回了家，她马上就把这个问题提出来跟弗兰克商量。她要让他意识到，尽管这些人是老朋友，尽管催账确实让他难为情，但他们得还账。这事可能让弗兰克感到心烦，他胆子小，还喜欢受朋友们称赞。他这人脸皮子太薄了，宁肯赔本也不愿公事公办去讨债。

说不定他会对她说，这些人谁都没钱还债。嗯，这话可能不假。贫穷不是桩新鲜事，这个她知道。但是几乎人人都有点银餐具或珠宝，手头也有点房地产。弗兰克可以把这些当现金收起来嘛。

她能想象出，假如把这种想法提出来跟弗兰克商量，他准会唉声叹气地抱怨。从朋友手里夺走珠宝和财产！她耸了耸肩想道："嘿，他唉声叹气随他的便，可我要告诉他，他可以为朋友甘愿受穷，我可不愿意。弗兰克要是没有点进取心，就休想干出一番事业！他一定得干出一番事业！就是我不得不在家里掌权逼他，也一定得让他赚钱。"

她颦蹙眉头，舌头从上下牙中间探出来，正忙着抄写，这时前门打开了，一阵冷风猛然刮进店里。一个高个头男子迈着印第安人似的矫健步伐走进这个邋遢的店堂。她抬头望去，见是瑞特·巴特勒。

他衣着华丽，崭新的衣服外面套一件厚大衣，宽阔的肩膀上披一袭短斗篷。她的目光跟他相遇时，他正脱下高顶帽，一只手按在胸口那件洁白无瑕的衬衫褶边上，向她深深鞠躬。他的牙齿在古铜色皮肤衬托下，显得雪白闪亮，十分炫眼，一双鲁莽的眼睛扫视着她的脸。

"我亲爱的肯尼迪太太，"他朝她走来，"我非常亲爱的肯尼迪太太！"说着爆发出一阵开心的大笑。

起初她吃了一惊，仿佛一个鬼魂闯进店铺来了，接着她匆匆把压在身子下面那条腿放下来，挺直腰板，冷冷瞪了他一眼。

“你来这儿做什么？”

“我去过佩蒂帕特小姐家，得知你结婚了，便连忙赶来向你道喜。”

斯佳丽想起自己受到他那番羞辱，脸不由自主羞得通红。

“真想不出你还有什么脸来见我！”她嚷道。

“正相反！你怎么还有脸面对我？”

“哈，你这个最……”

“咱们吹响休战号好不好？”他低下脑袋对她微笑着。微笑中包含着厚颜无耻，却并没有为自己的行为感到羞愧，也没有对她的行为表示谴责的意思。她不由得失笑了，不过那是一种苦笑。

“真可惜，他们没有绞死你！”

“恐怕其他人也有同感。得了吧，斯佳丽，别激动。你这副模样像吞了根捅枪杆一样难看。过了这么久，你肯定已经忘记我的……哦……我那个小小的玩笑啦。”

“玩笑？哈！我一辈子也忘不掉！”

“嗯，不对，你会忘掉的。你装出这副怒气冲冲的模样，以为这样才得体，才能保住自己的面子。我能坐下吗？”

“不！”

可他跌坐在她身旁的一把椅子里，咧开嘴笑了。

“我听说你不愿等我，连两个礼拜都等不了，”他说着嘲弄般呵了口气，“女人真是反复无常呀！”

她没有回答，他便接着说下去：

“告诉我，斯佳丽，说点朋友间的知心话，你我是非常熟悉非常要好的朋友嘛。难道你等我从牢里放出来不是更明智吗？你跟弗兰克·肯尼迪那个老头结了婚，难道比跟我偷情还有诱惑力？”

一如往常，他的讥讽总是惹得她满腔愤怒，他的厚颜无耻总是让她不知该放声大笑还是该义愤填膺。

“别胡说八道！”

“有件事让我百思不得其解，你能不能满足一下我的好奇心？你嫁的男人不但自己不爱，而且连好感都没有，可你嫁了一个还不算，还要嫁第二个，难道你没有一点女性的厌恶感，也没有一点娇弱的畏缩感吗？要不就是我误解了我们南方女性的敏感啦？”

“瑞特！”

“我有自己的答案。我从来感到女人有一种刚毅，男人却不具备这种品质。这与我自幼受到的教育不符。它灌输给我的一种思想说，女人是脆弱的、温柔的、敏感的。不过按照欧洲大陆的规范，若夫妻相爱，那可是一种非常糟糕的结合，的确是一种非常糟糕的趣味。我从来觉得欧洲人在这种事情上的观点是正确的。为方便而结婚，为快乐而恋爱，是一种合情合理的传统，你觉得不对吗？你比我更接近古老国家的观念。”

斯佳丽恨不得朝他大喊：“我不是为方便才结婚的！”然而，她不幸被瑞特言中了。她如果为自己的清白抗辩，只能引来他更加尖锐的挖苦。

“你还有完没完！”她冷冷地说。她急于改变话题，便问道：“你怎么会出狱呢？”

“噢，这种事！”他摆出一副满不在乎的样子回答道，“没什么大麻烦。他们今天早上释放了我。我有位朋友在华盛顿联邦政府的参议院身居高位，我给了他点巧妙的敲诈，事情就解决了。那是个挺好的人儿，是坚定的联邦爱国者，我以前通过他为邦联政府购买毛瑟枪和带裙箍的裙袍。我使用适当方式让他得知我所处的困境后，他便连忙运用自己的影响力，于是他们就把我释放了。斯佳丽，影响力就是一切。万一你将来遭到逮捕，要记住这句话，影响力就是一切。至于是有罪还是无罪，那不过是个理论上的问题。”

“我敢发誓，你不是无辜的。”

“没错。既然我现在已经出狱了，我可以老实承认，我就像该隐该隐：《圣经·旧约》中人物，亚当与夏娃的长子。他杀害了自己的亲弟弟亚伯。一样有罪。那个黑鬼确实是我杀的。他对一位女士态度傲慢，我们南方绅士哪能容忍？既然我对你坦白，我还得承认，我在一个酒吧里因为口角开枪打死过一个北佬骑兵。我没有因为这桩小事受到控告，说不定哪个倒霉鬼替我上了绞架，不过那是很久以前的事了。”

他说起自己杀人的行径，口气竟这么轻松，让她不由毛骨悚然。她几乎脱口而出想给他一通道德训斥，可她突然想起埋在塔拉乱蓬蓬的葡萄架下的那个北佬。他并没有激起她良心上对他的谴责，就像她自己免不了一脚踏死只蟑螂。她自己也像瑞特一样有罪，哪能裁判他呢。

“既然我好像把自己的心都向你敞开了，我必须告诉你，不过这是绝对秘密，你千万不能告诉佩蒂帕特小姐！我的确有那笔钱，稳稳当当存在利物浦的一家银行里。”

“钱？”

“没错，就是北佬渴望查出的那笔钱。斯佳丽，我那天没给你钱绝对不是因为我吝啬。要是我给你开张支票，他们就会查出钱在哪里，到头来，你一个子儿也拿不到。我的唯一希望就在于无所作为。我知道那笔钱非常安全，因为万一发生最糟糕的情况，假如他们搞清楚钱存在哪里了，并且设法把它夺走，我就会把战争期间卖给我子弹和机器的北方爱国者一个个供出来。那他们可就臭名远扬了。那些人有的正在华盛顿身居要职。事实上，我这次能出狱就是使用了威吓手段，以供出真情为筹码要挟他们。我……”

“你是说，你真的掌握着邦联政府的黄金？”

“不是全部。天哪，根本不是全部！除了我，另外还有五十多个闯封锁线的商人，他们把许多钱存在拿骚、英国和加拿大。邦联政府的人很不喜欢我们这种人，因为他们没有我们精明。现在我手头有五十万。斯佳丽，想想看，五十万块钱呐，要是你能控制住自己急躁的脾气，不急着再次套上婚姻枷锁，那该多好！”

五十万块钱。一想到那么多的钱，她就觉得像真的生了病似的难受。他后来那句挖苦她的话从她左耳朵进，右耳朵出，她压根儿就没听见。世道如此艰难贫困，他竟然还藏着那么多的钱，她简直无法想象。那么多的钱，多得数不清的钱，却让别人拿去了，轻而易举地拿去了，可她只得到这么个年迈多病的丈夫，还有这个肮脏邋遢的小店铺，除了这些，便是充满敌意的世界。简直太不公平了，瑞特·巴特勒这样的流氓拥有那么多钱，而她肩负重担却两手空空。她恨他，恨这个打扮成花花公子模样坐在面前奚落自己的家伙。她才不想恭维他耍的小聪明呢，否则他准会越发得意忘形。她真想找几个恶毒刻薄的字眼刺一刺他。

“照我看，你拿了邦联政府这笔钱，还觉得挺正当吧。哼，那是邪门歪道。你自己清楚，这完全是偷窃。换了我，才不要那种昧良心的钱呢。”

“哎呀呀！如今这葡萄多酸呀！”他惊叫着，把脸使劲皱起来，“那我这钱是从谁的腰包里偷来的？”

她不吱声了，仔细琢磨他到底偷了谁。毕竟，他跟弗兰克做的事性质一样，只是弗兰克干的规模小些罢了。

“这钱的一半是我正当赚来的，”他接着说，“是靠联邦爱国者们真诚相助赚得的，他们心甘情愿出卖联邦，销售他们的商品，而那些商品有百分之百的利润可图。一部分钱是我在战争初期做棉花生意赚的，我廉价买进棉花，后来见英国纱厂急需棉花，我就按一块钱一磅的价钱卖给他们。还有一部分钱是我搞粮食投机赚来的。我哪能让北佬夺走我辛辛苦苦劳动的成果呢？不过其余部分的确属于邦联政府，是卖邦联的棉花得到的。我闯过封锁线，把棉花运到利物浦以无比的高价销售掉。当初政府信任我，把棉花交给我卖，然后把卖得的钱用来买皮革、步枪和机器。我也诚心诚意收下货物，忠心耿耿去买办货物。我奉命把卖棉花得到的黄金以我的名义存在英国的银行里，为的是让我有良好的信用。你记得后来封锁线收紧了，我的船一条也驶不出邦联的港口，外面的船也驶不进来，因此钱就留在英国了。可我当时又有什么别的办法呢？难道能像个傻瓜一样把黄金从英国银行里提出来，设法运进威尔明顿港？然后让北佬夺走？封锁线吃紧难道是我的过错？我们的事业失败难道也是我的过错？钱的确属于南部邦联政府。可现在邦联政府已经不存在了。有些人说那可不一定。但是我该把这些钱给谁呢？交给北佬的政府？那样人们就会说我是个贼，我可不愿担这个名声。”他从口袋里掏出一只皮匣子，从里面取出一支长雪茄烟，凑到鼻子下面惬意地闻着，一面装出一副焦急神色，好像在等待她的回答。

“遭瘟疫的家伙，”她想道，“他总是先我一步。他的说法里从来都有漏洞，可我就是找不出毛病在哪儿。”

她一本正经地说：“你可以把这笔钱散发给最需要钱的人。邦联政府不存在了，可拥护邦联的人还多得很，他们的家人都在挨饿呢。”

他把脑袋朝后一仰，放肆地笑了。

“你装出这种伪善模样的时候，就是你最迷人的时候，也是最荒唐可笑的时候，”他嚷道，显得非常开心，“你最好一直说真话，斯佳丽。你不会撒谎。全世界最不善于撒谎的就是爱尔兰人了。行啦，说实话吧。你才不会关心那个该死的邦联政府，更不操心拥护邦联的人呢。要是我提出把钱全散发给人们，你准会惊叫着表示反对。除非让你得到最多的一部分。”

“我不要你的钱。”她努力装出冷淡庄重的神色。

“噢，你不要！你的手掌此刻已经发痒了。假如我把四分之一的钱拿给你看，你准会扑上去。”

“如果你来这儿为的是嘲笑我穷，我就跟你说再见了。”她反驳道，一边把沉重的账簿从腿上搬开，好站起身子加重语气说话。他立刻跳起身，俯身面对她，笑着把她重新推回到椅子上。

“你什么时候才能听了真话不发脾气呢？你谈论别人的时候可是从来不在乎说实话的，干吗不许别人实话实说谈论你呢？我并没有侮辱你。我认为占有欲是一种很好的品质。”

她不太理解“占有欲”这个字眼的含义，但是，既然他赞扬这种品性，她也稍稍觉得有点心平气和了。

“我绝不是来嘲笑你穷，而是来祝福你长寿，祝你们婚姻美满。顺便问一声，苏埃伦妹妹对你的侵占行为有什么看法？”

“我的什么？”

“你从她鼻子底下偷走弗兰克。”

“我没有……”

“得啦，我们不要玩弄字眼了。她怎么说？”

“她什么都没说。”斯佳丽说。他的眼珠迅速上下打量她，像是在指责她的谎言。

“她可真无私哪！那我们说说你的贫穷吧。既然你不久前去监狱请求过我，我当然有权知道。弗兰克的钱难道不像你希望的那么多？”

她躲不开他的粗鲁。此刻，她要么忍受，要么赶他走。可她没想要他离开。他说话带刺，但说得一针见血，都是事实。他知道她做过什么事，也知道她做那些事的缘故，可他似乎并不因此轻视她。尽管他的问题直率得让她难堪，却都是出于善意的关切。他是唯一可以让她吐露心里话的人。这倒是一种安慰，因为她很久没有向任何人吐露过心事和心里的打算了。她只要说出自己的心里话，别人听了都会感到吃惊。跟瑞特谈话嘛，就像跳舞后脱下紧绷绷的舞鞋换上双旧拖鞋那么舒服自在。

“你搞到缴税款的钱啦？塔拉门外那条狼已经不在了吧？”他说这话的语气变了。

她抬起头与他的目光相遇。他的表情先是让她震惊，让她不知所措，接着她忽然嫣然一笑，这种甜蜜妩媚的笑容近来难得在她脸上看到。他真是个不可救药的恶棍，但有时候心肠却好得难以置信！现在她明白了，他来的真正目的不是来嘲弄她，而是询问她是不是弄到那笔急需的钱了。她知道，他一出监狱就赶来找她，虽然他表面上装得从容不迫，可是，假如她仍然需要钱，他会借给她的。可他仍然要折磨她、羞辱她，遇到她指责他时，他就拒不承认。他这个人让她完全无法捉摸。难道他心里真的喜欢她，只是口头上不愿承认？要不就是他别有用心？她想道，也许还是别有用心。但是谁说得准呢？他有时做的事真怪。

“对，”她说道，“门外的狼已经不在了。我……我弄到那笔钱了。”

“不过还是费了一番周折，这我敢保证。你一直忍着没说，直到戴上结婚戒指才开口，对吧？”

他对她的行为归纳得如此准确，她竭力忍住没笑，可还是露出了酒窝。他再次坐下，把两条长腿舒舒服服伸展开。

“好吧，说说你的贫穷状况吧。弗兰克那小子是不是以光明前景引诱过你？要是他这样欺骗一个弱女子，就该结结实实吃顿皮鞭。好啦，斯佳丽，把一切都告诉我吧。你我没有秘密。你最糟的情况我都了解。”

“唉，瑞特，你真是个最坏的……嘿，我都不知道该怎么说你了！他确实没有欺骗我，不过……”她突然有一种说出心里话的欲望。“瑞特，只要弗兰克愿意把欠他的钱收回来，我就什么都用不着担心啦。可是，瑞特，有五十个人欠他的钱，可他就是不愿跟人家要。他这人脸皮太薄。他说，正人君子不能那么对付另一个正人君子。这样一来，要想得到这笔钱，恐怕要等上好几个月，说不定永远也要不回来。”

“那有什么关系呢？难道收不回这些钱你们就没饭吃啦？”

“那倒不是，不过……唉，问题是，我现在要用点钱，”一想到那家锯木厂，她的眼睛顿时熠熠放光。“也许……”

“用钱做什么？又增加了新的税赋？”

“这关你什么事？”

“当然有关，因为你心里正想着向我借一笔钱。噢，你的心思我全知道。我愿意借给你，我亲爱的肯尼迪太太，还用不着你不久前提出的那种担保。当然啦，除非你坚持担保。”

“你是个最粗野的……”

“根本不是。我只是想让你放心罢了。我知道你在为这个条件担心。虽然我不担心，不过担心还是有一点。我愿意借钱给你。不过我想了解你打算怎么花这笔钱。我相信我有这个权利。假如为的是买条漂亮裙子或购置一辆马车，我会心甘情愿借给你。但是，如果你用这钱给阿希礼·韦尔克斯买条新裤子，恐怕我就得拒绝借给你。”

她突然怒火中烧，一时气得结结巴巴说不出话来。

“阿希礼·韦尔克斯从来没要过我一分钱！他就是饿肚子也不接受我的一分钱！你根本不懂他的荣誉感和自豪感！当然啦，你也不可能理解他，因为你是个……”

“我们还是别谩骂的好。我有的是骂你的话，比你骂我的话更高明。你忘了，我通过佩蒂帕特小姐不断了解你的情况，她是个老好人，遇上知心朋友就无话不谈。我知道阿希礼离开罗克艾兰回了家，还一直住在塔拉庄园。我也知道你甚至容忍他带着妻子住在那里，你一定为此感到难过吧。”

“阿希礼是个……”

“啊，可不是嘛。”他挥了一下手，不愿听她说下去。“阿希礼太崇高了，我这种俗人不可理解。但是别忘了，我可是个见证人，目睹了你在十二橡树庄园跟他演出的那一幕。我还看得出，自从那时以来，他没发生变化，你也没改变。假如我没记错，他那天的角色演得并不崇高。我看他目前扮演的角色也不怎么高尚。他为什么不带着家眷出去找个工作？为什么要赖在塔拉庄园？当然啦，这不过是我一时心血来潮的想法，不过我可不愿借给你一个子儿，让你花在塔拉庄园供养他。要是哪个男人要靠女人养活，那在我们中间是桩非常丢人的事。”

“你怎么敢说出这种话？他一直在田里干庄稼活！”她一时怒火满腔，想到阿希礼劈木头做栅栏的情景，心里又是一阵酸楚。

“我敢说，他那身子板可真够金贵的。那双手干起上粪之类活计……”

“他在……”

“噢，没错，我知道。我们可以承认，他在尽力干活，不过我看他对你没多大帮助。他们韦尔克斯家的人永远干不了庄稼活……也干不了任何有用的事。他们那种人纯粹是个摆设。行了，别像只好斗的公鸡爹起羽毛，我评论这位体面自豪的阿希礼，说的都是粗话，你可以抛在脑后别想。真奇怪，你这么坚定的女人怎么会一直抱着那种幻觉。说吧，你到底要多少钱？用来做什么？”

她缄口不语，他再次问道：

“你要钱做什么用？看看你能不能讲实话。说真话跟说假话一样有效。其实说真话更好。因为你说了假话，我肯定能发觉，想想看，那多尴尬。斯佳丽，这一点你永远要记住：我什么都能忍受，就是不能忍受说谎。我可以忍受你对我的厌恶，可以忍受你对我发脾气，可以忍受你对我耍恶毒手段，但是不能忍受你说谎。现在说吧，你要钱做什么？”

尽管她听了攻击阿希礼的话心里怒不可遏，恨不得唾他一口，渴望骄傲地回绝他借钱的提议，回敬他的嘲弄，她一时真想这么做，但是，仿佛有一只冷静的手拉回了她的判断力。她强咽下愤怒，却有点失态，又努力恢复和蔼庄重的神态。他的身子靠回椅背上，两腿伸向炉火。

“我平生最大的乐趣，”他评论道，“就是看着你左右为难，在原则与金钱之类实际问题之间拿不定主意。当然，我知道最终还是实际问题在你脑袋里占上风，不过我还是禁不住要看看，你的高尚本性会不会有一天突然胜出。等到那一天到来时，我就收拾起行李永远离开亚特兰大。天下高尚品质永远占上风的女人多的是……噢，咱们还是谈生意吧。你需要多少钱？”

“我也不知道具体需要多少钱，”她神色阴郁地说，“不过我想买下一家锯木厂……我想价钱一定便宜。另外我还需要两辆马车和两头骡子。我要的是两头好骡子。还要一匹马和一辆二轮轻便马车，供我自己用。”

“一家锯木厂？”

“对，如果你肯借给我钱，你能得到一半的利润分成。”

“我要个锯木厂干什么？”

“赚钱哪！我们可以赚很多钱呢。要不我可以付你贷款利息——我们谈谈，贷款利息多少为好？”

“百分之五十就很好了。”

“百分之五十——啊，你这是说笑话吧！别笑，你这个坏蛋。我是认真的。”，“所以我才笑。除了我谁都想不出，在你这张漂亮诱人的脸蛋后面，脑袋里都转些什么念头。”

"嘿，谁在乎呢？瑞特，你听听这对你算不算一桩好买卖。弗兰克告诉我说，桃树街上有个人有家小锯木厂要出手。他急等着要钱用，打算廉价出卖。这一带没多少锯木厂，可是大家都在重建房子，我们的木料能卖大价钱，不是吗？那人要留在厂子里挣工钱管理工厂。是弗兰克告诉我的。弗兰克要是有钱，自己就会买这厂子。我猜，他给我缴税金的那笔款子，原本是打算买这家锯木厂的。"

"可怜的弗兰克！等到你告诉他说，你已经背着他买下厂子了，他会怎么说呢？你又打算怎么向他解释我借给你钱的事，才不会影响你的名声？"

斯佳丽一心想着锯木厂能替她挣钱，却没想过这种事。

"嗯，我干脆不告诉他。"

"他准会知道你的钱不是从树丛里捡来的。"

"那我就告诉他说……对了，我就告诉他说，我把钻石戒指卖给你了，我原本就打算给你的。当作我的抵……抵什么品吧。"

"我不会要你的耳坠。"

"我也不要了。我不喜欢这耳坠。其实，它们本来就不是我的。"

"那它们是谁的呢？"

斯佳丽脑子里立刻回想起那个炎热的中午，塔拉庄园沉浸在乡间的平静中，门厅里躺着那个身穿蓝军装的死人。

"是别人留给我的——那个人已经死了。现在是我的。拿走吧，我不要了，我宁愿用它们换成钱。"

"天哪！"他不耐烦地嚷道，"难道你脑袋里除了钱什么都不想了？"

"不想了，"她坦率地说，一双碧绿的眼珠转过来坚定地望着他，"假如你有过我的那种经历，你也会跟我一个样。我发现了，世界上只有钱最要紧，上帝作证，我再也不想过那种没钱的日子了。"

她脑子里又出现了炽热的太阳，想起脚踏松软的红土地，头晕目眩，又回忆起十二橡树庄园的废墟上臭气熏天的黑人小屋，回想起自己心里反复念叨过的话："我再也不要挨饿了。我再也不要挨饿了。"

"将来我会有钱的，有很多的钱，我想吃什么就吃什么，再也不让我的餐桌上摆出玉米糊糊和干豌豆。我要买很多漂亮衣服，全都是丝绸的……"

"全都是？"

"对，全都是，"她说得十分干脆，对他的挖苦想都没想，脸也没有红一下。"我要有足够多的钱，北佬休想夺走我的塔拉庄园。我还要在塔拉建造新屋子，盖个新牲口棚，养一批好骡子用来耕地，种很多很多棉花，多得你从来没见过。韦德总是得不到自己需要的东西，我绝对不让这事再发生了！要让他需要什么就有什么。还有我全家人，他们再也不能挨饿了。我说到做到，每句话都要做到。这个你不懂，你这条自私自利的猎犬，从来没有哪个投机商要把你赶出家门，你从来没挨过冻，从来没穿过破烂衣裳，也从来没有为了不挨饿干活累折了腰！"

他平静地说："我在邦联军队里干了八个月。要说挨饿，什么地方都没那儿凶。"

"军队！哈！可你从来没摘过棉花，没在玉米地锄过草。你从来没有……你别笑我！"

她提高嗓门，嗓音变得粗哑了，他的手再次按在她手上。

"我不是笑你，我是笑这种差别，你如今的模样与你的真实本色差别太大了。我想起在韦尔克斯家的野外烧烤宴上第一次见到你的情景，你当时身穿一条绿裙子，脚上穿着一双精致的绿舞鞋，男人绕膝，踌躇满志。我敢打赌，你当时恐怕连一块钱能换成多少分还不知道呢。那时候你脑袋里只有一个念头，那就是诱惑住阿希……"

她猛地把手从他手里抽回去。

"瑞特，要是你想好好待一会儿，就别跟我谈阿希礼·韦尔克斯。我们一谈他就吵架，因为你不理解他。"

"这么说，你对他了解得很深喽，"瑞特不怀好意地说，"不行，斯佳丽，要是我打算借给你钱，我就保留谈论阿希礼·韦尔克斯的权利，爱怎么说就怎么说。我放弃收利息的权利，但不放弃谈论他的权利。有关这个年轻人，我还有许多事情想要了解。”

“我没必要跟你讨论他的事。”她干脆地说。

“噢，有必要！你知道，我抓着扎钱袋的绳子呢。等到有一天你富有了，可以用同样手段对付别人……显然你仍然喜欢他……”

“我不喜欢。”

“啊，这事是明摆着的，你这么气急败坏替他辩护。你……”

“我的朋友受人挖苦，让我受不了。”

“好吧，我们暂时不谈这事。他仍然喜欢你呢，还是关在罗克艾兰让他把你忘了？或许他终于认识到自己的妻子有多宝贵了？”

一说起玫兰妮，斯佳丽的呼吸就急促起来，几乎忍不住想说出真相，说出阿希礼仅仅是为了顾全名声才不愿离开玫兰妮的。话到嘴边，她又打住了。

“啊，这么说，他还是没有足够的头脑去赞赏韦尔克斯太太？在俘虏营吃的苦头仍然没有扑灭他对你的热情？”

“我看没必要讨论这个问题。”

“可我想讨论。”瑞特说。斯佳丽不理解他为什么用那么沮丧的声调讲话，只觉得讨厌。“哼，我一定要讨论这事，你要回答我。这么说，他还爱着你？”

“那又怎么样？”斯佳丽被激怒了，大声嚷起来，“我不愿跟你讨论他，因为你不理解他，也不理解他那种爱。你只知道……只知道对那个叫沃特林的那种爱。”

“嚯，”瑞特温和地说，“这么说我只有肉欲喽？”

“哼，这你自己最清楚。”

“现在我知道你为什么不愿跟我讨论这事了。怕我的脏手和脏嘴玷污他纯洁的爱。”

“嗯，没错……差不多吧？”

“我对这桩纯洁的爱倒挺感兴趣的……”

“瑞特·巴特勒，别那么下流。要是你卑鄙下流的脑子里认为我们之间有什么不正当……”

“噢，说真的，这我倒从来没想过。这也正是我感兴趣的地方。你们之间为什么不曾有过不正当的事情呢？”

“你以为阿希礼会……”

“啊，这么说，是阿希礼努力维护这种纯洁的爱，而不是你。斯佳丽，说真的，你不该这么轻易就说出真心话。”

斯佳丽望着他平静的面孔，他的神情让她难以理解。她既困惑又愤怒。

“我们不再谈这事了，我也不要你的钱了，快滚吧！”

“噢，不对，不对，我的钱你是要的，我们都谈了这么多了，干吗中断呢？既然你跟他没有不正当关系，谈谈这段纯洁的浪漫史也没什么害处嘛。这么说阿希礼爱的是你的心，你的灵魂，你的高尚品格喽？”

这番话让斯佳丽心里痛苦。当然，阿希礼爱的确实是她的这些方面。她正因为知道这个，才觉得生活还能忍受。她清楚，只有阿希礼才能看到自己身上深藏着这些美好的东西，只是受到名誉的束缚，他只能在心里爱着她。但是，经瑞特把事情一挑明，尤其是让他用平静的声调和挖苦的口吻说出来，这些品质似乎便不那么美好了。

“这就让我回想起自己的孩提时代，那时有过一个理想，相信在这个肮脏的世界上，这种纯洁的爱情是可以存在的，”他接着说，“这么说，阿希礼的爱并不触及你的肉体？那么，假如你长得很丑，没有这么白皙的皮肤，他会照样爱你吗？假如你没有这双让男人想入非非的绿眼睛，他也会照样爱你吗？假如你不会扭动屁股，让九十岁以下的男人见了全都魂不守舍，他也会爱你吗？还有你的嘴唇，这两片嘴唇……嘿，我不该让自己的肉欲掺进来。那么阿希礼对这一切都视而不见喽？还是他见了也毫不动情？”

斯佳丽脑子里不由自主地回想起那天在果园里的情景，当时阿希礼搂着她的胳膊在颤抖，他的嘴唇热辣辣地贴在她嘴唇上，仿佛再也不愿放开她。那段回忆让她涨红了脸，她的反应自然没有逃过瑞特的眼睛。

“吁，”他的声音有点颤抖，仿佛来自心中的愤怒，“我明白了，他只是爱你的心灵。”

他怎么敢把肮脏的手伸进她的心灵，玷污自己生活中唯一美好而神圣的东西，让它显得卑鄙可耻？他既冷静又不可抵抗，正在打破她的最后一道防线，就要得到他想要的情况啦。

“不错，他就是爱我的心灵！”她克制住自己跟阿希礼亲吻的记忆，大声说道。

“我亲爱的，他甚至不知道你有没有心灵呢。假使吸引他的真是你的心灵，他就用不着跟你斗争，因为他本来已经在心里有了这种——我们就把它叫作‘神圣的爱’吧！他本来可以放心嘛，毕竟一个男人可以爱慕一个女人的心灵，同时还保持自己正人君子的荣誉，也保持对自己妻子的忠诚。看来他既想顾全他们韦尔克斯家的门风，又觊觎你的肉体，在这二者之间，他一定进退两难吧。”

“你自己心地龌龊，就以为人人都跟你一样了！”

“噢，我从来不否认渴望得到你的肉体，这是你指的意思吧？不过，谢天谢地，我用不着为名誉费心。凡是我想要的东西，只要能得到，我就拿，所以，我用不着跟天使或魔鬼搏斗。你给阿希礼造了个多么快乐的地狱啊！我几乎要为他感到难过了。”

“我……我给他造了个地狱？”

“没错，是你！你对他一直是个诱惑，可他就像他那种出身的人一样，宁要那种叫作荣誉的东西，也不要一点儿爱情。照我看，这个倒霉蛋如今既没有爱情，也没有荣誉，没法让自己感到温暖！”

“可他是有爱情的！我是说，他爱我！”

“真的吗？那么再回答我一个问题，然后我们就结束今天的谈话，你就能拿到钱了，你就是把钱丢进阴沟我也不管。”

瑞特站起身，把那支吸了一半的雪茄丢进痰盂。他的动作里有一种异教徒的无所顾忌和蓄积的爆发力，就像斯佳丽在亚特兰大陷落那天晚上看到的一样，凶狠而吓人。“既然他爱你，那他为什么会允许你上亚特兰大来搞缴税的钱？要是换了我，让一个我爱的女人做这种事之前，我会……”

“他不知道！他一点儿也不知道我……”

“你想到过他本该知道吗？”他的声音里有一股几乎压抑不住的野性，“照你说的他爱你，那他就该知道在你绝望时该怎么办。上帝在上，他就是杀了你也不会让你上这儿来……找我，何况是来找我！”

“可他并不知道！”

“要是非得告诉他，他才知道，那他就是对你和你那珍贵的心灵一无所知。”这话说得多不公平呀！仿佛阿希礼是个能猜透别人心思的人！好像阿希礼知道这事能阻止她似的！但是，她忽然意识到，阿希礼本来可以阻止她的。假如他那天在果园里稍稍给她点暗示，表示情况总有一天会好转，那她绝对不会想到去找瑞特。她去乘火车之前，假如他说上句温情的话，或者分别时接触一下她的身体，或许就能留住她。可是他只是满嘴的荣誉。然而……瑞特的话说得对吗？阿希礼能看出她的心思吗？她匆匆把这种不忠的想法抛在脑后。他当然不会疑心她是去干这种缺德事。阿希礼心地太高尚，绝不会动这种念头。瑞特无非想破坏她的爱，想要撕碎她珍视的宝贝。她恶狠狠地想道，将来有一天，等她把这间店铺整顿好，把锯木厂办顺利，手头有了钱，她要让瑞特·巴特勒为她承受的这些痛苦和屈辱付出代价。

他站在她跟前，低头看着她，脸上露出一丝淡淡的好笑神色。刚才那阵让他激动的情绪消散了。

“这些到底关你什么事？”她问道，“那是我自己的事，也是阿希礼的事，跟你无关。”

他耸了耸肩。

“就这些了。我对你的忍耐力抱有深深的真诚敬意，斯佳丽，我不愿看到你让太多的负担压垮。你有个塔拉庄园的负担，那可是个男子汉才能挑起的担子哪。有你生病的父亲，他永远帮不上你的忙了，还有两个妹妹和那些黑人。如今你的负担上又加了个丈夫，说不定还有佩蒂帕特小姐。就是没有阿希礼·韦尔克斯和他的家眷，你的负担也够重了。”

“他不是我的负担。他帮助……”

“唉，看在上帝的分上，”他不耐烦地说，“咱们还是别再提这个了。他帮不上忙，他靠你养活，要一直靠你养活，就是不靠你也得靠别人，他到死都不会有用。我讨厌这个人，讨厌谈起这个人……你需要多少钱？”

一串难听的骂人话涌到她嘴边。受了他这么多侮辱，让他把自己心里最珍贵的东西都掏出来蹂躏得一塌糊涂，他还以为她会接受他的钱！

可她还是忍住没说出口。她多想痛痛快快拒绝他的钱，高傲地把他赶出店堂。但是，只有那些真正富有的人，生活有保障的人才能享受这种奢侈。只要她还是个穷人，就不得不忍受眼前这种情景。但是，等她富有了——啊，那是个多么美妙诱人的想法哪——等她变得富有了，她绝不忍受自己不喜欢的事情，她要随心所欲，对自己不喜欢的人绝不客气。

“我要对他们说，全都去见鬼吧，”她想道，“瑞特·巴特勒就是头一个。”

这么一想，心里乐了，一双绿眼睛闪亮了一下，嘴唇上也露出一丝微笑。瑞特也笑了。

“你真是个可爱的人儿，斯佳丽，”他说道，“脑子里转着恶作剧念头的时候就更可爱。就因为看见你这对酒窝，只要你需要，我就会买上十二头壮骡子送你。”

前门开了，那个伙计走进来，手里还拿着根羽毛管在剔牙。斯佳丽站起身，围上披肩，把帽子带在下巴底下系好。她已经打定主意了。

“你今天下午有空吗？现在能不能陪我去？”她问道。

“上哪儿？”

“我想要你赶车带我去看那家锯木厂。我答应过弗兰克，独自一人不赶车出城。”

“这么大的雨去看锯木厂？”

“对，我现在就要买下那家锯木厂，免得你改变主意。”

他笑了，笑得那么响亮，把柜台后面那位伙计吓了一跳，瞪着一双好奇的眼睛望着他。

“你难道忘记自己已经结了婚？可不能让人看见肯尼迪太太跟巴特勒这个流氓乘车出城。凡是上等人家，都不欢迎我这个人。难道你不顾自己的名声了？”“名声，瞎扯淡！趁你还没改变主意，也趁弗兰克没发觉，我要买下那家锯木厂。瑞特，别磨蹭。这点小雨算什么？快走吧。”

该死的锯木厂！弗兰克一想起锯木厂就叹气，心里咒骂自己不该当着她的面提起这鬼地方。她把耳坠卖给巴特勒船长就够倒霉了——卖给谁不行，偏偏卖给那个人——而且跟自己丈夫都没商量一下就买了，更糟的是，她不把厂子交给丈夫经营。看样子不妙。好像不信任他，也不相信他的眼光。

弗兰克跟他熟悉的男人一样，认为妻子都该受丈夫指导，因为丈夫的头脑高她们一等，因此该完全接受丈夫的意见，自己什么看法也不该有。大多数女人都有自己的主张，他是愿意依从的。女人都是些滑稽的小东西，迁就她们的心血来潮倒也没什么害处。他天性温和儒雅，并不会过分拒绝妻子的要求。他很乐意满足某个可爱的小女人提出的愚蠢念头，然后亲切地责备她没头脑，没节制。但是，斯佳丽一心想要的这些东西实在太过分了。

就拿这个锯木厂来说吧，她回答他的询问时嫣然一笑，说她打算自己管理这个厂子，他听了大吃一惊。她当时说：“我自己去搞木材生意。”弗兰克一辈子都没这么吃惊过。她自己搞生意！这可简直太过分了，全亚特兰大都没一个女人搞生意的。弗兰克也从来没听说其他地方有女人经商的，就算如今过日子艰难，有些女人被迫挣点小钱贴补家用，也不过是做点女人的营生——就像梅里韦特太太那样烘饼子啦，像艾尔辛太太和范妮那样给瓷器彩绘啦、缝纫啦、收房客啦，像米德太太那样当当家庭教师啦，像邦内尔太太那样教教音乐课啦什么的。这些女子都挣钱的，不过都是在家里干活。但是，一个女人离开自己家庭的保护，冒险闯进粗俗的男人圈子，跟男人家挤在一起，跟他们竞争，就难免遭到诽谤和非议……何况她根本没必要这么做，她丈夫完全有能力供养她啊！

弗兰克原来希望这不过是她逗他开心，对他开了个小小的玩笑而已，不过这种玩笑的趣味实在有点俗。可他很快就发现，她不是在开玩笑，真的经营起那家锯木厂了。她早上比他起得还早，然后就赶车驶出桃树街，晚上往往在他关上店门回到佩蒂姑妈家吃晚饭了，这才回家。她得赶车走好几英里路才能到锯木厂，经过的树林里到处是自由的黑鬼和北佬地痞，而身边只有个彼得大叔保护她，彼得大叔还是满肚子的不情愿。弗兰克自己不能陪她去，因为店铺的事把他的时间全占了。他一提出不同意见，她马上就反驳说："要是我不盯着，那个叫约翰逊的滑头就会偷我的木材，卖了木材把钱装进他的腰包。等我找到个合适的人经营这厂子，就用不着常常去了。到时候我就能待在城里卖木材了。"

她上城里来卖木材！那可是糟糕到不能再糟糕的情况了。她的确有时抽出一天时间不去锯木厂，带着木材到处兜售。遇到这种日子，弗兰克就恨不得钻进黑黢黢的店堂后面，什么人都不见。他老婆在外面卖木材呢！

人们风言风语地议论她，说不定连他也一块儿议论上了，指责他不该允许老婆干这种不该由女人干的营生。在柜台前见到顾客，听他们说："我几分钟前还见过肯尼迪太太，她在……"弗兰克就难堪得要命。人人都不厌其详地告诉他斯佳丽干过什么事。人人都在谈论新旅馆工地附近发生的事。人们说，斯佳丽赶车经过工地，正赶上汤米·韦尔伯恩跟另一个人买木材，她把两轮马车停在一群粗鲁的爱尔兰泥瓦匠跟前，那些人正在那里打地基。她跳下马车，唐突地告诉汤米说，他让人骗了。她说，她的木材好，价格还便宜，还当即心算了一大串数字证明自己说得没错，当场给了汤米个估算的数字。她挤进那帮粗鲁的陌生泥瓦匠中间就够糟了，还当众显示自己会算账！后来，汤米接受了斯佳丽的报价，订了她的货，可她并没有马上低眉顺目地走开，反而跟那群爱尔兰工匠的工头闲聊上了。那人名叫约翰尼·加勒吉尔，个头很矮，因为心狠手辣而声名狼藉。这事一连在城里议论了好几个星期。

她经营这个锯木厂确实赚了钱，这才是最重要的，然而，妻子搞这种不适合女人干的行当，还获得了成功，丈夫见了这种情况怎么高兴得起来呢？再说，她赚了钱也没交给丈夫放在店铺里用，她连一小部分都没给他。她把大部分钱都弄到塔拉庄园去了，还定期给威尔·本蒂恩写信，告诉他钱该怎么用。另外，她还告诉弗兰克说，等到塔拉庄园的修缮完工后，她打算把她的钱拿去放债，收物品做抵押。

“天哪！天哪！”弗兰克一想到这事就不住地叹息。一个女人甚至不该知道抵押放债是怎么回事，更不用说做这种事了。

这些日子里，斯佳丽满脑子都是各种打算，照弗兰克看来，她的计划一个比一个更糟糕。她甚至谈论起要建个酒吧间，就在谢尔曼人烧掉的她那个货栈的地皮上建。虽说弗兰克不是个禁酒主义者，可他坚决反对这个计划。拥有酒吧房产是个名声不好的事，也不吉利，几乎像出租房子给人开妓院一样。至于为什么名声不好，他也跟她解释不清楚。听了他站不住脚的说法，她嗤之以鼻：“瞎扯淡！”

“酒吧从来好出租，亨利伯伯就这么说过，”她对他说，“租酒吧的人总是按时付租金，再说啦，弗兰克，我可以用卖不出去的劣质木材廉价建起酒吧，还能收很高的租金。有了收来的租金、锯木厂的赢利，还有抵押放债收来的钱，我还能再买几家锯木厂。”

“哎哟，我的心肝，再也别买锯木厂了！”弗兰克吓得大喊，“你该把手头这个厂子也卖掉才对。你的精力都让它耗尽了，再说，你自己也知道，管理那些自由黑人干活会把你麻烦死的……”

“自由黑人确实不是些东西。”斯佳丽表示同意，却全然不顾他卖掉厂子的想法。“约翰逊先生说，他每天早上来上班，都拿不准人能不能来齐。黑人根本就靠不住，他们干上一两天，就丢下工作走了，等到把工钱花光了才想到回来再干。说不定整套人马会一夜之间都跑光。哼，解放黑人！这事我越看越觉得是桩罪过，简直是把黑人给毁了。成千上万的黑人根本就不干活，我们厂子里雇用的黑人又懒又笨，简直没什么用。你想让他们学好，不用说动手打了，就是骂他们两句，那个黑奴解放事务局就会像鸭子啄虫似的扑过来。”

“宝贝，你别让约翰逊先生打那些……”

“当然不让，”她不耐烦地打断他，“我刚才没说过吗？要是我那么干，北佬就会把我投进监狱。”

“我敢保证，你爸爸一辈子从没打过一个黑人。”弗兰克说。

“哦，只有一次。那是他一天打猎回来，马夫没刷洗他那匹马。不过，弗兰克，那时情况不同。自由黑鬼是另一码事，对有些家伙，狠狠抽一顿鞭子对他们大有好处。”

弗兰克不但对妻子的观点和计划感到吃惊，而且对她结婚以来几个月的变化深感诧异。当初跟他结婚时，她是个温柔甜美的娇弱女子，可现在却完全变了个人。他向她求婚的短短几天里，觉得一生从没见过像她一样的女人，她对生活的反应充满女性的魅力，又天真，又羞怯，又无能。可现在呢，她的各种反应全都男性化了。虽然她脸颊粉红，酒窝迷人，微笑甜美，可她的谈吐和举止都像个男人了。她说话声音干脆，态度坚决，作决定迅速果断，没有女孩子那种犹豫不决的作风。凡是她需要的东西，她脑子里非常明确，总是像男人那样走最短的捷径追求它，而不采取女人的躲闪迂回方式。

弗兰克此前倒不是没见过泼辣女人。亚特兰大就像南方的所有城市一样，也有些没人敢惹的有钱寡妇。要论泼辣，谁也比不上身材矮胖的梅里韦特太太，要论专横，谁也比不上体态瘦弱的艾尔辛太太；要论手腕高明，谁也比不上满头银发、嗓音甜蜜的怀廷太太。然而，不论这些夫人们采用什么手段达到自己的目的，也无非是些女性常用的手腕。听了男人的意见，她们依从与否权且不论，至少还表现出恭敬。出于礼貌，她们表面上还是听从男人意见的。这一点十分重要。但是斯佳丽只按自己的主张办事，别人的话一概不听，而且是按男人的方式处理自己的事务，所以全城人都对她议论纷纷。

弗兰克苦恼地自忖道："没准儿大家也谈论我呢，说我让她办这么不守女人本分的事。"

另外，还有那个姓巴特勒的人。他常常来佩蒂姑妈家拜访，这简直是家门最大的耻辱。弗兰克向来讨厌这个人，甚至战前与他一道做生意时就讨厌他。他常常暗自责备自己，想当初真不该把他带到十二橡树庄园，不该把他介绍给自己的朋友。弗兰克鄙视他，因为他在战争期间昧着良心搞投机生意，也因为他没有服兵役。瑞特倒是在邦联军队当了八个月的兵，可这事只有斯佳丽知道，瑞特曾装出一副害怕模样，恳求过斯佳丽别把这桩"丑事"宣扬出去。最让弗兰克瞧不起他的事，是他侵吞邦联政府的黄金。也有人跟他一样掌握着邦联的黄金，但是像海军上将布洛克和其他一些人都很诚实，把成千上万块钱交还给联邦政府的国库了。但是，不论弗兰克是不是喜欢，瑞特还是频繁光顾。

表面上，他来看望的是佩蒂小姐，佩蒂头脑简单，自然信以为真，他来了她还矫揉造作一番。但是弗兰克感到吸引他来访的不是佩蒂小姐，一想到这他心里便觉得不舒服。小韦德见了大多数人都怯生生的，却非常喜欢他，甚至还叫他"瑞特叔叔"，弗兰克就更觉得恼火。弗兰克不禁回忆起，战争期间瑞特曾献殷勤追求斯佳丽，惹得大家议论他们。他能想象出，人们如今对他们的议论或许更加难听。虽然朋友们常常当着他的面公开议论斯佳丽经营锯木厂的手段，可谁也没敢向他提起这方面的事。然而，弗兰克渐渐发现，邀请他和斯佳丽赴宴或参加聚会的情况不像原来多了，上他们家来拜访的人也越来越稀少。斯佳丽对大多数邻居都没好感，虽然有少数几家邻居跟她比较融洽，可是锯木厂的事让她忙得一点空闲都没有，抽不出时间去拜访，所以近来客人稀少她并没有在意。但是弗兰克却敏锐地感觉到了。

"邻居们会怎么说呢？"弗兰克一辈子都在受这句话的支配。所以，他妻子一再不遵守惯例惹得他震惊不已，让他手足无措。他感觉到，人人都不赞成斯佳丽，也都瞧不起他，因为他允许她变得

“不像个女人”了。按照他的观点，她做的许多事情是丈夫们不能允许的。但是，假如他出面阻止她，跟她争执几句，甚至批评她，那么，一场风暴立刻就会劈头盖脸落到他头上。

他无可奈何地想道：“天哪！天哪！她发作得迅雷不及掩耳，发作起来就没个完，我从没见过像她这样的女人！”

就是在最和睦的时候，只要他开口说：“宝贝，假如我是你，我就不会……”暴风骤雨便突然降临，在屋子里到处哼着小曲的妻子本来顽皮多情，刹那间就完全变了个人，把他惊得目瞪口呆。

只要她那两道乌黑的剑眉往鼻梁中间一拧，眉梢向上一挑，弗兰克马上就吓得瑟瑟发抖，几乎都能让人看出来。她的脾气像鞑靼人一样暴躁，发起火来凶猛得像只野猫，一旦发作，什么话都吐得出口，全然不顾别人受得了受不了。遇上这种时候，整个屋子都像阴云笼罩。弗兰克就早早去店铺，很晚才回家。佩蒂就像只兔子似的钻进自己的卧室，大气都不敢出。韦德和彼得大叔就躲进马车房，厨娘唱赞美诗也不得不把嗓门压得低低的。只有黑妈妈泰然忍受着斯佳丽的坏脾气，黑妈妈多年侍奉杰拉尔德·奥哈拉，对他的火暴脾气早已见怪不怪，自己的忍耐力也非比一般。

斯佳丽并不是存心大发雷霆，也真心想做弗兰克的好妻子，因为她一来喜欢他，二来对他拯救塔拉庄园心怀感激。可他常常用不同方式惹得她忍无可忍，把她逼到发作的地步。

她绝对不能尊敬一个甘愿受她摆布的男人。不论是跟她在一起还是跟其他人在一起，凡遇到尴尬场面，弗兰克总是表现出怯懦和犹豫，这让她忍不住火冒三丈。如今她手头日渐宽松，原本不必计较这些小事，甚至该高兴才对，但是，许多事情都让她看出，弗兰克自己不是个好生意人，还不想让她做个好生意人。一想起这时她便怒上心头，断不了时常发作。

她原来预料的没错，不等她一再催促，他就是不肯催收那些欠账，即使去催，也是一脸的歉意，没打算真收。这种情形让她切实认识到，要不是当初自己决意动手挣钱，肯尼迪家就休想摆脱紧日子。她终于明白了，弗兰克会满足于一辈子靠那个肮脏小店混日子。他好像没有意识到，如今时局不稳，靠那点微薄收入生活根本没有保障，也意识不到多多赚钱的重要性，因为唯有金钱才能让人应付五花八门的灾祸。

她想到，弗兰克在战前经商，或许能做个成功的商人，如今时代不同了，一切都变了样，可弗兰克顽固不化，还是想按老一套做生意，这真让她恼火。他完全缺乏适应这个残酷新时代的闯劲，可她却具有闯劲，也打算施展出来，她才不管弗兰克喜欢不喜欢呢。他们需要钱，虽然挣钱是桩辛苦营生，可她的确在挣钱。照她看来，弗兰克至少不干扰她的计划，而她的计划已经有了成效。

由于她缺乏经验，经营这家锯木厂绝非易事，加上如今竞争比起初激烈多了，所以，她晚上回家后总是又疲倦又担忧，脾气自然好不了。所以，遇上弗兰克心怀歉意地咳嗽一声后开口说出："宝贝，我要是你的话，就不干这事，不干那事"之类评论，她只能拼命耐住性子，不让自己发作起来，但她往往忍不住。既然他自己没胆量出去挣钱，干吗老是找她的碴儿？而且他喋喋不休说的还全是蠢话！赶上这种年头，她不像个女人又有什么关系？就算她经营锯木厂不像个女人，可她却能给他们挣回急需的金钱，她自己、她家人、塔拉庄园、弗兰克，大家都急需用钱哪。

弗兰克想要的是休息和平静。他忠心耿耿服役，结果战争毁了他的身体，断送了他的财产，把他变成个小老头。这些他倒并不感到遗憾，经历了四年战争，他对生活的全部要求就是和平与安宁，只求看到周围有一张张友善的面孔，只求听到朋友们的声声称赞。没过多久他便发现，要想实现家庭内部的和平，就要付出一定的代价，这个代价就是随斯佳丽按自己的意思行事，不论她想怎么搞，一概依她。因为他身心疲惫，就完全依从她的条件，这样就买到了和平。有时候，他在寒冷的暮色中从外面回到家，斯佳丽开门迎接他，对他嫣然一笑，还在他耳朵上、鼻子上或者其他不合适的地方没头没脑地吻上一下。晚上睡在温暖的被窝里，感觉到她沉睡的脑袋依偎在自己肩膀上，他便觉得为和平付出如此代价还是很值。只要事事依从斯佳丽，家庭生活就能过得十分愉快。然而，他实现的和平是空洞的，徒有一个和平的外表，因为他为了购买这和平，已经将婚姻生活理应享受的一切都拿来作代价了。

他想到：“一个女人应该把心思多花在自己家和家人身上，而不是像个男人那样在外面东跑西颠。假如她能有个孩子……”

一想到孩子，他脸上便露出微笑，从此他便常常想到孩子。斯佳丽公开说过不想要孩子了，但是孩子是用不着请的。弗兰克知道，许多女人都说自己不想要孩子，可那不过是出于她们的愚蠢和恐惧罢了。如果斯佳丽有了孩子，她准会爱孩子，还会像别的女人一样，乐于待在家里照顾孩子。到那时，她就不得不卖掉锯木厂，他的麻烦就解决了。只有孩子才能让女人真正感到快乐，弗兰克认为，斯佳丽并不快乐。虽然他对女人十分无知，可是，斯佳丽常常不快乐，这一点他还看得出来。

有时候，他半夜醒来，听见枕畔有压抑的啜泣声。他第一次感觉到床在微微颤动，还听到呜咽声，他曾惊慌地问她：“宝贝，怎么啦？”可得到的回答却是一声暴躁的呵斥：“嘿，别管我！”

[illegible]有了孩子会让她快乐的，也能让她撇开不该干的蠢事。[illegible]兰克叹息一声，觉得自己娶的妻子就像只羽毛艳丽的热[illegible]实，能有只养在家里的学舌鹦鹉本来就挺好，而且对他

第三十七章

四月里一个风雨交加的夜晚，汤尼·方丹骑马从琼斯博罗飞奔而来，马跑得口吐白沫，累得半死。汤尼深夜敲门，把斯佳丽和弗兰克从睡梦中惊醒，两人吓得心都要跳到嗓子眼了。这是斯佳丽四个月来第二回深深意识到"重建"到底意味着什么了。回忆起威尔说的"我们的麻烦才刚刚开了个头"，还有那天在寒风呼啸的果园里，阿希礼神色凄凉地对她说过"如今大家面临的境遇比战争时期还糟，比俘虏营里还糟，对我来说，甚至比死了还糟糕……"斯佳丽这时才体会到，他们的话真是千真万确。

她第一次面对"重建"这个字眼儿，是在她得知乔纳斯·威尔克森可以凭借北佬的势力，把她从塔拉庄园驱逐出去时。但是，汤尼这次来就让她更加体会到"重建"这个字眼儿包含着什么可怕的意义了。汤尼冒着大雨跑夜路而来，几分钟后便匆匆离去，而且永远不会回来了。就在这短短几分钟里，他为她揭开了一层帷幕，让她看到一种新的恐怖景象。她感到绝望了，觉得这层帷幕永远也不会落下。

在那个暴风雨的夜晚，正门的门锤敲得那么急促，她站在楼梯上首，把睡衣紧紧裹在身上，朝门厅望去，刚刚瞥见汤尼黝黑阴郁的面孔，汤尼就探进身子一口气把弗兰克手里的蜡烛吹灭。她匆匆摸黑跑下楼梯，抓住他湿漉漉冷冰冰的手，听见他压低声音说：“他们在追我……我要去得克萨斯州……我的马快死了……我也饿得半死！阿希礼说，你们会……别点蜡烛！别把黑人吵醒……要是有办法，我可不想连累你们。”

他们把厨房的百叶窗和窗帘都拉得严严实实，他才答应让弗兰克点起一盏灯。接着便急匆匆跟弗兰克谈话，斯佳丽四处搜罗，给他弄了顿饭来吃。

他身上没穿大衣，浑身淋得透湿，头上也没戴帽子，一头乌黑的头发紧紧贴在小脑袋上。他大口喝下她端来的威士忌后，那双闪亮的眼睛才流露出方丹家小伙子特有的欢乐，只是这天夜里他的欢乐让人毛骨悚然。斯佳丽觉得非常庆幸，因为佩蒂帕特姑妈在楼上睡得很熟，正在打鼾。要是让她看见这番离奇景象，肯定会晕过去。

“那个该死的畜生，比无赖汉还卑鄙，”汤尼说着伸出酒杯，要求再斟一杯，“我拼命奔跑，要不然非让人剥了皮不可，不过还是值了。上帝在上，的确很值！我要跑到得克萨斯州，在那儿躲起来，阿希礼当时跟我在琼斯博罗，他要我来找你们。弗兰克，我还得要匹马，再给我点钱。我的马都快累死了……一路没命地奔跑到这儿来……我今天简直像个傻瓜似的从家里逃出来，深更半夜乱跑，活像只飞出地狱的蝙蝠，衣服没穿，帽子也没戴，身上一个子儿也没有。不过我们家也没多少钱。”

他笑了，大口大口吃一盘涂了厚厚一层白油脂的玉米饼和冷萝卜叶。

“你把我的马骑走吧，”弗兰克平静地说，“我身上只有十块钱，不过，要是你能等到明天早上……”

“地狱的火就要烧住我了，我可不能等！”汤尼语气很重，不过仍显得很高兴。“说不定他们就在我身后追赶。我动身的时候很匆忙。要不是阿希礼把我从那儿拖出来，催我上马，我还像个傻瓜似的待在那儿，这阵子早就蹬了腿儿啦。阿希礼真是个好伙计。”

这么说，阿希礼跟这件吓人的事有牵连。斯佳丽全身一阵冰凉，伸手捂住喉咙。那么阿希礼现在已经让北佬逮住了？哎呀，弗兰克为什么不把事情问个明白呢？干吗这么冷漠，好像无所谓似的。她耸了耸肩，一个问题到了嘴边。

“是什么事……”她开口问道，“是谁……”

“你父亲原先那个监工……那个该死的……乔纳斯·威尔克森。”

“是你……他死了？”

“我的天，斯佳丽·奥哈拉！”汤尼怒气冲冲地说，“我既然动手杀人，你当我拿刀背碰碰他就算了？当然不行，上帝在上，我把他割成一条一条了。”

“干得好，”弗兰克漫不经心地说，“我从来不喜欢那小子。”

斯佳丽顿时对他刮目相看。这可不是她熟悉的那个温顺的弗兰克了，不是那个老爱捋胡须、神情紧张、随便让人欺侮的弗兰克。他的态度干脆利索，神情非常冷静，面对紧急情况一句废话也不说。他是个男子汉，汤尼也是个男子汉，这桩暴力行动是男人的事，没女人的分。

“但是阿希礼……他……”

“没有。阿希礼想动手杀他，可我对他说，这是我的权利，因为萨莉是我弟媳妇，他最后明白这个道理了。他陪我去了琼斯博罗，免得威尔克森先下手干掉我。不过我看老伙计阿希礼在这桩案子里什么麻烦也没有，我希望没有。有没有果酱让我涂涂玉米饼？你给我包点吃的带上好吗？”

“你不把全部情况告诉我，我要大声叫啦。”

“等一等，我走以后，你想叫就叫吧。弗兰克备马的时候，我就告诉你好了。那该死的威尔克森坏事干得够多了。你知道你的税款就是他搞的鬼，那仅仅是他干的许多卑鄙勾当之一，最可恶的是他老在那儿挑唆黑鬼。真没想到我这辈子会恨黑鬼恨得咬牙切齿！让他们的漆黑灵魂见鬼去吧，那帮流氓说什么他们都信，把我们对他们的好处全都忘了个一干二净。如今北佬在谈论给黑人选举权，却不让我们选举。凡是在邦联军队服过役的人都给剥夺了选举权，全县只有很少几个民主党人保留了选举权。假如他们给黑人选举权，那我们就完了。真该死，这是我们的州！这个州并不属于北佬！老天在上，斯佳丽，我们不能忍受这个！我们必须采取行动，就是再打一场战争也在所不惜。用不了多久，这儿就要有黑鬼法官，黑鬼立法议员了——可他们不过是些丛林里的猿猴……”

“请你……快点告诉我！你们到底干了些什么？”

“这块玉米饼，我咬一口你再包吧。嗯，当时大家传说，威尔克森搞的什么黑人平等越来越不像话了。噢，对了，在他按时给黑人作的讲演中，他竟对那帮黑鬼傻瓜胡扯说……说……”汤尼结结巴巴说不下去了，“说黑鬼有权……有权跟白种女人……”

“啊，汤尼，不可能！”

“老天在上，他是这么说的！你听了觉得反感，这我一点儿都不奇怪。不过，地狱着火了，斯佳丽，这对你也肯定不是什么新闻啦。他们在亚特兰大这地方也是这么宣传的。”

“我……我不知道。”

“噢，弗兰克可能还瞒着你呢。不管怎么说，那以后，我们在想，该趁着夜色去拜访一下威尔克森先生，照顾照顾他。可是，我们还没来得及……你还记得我们家当工头的那个黑鬼吗？他叫尤斯蒂斯。”

“记得。”

“这小子今天跑到我家厨房门口，当时萨莉正在做饭……我不知道他对她说了些什么。我看现在我永远也不会知道了。不过，他确实说了些不像样的话，我听见萨莉尖声喊叫，就跑进厨房。只见那小子在那儿喝得烂醉，活像条发情的野狗……对不起，斯佳丽，说漏嘴了。”

“没事，接着说吧。”

“我开枪把他打死，后来母亲赶来照顾萨莉，我就跳上马奔向琼斯博罗找威尔克森。他罪责难逃，要不是因为他，那该死的黑鬼绝不会想到这种事。路上经过塔拉庄园，遇见阿希礼，他听说这种事，当然就跟我一道去了。他说这事该让他动手，因为这个威尔克森在塔拉干的事让他忍无可忍了。可我说不行，这是我的事，因为萨莉是我亲兄弟的遗孀，他就陪我去了，我们争执了一路。我们进城后，天哪，斯佳丽，你知道吗，我连手枪都忘带了。我把枪忘在马厩里，我气昏了头，竟然忘记……”

他停下来咬了一口硬邦邦的玉米饼，斯佳丽浑身在发抖。方丹家的人一发火就杀气腾腾，在这桩事之前早已在县里出了名。

“所以我不得不用刀对付他了。我在酒吧里找到他。阿希礼拦住其他人，我把他逼到墙角，我先告诉他为什么找他算账，然后一刀捅进他身子里。我还没弄清楚是怎么回事，事情就搞完了。”汤尼说完沉思起来，“我能记起的第一件事，就是阿希礼把我推上马背，告诉我来找你们。阿希礼在紧要关头是好样的，他头脑清楚。”

弗兰克肩膀上搭着件大衣走进来，把大衣递给汤尼。他只有这么一件厚大衣，可斯佳丽什么话都没说。她在这桩事情里好像是个局外人，这纯粹是男人的事。

“但是汤尼……你家里少不了你。要是你回去解释……”

“嘿，弗兰克，你娶了个傻瓜。”汤尼咧开嘴巴笑了笑，他吃力地穿上大衣。“她以为保护自家女人不受黑鬼侮辱，还能得到北佬奖赏呢。他们的确会给奖赏，那就是军事法庭审判和一根绞索。跟我亲吻一下，斯佳丽。弗兰克不会反对的，我也许永远见不着你了。得克萨斯州太远了，我也不敢写信，所以请你们告诉我家里人，说我在这之前一直平安无事。”

她让他亲吻了一下，两个男人就走到大雨倾盆的屋外，站在后门廊檐下交谈了几句。接着，她听见一阵马蹄溅水声，知道汤尼走了。她拉开一道门缝，见弗兰克把一匹马拉进马车房，那匹马气喘吁吁，一瘸一拐。她把门关上，觉得两腿瑟瑟发抖，就坐下来。

她现在才知道“重建”意味着什么，也明白自己的房子仿佛让野蛮人包围了起来，他们个个赤身裸体，腰间只围一条遮羞布。于是，许多她最近无心留意的事情一齐涌上心头，记得她偶然听到男人们私下交谈，一见她进屋，立刻打住话头，可她也并没有真正在意。她还记起弗兰克警告过她多次，不准她驾车去锯木厂，只有个身体虚弱的彼得大叔在身边保护她，可是弗兰克的一次次警告让她当成了耳边风。如今她把这一切联系起来，拼成一幅恐怖的画面。

如今黑人得势了，背后还有北佬的刺刀给他们撑腰。她在外面会被杀掉，会被奸污，到头来连个讲理的地方都没有。要是谁敢替她报仇，准得让北佬绞死，而且根本不用通过法律程序，既没有法官审判，也没有陪审团。北佬军官对法律一窍不通，也不在乎一桩案件应该通过法律程序解决，随随便便就能把绞索套上南方人的脖子。

“我们该怎么办呢？”斯佳丽想道，她感到一种无可奈何的恐惧，双手紧紧绞在一起，“汤尼这样的好小伙子，为了保护自家女人，杀了个撒酒疯的黑鬼和一个流氓成性的无赖，那帮魔鬼要绞死他，我们又有什么办法呢？”

“我们是忍无可忍了”！汤尼这么大声说过，他这话没错，我们的确是忍无可忍了。但是，大家处在这种无可奈何的境地，除了忍受又有什么办法呢？她不禁浑身发抖，平生头一次觉得，有些人和有些事她根本无法过问。她也看出，她斯佳丽·奥哈拉心里惊恐，无可奈何，也无足轻重。在整个南方，有成千上万妇女像她一样惊恐，也像她一样无可奈何。然而，也有成千上万在阿波马托克斯放下武器的男人，他们如今又拿起了武器，准备冒着生命危险随时保护他们的妇女。

弗兰克的脸上也反映出与汤尼相同的神情，她近来也从亚特兰大其他男人脸上看到过这种神情，可她并没有费心仔细分析。这种神情与投降归来的男人脸上那种疲惫无奈的神情完全不同。那些男人除了想回家什么都不关心。如今他们又开始关心一些事情了，他们麻木的神经又恢复了生机，昔日的精神又开始燃起火焰。他们心里忍受着无情的痛苦，再次关心着各种事情。他们像汤尼一样怀着同样想法：“这种情况忍无可忍了！”

战前，她见过的许多男人说话声音柔和，谨小慎微，仗打到最后的绝望时期，男人们变得出言无忌，口吻强硬了。但是，片刻之前，在两个男人隔着烛光相互凝视的目光中，她看到一种完全不同的东西，既让她感到鼓舞，又让她心生恐惧，那是一种无法用言辞形容的怒火，是一种无比坚定的决心。

平生头一回，她感到与周围的人有一种亲密感，感到与大家同忧愁共患难，心怀一样的决心。不错，他们忍无可忍了！南方是个美好的地方，不能就这么拱手相让，南方也太可爱了，不能任凭北佬随意践踏。而北佬对南方人恨之入骨，巴不得将他们碾成烂泥才解恨呢。南方这片家园太珍贵了，不能把它交给陶醉在威士忌和自由中的无知黑人。

一想到汤尼来去匆匆的行踪，她就觉得跟他有一种亲近，因为她想起了父亲离开爱尔兰的往事，他也是趁着夜幕匆匆离家，也是因为杀了个人，但是那种杀人在他和家人看来，都算不得谋杀。她身上流动着杰拉尔德的血液，那是一种狂暴的血液。她回想起开枪打死那个北佬[illegible]后心中的狂喜。大家虽然外表上彬彬有礼，但身上都流淌着这种[illegible]狂暴的血液，随时会爆发出来。她认识的所有男人都是这样，就连[illegible]睡眼惺忪的阿希礼和婆婆妈妈的老弗兰克，本质上也是一样，一旦[illegible]需要，立刻变得无比狂暴，杀气腾腾。就连瑞特那个没良心的流[illegible]民，也因为一个黑人"对一位淑女无礼"便动手杀了他。

弗兰克浑身[illegible]湿淋淋地咳嗽着回到屋里，她一下子跳起身。

"啊，弗兰克，弗兰克，这种日子还要持续多久？"

"宝贝，只要北佬一天恨我们，这种日子就会继续一天。

"难道谁也没办法了？"

弗兰克捋了捋湿漉漉的胡子："我们在想办法呢。"

"什么办法？"

"等有了点结果再谈不好吗？也许要等好几年。说不定……说不定南方永远是这个样子。"

"啊，不！"

"宝贝，上床去吧。你一定浑身冰凉了。你在发抖呢。"

"这一切什么时候才到头呢？"

“宝贝，要等到我们都有了选举权，等到每一个为南方战斗的人都有了投票权，能为南方人和民主党人投票，那时候才算到头。”

“投票？”她感到心灰意冷。“黑人都丧失了理智，北佬毒化了他们的心，让他们专门跟我们作对。投票又有什么用呢？”

弗兰克摆出他那套耐心的态度，认真解释给她听，但是，靠投票解决麻烦的思想太复杂了，让她无法理解。她心里只感到庆幸，好在乔纳斯·威尔克森再也不能威胁塔拉庄园了。她心里也在想着汤尼。

“唉，方丹家真可怜！”她嚷道，“现在只剩下个亚力克斯，可他们含羞草庄园有那么多事要处理。汤尼干吗不谨慎点，趁晚上动手不行吗？那样谁能弄清楚是他干的呢？开春能在自己家犁地还不比去得克萨斯州强吗？”

弗兰克伸出一只胳膊搂住她。平素他搂她时不免提心吊胆，仿佛怕她不耐烦地甩开他，但是，今晚她的目光中有一种深邃的神情，他的胳膊有力地搂住她的腰。

“宝贝，现在有些事情比犁地更重要。给黑人点颜色瞧瞧，给那帮无赖一点教训就很重要。只要我们还有像汤尼这样的好小伙子，我们就用不着为南方过分担心。上床吧。”

“但是，弗兰克……”

“只要我们能团结在一起，对北佬寸步不让，我们总有一天能赢。宝贝，别让你那颗漂亮的小脑袋费心啦，让男人们去操心这种事吧。说不定我们这一代看不到胜利的那一天，但它终究会到来的。等到北佬发现根本无法削弱我们，就会疲惫不堪，放弃跟我们纠缠，到那时，我们就有个像样的生活环境生儿育女了。”斯佳丽想到了韦德，也想到几天来默默藏在心中的一个秘密。她不愿让自己的孩子生长在憎恨不安的世界上，这里只有痛苦和潜藏的暴力，只有贫穷、磨难和不安。她绝对不愿让自己的孩子了解这一切。她要得到一个安全而有秩序的生活圈子，可以展望美好生活，确信未来是安全的。她要让自己的孩子只知道柔情与温暖，只知道精美服装和上等饭菜。

弗兰克认为通过投票可以实现这一切。投票？投票有什么关系呢？南方有教养的人再也得不到选举权了。世界上只有一样东西能应付命运带来的灾难，那就是金钱。她兴致勃勃地想到，他们必须要钱，要有很多的钱来应付灾难。

她冷不防告诉他说，她怀孕了。

在汤尼逃跑后的几个星期里，佩蒂姑妈家不断遭到一批批北佬士兵的搜查。他们事先一点警告都不给就随时闯进屋子，在每一个房间里，不停地盘问，打开所有柜子，朝碍手碍脚的衣服里乱戳，连床底下都不忘瞅上一眼。军事当局听说，有人告诉汤尼跑去佩蒂小姐家，就认为他仍然藏在她家，要不就是在邻近的地方藏着。

结果，佩蒂姑妈害了心病，彼得大叔把她这种病叫作“紊乱”，因为她随时提心吊胆，不知道什么时候就会有一个军官带着一班士兵闯进她的卧室。弗兰克和斯佳丽都没有对她提起汤尼那次短暂的落脚，所以老太太就算愿意说出真相，也实在没什么可说的。她完全是实话实说，结结巴巴表白说，她这辈子只见过汤尼·方丹一次，可那是一八六二年圣诞节的事了。

她还主动向北佬士兵提供帮助，气喘吁吁地说：“而且，那时候，他醉得一塌糊涂。”

斯佳丽正在怀孕初期，身子难受，心绪恶劣，闯进家的北佬士兵频频拿走自己喜爱的小摆设让她觉得可恨，也非常害怕汤尼连累大家。如今监狱里人满为患，凡是犯了比这小得多的事，都会给投入监狱。她心里清楚，只要他们抓住一丁点于他们不利的事实，不但她跟弗兰克，就是无辜的佩蒂也不能幸免入狱。

一段时期以来，华盛顿煽起一股没收“逆产”偿还美利坚合众国战争债务的风，这股风让斯佳丽一直感到痛苦不安。如今又雪上加霜，亚特兰大有一种传言，说凡是触犯军法的，都要被没收财产。斯佳丽心里更是惴惴不安，生怕她和弗兰克不但会丧失自由，连房子、店铺和锯木厂也保不住。就算军事当局不没收他们的财产，假如她和弗兰克进了监狱，他们的财产也等于是没了。自己不在了，谁还会照料他们的生意呢？

她对汤尼心存怨恨，没想到他给他们惹来这么多麻烦。他怎么能对朋友干出这种事呢？阿希礼又怎么能把汤尼打发到这儿来呢？要是以后再有惹得北佬蜂拥而至的麻烦，这种忙她绝对不帮。没错，凡是寻求帮助的人，她都要让他们吃闭门羹。当然，假如是阿希礼，那就另当别论了。汤尼短暂落脚后的几个星期里，只要街上有一点儿响动，她就会从不安的睡梦中惊醒过来，唯恐阿希礼因为帮助汤尼受追捕，怕他也要逃亡得克萨斯州。她不知道他那边的情况，也不敢写信给塔拉提起汤尼那次深夜来访。他们的信会被北佬截获，要是那样，就连他们的庄园也要遭殃。不过，几个星期过去了，并没有传来坏消息，他们便认为阿希礼没事了。最后，北佬也不再来家里骚扰他们。

然而，尽管情况比较宽慰，斯佳丽也没有摆脱恐惧。从汤尼敲响他们家门那一刻开始，她的心里便一直感到恐惧，甚至比围城的炮火还让她胆战心惊，比谢尔曼的士兵在战争结束前的劫掠更让她毛骨悚然。汤尼雨夜来访似乎揭去了蒙住她双眼的善意眼罩，迫使她看清了自己不稳定的未来生活。

在一八六六年那个寒冷的春天，斯佳丽左思右想，意识到自己和整个南方面临着什么。她尽可以为生活作打算作计划，她可以比自己的奴隶更加拼命干活，她也许能够克服一切艰难险阻，她也许能够靠自己的坚忍毅力解决平生从未经历过的难题。但是，不论她如何拼命，不论她做出多大的牺牲，不论她如何费尽心思，她付出巨大代价取得的那点初步成果，随时都可能被夺走。要是发生这样的情况，她没有任何法律权利，得不到一点儿合法的赔偿，只有汤尼咬牙切齿提起的军事法庭那不容置疑的宣判。如今只有黑人才有索赔权。北佬让南方屈服了，他们要永远保持这种状态。南方好像被一个邪恶的巨人打翻在地了，以前统治过南方的人，如今比他们过去的奴隶还无可奈何。

佐治亚州到处都驻有重兵，亚特兰大驻兵数目之众更是超过了其他地方。北佬驻各城市的司令官拥有绝对权力，甚至操着百姓的生杀大权，他们随时使用手中的大权。他们不但有权也不惜使用权力借故或无故监禁百姓，攫取他们的财产，把他们送上绞架。他们不但有权也使用手中权力折磨迫害百姓，他们制定各种相互矛盾的规定，控制商业操作，限定须支付用人的工钱，操纵公开与私下的言论和报纸上的文章。他们规定垃圾该在什么时间如何倾倒在什么地方，他们规定昔日邦联人员的妻女可以唱的歌曲，凡是敢唱《迪克西》或《美丽的蓝旗》之类歌曲者，罪名几乎与叛逆相当。他们规定，凡是去邮局取信，必须先宣誓效忠政府。有时，登记结婚双方若不宣读那种可恶的誓言，他们就不颁发结婚证。

报纸全都受到压制，凡是抗议军事当局非法掠夺的舆论，一概禁止刊登。个人胆敢提抗议，一概关进监狱让他们闭嘴。监狱里人满为患，关的都是有声望的市民，对他们审讯的日期却遥遥无期。陪审制度和人身保护权法实际上已经废止了。虽然民事法庭表面上仍然存在，却完全受到军队的支配，军队有权也运用权力干预民事判决，所以，百姓一旦被捕，性命实际上就操纵在军事当局手里了。被捕的人实在是太多了。凡是被怀疑说过煽动反政府言论的，凡是嫌疑与三K党有染的，凡是某个黑人控告对自己无礼的白人，就是关进监狱的充足理由，根本不需要人证和物证，只要控告就够了。既然有黑人解放事务局的怂恿，要找个愿意出面控告的黑人从来不是难事。

黑人还没有得到选举权，但是北方已经认定，他们应该得到选举权，同样，他们也做出决定，要求黑人在选举中支持北方。黑人心里有了这个底，便觉得再好不过了。黑人愿意干什么都有北佬士兵撑腰，白人敢对黑人抱怨半句，就非惹麻烦不可。

昔日的奴隶如今成了创造万物的上帝，有了北佬的支持，最卑贱愚昧的黑人也成了人上人。黑人中比较高尚的阶层蔑视那种自由，如今他们在与白人主子一起受苦受难。成千上万的家仆曾属于奴隶中最高阶层，他们仍然跟白人待在一起，干着先前低于自家身份的体力活儿。许多忠心耿耿的农奴不愿享受那份新自由，而大批“自由黑人渣滓”大多数来自农奴，麻烦大半都是他们惹出来的。

在奴隶制时代，家奴小瞧那些地位低下的黑人，觉得他们无足轻重。埃伦和南方所有庄园上的女主人一样，都要让黑人小孩接受训练，筛选出最好的，委以比较重要的责任。指派到田间干活的黑人，都是最不愿学习，或最没有能力学习的，他们态度消极，不诚实，不可靠，性情恶毒，行为野蛮。如今就是黑人社会中最底层的这群人，把南方人的生活搅得痛苦不堪。

在黑人解放事务局肆无忌惮的冒险家们支持下，以前的农奴受到北方人对南方近乎宗教狂热般的憎恨所驱使，忽然登上了权力的宝座。他们智力低下，在那种职位上的所作所为就可想而知了。这就像把一群猴子或者一群小娃娃丢在许多宝贵物品中间，他们不懂这些东西的价值，随意折腾，要么为的是满足自己的破坏欲望，要么就是完全出于无知。

说句公道话，即使是最愚昧的黑人，也极少有受怂恿产生恶意的，这些极少数恶毒的黑人原来当奴隶时就是“下贱的黑鬼”。但是，这个黑人阶层头脑一般就像孩子一样简单，习惯于听从命令，容易受人操纵。以前向他们发号施令的是他们的白人主子，如今，他们有了一群新主人，那就是事务局和那群投机商。黑人得到的命令是：“你们跟白人是平等的，所以要以平等的身份行事。等到你们有权为共和党投票了，就能得到白人的财产。他们的财产等于是你们自己的财产。能到手的只管拿！”

这种说法蛊惑了黑人，自由成了永远没有终点的野餐，成了一周七天的野外烧烤宴，成了懒汉、窃贼和傲慢无礼者的狂欢节。乡下黑人拥进城市，搞得乡间土地无人耕种。亚特兰大已经挤满了黑人，却仍然有成百上千的黑人拥进来，他们受到新教条的影响，个个懒惰而危险。他们挤在一个个肮脏不堪的小屋子里住，结果在他们中间爆发了天花、伤寒、肺结核等疫病。当奴隶的时候，他们生了病习惯于受女主人的照顾，现在他们不懂得该怎么护理，也不知道如何养病。昔日他们依赖主人去照料他们的老人和孩子，如今他们对那些无自立能力的人毫无责任感。而事务局的人兴趣主要集中在政治方面，根本无心向黑人提供原庄园主对黑人的照顾。

受遗弃的黑人孩子像受了惊吓的动物一样满城乱跑，直到遇上好心肠的白人把他们带回去养活。许多从乡下来的老年黑人都被自己的晚辈遗弃了。他们待在这个喧闹的城市里感到失魂落魄，就座在马路沿上向过路的女士哭喊："太太，拜托给我在费耶特维尔的老主人写封信，就说我在这儿。他会把我这个老黑鬼接回家的。上帝在上，这种自由让我受够了！"

黑人解放事务局招架不住拥进城里的无数黑人，这才意识到政策有误，想把他们打发回原来的主子那里，却已经太迟了。他们对黑人们说，要是现在愿意回去，身份已经是自由工人，不但受到书面契约的保护，而且日工资也有具体规定。于是，上了年纪的黑人高高兴兴返回庄园，给穷困潦倒的庄园主加重了负担，却不忍心赶他们出门。但是年轻黑人依然留在亚特兰大，他们不愿在任何地方干活儿。既然能吃饱肚子，为什么要干活呢？

黑人平生头一回能敞开肚皮喝威士忌了。当奴隶那阵子，除了过圣诞节接受主人礼物时能顺便分享"一滴"，其余时间根本尝不到威士忌的滋味。如今，不但有事务局的煽动者和投机商怂恿他们，威士忌也让他们饱受刺激，黑人的行为肆无忌惮实在不足为怪。居民的生命财产得不到安全保障，白人得不到法律保护，个个惊恐不已。男人在街道上公然受到黑人侮辱，房屋马厩在夜里被纵火焚烧，马、牛、鸡大天白日就会被偷走，城市里各种犯罪行为层出不穷，罪犯却很少受到法律惩罚。

但是，比起白人妇女面临的威胁，这些羞辱和危险都算不得什么。许多妇女在战争中失去了男人的保护，独自住在城市边缘地区或人烟稀少的街道上。由于黑人对白人妇女的大量暴行，使南方的男人无不时时对自己妻子和女儿的安全提心吊胆，他们个个心里又恐惧又愤怒，三K党一夜之间冒了出来。北方的报纸便大声疾呼，要求镇压这个夜间活动组织，可他们并没有意识到三K党形成的悲剧原因。北方人想要捉拿住每一个三K党人，把他们送上绞架，因为他们胆敢趁法律和秩序被入侵者推翻之际，自己动手惩治罪犯。

国家的一半以刺刀相威胁，强迫国家的另外一半接受黑人的统治，而这些黑人离开非洲丛林还不满一代呢。这真是一幅骇人的景象。黑人要获颁选举权，而他们原先的主人却要被剥夺选举权；北方一定要征服南方，征服的手段之一，就是剥夺白人的选举权。大多数为邦联而战的人、在政府里任过职的人、凡是帮助和慰劳过邦联军队的人，现在都失去了选举权，无法推举自己的公仆，他们完全处在外来统治者的强权控制下。有许多人头脑清醒，以李将军的话和行动为榜样，希望宣誓效忠政府，忘掉过去，再次成为公民。然而，北方却不允许他们宣誓。有些受到允许者却坚决拒绝宣誓效忠，他们蔑视那个一心想残酷镇压他们、羞辱他们的政府，自然不愿对这个政府宣誓效忠。

斯佳丽听了一遍又一遍的宣传，烦得几乎尖声高叫起来："我愿意重新当个合众国的公民。要是他们行为高尚，南方一投降我就会发那个该死的誓言。但是，上帝在上，他们要想把我改造得服服帖帖，那可办不到！"

在这些让人焦虑的日日夜夜里，斯佳丽整天生活在恐惧中。无法无天的黑人和北佬士兵无时无刻不在威胁着她，折磨着她的心。她每时每刻都害怕财产遭没收，就连梦中也战战兢兢，害怕发生更糟糕的事情。她为自己和亲友乃至整个南方的无奈感到沮丧，难怪她脑子里常常回响着汤尼·方丹那句情绪激昂的话：

"斯佳丽，老天在上，我们忍无可忍！也绝不忍受这个！"

尽管亚特兰大经历了战争、大火和"重建"，但这座城市还是恢复了繁荣。这地方在许多方面与邦联初期亚特兰大蒸蒸日上的繁华很相像。只是拥挤在街头的军人身穿另一种军装，钱财掌握在另一批人手中，而且黑人过起了游手好闲的日子，而他们原来的主人却在饿着肚子苦苦挣扎。

虽然繁荣的表面下掩盖着痛苦与恐惧，但是这座城市的外表却是一派欣欣向荣的景象，城市正在废墟上，重新站起来，成为一座繁忙喧嚣的城市。看起来，亚特兰大必将永远繁忙，残酷的现实并不能影响它。萨凡纳、查尔斯顿、奥古斯塔、里士满、新奥尔良等城市就从来不曾如此繁忙仓促过，这是一种缺乏风度的北方化气象。然而，在这一时期中，亚特兰大胸无城府，完全北方化了，这种情况是空前绝后的。“外来人口”不断从各地拥进城里，街道上从早到晚挤满了喧嚣的人群，让人喘不上气来。北佬军官的太太们和投机商们坐着锃亮的马车，在街道上飞驰而过，把泥浆溅在本地人破旧的马车上。富有的外乡人造起华丽而俗气的房子，挤在老居民稳重的住宅之间。

战争确立了亚特兰大在南方事务中的重要地位，这个一向默默无闻的城市因而远近闻名了。谢尔曼为了夺取铁路曾在这儿打了整整一夏天的仗，牺牲过几千士兵的生命，这些铁路线如今又恢复运营，给这座城市带来生机。亚特兰大像毁灭前一样，又成为一个广阔地区的活动中心。城市正承受着大量拥入的人口，其中有的受到欢迎，有的不受欢迎。

外来投机商蜂拥而至，将亚特兰大变成了他们的大本营。在城里的大街上，他们与南方最古老的家族代表人物拥挤在一起。这些古老家族的遗老也是刚刚移居到这座城市里，谢尔曼的部队进军到南方，将他们的乡间宅子付之一炬。另外，没有黑奴替他们种棉花，他们在乡间生活无着，便跑到亚特兰大来谋生。每天都有新的移居者从田纳西州、南卡罗来纳州、北卡罗来纳州等地迁来，因为在那些州里，“重建”的手段比佐治亚更严厉。许多来自爱尔兰和德国的雇佣兵曾在北军服役，军队遣散后，他们便在亚特兰大定居下来。许多北佬驻兵的家眷经过四年战争后，对南方满心好奇，也加入到日益膨胀的城市人口中来。各种各样的冒险家也蜂拥而至，希望寻找发财机会，乡下的黑人照旧成百上千地拥进城里。

这是一座喧嚣的城市，就像西部村庄一样完全开放，也丝毫不掩饰自己的种种恶习和罪过。这里的酒店彻夜开放，每段街区都有两三家酒吧，入夜后，街上到处是跌跌撞撞的醉鬼，有黑人，也有白人，在人行道上醉醺醺的东倒西歪。暴徒、扒手、娼妓躲藏在没有灯火照明的小巷里和阴暗的街道上。赌场里人声鼎沸，嘈杂混乱，那里每晚都有开枪杀人或持刀打斗事件发生。亚特兰大还有了个规模又大又兴旺的红灯区，正派人见状都感到无比羞耻。在这里，刺耳的钢琴声在低垂的窗帘后面响个不停，粗俗的歌声、笑声、欢闹声通宵达旦不绝于耳，时而还传出尖叫声和枪声。如今，住在这里的人比战争年代更放肆，竟然厚着脸皮从窗户里探出身子，向路人招呼拉客。到了星期日下午，红灯区的老鸨们乘坐帷幔低垂的漂亮马车招摇过市，马车里塞满了穿戴得花枝招展的姑娘，不时从帷幔后面探出脑袋，呼吸一下新鲜空气。

贝尔·沃特林就是其中最臭名昭著的老鸨。她自己开了间新妓院，那座二层楼的高大房子十分惹眼，与周围破破烂烂的房子相比犹如兔子窝一样龌龊。这座楼房的一层是个大酒吧，墙上挂着许多高雅的油画，每天夜晚都有一支黑人乐队在这里演奏。据传说，楼上的家具极其华丽，一色的长毛绒罩面。窗帘都是厚布料镶花边，墙上的镜子都是进口的，装在镀金框子里。房子里住着十来个标致的姑娘，她们浓妆艳抹，举止也比其他妓院的姑娘文静。至少，贝尔难得叫警察来妓院解决纠纷。

这家妓院成了亚特兰大妇女们悄悄谈论的话题，也成为牧师讲道时言辞谨慎的指责对象，称它是罪恶的渊薮，是该受唾弃和谴责的地方。大家都知道，贝尔这样的女人绝不会有那么多钱独自开这么豪华的妓院，她背后肯定有个富翁做靠山。瑞特·巴特勒从不掩饰自己跟她的关系，大家心里都明白，贝尔的靠山非他莫属。贝尔坐在自己的马车里，由一个举止粗俗却神情怯懦的黑人赶着车外出时，显出一幅奢侈像，人们偶尔从低垂的帷幔缝里朝她瞥上一眼。她的马车经过时，马路上的小男孩都设法摆脱母亲的束缚，跑过去朝精致的马车车厢里张望，还兴致勃勃地压低声说："是她！是贝尔！我看见她的红头发了！"

投机商和发战争财的家伙盖起一幢幢华屋，房子都有大屋顶，有山墙，有塔楼，有花玻璃窗，屋前还有宽阔的草坪。这些华屋旁边，弹痕累累、战火熏黑的破砖朽木房子就相形见绌了。每天晚上，在这些新建起的宅子里，窗口泻出瓦斯灯明亮的光线，飘出音乐和跳舞的脚步嚓嚓声。女人们身穿色彩艳丽，熨得笔挺的丝绸服装，在长长的阳台上漫步，身旁陪着身穿晚礼服的男子。香槟酒瓶的软木塞嘭嘭打开，针织雕花台布上摆上七道菜的晚餐。酒烹火腿、鸭肉冻、鹅肝酱、应时或错季的珍稀水果摆满了餐桌。

然而，那些老房子破旧的屋门后面，却住着贫穷和饥饿的人——这些人因为生来气质高雅，无所畏惧，表面上装出漠视物质需求的傲然态度，因而越发显得贫穷痛苦。米德大夫能讲出许多让人不愉快的故事，说他们不少人家被赶出豪宅，住进公寓，又从公寓搬进背街陋巷里的龌龊小屋。他有过许多患“心力衰竭”和“憔悴”病的女病人。他和病人心里都清楚，这种病实际上源自慢性饥饿。他还知道全家染上肺结核的病例，还能告诉人们说，以前只有穷苦白人才会患的癞痢病，如今在亚特兰大最有名望的家庭里也不鲜见。有的婴儿患了佝偻病，两条腿细得可怜，母亲却没有奶喂孩子。以前，这位老大夫每接生一个婴儿都要虔诚地感谢上帝，可他如今并不觉得孩子是上帝的恩赐。这是一个让小婴儿吃苦的世界，许多孩子生下没几个月就死了。

在那些显赫的大房子里，夜晚灯火辉煌，餐桌上美酒佳肴，人们身上丝绸闪亮毛料柔和，随着提琴奏出的音乐翩翩起舞。然而，就在街角旁边，那里的人却在挨饿受冻。征服者飞扬跋扈，冷酷无情，被征服者却忍受着痛苦，满腹仇恨。

第三十八章

斯佳丽把一切都看在眼里，白天就生活在这种环境中，到了晚上，又把这些带入梦境。她总是提心吊胆，不知道下一步会发生什么事。她心里清楚，因为汤尼的事，她和弗兰克已经上了北佬的黑名单，灾难随时都会降临到他们头上。但是，在这种时候，她可经受不起前功尽弃的灾难，她不久就要生孩子，锯木厂也开始赢利了，而且塔拉庄园在秋天收获棉花前，要依靠她的钱才能维持。啊，要是一切都失去可怎么办！假如她不得不从头开始，以自己微薄的力量哪能与这个疯狂的世界搏斗！她不得不以自己的红唇碧眼和精明而浅薄的脑袋去对付北佬，以及北佬代表的一切。她又疲惫又害怕，如果非得从头再来，她宁肯一死了之。

在一八六六年春天的一派破败和混乱中，她专心致志投入全副精力，设法让锯木厂赚钱。亚特兰大还是有钱的。她心里清楚，只要不让人投入监狱，在重建房子的浪潮中有她赚钱的机会。但是，她一再告诫自己，办事必须谨慎，待人必须随和，遇到侮辱要逆来顺受，遭受不公正待遇要懂得屈服，绝对不得罪可能对自己有害的人，不论是白人还是黑人都不能得罪。她像出身与自己相同的人一样，对那些放肆无礼的自由黑人心怀憎恨，每次从一群群黑人身旁经过，他们对她说下流话，冲着她尖声大笑，她听了总要起一身鸡皮疙瘩。但是她甚至从来不朝他们投去蔑视的一瞥。她痛恨无赖汉和投机商，他们轻而易举就成了暴发户，可她却不得不拼命干活，但是，她一句谴责他们的话都不说。亚特兰大人谁也不比她更痛恨北佬，只要看见他们穿的蓝军装，她立刻气得翻肠倒肚，可她即使是在家里，也绝不谈论他们。

她冷冷地自忖道：我才不当个心直口快的傻瓜呢。别人尽管为逝去的时光和不能再生的亲人伤心吧！让别人为北佬的统治和丧失选举权义愤填膺吧。让别人说出心里话遭监禁吧，让他们为加入三K党上绞架吧！啊，三K党这个名称真可怕，简直像黑人这个字眼儿一样让她心惊肉跳。让别的女人为他们丈夫加入三K党感到自豪吧！谢天谢地，弗兰克跟那个党从来没牵连！让其他人为不能挽回的事烦恼吧，愤慨吧，密谋吧，策划吧！与紧张的现在和不确定的未来相比，往昔有什么关系呢？现在面临的真正问题是要有面包吃，要有房子住，要避免坐牢，区区选票有什么要紧的？上帝保佑，让我平安过到六月份吧！

只要挨到六月就行！斯佳丽知道，到了六月份，她就得被迫待在佩蒂姑妈家，足不出户地等到孩子出世。已经有人责怪她有了身孕还四处奔走。女人怀了孕就不该抛头露面。弗兰克和佩蒂一再恳求她，要她别再外出丢丑了，既丢自己的丑，也让他们丢脸。她向他们保证过了，到了六月就停止工作。

只要挨到六月就行！在六月份以前，她一定要把锯木厂经营得稳稳当当，自己可以放心离开。到了六月，她准能攒起足够多的钱，保护自己免受灾祸。她有太多的事情要做，可剩下的时间实在太少了！她真希望一天能多出几个钟头，紧张得一分一秒都不放过，一心扑在锯木厂拼命挣钱，多多挣钱。

由于她对胆小的弗兰克总是催促个没完，那个店铺如今经营得好了些，他甚至还收回点旧账。不过，她的希望还是寄托在了锯木厂上。亚特兰大就像一棵砍倒的大树，如今又抽出更多粗壮的枝条，长出更加茂盛的树叶。建筑材料远远供不应求，木料、砖块、石块，这些建筑材料的价格都在猛涨，斯佳丽忙着让锯木厂从黎明到掌灯时分不停地干活。

她每天都有一部分时间在厂里度过，什么事情都要亲自过问，竭尽全力阻止发生盗窃，可她心里知道，总有人偷她的木头。不过她大部分时间都是坐着马车在城里四处奔走，联系那些建筑师、包工头和木匠，甚至还跟完全陌生的人打交道。只要听说谁家有可能造房子，她就跑去找，甜言蜜语劝人家答应只买她的木材。

不久，她便成了亚特兰大街上人们熟悉的一道风景。只见她坐在她那辆轻便马车上，车毯一直盖到腰间，一双小手放在手套里，搭在腿上，身旁坐着个黑人老车夫，那车夫神态庄重，脸上却显出老大的不情愿。佩蒂姑妈给她做了件漂亮的绿色短斗篷，好掩饰住她怀孕的身子，还给她做了顶绿色扁平帽子，跟她的碧眼恰好相配。她总是穿戴这套衣冠外出兜揽生意。她脸蛋上淡施胭脂，身上稍稍洒点香水，显得十分迷人。只要她坐在车上不下来，她的身孕就没人能看出来。她其实也难得需要下车，只要她嫣然一笑，招一下手，男人们就会跑到她的马车跟前，还往往光着脑袋淋在雨地里跟她谈生意。

当然，除了她，还有许多人发现做木材生意是个发财良机，可她并不害怕跟人竞争。她心里十分得意，知道自己精明的生意头脑不亚于任何人。她是杰拉尔德的亲生女儿嘛，父亲精明的生意头脑自然遗传给她了。迫于需求，她的这种本能变得越发敏锐了。

起初，别的商人还嘲笑她，嘲笑中怀着善意的轻蔑，看不起她这个女人跑出来经商。可是如今他们都不再笑了，看到她的马车经过，他们心里不免暗自诅咒。因为斯佳丽是个女人，所以做生意常常十分有利，在许多场合显得可怜无助，反倒能打动买主的心。她不费吹灰之力，就能默默给人一种印象，让人觉得她是个既勇敢又胆怯的上等女人，迫于悲惨境遇才沦落到如此境地；仿佛她是个悲苦的小妇人，要是不买她的木材，说不定她还会挨饿呢。不过，遇到她这种上等女人的风度不能奏效时，她便会耍出冷酷的生意人手段，为了招揽一个新主顾，甚至不惜做赔本的买卖，压低价格击败对手。假如她觉得能瞒过买主，就会以次充好，还会毫不犹豫地咒骂其他木材商。她会叹一口气，装出不愿揭人家老底的姿态，悄悄告诉潜在的主顾说，她的竞争对手木材价格太高，卖的却是长满节孔的朽木，质量低劣得简直不能提了。

斯佳丽头一回说这种谎话时，还觉得心慌、内疚，为谎话这么容易这么自然就脱口而出感到心慌，也因为忽然想到母亲得知这些会怎么想而感到内疚。

若知道女儿竟然说谎，行为不择手段，埃伦会怎么说是用不着怀疑的。她准会惊得目瞪口呆，不敢相信自己的耳朵，会用温和的口气说出言辞尖锐的话，还会对她谆谆教诲，说些对邻居要体面，要正直，要真诚，要敬重之类。斯佳丽脑袋里立刻看到母亲的尊容，不禁有点畏缩。接着，在一阵不顾一切的冲动中，母亲的容貌消逝了，那是一种贪欲的强烈冲动，产生于塔拉庄园衣食欠缺的日子里，如今又因为生活不稳定而变得更加强烈了。就这样，她像以前走过一座座里程碑一样，又走过一个新的里程碑。她一边为没有依照母亲的期望做人而叹息，一边又耸耸肩，重复念叨她那句口头禅："再说吧。"

不过，她做生意的时候再也没有想起过埃伦，再也没有因为跟木材商打交道时要了卑鄙手段而感到内疚。她知道造他们的谣自己是绝对安全的。南方人的绅士风度保护了她。一位南方女士可以造谣中伤一位绅士，但一位南方绅士却不会造谣中伤一位女士，更不可能把她说成个撒谎者。其他木材商只能生闷气，当着自己家人会猛烈发作，说他们但愿上帝把肯尼迪太太变成个男人，只要五分钟也行。

迪凯特街上有个开锯木厂的穷白佬，他试着用斯佳丽的武器跟她斗，公开说她是个撒谎的骗子。不料他非但没能得手，反而遭了殃，因为大家听了他的话都感到震惊，没想到一个穷白佬还敢说这么难听的话攻击一位淑女，何况这位女士还迫不得已从事这种不适合女人做的生意。起初斯佳丽默默忍受了他那些话，表现得颇有风度，渐渐地，她把全部精力都用来对付那个人和他的顾客。她虽然有点心疼，却横下一条心，压低价格出售自己最优质的木材，证明自己说的是实话，结果他不久便破产了。然后，她得意扬扬地按照自己出的价码把他的锯木厂买过来。弗兰克得知后惊骇不已。

得到那家工厂后，马上出现一个伤脑筋的难题，她得找个信得过的人替她掌管，她可不想找个像约翰逊先生那样的人。她心里清楚，虽然她盯得很严，可他仍然背着她偷偷卖她的木材。不过她觉得，要找个恰当的人并不是桩难事。现在人人都是穷光蛋，街上有的是人，许多人从前还是有钱人，如今却连个活儿都找不着。弗兰克每天都要掏钱接济几个饥饿的退伍兵，佩蒂和厨娘也是每天都要包起一点食物，送给骨瘦如柴的乞丐。

但是，斯佳丽不想雇用这些人。她自己也不明白到底是什么原因。她自忖道："我不雇用那些一年都没找到活儿干的人。要是他们还没有适应和平时期，就不能适应为我干的活儿。再说，他们全都是一副卑躬屈膝的奴才相，我才不要一副奴才相的人呢。我要的人应该精明强干，就像勒内、汤米·韦尔伯恩、凯尔斯·怀廷或者西蒙斯家小伙子那样的人，或者……或者属于他们那一类的人。因为他们都没有露出士兵投降后那种满不在乎的神色，他们的模样都显得对什么都十分在意。

但是，出乎她预料，西蒙斯兄弟开了座烧砖窑，凯尔斯·怀廷开业出售母亲在厨房配置的药，说是只要涂抹六次，就保证把黑人的小鬈发拉直。他们都彬彬有礼地对她微笑，婉言谢绝了她的聘约。她又找过十几个人，结果都是一样。她无奈提高工资出价，但仍然遭到拒绝。梅里韦特太太有个侄儿，那人的话相当不客气，说是他并不很喜欢赶马车运货，不过毕竟赶的是自家的马车。还说他宁愿为自己流汗，也不为斯佳丽干活。

一天下午，斯佳丽在勒内·皮卡德的糕饼车前拉住自己的马车，她见汤米·韦尔伯恩搭朋友的车回家正好也在车上，就向他们打了声招呼。

"嗳，勒内，上我那儿去干活好吗？管理工厂总比赶车送小吃体面嘛。我看你干这事有点丢人吧。"

“我？我才不觉得丢人呢，”勒内咧开嘴巴笑了笑说，“如今谁还受人敬重呢？以前咱倒是受人敬重，后来战争把咱像黑人一样解放了。今后再也不想摆出高人一等的架子，过百无聊赖的日子啦。我像鸟儿一样自由，喜欢我的糕饼车，喜欢我的骡子，喜欢照顾岳母生意的北佬。没错，斯佳丽，我要做个糕饼大王呢。这就是我的命运！就跟拿破仑似的，我要追随自己的命运之星。”说完他像演戏似的挥舞一下手中的鞭子。

“可你生来不是卖糕饼的，汤米也不该跟一群粗野的爱尔兰泥瓦匠打交道。我那儿的工作比较……”

“那你生来就是开锯木厂的喽，”汤米撇了撇嘴角说，“不错，我都能想象出斯佳丽小时候坐在妈妈腿上背功课的模样了：‘坏木头能卖高价，就绝不卖好木头。’”

勒内听了放声大笑，一双猴子眼使劲眨巴着，在汤米背上狠狠捶了一拳。

“别胡闹。”斯佳丽板下脸说。她没觉得汤米的话有什么好笑的，“当然，我生来也不是开锯木厂的。”

“我不是想无礼。不过你现在的确在开锯木厂，不管你生来是不是该干这个，可你干得相当好。嗯，照我看，咱们眼下干的事情都不是生来就该干的，可照样能凑合干。要是因为生活跟预料的不一样，就躺倒不干哭鼻子，那才是个可怜虫，才是个可怜的民族呢。你干吗不找个搞企业的投机商替你工作呢，斯佳丽？树林里那种人多的是，这我敢起誓。”

“我才不要投机商呢。投机商什么都偷，除非是烧得火红的东西或者死死盯着拿不走的东西。要是他们原来有点地位，就不会跑到这儿来搜刮我们了。我要个好人，应该是个出身好的人，要头脑灵活，诚实肯干，还要……”

“你的要求不算高嘛。不过你出那点价钱找不到这种人。你说的那种男人要不是严重伤残，早已找到活儿了，就算不太合适，至少也有干的。他们宁愿搞自己的事也不愿替一个女人干活。”

“你们那么低贱的活儿都肯干，可见男人没头脑。”

“也许没错，可他们有骨气。”汤米说得一本正经。

“骨气！骨气的味道真不赖，它的表皮又薄又脆，加上层蛋白酥皮味道就更好了！”斯佳丽挖苦道。

两人都笑了，不过有点勉强，斯佳丽觉得这两个男人是抱成团来反对她。她想到，汤米说得没错。她想起找过的那些男人，他们都在忙着干活，忙着做某种事情，而且干得很卖劲，要是换了战前，这种人干苦活儿简直是不可思议的事。他们做的事可能不是自己想干的，对他们来说既不轻松，也不是他们生来就该干的，但他们手头都有活儿干。时代太艰辛，由不得他们挑拣了。就算他们为失去的希望感到悲哀，并且留恋失去的生活，那也只有他们自己心里知道。他们在打一场新的战争，这场战争比过去的战争更艰苦。而且他们重新开始关注生活，态度迫切而强烈，战争割裂他们的生活以前，就是这种强烈的心情让他们生气勃勃的。

“斯佳丽，”汤米神色有点发窘，“抱歉刚才说了不礼貌的话，真不好意思再求你帮忙，可我还是想说出来。说不定对你还是有帮助的。如今除了北佬以外，大家都自己出门捡柴火，我家小舅子休·艾尔辛卖烧火柴买卖不好。我知道艾尔辛一家日子过得很艰难。我倒是尽力帮衬，可我得养活范妮，还得接济住在斯巴达的母亲和两个守寡的姐妹。休是个好人，你说过想找个好人，你知道他是好人家出身，人又诚实。”

“不过……嗯，休不够精明能干，要不然卖烧火柴也不至于干不成。”

汤米耸了耸肩。

“你的眼光真够凶的，斯佳丽，”他说道，“不过你仔细考虑一下休这个人吧。恐怕你还能挑出不少毛病，可我觉得他诚实肯干，这些就能弥补他不精明的缺陷。”

斯佳丽没回答，她不想显得过分冒失。不过她觉得不够精明不能用其他品质来弥补。

斯佳丽找遍全城也没找到一个合适人选，许多投机商迫不及待来找她，都让她一个个回绝了。最后，她决定按汤米的建议找休·艾尔辛。休在战争期间是个智勇双全的军官，但是，打了四年仗，受过两次重伤，他的精力仿佛都消耗光了，如今变得像个不知所措的孩子了。他的眼神像条丧家犬，所以根本不是她想找的那种人。

“这人太傻，”她想道，“对生意一窍不通，我敢肯定，他连二加二等于几都算不清。恐怕他也学不会什么东西了。不过，好在他人还诚实，不会骗我。”

这些日子来，斯佳丽倒不太重视诚实，不过自己诚实不诚实无所谓，要求别人诚实倒很重要。

“可惜约翰尼·加勒吉尔在汤米·韦尔伯恩的建筑工地有事干，”她想道，“要不然，他才是我要的那种人。这人态度硬得像蜗牛，脑子滑得像蛇，要是我花钱买他的诚实，他会诚实的。我了解他，他也了解我，我们俩人合伙做生意准不会错。说不定旅馆盖完我能雇用他，不过在这之前，我得将就着用休和约翰逊先生。要是我让休管起那家新厂，让约翰逊先生管原来那厂子，我就能腾出身子在城里照料销售，把锯木和运输都交给他们去管。雇到约翰尼之前，假如我一直待在城里，就得冒风险，因为约翰逊先生会偷我的木头。他要是不偷该多好！我看该在查尔斯留给我的那块地上建个木料场，另外一半本打算建个酒吧间的，可弗兰克总是扯着嗓门反对！哼，等我攒够了钱，就在上面建酒吧，才不管他怎么想呢。假如弗兰克脸皮不是那么薄就好了。唉，天哪，我早不生晚不生，怎么偏偏在这么个节骨眼儿上要生孩子呢！过不了多久，我的肚子就大得不能出门了。啊，我的天！假如没怀孩子就好了！假如可恶的北佬不来找我的麻烦就好了！假如……”

假如！假如！假如！没想到生活中有这么多假如，却没一样是确定无疑的，没一点安全感，总是提心吊胆，害怕失去一切，害怕重过挨饿受冻的苦日子。没错，弗兰克如今挣的钱倒是稍稍多了点，可他老是感冒，常常病倒在床上，一连几天不见好。假如他成了个老病号瘫在床上可怎么办？嘿，她不能指望弗兰克帮她太多的忙。除了依靠自己，她什么都指望不上，谁都靠不住。可她挣到的钱看来少得可怜。啊，假如北佬把这一切都夺走，她可怎么办呢？假如！假如！假如！如今，她的一半收入送到塔拉庄园，交给威尔，一部分用来偿还瑞特的债，剩下的一点点她就积攒起来。她数钱比任何守财奴都勤，也比任何守财奴更害怕失去自己的金钱。她不愿把钱存在银行，生怕银行倒闭，也怕北佬把钱没收掉。所以，她尽量把钱带在身上，塞在紧身胸衣里，把钞票分成一卷一卷，藏在屋里各处，塞进壁炉前松动的砖头下面，藏在垃圾袋里，夹在《圣经》里。她的脾气一星期比一星期暴躁，因为她每攒起一块钱，遇上灾祸就会增加失去一块钱的危险。

每逢她发作起来，弗兰克、佩蒂和佣人们就耐着性子忍受，把她的坏脾气归咎于她怀孕这事，却根本没有意识到真正的原因。弗兰克以为，对怀孕的女人凡事都得迁就，只好忍气吞声，便收敛起自己的傲然态度，再也没提她办锯木厂的事，也不说她到了这种时候还到处奔波，不像个女人。她的行为从来就让他难为情，可他觉得，还可以再容忍她干一阵子。等到孩子出世后，他知道她会变得甜蜜可爱，恢复他向她求婚那时的模样。然而，尽管他对她百般抚慰，可她的脾气照样不减，他常常觉得她像是中了邪。

谁也不知道她究竟中了什么邪，也不知道什么让她变得像个疯婆子。其实，她是想在坐月子前把一切都打理好，还要尽量多攒点钱预防灾祸再次降临。她要筑起一道金钱的堤坝，抵御北佬仇恨的潮水。近来，她脑子里只有一个钱字，即使有时想到即将出世的孩子，她脑袋里也只有怨恨，怪这孩子出世没挑对时候。

“死亡、纳税、生孩子！这三桩事永远不会挑个好时候来！”

一个女人家经营锯木厂，斯佳丽一开始就遭到亚特兰大人非议，随着岁月荏苒，大家对她有了定论，觉得她什么事都干得出来。她做生意精明得让人吃惊，何况她母亲还是罗比亚尔家的人。

现在人人都知道她身怀六甲，可她照样招摇过市，确实不成体统。体面的白种女人一旦知道自己怀了孕，就绝对不会再走出家门，就连有些黑人也遵守这种规矩。梅里韦特太太就愤愤然声称，照斯佳丽那模样，说不定要把孩子生在大街上呢。

但是，过去对她的所有批评跟眼下城里流传的风言风语相比，简直是小巫见大巫。斯佳丽不仅跟北佬做生意，而且看起来心里还挺乐意。

梅里韦特太太和许多南方人也跟北方新迁来的人做生意，不过还是有区别的，因为他们虽然跟北佬做生意，却显然不乐意。斯佳丽却心甘情愿跟他们做买卖，至少表面上显得很喜欢，反正一样糟糕。她还去北佬军官家，陪他们太太喝过茶！事实上，她跟他们交往毫无顾忌，就差没请他们上家里来做客了。城里人猜想，若不是因为佩蒂姑妈和弗兰克的缘故，她甚至会请他们来家里做客的。

斯佳丽知道城里人在谈论她，可她并不在乎，也没工夫考虑这事。她心里仍然像北佬打算烧毁塔拉时一样，对他们怀着深仇大恨，可她会掩盖起自己的仇恨。她知道，要想赚钱，就得赚北佬的钱，她学会了对他们微笑，说几句恭维话巴结他们，这可是为自家锯木厂兜揽生意的最可靠办法。

等到将来她非常富有了，自己的钱藏在北佬找不着的地方，她就能对北佬说实话了。她会对他们说，自己多憎恨他们，厌恶他们，鄙视他们。那该多么痛快哪！但是，在这一天到来之前，最合理的办法就是跟他们相处。假如把这说成是伪善，亚特兰大人就该最大限度利用这种伪善。

她发现，跟北佬军官交朋友就像开枪打地上的鸟儿一样容易。他们就像孤寂的流放者，受命待在充满敌意的土地上，其中许多人渴望与有教养的女性交往，然而在这座城市里，凡是体面人家的女子，对面遇上都会把裙子提起来侧身走过，脸上的表情仿佛想朝他们唾上一口似的。只有妓女和黑种女人才会跟他们和蔼交谈。但是斯佳丽显然是位淑女，而且是位上流人家的女子，尽管她干着目前的行当，可她那一双绿眼睛望着他们嫣然一笑，就让他们浑身激动不已。

斯佳丽坐在自己的轻便马车里跟他们交谈，还现出一对迷人的酒窝，她心里往往涌起对他们的无限憎恨，几乎按捺不住自己，想要当面咒骂他们。不过她总是能忍住心头恨。她发现，捉弄北佬并不困难，就像跟南方男子在一起作乐一样容易。不过，这可不是作乐，而是办正经事。她在扮演一个落难的南方夫人，性情高雅，妩媚可爱。她摆出一副庄重矜持神态，把她的猎物挡在恰当的距离以外。但是，她的态度仍然十分文雅，让北佬军官一想起肯尼迪太太，心里就感到暖洋洋的。

这种暖洋洋的感觉对斯佳丽有益，这也正是斯佳丽的意图。驻城部队的军官并不知道要在这里驻扎多久，许多人把自己的家眷也接来了。由于旅馆客栈全都住满了人，他们便自己建造许多小房子，就很乐意向这位态度高雅的肯尼迪太太买木料，因为她待他们比城里任何人都客气。投机商和无赖汉之类暴发户在城里盖豪华住宅、店铺、旅馆，他们也乐意找她做生意，因为他们发现她的态度让他们感到愉快；而那些前邦联士兵开的木料店就不同，虽然那里的人也是彬彬有礼，可是态度一本正经，冷冰冰的比开口咒骂他们还难受。

由于她漂亮迷人，时而还装出孤苦伶仃的可怜相，北佬便乐意照顾她的木材生意，不但光顾她的锯木厂，还频频光顾弗兰克的店铺。北佬显然觉得，应该帮助这位有勇气的小妇人，因为她无依无靠，除了这么一位窝囊丈夫，谁也指望不上。斯佳丽眼看生意日渐兴隆，便觉得不但现在能靠北佬的钱让生活得到保障，将来还能以北佬朋友做靠山。

与北佬军官保持一定关系比她料想的容易，因为他们似乎都对南方淑女怀有敬意。不过她不久便意外地发现，他们的太太倒成了个麻烦。跟北方女人交往并非她的初衷，她倒很乐意避开她们，可她就是避不开，因为这些官太太决意要见她。她们都对南方和南方女子怀有强烈的好奇心，斯佳丽是她们满足这种好奇心的第一个机会。亚特兰大的其他女人不跟她们交往，即使在教堂相遇，也不跟她们打个招呼，因此，斯佳丽上她们家谈生意的时候，就成了她们孜孜以求的目标。斯佳丽坐着马车停在一座北佬的房子跟前，跟这家的男主人谈造房子的木柱和木瓦，女主人就常常走出来参加谈话，要么便执意请她进屋喝茶。斯佳丽对这种邀请很反感，却很少拒绝，因为她心里盼望得到机会，委婉地建议她们上弗兰克的店铺去买东西。不过，她的自制力多次受到严峻挑战，因为她们提的问题会涉及她的私事，也因为她们对南方的所有事物都摆出一副居高临下的姿态。

那群北方妇女把《汤姆大叔的小屋》看作仅次于《圣经》的启示，她们都想知道，南方人是不是都豢养着大猎犬，用来追捕逃跑的黑奴。斯佳丽回答说，她这辈子只见过一条猎犬，并不是那种大型猎犬，只是条温驯的小狗。她们听了说什么也不肯相信。她们想了解庄园主给奴隶脸上烫烙印的可怕烙铁，想知道把农奴活活打死用的那种九尾鞭。她们还让斯佳丽感到，她们对奴隶姘居表现出非常下流粗俗的兴趣。斯佳丽对这类事情尤其感到厌恶，因为自从北佬士兵在亚特兰大驻扎下来后，城里的黑白杂种孩子数量急剧增加。

要是让亚特兰大的其他妇女听了这种无知的话，准得活活气死，可斯佳丽竭力控制住自己。她总算忍住了，因为她们激起她的鄙视超过了她心中的愤怒。毕竟是北佬，北佬干得出什么好事呢？她们轻率地侮辱她的国家、她的人民、南方的道德观念，她只是嗤之以鼻，心里暗自鄙夷。但是，后来偶然发生了一桩事，让她怒不可遏，也让她深深看清了南方与北方存在着无法逾越的鸿沟。

那是在一天下午，当时她同彼得大叔驾车回家，途经一幢北佬的房子。这幢房子是他们自己造的，用的木料是从斯佳丽的厂里买来的，房子里挤着三户人家。三家的女人当时正好站在门前的车道上，三个女人挥手招呼她停车，跑到下车台跟前，与她打招呼，说话的口吻十分难听。斯佳丽觉得，她几乎能原谅北佬的一切，就是不能饶恕他们的说话口吻。

“我们正想找你呢，肯尼迪太太，”一位来自缅因州的瘦高个女人说，“我想跟你打听点事，是关于这座愚昧的城市的。”

斯佳丽心怀鄙夷，勉强忍住她对亚特兰大的侮辱，尽量装出笑容：

“你想打听什么事？”

“我的保姆布里奇特回北方去了。她说她在这帮‘黑鬼’中间一天也待不下去了。可我的几个孩子闹得我简直要发疯！告诉我上哪儿才能再找个保姆。我不知道该上哪儿找。”

“这不是什么难事嘛，”斯佳丽笑道，“要是你看见乡下来的黑人妇女经过，只要没让黑人解放事务局调教坏，那就是最好的佣人了。只要站在大门口，见了黑人妇女就问一声，我管保你……”

三个女人气得同时大喊。

“你以为我们会把孩子托付给个黑鬼？”那个缅因女人嚷道，“我要的是个爱尔兰好姑娘。”

“恐怕你在亚特兰大找不着爱尔兰女佣人，”斯佳丽的口吻冷淡。我自己就从没见过一个白种佣人，我家里也不愿雇白种佣人。再说，她不禁放纵自己用挖苦的腔调说，“我可以向你们担保，黑人不是吃人的野兽，他们都非常可靠。”

“天哪，不成！我家可不要黑人。馊主意！”

“我才不信任黑人呢，我看见他们就饱了，别说让他们照顾我的孩子了。”

斯佳丽想起黑妈妈那双骨节很大的温柔双手，那双手在照顾埃伦、照顾她自己和照顾韦德的过程中变得粗糙了。这些外乡人哪里懂得黑人的手多么可亲，多么让人欣慰，多么善于爱抚呢？她顿时笑了。

“黑人是你们解放的，你们却这么看待他们。这倒真是怪了。”

“天哪！不是我，亲爱的，”那个缅因女人笑道，“我上个月来南方之前从来没见过一个黑人，我这辈子再也不愿见黑人了。他们让我浑身起鸡皮疙瘩。他们这种东西我可一个也不能信赖……”

斯佳丽早已感觉到，彼得大叔呼吸变得急促了，他挺直腰板，两眼死死盯住马耳朵。后来，那个缅因女人突然放声大笑，指着彼得给她那两个同伴看，斯佳丽这才转身注意他。

“瞧那个老黑鬼，气鼓鼓的活像只蛤蟆，”她咯咯笑个不停，“我敢打赌，他准是你们家的老宝贝吧，对不对？你们南方人不懂怎么对待黑人，把他们都惯坏了。”

彼得大叔喘了口气，额头上的皱纹显得更深了，他活了这么一把年纪，还从来没听哪个白人叫过他“黑鬼”呢。其他黑人倒是这么叫过他，可是白人从没这么叫过他。他彼得多年来一直是汉密尔顿家受人尊敬的台柱子，如今竟有人说他不可信赖，还让人说成“老宝贝！”

斯佳丽虽然没看见，却感到彼得大叔的下巴在颤抖，他的自尊心受到了伤害。她自己也不由得气疯了。以前，这几个女人耻笑过邦联军队，诽谤过杰夫·戴维斯总统，还造谣说南方人虐待黑奴、杀害黑奴，她不动声色地听着，心里怀着鄙夷。只要对她有利，她们就是侮辱她不贞节不诚实，她也能忍受。但是，如今她们说了这么多蠢话，伤害了这位忠实的老黑人，这就像朝火药桶里丢了根火柴，顿时引爆了她的怒火。她的眼睛一直盯在彼得大叔腰带上挂的那支大手枪，恨不得伸手去拔出手枪。这帮傲慢无知专横的征服者真该杀！她死死咬紧牙关，下颚上的肌肉都暴了出来，心里暗暗提醒自己，现在还不是时候。将来总有一天，她可以直截了当地告诉北佬自己的心里话。总有那么一天的。老天在上，这一天总要到来！可现在还不是时候。

“彼得大叔是我家的人，”她说话的声音在颤抖，“再会。我们走，彼得。”

彼得突然朝马抽了一鞭，马吓得骤然扬起前蹄，马车颠簸着驶开后，斯佳丽听见那个缅因女人迷惑不解的声音：“她家的人？不会是个亲戚吧？他的肤色黑得很呢。”

愿上帝惩罚他们！这些人应该统统从地球上消灭掉。等我将来有了足够的钱，我一定要朝他们脸上唾唾沫！我一定要……

她朝彼得瞥了一眼，见一滴泪珠正顺着他的鼻子淌下来。她顿时涌起一阵强烈的同情和悲伤，两只眼睛为他受到的屈辱而感到刺痛，就像看到有人肆意虐待一个孩子。那些女人伤了彼得的心。可是，跟随老汉密尔顿上校在墨西哥战争中南征北战的，就是这个彼得；东家死的时候正是让这个彼得抱在怀里；抚养玫兰妮和查尔斯，服侍傻乎乎的佩蒂帕特，也是这个彼得。彼得还在她逃难的时候保护她，战败后还“弄”了一匹马，把她从梅肯一路送回家，途中经过被战争破坏得满目疮痍的乡间土地。可她们却说“不信赖黑鬼！”

“彼得，”她把手搭在他瘦骨嶙峋的胳膊上，声音嘶哑了，“我替你丢人，哭什么。这种事还往心里去？她们不过是几个该死的北佬罢了！”

“她们当着我那么说话，好像我是头骡子，听不懂她们的话，好像我是个刚从非洲来的人，不懂她们说些什么。”彼得响亮地哼了一声，“她们叫我黑鬼，可我不是黑鬼，我一辈子都没听白人叫过我黑鬼！她们还说我是什么老宝贝，说黑鬼不可信赖！我不可信赖！当年老上校死的时候，对我说：‘彼得！你照顾我的孩子们。照料年轻的佩蒂帕特小姐’，他对我说，‘因为她脑筋简单得还不如只蚂蚱’。这么些年来，我一直好生照料她的……”

“除了大天使加百列，谁也没你干得好，”斯佳丽安慰道，“我们没你根本不能活。”

“可不是嘛，谢谢你这么说，小姐。这些我知道，你也知道，可他们北佬不懂，他们也不想知道。他们怎么会跑来打扰我们呢，斯佳丽小姐？他们根本不懂我们南方邦联的事。”

斯佳丽没吱声，刚才当着北佬女人的面好不容易才忍住心中的怒火，这会儿怒火还在心里燃烧着。两人默默无言地赶车回家。彼得不再抽鼻子了，下嘴唇渐渐撅出来，撅得高高的，让人看了吃惊。到了这会儿，他起初的伤心已经平息，心中的怒火却越烧越旺。

斯佳丽想到：这帮该死的北佬算是什么东西！那些女人见彼得大叔皮肤黑，就以为他没长耳朵，听不见她们说些什么，也没有她们那么敏锐的感情，不会感到伤心。北佬不知道应该好心对待黑人，应该把他们当成孩子一样，指导他们，表扬他们，疼爱他们，有时也要责备他们。他们不了解黑人，也不懂得黑人与他们原来的主人之间的关系，可他们却发动了一场战争解放他们。如今他们把黑人解放了，却不愿与他们交往，仅仅打算利用他们给南方人带来恐怖。他们不喜欢黑人，不信赖黑人，不了解黑人，却不断大声疾呼，说南方人不懂得如何与黑人相处。

不信赖黑人！斯佳丽信赖黑人远远超过对白人的信赖，也绝对超过对北佬的信赖。黑人的忠诚、耐劳和仁爱不会因苦难而中断，也不是金钱能买到的。她想起了塔拉庄园，当时庄园面临入侵，少数忠心耿耿的黑人却留下没走。当时他们完全可以逃走，也可以参军过悠闲日子，可他们留下了。她想起迪尔西当初陪她在棉田干苦活的情景，又想起波克冒着生命危险偷邻居家的鸡给自家人吃，还想起黑妈妈陪她上亚特兰大来，为的是防止她做错事。她也想起邻居家的仆人们，他们全都忠心耿耿守在主人周围。男主人上前线打仗，他们就保护自己的女主人。兵荒马乱时，陪他们去逃难；主人受了伤，他们就护理，死了也由他们掩埋；主人家失去亲人，他们就给予安慰。他们替主人干活，代主人乞讨，帮主人偷窃，为的是让主人家餐桌上有食物。即使到了现在，尽管黑人解放事务局对他们发下种种奇迹般的许诺，可他们仍然不离开自己的白种主人，比奴隶制时期更加吃苦耐劳。但是北佬根本不理解这些，也永远不会理解。

“可他们还要解放你们呢。”她不由大声说出来。

“不，小姐！他们不是要解放我。我也用不着他们那种渣滓来解放，”彼得怒气冲冲地说，“我还是佩蒂小姐家的人，死了她会把我埋在汉密尔顿家的坟地里，那儿才是我的归宿……我的女东家要是听说你让那帮北佬女人欺负我，准得犯病。”

“我没让她们欺负你啊！”斯佳丽惊得嚷起来。

“就是你让她们欺负我的，斯佳丽小姐，”彼得把嘴唇撅得更高了，“要是你和我不跟这帮北佬打交道，他们就没法欺负我。要是你不跟她们聊那种天，她们就没机会把我当成骡子，当成非洲黑鬼。你刚才连句话都没替我说。”

“可我说了！”她说。他的指责伤了斯佳丽的心，“我没对他们说你是我家的人？”

“那不算数。因为这本来就是事实，”彼得说，“斯佳丽小姐，你不该跟北佬做生意，其他女士都不跟他们来往的。你就没见过佩蒂小姐跟这帮渣滓来往，要是她听到她们说我的那些话，准会不高兴的。”

彼得这番批评让斯佳丽深深触动了，远比弗兰克、佩蒂姑妈或邻居说的话更让她难受。她心烦意乱，恨不得抓住这个老黑人，使劲摇晃他，让他没牙的嘴巴闭上才罢休。虽然彼得说的句句是实话，可她就是不愿听黑奴说出这种话，尤其不愿意从自家的黑奴嘴里说出来。得不到仆人的敬重，是南方人的耻辱。

“叫我老宝贝！”彼得喃喃地说，“我看佩蒂小姐听了这话准不让我替你赶车了。这是肯定的，小姐！”

“佩蒂姑妈照样会让你给我赶车，”她严厉地说，“不许再说这种话了。”

“我脊背疼得厉害，”彼得沉下脸警告说，“这阵子我的脊背疼得直不起来了。我犯了病，女主人是不会让我赶车的……斯佳丽小姐，要是咱自家人全都不赞成你做的事，不管北佬怎么看得起你，也不管那帮白人渣滓怎么瞧得起你，对你都没好处。”

这话刺中了她的要害，她心里怒气冲冲，却一声没吭。没错，征服者的确赞赏她，可她家人和邻居却不赞成。城里人议论她的话她全知道。现在连彼得也对她不满了，甚至不愿陪她当众露面。这可让她再也无法忍受了。

在这之前，她向来不屑于关心公众舆论，而且还对人们的议论心怀鄙夷。但是彼得的话却让她怒火中烧，把她逼到守势了。她突然觉得邻居像北佬一样可恨。

“我做什么关他们什么事？”她想到，“他们准是认为我喜欢跟北佬交往，喜欢像个庄稼汉一样干活。他们让我的苦营生变得更苦了。但是，我才不管他们怎么想呢。我也不允许自己在乎他们，我现在顾不上操心。但是，将来有一天……有一天……”

啊，将来有一天！等到她的生活圈子重新有了保障，那时她就能正襟危坐，像埃伦以前那样双手操在一起，做个让人敬重的贵妇人了。她要像个贵妇人那样，显得娇弱无力，非有人保护不可，那样就能赢得人人赞赏。啊，要是她重新富有了，会变得多么了不起啊！到那时，她就能学着埃伦的样，既慈祥又温柔，既关心别人也重视礼仪。到了那时，她再也用不着日日夜夜提心吊胆，生活会变得平静从容，她就有时间跟孩子们玩耍，关心他们的功课了。在漫长温暖的下午，体面的太太们登门拜访，大家芭蕉扇轻摇，塔夫绸裙袍作响。她为大家奉上香茗，端上美味的三明治和糕饼，招待大家，在悠闲的聊天中打发时光。她待受苦受难的穷人要非常仁慈，拿一篮篮食品去救济穷人，给病人送去汤和果冻，还要用自己的马车带不太走运的人兜兜风，摆摆阔气。她要像母亲以前那样，做一名真正的南方淑女。人人都会说她慷慨无私，称她是“女施主”。

对未来的幻想让她得到了乐趣，虽然她意识到自己并不想真正无私待人，也不愿慷慨仁慈，但她并没有因此感到扫兴。她想要获得这些品质，为的不过是个好名声。可她的脑袋就像一张网，网眼太大太粗，滤不出如此细小的差别来。她只需要知道一样事情就够了，那就是等她有了钱，大家都会称赞她。

将来有一天！那还不是现在。现在还不是时候，人们想怎么说她，尽管去说吧。现在还不是个做贵妇人的时候。

彼得果然不是跟她说着玩儿的。佩蒂姑妈真的犯了晕，彼得的病一夜间突然加重，从此再也不能赶车了。这以后，斯佳丽只好自己赶车，手掌上渐渐消退的老茧又重新长了出来。

春天的几个月就这样过去了。四月的冷雨变成了五月的温馨，到处一片青翠。斯佳丽一连几个星期心急火燎忙于工作，身子越来越重，行动渐渐不便。老朋友们对她越来越冷淡，家人对她却越发体贴，也更加为她担心，见她心急火燎的模样也越发感到迷惑了。

在这些怀着焦灼心情拼命奋斗的日子里，她心里只有一个人能靠得上，也只有这个人能理解她，这个人就是瑞特·巴特勒。说来奇怪，在芸芸众生里，偏偏这个人让她记在了心上，可他却像水银般不稳定，也像刚从地狱里冒出来的魔鬼一样可恶。但是他给了她同情，她还从来没从任何人那里得到过同情，也从来没料到瑞特会同情她。

他频频离开亚特兰大，神秘兮兮地去新奥尔良旅行。他从来没解释过去那儿的原因，不过她能肯定，他的旅行准是跟一个女人或几个女人有关，想到这一层，她心里隐隐感到一丝妒意。但是，自从彼得拒绝替她赶车后，他在亚特兰大待的时间就越来越长。

他只要待在亚特兰大，大部分时间就在时代女郎酒吧的楼上赌钱，或者泡在贝尔·沃特林的酒吧里，跟有钱的北佬和投机商讨论赚钱计划。全城人便认为这个人比他那帮狐朋狗友更可恶。如今他不上佩蒂帕特家拜访了。大概是因为尊重弗兰克和佩蒂的感情吧，因为斯佳丽身怀六甲，遇上男客来访，他们准会感到恼火。可他几乎每天都会碰巧跟她相遇。她赶车去锯木厂，经过僻静的桃树街和迪凯特街时，他往往会骑着马来到她的马车跟前，拉住缰绳跟她聊上几句，有时还会将自己的马拴在她车后，上车替她赶上一段。这些日子来，虽然她嘴上不承认，可她很容易疲劳，所以，瑞特接过缰绳，她心里总是默默感激。他总是在回到城里前离开她，可是整个亚特兰大都知道他们俩见面的事，这就给斯佳丽长长一串不合礼仪的行为清单上增添了新的议论话题。

她有时也疑心过，觉得一次次相遇不一定都是巧合。但是，几个星期过去了，城里的黑人越来越无法无天，他们的相遇也越来越频繁。可他为什么偏偏挑她模样最丑的时候来找她呢？就算他以前对她不怀好意，眼下也肯定不会有什么想法，可她连这一点也开始怀疑了。他已经有好几个月没有重提两人在北佬监狱里那段尴尬插曲了。后来他再也没提起过阿希礼，也没提过她对他的爱，更没说过想要“占有她”之类的粗话。她觉得最好别惹麻烦，就没有要求他解释两人频频相遇的原因。最后，她自己作出判断，认为他除了赌钱就再没其他事好做，加上他在亚特兰大几乎没有好朋友，所以来找她不过是跟她做做伴。

不论他有什么原因，她觉得他是个很令人愉快的伴侣。他倾听她伤心地说起失去顾客的事，抱怨欠债收不回来，说起约翰逊先生如何欺骗她，述说休太不称职。她讲述自己的成果，他就喝彩，而弗兰克听了只不过面露微笑，佩蒂听了只会露出吃惊的模样，说上一句："我的天！"她能肯定，瑞特经常暗地里把做生意的机会引给她，因为他跟有钱的北佬和投机商关系密切，可他矢口否认帮过她。她知道他是怎样一个人，也从来不信赖他，但是，一看见他骑着一匹大黑马从林荫曲径走来，她的心情立刻变得愉快。他跳上她的马车，从她手里接过缰绳，对她说上几句俏皮话，她立刻就会感到自己又年轻愉快，富有魅力了，忘记了心中的焦虑，也忘了自己身子越来越臃肿。她跟他几乎无话不说，用不着掩饰自己的动机，也用不着隐藏自己的真实看法，可她跟弗兰克说话就不能这么直率。她心里对自己坦白说，就是跟阿希礼说话，也不能这么无话不谈。当然啦，在她与阿希礼的每一次交谈中，她都得考虑自己的荣誉，这就让她有许多话不能说出口。既然瑞特出于某种无法解释的原因对她以礼相待，有他这么个伴侣实在让她感到安慰。她确实感到非常安慰，因为近来她的朋友实在太少了。

"瑞特。"她怒气冲冲地问道，这是在彼得大叔对她发出最后通牒后不久的事，"城里人干吗待我那么无礼，干吗偏要议论我呢？没准他们把我说得比那帮投机商还坏呢！我一直操心自家生意，从来没做过什么坏事，再说……"

"你没做过坏事，那是你没机会做，他们心里恐怕是这么想的。"

"哎哟，说正经话嘛！他们都要把我逼疯了。我只不过是为了赚点钱，而且……""你做的事跟其他女人都不同，而且也的确比较成功。我以前对你说过，不论在什么社会里，这都是一种不可饶恕的罪过。与众不同就该倒霉！斯佳丽，你办锯木厂搞得很成功，仅仅这一点，对那些生意不成功的男人就是一种侮辱。要记住，女人若有教养，她的位置应该在家里，不该了解这个忙碌野蛮的世界，什么都不该知道。”

“但是，假如我一直待在家里，早就无家可归了。”

“按照规矩，你该怀着上流社会的自尊，待在家里挨饿。”

“嘿，别瞎扯！你瞧瞧梅里韦特太太吧。她卖糕饼给北佬吃，这不是比开锯木厂更糟吗？艾尔辛太太给人家做针线活儿，招房客；范妮在瓷器上画花儿，难看得谁都不想要，可大家为了帮衬她，人人都买，还有……”

“不过你没有抓住要点，我的宝贝。她们搞的事情都不成功，所以没有伤害南方男人们的自尊心。男人还是能评论说：‘可怜的傻宝贝，她们干得多苦哇！唉，得让她们觉得还是干了点事的’。再说，刚才提到的那几位太太都不喜欢做手头的事。她们让人觉得，那种活儿不该由女人干，好像她们在等待某个男人帮着卸下这副重担。所以人人都会同情她们。可你显然喜欢工作，也公然不让任何男人来管你的业务，这样，谁也就不会同情你了。正因为这样，亚特兰大人永远也不会原谅你。可怜别人从来是一种愉快的感情。”

“我真希望你有时候能说点正经话。”

“你听说过一句东方谚语吗？说是‘狗咬不阻马帮道’。让她们去咬好了，斯佳丽。我看什么也阻挡不住你的马帮向前。”

“可他们干吗要反对我挣一点点钱呢？”

“你不可能二者得兼，斯佳丽。要么你继续照这样不守女人本分去挣钱，到处遭冷遇；要么就忍受贫穷，保持体面，拥有许多朋友。你已经做出了选择。”

“我不想受穷。”她连忙说，“不过，我的选择没错吧？”

“如果你看重的是钱，那就没错。”

“对，我想要钱，世界上最重要的就是钱。”

“那你只有这一种选择了。不过也有一种附带的弊病，其实你想要的任何东西都会附带一种弊病。那就是孤独。”

这话让她一时哑口无言了。这话不错。她凝神细想，觉得自己的确有点孤独，因为没有女性伴侣而感到孤独。战争年代中，她心情忧郁时还能回家看望埃伦。埃伦死后，身边总有个玫兰妮做伴，虽然她跟玫兰妮除了在塔拉庄园干活外，再没有什么共同之处，可毕竟还是个伴。如今一个伴都没了。佩蒂姑妈除了在她那个小圈子里闲聊外，根本不懂什么是生活。

“我想……我想，”她迟疑着说，“我从来就是孤独的，跟女人没多少交往。亚特兰大的上流社会女子讨厌我不完全是因为我的工作，她们反正不喜欢我。除了母亲，没有哪个女人真正喜欢过我。就连我的两个妹妹也讨厌我。我也不知道是为什么，不过，即使在战前，即使在我跟查尔斯结婚之前，我做的事女士们样样不赞成……”

“你把韦尔克斯太太忘掉了，”瑞特说，眼睛里流露出不怀好意的光芒，“你做的事她可是完全赞成的。我敢说，除了不赞成你杀人外，其他事她样样都赞成。”

斯佳丽恶狠狠地想道：“就连杀人她也赞成。”说完她不由得放声大笑，声音里含着鄙夷。

“哈，玫兰妮！”她说着心情一阵忧郁，“玫兰妮是唯一赞成我的女人，这肯定不能算我光彩。她的脑子还不如一只珍珠鸡呢。要是她有点头脑的话……”她感到有点困窘，连忙打住话头。

“要是她有点头脑的话，就能意识到，某些事情她不该赞成。”瑞特替她说完那句话，“嗯，这一点你当然比我更清楚。”

“哼，你这该死的记性和无礼的态度！”

“我不计较你的粗鲁，反正没道理，用不着反驳。还是回到刚才的话题吧。你该打定主意。要想与众不同，就得忍受孤独，不但你的同龄人会疏远你，就连你的长辈和晚辈也会不理睬你。他们不但永远无法理解你，而且你做任何事他们都会感到震惊。不过，你的祖辈也许会为你自豪，说：‘是我们家的种！’你的孙子辈会对你表示敬佩，叹息道：‘多了不起的老奶奶！’而且他们都会学你的榜样。”斯佳丽觉得好笑，不禁笑了。

“你有时候说话真是一针见血！我家罗比亚尔外婆就是那个

样。我小时候一淘气，黑妈妈就拿她来吓唬我。外婆是个冷冰冰的人，在行为举止方面，对自己对别人都一样严厉。可她结过三次婚，她的情人们争风吃醋不知决斗了多少回。她脸上搽胭脂，身上穿的裙子领口低得让人吃惊，而且……嗯……里面差不多什么都不穿。”

“看来你特别敬佩你这位外祖母，可表面上你总是尽力学母亲的样。我祖父就是个海盗。”

“真的！就是走跳板抢货船的那种海盗？”

“我敢说，只要用那种方法能弄到钱，他会逼着手下人走跳板的。不管怎么说，他发过大财，后来把财产留给我父亲，让我父亲成了个大富翁。不过，家里人说起他总是很小心，说他是个‘海船的船长。’后来他在一次酒吧械斗中让人杀了，那时离我出世还早得很呢。不消说，他死后家里晚辈都松了口气，因为那老先生整天泡在酒馆里，总是喝得酩酊大醉，一喝醉就忘记自己的身份是‘退休的海船船长’，他酒后吐真言，让晚辈吓得发指。不过我倒很敬佩这位祖父，宁愿学他的榜样，也不学父亲。父亲是个和蔼的绅士，举止检点，行为规范。你准知道那种情况。我肯定你的子女不会赞成你的行为，斯佳丽，就像现在梅里韦特太太和艾尔辛太太和她们那帮人不赞成你一样。你的子女恐怕既温柔又驯服，凡是艰苦奋斗的人，后代都是这个样。更糟糕的是，你会像所有其他母亲一样，恐怕绝对不肯让孩子再遭受你自己经历过的苦难。那可就大错特错了。艰苦能造就一个人，也能毁掉一个人。所以只能等孙子辈来赞赏你了。”

“我真想知道我们的孙子辈是什么样！”

“你这‘我们’的意思，是不是说你和我会有共同的孙子辈呢？哼，肯尼迪太太！”

斯佳丽突然发现自己话里有错，不由得羞红了脸。她不仅为他那句玩笑觉得害羞，也忽然意识到自己已经大腹便便了。他们两人谁也没提起过她怀孕的事，只要跟他在一起，即使是在温暖的日子里，她也总是把车毯高高拉起，一直盖到腋下，心里还以一般女性的心理安慰自己，以为盖成这模样，别人就看不出她的大肚子了。现在，她突然为自己的身孕觉得恼火，也觉得丢脸，因为让他看出来了。

“快滚下车，你这个满脑袋龌龊念头的恶棍。”她的声音有点颤抖。

“我才不下车呢！”他回答的口吻十分平静，“不等你回到家，天就黑了。在下一个泉水附近的帐篷和窝棚里，住着一帮新来的黑人，听说都是些下流的家伙。我看你用不着成为牺牲品，让头脑发昏的三K党人今夜身穿白袍到处奔跑，为你报仇。”

“滚下车！”她一边嚷，一边伸手抓缰绳，可她突然感到一阵恶心。他连忙拉住马，递给她两块清洁手帕，熟练地托住她的头，让她上身探出车外。夕阳透过新抽嫩绿的枝叶投过来，在她眼里，这片金黄与翠绿一时交织成个旋涡，让她头晕恶心。等到这阵眩晕过去后，她双手捧住脑袋哭了，完全是出于羞辱的心理。她不但当着男人的面呕吐，而且肯定因此暴露出自己已经怀孕。呕吐本来就够尴尬了，女人遇到这种事总会觉得狼狈不堪。她觉得从此再也不敢正面看他了。这种事怎么偏偏让这个不尊重女人的瑞特撞上了！她哭个不停，预料他会说几句让她终生难忘的挖苦话。

“别傻了，”他平静地说，“要是因为难为情才哭，那你真是个傻瓜。得了吧，斯佳丽，别孩子气了。你应该清楚，我不是个瞎子，早看出你怀孕了。”

她惊得不由说了声“哦”，把脸紧紧捂住。怀孕这个字眼儿本身就够吓人了。弗兰克提起她怀孕的时候，总是尴尬地用“你的身子”这种说法。以前，杰拉尔德不得不提起这种事，习惯用“有喜了”这个微妙的字眼儿。上流社会女士一般把怀孕称作“有了”。

“要是你以为我不知道这事，那你真是个傻孩子。你用这块车毯遮住身子，一眼就能看出。我当然知道。要不然你以为我干吗一直这么……”

他突然打住话头，两人一时默默无言。他抓起缰绳，打了一下马。他接着谈话，口吻平静，慢条斯理，让她听了心里舒坦，她脸上的红晕渐渐散去。

“我没想到你会这么吃惊，斯佳丽。我总是把你当成个明白人，你让我失望了。难道你脑袋里还有那种怕羞的念头？恐怕因为我不是个绅士，所以才提起这种事，假如我是个上流社会的绅士，见了女人怀孕应该觉得尴尬，可我没那种感觉。我觉得应该把怀孕女子当正常人看待才对，用不着眼睛假装看看天，看看地，扫视周围，就是不看女人的肚子——可他们还是禁不住要朝那肚子偷偷瞟上一眼，我看这种举止倒是最不礼貌的。我干吗要学他们的样呢？女子怀孕完全是正常现象。欧洲人就比我们通情达理多了。他们见了孕妇都会道喜，祝贺她即将做母亲。我并不主张全盘接受那种习俗，可仍然觉得比我们假装视而不见的态度更通情达理。怀孕是正常现象，女人应该感到自豪，用不着把自己关在屋子里，好像犯了罪似的。”

“自豪！”她声嘶力竭地嚷道，“自豪——哼！”

“难道你快有孩子了不觉得自豪？”

“噢，好上帝呀，我！我……我讨厌孩子！”

“你是说，讨厌弗兰克的孩子？”

“不……不管是谁的孩子都讨厌。”

她一时为说出这种话感到懊悔，可他继续平静地说下去，好像没听见她的话。

“那咱俩就不一样喽。我喜欢孩子。”

“你喜欢孩子？”她嚷起来，惊得忘记了自己的尴尬，“你真会撒谎！”

“我喜欢初生婴儿，也喜欢小孩子，可他们长大以后，得到了大人的思维习惯，学会大人说谎、欺骗、干肮脏勾当，我就不喜欢了。你不该觉得新奇的。你知道我多么喜欢韦德·汉密尔顿，尽管他成长得不是很理想。”

这话倒是真的，斯佳丽想着，不禁感到诧异。他看起来的确喜欢韦德，还常常买礼物给他。

“既然咱们把这个吓人的话题挑明了，你也承认不久要生孩子，我就跟你说点事情吧。几个星期来我一直想说——两件事。头一件事是告诉你，独自驾车出来很危险，这你自己也清楚。人们对你说过多次了。即使你自己对受人奸污并不在意，可你该想想后果才对。由于你自己执意外出，可能会导致一种麻烦，本城勇敢的男人不得不为你报仇，结果是把几个黑人吊死。然后北佬就要搜捕他们，也许要把几个男人送上绞架。你想过没有，上流社会的妇女不喜欢你，原因之一就是怕你的行为会害得她们儿子或丈夫脖子套上绞索。进一步想，假如三K党人因此杀掉更多的黑人，北佬就会对亚特兰大实施高压政策。要是那样的话，相比之下谢尔曼的所作所为倒显得像天使般仁慈了。我清楚自己的话是可靠的，因为我跟北佬交往密切。说来惭愧，他们把我当成自己人了，我就听他们公开这么说过。他们要彻底消灭三K党，为了达到这个目的，就是把全城再次烧光，把十岁以上的男子全都绞死也在所不惜。这对你也有损害的，斯佳丽。你会失去自己的金钱。野火烧起来，谁知烧到哪儿才会停。没收财产、提高税金、对可疑妇女征收罚款——这些我都听他们说过。三K党……"

"你认识三K党的人吗？汤米·韦尔伯恩是不是三K党，休是不是，还有……"他不耐烦地耸了耸肩。

"我哪知道呢？我是个变节者，是个叛徒，是个投机商。我能知道吗？可我知道哪些人受到北佬怀疑，他们只要走错一步，就等于套上绞索了。我知道，你就是害得邻居上绞架也不觉得后悔，可我敢肯定，你失去锯木厂会伤心的。从你的表情看得出，你不相信，我的话算是白说了。因此我只能对你再说一句话，你得一直把自己的手枪带在身边。我在城里的时候，会设法来替你赶车的。"

"瑞特，难道你真的……你是为了保护我才……"

"是的，我亲爱的，正是出于我经常夸耀的骑士精神，我才来保护你。"他那对黑眼睛又闪烁出嘲弄的光芒，刚才一本正经的神色完全消失了。"我为什么这么干？因为我深深爱着你，肯尼迪太太。不错，我一直如饥似渴地默默爱着你，远远地崇拜着你。可我跟阿希礼·韦尔克斯一样，也是个体面的人，所以只好掩盖起满腔真情。唉，如今你已经是肯尼迪太太了，荣誉感让我不该说这种话。不过就连韦尔克斯先生的荣誉感有时也会出现裂痕。如今我的荣誉感也有了裂痕。我向你表白了自己心底的秘密感情，而且我……”

“噢，看在上帝分上，住嘴吧！”斯佳丽打断他的话。一见他显得像个自负的傻瓜，她总是很恼火。她也不愿拿阿希礼和他的荣誉当话题。“你要告诉我的另一件事是什么？”

“怎么！我向你献上一颗火热而破碎的心，你却要改变话题？唉，说说另一件事吧。”他眼里的嘲弄光芒又消失了，平静的脸色十分阴郁。

“是关于你这匹马，这马的性子太拗，嘴巴硬得像铁，赶着挺费劲，不是吗？要是它惊了，你根本控制不住。要是车翻进沟里，说不定你和孩子都得送命。你该给它换一副最重的嚼铁，要不就让我替你换上匹比较温驯的马，要嘴巴嫩一点的。”

她抬起头，望着他没有表情的脸，他的表情让她感到安慰，她的满腔怒火突然消失了，就像刚才说起她怀孕时，她心中的尴尬顿时消失掉一样。刚才她恨不得马上死掉，可他好心相劝，让她放心。现在他更表现出善意，对她的马都想得这么周到。她心中涌起一阵感激之情，又奇怪他为什么不能永远像这样。

“这匹马是不好驾驭，”她口气温和地表示同意，“有时候，因为拉缰绳，我的胳膊整夜疼得厉害。瑞特，你认为怎么好就怎么办吧。”

他眨巴着眼睛露出调皮神色。

“这话听着非常甜蜜温柔，肯尼迪太太。没有你平时那种专横口吻啦。嘿，看来只要稍稍耍点手段，就能把你变成个依赖男人的女子。”她皱起眉头，顿时又怒从心头起。

“现在你马上给我滚下车，要不我就拿鞭子抽你。真不知道干吗得容忍你，干吗还得对你客客气气。你不懂礼貌，你没有道德，你是个彻头彻尾的……哼，滚吧。我可不是跟你开玩笑。”

他从车上爬下去，把自己的马缰绳从车后面解下来，她拉动缰绳把车驶开。瑞特站在苍茫暮色中咧开嘴巴笑着逗她，她看了不禁扑哧一笑。

不错，他这个人很粗鲁，也很狡猾，跟他打交道不安全。你交给他一把钝刀子，可说不准在什么时候，突然就变成了一把锋利尖刀捅过来。可他毕竟能让人兴奋，就像偷偷喝了杯白兰地那么痛快！

这几个月里，斯佳丽学会了喝白兰地。傍晚回到家，浑身让雨淋得湿漉漉的，长时间坐在马车里身子又僵又酸疼，这时，她什么念头都没了，只想着瞒过黑妈妈警惕的目光，偷偷喝锁在衣柜顶层抽屉里那瓶白兰地。米德大夫也没想过应该警告她，怀孕妇女不能喝酒，可他怎么也没想到一个正经女子，竟会喝酒精度数超过葡萄酒的烈酒。当然啦，在婚礼上喝杯香槟，重感冒发烧的时候喝上杯加热水的甜烧酒是另当别论的。有些女人喝酒，结果给家庭带来永久的耻辱，就像有些女人得神经病或者闹离婚一样丢人，也像苏珊·安东尼苏珊·安东尼（1820—1906）：美国著名改革家，她领导了争取妇女选举权的斗争。闹妇女选举权一样丢人。但是，尽管大夫对斯佳丽的行为很不赞成，可他从未怀疑过她竟然会喝酒。

斯佳丽发现，晚饭前喝点纯白兰地，对精神大有帮助，只要嘴里嚼颗咖啡豆，或者用香水漱漱口，就能消除酒气。男人可以随意喝酒，醉得走路都东倒西歪，为什么女人喝点酒，他们就有那么多愚蠢的说法？有时候，弗兰克躺在她身旁打鼾，可她却翻来覆去睡不着，为贫困发愁，害怕北佬，惦记着塔拉庄园，思念起阿希礼，这时候要不喝上口白兰地，她准会发疯。那股熟悉而愉快的暖流涌遍全身时，她的烦恼便开始消退。三杯酒下肚，她就能对自己说：“这些事我明天再考虑吧，到时候我就能忍受这一切了。”

但是，在有些夜晚里，就是白兰地也镇不住心中的痛苦了，那是对塔拉的思乡之苦，它甚至比失去锯木厂的担忧更强烈。亚特兰大到处充满了喧嚣，到处盖起新房子，变得面目全非了，狭窄的街道挤满了马匹、车辆，还有熙熙攘攘的人群，有时让她感到窒息。她爱亚特兰大，可是她思念塔拉庄园那甘醇的静谧和乡间的平静，思念那片红土田野和庄园后面的黑松林！啊，虽然那里的生活非常艰苦，可她多希望回到塔拉庄园！她多希望靠阿希礼近些，只要能见到他的脸，听到他的声音，只要能知道他还爱她就行！玫兰妮的每封来信都说他们都好，威尔每次寄来的短简都汇报耕地情况和棉花的长势。每次读到他们的信，都让她渴望再次回家。

“六月份我要回家去。那以后反正我在这儿什么都做不成了。再有两个月我就要回家了。”她这么想着，精神便振作起来。到了六月，她真的回家了，却并不是出于自己的愿望，而是收到威尔在六月初寄来的一纸便条：杰拉尔德去世了。

第三十九章

火车长时间晚点，斯佳丽在琼斯博罗下了火车，已经是傍晚时分。六月的黄昏相当漫长，深蓝的暮色笼罩在田野上，村子里所剩无几的店铺和房舍泻出暗淡昏黄的灯火。街上残留的建筑物之间，随处可见一个个骇人的缺口，那里原来的住宅不是让炮弹炸塌，就是被大火烧毁了。残垣断壁，屋顶上弹洞累累，黑黢黢的房子废墟悄无声息，仿佛暗中窥视着她。几匹上了鞍的马和几辆套着骡子的马车拴在布拉德那间店铺的木凉棚外面。那条尘土翻卷的红土路上空荡荡的，了无生气，寂静的暮色中，只听到几声喊叫和醉汉的大笑声从街上远处一家酒吧飘来，除此之外，村子里再没有半点声响。

这个车站在战火中毁掉后一直没有重建，只是在原来的地方搭了个木棚，却没有墙壁供乘客挡风避寒。斯佳丽走进木棚，里面放着几个显然当作座位用的空木桶，她在一个木桶上坐下，目光扫视着街上，寻找威尔·本蒂恩。威尔本该来这儿接她，他该知道，她一接到杰拉尔德去世的那封短信，肯定会乘头一班火车回来的。

她走得太匆忙了，只往随身带的小绒线包里塞了件睡衣和一把牙刷，连件替换的内衣都没来得及拿。因为没时间为自己做丧服，就向米德太太借来件黑衣，穿在身上紧绷绷得很不舒服。米德太太如今瘦了，而斯佳丽已近临产，所以这件衣服穿着特别不舒服。即使是在奔父丧的时候，她也没忘记自己的外表。她低头看了看自己的身子，心里觉得厌恶，她的身段完全走了样，脸和脚脖子都浮肿了。在这之前，她并不太关心自己的外貌，可是，不出一个钟头，她就要见到阿希礼了，因此她现在非常关心自己的形象。尽管她是在极度伤心的时刻，可她一想到自己正怀着另一个男人的孩子，还要跟他见面，心里就感到一阵畏缩。她爱他，他也爱她。这个不受欢迎的孩子似乎成了她对他不忠的证据。虽然她不愿让他看到自己纤细的腰肢和轻快的步伐已经不复存在，可她现在已经无法逃避现状了。

她不耐烦地踏着脚。威尔本该来接她的。当然，要是他来不了，她可以上布拉德的店铺去，询问一下他的情况，或者请个人驾车送她回塔拉庄园。可她不愿去布拉德家的店铺。这是个星期六的夜晚，说不定全县有一半男人在那儿呢。她不愿穿着这件不合身的衣服抛头露面，让人看见她怀孕的丑陋模样。这衣服不但遮盖不住自己走样的身段，反而突出了她胀鼓鼓的肚子。她也不愿听人们倾诉对杰拉尔德去世表示的慰问。她就是不要人们的同情。她害怕人们对她提起父亲的名字，她听了忍不住会哭，可她不愿哭。她知道，一旦哭出来，就会像逃出亚特兰大那天晚上一样号啕不止，记得在亚特兰大陷落的那个可怕夜晚，瑞特把她丢在城外黑黢黢的路上，她趴在马脖子的鬃毛上伤心痛哭，哭得撕心裂肺，怎么也止不住。

她不愿哭！她觉得嗓子里哽噎，仿佛有一团东西在往上涌，自从听到噩耗，她就常常有这种感觉。但是哭也于事无补，只会让她脑子糊涂，身心虚弱。为什么威尔不把父亲生病的消息写信告诉她？至少玫兰妮或者妹妹们也该写信告诉她的。她会马上搭头一班火车赶回塔拉照顾爸爸。如果需要，还可以从亚特兰大请一位大夫来。这群傻瓜，他们全都是傻瓜！难道没有她，大家就什么也应付不来？她又没有分身术，上帝作证，她在亚特兰大可是尽最大努力为他们办事的。

她坐在木桶上扭动身子，心里紧张烦躁，怎么威尔还是不来。他到底上哪儿去了？她听见身后铁轨间的煤渣上有嘎吱嘎吱的脚步声，扭过身子一看，见是亚力克·方丹正穿过铁路朝一辆马车走来，肩膀上扛着一袋燕麦。

“老天哪！这不是斯佳丽吗？”他一边嚷，一边丢下袋子跑过来拉住她的手，那张黑黝黝的小脸饱经沧桑，此时露出喜悦神情。“见到你真高兴。我刚才看见威尔在那边的铁匠铺，正给马钉掌子。火车晚点了，他准是以为还有时间。我跑过去叫他来吧。”

“谢谢你，亚力克斯。”尽管她心里悲伤，可还是露出笑容。又见到县里的乡亲，心里真高兴。

“哦……嗯……斯佳丽，”他神情尴尬，仍然抓着她的手没放，“我为你父亲感到难受极了。”

“谢谢你。”她嘴上这么回答，可心里但愿他没那么说。他的话又让她眼前清清楚楚浮现出杰拉尔德那张红润的面孔，耳畔又响起他嘹亮的嗓音。

“我们这里的人都为他感到非常骄傲，斯佳丽，希望这对你多少是个安慰，”亚力克斯说着放开她的手，“他……唉，我们觉得他死得勇敢，像个士兵，是在斗争中死去的。”

他这话是什么意思？她脑袋里乱作一团。士兵？难道他是让人开枪打死的？难道他像汤尼一样跟一个无赖搏斗过？可她再也听不下去了。要是谈起他，她准得放声大哭，可她不能哭，至少也得等到上了马车，跟威尔坐在一起，到了外人看不见她的乡间再哭。威尔不会在意。他就像个兄弟。

“亚力克斯，我不想谈这事了。”她口吻干脆地说。

“斯佳丽，我一点儿也不责怪你，”亚力克斯怒气冲冲，脸涨成紫红色，“假如是我妹妹，我准得……嘿，斯佳丽，我从来没当着女人说过一句粗话，可我认为，苏埃伦真该狠狠挨顿鞭子。”

她听了心里纳闷，他这是说的什么傻话？跟苏埃伦有什么关系？

“我很抱歉，不过这儿的人都是这么看的。只有威尔还搭理她，当然还有玫兰妮小姐。可她是个圣人，任何人在她眼里都没短处，再说……”

“我刚才说了，我不想谈这事了。”她冷冷地说，可亚力克斯并不觉得受了冷遇。他那模样仿佛理解她为什么说话粗鲁，这让她觉得恼火。她不愿从外人嘴里听到自家人的坏话，也不愿让他知道自己对发生的事一无所知。威尔怎么不写信把事情仔细告诉她？

她真希望亚力克斯别这么盯着她看。她感到他已经察觉到自己怀孕了，就有点困窘。可是，亚力克斯在暮色中望着她的脸，心里想的是另一码事，他觉得她的面孔变化太大了，奇怪自己刚才是怎么认出她的。也许是因为她快要生孩子了。女人在这种时候模样十分可怕。当然，她准是为奥哈拉老人难过得要命。她向来是他的掌上明珠。不过，变化远不止这些。其实她的气色不错，比最后一次见她时好。至少显得一天能吃上三顿饱饭。眼睛里那种困兽似的神色差不多没了。如今，她的眼神变得严峻，不再像原来那么恐惧和绝望了。即使在她露出微笑时，也有一种发号施令的神态，显得信心十足，坚定果断。她跟老弗兰克日子一定过得挺快活！可不是嘛，她变了，变成个漂亮妇人了，可是，原先的妩媚、甜美、温柔统统从她脸上消失了，她抬起眼睛望着男人时那种讨人喜欢的模样，他比全能的上帝还熟悉，可那种表情也没了。

嘿，大家不是都变了？亚力克斯耷拉下脑袋看看自己身上的粗陋衣服，脸上又恢复了平时那一脸愁容。有时候，他躺在床上难以入睡，不知道怎么才能弄到钱让母亲做手术，如何才能让可怜的乔身后留下的儿子接受教育，上哪儿弄钱再买头骡子。他真希望战争仍在进行，希望一直打下去。当时他们并不知道自己是幸运的。军队里吃饭从来不发愁，虽然吃的不过是玉米面包，可总是有吃的。而且总有人下命令，绝对不会发生面对难题无法解决的情况，不会有这种受折磨的感觉——什么都用不着操心，只是性命不保而已。

说起迪米蒂·芒罗，亚力克斯想跟她结婚，可他知道这行不通，因为家里有那么多人要他养活。他跟她相爱已经那么久，如今她的红颜逐渐从脸蛋上消退，眼睛里的欢乐神色也越来越暗淡了。要是汤尼用不着逃往得克萨斯州该多好。家里再有个男人，情况就完全两样。他那个可爱的倔脾气弟弟，身无分文就去了西部。没错，大家都变了。怎么会不变呢？他深深叹了口气。

“我还没为汤尼的事向你和弗兰克道谢呢！”他说，“是你们帮他逃走的，不是吗？你们真好。我间接了解到，他在得克萨斯州还算安全。我不敢写信向你们询问，不过你和弗兰克是不是借钱给他了？我来偿还……”

“嘿，亚力克斯，别说这些！现在不是时候！”斯佳丽嚷起来。她没把钱放在心上，这还是头一回。

亚力克斯一时沉默不语。

“我去把威尔找来，”他说，“明天我们都去参加葬礼。”

他扛起那袋燕麦，转身走开。只见从小路上驶出一辆摇摇晃晃的运货马车，嘎吱嘎吱朝他们驶来。威尔在车上喊道：“对不起，斯佳丽，我来晚了。”

他吃力地爬下马车，一瘸一拐走到她身旁，俯身吻她的脸颊。威尔以前从来没吻过她，叫她的名字也从来不忘记加上“小姐”两个字。虽然这次让她感到吃惊，却让她非常高兴，心里热乎乎的。他小心扶她翻过车轮，坐进车槽。她低头一看，发现这还是她逃出亚特兰大时用的那辆马车，又破又旧，歪歪扭扭。都过了这么久，这车怎么还没散架？准是威尔设法修补的。见了这辆车，斯佳丽不禁回忆起那天夜里的情景，心里有点难受。她暗自打定主意，就是自己脚上没鞋穿，佩蒂姑妈家吃不上饭，她也要给塔拉庄园买辆新马车，放火把这辆车烧掉。

威尔起初什么话也没说，可斯佳丽心里很感激。他把头上的旧草帽丢进马车后面，吆喝了马一声，他们便动身了。威尔还是老样子，身材瘦长，身子单薄，一头浅红色头发，一双温和的眼睛，像拉车的马一样耐心。

车子出了琼斯博罗，他们拐上通往塔拉庄园的那条红土路。天边还残留着一丝淡淡的晚霞，一朵朵云团镶着金边，还镶着一丝淡淡的绿边。周围笼罩在一片乡间暮色的寂静中，如同祈祷时的气氛一样平静。她心里觉得奇怪，这几个月里，生活中没有这乡间的新鲜气息，没有耕种的土地，也没有这夏夜的馨香，自己到底是怎么挨过来的？这潮湿的土地多么芬芳，多么熟悉，多么亲切啊，她真想下车抓一把泥土。路旁的红土沟里，忍冬草枝叶繁茂，青翠欲滴，像雨后初晴时那样散发出醉人的芬芳，这是天下最美的香味。一群在烟囱上筑巢的燕子从他们头顶上匆匆盘旋掠过，不时有一只受惊的兔子穿过大路，白尾巴上下扇动，活像个鸭绒粉扑。马车穿过田间土路，她见棉花苗碧绿茁壮，长势很好，心里觉得喜悦。多美的景色啊！河边低洼地罩着一片薄薄的青雾，碧绿的棉花苗遍布在红土地上，舒缓的坡地上是一行行弯曲的绿色田垄，黑松林耸立在后面，像一堵威严的城墙。她怎么能在亚特兰大一住就那么久呢？

“斯佳丽，到家前我要把一切都告诉你，不过，说奥哈拉先生的事情前，有件事我要征求你的意见。我看你现在是一家之主了。”

“什么事啊，威尔？”

他转过身子，用温和镇定的目光看了她一会儿。

“我只是要你同意我跟苏埃伦结婚。”

斯佳丽惊得险些倒向后面，连忙一把抓住座位。跟苏埃伦结婚！自从她把弗兰克·肯尼迪从苏埃伦手中夺走后，还从没考虑过有谁会跟这个妹妹结婚呢。谁会要苏埃伦呢？

“天哪，威尔！”

“那我就认为你不反对，对吗？”

“反对？不。可是……嘿，威尔，你把我吓了一跳！你跟苏埃伦结婚？威尔，我一直以为你喜欢的是卡丽恩呢。”

威尔的眼睛盯在拉车马上，用缰绳打了一下马。他的身子一动不动，可她感到他轻轻叹了口气。

“过去或许是这样。”他说。

“那么，是她不愿意？”

“我从没对她开过口。”

“啊，威尔，你真是个傻瓜。去向她求婚。她比两个苏埃伦都好！”

“斯佳丽，塔拉庄园发生的事你不了解。过去几个月你没怎么关心过我们。”“我没关心？”她一时火起来，“你当我在亚特兰大干吗呢？坐着四马拉的大马车在城里兜风？参加舞会？难道我没有按月给你寄钱？难道我没付税金，没花钱修屋顶，没有买新犁，没有买骡子？我没有……”

“行了，别发火啦！”他不动声色地打断她的话，“我最清楚你做的事，你干的是两个男人的活儿。”

她稍稍镇静一点，问道：“那你是什么意思？”

“嗯，是你让我们有吃有住，这我不否认，可你对塔拉庄园每个人的想法不太关心。我不是责备你，斯佳丽，那是你的做法。你对人们心里怎么想从来不大感兴趣。不过，我想跟你说，我从来没向卡丽恩小姐求过婚，因为我知道那没用。她就像我的小妹妹，我猜她跟我交谈比跟谁都坦率。可她就是忘不了那个牺牲的小伙子，我看永远忘不掉。我不妨告诉你，她一心想去查尔斯顿，进那里的一家修道院。”

“你开玩笑吧？”

“唉，我知道你听了会吃惊，我只是想求你，斯佳丽，别跟她争吵，也别责骂她、嘲笑她。让她去吧。她现在要的就是这个。她的心碎了。”

“真是活见鬼！许多人的心都碎了却没躲进修道院。你看看我，我就失去一个丈夫。”

“可你的心没碎。”威尔的话心平气和，从车板上捡起根干草，塞进嘴里慢慢嚼着。这句话一下子让她哑口无言了。她向来一听到有人说出事实本质，不管多么逆耳，起码的诚实本性还是要迫使她承认事实。她一时沉默不语，想让自己接受卡丽恩当修女的想法。

“请你答应别为这事跟她多说。”

“唉，好吧，我答应。”接着，她望着他，感到对他有了新的认识，也感到有点吃惊。威尔一直爱着卡丽恩，现在还爱着她，所以站在她那一边，支持她顺利进修道院。可他却要跟苏埃伦结婚。

“那么，关于苏埃伦的事是怎么回事？你并不喜欢她，不是吗？”

“嗯，不对，我还是喜欢她的。”他说着把那根干草从嘴里拿出来，眼睛看着那根草，仿佛很感兴趣似的。“苏埃伦没你想的那么糟，斯佳丽。我觉得我们能过得很好。苏埃伦的唯一问题是要个丈夫，生几个孩子，每个女人都有这种需求。”马车在车辙里颠簸着，有几分钟，两个人谁也没开口，斯佳丽的脑子却在忙着思考。威尔这么个脾气温和、谈吐平静的人，要跟苏埃伦那种满肚子怨气，成天唠叨个没完的女人结婚。事情恐怕没那么简单，准有深一层原因，恐怕也严重得多。

“威尔，你还没跟我谈起真正原因呢。既然我是这个家的家长，就有权知道。”

“没错，”威尔说，“我看你能理解。我不能离开塔拉。这个庄园就是我的家了，斯佳丽，是我唯一的家，真正的家，我热爱这里的每一块石头。我在这儿干活，把它当成自己家。人在哪儿辛苦干活，就会喜欢那地方。你明白我的意思吗？”

她懂。他热爱自己最热爱的事物，让她心里涌起一阵亲切感。

“我想象了一下未来的情况。你爸去世了，卡丽恩去当修女，家里就只剩我和苏埃伦，我不跟苏埃伦结婚当然就不能待在塔拉庄园。你知道人们会怎么说。”

“不过……不过，威尔，还有玫兰妮和阿希礼呢……”

一听到阿希礼这个名字，威尔马上转过脸来望着她，他那一双淡灰色的眼睛里什么表情都没有。她又回想起原来那种旧感情，觉得威尔了解她跟阿希礼之间的一切，尽管如此，却既不指责，又不赞成。

“他们很快就要走了。”

“走？！上哪儿？塔拉庄园不但是你的家，也是他们的家啊。”

“不，不是他们的家。阿希礼苦恼的就是这事。那不是他的家，住在那里让他难过，仿佛靠自己的力气不能养活自己似的。他根本干不了庄稼活，他自己也知道。老天作证，他确实尽了最大的努力，可他天生不是干庄稼活的料，你跟我知道得一样清楚。让他劈柴，他很可能把自己的脚砍掉；让他犁地，他弄得歪歪扭扭，连小博都不如。种庄稼的事他一窍不通，不懂的事多得能写成一本书。那不是他的错。他生来就不是干活的料。他总是想着自己本是个堂堂男子汉，却要靠一个女人发善心住在塔拉，自己没什么可贡献的，心里难过。”

“善心？他说过……”

“没有，他自己从来没说过这话。你了解阿希礼。虽然没说过，可我看得出。昨天夜里，我俩给你爸守灵，我告诉他说，我向苏埃伦求婚，她答应了。然后阿希礼说，那他就可以放心走了，因为他一直觉得自己待在塔拉就像条看家狗似的，他原来想，既然奥哈拉先生去世了，他和玫兰妮小姐就得继续住下去，免得人们对我和苏埃伦小姐说三道四。后来他告诉我说，他打算离开塔拉去工作。”

“工作？什么工作？上哪儿去？”

“我不清楚他要干什么工作，不过他说他要上北方去。他在纽约有个北方朋友，那人写信给他，说起在那儿的一家银行工作。”

“啊，不成！”斯佳丽简直是从心底喊出来的。威尔一听，转身用刚才那种表情望着她。

“也许他去北方对大家都好。”

“不！不！我不同意。”

她感到心烦意乱。阿希礼不能去北方！要不然她再也见不到他了。虽然在果园发生那桩重大事件后，几个月来都没见过他，也没跟他单独交谈过，可她没有哪天不思念他，心里一直为他住在自己家感到高兴，也为捎给威尔的每一块钱都能让阿希礼过得舒适些感到喜悦。他的确不是个好农夫。她心里自豪地想，阿希礼生来就高雅，天生是个统治者，应该住华宅，骑骏马，读诗书，应该指挥黑人干活。尽管不再有华宅、骏马、黑奴，可他的气质并没变。阿希礼生来不是犁地劈栅栏木的。难怪他要离开塔拉。

可她不能让他离开佐治亚州。如果必要的话，她可以逼弗兰克在店铺里给他个活干，把那个站柜台的小伙子辞掉。不过，不行——阿希礼既不该扶犁，也不该站柜台。韦尔克斯家的人去站柜台！噢，绝对不行！一定有个地方的……对啦，她的锯木厂！这个想法让她感到宽慰，她长长舒了口气，脸上露出微笑。可他会接受她的提议吗？他还会认为这是接受她的施舍吗？她一定要设法显得是请他帮自己的忙。她要把约翰逊先生解雇掉，让阿希礼管起那家老厂子，休继续管新厂。她要向阿希礼解释，说弗兰克身体不佳，店铺的事忙得让他腾不出手来帮她，还可以拿怀孕当另一个需要帮助的理由，求他帮忙。

她要设法使他相信，此时没有他的帮助自己实在无法应付。如果他愿意接受，她可以把一半股息给他。她什么都愿意给，只要能让他待在自己身边，能让她看到他脸上露出欢乐的笑容，让她有机会偶然从他目光中觉察到他仍然爱她。但是，她内心中向自己许诺，永远不会引诱他说出爱她的话，也永远不引诱他失去那愚蠢的荣誉感，因为他重视自己的荣誉胜于爱情。无论如何，她的手腕要巧妙，要把自己这个新决定传达给他。否则他可能会拒绝的，唯恐会发生上次那种可怕的事情。

“我可以给他在亚特兰大找份工作，”她说道。

“噢，那是你跟阿希礼的事。”威尔说着把那根干草再次塞到嘴里，“驾，谢尔曼。听我说，斯佳丽，还有件事我想先跟你说说，然后再把你父亲的事告诉你。求你别责怪苏埃伦。事情已经发生了，你对她大发雷霆也没用，不能让奥哈拉先生复活。再说，她是真心为父亲好的。”

“我也一直想问你呢。苏埃伦怎么啦？亚力克斯刚才说了一通傻话，还说她该挨鞭子。她到底做了什么事？”

“没错，人们都怒气冲冲，恨得她要命。今天下午我在琼斯博罗，人人都说见了她一定要砍她的人头。不过他们的气会消的。好啦，你向我保证，别责怪她。奥哈拉先生的灵柩还停在客厅里，我不想听见有人争吵。”

“他不想听见有人争吵！”斯佳丽愤愤然想道，“他这口吻好像塔拉已经归他所有了！”

接着，她想起了杰拉尔德，爸爸死了，躺在客厅里。她突然哭了，哭得伤心极了，不停地抽噎着。威尔伸手搂住她，把她拉近些，让她舒舒服服靠在自己身上，可是一句话也没说。

马车在夜幕渐渐降临的路上缓缓颠簸着，她的脑袋靠在他肩膀上，帽子歪向一边，她脑子里已经记不清杰拉尔德在过去两年中的模样了，只记得他是个目光呆滞的老人，两眼直瞪瞪望着门，等候一个永远不会回来的女人。她回想起以前，父亲是个生气勃勃的老人，卷曲的白发又长又密，欢乐的嗓音像吼叫，两只脚穿着皮靴，走起路来铮铮有声，他笑话说得很笨，性情很慷慨。她回想起自己小时候，那时认为父亲是天下最了不起的男人，他让她坐在马鞍前面，带着她跳跃围栏；她调皮的时候，他按倒她打她屁股，她叫他也叫，然后把她关在一个地方让她安静下来。她想起他从查尔斯顿和亚特兰大回家时，总是带回很多礼物，却没一件适合她的。她还想起，他在法院开庭日从琼斯博罗深夜回家，那天他喝得酩酊大醉，骑马跃过围栏，嘴里乐得高唱《身穿绿衣》，想到这里，她的泪眼不禁露出一丝微笑。那以后的几天早晨，他在埃伦面前害臊得要命。唉，他现在跟埃伦团聚了。

“为什么你不写信告诉我他生了病？我本来能尽快赶回来的……”

“可他没生病，一分钟都没病过。听着，宝贝，拿着我的手帕，我把事情经过告诉你。”

她捂着鼻子擤了擤，又靠回到威尔的臂弯里。威尔真是个好人！什么也不能让他心烦意乱。

"事情是这样的，斯佳丽。你一直捎钱给我们，阿希礼和我，总之是我们吧，我们付了税金，买了头骡子，买了种子和各种东西，还买了几头猪和一群鸡。玫兰妮小姐把鸡养得很好，的确养得好极了。玫兰妮小姐真是个好女人。话说回来，我们给塔拉庄园置办各种东西后，就剩不下多少钱了，没钱买那些华而不实的东西，可我们谁也没怨言。只有苏埃伦一个人抱怨。

"玫兰妮小姐和卡丽恩小姐在家里待着，穿旧衣裳好像还觉得挺自豪，可是，苏埃伦的脾气你是知道的，斯佳丽。她没有新衣服怎么也不习惯。每次带她上琼斯博罗或者费耶特维尔，她穿着旧衣裙总是觉得难过。尤其是看见那帮投机商的情妇们，那种女人总是喜欢穿戴得花里胡哨到处转，还有黑人解放事务局那帮北佬的老婆，她们也总是打扮得花枝招展！县里的上流社会的女人身穿最难看的衣裙进城，大家都很自豪，为的是显出满不在乎的样子。可苏埃伦不行。她要一匹马，要一辆四轮马车。她说因为你有马车。"

"我那不是辆四轮马车，不过是辆旧的两轮轻便马车。"斯佳丽愤愤然道。

"行了，不管是什么吧。我最好还是告诉你真话。苏埃伦对你夺走她的弗兰克·肯尼迪这事还没消气呢。我倒是想责怪你，可不知道该怎么说。你知道，那可是对亲姐妹耍卑鄙手腕。"

斯佳丽的脑袋猛地抬起来，活像条准备进攻的响尾蛇。

"卑鄙手腕？嘿，威尔·本蒂恩！我倒要谢谢你的文雅谈吐。他要我不要她，我能拦住他吗？"

"你是个精明姑娘，斯佳丽，我看没错，你能设法让他要你不要她。姑娘们总有办法。我猜你准是甜言蜜语引诱了他。你显现出迷人模样时，的确很有魅力，可他毕竟是苏埃伦的情人哪。这不是明摆着的吗？你去亚特兰大前一个礼拜，苏埃伦还收到弗兰克一封信，对她情意绵绵地说，等他再挣点钱，他们就结婚。这事我知道，她给我看过那封信的。"

斯佳丽不吭声了，因为她知道他说的是事实，她一时不知道该怎么说才好了。她从没料到威尔这个人居然会坐在这里裁判她。她对弗兰克撒的谎从来就没让她觉得有什么良心不安，所以根本没有心理准备。一个姑娘连自己的情人都保不住，活该她丢掉情人。

“得了吧，威尔，话别说得那么尖刻！”她说道，“要是苏埃伦嫁了他，你以为她能给塔拉或者给我们花一个子儿？”

“我是说，你显现出迷人模样就能有魅力，”威尔转向她，咧开嘴笑了笑，“没错，我想我们不会得到老弗兰克一个子儿。可这改变不了别人的看法，仍然是个卑鄙手腕。你想用正当目的为卑鄙手段辩护，那不是我的事，我用不着向任何人抱怨。不过，在那以后，苏埃伦一直像只大黄蜂似的。我看她倒也不怎么喜欢老弗兰克，可她的虚荣心受了伤害，她口口声声说你有好衣裳穿，有马车坐，住在亚特兰大，可她却守在这里受穷。她特别喜欢拜访朋友，参加聚会，穿漂亮衣裳。我也为这些责备她。可女人就是喜欢那些东西。”

“大约一个月前，我带她上琼斯博罗，她自己去拜访朋友，我去办事，后来带她回家，她一直像耗子似的不吭声，不过我看得出她心里乐得要开花了。我还以为她听到有人怎么了，要不就是听了什么逗人的闲话，就没多留意。回家后，她有一个多礼拜情绪激动得厉害，可她也不多说话。她去看望过凯瑟琳·卡尔弗特——斯佳丽，你要是见了凯瑟琳，准会哭个没完的。可怜的姑娘，她嫁给那个希尔顿还不如死了的好呢，那个北佬优柔寡断，把宅子和地都抵押出去，结果收不回来，你知道他们要搬走的事了吧？”

“不知道，也不想知道。我想知道爸爸的事。”

“我就要说到他了，”威尔心平气和地说，“她从那儿回来后，就说我们都错怪了希尔顿。她称呼他希尔顿先生，说他是个聪明男人，可我们只是笑笑。后来，她每天下午带你父亲去散步，我从地里收工回来常常看见她跟你父亲坐在墓地的围墙上，她跟他手舞足蹈说得很起劲。可老先生听着直摇头，一脸的惶惑。你知道他一直就是那个样子，斯佳丽。他变得越来越糊涂，好像连自己在哪儿都不清楚，连我们是谁都不知道了。有一次，我见她指着你妈的坟给你爸看，老人都要哭了。她回家后一副快活模样。我就对她说：‘苏埃伦小姐，你干吗那样折磨你可怜的老爹？他几乎不明白她已经死了，可你却硬要把这事反复说给他听。’她听了只是把脑袋一仰，笑着说：‘别管闲事。将来你会为我做的事高兴的。’昨晚玫兰妮小姐对我说，苏埃伦把自己的计划告诉她了，可玫兰妮小姐说她不知道苏埃伦是不是当真。她说这事她没对任何人说，因为她一想到苏埃伦那个主意就心烦。”

“是什么主意？你到底能不能谈到正经事？我们都走完一半路了。我要知道爸爸的事。”

“我就是跟你说这事呢，”威尔说道，“我们的确离家挺近了，我看还是把车停住，说完再走的好。”

他拉住缰绳，马站住，喷了个响鼻。马车停在生长旺盛的山梅花树篱跟前，那是麦金托什家地界的标记。斯佳丽朝黑黢黢的树下扫视一眼，只见宅子已经倒塌，只有几座烟囱还像幽灵般静静矗立在那里。她真希望威尔选个其他地方停车。

“噢，长话短说吧，她的主意是要让北佬赔偿烧掉的棉花、赶走的牲口、拆毁的围栏和牲口棚。”

“让北佬赔？”

“你没听说过？北佬政府声称，对南方那些支持联邦政府的人，他们同意赔偿损失的全部财产。”

“我当然听说过，”斯佳丽说，“可那跟我们有什么关系？”

“照苏埃伦的说法，关系大着呢。那天我带她去琼斯博罗，她遇上麦金托什太太，两人闲聊时，苏埃伦禁不住留意到麦金托什太太身穿漂亮衣服，就不停地谈她的漂亮衣裳。那麦金托什太太神气十足，说她丈夫向联邦政府索赔战争中损失的财产，因为他是个忠诚的联邦支持者，从来没有通过任何形式向南部邦联提供过援助，也没提供过慰劳品。”

“他们从不帮任何人，也从不同情任何人，”斯佳丽厉声说，“这些假冒爱尔兰人的苏格兰吝啬鬼！”

“嗯，也许没错。我不认识他们。反正政府给了他们赔偿——我不记得是几千块钱了。不过数目的确很大。苏埃伦于是动了心。她整整一个礼拜都在想这事，却没向我露一点儿口风，因为她知道我们听了准会取笑她。可她不得不跟人说说心里话，就去找了凯瑟琳小姐，那个白人渣滓希尔顿给她出了不少主意。他指出说，你父亲不是在这个国家出生的，自己没打过仗，也没送过一个儿子上战场，也没在邦联政府里担任过任何职务。他说，可以一口咬定说，奥哈拉先生是个忠诚的联邦支持者。他给她灌了一脑袋这种花招，结果她回家后就去说服奥哈拉。斯佳丽，我敢拿性命打赌，你爸爸多半听不懂她在说些什么。可这正是她希望的，他会去宣誓效忠，可他自己还不明白呢。”

“我爹宣誓效忠！”斯佳丽嚷起来了。

“嘿，他后来几个月变得越来越衰弱，我猜她也指望利用这个。你知道，我们几个都没怀疑过你父亲。我们知道她在打什么主意，可我们不知道她利用你去世的妈妈责怪他，说他本来可以从北佬那儿拿到十五万块钱，却让女儿们穷得像叫花子。”

“十五万块钱。”斯佳丽喃喃地说，心里对宣誓效忠的恐惧渐渐消失了。

那是多大一笔钱哪！只要在效忠美利坚合众国政府的宣誓书上签个字就能到手，宣誓书上陈述说，签名人从来支持政府，从未支持过政府的敌人，也未向敌人提供过慰劳品。十五万块钱！撒个小小的谎言就能得到那么大一笔钱！啊，她不能为此责备苏埃伦。老天哪！亚力克斯说要抽她皮鞭就是因为这？县里人说要砍她的脑袋也是因为这！真是一群傻瓜，他们个个是傻瓜。要是有了那么多钱，她什么事情办不成呢？县里随便哪个人有了那么多钱，什么事办不成呢？撒个小小的谎算得了什么？毕竟从北佬手里得到的钱是正当的，怎么弄到手有什么关系？

“昨天，大约中午时分，阿希礼和我正在劈木头做围栏，苏埃伦把这辆马车赶出来，把你父亲扶上车，动身去县城，她跟我们谁都没说一句话。玫兰妮小姐倒是了解内情，可她当时正在祈祷，希望苏埃伦改变主意，所以什么也没跟我们说。她简直想象不出苏埃伦会干这种事。

“今天，我听说了发生过的一切。那个优柔寡断的家伙希尔顿在县里那帮共和党无赖中间有点影响，而且苏埃伦说愿意向他们支付一些钱，我也不知道她说给多少，要他们对事实睁一只眼闭一只眼，承认奥哈拉先生是个忠诚的联邦支持者，证明他是个爱尔兰人，没有参加过战争，等等，然后在证明信上签字。只要你父亲在宣誓书上签字，这份材料就能送到华盛顿去。

“他们向他念了那份誓言，念得特别快，他在一旁什么都没说，事情进行得很顺利，后来苏埃伦要他在上面签字。这时，老先生忽然清醒了点，摇头拒绝了。我看他并不知道那是在干什么，可他就是不喜欢，苏埃伦向来办错事惹他发火。苏埃伦费了那么多口舌，经历了那么多周折，最后闹出这么个局面，她急得简直要发疯。她带着你父亲出了办公室，坐上马车来回兜风，跟他说，他本来能让孩子们过好日子，却偏要让她们吃苦，你妈在坟墓里也会骂他。人们告诉我说，你爸坐在马车上哇哇大哭，像个孩子似的，往常他一听到你妈的名字就这样哭。城里人都看见他们了，亚力克斯·方丹走到车跟前，看看发生了什么事，可苏埃伦恶狠狠把他赶开，要他别管闲事。他只好气鼓鼓地走开。

“我不知道她哪儿来的鬼点子，到了下午，她弄来瓶白兰地，把奥哈拉先生重新带进办公室，为他斟酒。斯佳丽，一年来我们塔拉庄园没有烈酒，只有迪尔西自己酿的黑莓酒和麝香葡萄酒。奥哈拉先生已经不习惯喝白兰地了，结果喝得醉醺醺的，苏埃伦就跟他磨啊缠的，唠叨了两个钟头，他最后让步了，说是她想要他签什么他都会签。他们又把那份誓言拿出来，他正要拿笔在上面签字的时候，苏埃伦犯了个错误。她当时说：‘这下好了。我看斯莱特里家和麦金托什家不会在我们的面前摆阔气了！’你知道吗，斯佳丽，斯莱特里家递交了一份索赔书，为北佬烧毁他们那所小木屋索赔一大笔钱，埃米的丈夫已经把索赔书送到华盛顿去了。

“他们告诉我说，苏埃伦一说出那两个名字，你父亲立刻挺直身子，耸起肩膀，瞪着她，眼睛里露出警惕神色。他一下子清醒了，说：‘斯莱特里家和麦金托什家也签过这种东西？’苏埃伦一时紧张了，结结巴巴一会儿说是，一会儿说不，他立刻吼起来：‘你告诉我，那帮该死的奥兰治分子和穷白佬也签这种东西吗？’希尔顿那小子油嘴滑舌，说：‘没错，先生，他们签过，得了许多钱，你签了也能得到很多钱。’

“老先生咆哮一声，声音大得像公牛吼。亚力克斯·方丹说，他在街上挺远的酒吧附近都听见了那声吼。你爸爸随即操一口浓重的土音说：‘你当塔拉庄园的奥哈拉没头脑，会跟着奥兰治分子和该死的穷白佬耍下流勾当？’说完，他把那张纸撕成两半，丢在苏埃伦脸上，吼道：‘你不是我女儿！’说时迟，那时快，他一阵风冲出办公室。

“亚力克斯说，他看见你父亲来到街上，像头公牛似的横冲直撞。说老先生就像恢复了原来的模样似的，自从你妈去世后，这可是头一回。还说你父亲醉得身子都站不稳，却扯开嗓门高声大骂。亚力克斯说，他从没听过那么痛快淋漓的咒骂。亚力克斯的马就站在旁边，你父亲招呼也不打，爬上马背就跑了，在身后扬起一团浓浓的尘土，把人呛得气都喘不上来，他继续咒骂，骂得上气不接下气。

“日落时分，阿希礼和我坐在门前台阶上望着大路，心里非常着急。玫兰妮小姐躺在床上哭，什么也不告诉我们。忽然，我们听见路上传来一阵马蹄声，还有猎狐狸时人们那种尖叫声。阿希礼说：‘真怪！听上去像奥哈拉先生的嗓音。战前他经常骑马来看我们，就是这么叫的。’

“接着，我们看见他骑着马出现在牧场尽头，准是跳跃过那边的围栏。接着，他飞奔上山丘，扯开嗓门唱歌，开心得好像天下没有让他烦恼的事。我以前还不知道你父亲有那么大的嗓门。他一边唱着《佩格坐在低槽马车上》，一边用帽子打马，那匹马发疯似的狂奔。他跑近山丘顶上也没有拉马，我们看到他要从牧场围栏上跃过去，都吓得跳起身，接着他嚷了声：‘瞧着，埃伦，看我怎么跳过这道栏！’但那匹马突然在围栏跟前停住不跳，你父亲从马脑袋上飞了出去。他一点痛苦也没受。我们赶到跟前时，他已经死了。我猜他是摔断了脖子。”

威尔沉默了片刻，等斯佳丽说话，可她没开口。他抓起缰绳喝了声：“驾，谢尔曼。”马车朝家驶去。

第四十章

那天夜里，斯佳丽难以入睡。天亮后，太阳从山丘东边的黑松林后面露出面庞，斯佳丽从凌乱的床上爬起来，坐在窗前一张小凳上，脑袋搭在胳膊上朝外面眺望，目光越过谷仓前的院子，越过塔拉的果园，看到远处的棉花田。眼前的一切都那么鲜嫩，那么宁静，那么青翠欲滴。棉花田的美妙景象让她心中的痛楚得到些许慰藉。如今塔拉庄园的主人去世了，但是在初升的太阳照耀下，庄园仍然美好，显然受到了爱护，受到良好的照顾，这里的气氛十分祥和。低矮的木鸡棚和牲口棚外面抹了泥，刷上白灰，既保持着清洁，又能防止老鼠和黄鼠狼窜进去。菜园里玉米成行，南瓜金黄，扁豆和萝卜地杂草锄得干干净净，四面用劈好的橡木条围得整整齐齐。果园里，杂草和藤蔓一丝都不见，长长的一排排果树下只能看到雏菊花。阳光投在果树枝叶间，让她看到了掩映在绿叶间的苹果反射出柔和光亮，也看到粉红色毛茸茸的桃儿。远处是一行行弯曲的田垄，棉花苗在渐渐变成金色的天空下绿油油的，纹丝不动。鸭群摇摇摆摆，鸡儿神气十足，纷纷朝原野走去，到犁过的松软土地上寻找美味的蚯蚓和蛞蝓虫。

斯佳丽心里涌起一阵亲切与感激之情，这一切都是威尔做的。虽然她对阿希礼忠心不二，可她仍然不能把这归功于他，塔拉庄园的欣欣向荣局面不是一个庄园贵族的功劳，只能是一个辛苦劳作、不知疲倦而且热爱自己土地的“小农夫”做出的贡献。庄园与往昔不可同日而语，不再是棉花玉米一望无际、牧场骡马不计其数的情况，目前只能算是个“只有两匹马”的小农场。不过，眼下的状况还是很好，等到时局好转后，可以把休闲的土地开垦出来，经过休耕，土地会更加肥沃。

威尔不仅仅种了几英亩田，而且把佐治亚州农场主的两种天敌拒之门外：松树苗和黑莓荆棘。在整个佐治亚州，这两种植物在无数农场里肆虐，占领花园、草场、棉花田、草坪，甚至长到门廊跟前，可是，塔拉庄园却没有这种情况。

一想到塔拉庄园几乎变成一片荒地，斯佳丽的心都收紧了。幸亏她和威尔齐心奋斗，不但挡住北佬和投机商的进攻，还抵挡住了大自然的侵袭。最妙的是，威尔告诉她说，等秋天收起棉花，就用不着她捎钱来了。当然，如果那帮投机商觊觎塔拉庄园，大幅度提高税金，那就另当别论了。斯佳丽心里清楚，没有她接济，威尔的日子会过得十分艰难，可她钦佩他的自力更生精神，也因此尊敬他。只要他还是个受雇的帮工，就会接受她的钱，不过，既然他要成为她的妹夫，成为庄园的当家人了，就打算靠自己的力气过日子。威尔真是上天惠赐给她的及时雨。

前天晚上，波克已经在埃伦的坟旁挖好了墓穴，现在他手持铁锹，站在潮湿的红土堆后面，准备把泥土填回原处。斯佳丽站在他身后，头顶上是一枝长满节瘤的雪松枝，六月早晨灼热的阳光在她身上洒下斑驳光斑，她的眼睛尽量不看眼前这个红土墓穴。吉姆·塔尔顿、小休·芒罗、亚力克斯·方丹和麦克雷老头最年轻的孙子，四个人用两根橡木杠子抬着杰拉尔德的棺材走出屋子，步履艰难地缓缓走来。他们身后是一群邻居和朋友，大家衣衫褴褛，沉默不语，跟棺材保持着得体的距离。一行人穿过花园，沿着阳光灿烂的小径走来，波克手扶铁锹把子，脑袋耷拉下来哭了。斯佳丽看见他的一头卷发已经有些灰白了，心里不禁稍稍有点奇怪，可她去亚特兰大时，波克的头发还是又黑又亮呢。

疲惫中，她感到庆幸，昨晚她已经把眼泪都哭干了，此时稳稳当当站在这里，一滴泪水都没涌出来。她听到苏埃伦在身后哭泣，心里觉得恼火，她不得不竭力忍住，免得自己突然转身抽她一耳光。不论苏埃伦有意还是无意，反正父亲是由于她才断送了性命，当着仇视她的邻居，她该懂规矩，克制住自己才对。那天早上，没一个人跟她说过话，也没人朝她投去同情的目光。大家默默亲吻斯佳丽，跟她握手，对卡丽恩低声慰问，甚至对波克都表示同情，可人家都不看苏埃伦一眼，仿佛她根本就不在场。

照大家的看法，苏埃伦的罪行比谋杀父亲还恶劣，因为她是设法骗他背叛南方。乡里人家从来团结一心，她的行为简直是出卖大家的荣誉。她破坏了县里向世人展示的决心。她企图得到北佬政府的钱，这等于是跟那帮投机商和叛贼同流合污了，可大家痛恨这两种人甚于以前仇视北佬兵。她出生在一个坚定支持邦联政府的庄园主家庭，居然去找敌人乞怜，这简直让县里每一个家族蒙辱。

送葬的人个个心中燃烧着怒火，也全都感到悲哀。其中三个人的感情最强烈——麦克雷老头、方丹奶奶、塔尔顿太太。麦克雷老头多年前从萨凡纳来到内陆地区后，一直是杰拉尔德的好朋友；方丹奶奶喜爱杰拉尔德，因为他是埃伦的丈夫；塔尔顿太太跟杰拉尔德的亲近关系胜过其他邻居，因为她常常说，县里只有他分辨得出哪匹是种马，哪匹是阉马。

当时杰拉尔德的灵柩停放在光线幽暗的客厅里，阿希礼和威尔一见这三位盛怒的面孔，心里立刻非常不安，连忙退进埃伦那间账房商量对策。

“他们准有一个人会提出苏埃伦的事，”威尔把嘴里那根草咬成两段，突然开口说道，“他们以为自己该仗义执言。或许他们真有理，这不该由我来评论。不过，阿希礼，咱俩毕竟是宅子里的男子汉，他们话说出口，咱们就不得不表示不满，这就要闹出麻烦。麦克雷老头是个聋子，就是有人要他闭嘴，他也听不见。你也知道，方丹奶奶要是打定主意说出心里话，任凭是天王老子也休想止住她。还有塔尔顿太太，你没看见她每次朝苏埃伦瞅一眼，眼珠子就骨碌骨碌直打转。她已经像塞住耳朵一样谁的话也听不进，急着要开口说话了。要是他们说出来，我们就只能对抗，可眼下就是不跟邻居们闹，塔拉庄园的麻烦也够多了。”

阿希礼也感到担心，不禁叹了口气。他比威尔还熟悉这些邻居的脾气，他记得，战前发生的争吵和几起动枪事件，多半起因于县里在葬礼上致悼词的习俗。通常，人们在葬礼上的话都是极尽赞扬，可偶尔也并非如此。有时候，表示极度敬意的话会受到神经紧张的死者亲戚误解，最后几锹土还没填上，纠纷就发生了。

由于没有神甫，只好由阿希礼拿着卡丽恩那本祈祷书主持葬礼。琼斯博罗和费耶特维尔的卫理公会和浸礼会的牧师们曾提出愿意帮助，都被一一婉言谢绝了。卡丽恩比两位姐姐更笃信天主教，斯佳丽心里很不自在，怪自己没想到从亚特兰大请个神甫来。后来有人提醒她说，等到神父来为威尔和苏埃伦主持婚礼时，可以为杰拉尔德做祈祷，她这才稍感安心。是她谢绝了基督教牧师，把这事交给阿希礼去办，在祈祷书上选了一段，请他朗读。阿希礼靠在旧书桌前，清楚自己有责任避免一场纠纷，也知道县里人的火暴脾气，不知道该怎么处理才好。

“威尔，这事没什么好办法，”他揉着一头金黄色的头发说道，“我既不能把方丹奶奶或者麦克雷老头打倒在地，也不能捂住塔尔顿太太的嘴巴。他们要是开了口，最和蔼的话不过是说苏埃伦是个凶手，是个叛徒，要不是因为她，奥哈拉先生也不会死。在葬礼上致悼词的风俗真该死。完全是不开化的习俗。”

“听我说，阿希礼，”威尔不动声色地说，“不管大家怎么想，我不想让任何人说半句责怪苏埃伦的话。这事交给我吧。你读完祈祷文，就说：‘有没有人愿意说几句话？’然后你就看着我，我就能抢先开口了。”

但是，斯佳丽望着那几个人抬着棺材吃力地走进狭窄的墓地入口，心里根本没想到葬礼后可能产生纠纷。她这时心情沉重，想到杰拉尔德埋葬后，她与昔日无忧无虑的幸福生活间最后一丝联系也埋葬掉了。

最后，抬棺材的几个人把棺材安放在墓穴旁边，站在那里活动一下疼痛的手指。阿希礼、玫兰妮和威尔通过入口走进墓地，站在奥哈拉家姐妹身后。能挤进墓地的邻居都站在他们身后，其他人则站在砖墙外面。斯佳丽回过神来，这才第一次看见有这么多人，不禁又惊奇又感动。虽然交通工具十分缺乏，可是参加葬礼的人却如此众多。在场的人足有五六十位，有的人来自很远的地方，她真不知道他们是怎么得知消息及时赶来的。有些人家是全家从琼斯博罗、费耶特维尔、拉夫乔伊赶来的，还带着家里的黑用人。许多是河对岸的小农户，也有的是林子另一边分散住在沼地上的穷苦白人。沼地上的男人们个个身材瘦削，个头高大，蓄着大胡子，身穿家里自纺的粗布衣服，头戴浣熊皮帽子，步枪随意挎在胳膊弯里，嘴里嚼着一块嚼烟。他们的妻子跟着一块儿来了，她们脚上没穿鞋，双脚踩进松软的红土里，下嘴唇上沾着鼻烟末。这些妇女戴着遮阳帽，面孔显得憔悴，像害了疟疾似的，不过身上的衣服一尘不染，浆洗熨烫过的印花布裙闪闪发亮。

附近的邻居全来了。方丹奶奶拄着手杖，她瘦干瘪瘪的，满脸皱纹，肤色焦黄，像一只扒光了毛的鸟儿。她身后站着萨莉·芒罗·方丹和小方丹小姐。她们又是低声恳求，又是拉她的裙摆，想劝她在砖墙上坐下，可她就是不肯。老奶奶的老伴曾是位老大夫，两个月前去世了。她眼睛里原先那种对生活的喜悦和幸灾乐祸的光芒便失去了大半。凯瑟琳·卡尔弗特·希尔顿知趣地独自站在一旁，压低的帽檐遮住她低垂的面孔，导致这场悲剧的人正是她丈夫。斯佳丽不禁注意到，她的细棉布裙袍上竟有油渍，脏兮兮的手上满是雀斑，指甲下面甚至有洗不净的黑垢。如今凯瑟琳身上一点儿上等人的痕迹都没了，看上去连个穷白佬都不如。看上去，她像个生活邋遢、灰心丧气的穷白人。

“就算她现在不吸鼻烟，用不了多久，也会染上吸鼻烟的恶习，”斯佳丽惶恐地想道，“天哪！没想到她竟然沦落到这种地步！”

她不禁打了个寒战，目光从凯瑟琳身上移开，心里意识到上等人与穷白佬之间的差异竟是这么小。

"幸亏我不愿屈服。"她得意地想道。她意识到，投降后，她与凯瑟琳的处境完全一样，都是两手空空，脑袋里的念头也都一样。

"我干得还算不错嘛。"她想到这里，不由抬起脑袋，脸上露出一丝微笑。

可她发现塔尔顿太太那双眼睛正恶狠狠盯着她，连忙收敛起笑容。塔尔顿太太哭得眼圈通红，用责怪的目光瞥了斯佳丽一眼，又转过去盯着苏埃伦，那种恶狠狠的目光显然预示着凶兆。她和她丈夫背后站着塔尔顿家四个女儿，她们的红头发与这个庄严的场合不相称，四双黄褐色的眼睛看上去像几个活泼凶险的小动物。

大家站定后，男人脱下帽子，双手交叉，女人的衣裙不再发出声，阿希礼便拿着卡丽恩那本祈祷书走到前面来。他垂下眼皮站立片刻，阳光下，他那头金发闪闪发亮。人群寂静无声，人们听得见远处木兰丛中的飕飕风声，也听得出远处一只模仿鸟悲哀的聒噪声。阿希礼开始念祈祷词，大家都垂下脑袋，听他用抑扬顿挫的优美嗓音念出简短而庄严的词语。

"啊！"斯佳丽想着，喉咙不禁感到一阵哽咽，"他的音色多美啊！既然需要为爸爸做这桩事，我很高兴做这事的人是阿希礼。我情愿要他也不要神甫做，我宁愿让爸爸熟悉的人主持他的葬礼，也不要个陌生人主持。"

阿希礼念到卡丽恩画出来的那段灵魂进炼狱的祈祷文，突然把书合上了。只有卡丽恩注意到他没念完，吃惊地抬起头望去。阿希礼开始背诵《主祷文》，因为他知道，在场的人多半从未听说过什么是炼狱，听说过炼狱的人会觉得，这是在祈祷文中暗示奥哈拉这样的好人没有直接升入天堂，会觉得这是一种人身侮辱。因此，为了保护公众的意见，他把关于炼狱的部分完全省略掉了。在场的人都热烈附和着背诵《主祷文》。但是，他开始念起《万福玛丽亚》时，大家的声音渐渐低下去了，人群中一片尴尬的沉默。大家以前从未听过这篇祈祷文，便偷偷望着奥哈拉家姑娘、玫兰妮和塔拉庄园的用人作答："现在为我们祈祷吧，直至我们寿终正寝。阿门。"

祈祷过后，阿希礼抬起头，沉默片刻，拿不准该怎么办了。邻居们的眼睛盯住他，等待着，换个舒服点的站姿，准备听长篇大论的演说。他们等着他继续主持仪式，谁也没想到，他按照天主教教规举行的仪式已经结束了。乡下的葬礼都很长。浸礼会和卫理公会的牧师主持葬礼时没有固定的祈祷文，而是根据具体情况即兴演说，不惹得送葬者流下眼泪，不让女眷大放悲声，他们就不罢休。假如仪式如此简短，当着逝去的朋友念出的祈祷文如此草率，邻居们准会感到震惊，感到悲哀，感到愤怒。这一点阿希礼心里比谁都清楚。全县人都会在餐桌上把这事一连议论几个星期，肯定会认为奥哈拉家姐妹没有对父亲表现出应有的孝道。

于是，阿希礼匆匆朝卡丽恩投去一瞥，表示歉意，然后垂下头开始背诵基督教的葬礼祷词。以前在十二橡树庄园为奴隶下葬时，奴隶们就背诵这些祷词。

"我使人复活，使人生存……不论是谁……信奉我才能获得永生。"

这些祈祷词他不能脱口而出，因此背诵得很慢，偶尔还得思索一下才想得起，便不时有些中断。可是，他如此缓慢的背诵就显得抑扬顿挫，催人泪下。刚才没有落泪的人，此时也开始掏手帕了。这些人都是坚定的浸礼会和卫理公会信徒，以为眼前搞的是天主教的仪式，一时竟改变了以往的成见，觉得天主教的祈祷词原来并不仅仅是冷冰冰的教义。斯佳丽和苏埃伦都不懂，只觉得这些话言词华丽，给人安慰。只有玫兰妮和卡丽恩发现了问题，觉得一个笃信天主教的爱尔兰人，去世后竟然让人用英国国教方式举行葬礼，实在是最不恰当的。但是，卡丽恩一方面痛不欲生，另一方面被阿希礼的背叛行为惊得目瞪口呆，无力出面干预。

阿希礼念完祈祷词，一双灰眼睛睁得大大的，望着周围的人群。停顿片刻后，他与威尔的四目相对，说："在场哪位愿意说几句？"

塔尔顿太太不安地扭动了一下身子，可是，没等她开口，威尔就踉踉跄跄走到棺材的头那端开了口。

“朋友们，”他操着他那种平淡的声调开始说，“也许大家认为我有点自以为是，竟然第一个说话，因为大约一年前我还不认识奥哈拉先生呢，而大家跟他已经有二十多年的交情了。但是，我有个理由。假如他多活一个来月，我就该叫他岳父了。”

人群里响起嗡嗡声，显然感到吃惊。大家都是上等人，自然不会窃窃私语议论别人，不过他们的目光纷纷转向卡丽恩耷拉的脑袋。人人知道他默默喜欢着她。威尔对大家的目光所向视而不见，接着说下去。

“只等神甫从亚特兰大到来，我就跟苏埃伦小姐结婚，所以我觉得也许自己有权第一个讲话。”

他最后这句话淹没在人群的哄闹声中，仿佛一群蜜蜂在怒吼，声音里夹杂着气愤和失望。人人都喜欢威尔，大家都为他在塔拉干的一切对他心生敬意。人们也都知道他爱慕卡丽恩，因此听了这个消息，才觉得恼火。他要跟本地最不入流的女子结婚。老好人威尔要娶卑鄙可恶的小苏埃伦·奥哈拉！

气氛一时紧张起来。塔尔顿太太的眼神仿佛打算咬人，嘴唇在嗫嚅着。一片寂静中，大家听到麦克雷老头大声向孙子询问，打听威尔说了什么话。威尔和颜悦色面对着大家，但是，眼神让人感到，他知道大家不敢对自己的未婚妻说半句坏话。一时间，人们心里的天平在衡量着，一边是人人对威尔的诚实产生的好感，另一边是对苏埃伦感到的轻蔑。最后威尔赢了。他接着往下说，仿佛刚才的停顿十分自然。

“我没有像大家一样见到过奥哈拉先生的鼎盛时期。我认识的是一位优秀的老先生，只是精神稍有点恍惚。不过我听大家说过他以前的神采。因此我要说，他是位爱尔兰斗士，他是位南方绅士，他毕生对邦联忠心耿耿。没有任何人能将这些优点集于一身。我们再也不可能见到很多他这样的人了，因为培养他这种人的时代已经随他而去了。虽然他在外国出生，但我们今天下葬的这个人是个不折不扣的佐治亚人，比我们这些为他送葬的人更具有佐治亚州人的本色。他生前与我们过着同样的生活，他热爱我们的土地，他在本质上就像士兵一样，是为我们的事业牺牲的。他属于我们大家，既有我们的优点，也有我们的缺点，既拥有我们的长处，也拥有我们的弱点。他拥有我们的优点，因为他一旦打定主意，就什么也不能阻止他，他不怕敌兵的践踏。任何外来力量都不能把他打垮。

“英国政府要把他送上绞架，可他并不惧怕。他只是匆匆出走，离开了自己的家园。他来到这个国家后，尽管身无分文，可他一点儿也不怕。他干活挣到了钱。当时他来到这个地方时，这里还是一片蛮荒，刚刚赶走印第安人，可他丝毫也不怕。他在荒地上开垦出一个大庄园。战争爆发后，他的钱越来越少，可他并不怕重过穷日子。北佬闯进塔拉庄园，有可能把他烧死或杀死，可他一点儿也不担忧，也没有被打垮。他坚持自己的立场，并不让步。因此我说，他拥有我们的优点。任何外来力量都不能把我们任何人打垮。

“但是他也拥有我们的短处，因为他可以从内部被打垮。整个世界都不能把他打垮，可他自己的心却能从内部动摇。奥哈拉太太去世后，他的心也死了，他从内部被打垮了。后来我们看到的并不是他本人了。”

威尔停顿下来，从容的目光扫视周围人们的面孔。人们虽然站在灼热的阳光下，却仿佛着了魔似的，站在地上不能移步，原先对苏埃伦的怒火不论多么强烈，此刻全都化为乌有了。威尔的眼睛在斯佳丽脸上停留了片刻，眼角微微皱了一下，仿佛在会意地安慰她。斯佳丽确实感到安慰，把涌上来的眼泪压下去。威尔谈的是常识，而不是什么在另一个世界团聚、服从上帝的意志之类玄虚的废话。而从来能从常识的交流中获得力量。

“我不希望任何人因为他身子垮了就轻视他。你们大家和我本人都跟他相像。我们有同样的弱点和短处。任何人都不能打垮我们，就像任何人都不能打垮他一样，北佬不能打垮我们，投机商不能打垮我们，艰难岁月不能打垮我们，甚至严峻的饥饿都不能把我们打垮。但是，我们的眼睛受到蒙蔽后，心中的弱点却能把我们自己打垮。并不是人人失去亲人后都会像奥哈拉先生那样垮掉。人们各自的主要动力是不同的。我要说，失去主要动力的人几乎跟死了一样。在当今的世界上没有他们的地位，他们死了倒更幸福……所以我说，大家不必为奥哈拉先生的死感到悲伤。应该悲伤的时候是谢尔曼的部队打过来那阵子，是在他失去奥哈拉太太的时候。如今他的身体已经与心灵会合，我便认为我们没有理由感到悲哀。要不然我们就是非常自私，我说这话是把他当作我的亲爹一样……如果大家不反对，就不要再多说了。他的家人此刻正承受着巨大的悲痛，不便听更多悲痛的话语，再多说对他们就算不得善意了。”

威尔停下来，向塔尔顿太太转过脸，压低声音说：“能不能请你扶斯佳丽回屋去，太太？她在太阳底下站得太久了。方丹奶奶显然累了，不过我的话绝对没有不敬的意思。”

威尔忽然从歌功颂德转向谈论斯佳丽，她听了不禁大吃一惊。大家都把目光转向她，她窘得脸颊绯红。她的肚子本来就够大了，威尔干吗一定要公开提她怀孕的事？她又羞又恼，狠狠瞪了他一眼，但是威尔不动声色的目光让她低下了头。

“请吧，”他的目光仿佛在这么说，“我清楚自己在干什么。”

他已经是家里的男子汉了，斯佳丽也不愿当众惹事，便无可奈何转向塔尔顿太太。不出威尔所料，塔尔顿太太伸手扶住斯佳丽，她脑袋里的念头立刻从苏埃伦转向从来让她着迷的生育问题，不论是动物还是人，只要是生育就让她着迷。

“回屋去吧，宝贝。”

塔尔顿太太脸上露出慈祥而认真关注的神情。斯佳丽被迫在她搀扶下，从人群让出的一条狭窄小路挤出去。两边的人嘴里喃喃表示同情，还有人伸手拍拍她，表示安慰。斯佳丽走到方丹奶奶跟前，老太太伸出瘦得只剩皮包骨头的手，嘴里说：“孩子，把胳膊伸给我。”还恶狠狠瞪了萨莉和那位年轻小姐一眼：“你们别过来。我要的不是你们。”

她们缓缓穿过人群。走过去后，人群又围拢在一起。两人穿过树荫下那条小路朝宅子走去，塔尔顿太太十分热心，一只手有力地扶着斯佳丽的胳膊肘，每走一步都几乎把她从地面上托起来。

两人到了人们听不见她们说话的地方，斯佳丽气恼得叫起来：“威尔这是干什么呀？他简直是当众宣布说：‘瞧哇！她快要生孩子啦！’”

“行了吧，我的老天，你当然快要生了，难道不是吗？”塔尔顿太太说，“威尔做得对。你站在大太阳地里简直是犯傻，说不定会晕倒，结果闹个流产。”

“威尔才不为她流产操心哪。”方丹奶奶有点气喘吁吁地说。她吃力地穿过前院，朝门前台阶走去，脸上露出一丝冷酷的会意微笑。“威尔是个机灵鬼，贝特丽丝。他不想让你我待在墓地，怕我们说出心里话。他知道这是赶走我们俩的唯一办法……还有呢，他不愿让斯佳丽听到泥土落在棺材上的声音。这没错。斯佳丽，你记好了，没听到那声音，你就觉得人还没死。可一旦你听到那声音……唉，那可是世界上最可怕的声音，终极的声音……扶我上台阶，孩子，贝特丽丝，扶我一把。斯佳丽用不着你搀扶，也用不着拐杖。可威尔说得没错，我的精神不行了……威尔知道你是你父亲的掌上明珠，事情已经成了这样，他不想闹得更糟。他猜想，你们姐妹还不至于闹得太不像话。苏埃伦靠的是羞耻，卡丽恩靠的是上帝。可你却没有好依靠，对不对，孩子？”

“对。”斯佳丽扶着老太太上台阶，嘴里回答道，心里稍感惊讶，没想到老太太尖锐的声音一语点破事实。“谁也不支持我，原来也只能靠母亲。”

“不过，你失去她后发现自己也能活下去，对不对？嘿，有些人却不行。你爸爸就是这么一个人。威尔说得没错。你别悲伤。没有埃伦，他不能过日子，还是待在现在那个地方快活些。我也一样，跟老大夫在一起会更幸福。”

她的话里丝毫没有渴望别人同情的意思，另外两个女人也没有对她表示同情。她的语气轻松自然，仿佛丈夫还活着，还待在琼斯博罗，只要坐上两轮轻便马车走上不长的一截路，两人就能会面。方丹奶奶年纪一大把，见多识广，死已经不足畏了。

“可是，你也能独自活下去的。”斯佳丽说。

“没错，可有时候实在不舒服。”

“听我说，奶奶，”塔尔顿太太插进来说，“你不该跟斯佳丽说这种话。她心里已经够烦了。她身穿这身紧绷绷的衣裳一路赶回来，心里悲伤，天气又热，你就是不说这些让她忧伤悲哀的话，也能让她难受得流了产。”

“活见鬼！”斯佳丽怒气冲冲地说，“我什么事都没有！才不是那种弱不禁风的傻瓜呢，动不动就流产！”

“这可说不准，”塔尔顿太太说，显得无所不知，“当年我看到一头公牛挑伤我家一个黑人，结果我怀的第一个孩子就流产了，还有呢……你还记得我家那匹红牝马内利吧？表面上它壮实得哪匹马都比不上，可它特别胆小，总是神经紧张，要是我不盯着照看它，它就要……”

“住嘴，贝特丽丝，”方丹奶奶说，“我敢打赌，斯佳丽不会流产。咱们就坐在门厅里吧。这儿凉快，有股凉快的穿堂风。贝特丽丝，你去给我们端杯酪乳来吧，看看厨房有没有。没有就在食品间找，看看有没有葡萄酒，我不喝一杯就觉得难受。我们就坐在这儿，等着跟人们告别。”

“斯佳丽应该躺在床上。”塔尔顿太太坚持道。她上下打量她全身，仿佛自己是个专家，仿佛能把她的产期预测得一分钟都不差。

“去吧。”奶奶说着用拐杖戳了她一下，塔尔顿太太走进厨房，把帽子随意丢在餐具柜上。双手捋了捋湿漉漉的红头发。

斯佳丽身子靠在椅背上，把紧绷绷的裙子上面的两颗扣子解开。天花板很高的门厅里阴凉幽暗，阵阵凉风不时从屋后穿堂而过。从炎热的阳光下躲进这里，她觉得精神爽快多了。她的目光从门厅移向曾停放杰拉尔德灵柩的客厅，她竭力想让自己不去思考杰拉尔德，抬头朝挂在壁炉上方那幅外婆罗比亚尔的肖像望去。被刺刀划出道道伤痕的画像上，那位妇人头发高高拢起，胸部半裸，傲慢的表情冷若冰霜。这些从来对斯佳丽就是个刺激，让她感到兴奋。

“真不知道什么对贝特丽丝的打击最大，是失去儿子呢，还是失去马，”方丹奶奶说，“你知道，她从来不怎么在乎吉姆和她那几个女儿。她正是威尔刚才说的那种人，她的主要动力毁掉了。有时候，我甚至怀疑她会走上你父亲走的那条路。要是看不到人生孩子马下驹，她就不快活。可她那几个闺女一个也没嫁，看样子在本县也逮不住个丈夫，结果她没什么用心的地方。她本质上是个上流社会的淑女，要不然准得堕落……威尔说要娶苏埃伦，这话当真？”

“是的，”斯佳丽正视着老太太的眼睛。天哪，她还记得以前对方丹奶奶怕得要死！可是，后来她长大了。假如老太太干涉塔拉庄园的事情，斯佳丽会直截了当要她住口。

“他本该娶个好姑娘的。”奶奶坦率地说。

“噢，是吗？”斯佳丽的声调里带着傲慢。

“别摆出一副臭架子，小姐，”老太太口吻尖刻地说，“我不会批评你那个宝贝妹妹，要是在墓地，没准儿我会批评她。这儿四邻八舍缺的就是男人，威尔想娶哪个姑娘几乎能随意挑。贝特丽丝那四只野猫、芒罗家那几个姑娘，还有麦克雷家……”

“他要娶苏埃伦，这事定了。”

“你妹妹逮着他算走运。”

“塔拉庄园有他算是走运。”

“你喜欢这地方，对不对？”

“对。”

“这么说，你太喜欢这地方了，只要有个男人照料塔拉庄园，你妹妹屈身下嫁低阶级的男人，你也不在乎喽？”

“阶级？”这个观念让斯佳丽吃了一惊，“阶级？如今，只要姑娘找得到丈夫，能照顾自己，阶级算得了什么？”

“这问题能引起争议，”老太太说，“有人会说你说的是常理。有人却会说标杆一寸也不该让，可你在降低这根标杆。你家人有些算是上等人，可威尔肯定算不上上等。”

她抬起那双敏锐的老眼，朝墙上罗比亚尔外婆的肖像望去。

斯佳丽心里想着威尔，他个头瘦高，相貌平平，性情温和，嘴里总是嚼着根干草，外表给人一种死气沉沉的假象，就像大多数穷白佬似的。他数不出一长串富有显赫的高贵祖先，威尔家头一个来到佐治亚州的祖先大概是个奥格尔索普将军的债务人，要不就是个奴隶。威尔没上过大学，受过的全部教育就是在穷乡僻壤一所小学里待过四年。他这人老实忠诚，有耐心，肯吃苦，可他算不上上等人。按照罗比亚尔家族的标准，苏埃伦肯定算是屈尊下嫁了。

“这么说，你赞成威尔上你家门喽？”

“没错。”斯佳丽的话恶声恶气，仿佛只要老太太说上句谴责的话，就会朝她扑上去。

“你可以亲我一下，”老奶奶突然出人意料地说，脸上露出赞成的微笑，“以前我从来不怎么喜欢你，斯佳丽。你倔强得像只山胡桃，从小就倔。可我不喜欢倔强女人，当然没把我自己算在里面。不过我确实喜欢你处理事情的态度。你对无可奈何的事情从不大惊小怪，即使非常不愉快也没抱怨过。你就像个好猎手，出手干脆利索。”

斯佳丽脸上露出疑惑的微笑，在她干瘪的脸上匆匆亲吻一下。再次听到有人恭维，心里觉得高兴，不过她对这番话的意思不很理解。

“这一带准有人说长道短，说你准许苏埃伦嫁给个穷白佬，虽然大家都喜欢威尔，可还是会这么说。大家一面说他这人有多好，一面说奥哈拉家姑娘倒了霉屈尊下嫁。你别让这种话烦心。”

“别人怎么议论我从来不往心里去。”

“这话我听你说过，”老气横秋的声调里带有一丝刻薄，“好啦，别管人家怎么说，别往心里去就是了。他俩的婚姻或许很美满呢。当然，威尔会永远像个穷白佬，结婚也不能提高他的教育水平。就算他将来发了大财，也绝不会像你父亲那样给塔拉庄园增添一星半点光彩。穷白佬缺乏光彩。不过威尔骨子里倒是位绅士。他的本能没错。若不是位绅士，就不能像他那样在葬礼上指出我们的短处。整个世界都不能打垮我们，可我们对失去的东西念念不忘，耿耿于怀，难免把自己打垮。没错，威尔会善待苏埃伦和塔拉庄园的。”

“那你赞成我让他们结婚？”

“天哪，我不赞成！”苍老的嗓音显得既疲惫又痛苦，不过十分有力，“赞成穷白佬娶个世家小姐？呸！难道我会赞成劣种马跟良种马相配？唉，穷白佬人缘好，肯卖力，待人诚恳，不过……”

“可你刚才还说他俩的婚姻是很美满的！”斯佳丽感到迷惑。

“啊，我认为苏埃伦能嫁给威尔是件好事，她嫁给谁反正都一样，因为她急着想嫁人。她上哪儿还能找个丈夫呢？你又能上哪儿找这么好一个人管理塔拉庄园呢？可这不等于说我喜欢这种安排。”

“可我喜欢，”斯佳丽边想，边揣摩老太太的意思，“威尔跟她结婚让我高兴。她怎么会认为我不满意呢？她满以为我像她一样不高兴呢。”

斯佳丽感到迷惑，也有点局促不安。人们有了自己的看法，觉得她也该有同感，每逢这种时候，她总是感到迷惑，感到局促不安。老奶奶摇着芭蕉扇，口吻欢快地继续说：“我并不比你更赞成这门亲事，可我讲究实际，你也讲究实际。遇上虽不愉快却避免不了的事，我看惊叫踢闹也没用，那种手段解决不了生活中的变迁，这个我懂，因为我娘家和老大夫家经历过的变迁比我们自己家经历的多，要说我们有个座右铭，那就该是：‘别发牢骚，面带微笑，等待时机。’我们就是这样经历了一系列的变迁，带着微笑，等待我们的时机，在生存方面，我们都算得上专家了。我们也不得不苦熬，因为我们总是押错赌注。追随胡格诺教派，结果被撵出法国，因为投靠保皇党，到头来逃出英格兰，跟随漂亮王子查理，最终又逃离苏格兰，到了海地又让黑人赶出来，如今又让北佬打败了。不过我们总是没过几年就重新崭露头角，浮到最上层了。你知道是为什么吗？”她昂了昂头，斯佳丽心想她看上去活像一只自作聪明的老鹦鹉。

“不知道。确实不知道，”她口头上挺礼貌，心里却烦得要命，就像那天老奶奶打开话匣子，大谈克里克人暴动时一样。

“嘿，道理很简单。我们向不可避免的事情屈服。我们不是小麦，我们是荞麦。暴风一来，就把成熟的小麦刮倒在地，因为麦秆是干的，不能弯曲。可成熟的荞麦里有水分，能弯曲。风暴过去后，它挺立起来，又像以前一样茁壮了。我们不是那种倔头倔脑的人。遇上大风，我们特别柔软，因为我们知道柔软划得来。有了麻烦，我们二话不说就向不可避免的事情屈服，然后我们辛苦劳作，面带微笑，等待我们的时机。我们跟地位低下的人合作，从他们那里得到自己想要的东西。等到我们变得足够强大，能骑在他们脖子上了，就踢他们。我的孩子，这就是生存的秘密。”她停顿片刻后补充道，“我把这个秘密传授给你啦。”

老太太哑着嗓子咯咯笑起来，仿佛让自己的话逗乐了，可她这番话里却带着恶意。她仿佛预料斯佳丽会做出评论，可斯佳丽几乎没听明白，自然想不出该说点什么。

“可不是嘛，”老太太接着说下去，“我们的人败了个彻底，可后来又重新崛起。这一带的很多人却不是这样。看看凯瑟琳·卡尔弗特吧。你自己看得出她沦落到什么地步了。穷白佬！比她嫁的那个人糟得多。看看麦克雷家，垮了个完全彻底，毫无希望了。他们不知道该干些什么，不知道怎么干，甚至试都不愿试一下。他们把时间花费在怀念过去的好时光，整天抱怨个没完。再看看……嘿，县里几乎每个人都是这副模样，只有我家亚力克斯、萨莉、你、吉姆·塔尔顿、他家姑娘，还有不多几个人是例外。其他人全都沉沦了，因为他们就像麦秆里没水分似的身上没了活力，也没有重新站起来的勇气。那些人除了钱和黑奴再没别的东西好想，如今钱没了，黑奴跑了，他们的下一代就只能变成穷白佬。”

“你忘记韦尔克斯家了。”

“我没忘。我原想，阿希礼是你家的客人，最好表示礼貌，别提他们的好。既然你提起这家的名字，那就说说他们吧！先说说印第亚，从各方面听到的消息判断，她如今已经是个老小姐了，因为斯图·塔尔顿战死了，她的举止神情变得完全像个寡妇，根本不打算忘掉他再找个男人。她的确上了点年纪，可她只要有意，还是能找个拖家带口的鳏夫。再说说霍尼吧，这个可怜虫向来是个见了男人就着迷的傻瓜，脑筋还不如只珍珠鸡呢。至于阿希礼，你瞧瞧他那模样！”

“阿希礼可是个好男人。”斯佳丽恼休休地说。

“我从没说他不好，可他就像只脊背朝下的海龟一样不知所措。假如韦尔克斯家熬得过艰难岁月，那是玫兰妮的功劳，不是阿希礼。”

“玫兰妮！天哪，奶奶！你这是怎么说的？我跟玫兰妮一起过的日子不短了，知道她总是病恹恹的，总是害怕得要命，就连对一只鹅说上声呸都没胆量。”

“真是的，人干吗要对鹅说呸呢？我总是觉得这是浪费我的时间。也许她不敢对鹅说呸，可她敢于出面对抗，跟整个世界、跟北佬政府、跟威胁到她那宝贝阿希礼的东西，跟威胁到她儿子的东西，跟威胁到她那上流阶层的思想对抗。她的风格跟你不一样，斯佳丽，跟我也不一样。假如你母亲没死，她就是那种风格。玫兰妮让我想起了你妈妈年轻时候……她或许能拉扯着韦尔克斯一家熬过去。”

“嘿，玫兰妮不过是个好心的小傻瓜。可你对阿希礼的说法不公平。他……”

“得了，别瞎扯！阿希礼从小是个念书的，别的什么都干不了。要想从眼下困境中摆脱出来，他那种人毫无用处。我听人们说，全县就数他干农活最差劲！你只要拿他跟我家亚力克斯比比就知道了。战前，亚力克斯是个顶没出息的花花公子，脑袋简单得只会考虑新领带，喝醉酒开枪打人，追逐没品位姑娘什么的。看看他现在的样子！他学着干庄稼活儿，因为他不能不学。要不然就得挨饿，我们也得跟着挨饿。如今他种的棉花在县里数一数二！比塔拉庄园的棉花好多啦！他还懂得如何喂猪养鸡呢。哈！虽然脾气不好，可他是个好小伙子。他懂得如何等待时机，以万变应万变。等到重建时期的苦难过后，你会看到我的亚力克斯跟他爹一样富有，像他爷爷一样有钱。可是阿希礼……”

斯佳丽听了这些小瞧阿希礼的话，心里感到一阵阵刺痛。

“我觉得这完全是一堆空话。”她冷冷地说。

“绝对不是，”老奶奶敏锐的眼睛死死盯住她，“因为这恰好是你在亚特兰大用的办法。可不是嘛！虽然乡下消息闭塞，可你在城里的胡闹我们还是听说了。你也在随着变化的时代而变化。我们听说你为了赚钱怎么巴结北佬，巴结穷白佬，巴结投机商暴发户。照我听人们说的，你表面上还装得一本正经。我说，接着干下去。把他们手里的每一个子儿都弄到手，将来有一天你手里的钱够多了，就朝他们脸上狠狠踢一脚，因为他们对你再也没什么用了。一定要这么干，而且要干得恰当。因为抓着你的衣摆不放的人能毁了你。”

斯佳丽皱起眉头望着她，努力想消化她这番话的意思，可她没明白多少，还是为老太婆把阿希礼说成背朝下的海龟，心里觉得气恼。

“我觉得你对阿希礼的看法不对。”她突然说。

“斯佳丽你真是太不精明了。”

“那是你的看法。”斯佳丽的口吻生硬，恨不得打老太婆一耳光。

“哦，你算小账倒挺精明。可那是男人的精明。你在做女人方面倒不精明，跟人打交道一点儿也不机灵。”

斯佳丽气得两眼直冒火，双手不知所措。

“我把你气疯了，对不对？”老太太微笑道，“嘿，这正是我的目的。”

“你存心这么干？请问，这到底是为什么？”

“我有充分的理由，也很正当。”

老奶奶身子靠在椅背上，斯佳丽忽然发觉她显得非常疲惫，也老得让人吃惊。一双小手像爪子，交叠起来压在扇子上，蜡黄的肤色像死人一样。斯佳丽产生一个念头，心头的怒气顿时全消了。她俯身过去，抓起老太太一只手。

“你真是个可爱的老骗子，”她说道，“说了一席话，其实全都不当真。你说这些为的是让我别老想着爸爸，对不对？”

“别跟我胡扯！”老太太没好气地说着，把手抽回去，“那算是一部分原因，另一个原因是我跟你说的全是真话，可你太没脑筋，怎么也听不懂。”

不过，她脸上露出一丝微笑，说话也不带刺了。斯佳丽心里也不再为阿希礼受到轻蔑而恼火。她很高兴方丹奶奶的话其实并不是当真的。

“我还是要谢谢你。谢谢你跟我说了这么多。我很高兴你对威尔和苏埃伦的婚事看法跟我一样，尽管……尽管其他人很多都不赞成。”

塔尔顿太太从走廊过来，手里端着两杯酪乳。她干家务不在行，杯子里的奶直往外面洒。

“我一路走到储藏室才找到牛奶，”她说，“快喝吧，送葬的人马上就要回来了。斯佳丽你真的要让苏埃伦嫁给威尔？倒不是他配不上你妹妹，可你知道，他是个穷白佬，再说……”

斯佳丽跟老奶奶会意地对望一眼。她看见那双老眼里有一丝调皮的光芒，自己眼睛里也闪烁出这种神色。

第四十一章

斯佳丽送走最后一位客人，等到最后一辆马车的辚辚车轮声和嘚嘚马蹄声消失后，她走进埃伦的账房里，从写字台上的文件架里取出一件亮晃晃的东西，那是她昨天晚上藏在泛黄的文件里面的。她听见波克在餐厅里来回走动着安排晚饭，还不停地抽着鼻子哭泣，她便大声叫他。他走到她面前，他那张黑面孔显得十分凄惨，像一条丢了主人的丧家犬。

“波克，”她口吻严厉地说，“你再哭我也要哭了。千万别哭了。”

“是小姐。我倒是努力来着，可每次想不哭就想起了杰拉尔德先生……”

“那就别想了。谁哭我都受得了，我就是受不了你哭。这个……”她突然温和地停顿下来，“难道你不明白？你哭让我受不了，因为我知道你跟他多么亲近。擤擤鼻子吧，波克。我要送你件东西。”

波克使劲擤了擤鼻子，眼睛一亮，不过那是出于礼貌，而不是兴趣。

“你还记得那天晚上吗？当时你去人家的鸡棚偷鸡，结果挨了枪子。”

“上帝啊，斯佳丽小姐！我从来没有……”

“好了，是你干的，都这么久了，你用不着向我撒谎。你记得我说过，你这么忠心耿耿，我将来要送你一块表。”

“是的，小姐。我没忘。我以为你已经不记得这事了。”

“我没忘，我要把它送给你。”

她伸手向他递过去一只沉甸甸的金质大怀表，表壳上有复杂的浮雕图案，表链摆动着，上面挂着许多垂饰和印章。

“上帝啊，斯佳丽小姐！”波克叫起来，“那是杰拉尔德先生的表！我见他看过这表足有一百万次呢！”

“没错，是爸爸的表，波克，现在我把他送给你。收下吧。”

“哎呀，那可不行，小姐，”波克吓得连连倒退几步，“这可是白人绅士的表，再说还是杰拉尔德先生的。你怎么能把它给我呢，斯佳丽？这表该留给小韦德·汉普顿才对。”

“表是给你的。韦德·汉普顿为我爸爸干过什么事呢？爸爸衰老生病的时候，他照顾过他吗？他给他洗过澡，穿过衣裳，刮过脸吗？北佬来了以后，他对爸爸一片忠心吗？他甘心为他偷过东西吗？别傻了，波克。只有你才有权拥有这块表。我知道爸爸会同意的。拿着。”

她抓起他的黑手，把表搁在他手掌里。波克神态虔诚地望着那表，渐渐喜形于色。

“真是给我的，斯佳丽小姐？”

“当然是真的。”

“那我就谢了，小姐。”

“你愿意让我把表带到亚特兰大去刻字吗？”

“刻字是什么意思？”波克疑惑道。

“就是在表后面刻上几个字，就像是‘赠给波克：工作出色，忠心耿耿的优秀仆人。奥哈拉家赠’这种字。”

“不，小姐……谢了，别费心刻字了。”波克后退一步，紧紧抓着那只表。

他扭曲嘴唇，露出一丝微笑。

“怎么啦，波克？你怕我不把表还给你？”

“不是的，小姐。我相信你，不过，小姐你有时会改变主意的。”

“我不会那么干。”

“哎呀，小姐，说不定你会把表卖掉。我看这表值很多钱呢。”

“你当我会卖掉爸爸的表？”

“对，小姐……遇上你急需钱的时候你会卖的。”

“你真该为此挨顿揍，波克。我打算把表收回。”

“不，小姐，你不会的！”波克悲伤的面孔上这天头一回露出一点微笑，“我了解你……再说斯佳丽小姐……”

“怎么，波克？”

“要是你把对黑人的好心拿出一半对待白人，我看世上的人待你会好得多。”

“人们对我够好了，”她说，“听我说，去把阿希礼先生找来，告诉他说我要在这儿见他，要他马上就来。”

阿希礼坐在埃伦那张写字台前的小椅子上，他身材颀长，椅子显得很矮小。斯佳丽提出把锯木厂的一半股份给他。他一次也不看她的眼睛，一句话也不插。他坐在那里，耷拉着脑袋看着自己的双手，两只手轮流翻过来，眼睛仔细打量着，仿佛以前从来没看见过自己的手。虽然工作辛苦，可那双手仍然纤细，看上去很柔嫩，保养得不像个庄稼汉的手。

他一声都不吭，让她觉得不安，便加劲描述那座工厂，把厂子说得很有吸引力。她还使出浑身解数，又是微笑，又是丢媚眼，结果什么用都没有，因为他就是不抬头看她一眼。他怎么就不抬起头来看看她呢！她没提威尔告诉她阿希礼决定去北方的消息，心照不宣地断言说，没有任何障碍阻止他接受自己的计划。可他还是不开口，她的声音也越来越低，最后沉默下来。他瘦弱的肩膀耸得高高的，一副胸有成竹的模样，让她看了心慌。他肯定不会拒绝的！他有什么充分理由拒绝她呢？

“阿希礼。”她再次开口，接着停顿了一下。刚才她没使出自己怀孕这个借口，一想到阿希礼看见自己挺着大肚子的丑陋相，她心里就感到畏缩，可是既然其他理由都让他无动于衷，她便决定打出最后一手牌，把自己怀孕一事和没有帮手一事和盘托出。

“你一定要来亚特兰大。我现在真的急需你帮忙，因为我不能照料两个锯木厂。也许得等几个月后我才能重新照料，因为……你知道……唉，因为……”

“求求你！”他粗暴地打断她，“天哪，斯佳丽！”

他突然站起身，走到窗口，背对着她，望着外面一群鸭子，只见那群鸭子排成一行，堂皇横过谷仓前面的空地。

“这就是……这是你不愿看我一眼的原因？”她的声音显得很凄凉，“我知道我的模样……”

他猛然转身，一双灰眼睛盯着她，情绪激烈得让人害怕，她不禁捂住嘴巴。

“什么模样不模样！”他恶狠狠地匆匆说道，“你知道我从来认为你的模样很美。”

她心中顿时涌出幸福的暖流，激动得热泪盈眶。

“你这么说真是太体贴人了！因为我让你看见这副模样，实在觉得害臊。”

“你害臊？你害什么臊？该害臊的是我，我心里确实羞愧。要不是因为我的愚蠢，你的处境就不会这么狼狈。你本来绝不该嫁给弗兰克。去年冬天我说什么也不该让你离开塔拉庄园的。唉，我真是个傻瓜！我本该知道……知道你当时走投无路，那么绝望……我本该……我本该……”他的面色变得很难看。

斯佳丽的心在怦怦狂跳。他这是在后悔没带她私奔呢！

“你收留我们时，我们就像一群叫花子。我至少该上路抢劫，或者杀人抢钱缴税金。唉，是我把事情整个搞糟了。”

她大失所望，心都收紧了，幸福的感觉逐渐淡化着，因为她希望听到的并不是这种话。

“不管怎么说，当时我反正要走的，”她有气无力地说，“我可不能让你干出那种事。毕竟事情已经成了这样。”

“是啊，事情已经成了这样，”他说话缓慢，内心显得痛苦，

“你不让我去干丢脸的事，可你却把自己出卖给一个你不爱的男人，还为他怀了孩子，为的是不让我和我的家人挨饿。我会记住你的好意，你在我绝望的时候保护了我。”

他语锋带刺，显然心中的创伤还没有愈合，还在作痛，可他的话让她眼睛里流露出羞愧。他很快便发觉了，面色立刻温和下来。

“你不会以为我是在责怪你吧，斯佳丽？天哪，绝对不是。我从没见过你这么勇敢的女人。我是在责怪自己呢。”

他又转身望着窗外。她盯着看他，他的肩膀好像耸得不那么高了。斯佳丽默默等待了很长时间，希望阿希礼能恢复谈论她如何漂亮的那种神情，希望他说上几句能让她永远铭记于心的话。上次见过面后，已经过了这么久，她一直是靠记忆生活，最后记忆也变得淡薄了。她知道他仍然爱她。这是个明显的事实，从他身体的每一个线条，从他的每一个痛苦表情，从他每一个自责的字眼，从他厌恶她为弗兰克怀了孩子，从所有这些都看得出他还爱她。她渴望听他说出自己的感情，也渴望自己说点话激他吐露心声，可她不敢说。她记起去年冬天在果园里自己许下的诺言，无论如何她都不会自己先提出这种事。她感到悲哀，心里清楚，即使阿希礼待在她身边，她也得信守那个诺言。一旦她表现出爱情的企望，一旦她露出要求他拥抱的眼神，一切就全完了。阿希礼当然会去纽约。可她绝不能让他去。

“嘿，阿希礼，别责备自己了！怎么会是你的错呢？你会来亚特兰大帮我的，对不对？”

“不。”

“阿希礼！”她又痛苦又失望，嗓音都变了，“我可是一直指望着你哪。我确实非常需要你。弗兰克帮不上我的忙，他照管店铺已经忙得不可开交，要是你不来，我上哪儿找人呢？亚特兰大人个个精明，大家都在忙自己事，其他人又没能力，再说……”

“没用，斯佳丽。”

“你是说，你宁愿去纽约，跟北佬生活在一起，也不愿来亚特兰大？”

“这是谁告诉你的？”他转身面对着她，显得有点恼火，额头上露出浅浅的皱纹。

“威尔。”

“不错，我已经决定去北方。战前与我一道去欧洲旅行过的一位朋友给了我个职位，是在他父亲的银行里。这样好些，斯佳丽。我对你毫无用处。我根本不懂木材生意。”

“可你对银行业务知道得更少，所以更加困难！你缺乏经验，可我会比北佬更加体谅你！”

他的身子微微抽动了一下，她这才发觉自己说错话了。他再次转身望着窗外。

“我不要人体谅我。我要靠自己的能力自立。直到现在，我为自己的生活做了些什么呢？我该自己干点事情了，就算靠自己失败得一塌糊涂也好。我靠你养活过的日子太久了。”

“可是，阿希礼，我提出将一半股份交给你！你会自立的——你清楚，那是你自己的生意了。”

“那完全是同一码事。我没钱买下你这一半股份。还是接受你的礼物。我已经接受了你太多的礼物，斯佳丽。你给我吃，让我住，甚至给我、玫兰妮和孩子衣服穿。我却什么回报都没法给你。”

“可你给过我！没有你威尔不可能……”

“我现在劈引火柴劈得非常好了。”

“哎呀，阿希礼！”听了他嘲弄的腔调，她的声音显得绝望，眼眶里涌出泪水。“我走后发生什么事啦？你说话这么生硬难听！你以前可不是这样哪。”

“发生什么事了？发生了一桩很不平常的事，斯佳丽。我一直在思索。我觉得从投降后到你离开这段时间里，我一直没有思索过。我当时脑子里非常恍惚，只要有点东西吃，有张床睡觉就觉得满足了。可你去了亚特兰大，挑起一个男人的负担，我这才发觉自己远不及一个男人，甚至远不如一个女人。脑袋里有这种想法，过日子不会愉快，我也不打算长久这么下去了。其他人从战场上回来比我更是一无所有。可是看看人家现在。所以我要去纽约。”

“可我不懂！既然你想要的是工作，在亚特兰大工作怎么就比不上纽约呢？而且我的工厂……”

“不，斯佳丽。这是我的最后一个机会了。我要上北方去。假如我去亚特兰大为你工作，我就永远完了。”

“完了……完了……完了”这个字眼儿像丧钟一样在她心头回荡，让她感到恐惧。她匆匆瞅了一下他的眼睛，只见他眼睛睁得很大，清澈的灰色眼珠望着她，却并不看她，眼神聚在她身子后面，像是在望着某种命运，可她既看不见，又不理解。

“完了？你是说你干过什么事，到了亚特兰大，北佬会把你抓起来？是你帮汤尼逃走的事，还是……还是……唉，阿希礼，你是三K党的，对不对？”

他恍惚的眼神刹那间回到她身上，脸上掠过一丝短暂的微笑，眼睛却没有笑。

“我都忘了，你总是按字面理解意思。不是的。我不是怕北佬。我是说，假如我去了亚特兰大，再次接受你的帮助，我自立的希望就永远埋葬掉了。”

“啊，”她马上感到宽慰了，“不过是这样！”

“对。”他又微笑了，比刚才笑得更冷淡，“不过如此。不过是我男子汉的自豪感，不过是我的自尊心，要是愿意这么说，那就不过是我不朽的灵魂罢了。”

“但是，”她换了个策略转弯抹角地说，“你可以渐渐把厂子从我手中买过去，变成自己的，到时候……”

“斯佳丽，”他口气严厉地干脆打断她，“我告诉你，不行！还有其他理由。”

“什么理由？”

“这理由你比谁都清楚。”

“噢——那个理由？但是——那是不成问题的，”她立刻保证说，“你知道我许过诺的，是去年冬天在果园里，我会信守自己的诺言，而且……”

“这么说，你对自己比我对自己更有把握了。可我不能指望自己信守这种诺言。我不该这么说，可我得让你理解。斯佳丽，这事我不愿再谈了。到此为止。等到威尔跟苏埃伦结婚后，我就上纽约去。”

他情绪激动，眼睛睁得很大，盯着她的眼睛看了一阵，然后匆匆走到门口，手抓住门把手。斯佳丽非常痛苦，眼睁睁地望着他。谈话结束了。她失败了。一整天的悲伤，加上此刻的失望，让她突然感到身心疲惫，紧绷的神经突然垮了，她尖叫一声：“阿希礼啊！”接着一下扑倒在那张塌陷的沙发上号啕大哭。

她听到他踌躇的脚步声走向门口，耳畔仿佛听到他无奈的声音一遍遍叫她的名字。一阵脚步声从厨房经走廊啪嗒啪嗒传过来，玫兰妮冲进屋子，眼睛瞪得老大，神色非常惊慌。

“斯佳丽……不是孩子要……”

斯佳丽把脑袋埋进满是灰尘的沙发垫里，继续尖声叫嚷。

“阿希礼……他太卑鄙了！太狠心了……太可恶了！”

“阿希礼？他对你干了什么？”玫兰妮扑倒在沙发旁的地板上，把斯佳丽搂在怀里，“你们到底说了些什么？怎么能这样呢！会影响孩子的。好了，我亲爱的，把你的脑袋靠在我的肩膀上！到底是怎么了？”

“阿希礼……他那么……那么顽固，太可恶了！”

“阿希礼，你真让我吃惊！把她惹成这样，她身上有了，奥哈拉先生还刚刚下葬！”

“你别跟他说了！”斯佳丽语无伦次了，从玫兰妮肩膀上抬起脑袋嚷道，她声音嘶哑，一头乌黑的头发从发网里垂下来，脸上淌出一道泪痕，“他有权，想怎么干就怎么干！”

“玫兰妮，”阿希礼脸变得煞白，“听我解释。斯佳丽好心给我在亚特兰大提供一个职位，在她厂子里当经理……”

“经理！”斯佳丽愤愤地喊道，“我提出给他一半股权，可他……”

“我告诉她说，我们已经安排好了，要去北方，她就……”

“呜，”斯佳丽说着又开始抽噎了，“我一再告诉他说，我多么需要他，告诉他我靠不上任何人去管理这厂子，告诉他我快要生孩子了，可他就是不愿来！现在……现在，我不得不把厂子卖掉啦，我知道根本卖不了个好价钱，我会亏本，说不定我们还得挨饿呢，可他一点儿也不在乎。他多狠心哪！”

她的脑袋又靠回到玫兰妮瘦削的肩膀上，心里闪出个希望的火花，真实的痛苦反倒减轻了。她感觉到，玫兰妮真诚的心就是自己的同盟，她感觉到玫兰妮会发火，有人敢把斯佳丽惹哭，她不会饶过这个人，即使是她丈夫也不行。玫兰妮像只奋不顾身的小鸽子，平生头一回扑过去反对自己丈夫。

“阿希礼，你怎么能拒绝她呢？她为我们做过那么多事！你让我们显得忘恩负义啦！她如今怀着孩子一点办法都没有……你也太不仗义了！我们需要帮助的时候，是她帮了我们，如今她需要你了，你却要拒绝她！”

斯佳丽鬼鬼祟祟朝阿希礼瞅了一眼，见他看着玫兰妮那双愤怒的黑眼睛，脸上的表情又吃惊又踌躇。玫兰妮的攻击也让斯佳丽感到吃惊，因为她知道，玫兰妮认为她丈夫是不该受到妻子责备的，认为除了上帝之外，她丈夫的决定就是最明智的。

“玫兰妮……”他两手一摊显得无可奈何。

“阿希礼，你怎么能踌躇呢？想想她为我们做的一切吧，想想她为我做的一切！要是没有她，我生小博的时候准得死在亚特兰大！而且她……不错，她为了保卫我们，还杀过一个北佬。你知道这事吗？她为我们杀了一个人。你和威尔回来之前，她拼命干活，像奴隶一样苦干，为的是让我们能吃上饭。我一想到她扶犁耕地，亲自摘棉花，就不禁……啊，我亲爱的！”她猛然垂下脑袋，热烈亲吻斯佳丽的头发，心里怀着无限的忠诚，“现在她头一回开口要我们为她做点事——”

“你用不着告诉我她为我们做的事情。”

“阿希礼，你想想看！除了帮她的忙，你想想这还意味着什么，我们要住在亚特兰大，跟自己人住在一起，用不着跟北佬生活在一起啦！那里有姑妈和亨利伯伯，还有我们那么多朋友，小博会有许多玩耍伙伴，将来还要上学。要是我们去了北方，就不能让他上学，不能让他跟北佬的孩子来往，班上还有那么多黑人孩子！我们就得请个家庭教师，我看我们付不起……”

“玫兰妮，”阿希礼的声调极为平静，“你真的这么想去亚特兰大？咱们谈起去纽约的时候，你根本没这么说过。你从来没有明白说过……”

“啊，可我们谈去纽约的时候，我认为你在亚特兰大找不到工作的，再说，我也没权说话。妻子的本分只能是丈夫去哪儿跟着去哪儿。可现在斯佳丽非常需要我们，而且还有个只有你才能担任的职务，这样我们就能回家啦！回家！”她紧紧搂着斯佳丽，声音里充满了狂喜，“我又要再次看到五角广场和桃树街了，还有……还有……啊，我多么想念那一切啊！说不定我们还能有一个自己的小家呢！我不在乎房子有多小，条件有多差，只要是我们自己的家就行！”

她的眼睛里闪烁出热情和幸福的光芒。阿希礼和斯佳丽盯着她看。阿希礼又奇怪又吃惊，斯佳丽却是意外和羞愧交加。她从没想到玫兰妮这么怀念亚特兰大，渴望返回自己的家。她一向显得对塔拉庄园很满足，所以斯佳丽见她这么想家感到十分震惊。

“啊，斯佳丽，你真是太体贴人了，为我们把这一切都计划好了！你知道我多想回家啊！”

玫兰妮总是把没什么价值的东西说成是高尚的动机，每逢这种时候，斯佳丽就觉得又羞又恼，忽然觉得不敢看阿希礼和玫兰妮的眼睛了。

“我们可以有一所自己的小房子。你没意识到我们结婚已经五年了，却从来没有自己的家吗？”

“你可以跟我们一道住在佩蒂姑妈家。那也是你们的家嘛。”斯佳丽咕哝着说，她手里玩弄着一只枕头，眼睛还是耷拉着，掩饰起渐渐流露出的得意神情。

“不，亲爱的，谢谢你的好意。那样就太挤了。我们要自己找个房子……哦，阿希礼，快答应吧！”

“斯佳丽，”阿希礼的声调很平淡，“看着我。”

斯佳丽吃了一惊，抬头望着他那双灰眼睛，只见他的眼神里露出痛苦和无可奈何的疲惫神情。

“斯佳丽，我去亚特兰大……我斗不过你们俩。”

阿希礼转身走出房间。斯佳丽心中的得意让一种烦人的恐惧冲淡了。他说这句话时，神情就像刚才一样，当时他说，到了亚特兰大，他就永远完了。

苏埃伦和威尔结了婚，卡丽恩到查尔斯顿进了修道院。阿希礼、玫兰妮和博来到亚特兰大，把迪尔西带去做饭当保姆。普莉西和波克暂时留在塔拉庄园，要等到威尔找来别的黑人帮他在地里干活时，他们才去城里。

阿希礼给自己家找了所小砖房，位置在常春藤街，就在佩蒂姑妈房子的后面，而且两家的后院是连在一起的，中间只隔着一道长期没修剪的水蜡树树篱。玫兰妮相中这所房子，主要原因就是跟姑妈家房子紧挨着。回到亚特兰大的第一天早上，她又是笑，又是哭，又是拥抱斯佳丽和佩蒂姑妈。她说，跟心爱的人们分开这么久了，就是跟大家住得再靠近也不嫌过分。

这房子原来有两层，不过上层在围城时被炮火炸掉了，房主人在投降后回来，却没钱修复房子。只好凑合在残余的一层房子上面盖了个平屋顶，结果房子显得低矮难看，比例失调，活像个孩子用皮鞋盒子做的玩具房子。这房子离地相当高，因为它建在一个很大的地窖上面，一道弯弯曲曲的长楼梯通向地窖，使地窖显得有点滑稽。好在门外台阶旁有两棵形状优美的老橡树和一棵叶子上落满灰尘点缀着白花的木兰树，才把房子的扁平低矮模样稍稍弥补了一点。门前草坪宽阔，三叶草长得很茂盛，绿油油一片。草坪边缘是未经修剪的水蜡树树篱，上面攀援着芬芳的忍冬藤蔓。草地上点缀着斑驳的玫瑰花，花朵从踩断的老茎上冒出来，粉红色和白色的百日红开得非常繁茂，仿佛这些鲜花上空从来没发生过战争，北佬的战马也从未咬断过它们的枝条。

斯佳丽觉得自己从来没见过这么难看的房子，可是玫兰妮却认为，当初十二橡树庄园的全部华丽气派也不如它漂亮。这是她的家，她、阿希礼和孩子终于能在自己的房子里团聚了。

印第亚·韦尔克斯从梅肯回来了，她和霍尼在那里一直住到一八六四年，现在她挤进来跟哥哥家一起住。阿希礼和玫兰妮非常欢迎她。时代变了，钱又少，不过什么也改变不了南方人的生活规矩，家家都乐意腾出房间给贫困的亲戚或者没有结婚的女亲戚住。

霍尼已经结了婚，印第亚说她下嫁了一个定居在梅肯的密西西比州西部的人。那人是个红脸膛，声音洪亮，总是欢天喜地的。印第亚原先不赞成他们的婚事，待在妹夫家就觉得不快活。她很高兴听说阿希礼如今有了自己的家，好搬出那个格格不入的环境，用不着再看到妹妹跟一个配不上的男人生活，还呆头傻脑的整天乐不可支，让她看了心里烦不胜烦。

家里其他人私下却认为，头脑简单一脸傻笑的霍尼干了桩了不起的事，没料到她居然能逮住个丈夫，大家都觉得简直是个奇迹。她丈夫是个有点资产的正人君子。可印第亚是生在佐治亚长在弗吉尼亚，凡不是出生在东海岸的人，在她眼里不是乡巴佬，就是野蛮人。印第亚很高兴离开妹妹家，或许霍尼的丈夫也很高兴她终于要离开，那些日子跟印第亚一起住实在不容易。

她现在已经俨然一副老小姐派头了。她二十五岁，看上去也是这个年纪，所以她再也用不着装出一副妩媚迷人的假象。她的睫毛稀疏，一双淡灰色眼睛毫不掩饰地正视着周围的一切，她的两片薄嘴唇总是抿得紧紧的，撅着嘴，显出一副高傲模样。如今，她身上有一股庄严高贵的神情，说来奇怪，这模样比当初在十二橡树庄园时那种既温柔又坚定的女孩子气更适合她。她的身份几乎像个寡妇。人人都知道，假如斯图尔特·塔尔顿没有在葛底斯堡牺牲，准会跟她结婚。所以，她虽然没结婚，却受到大家尊敬，把她当成个有人爱慕的女子。

不久，常春藤街上那所房子的六个房间里便摆放了很少几件家具，是从弗兰克的店铺里搬来的松木和橡木家具，价钱极便宜的。

阿希礼身无分文，只得赊账，所以只要那些价钱最便宜的，日常最必不可少的家具。这让弗兰克觉得尴尬，也让斯佳丽难过。弗兰克挺喜欢阿希礼，他和斯佳丽心甘情愿将店铺里最好的红木和雕花黄檀木家具赠送给他们，可韦尔克斯夫妇说什么也不接受。他们的房子外表难看，里面空荡荡的，让人看了难受。斯佳丽不愿看到阿希礼住的房子没有地毯，没有窗帘。可他似乎对环境并不在意，玫兰妮为婚后第一次有了自己的家乐得欢天喜地，这个地方还让她感到自豪呢。斯佳丽觉得，要是让朋友们看见他们家没有床帐窗帘，没有地毯坐垫，椅子、杯匙不足，她就觉得难为情。但是，客人来访时，玫兰妮的态度却仿佛自家既有长毛绒窗帘，也有锦缎沙发似的。

虽然玫兰妮表面上显得十分快乐，可她的身体却不好。怀孕时她的健康大受影响，生下小博后，她在塔拉庄园干艰苦的活计，让她的身体付出了很大代价。她瘦得皮包骨头，仿佛身上细小的骨头随时都会刺穿白皙的皮肤扎出来。从远处望去，她在后院跟自己的孩子蹦跳游戏时，仿佛她自己也是个小女孩。她的身子简直没有女性的线条了，腰肢细得让人难以置信，胸部和臀部扁平得跟小博一样。她没有虚荣心，斯佳丽认为她不懂打扮，既不在裙子胸部缝上皱褶，也不在胸衣后摆使用衬托臀部的垫子，结果她身体的消瘦便一目了然了。她的那张脸也像身子一样瘦，而且太苍白了，两道柔弱的眉毛细得像蝴蝶的触须，在毫无血色的皮肤上黑眉毛特别醒目。她的脸盘小，眼睛就显得太大，大得不好看了。在眼睛下面的黑眼袋衬托下，她的眼睛大得吓人，可眼神却没变，还是无忧无虑的少女时期那种模样。无论战争、长期的病痛还是艰苦的劳作，都没有使那双清澈甜美的眼睛发生变化。那是幸福女人的眼睛，这种女人即使历经暴风骤雨，内心的平静也丝毫不受滋扰。

斯佳丽望着玫兰妮，心里怀着嫉妒，也觉得纳闷，她怎么能保持这种眼神呢？她清楚，自己的眼睛有时候显出饿猫似的神情。瑞特有一次说起玫兰妮的眼睛，也不知道他是什么意思，他说这双眼睛里那种大智若愚的神情就像烛光。啊，不错，就像混乱的世界上两条光明的道路。对，这眼睛的确像烛光，不受风吹的烛光，这是两道柔和幸福的光亮，为再次回家，再次生活在朋友中间而闪亮。

这座小房子里总是挤满了客人。玫兰妮几乎像个孩子一样总是受人喜爱。城里人都拥到她家来，欢迎她回家。人们拜访时送来各种小礼物，有小摆设、图画、一两把银匙子、亚麻布枕套、餐巾、小地毯，等等，都是他们从谢尔曼手里抢救出的小玩意，一直珍藏在家里，可如今他们都发誓说，这些东西对他们毫无用处。

跟随她父亲在墨西哥作战的老人来看她，还带来客人，让大家见见“老上校可爱的女儿”。她母亲的老朋友常常围在她身边，因为玫兰妮对长辈非常恭敬，让老太太们感到极大的安慰，原来在那些疯狂的日子里，年轻人似乎把礼仪统统抛在脑后了。她的同龄人喜欢她，这些年轻的妻子、母亲和寡妇像她一样经历过苦难，可她却从不诉苦，还总是心怀同情倾听别人的苦处。年轻人也来拜访，不但因为他们在她的房子里十分愉快，而且还能在这里遇到自己喜欢的朋友。

玫兰妮与人交往得体而忘我，因此很快便在周围形成一个由年轻人和老年人组成的小圈子，这些人代表了亚特兰大战前社交界仅存的精华，是各阶层的中坚分子，大家虽然囊中空空，却都为家世而自豪。亚特兰大社交界被战争摧残得四分五裂，因死亡而枯竭，为变化而迷惑，如今似乎发现她是个不屈的核心，在她周围可以重组亚特兰大的社交圈子。

玫兰妮虽然年轻，可她身上却具有许多品质，让准备重整旗鼓的幸存者十分赞赏：贫穷却并不低下骄傲的头，勇敢却并不无端抱怨，心情欢快，热情好客，亲切仁慈，而且最重要的是对一切老传统忠贞不贰。玫兰妮绝不改变自己，甚至不承认在变化的世界上有做出改变的理由。在她那所房子里，昔日的生活似乎又重现了，人们建立起了信心，对投机商的疯狂和暴发户共和党人的高级生活潮流更加轻蔑了。

人们盯着她那张年轻的面孔，从她脸上看到了对昔日生活不屈的忠诚，这时，他们就能暂时忘掉自己阶级内部的叛徒，忘记他们引起的愤怒、恐惧、悲伤。如今这种叛徒很多。他们出身名门，却为贫穷所逼变节投敌，成为共和党人，接受了征服者赏赐的职位，好让家人衣食有着，用不着靠赈济活命。还有一些是以前当过兵的年轻人，他们没有勇气面对积累财富所需的漫长岁月，这些年轻人以瑞特·巴特勒为榜样，与投机商相勾结，策划种种无耻的赚钱勾当。

最可恶的叛徒是亚特兰大几个最显赫家族的女儿们。这些姑娘是在投降后长大成人的，对战争只有儿时的记忆，没有体会过长辈们的辛酸。她们既没有失去过丈夫，也没有失去情人，对昔日的财富和荣耀几乎一无所知。在她们眼里，北佬军官长相英俊，衣着讲究，精神无忧无虑，而且他们还举办豪华舞会，骑着矫健的骏马，还极其崇拜南方姑娘！他们待姑娘们像王后，总是小心翼翼避免伤害她们敏感的自尊心，既然如此，为什么不跟他们交往呢？

城里的本地青年衣着寒酸，神色沉着，干活辛苦，几乎没时间玩耍，相比之下，北佬军官的吸引力大得多。所以，有些姑娘跟北佬军官私下结婚，让亚特兰大的家人痛心疾首。兄弟在路上从这种姐妹身旁经过，理都不理，父母绝口不提这种女儿的名字。一想起这种悲剧，那些以“绝不投降”为座右铭的人心里就感到恐惧，难免打个冷战，然而，他们一看到玫兰妮那张温和却绝不动摇的脸，心中的恐惧便烟消云散了。老太太们说，她是全城年轻姑娘中最优秀最完美的榜样。由于她从不炫耀自己的美德，姑娘们也并不怨恨她。

玫兰妮自己根本没想过，自己已经成了一个新社交圈子的头面人物。她只是喜欢大家能来看望她，感谢大家请她参加她们人数不多的缝纫组，邀请她加入他们的沙龙舞俱乐部和音乐团体。尽管南方一些姐妹城市讥讽亚特兰大没文化，可亚特兰大人从来喜欢音乐，也热爱上流音乐。如今，人们对音乐的兴趣又复兴了，尽管形势越来越艰苦越来越紧张，可音乐一时成了热门活动。倾听音乐时，人们更容易忘却街上一张张无礼的黑面孔和驻军的蓝军服。

玫兰妮发觉自己成了新组成的周末夜音乐会的头面人物，觉得十分尴尬。她不明白为什么大家如此推举她，只知道自己会弹钢琴为大家伴奏，甚至能为麦克卢尔家小姐伴奏，两位小姐虽然会二重唱，可她们一开口就走调。

其实，是玫兰妮下了些工夫巧妙说合，将妇女竖琴社、男子合唱俱乐部、女青年曼陀林与吉他音乐社拉过来，跟周末夜音乐会组成一个整体，使亚特兰大有了值得一听的音乐。其实，这个音乐团体演唱的《波希米亚女郎》据说比纽约和新奥尔良的专业水平还要高。就在她设法把妇女竖琴社拉过来后，梅里韦特太太对米德太太和怀廷太太说，必须让玫兰妮担当这个音乐团体的领导人。梅里韦特太太声称，要是她能跟妇女竖琴社的人相处，就能跟任何人合得来。梅里韦特太太本人在卫理公会教堂的唱诗班弹奏管风琴，管风琴师从来对竖琴和竖琴师没什么好感。

玫兰妮还被推举为阵亡将士墓地美化协会，以及邦联孤寡缝纫会的负责人。她这个头衔是这两个团体在一次联席会议上决定的。那次会议开得异常不冷静，结果差点动武，两个团体也险些断绝终生不渝的友谊。会议上讨论拔草问题，邦联将士墓地附近的联邦士兵墓地也长满了杂草，十分难看，让太太们美化自己阵亡将士墓的努力变得徒劳，问题就出在这些杂草是否也该除掉。憋在紧身胸衣里的怒火顿时爆发出来，一时失去了控制，两个团体分裂成两派，相互仇视。缝纫会赞成除掉野草，墓地美化协会的妇女们却坚决反对。

米德太太表达了美化协会的意见，她说：“给北佬的墓地拔草？没门！给我两分钱，我就把北佬全从坟里挖出来，扔到城里的垃圾堆上！”

听了这番斩钉截铁的话，两个团体顿时乱了，每一位太太都同时发表自己的看法，谁也不听别人在说些什么。会议是在梅里韦特太太的客厅里举行的，她把梅里韦特爷爷撵到厨房里，后来爷爷说，客厅里的吵闹声就像富兰克林城战役打响似的。他还补充说，吵闹的场面真吓人，就是参加富兰克林战役也比待在女士们的会场上安全些。

玫兰妮想方设法挤进骚动的人群中央，她平时说话慢气吞声，那次开口，嗓音却压倒大家的吵闹声。她自己也吓得心都跳到嗓子眼了，没想到自己有那么大的胆量，居然当着愤怒的人群发表意见，她的声音在颤抖，不过她不断喊道：“太太们！请静一下！”最后大家总算平静下来了。

“我要说的是……我已经想了很长时间了……我们不但应该锄掉野草，还应当种上花。我……我不在乎你们怎么想，可是我每次给亲爱的查尔斯的坟上献花，也要在附近一个不知姓名的北军士兵坟上放点花。那个坟看上去挺……挺凄凉的！”

人们的激动情绪又爆发出来，这次声音更大了，两个团体合二为一，口吻全都一样。

“给北佬坟上献花！哎呀，玫兰妮，你怎么干这种事！”“杀掉查尔斯的正是他们哪！”“他们几乎把你也杀掉！”“你不想想，你生博的时候，北佬几乎把孩子也杀掉！”“他们还想在塔拉放火，把你们撵出家园！”

玫兰妮紧紧靠在椅背上支撑住自己，免得垮下来。她从来没遇过这么多人同时反对自己的局面呢。

“噢，太太们！”她大声请求道，“请大家静一静，让我把话说完！我知道我没权为这事说话，因为除了查尔斯外，我没有一个最亲近的人战死，而且感谢上帝，我也知道他埋在哪里。但是，今天在场的人中间，许多人不知道她们的儿子、她们的丈夫、她们的兄弟埋在哪里，而且……”

她哽咽得说不下去了，屋子里一片死寂。

米德太太眼睛里的火焰暗淡了。战争结束后，她长途跋涉赶到葛底斯堡，要把达西的遗体运回来，可是谁也说不出她的儿子埋在哪里，只知道是在敌人的土地上，在匆匆挖出的壕沟里。阿伦太太的嘴唇在哆嗦。她的丈夫和弟弟参加了在摩根指挥下袭击俄亥俄的战役，那是一次不幸的战役，她得到他们最后的消息说，在北佬骑兵的强大攻势下，他们倒在河岸上。她根本就搞不清楚他们埋在哪里。艾利森太太的儿子死在北方的战俘营里，可她就是在穷人中也算是最穷的，没能力把儿子的遗体运回来。还有些人在伤亡人员名单上看到过“失踪——相信已死亡”的字眼，她们眼睁睁望着自家的男人开赴前线，可这便是他们的最后消息。

她们转过脸望着玫兰妮，一双双眼睛好像在说：“你干吗要揭开这些旧疮疤？这是些永远无法愈合的创伤——我们永远不知道他们倒在哪里。”

房间里一片寂静，玫兰妮的声音越来越有力。

“他们的坟墓在北方土地上，在某个不知名的地方，就像北军士兵的坟墓在这里一样。啊，要是哪个北方女人说出，要把他们挖出来，那多么可怕，再说……”米德太太嘴里轻轻吐出个畏惧的声音。

“但是，北方肯定有些好心的女人，我不在乎人们怎么说，可她们肯定不可能都是坏人。假如我们得知，某个好心的北方女人除掉我们男人坟墓上的野草，给他们送花，尽管她们是敌人，但我们会感到多么欣慰啊！假如查尔斯战死在北方，假如有人这样做，我会感到安慰的……我不管你们这些太太们把我看成什么人，”她的声音又大声爆发了，“我要退出这两个团体，我要……我要把北佬坟墓上的每一根野草都锄掉，我还要在周围种上花……我倒要看看，谁敢阻拦我！”

玫兰妮说完这句挑衅般的话，突然放声大哭，踉踉跄跄朝门口跑去。

一小时后，梅里韦特爷爷抵达现代女郎酒馆，既然这里是不受女人打扰的男人区，他就向亨利·汉密尔顿伯伯报告说，那帮太太听了玫兰妮最后那番话，个个都哭了，争着跟玫兰妮拥抱，会议开成个爱心盛会，大家一致推举玫兰妮为两个组织的负责人。

“她们要去拔草了。倒霉的多莉说，我会非常高兴帮着拔草，因为我反正没多少事好做。我倒没什么事跟北佬过不去，也觉得玫兰妮小姐是对的，其他太太大错特错。不过我这么大把子年纪了，腰上还有风湿疼，她们还要我去拔草！”

玫兰妮是孤儿院管理委员会的女管理人之一，还帮助新组建的青年图书协会收集书籍。就连每月举行一次业余演出的演员们也闹着要她参加。她太腼腆，不敢在剧场明亮的煤油汽灯下露面，不过既然没有其他料子，她可以用麻袋做成戏装，把自己包裹起来。在莎士比亚朗诵会上，是她投了关键的一票，决定朗诵会应该包罗万象，将狄更斯和布尔沃·利顿的作品也包括在内，但是不该包括拜伦爵士的诗歌。拜伦的作品是由一个年轻的单身会员提出的，玫兰妮暗自害怕这个生活非常放荡的年轻人。

那年夏末的夜晚，她那所灯光暗淡的小房子里总是挤满了客人。椅子从来不够使用，太太们便常常在前门廊的台阶上就座，男人们就坐在她们两旁的栏杆上、木箱上或者台阶下面的草坪上。有时候，玫兰妮的客人坐在草地上喝茶，韦尔克斯家唯一能招待客人的饮料就是茶了。斯佳丽见了不禁感到纳闷，不明白玫兰妮暴露自家的贫穷怎么不觉得害臊。斯佳丽却要等到把佩蒂姑妈家房子恢复到战前的模样，能请客人享用上等葡萄酒、冰镇薄荷酒、烤火腿、冷鹿腿肉之类时，才打算请客人登门，尤其是像玫兰妮招待的那种显赫的客人。

佐治亚州的大英雄约翰·B戈登将军常带着全家去做客。邦联的诗人和教士瑞安神甫只要途经亚特兰大，总要来拜访。他的睿智总能博得满堂喝彩，用不着别人再三敦促，他就会背诵自己作的《李将军的剑》或者他的不朽之作《被征服的旗帜》，太太们听了这首诗从来会潸然泪下。前南部邦联副总统亚力克斯·斯蒂文斯只要在城里，就一定会来做客。他到玫兰妮家的消息传开后，那所房子就挤得满满当当，这位身体虚弱的残疾人声音洪亮，富有魔力，引得人们一坐几小时，倾听他的话。通常总有十几个孩子在场，由于比正常上床时间晚好几个钟头，孩子由父母抱在怀里打瞌睡。谁都不愿意让孩子错过这个机会。多年以后孩子可以说，那位伟大的副总统曾吻过他们，他们还握过他的手，这可是帮助指导过那场事业的手啊。每一位重要人物来到城里，总会设法找到韦尔克斯家，而且往往要投宿一宵。那所平顶小房子就会挤得满满的，印第亚就被迫到改成育儿室的书房里睡在一个平台上。玫兰妮也只好打发迪尔西赶快穿过树篱，上佩蒂姑妈家跟厨娘借几枚做早餐用的鸡蛋。不过玫兰妮招待客人礼数十分周到，仿佛她家是一幢大华宅。

然而，玫兰妮从来没想过，人们集合在她周围，是把她当成一面军旗，虽然破烂却仍然受人爱戴。一天晚上，米德大夫在她家度过一个愉快的夜晚，口吻庄严地朗诵了一段《麦克白》，临别时吻了她的手，用当年谈起“我们光荣的事业”那种口吻说了一段话，她听了既惊骇又困窘。

“我亲爱的玫兰妮小姐，能来你家做客既让人愉快，又是一种特殊的荣幸。因为你和跟你一样的女士们，代表了我们所有人的心，代表着我们仅存的一切。他们剥夺了我们男人的英年和年轻女人的欢笑，他们摧残了我们的健康，根除了我们的生活，改变了我们的习惯，他们毁掉了我们的财产，让我们倒退了五十年，在我们本该上学的孩子和本该在阳光下打盹的老人肩头压上太重的负担。但我们能恢复基业，因为我们可以信赖你们这样的人心。只要我们拥有你们的心，北佬把一切都夺走也无妨！”

直到斯佳丽的肚子越来越大，连佩蒂姑妈那条黑色披肩也遮掩不住时，她才跟弗兰克频频穿过后院的树篱，去参加玫兰妮家门廊前举行的夏夜聚会。斯佳丽总是坐在离光亮尽量远的地方，在阴影的保护下，不但不引人注意，还能在别人看不到她的情况下尽情望着阿希礼的脸。

把斯佳丽吸引到这座房子里来的原因仅仅是因为阿希礼，至于那些谈话，她觉得既乏味，又让她伤感。谈话总是老一套——首先是艰难时势；接着说起政治形势；然后就扯到战争。太太们哀叹物价太高，就问先生们昔日的好时光能不能再现。无所不知的先生们总是说，当然能，只不过是个时间问题。艰难时光不过是暂时的。太太们知道先生们是说谎，先生们知道蒙不过太太们，可他们还是照样说谎，太太们也假装相信他们的话。人人都知道艰难时势会持续下去。

说完艰难时势，太太们就谈起黑人越来越无礼，投机商越来越无法无天，北佬士兵在每个街角巡逻是大家的耻辱。她们问先生们，是不是认为北佬在佐治亚州的“重建”会成功。先生们就向她们保证说，重建很快就会完成，也就是说，一旦民主党人获得选举权，重建就结束了。太太们也能体谅先生们，并不追问那要等到什么时候。政治话题谈完了，大家就开始谈论战争。

不论在什么地方，只要原来邦联的两个人相遇，话题从来只有一个。如果是十几个这种人聚在一起，谈话结果完全可以预料得到：这场战争会重新打起，而且要大打。谈话中，有个字眼儿总是占据最突出的位置：“假如”。

“假如英国原来承认了我们……”“假如杰夫·戴维斯总统在收紧封锁圈之前征用所有的棉花，运到英国的话……”“假如朗斯特里特在葛底斯堡服从命令的话……”“假如杰布·斯图尔特没有在鲍勃老爷鲍勃老爷：南部邦联将军罗伯特·李。鲍勃是罗伯特的昵称。需要他的时候不在战场上……”“假如我们没有失去石墙将军杰克逊的话……”“假如维克斯堡没有陷……”“假如我们能再坚持一年……”谈话中，大家老是说：“假如当初没有用胡德将军替换约翰逊将军的话……”或者“假如用胡德将军在达尔顿指挥，而不用约翰逊将军……”

假如！假如！他们在寂静的黑暗中谈论起这些内容时，拖长的柔和声调变得急促，又唤回了昔日的激动情绪——步兵、骑兵、炮兵、往昔的回忆，当时大家总是处在生活的高潮。人们就像在冬天凄凉的夕阳中回首盛夏如火如荼的情景。

“他们除了这个什么都不谈，”斯佳丽自忖道，“除了战争就没别的好说了。老是谈战争，从来不谈别的，只有战争。看来到死都改不了。”

斯佳丽环顾周围，见小孩子们躺在父亲的臂弯里，听着这些仲夏夜的故事，听得呼吸急促，眼睛闪闪发亮：骑兵冲锋，军旗插上敌人的工事，等等。孩子们仿佛听到了战鼓咚咚，军号嘹亮，南军一片喊杀声，仿佛看到脚受了伤却仍然斜扛着破军旗的士兵在雨中跑过。

斯佳丽想道：“这些孩子也是一个样，永远不会谈别的。他们会认为最了不起的事情就是跟北佬作战，最大的光荣就是瞎了眼或者瘸了腿回家，或者干脆回不了家。大家都喜欢谈论战争，对战争念念不忘。我可不喜欢。我甚至不愿想起它。要是可能，我真希望忘掉它——啊，要是能忘掉这场战争该多好！”

玫兰妮讲起塔拉发生的事，把斯佳丽说成个女英雄，说她如何面对入侵者，如何抢救下查尔斯的战刀，还喋喋不休地说斯佳丽如何扑灭大火。斯佳丽听了总是浑身止不住要起鸡皮疙瘩。回想起那些事，斯佳丽既不愉快，也不骄傲，干脆想都不愿想。

“啊，他们怎么就不忘掉那些事呢？他们干吗不向前看，却要往后看呢？我们打那场战争完全是愚蠢的。我们把它忘得越快就越好。”

可是谁也不愿忘掉战争，看来只有她是个例外。后来斯佳丽老实对玫兰妮说了心里话，这才觉得比较痛快。她说，尽管她待在黑暗中，可是每次在场听大家说那些话还是感到很尴尬。玫兰妮马上明白了她这解释的真正原因。玫兰妮对生孩子的一切问题都极为敏感，她特别想再生个孩子，可米德大夫和方丹大夫都说，再生个孩子，她就得送命。所以，她勉强接受，但并不完全认命，大多数时间都跟斯佳丽待在一起，分享着怀孕的乐趣，尽管怀孕的并不是自己。斯佳丽却并不想要这个即将出世的孩子，而且对孩子来得不是时候心生恼火。她觉得玫兰妮的感情简直愚蠢到了极点。但是，大夫对玫兰妮的医嘱让她暗自喜悦，就是说，阿希礼和他老婆之间不可能有真正的亲昵关系了。

现在，斯佳丽经常见到阿希礼，只是并非单独见他。他每天晚上从锯木厂回来，都要专门到她家汇报一天的工作，平时都有弗兰克和佩蒂在场，最糟糕的是，玫兰妮和印第亚也往往在场。她只能问些事务性的问题，提些建议，然后说：“谢谢你过来。晚安！”

要是她不生这个孩子该多好！每天早上他们都可以利用这种天赐良机一起乘车出门，穿过没人的树林，远远避开人们的耳目，可以在那里回顾战前在县里那种无忧无虑的时光。

当然，她不会逼他说出那个爱字！她不会以任何方式提到爱。

她对自己起过誓，再也不那么做了。不过，假如她与他能再次独处的话，或许他会抛下那副假面具。自从来到亚特兰大后，他脸上的表情一成不变，像是戴着一副冷漠礼貌的假面具。说不定根本用不着提起爱这个字眼，他就能恢复以前他自己的模样，成为她在野外烧烤宴上熟悉的阿希礼。既然他们不能成为情侣，至少可以做朋友嘛。他热情的友谊能温暖她寒冷寂寞的心。

“要是我能早点把这孩子生下来该多好呀，”她一想到这个心里就不耐烦，“到时候我们就能每天一起乘车、交谈……”

她为不能出门感到无奈和厌烦，这并不仅仅因为想跟他在一起。锯木厂需要她。自从她不再直接掌管两个厂子，让休和阿希礼接手负责后，锯木厂就一直在亏本。

休尽管干活辛苦，可他实在太无能了。他做生意太笨，当工头更不能胜任。随便任何人都能逼他杀价。如果有个承包商随便开口说，木材是劣等货，不值开出的价钱，他就会认为，正派人该做的只能是道歉和压价。她听到他卖出一千英尺地板料的价格，气得直掉眼泪。那是锯木厂开办以来出产的最优质的板木，可他几乎是白白送给人家的！而且他管理不了工人。黑人坚持每天支付工钱，结果拿到钱常常喝得大醉，第二天早上就不来上工。遇到这种情况，休不得不临时招募新工人，锯木厂很晚才能开工。由于这种困难，休一连几天不能进城卖木料。

斯佳丽眼看利润从休的手指间漏出去，急得坐立不安，恨自己不能行动，气他愚蠢无能。她打定了主意，等孩子一出生，她能回去工作了，就辞掉休，另外雇个人。雇了谁都比他强。她再也不会浪费时间跟黑鬼周旋了。自由黑鬼总是不上工，谁能指望他们干活呢？

因为休找不到干活的工人，她狠狠责骂了休一顿。事后她说：“弗兰克，我已经初步打定了主意，准备租用囚犯在锯木厂干活。前些时候，我跟汤米·韦尔伯恩的工头约翰尼·加勒吉尔一再谈到我们遇到的麻烦，说那帮黑人很难干出多少活儿，他问我，干吗不用囚犯。我觉得这主意不错。他说，转租囚犯几乎用不着花什么钱，而且给他们吃的都是最不值钱的饭菜。他还说，我可以爱让他们怎么干就怎么干，根本没有黑人解放事务局的人像黄蜂似的在周围嗡嗡叫，指手画脚干涉与他们无关的事。等到约翰尼·加勒吉尔跟汤米的合同一到期，我就雇用他管理休现在管的厂子。既然他能把无法无天的爱尔兰工匠管束得干出活儿，当然能让囚犯干出很多活儿。”

囚犯！弗兰克哑口无言。租用囚犯比斯佳丽的各种疯狂念头更糟糕，甚至比盖酒吧的念头还糟糕。

至少在弗兰克和他那个保守圈子里，大家认为这个念头更糟糕。租用囚犯的新制度产生于州政府战后资金短缺，政府没钱白养囚犯，便把他们租给需要大量劳动力的机构，去修铁路，去松林里伐木，去锯木材。虽然弗兰克和他虔信宗教的朋友们意识到这个制度的必要性，可他们仍然为此感到难过。他们中间许多人不相信奴隶制度，可他们认为这比奴隶制度还恶劣。

斯佳丽竟然要租用囚犯！弗兰克清楚，假如她干出这种事，他永远也别想抬起头。这比她自己拥有锯木厂经营木材生意或者自己干其他事情恶劣得多。他以前反对她做某件事情，总是跟一个问题联系在一起：“人们会怎么说呢？”然而，这桩事情比害怕舆论更严重。他觉得这简直是贩卖人口，跟经营卖淫一样肮脏。假如他允许她这么做，那将是他灵魂上的罪孽。

弗兰克坚信这种事情是不正当的，便鼓起勇气反对斯佳丽那么做。他的言辞非常激烈，态度特别坚决，斯佳丽吃了一惊，没再吭声。最后，为了息事宁人，她换了副温顺态度，说自己并不是当真的。只因为休跟那帮自由黑鬼气得她发了脾气，说的不过是气话。可她仍然暗自打这个主意，而且盼望着这么干。囚犯劳动力能解决她一个最大的困难，但是，假如弗兰克对这事继续这么反对可怎么办?

她叹了口气。只要有一个厂子赚钱，她就能承受得住。可阿希礼经营得也不比休好多少。

起初，斯佳丽感到震惊，也感到失望，因为阿希礼没有立刻掌握局面，没有比她经营厂子的时候多赚一倍的钱。他那么聪明，念过那么多书，没理由不取得惊人的成功，不挣到许多钱。可他干得比休好不了多少。他跟休一样没有经验，一样犯错误，一样对业务完全缺乏判断力，对需要当机立断的买卖也是一样的犹豫不决。

斯佳丽对他的一片爱立刻找到借口为他开脱，并不以同样的眼光看待这两个人。休是个蠢货，傻得不可救药了，而阿希礼无非是对业务不熟悉而已。不过，她不由自主地想到，阿希礼从来不能像她那样迅速心算一下，报出正确价格。有时候，她不知道他能不能区分开什么是方木，什么是木板。因为他是个可靠的正派人，所以他也信赖每一个上门的无赖。有几回，若不是她巧妙干预，他早把她的钱白白送给人家了。他什么人都喜欢，只要喜欢一个人，就把木材赊销给人家，从不考虑这些人在银行有没有钱，或者有没有财产。在这方面，他跟弗兰克一样糟糕。

不过，他当然能学会！只要他在学习，她就能对他的错误表现出慈母般的放纵和耐心。他每天晚上来她家汇报，显得又疲惫又沮丧，她总是孜孜不倦地向他提出巧妙有用的建议。但是，尽管她一再鼓励，一再设法使他感到愉快，可他眼睛里总是有一种死气沉沉的古怪神色。她无法理解这种神色，心里觉得害怕。他变了，变得跟过去那个人不一样了。假如能单独跟他谈谈，或许能找出其中的原因。这种情形让她好几个晚上无法入睡。她为阿希礼担忧，这既因为她知道他不快活，也因为她清楚，他不快活对他成为出色的木材经销商没好处。让休和阿希礼这两个对木材生意一窍不通的人经营自己的厂子，对斯佳丽是一种折磨，看到她的竞争对手们把她最好的顾客拉走，她觉得痛心，那可是她单枪匹马奋斗、仔细策划了好几个月的成果啊。唉，要是她能再回去工作该多好！她会手把手教阿希礼，他自然会学好的。让约翰尼·加勒吉尔掌管另一个锯木厂。她自己去应付销售，那样一切就顺利了。至于休，假如他还愿意为她工作，就让他去赶送货马车，他顶多能干干这种活儿。

当然，尽管加勒吉尔精明，可他看上去像个为所欲为的家伙，但是，她又能找谁呢？为什么其他既精明又诚实的人那么别扭，就是不愿为她干活呢？假如他们中间有个人现在就能代替休为她干活，她就用不着这么担心了。但是……

尽管汤米·韦尔伯恩脊背有残疾，却是城里最忙的承包商，人们都说他发了大财。梅里韦特太太和勒内生意兴隆，如今在闹市区开了间面包房。勒内以法国人的真正精明管理着那间面包房。梅里韦特爷爷很高兴用不着躲在烟囱旁的角落里了，他每天赶着勒内的送货车送糕饼。西蒙斯家的小伙子烧砖，忙得一天三班倒。凯尔斯·怀廷靠理直头发液发了财，因为他对黑人说，假如长一头鬈发，就不能获准投共和党的票。

她认识的那些精明的年轻人都是一样，不论是大夫、律师、店主，大家都在忙碌。战争刚结束时人们的冷漠情绪完全消散了，大家都在忙着自己发财，谁也顾不上帮她赚钱。不忙的只有休那种类型的人，还有阿希礼这种类型的人。

既要亲自做买卖，又要生孩子，真是一团糟！

“我再也不生孩子了，”她打定了主意，“我才不会学其他女人的样，每年生个孩子。上帝啊，那等于一年有六个月不能到锯木厂去！可我一天不去厂子里都受不了。我要干脆告诉弗兰克，我再也不生孩子了。”

弗兰克想要很多孩子，可她能说服弗兰克。她的主意已经打定了。这是她此生最后一个孩子。锯木厂比孩子重要得多。

第四十二章

斯佳丽生了个女儿。那孩子个头小，头发少，丑得像只秃毛猴，像弗兰克像得出奇。除了那位溺爱孩子的父亲外，谁也找不出她有一点漂亮的地方，不过邻居们说话都很委婉，说凡是丑娃娃长大都漂亮。给她取了个名字叫埃拉·洛雷纳。埃拉是照外婆的名字埃伦取的，洛雷纳是个当时女孩子最流行的名字，当时男孩子流行的名字是罗伯特·E李、石墙将军·杰克逊，黑人孩子流行的名字是亚伯拉罕·林肯和“解放”。

孩子出生的那个星期，正值亚特兰大笼罩在狂暴情绪中，气氛紧张得像要发生灾难。当时，一个黑人吹嘘说犯过一桩强奸案，已经被逮起来，但是，没等这人受审，三K党人就偷袭了监狱，把他悄悄吊死了。三K党为的是拯救受害人，避免让她上法庭公开作证。其实，受害人的父兄宁肯开枪打死受害人，也不会让她上法庭公开蒙受耻辱，所以城里人都认为，对那个黑人处以私刑是个明智的解决办法。其实也是唯一可行的办法。但是军事当局被激怒了。他们认为那姑娘反对公开作证是毫无道理的。

士兵们到处搜捕，发誓说，即使不得不把亚特兰大的每一个白人都关进监牢，也要彻底消灭三K党。黑人都吓坏了，个个脸色阴郁，嘴里嘟嘟囔囔，威胁说要放火烧房子。一时谣言四起，有的说北佬找到犯罪分子会把他们成批成批绞死，有的说黑人正在酝酿一场反白人的暴动。城里人锁上大门待在家里，连百叶窗也拉上，男人害怕妻儿老小没人保护，不敢外出做生意。

斯佳丽躺在床上浑身一点力气也没有，虚弱中她默默感谢上帝，幸亏阿希礼有头脑，弗兰克上了年纪，又生性怯懦，两人都不会参加三K党。心里老想着北佬随时会冲进来把他们逮走，这种担忧真折磨人。形势已经够糟了，三K党那帮没头脑的年轻傻瓜干吗不规矩点，还要这么招惹北佬？说不定那姑娘根本没遭强奸，没准她只是给吓傻了，结果很多男人因为她却可能断送性命。

人们的神经异常紧张，仿佛眼睁睁看着导火索越烧越短，马上就要点燃火药桶。在这种气氛中，斯佳丽迅速恢复了体力。她的体力很好，当初凭借自己的体力，从塔拉庄园艰苦的日子熬过来，如今生了埃拉·洛雷纳还不满两星期，她已经恢复得能坐起身，开始为自己不能下地行动感到焦躁不安。没满三个星期，她已经起了床，说是非去工厂看看不可。两个厂子都处于半停顿状态，因为休和阿希礼都不敢整天把家人撇下不顾。

接着，打击来了。

弗兰克当了父亲十分得意，此时鼓起勇气，禁止斯佳丽在这么危险的形势下离家外出。他把她的马和马车停在马厩里，还吩咐说，除了他自己外，任何人不得使用。若不是因为这个，她会把他的命令当成耳旁风，照样出去处理自己的生意。更糟糕的是，他和黑妈妈趁她坐月子的时候，把房子仔仔细细搜了一遍，把她藏的钱都找出来了。弗兰克还把钱存进银行，用的是他自己的名字。所以，现在她就是想租辆马车也办不到了。

斯佳丽对弗兰克和黑妈妈大发雷霆，然后又换了副乞求口吻，可全都没用。最后她整整哭了一上午，像个狂怒乖戾的孩子。但是，吃了这么多苦，听到的答复只有两句话："听话，宝贝！你还是个生病的小姑娘呢！""斯佳丽小姐，要是你哭闹个没完，你的奶就会变酸，娃娃吃了肚子要疼，她肚子就会硬得像炮弹。"

斯佳丽怒不可遏，冲进后院，来到玫兰妮家，扯开嗓门高声诉苦，声称要步行去厂里，要在亚特兰大到处嚷，让大家都知道她嫁了个多么可恶的恶棍。她才不会让人当成头脑简单的淘气孩子对待呢。她要随身带把枪，谁敢威胁她，她就向谁开枪。她已经开枪打死过一个人了，没错，她还想再杀一个。她要……

玫兰妮如今连自家前门廊都不敢去，听了这种威胁，吓坏了。

“啊，你可不能拿自己去冒险！要是你出了事，我也活不成！噢，请你……”

“我要！我就要！我要步行……”

玫兰妮望着她，看出这并不是产后的虚弱女人那种歇斯底里大发作。斯佳丽脸上有一种危险的倔强神情，跟杰拉尔德·奥哈拉先生打定主意时，玫兰妮常常在他脸上看到的神情如出一辙。她伸出双臂，紧紧搂住斯佳丽的腰。

“全是我的错，我不像你那么勇敢，一直把阿希礼留在家里陪我，可他应该去锯木厂的。啊，亲爱的！我真是个傻瓜！宝贝，我这就告诉阿希礼，说我一点儿也不害怕，然后我去陪你和佩蒂姑妈，让他回厂里工作，然后……”

斯佳丽内心中也不肯承认，她认为阿希礼无法独自应付局面，于是大声嚷道：“你别那么做！阿希礼随时替你担心，哪能干好工作呢？人人都这么可恶！就连彼得大叔也不愿跟我出去！可我不在乎！我要独自去。我要一步一步走着去，找上一帮干活的黑人……”

“哎呀，不行！你千万别那么干！你会惹出大乱子的。人们都说，迪凯特路上的贫民区里尽是不安分的黑人，可你得经过那儿。让我考虑一下……宝贝，答应我今天什么也别做，我想想办法。答应我，回到家躺着。你瘦得厉害。答应我。”斯佳丽发脾气已经把自己搞得精疲力竭，做什么都没力气了，便郁郁不乐地答应了，回家后她态度傲慢，拒绝与家人和解。

这天下午，一个陌生人踉踉跄跄穿过玫兰妮家的树篱，走向佩蒂家后院。显然，照黑妈妈和迪尔西的话说，这是玫兰妮从街上捡来，让他“睡在她家地窖里的一个下等人”。

玫兰妮那所房子的地窖里有三个房间，从前，两间让佣人住，一间供藏酒。现在迪尔西占用了一间，另外两间一直让境遇悲惨、衣衫褴褛的过路者临时使用。除了玫兰妮之外，谁都不知道这些人从哪儿来，上哪儿去，除了她，也没人知道她是从哪儿搜罗到这些人的。或许那两个黑佣人的话没错，她也许真是从街上把他们捡来的。就这样，她的小客厅吸引了重要人物或比较重要的人物，而她家地窖也成了不幸的人们临时栖身的地方，他们在里面有东西吃，有床睡，上路的时候还能得到一包在路上吃的干粮。暂住在那两个房间里的人通常是些前邦联士兵，他们属于那种比较粗野无知的类型，是些没有家室、无家可归的人，到处流浪，盼望找个工作。

常常有些乡下女人带一群孩子在这里投宿一夜，孩子们头发蓬乱，沉默不语，女人皮肤晒成古铜色，形容憔悴，战争让她们成了寡妇，土地被剥夺，进城投亲靠友，却发现亲戚们走散了。有时候，居民对外来人口很反感，这些人勉强会说一点英语，有的根本不会说，他们是被一些骗人的发财说法吸引到南方来的。有一次，还有个共和党人睡在这里，至少黑妈妈一口咬定说，他是个共和党人，还说她闻得出共和党人的气味，就像马闻得出响尾蛇的气味一样。但是谁也不相信黑妈妈的故事，因为玫兰妮即使行善事，也还是有个限度的。至少大家都怀着这样的希望。

在十一月惨淡的阳光中，斯佳丽坐在侧门廊上，怀里抱着娃娃。“可不是嘛，”她想道，“这人是玫兰妮的一条瘸腿狗，这人还真是个瘸子！”

那人穿过后院踉踉跄跄走来，他跟威尔·本蒂恩一样，装着一条木头假腿。这是个又高又瘦的老头子，肮脏的秃头上泛出粉红色的光亮，灰白的胡子长得足能塞进腰带里。从他满是皱纹的粗糙面孔判断，他足有六十岁了，但他的体格却不显得衰老。他身材瘦削，行动笨拙，但是，尽管装着一条假腿，走起路来却快得像条蛇。

他登上台阶，朝她走来。还没开口讲话，就露出平原地带难得听到的鼻音和喉音，斯佳丽便知道他是个土生土长的山里人。虽然他衣衫褴褛，身子肮脏，却像大多数山里人一样，沉默中藏着一种强烈的自尊，既不容许别人对他放肆，也不能容忍别人的愚蠢。他胡子上沾着斑驳的嚼烟汁污渍，嘴里含着一大块嚼烟，让他的脸扭曲变形了。他鼻梁细，鼻子棱角分明，弯曲的眉毛相当浓密，像女巫的鬈发，他耳朵里长出的毛又粗又长，活像猞猁的耳朵。眉毛下，一只眼窝里没眼珠，脸上有道倾斜的伤疤，从眼窝一直到胡子里。另一只眼睛很小，眼珠浅灰色，眼神十分冷淡，这只眼睛一眨也不眨，露出不屈的神色。他的裤带上公然挂着一把沉甸甸的手枪，靴筒边露出一把长猎刀的刀柄。

斯佳丽盯着他看，他也冷冷地回瞪着她，开口讲话前朝栏杆外面吐了口唾沫。他的眼睛里流露出轻蔑，这倒不是对她个人的轻蔑，而是对整个女性。

“韦尔克斯小姐派我为你工作。”他的话很简短，声音刺耳，好像不习惯于说话似的，话说得很慢，也很吃力。“我叫阿奇。”

“对不起，可我没工作给你，阿奇先生。”

“阿奇是我的名不是姓。”

“对不起。你贵姓？”

他又吐了口唾沫。“跟别人不相干，”他说，“叫阿奇就行。”

“我也不管你姓什么！我没活儿给你干。”

“我看你有。韦尔克斯小姐听说，你要像个傻瓜似的独自上外面跑，她不放心，派我给你赶车。”

“是吗？”斯佳丽嚷道，这个人的粗鲁让她愤怒，玫兰妮干预她的事也让她生气。

他那只独眼露出厌恶神色，却并不针对哪个人。“没错。女人不该拒绝男人的好心保护。要是你非到处乱跑不可，我就给你赶车。我恨黑鬼，也恨北佬。”

他把那块嚼烟从嘴里的一侧挪到另一侧，没等招呼就坐在台阶最上面一级。“我并不是说，喜欢赶马车带着女人到处跑，可韦尔克斯小姐对我好，让我睡在她家地窖里，是她派我来给你赶车的。”

“但是……”斯佳丽的口吻显得无可奈何，她打住话头，望着他。片刻之后，她脸上露出微笑。她不喜欢这个老土匪模样的家伙，可是，有了他，事情就变得简单了。有他坐在她身旁，她就能进城，能坐车去锯木厂，能去找顾客了。跟他在一起，谁也用不着替她的安全担忧，而且他这副相貌也足能让她避免流言蜚语。

“那就这么定了，”她说道，“当然，还得我丈夫同意才行。”

弗兰克跟阿奇单独交谈后，勉强同意了，便传话给马厩，要他们不必再管束马和马车了。弗兰克感到痛苦，也感到失望，斯佳丽生了孩子后并没有变化，他的希望落空了。不过，既然她打定主意要去那个该死的锯木厂，阿奇倒像是上天派来的好保镖。

让亚特兰大人感到震惊的这种关系就这么开始了。阿奇和斯佳丽，这一对搭档实在太古怪了，一个是粗暴、肮脏的老头子，一条木腿直挺挺伸出挡泥板外面，另一个是容貌漂亮穿戴整洁的年轻女子，总是皱着眉头出神。人们随时随地都能在亚特兰大城里和郊外看到他们，两人难得谈话，显然彼此不喜欢，但是彼此的需要将两人拴在一起，他需要钱，而她需要保护。城里的太太们说，至少这比厚着脸皮跟那个叫巴特勒的一起坐马车兜风好些。太太们感到好奇，不知道瑞特这些日子上哪儿去了，因为他三个月前突然离开亚特兰大，至今没一个人知道他在哪儿，就连斯佳丽也不知道他去了什么地方。

阿奇沉默寡言，从不主动开口，回答她的提问也是含糊不清。每天早上，他从玫兰妮家地窖里走来，坐在佩蒂家正门前的台阶上，嘴里嚼着嚼烟，吐唾沫，一直等到斯佳丽出门，彼得把马车从马厩赶出来。彼得大叔害怕这个人，几乎跟害怕魔鬼和三K党一样，就连黑妈妈也是提心吊胆，从他身旁走过总是轻手轻脚的。他恨黑人，他们也知道，所以才怕。他的名声在黑人中广为流传。他身上又多了把枪，可他从来用不着拔出手枪，甚至用不着把手靠在皮带跟前，单凭那股子威慑模样就够吓人了。没有哪个黑人胆敢在阿奇听得见的范围里笑他。

有一回，斯佳丽心里好奇，就问他，人们为什么恨黑人？他的回答让她惊讶，因为他平常的回答总是："我看那跟别人不相干。"

"我恨他们，山里大都恨他们。我们从来不喜欢他们，山里也从来没有黑人。发动战争的就是黑鬼。因为这我也恨他们。"

"可你也打过仗。"

"我看男人有权打仗。我也恨北佬，北佬比黑鬼更可恨，就像多嘴的女人一样可恨。"

听了这么坦率粗鲁的话，斯佳丽顿时哑口无言，憋了一肚子火，真想辞了他。可是，假如没有他，她自己又能干些什么呢？难道她还有别的法子得到这种自由吗？他又粗暴又肮脏，偶尔身上还有股恶臭味，可他管用。他赶车送她往返锯木厂，去找她的顾客，她说话或者下命令的时候，他眼睛望着别处，嘴里吐唾沫。要是她下了车，他也下车，跟在她身后。她在粗野的工人、黑人或者北佬军人中间时，他跟她寸步不离。

不久，亚特兰大人便习惯于看到斯佳丽和她的保镖，习惯以后，太太们便越来越羡慕她的行动自由了。自从三K党施私刑杀人后，太太们等于给关了禁闭，甚至不敢进城买东西，要去也得六七个人同行。她们天生喜欢社交，如今变得坐立不安了，只好放下架子，开口恳求斯佳丽，要求借用阿奇。她十分通情达理，只要自己用不着他，就打发他去帮其他太太。

没过多久，阿奇就成了亚特兰大的特殊人物，太太们争着利用他的空闲时间。几乎天天早上都会有一个孩子或黑佣人在早餐时间送来一张字条，上面写着："假如你今天下午不用阿奇，请让他来帮帮我。我要赶车上墓地去献花。""我非去女帽店不可。""我想让阿奇赶车送内利姑妈去兜兜风。""我一定得去看彼得·斯特里奇，可爷爷身子不舒服，没法带我去。能不能让阿奇……"

他赶车送各种人，有姑娘，有太太，有寡妇，对所有人都同样表现出毫不妥协的轻蔑。他显然不喜欢女人，就跟讨厌黑人和北佬一样，只有玫兰妮是个例外。起初，太太小姐们为他的粗鲁感到震惊，后来也就习惯了。他总是那么安静，只是偶然吐一口烟汁，弄出点爆发般的声音。她们就把他当成他赶的马，忘却了他的存在，还觉得是理所当然的事。结果，梅里韦特太太把外甥女坐月子的琐事一股脑儿全讲给米德太太听，说完了才意识到阿奇坐在马车前座上。

要是换了别的时代，这种事绝不可能发生。假如是在战前，甚至不会允许他走进太太小姐们的厨房。她们只能在后门口递给他食品，然后打发他去干自己的事。如今，她们欢迎他在场。有他在场，太太们就觉得放心。虽然他粗鲁无知，身上肮脏，可他是一道壁垒，能保护太太们免受“重建”的冲击。他既不是朋友，也不是奴仆。他是个雇用的保镖，在男人外出工作时，或者晚上不在家时，保护家里的女人。

斯佳丽感到，自从阿奇为她工作以来，弗兰克晚上出去的次数就十分频繁。他说店铺的账目得结清，因为眼下生意相当忙，营业时间没工夫结账。有时候，他说有个朋友生了病，得去看望一下。遇上星期三，民主党晚上要开会，党员们在一起商讨重新获得选举权的策略，这些会议弗兰克一次也不缺席。可斯佳丽却认为，那个组织不干正经事，只是反复论证约翰·B戈登将军的功绩高于除李将军外的其他将军，还谈论重新开战的事。她当然看得出，重新获得选举权的事毫无进展。可弗兰克显然乐于参加那些会议。因为在那些夜晚，他要一直待到会议结束才回家。

阿希礼也去探望病人，也参加民主党的会议，通常在弗兰克外出的夜晚，他也要外出。每逢这些夜晚，阿奇就护送佩蒂、斯佳丽、韦德和小埃拉穿过后院，到玫兰妮家，两家人一起度过许多这样的夜晚。太太们做针线活，阿奇就伸展开身子躺在客厅沙发上打呼噜，每打一声呼噜，灰白色的长胡子就随着呼气飘动一下。没人请他躺在那张沙发上，因为那是家里最好的家具，所以太太们一看见他躺在上面，还把皮靴搁在漂亮的垫子上，就暗自叹息，可她们谁也没勇气向他提

出抱怨。他喜欢说，他很幸运，脑袋一靠在垫子上就睡着了，

大家听了就更不好说他了。要是女人们像群珍珠鸡似的叽叽喳喳说个没完，准能让他大发雷霆。

有时候，斯佳丽很想知道，阿奇到底是从哪儿来的，上玫兰妮家来之前，他怎么生活，可她什么也没问。恐怕由于他那张凶神恶煞的独眼面孔，她总是鼓不起勇气满足自己的好奇心。她只知道他的口音属于北方山地，他当过兵，投降前不久受了伤，丢了一只眼和一条腿。有一次，她对休·艾尔辛发了一顿火，才引得阿奇讲出自己的身世。

那天早上，这位老头赶车送斯佳丽去了休管理的那家锯木厂，她发现工厂停了工，黑人一个也不见，休垂头丧气坐在一棵树下。他的工人早上没来上工，他不知道该怎么办才好。斯佳丽气急败坏，毫无顾忌地拿休出气，她刚刚接了个要大量木材的订单，而且还是张紧急订单。为了得到这张订单，她耗费了精力，运用了自己的魅力，经过艰苦的讨价还价，可现在锯木厂却鸦雀无声。

“送我去另一个厂子，”她对阿奇说，“没错，我知道这需要很长时间，饭都赶不上了，可我花钱雇你为的是什么？我必须去通知韦尔克斯先生，要他把手头活计停下来，给我赶出这批木材。没准他的工人也没干活。该死的家伙！我从没见过休·艾尔辛这么没用的东西！等约翰尼·加勒吉尔一建完那些店铺，我就把休打发走。加勒吉尔在北军待过有什么关系？他能干出活儿。我还从没见过哪个爱尔兰人干活偷懒呢！无论如何我也不跟黑人解放事务局打交道了。根本就不能信任他们。我要雇用约翰尼·加勒吉尔，让他给我租些囚犯来。他会让他们干出活儿的。他会……”

这时，阿奇朝她转过脸，那只独眼恶狠狠瞪着她，开口说话时，刺耳的嗓音冷冰冰的，带着愤怒。

“你哪天租到囚犯，我哪天离开你。”他说。

斯佳丽吃了一惊：“老天哪！为什么？”

“我了解租用囚犯。我看那是杀害囚犯。像买骡子一样买人。对待他们还不如对待骡子。打囚犯，饿囚犯，杀囚犯。谁会关心他们呢？州政府不关心他们，因为拿了租金。租到囚犯的人不关心他们，只想给他们吃点廉价饭菜，逼他们尽量多干活儿。见鬼，太太。我从来看不起女人，现在更看不起她们了。”

“这跟你有什么相干？”

“有，”阿奇说得很干脆，停顿片刻后又说，“我当了将近四十年的囚犯。”

斯佳丽一时气喘吁吁，身子一缩靠在靠背上。原来这就是阿奇的谜底了，他不愿说出自己的姓氏，不愿说出自己的出生地点，过去的生活他一点儿也不愿透露，他说话困难，态度冰冷，对世界心怀憎恨，这就是原因。四十年！他刚入狱时准是个小伙子。四十年！哎呀，他服的准是无期徒刑，而无期徒刑的犯人是……

“是……杀了人？”

“对，”阿奇的回答很简短，他抖了下缰绳，“我老婆。”

斯佳丽吓得拼命眨巴眼睛。

他的胡子后面，嘴唇似乎动了动，仿佛知道她害怕，他脸上露出狞笑。“我不会杀你，太太，别担心。杀女人只有一个理由。”

“你杀了自己的妻子！”

“她跟我弟弟睡觉。我弟弟逃了。我杀她一点儿也不后悔。放荡女人就该杀。法律无权为这事把人关进监狱，可他们把我关起来。”

“那……那你是怎么出来的？越狱吗？还是赦免了？”

“你可以说那是赦免。”他浓密的灰白眉毛紧紧皱在一起，好像很难把字连成句。

“到了一八六四年，谢尔曼打过来，我在米勒奇维尔监狱，恐怕住了四十年啦。狱吏把犯人全叫到一块儿，说北佬打过来了，正在外面杀人放火。要是有什么人让我更痛恨，比黑人和女人更可恨，那就是北佬。”

“为什么呢？你认识……你认识哪个北佬吗？”

“不认识，太太。可我听人说起过他们。听说他们总是爱管闲事。他们上佐治亚州来干吗？来解放我们的黑鬼，烧我们的房子，杀我们的牲口？那个狱吏，他说部队需要更多士兵，不管是谁，只要当兵，打完仗只要还活着，就自由了。可是，我们这些无期徒刑犯人——我们是杀人犯，狱吏说，部队不要我们。要把我们转到另一个监狱。我就跟狱吏说，我跟其他无期徒刑犯人不一样，我是杀了自家老婆，可她确实该杀。我说我要去打北佬。那个狱吏同情我，把我塞在其他犯人里放出来了。”

他停顿一下，哼了一声。

“哼。真滑稽。因为杀人他们把我关进去，却给了我支枪和一纸赦免令，放我出来杀更多的人。当个自由人，手里还握着枪，当然不赖。我们从米勒奇维尔监狱出来的人打得好，杀敌多……我们中间很多人也给杀了。从没听说一个开小差的。南方投降后，我们自由了。我丢了这条腿，还有这只眼。可我不后悔。”

“噢。”斯佳丽说话有气无力。

她在努力回忆，记得当时听说过，放出米勒奇维尔监狱的囚犯，为的是抵挡谢尔曼潮水般涌来的军队，那可是绝望的挣扎了。一八六四年圣诞节，弗兰克也提起过这事。他是怎么说的来着？可惜她对那个时候的记忆太混乱了。她仿佛又感到了那些疯狂的日子，感觉到当时的恐怖气氛，听到了攻城的炮声，看到了一排排马车，马车上淋漓的鲜血洒在红土路上，看见了自卫队在开拔，像菲尔·米德那么幼小的军校学生和亨利伯伯、梅里韦特爷爷那么老的男人也在其中。囚犯也行军上了前线，在邦联的黄昏将至时跑去送死，在雨雪交加的天气中挨冻，行军去打田纳西州，打最后一场战役。

有那么一刻，她觉得这个老头真傻，竟然为夺走他四十年生命的州打仗，由于他自认为并非罪行的事情，佐治亚州夺走了他的青春和中年，可他却为佐治亚州慷慨贡献了一条腿和一只眼。她回忆起瑞特在战争初期说的那些刺耳的话，还记得他说过，他绝不为一个遗弃他的社会作战。但是，面临紧急情况时，他还是去为这个社会作战了。阿奇也是这样。照她看来，不管是上等社会的人还是下等社会的人，凡是南方的男子都是些感情用事的傻瓜，他们把几句空洞的话看得比自己性命还要紧。

斯佳丽望着阿奇骨节很大的粗糙双手，看着他那两把手枪和猎刀，心里又是一阵紧张。像阿奇这样以邦联的名义赦免的罪犯还有多少？他们是些杀人犯、暴徒、窃贼，如今都跑到社会上来了。哎呀，街上任何一个陌生人都可能是杀人犯！假如弗兰克得知阿奇的真相，不是要出乱子吗。要是佩蒂姑妈……那准得把佩蒂吓死。至于玫兰妮——斯佳丽真想把阿奇的真相告诉玫兰妮。那就活该她受一场惊吓，是她把捡来的渣滓硬塞给她的朋友和亲戚的。

“我……我很高兴你告诉我，阿奇。我……我不会告诉任何人的。要是韦尔克斯太太和其他太太们知道了，准会大吃一惊。”

“唔，韦尔克斯小姐知道。那天晚上她一定要请我睡在她家地窖里，我就告诉她了。你不会以为，我让她那么好心的太太带进家，却不告诉她真相？”

“圣徒保佑我们！”斯佳丽惊得喊起来。

玫兰妮知道这个人是个杀人犯，而且杀的还是个女人，可她并不拒绝这人进她家。她把自己的儿子、姑妈、小姑和她所有的朋友们都托付给这个人了。玫兰妮是个最胆小的女人，却不怕单独跟这个人待在房子里。

“虽然韦尔克斯小姐是个女人，可她真有头脑。她认为我不会再干坏事了。她认为骗子会一辈子撒谎，小偷永远改不了偷，可是杀人的一辈子顶多杀一回。她相信凡是为邦联打过仗的人，干过的坏事就一笔勾销了。不过我认为我杀老婆不是桩坏事……可不是嘛，韦尔克斯虽说是个女人，可真的有头脑……我告诉你，你哪天租用囚犯，我哪天就离开你。”

斯佳丽没回答，可她想：

“你越早离开，我越放心。杀人犯！”

玫兰妮怎么能这样……这样……嘿，她收留这个老恶棍却不告诉朋友说这是个囚犯，真不知道该怎么形容玫兰妮的行为了。在军队里服过役，就能把过去犯的罪一笔勾销！玫兰妮这是把当兵跟教堂受洗礼混为一谈了！凡是涉及邦联、邦联老兵，以及老兵的事情，玫兰妮就犯傻。斯佳丽暗自诅咒北佬，又给他们记上一笔罪状。他们该对这种情形负责，是他们强迫一个女人收个杀人犯在身边当保镖的。

寒冷的暮色中，斯佳丽跟阿奇一道坐着马车回家，途经在现代女郎酒吧时，她看见门外乱糟糟拴着许多配着马鞍的马匹，停着不少两轮轻便马车和大马车。只见阿希礼骑在他的马上，紧张的面孔保持着警惕。西蒙斯家兄弟从马车里探出头，打着紧急手势。休·艾尔辛挥舞着双手，脑门上那绺棕色头发耷拉下来，挡住了眼睛。梅里韦特爷爷送糕饼的马车挤在一片混乱的马车中心。斯佳丽的马车渐渐走近了，她看见汤米·韦尔伯恩和亨利·汉密尔顿伯伯跟他一起挤在车座上。

斯佳丽感到恼火，心想："希望亨利伯伯不是坐着这辆新鲜玩意儿回家吧。让人看到他坐在这种车里，他该觉得害羞才对。好像他自己连匹马都没有似的。要是这样，他和爷爷就可以每天晚上一道上酒馆了。"

来到人群跟前时，尽管她比较迟钝，也感觉到大家的气氛紧张，心里顿时一阵恐怖。

"啊！"她想道，"希望不是有人遭了强奸！三K党再用私刑杀个黑人，北佬准得把我们消灭掉！"她连忙对阿奇说："停车，出事了。"

"你不该在酒馆外面停车的。"阿奇说。

"我说了。停车。各位晚上好。阿希礼……亨利伯伯……出什么事了吗？你们怎么都显得这么……"

人们都朝她转过身，抬起手碰碰帽檐，脸上露出微笑，可他们眼睛里都显出强烈的激动神情。

"是好事，也是坏事，"亨利伯伯嚷道，"主要看你从哪个角度看。照我看州议会不可能另搞一套。"

州议会？斯佳丽想着，不禁舒了口气。她对州议会一点兴趣也没有，觉得议会很难对她有什么影响。让她害怕的是北佬士兵再来胡闹。

"现在州议会又做了什么事？"

"他们直截了当拒绝批准修正案，"梅里韦特爷爷说，声音里满是得意，“给了北佬个难看。”

“会他妈的付出代价的——噢，对不起，斯佳丽。”阿希礼说。

“修正案？”斯佳丽问道。她努力装作了解的样子。

政治超出了她的理解范围，她难得浪费时间考虑政治问题。以前某个时候批准过一个第十三号修正案，要不就是第十六号修正案，可修正案是什么意思她都不懂。男人总是为这种事情激动。她脸上露出迷惑神情。阿希礼微笑了。

“就是准许黑人投票的修正案，”他解释说，“修正案递交给州议会后，他们不批准。”

“他们多傻啊！你知道北佬会强迫我们吞下这剂苦药的！”

“所以我说会他妈的付出代价的。”阿希礼说。

“我为州议会而骄傲，为他们的胆量而骄傲！”亨利伯伯喊道，“我们不愿吃，北佬不能逼我们吞下去。”

“他们能，而且准会逼我们吞下去，”阿希礼的声音平静，但眼神里露出担忧，“那会把我们的形势搞得更加困难。”

“噢，阿希礼，肯定不会！形势不可能比现在更糟了！”

“可能的，可能变得更糟，比现在糟得多。假如我们的州议会全由黑人组成怎么办？如果州长是个黑人怎么办？假如军事统治比现在更严厉怎么办？”

斯佳丽有点明白了，惊恐中眼睛越睁越大。

“我一直在想，怎么才对佐治亚州最好，怎么才对我们最好，”阿希礼的脸拉长了，“像州议会那样硬顶是不是明智呢？那样会激怒北方来对付我们，不管我们愿意不愿意，他们把整个北方的军队都派来，强迫我们接受黑人选举权。要么……尽量忍气吞声，收起我们的尊严，体面地屈服，尽可能顺利地解决问题。从结果上看，反正都一样。我们毫无办法。我们一定得吞下他们硬塞给我们的这剂苦药。也许我们最好还是顺从。”

斯佳丽几乎没听见他在说些什么，当然话的内容就更不明白了。她知道阿希礼向来从两方面看问题。可她只看一面——给了北佬一记耳光后，对她自己有什么影响。

“要转变成激进派，投共和党的票，阿希礼？”梅里韦特爷爷口吻尖刻地讥讽道。

一阵沉默，气氛顿时紧张起来。斯佳丽看见阿奇的手迅速伸向手枪，接着又停住了。阿奇常常说，他认为梅里韦特爷爷是个多嘴的老头。阿奇不想让他侮辱玫兰妮小姐的丈夫，哪怕玫兰妮的丈夫说的是傻话。

阿希礼眼睛里的困惑神情顿时烟消云散，变成炽烈的怒火。但是，没等他开口，亨利伯伯就开了口，责骂梅里韦特爷爷。

“你他妈的……你这该死的……对不起，斯佳丽……爷爷，你这头蠢驴，不准你这么跟阿希礼说话！”

“没你保护，阿希礼也能替自己操心，”梅里韦特爷爷的口吻冷淡，“他说话活像个投机商。屈服，见鬼去！对不起，斯佳丽。”

“我不相信可能脱离联邦，”阿希礼说，他气得声音在颤抖，“但是，当时佐治亚州脱离联邦，我全力支持了它，我也不相信战争能解决问题，可我参加了战争。如今北佬已经够疯狂了，我也不相信把北佬逼得更疯狂些会有益处。但是，倘若州议会做出了决定，硬要这么干，那我也拥护。我……”

“阿奇，”亨利伯伯突然说，“把斯佳丽送回家。这儿不是她待的地方。反正女人不该过问政治，而且这儿马上要骂脏话了。去吧，阿奇。再见，斯佳丽。”

马车顺着桃树街驶去，斯佳丽的心吓得怦怦直跳。州议会这个愚蠢的行为对她的安全有影响吗？他们激怒北佬后，她会失去自己的锯木厂吗？

“嗬，”阿奇的声音很低沉，“我听说过兔子朝斗牛犬脸上吐唾沫，以前还真没见过。州议会的人还不如干脆高喊‘杰夫·戴维斯总统万岁，南部邦联万岁’呢。喜欢黑鬼的北佬已经打定了主意，要让黑鬼当我们的主子。不过你不得不钦佩州议会的人有胆量！”

“钦佩他们？见他们的鬼！钦佩他们！该把他们统统枪毙掉！他们要把北佬招惹过来，像鸭子扑虫一样对付我们。他们干吗不批……批什么的……反正就是干他们该干的事，安抚北佬不好吗，干吗又要招惹他们呢？他们反正会让我们屈服的，与其将来屈服还不如趁早。”

阿奇冷冷盯住她看。

“不搏斗一下就屈服？女人的自尊还不如只山羊。”

斯佳丽租用了十个囚犯，每个锯木厂五个，阿奇说话算话，再也不为她做任何事了。不论玫兰妮如何请求，也不论弗兰克如何保证提高他的工钱，都不能说服他再为斯佳丽操起缰绳。他心甘情愿保护玫兰妮、佩蒂、印第亚，以及她们的朋友们在城里走动，可就是不帮斯佳丽。要是斯佳丽跟太太们地坐在马车里，他就拒绝赶车。这个老暴徒竟敢裁判她，这局面真让她尴尬，更加尴尬的是，她发现家里人和朋友们全都同意这老头子的看法。

弗兰克求她别走这一步。阿希礼起初拒绝使用囚犯，后来斯佳丽又是哭泣，又是哀求，又是保证，说时局好转后她会重新雇用自由黑鬼，他才违心地答应了。邻居们对这事直言不讳表示不赞成，让弗兰克、佩蒂和玫兰妮觉得简直抬不起头来。就连彼得和黑妈妈都说，用囚犯干活不吉利，不会有好结果的。人人都说，利用别人的苦难和不幸是不正当的。

“可你们原来却一点儿也不反对用奴隶干活！”斯佳丽愤然嚷道。

但那是另外一码事，奴隶既没有苦难，也没有不幸。黑人在奴隶制度下比现在得到自由还好过，假如她不信，看看周围就知道了！像往常一样，越是有人反对，斯佳丽走自己的路就越是坚定不移。她把休从经理位置上撤换下来，让他赶马车运木材，确定了雇用约翰尼·加勒吉尔的合同细节。

她认识的人当中，他似乎是唯一赞成用囚犯的。他匆匆点了点圆脑袋，说这一着走得漂亮。斯佳丽望着这个以前当过职业赛马骑师的小个子，只见他两条罗圈腿站得很稳，侏儒模样的面孔露出冷酷，一副公事公办神情。她想道：“谁愿意把马拿给他骑，谁就不是爱惜马的人。我可不让他靠近我的马。”

可她想都没想就把一帮囚犯交给他了。

“我有权随意管束这帮人？”他问道。他的眼睛像灰玛瑙一样冰冷。

“随意管束。我要的是保持这个锯木厂运转，我什么时候要木材，你什么时候运过来，要多少，就运来多少。”

“我是你的人了，”约翰尼说得很干脆，“我告诉韦尔伯恩先生，不在他那儿干了。”

他一摇一摆从那群泥瓦匠、木匠和运灰浆的小工中间走过去，斯佳丽觉得松了口气，精神振作了起来。约翰尼的确是她的人。他态度强硬、冷酷，不说废话。弗兰克轻蔑地称他是“野心勃勃的贫民区爱尔兰人”。可斯佳丽看重他的正是这个原因。她知道爱尔兰人若决心出人头地，就是个有价值的人，值得雇用，用不着管他品性如何。她觉得，她与这个人的关系十分亲近，甚至超过了与她同属一个阶级的男人，因为约翰尼懂得金钱的价值。

他接管锯木厂的第一个星期，就证明没有辜负她的期望，他用五个囚犯干出的活计比十个自由黑人还多。而且还不止这些，他让斯佳丽得到了闲暇，自从去年到亚特兰大以来，她还从没有过这么多空闲时间呢。原因是他不喜欢她去锯木厂，而且直截了当把这话告诉她。

“你照管销售那一头，我照管锯木这一头，”他的话说得很简短，“囚犯营不是太太来的地方。要是别人没跟你说过，现在约翰尼·加勒吉尔告诉你了。我一直运出你要的木材，对不对？好啦，我可不想天天有人缠着我。我不像韦尔克斯先生，他需要有人缠着，我不要。”

虽然斯佳丽不情愿，可她尽量不去约翰尼那个锯木厂，怕去得太频繁会让他辞职走人，那可就糟了。他说阿希礼需要有人缠着，这句话刺痛了她的心，因为她口头上不愿承认，可这话一点不假。阿希礼用囚犯干活比原来用自由工没多少起色。他也说不出是什么原因。另外，他看上去为使用囚犯干活感到羞耻。这些日子他很少跟她说话。

斯佳丽对他发生的变化感到担忧。他光亮的头发开始变得灰白，肩膀耷拉着，显得十分疲惫，脸上也很少露出微笑。他已经不再是原先让她着迷的那个温文尔雅的阿希礼了。他就像承受着难以忍受的痛苦，暗自感到苦恼，紧绷的嘴角露出冷酷神情，让她感到又沮丧又难过。她真想猛地把他的脑袋搂进自己怀里，抚摸他花白的头发，对他大声喊："告诉我，是什么让你担忧！我会解决的！我会替你纠正过来！"

可他公事公办的疏远态度不容她靠近。

第四十三章

这是个十二月里难得的好天气，太阳暖和得像小阳春。佩蒂姑妈家院子里，橡树上仍挂着干枯的红叶，渐渐枯黄的草地上还泛着淡淡的绿意。斯佳丽怀抱孩子走出侧门廊，在一张洒满阳光的摇椅上坐下。她身穿一条绿色印花丝毛料的新裙子，裙边镶着一圈圈黑色波纹花边，头上戴着一顶佩蒂姑妈为她做的抽花新便帽。裙袍和帽子对她都很适合，她自己对此很了解，穿着就觉得很喜欢。好几个月来，她的模样丑得吓人，如今再次变得漂亮，她感觉好极了！

她坐在那里摇晃着娃娃，嘴里哼着曲子，这时，她听到侧街上传来嘚嘚马蹄声，觉得好奇，眼睛透过门廊上干枯的藤蔓望去，只见瑞特骑马朝这所房子走来。

他离开亚特兰大已经有好几个月了，走的时候杰拉尔德刚去世，离埃拉出生还早。她一直惦记着他，可现在又巴不得能避开他。一看见他那张黑黝黝的面孔，她心中便禁不住涌起一种愧疚，让她感到心慌。有关阿希礼的安排让她良心不安，她不愿跟瑞特讨论这事，可她知道，不管自己多么不情愿，瑞特都会逼她谈的。

他在大门口拉住马，动作轻盈地翻身下马。她盯着他，心里有点紧张，觉得他的模样就像一本书里插图上的人物，韦德老是缠着要她念那本书给他听。

“他该戴上副耳环，嘴里叼把弯刀，那就什么都不缺了，”她想道，“唉，不管他是不是个海盗，只要我应付得了，他反正不会割断我的喉咙。”

他沿着步道走来，她脸上堆出最迷人的微笑，大声跟他打招呼。多幸运，她正巧穿着新裙子，戴着合适的帽子，显得这么漂亮！他迅速上下打量她一眼，她知道他认为她漂亮。

“初生婴儿！哎呀，斯佳丽，这可真是个意外呀！”他笑着弯下腰，揭开毯子，露出埃拉·洛雷纳那张小丑脸。

“别说傻话！”她说着涨红了脸，“你好吗，瑞特？你不在城里已经很久了。”“可不是嘛。让我抱抱娃娃，斯佳丽。噢，我懂得怎么抱娃娃。我有许多奇怪的本领。哎哟，他长得可真像弗兰克。只是没长络腮胡子，不过到时候他会长的。”

“恐怕不会。是个女孩。”

“女孩？那就更好了。男孩实在讨厌。斯佳丽，别再生男孩了。”

她想说句尖刻的话，说是不论男孩还是女孩，她再也不想生孩子了。可话到嘴边还是忍住了。她脸上浮出笑容，搜肠刮肚找话题，想拖延时间，避免讨论她害怕的那个话题。

“瑞特，旅行愉快吗？这次你上哪儿了？”

“啊……古巴……新奥尔良……还有其他地方。给，斯佳丽，接着孩子。她要流口水了，我腾不出手拿手帕。她是个好娃娃，可她把我的衬衫胸脯都弄湿了。”她把娃娃接过来抱在腿上。瑞特懒洋洋地坐在栏杆上，从银质烟盒里取出支雪茄。

“你老是去新奥尔良，”她微微噘起嘴，“可你从来不告诉我去那儿做什么。”“我是个干活勤奋的人，斯佳丽，去那儿总是有买卖好做吧。”

“干活勤奋！你？！”她不禁放声大笑，“你一辈子从没干过活儿。你实在是个懒人。要说你干过活儿，那就是帮投机商偷窃，分得一半利润，还贿赂北佬官员，好让你参加他们的勾当，抢劫我们纳税人。”

他脑袋朝后一仰，放声大笑。

“你多想有足够的钱去贿赂官员哪，好让自己也参加进去。”

“仅仅有这个想法就……”她顿时火起。

“但是，或许你能赚到足够的钱，将来有一天搞大笔的贿赂。说不定你靠那帮囚犯能发大财。”

“哎哟，”她有点尴尬，“你这么快就知道我那帮囚犯了？”

“我昨晚回来的，在现代女郎酒吧消磨了一个晚上，那里能听到城里的各种新闻。那可是个流言蜚语的交易所，比太太们的缝纫会消息还灵通。人人都对我说，你租了一帮囚犯，交给名叫加勒吉尔的小个头恶棍监督干活，把他们逼得能活活累死。”

“那是撒谎，”她感到气愤，“他不会让他们活活累死，我会过问的。”

“你会过问？”

“当然会！你怎么转弯抹角说起这种事了？”

“噢，太对不起了，肯尼迪太太！我知道你的动机从来是无可非议的。不过，约翰尼·加勒吉尔是个冷酷的小恶霸，我从没见过那种人。还是留意他的好，要不然，督察员来了，你会有麻烦的。”

“你操心你的生意，我操心我的，”她愤愤然道，“我不想再谈囚犯了。人人都讨厌他们。我租囚犯是我自己的事……你还没告诉我，你去新奥尔良做什么。你经常上那儿去，人人都说……”她停顿下来，不打算多说了。

“他们说什么？”

“好吧……说你在那儿有个情人。说你打算结婚。是这样吗，瑞特？”

她对这事感到好奇已经有很久了，所以忍不住毫不掩饰地提了出来。一想到瑞特要结婚，一阵莫名其妙的嫉妒就轻轻刺痛着她，到底是什么原因，她也说不清楚。

他那双目光温和的眼睛忽然露出警惕神色。他迎上她紧盯的目光，直把她看得脸颊上微微露出红晕。

“对你很重要吗？”

“哦，我不愿失去你的友谊。”她的口吻拘谨，竭力装出漠不关心的神态，弯下身子去，拉了拉毯子，盖好埃拉·洛雷纳的脑袋。

他突然干笑了一声，说：“望着我，斯佳丽！”

她勉强抬起头望着他，脸都涨红了。

“你可以告诉你那些好奇的朋友们，说我要是结婚的话，那是因为我无论如何都没法得到自己想要的那个女人。我至今还没遇到一个深深爱着的女人，没遇到一个爱到想跟她结婚的女人。”

这时她真的尴尬了，觉得不知所措。她记起围城期间，那天晚上就是在这个门廊上，他说过：“我不是个想结婚的男人。”他还口吻轻松地提出，要她做他的情妇。她还记起他在监狱里的那个可怕的日子，一想到那天，她就觉得耻辱。他从她眼里看出她的心思，脸上慢慢浮出恶意的微笑。

“不过，既然你问了个这么尖锐的问题，我就满足你庸俗的好奇心吧。我去新奥尔良不是看什么情人。是个孩子，是个小男孩。”

“小男孩！”听了这个意外的消息，她的惊慌顿时全消了。

“没错，我是他的合法监护人，对他负有责任。他在新奥尔良上学。我经常去那儿看他。”

“还给他买礼物？”怪不得他从来就知道韦德喜欢什么样的礼物。

“对。”他的回答很简短，口吻有点勉强。

“哎哟，真没想到！他长得漂亮吗？”

“太漂亮了。漂亮得都对自己没好处了。”

“是个好孩子？”

“不是。是个十足的捣蛋鬼。我倒但愿他根本就没出生。男孩都会惹是生非。你还有什么想知道的吗？”

他看上去突然发火了，眉毛紧紧皱起来，好像对刚才说的话感到后悔。

“嘿，要是你不想再说什么，那就没了。”她一副超然口吻。可她巴不得了解更多的情况。“我可想不出你当保护人的模样。”她笑道，想让他感到狼狈。

“我看你也想象不出。你的想象力太差劲。”

他不再开口，默默抽了会儿雪茄。她搜肠刮肚，想找一句同样生硬的话刺刺他，可她想不出。

“要是你不把这事告诉其他人，我会感激的，”他最后开口说，“不过，我看要求一个女人守口如瓶，等于要求一件不可能的事。”

“我能保守住秘密。”她觉得自尊心受了伤。

“是吗？了解朋友的新面貌倒是桩有趣的事。好了，斯佳丽，别老撅着嘴。我很抱歉，说话有点生硬，不过你打听人家隐私，受这种对待也不冤枉。对我露出点笑容，咱们高兴一下，然后我再谈一桩不愉快的话题。”

“啊，天哪！”她想道，“他要谈起阿希礼和那座锯木厂的事了！”她连忙堆出点笑容，露出她那对酒窝，想转移他的心思：“瑞特，你还去过什么地方？你走了那么长时间，不会一直待在新奥尔良吧？”

“对，我上个月在查尔斯顿。我父亲去世了。”

“哎呀，我很难过。”

“别难过。我能肯定他自己对去世并不难过。我也没为他难过。”

“瑞特！你怎么能说这么糟糕的话呢！”

“要是我不难过，却要假装，那就更糟。我们两人从来没有相互喜欢过。我都不记得，那位老先生什么时候赞成过我做的事了。我太像他自己的父亲，可他对他父亲打心底感到不满。我渐渐长大时，他对我的不满干脆变成了讨厌。我承认，我没做过什么努力让他改变对我的态度。我爹要我做的一切都让人烦。最后他把我赶出家门，让我身无分文在社会上闯。我什么本事都没有，只是个查尔斯顿的绅士，是个神枪手和打扑克很老练的赌徒。我非但没有饿死，反而靠打扑克赌钱过上奢侈生活，他觉得这简直是对他的个人侮辱。他认为巴特勒家的人成为赌徒是个莫大的耻辱，结果我离家后第一次回家，他不准我妈见我。整个战争期间，我在查尔斯顿城外闯封锁线，母亲只好撒个谎溜出家门来见我。这种情况自然不能增加我对他的喜爱。”

“噢，这些我并不完全了解。”

“他就是人们说的那种老派绅士，那种人无知、顽固、没肚量、没能耐，只会因循其他绅士的思想，自己根本没思想。因为他跟我断绝父子关系，当我这个人已经死了，人们就对他无比崇拜。‘若你的右眼让你跌倒，就剜出来丢掉。’引语出自《圣经·新约·马太福音》第五章。我就是他的右眼，是他的长子，他惩罚我，把我挖出来丢掉了。”

他脸上露出一丝微笑，回忆让他觉得有趣，他的目光中露出冷酷。

“算了，我能宽恕这一切，可我不能宽恕战争结束以来他对待我母亲和我妹妹的态度。他们完全变得穷困潦倒了。庄园里的房子烧了，稻田又变成了原来的沼泽地。城里的房子变卖了付税金，他们住在两间连黑人都不适合住的屋子里。我给母亲寄钱，可我父亲把钱退了回来——说是臭钱——有几回，我去查尔斯顿，偷偷给妹妹钱。可我父亲总能发现，对她大发雷霆，骂得她几乎要寻短见，可怜的姑娘。钱还是给我退了回来。我不知道他们的日子是怎么过的。可我其实知道。我弟弟尽可能拿钱给他们，他拿不出多少，也不愿接受我的任何东西——说投机商的钱不吉利！他们要靠朋友的救济过活。你姨妈尤拉莉是个非常慈善的人，你知道，她也是我母亲最好的朋友。她给他们衣服穿，另外……天哪！我母亲在靠救济过日子！”

她看过几回他的真面目，这是其中一回，他对他父亲的刻骨憎恨和为母亲感到的痛苦使他脸上流露出冷酷的神情。

“尤拉莉姨妈！可是，天哪，瑞特，除了我寄给她的东西外，她也没什么东西哪！”

“啊！原来出自你这儿！你真没教养，我亲爱的。我为这事害臊，你却当着我的面夸耀。你一定得让我用钱偿还你！”

“很高兴。”斯佳丽说着，嘴角一咧笑了，他也报以微笑。

“哟，斯佳丽，只要一想到钱，你的眼睛就闪闪发亮！你真的只有爱尔兰人血统，没有苏格兰人或者犹太人血统吗？”

“别讨厌！我并不是有意当着你的面说尤拉莉姨妈的，不过，说真的，她以为我钱多得花不完，总是写信跟我要钱。上帝知道，我手头钱倒是够多，可哪里养活得起所有查尔斯顿人呢。你父亲是怎么死的？”

“我猜是摆上等社会人的架子饿死的——我也希望如此。那是他活该。他情愿妈妈和罗斯玛丽跟他一道饿死。如今他死了，我就能接济她们了。我在炮台区为她们买了所房子，还雇了几个佣人照顾她们。不过，当然啦，她们不能让人知道钱是我出的。”

“为什么不能？”

“我亲爱的，你肯定了解查尔斯顿吧！你去过那儿的。我家里人可以受穷，她们要维持一种地位。要是有人知道这是赌博赢来的钱，是投机赚来的钱，或者是跟投机商合伙弄到的钱，那个地位就维持不住了。不能那样。她们告诉人们说，我父亲有一笔数额很大的人寿保险金，说他生前情愿受穷挨饿，也没有停止支付保险费，为的是身后家人有依靠。这样一来，他就能让人看作比以前更了不起的老派绅士……其实是看作家庭的牺牲者了。尽管他当时百般阻挠，可妈妈和罗斯玛丽现在过得挺舒服。我倒真希望他在坟墓里有知，好辗转反侧不得安宁……从一个方面讲，我为他的死感到难过，因为他想死——他那么高兴赴死。”

“为什么？”

“哦，他是在李将军投降时死的。你知道那种类型的人。他们永远不能适应新时代，总是把时间消耗在谈论昔日好时光上。”

“瑞特，所有老人都是那个样吗？”她脑子里想的是杰拉尔德，还有威尔谈起他的那些情况。

“天哪，不是的！看看你家亨利伯伯吧，还有那条老野猫梅里韦特先生，看看这两个人就够了。他们跟自卫队出征，打那以后，好像获得了新生似的。我觉得，他们后来变得更加年轻，火气更旺盛了。今天早上我还遇见梅里韦特爷爷，见他赶着勒内那辆送糕饼的马车，像驯军骡子似的咒骂那匹马。他跟我说，自从逃出那所房子，不再让儿媳妇照顾，还能赶车送货，自己觉得年轻了十岁。还有你那位亨利伯伯，他喜欢在法庭上跟北佬做斗争，保护寡妇、孤儿，反对投机商，恐怕是免费为他们诉讼。若不是那场战争，他早已退休回家养他的风湿病去了。他们又年轻了，因为他们又有了用处，感到有人需要他们。他们喜欢这个新时代，这个时代又给了老人一次机会。不过，有许多人跟我爹的想法一样，他们不能适应，也不愿做出调整。这种人有老人，也有年轻人。这就把我引到要跟你讨论的不愉快话题上了，斯佳丽。"

他话锋一转，给了她个措手不及。她结结巴巴说："什么……什么……"可她心里却在呻吟："啊，天哪！噢，要倒霉了。我得设法花言巧语平息这场风波。"

"既然我对你那么了解，本不该指望你会说真话、讲体面、公平待我，可我还是犯了傻，信了你的话。"

"我不懂你这话是什么意思。"

"我看你懂。不管怎么说，看来你还是觉得愧疚。刚才我来看你的路上，骑马走过常春藤街，有个人从一道树篱后面叫住我，不是别人，正是阿希礼·韦尔克斯太太！我当然拉住马跟她聊了几句。"

"真的？"

"没错，我们谈得挺愉快。她对我说，她一直想对我说，我在邦联的最后关头挺身而出，她认为我非常勇敢。"

"嘿，胡扯！玫兰妮真是个傻瓜。由于你的英勇行为，她那天晚上险些送了命。""我看，那她会认为她把生命献给了正义事业。接着我问她，她来亚特兰大做什么。她显得非常吃惊，没想到我什么都不知道，告诉我说他们如今住在这儿了，说你是个好人，让韦尔克斯先生在你的锯木厂做了合伙人。”

“嗯，那又怎么样？”斯佳丽立刻问道。

“我当初借钱给你买锯木厂，可是有个规定的，你也同意了。那就是厂子不能用来养活阿希礼·韦尔克斯。”

“你太无礼了。借你的钱我已经归还了，我是厂子的主人，我怎么干是我自己的事。”

“能请你告诉我，你是怎么挣的钱归还我的贷款吗？”

“当然是靠卖木材。”

“你靠我借给你的钱起家，然后才挣了钱。这才是你该说的。你用我的钱去养活阿希礼了。你是个毫无信誉的女人，假如你没有归还我的贷款，我会马上追回贷款，从中取乐。要是你付不起钱，我就当众拍卖你的厂子。”

他的口吻很轻松，可他的眼睛里却闪着怒火。

斯佳丽连忙把战火引开，让它烧到敌方领土上。

“你干吗这么痛恨阿希礼？我看你在嫉妒他吧。”

话一出口，她后悔得真想咬掉自己的舌头，他听了脑袋往后一仰，哈哈大笑，羞得她满脸通红。

“不讲信用外加狂妄自负，”他说，“你永远忘不掉自己是县里的美人，是不是？你永远都会认为自己是最乖巧迷人的姑娘，男人见了个个都爱你不要命。”“我没那么想！”她的口吻激烈，“可我就是不明白你干吗恨阿希礼，那不过是我能想出的唯一解释。”

“得了，想点别的原因吧，迷人的姑娘，那个解释错了。至于说恨阿希礼——我并不恨他，也不喜欢他。说实话，我对他和他那种人，唯一的感情就是可怜。”“可怜？”

“对，还带点轻蔑。嘿，像雄鸡一样昂起你的头，摆出神气活现的模样，对我宣称，说他抵得上一千个我这样的恶棍，说我竟敢如此放肆，竟然敢觉得他可怜，还敢轻蔑他。等你说完大话后，我就会把我的意思告诉你，不知道你是不是感兴趣？”

“哼，我不感兴趣。”

“可我还是要告诉你，因为我受不了你的误解，你脑瓜里死死抱着你那个美妙的幻觉，以为我嫉妒他。但我是可怜他，因为他本该死掉却没死。我轻蔑他，因为他的世界已经不复存在，他便手足无措了。”

他说的这话有点耳熟。她混乱的记忆中有过类似的词语，可她记不起是什么时候在哪儿听过的。她也没多考虑，因为她气在火头上。

“要是你能为所欲为，南方正派男人都该死掉才对。”

“要是他们能为所欲为，我看阿希礼这类人宁愿不活。死后在墓碑上刻下这样的话：‘这里长眠着为南方牺牲的一位邦联士兵’，或者‘为国捐躯……’或者随便什么流行的墓志铭。”

“我不懂为什么该这样！”

“除非字母有一英尺高，还要放在你鼻子底下，否则你什么都看不见，对不对？他们只有死了才能免去烦恼，也用不着面对自己无法应付的难题了。再说，他们的家族世世代代都会为他们而骄傲。我听说，人死了会感到快乐。你认为阿希礼·韦尔克斯快乐吗？”

“噢，当然啦……”她刚开口，就想起最近阿希礼露出的眼神，便住了嘴。

“他、休·艾尔辛、米德大夫，这些人快乐吗？他们谁比我父亲和你父亲快乐呢？”

“嗯，或许不怎么快乐，因为他们都没钱了。”

他笑了。

“不是因为他们没钱，我的宝贝。我可以告诉你，是因为他们的世界失去了——他们是在那个世界上长大成人的，如今就像鱼离开了水，或者像是猫长出一对翅膀。把他们养育大，原本是要让他们成为某种人，做某种事，占据某种地位的。可是李将军在阿波马托克斯投降后，那种人、那些事情、那些地位永远消失了。噢，斯佳丽，别显得那么傻了！阿希礼·韦尔克斯如今还有什么事好干呢？他的家没了，他的庄园已经被收去抵了税款，时下二十个上流社会绅士都不值一文钱。他能靠自己的一颗脑袋和两只手劳动吗？我敢打赌，自从他接管那个锯木厂以来，你已经亏了大本。”

“我没有亏。”

“那可太好了！等哪个星期日晚上，你有了空，我可以看看你的账本吗？”

“别等你有空，现在就见鬼去。现在你可以走了，我没兴趣。”

“我的宝贝，鬼我是见过的，那是个乏味的家伙。我不愿再去了，就是为你也不去了……你那时急需用钱，你拿了我的钱，用了我的钱。至于这笔钱怎么用，我们达成过协议，可你撕毁了协议。记着我这话，我可爱的小骗子，有一天你会需要向我借更多的钱。你会要我提供资金，利息低得没法让人相信，好购买更多的锯木厂和骡子，盖更多的酒吧。到时候可别指望我再借给你钱了。”

“我需要钱，会从银行贷，谢谢你！”她冷冷地说。满腔怒火让她胸脯剧烈起伏着。

“你会？那就试试看。我在银行拥有很多股份。”

“是吗？”

“没错。我对某些正当企业感兴趣。”

“还有别的银行……”

“我在很多银行有股份。要是我不愿意，你就休想从任何银行贷到一个子儿。你急需钱可以找投机商借高利贷。”

“我很高兴找他们。”

“你会找的，可听了他们的利率你就不高兴了。我的美人儿，在商业界，做买卖手段不正当是要受惩罚的。你本该对我诚实才对。”

“你是个好人，对不对？有钱有势，干吗跟阿希礼和我这种潦倒的人过不去？”

“别把你自己归在他那一类里。你没有潦倒。什么也不能让你潦倒。可他潦倒了，而且会一直潦倒下去，除非有个精力充沛的人一辈子扶着他，指导他，保护他。我才不愿拿自己的钱帮这种人呢。”

“当初你不拒绝帮我，可我也潦倒，而且……”

“当时对你是个很好的风险投资，我亲爱的，是个有趣的风险投资。为什么？因为你并没有靠在你家男亲戚身上，抽泣着怀念过去的好时光。你走出家门，到处奔波忙碌，如今你的财产牢牢扎根在从一个死人的钱包里偷来的钱上，植根在从邦联偷来的钱上。你有各种优点。你杀过人，偷过别人的丈夫，企图私通，你撒谎，你做生意不择手段，耍一些经不起细究的欺骗手段。这些事全都让人佩服，表明你是个干劲十足的人，而且作决定果断，作为金钱风险投资，是个好项目。帮助愿意自立的人才有乐趣。我愿意借一万块钱给那个信天主教的老太婆梅里韦特太太，而且用不着打字据。她从一篮子糕饼起家，看看她现在，开了家面包房，还雇了六七个人，老爷爷乐呵呵赶着送货马车，小个头克里奥尔人勒内干活多勤奋，而且干得挺开心……再说说那个可怜虫汤米·韦尔伯恩吧，他身有残疾，只能抵得上半个人，却在干两个人的活儿，而且干得很好，就说说……算了，我不说了，让你厌烦。”

“你确实让我厌烦。把我烦得都快疯了！”斯佳丽冷冷地说，暗自希望惹他发火，从阿希礼这个倒霉的话题上岔开。可他只是脸上匆匆掠过个笑容，并不接受挑战。

“像他们那样的人是值得帮助的。但是阿希礼·韦尔克斯——呸！在我们这个翻天覆地的世界上，他那种人既没用处，又毫无价值。不论什么时候，只要发生翻天覆地的变化，首先被消灭的就是他那种人。怎么会不这样呢？他们不配存在，因为他们不愿斗争，也不知道如何斗争。这并不是世界第一回翻天覆地，也绝不是最后一次。这种变化以前发生过，以后还会发生。发生这样的变化时，人人都要失去一切，所以就人人平等了。然后大家都从一无所有的起跑线上重新开始。也就是说，除了灵活的头脑和坚强有力的双手外，大家一无所有。但是，有些像阿希礼那样的人，他们既不灵活，又没有力气，或者虽然两样都有，却有所顾忌，不敢使用。所以他们潦倒，也应该潦倒。这是自然规律，没有他们世界会更好。从来都有些坚强的人能熬过来，经过一段时间，他们又能回到世界翻天覆地前的位置上。”

“你原来也很穷！你刚才还说你父亲把你撵出家门时，你身无分文！”斯佳丽愤愤地说，“我以为你能理解阿希礼，对他有同情心呢！”

“我的确能理解，”瑞特说，“可我要是同情就该见鬼。投降后，阿希礼比我从家里出来有办法得多。至少有朋友收留他，我却是个以实玛利以实玛利：《圣经》中人物，被父亲亚伯拉罕摈弃。但是阿希礼为自己做了什么呢？”

“你这个自负的家伙。要是你拿他跟你对比，还用说吗——他跟你不一样，谢天谢地！他不会像你那样玷污自己的双手，不会跟投机商、叛贼和北佬同流合污捞钱。他为人谨慎，受人尊敬！”

“可是接受一个女人的帮助和金钱，恐怕算不得为人谨慎，该受人尊敬吧？”“他还能干什么别的事情呢？”

“怎么该让我说呢？我只知道自己在两种情况下干了些什么，一种是从家里撵出来时，一种是现在。我也知道其他男人是怎么干的。我们在一个文明毁灭的时候看到了机会，然后尽量利用这个机会。有些人采用了正当手段，有些人用的是不正当手段，我们仍然在尽量利用这种机会。但是，世界上像阿希礼那种人也有同样的机会，可他们却白白放过。他们根本不精明，斯佳丽，然而，只有精明的人才配存在。”

她几乎没听他正在说的话。几分钟前，他刚刚开口，就让她想起一桩事，现在她脑子里清清楚楚重现出当时的情景。她记起当时寒风呼呼刮过塔拉的果园，阿希礼站在一堆劈好的木栅栏板旁边，他那双眼睛恍惚地望着她，他说了什么来着？好像说的是个奇怪的外国名字，听起来好像有点亵渎的意思，还谈起了世界的末日。那些话她一直不懂，可现在隐隐约约有点懂了，反倒觉得又厌恶又厌烦。

“嘿，阿希礼说过……”

“噢？”

“在塔拉庄园的时候，有一次，他说了些关于众神的……黄昏，还有什么世界末日之类傻话。”

“啊，众神的末日！”瑞特的眼睛忽然变得敏锐，显得饶有兴致，“还说什么了？”

“嗯，我记得不确切。我没怎么在意。不过……对了……还说什么强者能出头，弱者遭淘汰。”

“啊，原来他知道。那对他就更难了。大多数人并不知道，而且永远不会知道。他们会一辈子纳闷，生活中失去的魅力到底是在哪儿跑掉的。他们只会在骄傲和无所作为的沉默中遭受痛苦。但是他懂。他知道自己被淘汰了。”

“啊，他没有！只要我还有一口气，他就不会被淘汰。”

他默默望着她，古铜色的面孔看上去很平静。

“斯佳丽，你用了什么手段让他同意来亚特兰大，还让他同意管那个锯木厂的？他强烈反对过你的计划吗？”

她脑子里闪过杰拉尔德葬礼后与阿希礼交谈的那一幕，然后很快把回忆撇开。

“嘿，当然没有，”她怒气冲冲地说，“我向他解释说，我需要他的帮助，因为我不信赖经营那个厂子的恶棍，弗兰克又太忙，帮不上我的忙，再说我就要……你知道埃拉·洛雷纳快要出生了。他很高兴帮我这个大忙。”

“运用母亲身份是一种甜美的感觉！原来你就是这么说服他的。如今你已经把他放在你想要他待的位置上了，可怜鬼，欠你的情分成了束缚他的锁链，就像你的囚犯们戴着枷锁一样。我希望你们俩都快乐。不过，我在这次讨论开始的时候说过，不论你要什么不顾太太身份的花招，再也别想从我这里弄到一分钱，我两面三刀的夫人。”

她又气又恼又失望。本来她心里打算向瑞特再借点钱，想在商业区买块地皮，建个木料堆栈。

“没你的钱我照样能干，”她嚷道，“如今我不用自由黑鬼了，约翰尼·加勒吉尔那个厂在赚钱，赚很多钱，我还搞抵押贷款放债呢。我们的店铺跟黑人做买卖能赚大钱。”

“可不是嘛，这我都听说过。你真够聪明的，从那些走投无路者、寡妇、孤儿和无知无识的人那儿骗钱！不过，斯佳丽，如果你一定要偷，干吗不偷那些有钱有势的人，偏偏要偷贫穷软弱的人？自从绿林好汉罗宾汉那时起，人们就认为劫富济贫是道德高尚哪。”

斯佳丽马上接口说：“因为，这是照你的说法——偷穷人容易得多，也安全得多。”

他哑然笑了，两个肩膀摇晃起来。

“你纯粹是个诚实的无赖，斯佳丽！”

无赖！他竟然用了这么刺激人的字眼儿。她心里涌起一阵冲动，对自己说，她不是个无赖，至少，她并不想做个无赖。她要做个身份高贵的太太。她脑海里一时回到了过去，看见了母亲，听见她走动时裙裾发出悦耳的瑟瑟声，闻到她熏衣香袋的气息，看见她那双小手不知疲倦地为别人忙碌，她受人喜爱，受人尊敬和怀念。她心里突然感到难受。

“要是你存心惹我发火，”她的声音显得疲惫，“那没用。我知道这些日子来，我没有……循规蹈矩。不像我自幼学到的那样善良可爱。可我没办法哪，瑞特。真的，我这是无奈呀。我还能怎么做呢？北佬闯到塔拉庄园的时候，要是我温文尔雅的话，我、韦德、塔拉和我们大伙儿会发生什么事呢？我本该保持文静的——可我甚至想都不愿想。乔纳斯·威尔克森要霸占我家园，假如我保持淑女的善良和礼数，那么我们大家现在会在哪儿呢？要是我性情可爱，头脑简单，不缠着弗兰克收回那些欠债，那么我们就……唉，算了。也许我成了个无赖，不过我不会永远做个无赖，瑞特。可是，过去这几年里——甚至包括现在——我又有什么别的好做呢？我又能有什么别的作为呢？我一直觉得我是在暴风雨中划一条船，船里装着重重的货物。仅仅是设法让船别沉下去，就有那么多的麻烦，哪顾得上为其他无关的事情操心，像礼貌周到之类可以轻易丢开也无伤大局的事，我根本就顾不上操心。我害怕我的船会沉下去，所以就把最不重要的东西从船上扔下去了。”

“自尊、信誉、诚实、美德、厚道，这些都扔了，”他沉下脸一一列举，“你说得对，斯佳丽。船要沉的时候，这些都不重要。但是，你看看周围的朋友们。他们要么把整船货安全运到彼岸，要么傲然举着所有的旗帜心甘情愿地沉没。”

“他们是一帮蠢货，”她干脆地说，“还有的是时间。等我有了很多钱，我会按照你喜欢的那样做个举止端庄的好人。到时候我就有条件了。”

“你有条件，可你不愿意。打捞丢在水里的货物很困难，即便打捞上来，也坏得无法修补了。恐怕到了有条件捞起你扔在海里的信誉、美德、厚道之类东西的时候，你会发现那些东西都让海水泡得走了样，恐怕都成了奇形怪状的东西了……”

他突然站起身，抓起帽子。

“你要走？”

“对。难道你不觉得松了口气？我让你跟你残存的良心做伴吧。”

他停下脚步，低头看了看孩子，伸出一根手指，让孩子抓。

“我看弗兰克准是乐得心里都开了花。”

“噢，当然是。”

“我看，为这个娃娃订了许多计划吧？”

“哼，你知道男人对待孩子有时有多傻。”

“那么，告诉他，”瑞特突然住了嘴，脸上露出怪异的神色，“告诉他，要是他想实现为这个孩子订的计划，最好晚上常待在家里，别像现在这样老往外跑。”

“你这是什么意思？”

“就是我说的意思。告诉他待在家里。”

“哎呀，你这个坏蛋！你是暗示说弗兰克会……”

“啊，天哪！”瑞特突然放声大笑，“我不是说他在跟女人鬼混！弗兰克！老天哪！”

他走下台阶时仍然笑个没完。

第四十四章

三月份的那个下午，风刮得很大，天气寒冷。斯佳丽把车毯一直盖到胸脯上，掖在腋窝下面，赶车去迪凯特路去约翰尼·加勒吉尔管理的那个厂子。这些日子，独自赶车外出很危险，她自己心里也清楚，这比以往更加危险，因为黑人完全失去控制了。阿希礼预言过，由于州议会不批准修正案，“会他妈的付出代价的”。他们斩钉截铁地拒绝了修正案，这等于朝北方脸上抽了一记耳光，北方顿时怒不可遏，立刻开始报复，决定在这个州强制实行黑人选举。为了达到这个目的，他们宣布佐治亚州发生了叛乱，对它实施最严厉的军事管制。佐治亚州作为州的地位被撤销了，同时被取消州地位的还有佛罗里达州和亚拉巴马州，这三个原来的州成了受联邦将军控制的“第三军管区”。

虽然在这之前人们担惊受怕，生活也不安定，但是现在的情况加倍糟糕。大家感到，去年的军管法太严厉，但是，与波普将军颁布的法令相比，却显得温和多了。面临受黑人统治的前景，全州人感到前途漆黑一片，毫无希望，人们在痛苦中伤心挣扎，却无可奈何。至于黑人们，他们体会到自己如今变得重要了，意识到身后有北佬的军队做后盾，便越发横行霸道了。谁也不能幸免受他们的危害。

在这个混乱和恐怖的时代里，斯佳丽感到害怕——虽然害怕，却不打算走回头路，她把弗兰克的手枪塞在车垫下，仍然独来独往。她心里咒骂着州议会，怪他们给大家惹来更大的灾难。他们勇敢的立场和受人夸耀的英勇行为到底有什么好处呢？无非是把事情搞得更糟罢了。

她的马车驶近一条小路，那条路穿过树木稀少的林地，通向河边低洼地，贫民区就在那里。她向马吆喝一声，催马快跑。这里是一片抛弃的军用帐篷和木板屋，每次驶过这片肮脏破烂的地方，她心里就觉得不踏实。亚特兰大城内外就数这地方最臭名昭著，因为这片污秽的土地上住着无家可归的黑人、黑人妓女和社会最底层五花八门的穷白佬。人们谣传说，这是个黑人和白人罪犯的藏身处，但凡北佬士兵要通缉一个人，总是首先搜查这个地方。这里动刀动枪行凶的事件层出不穷，就连当局也懒得费心调查，往往留给贫民区居民自己去解决那些见不得人的勾当。树林深处有个出产劣质威士忌的酿造作坊，到了夜晚，河边低洼地就到处是醉汉们的嚷叫和诅咒声。

就连北佬也承认，这是个藏污纳垢的地方，应该被铲除掉，但是，他们并没有采取行动。有些市民不得不走这条路往返亚特兰大城和迪凯特镇，这些人大声咒骂，发泄心头的怒火。男人经过这个贫民区，个个解开手枪皮套，正经女人就是有自家男人保护，也不愿走这条路，因为路边总是坐着醉醺醺的黑人妓女，朝她们大声诅咒辱骂。

原来有阿奇坐在身旁，斯佳丽根本没把这个贫民区放在心上，就连最放肆的黑人女人也不敢嘲笑她。但是，自从她不得不独自赶车以来，却发生过许多让她恼火，甚至让她怒不可遏的事情。每次她赶车经过，那群黑人荡妇都要招惹她。她毫无办法，只好装作没这回事，心里却憋了一肚子的火。她甚至不能从家人朋友那里寻求安慰，因为她不能把这种事说出来，否则邻居们会露出得意扬扬的神色，挖苦她说：“你还能指望别的反应吗？”她家人准会因此大惊小怪，设法阻止她。可她不能不出门。

路旁今天没有身穿破衣烂衫的女人，真是谢天谢地！这条小路通往低洼地那片聚居区，惨淡的斜阳投在那片拥挤的棚屋上，她驶上这条路，不由朝那里扫视了一眼，心里感到厌恶。寒风在呼号，她经过这片棚屋时，烟熏味、炸肉味、简易厕所的臭味一股脑儿刺进她鼻子里。她扭头避开气味，用缰绳使劲打了下马背，催马加快脚步，跑过小路的一个拐弯。

她刚要松口气，突然吓得心都要跳到嗓子眼了，只见一个身材高大的黑人正悄无声息地从一棵大橡树后面走出来。她虽然吓坏了，却没有丧失理智，片刻工夫，她就把马拉住，手里抓起弗兰克那把手枪。

“你要干吗？”她鼓起全部力气，恶狠狠地嚷道。大个头黑人连忙躲回橡树后面，回答的声音战战兢兢。

“老天爷，斯佳丽小姐，别朝大个子山姆开枪！”

大个子山姆！她一时没听懂他的话。塔拉庄园的工头大个子山姆！哎呀，她最后一次见到他是在围城期间。他到底……

“出来，让我看看你是不是山姆！”

他老大的不情愿，慢慢从树后面露出来。斯佳丽看到一个高大的身躯，只见他上身穿着破破烂烂的联邦军上衣，穿在他身上太短，也太紧了，腿上穿着斜纹布裤子，两只脚赤裸着。她见真是大个子山姆，就把手枪插进车垫，脸上露出愉快的笑容。

“哎呀，山姆！见到你多高兴哪！”

山姆飞快地跑到马车跟前，乐得两眼骨碌骨碌转，露出两排闪闪发亮的白牙齿。两只火腿似的大黑手一齐抓住她伸出的小手。他伸出的舌头像西瓜瓤一样红，身子乐呵呵扭动着，活像只大猛犬在要闹。

“我的老天，能再次见到家里人真是太好了！”他嘴里嚷着，两只手把她的手抓得紧紧的，简直要把她的骨头折断了。“你怎么像个坏蛋，随身带起枪来了，斯佳丽小姐？”

“如今坏人太多了，山姆，我只好带把抢。你怎么住在这么个乌七八糟的贫民区？你可是个体面的黑人哪？干吗不上城里来看我？”

“上帝啊，斯佳丽小姐。我不住在贫民区，只不过暂时待在这儿。这种地方，就是让我白住，我也不住。我这辈子还从没见过这么下流的黑人。我不知道你在亚特兰大。我当你在塔拉庄园呢。我心想，一有机会，我就回塔拉庄园去。”

“围城以来，你一直待在亚特兰大吗？”

“不是的，小姐！我一直在到处跑！”他放开她的手，她活动一下手，看看骨头有没有毛病，“你还记得最后一次见我那回吗？”

斯佳丽记得围城前那个炎热的日子，当时她跟瑞特坐在马车里，大个子山姆走在一队黑人前面，唱着《去吧，摩西》，沿着尘土飞扬的街道，朝防御阵地走去。她点头表示记得。

“嘿，我没命地干活，挖战壕，装沙袋，一直干到邦联撤出亚特兰大。管我们的上尉军官战死了，没人告诉大个子山姆该做什么了，我就趴在树丛里躲着。我想，我能回到塔拉庄园去，可是后来听人说，塔拉那一带的房子全给烧掉了。再说，我也没法子回家，怕巡逻队逮住我，因为我没有通行证。后来，北佬军队进城了，一个北佬上校喜欢我，让我照顾他的马，给他擦皮靴。”

“哎呀，小姐！我一下子神气起来，觉得自己跟波克一样啦，可我原来不过是田里干活的黑人。我没告诉那个上校我是个田里干活的，可是他……嘿，斯佳丽小姐，北佬啥都不懂！他不懂田里干活的跟屋里干活的黑人有什么两样！我就这么跟他待在一起，谢尔曼将军去萨凡纳，我也跟着去了。天哪，斯佳丽小姐，我以前从没见过萨凡纳一路上的事情！到处是偷抢，到处烧房子。他们烧了塔拉没有，斯佳丽小姐？”

“他们放了火，可我们把火扑灭了。”

“啊，我太高兴了。塔拉是我的家，我一心想着回家去呢。战争结束后，上校跟我说：‘山姆，你跟我回北方吧。我付你高工资。’我跟所有黑人一样，都想尝尝自由的滋味，然后再回家。就这样，小姐，我们去了华盛顿、纽约，还有上校住的波士顿。是不是嘛，小姐，我是个没出过远门的黑人！斯佳丽，北方的马路上马匹和马车多得数不清，就是吓唬它们，它们也不怕！我老是害怕马车把我撞倒！”

“你喜欢北方吗，山姆？”

山姆搔了搔脑袋上的鬈发。

“也喜欢，也不喜欢。上校是个大好人，他理解黑人，可他老婆是另一种人。他老婆第一回见了我，管我叫‘先生。’可不是嘛，小姐，她是那么叫我的，我听了难受得要命。后来上校要她叫我‘山姆’她这才改了口。可是，北佬们初次见了我，都管我叫‘奥哈拉先生’他们还要我跟他们坐在一起，好像我跟他们是一样的。嘿，我从来没跟白人平起平坐过，我太老了，学不会了。他们对待我的样子，好像我跟他们是一样的人，斯佳丽小姐，可他们心里不是那么想的，他们不喜欢我……他们哪个黑人都不喜欢。再说，他们还害怕我，因为我个头太大了。他们还老是问我，追赶我的恶狗是什么样，我怎么挨打。天老爷呀，斯佳丽小姐，我可从来没挨过打！你知道杰拉尔德老爷从来不让我这么值钱的黑鬼挨打！

“我把这些都讲给他们听，还告诉他们埃伦小姐对待黑鬼有多好，告诉他们说，我得了肺炎那阵子，她坐在床边照顾了我整整一个礼拜，他们听了都不信我的话。斯佳丽小姐，后来我再也受不了啦，就想回家，一天我趁天黑动身，一路上搭货车来到亚特兰大。要是你能给我买张去塔拉的车票，我就能回家去了。我盼望再见到埃拉小姐和杰拉尔德先生呢。自由让我受够了。要有人给我一天三顿饭，让我吃得饱饱的，告诉我该干什么，别干什么，还要在我生病的时候照顾我。要是我再得了肺炎，那个北方太太会照顾我吗？不会的，小姐！她会叫我‘奥哈拉先生’可她不会照顾我。可是埃伦小姐会照顾我，还会……你怎么啦，斯佳丽小姐？”

“爸和妈都死了，山姆。”

“死了？你这是跟我开玩笑吧，斯佳丽？你不该这么对待我的。”

“不是跟你开玩笑。是真的。谢尔曼的军队到塔拉庄园那阵子，妈死了，去年六月，爸也死了。哎呀，山姆，别哭。千万别哭，你哭我也要哭了。山姆，别哭！我受不了。我们现在别谈这事了。我以后会仔细讲给你听的，苏埃伦小姐在塔拉庄园，她嫁了个大好人，叫威尔·本蒂恩先生。还有卡丽恩小姐，她在……”斯佳丽没说下去，这个大个头就是不呜呜地哭个没完，也不会理解修道院是怎么回事，“她住在查尔斯顿。波克和普莉西还在塔拉庄园……听我说，山姆，擤擤鼻子。你真的要回家吗？”

“是的，小姐。可照我想，那儿跟埃伦小姐在的时候不一样了，还有……”

“山姆，你就住在亚特兰大为我干活行不行？我要个人给我赶车，眼下有那么多坏人，我就急需有个人替我赶车。”

“可不是嘛，小姐。你的确需要有个人。我一直想跟你说，你不该独自驾车上这一带来，斯佳丽小姐。你不知道如今有些黑鬼有多坏，这个贫民区住的人特别坏。你上这儿来不安全。我在这个贫民区刚待了两天，就听有人说起你。昨天你驾车走过，有几个下流女黑人还冲着你嚷，我认出是你，可你的马车跑得太快，我赶不上你。可我把那几个黑鬼揍了一顿。你没看见吗，她们今天一个也没了。”“我注意到了，当然得谢谢你，山姆。那么你愿意替我赶车吗？”

“斯佳丽小姐，谢谢你。可我看我最好还是回塔拉庄园去。”

大个子山姆低下头，他那露着的大拇脚指头在地上划来划去。不知为什么他有些紧张。

“嘿，为什么呢？我付你很多工钱。你一定要跟我待在一起。”

他那张黑黑的大脸露出一副蠢相，像孩子一样藏不住心事。他抬起头望着她，神情里露出恐惧。他走近马车，弯下腰低声说：

“斯佳丽小姐，我一定得离开亚特兰大，非去塔拉庄园不可，到了那儿，他们就找不着我了。我……我杀了个人。”

“一个黑人？”

“不是，小姐，是个白人，是个北佬士兵。他们在找我，所以我才躲进这个贫民区。”

“是怎么回事？”

“他喝醉了，说了些难听话，我如今受不了别人骂，就掐住他的脖子……我不是有意杀他，斯佳丽小姐，可我力气太大，一没留神他就死了。我吓坏了，不知道怎么才好。所以就溜到这儿躲起来。昨天，我见你从这条路上经过，我心里就说：‘上帝保佑！斯佳丽小姐！她会照顾我的。她不会让我给北佬抓走。她会送我回塔拉庄园。’”

“你说他们在追捕你。他们知道人是你杀的？”

“他们知道，小姐。我个子这么大，他们不会认不出来。我看我是亚特兰大个头最大的黑人了。他们昨天夜里就来过这里，要抓我，多亏一个黑人姑娘把我藏在树林里的一个洞里，直到他们走了我才出来。”

斯佳丽坐在车里，皱着眉头思索了片刻。她一点儿也不为山姆杀人感到惊慌或者沮丧，却为不能留住他赶车心里很失望。要是有个像山姆这么大个头的黑人当保镖，就像有阿奇在身边一样安全。好吧，她一定得把山姆安全送到塔拉庄园去，当然不能让当局把他逮走。这个黑人太宝贵了，不能任凭他们把他绞死。难道他不是塔拉庄园最好的工头？斯佳丽心里丝毫也没把他当成个自由黑人。她认为他仍然属于她，就像波克、黑妈妈、彼得和普莉西一样，仍然是“我们家的人”，既然如此，就该受到保护。

“我今晚送你去塔拉，”她最后说，“听我说，山姆，我得再赶一段路，不过在太阳落下去以前，我要回这里。回来的时候，你在这儿等我。别告诉人你要上哪儿去，要是你有顶帽子，就戴上帽子遮住脸。”

“我没帽子。”

“拿着，这是两毛五分钱。随便跟哪个黑人买顶帽子，在这儿见我。”

“是，小姐。”终于有人告诉他该怎么办了，他心里宽慰，乐得眉开眼笑。

斯佳丽心事重重，赶车走开。威尔肯定欢迎这个田里的好手回塔拉干活。要说干田里的活儿，波克过去不行，将来也不是把好手。山姆接替波克后，波克就能上亚特兰大来跟迪尔西团聚了，杰拉尔德死的时候，她心里向他发过誓的。

她到锯木厂已经接近日落时分了，这比她计划在外面逗留的时间晚了些。约翰尼·加勒吉尔站在一个破木棚的门口，这个破木棚是锯木厂的食堂。在那间给囚犯睡觉的狭长棚屋外面，躺着一根圆木，斯佳丽交给约翰尼管的五个囚犯有四个坐在圆木上面。囚犯的囚衣让汗水浸得又脏又臭，囚犯个个疲劳不堪，一走动，脚镣和铁链就在脚踝中间叮当作响，个个脸上露出冷漠和绝望的神情。斯佳丽目光锐利，仔细看着他们，心想，他们又瘦又不健康，可是不久前她租用他们的时候，这些人可是个个结实。她下马车的时候，他们甚至不抬起头望她，约翰尼向她转过身来，大模大样脱掉帽子，跟她打招呼，那张棕色的小脸绷得紧紧的，像个核桃。

“我不喜欢这帮人的模样，”她突然说，“他们看上去身体不好。还有一个在哪儿？”

“说是生病了，”约翰尼的话说得很简短，“在木板屋里。”

“生的什么病？”

“大半是懒病。”

“我看看他。”

“别去。他说不定没穿衣裳。我会照看他的。他明天就能干活了。”

斯佳丽迟疑了。只见一个囚犯抬起脑袋，模样显得疲惫不堪，朝约翰尼瞪了他一眼，目光中露出强烈的憎恨，那个囚犯然后又耷拉下脑袋，望着地面。

“你是不是鞭打这些人？”

“我说，肯尼迪太太，请你原谅，是谁在管这个厂子？你交给我负责，告诉我管理厂子，你给我自由管理权，你不该对我抱怨吧？我干出的活计难道没有超出艾尔辛先生的一倍？”

“不错。是这样的，”斯佳丽说着不禁打了个冷战，好像有只鹅从她坟头走过有只鹅从她坟头走过：一种西方迷信说法，用来解释无缘无故打了个冷战。

这个囚犯营棚屋十分难看，有一种不祥的气氛，休·艾尔辛经营的时候，就没有这种气氛。一种与世隔绝的荒凉感让她感到阴森森的。这些囚犯得不到任何保护，任凭约翰尼·加勒吉尔随意摆布，假如他想鞭打他们，或者用任何办法处置他们，她恐怕永远也不会知道。囚犯们不敢向她诉苦，怕她走后受到更重的惩罚。

“这些人看起来瘦弱得很。你能让他们吃饱吗？上帝作证，我在食品上花费了足够的钱，为的是让他们吃得跟阉猪一样胖。上个月，光面粉和猪肉就花了三十块。你晚饭给他们吃什么？”

她走到那个做饭用的棚子跟前看，一个黑白混血的胖女人站在一个锈迹斑斑的旧炉子旁，见到斯佳丽，稍稍弯了下膝盖，行个屈膝礼，接着继续搅锅里的煮豇豆粥。斯佳丽知道约翰尼·加勒吉尔跟她同居，不过她觉得最好不过问这种事。她看见，除了豇豆粥和一盘玉米饼，并没有其他食物。

“你们就不给这些人吃其他东西了？”

“没了，太太。”

“豇豆粥里也没有加肋条肉？”

“没有，太太。”

“没放咸肉？可是豇豆粥里没咸肉不行。他们吃了没力气。为什么不放咸肉？”

“约翰尼先生说，放肉没用。”

“你得加上肉。你把送来的食品放在哪儿了？”

那黑女人眼睛骨碌碌转着，朝一个当食品储藏间的小屋子扫了一眼。斯佳丽嘭的一声把门打开。地上搁着一只开了盖的木桶，里面盛着玉米粉，另外还有一小袋面粉、一磅咖啡、一丁点白糖、一加仑高粱糖浆和两根火腿。架子搁板上有一根火腿是刚烤熟的，只切过一两片。斯佳丽怒不可遏，转身朝约翰尼·加勒吉尔望去，正好跟他冰冷愤怒的眼睛四目相对。

“我上个礼拜送来的五袋白面在哪儿？那袋糖和咖啡又在哪儿？我还送来过五根火腿、十磅咸肉，天知道我送来的红薯和土豆有多少。你说，东西在哪儿？那么多东西就是让他们天天吃五顿饭，也够吃上一个星期。你把东西卖了！你干的好事，你这个贼！把我送来的食品卖掉，把钱装进自己腰包。给这些人吃干豆子和玉米饼。怪不得他们这么瘦。你给我让开。”

她怒气冲冲从他身旁跑过去，走到门口。

“嘿，你，那边那个人——对，就是你，上这儿来！”

那人站起身，踉踉跄跄朝她走来，脚镣叮叮当当响着。她看见他赤裸的脚踝让铁镣磨伤了，又红又肿。

“你们最后一次吃火腿是什么时候？”

那人耷拉下脑袋望着地面。

“说呀！”

那个人站在那里，仍然默不作声。最后，他抬起眼睛望着斯佳丽的脸，目光中露出乞求的神色，然后又把脑袋耷拉下去。

“不敢说，嗯？好吧，到食品间去，把那条火腿从架子上搬下来。丽贝卡，把你的刀子递给他。把火腿分给那些人吃。丽贝卡，给这些人做些软饼和咖啡。多加些高粱糖浆。马上动手，好让我看到你在干活。”

“那是约翰尼先生自己用的面粉和咖啡。”丽贝卡战战兢兢地嘟嘟着。

“约翰尼先生的，见鬼！我看你还要说那火腿也是他自己的吧。照我说的做，快干！约翰尼·加勒吉尔，跟我到外面马车跟前来。”

她大摇大摆穿过乱堆着木材的场地，登上轻便马车，看着那些人扯下一根根火腿，没命地塞进嘴里，觉得出了口恶气，这才感到满意。他们那副模样，仿佛害怕火腿随时让人抢走似的。

“你是个少有的恶棍！”她冲着约翰尼喊道。约翰尼站在车轮旁边，耷拉着脑袋，帽子扣在后脑勺上，“你得把卖食品的钱还给我。以后，我要每天把食物送过来，不再按月算了。看你还敢不敢

欺骗我。”

“今后，我不在这儿干了。”约翰尼·加勒吉尔说。

“你是说你要辞职？”

斯佳丽一时想脱口而出：“走，那再好不过了！”可她立刻冷静下来，并没有把话说出口。假如约翰尼不干了，她可怎么办呢？他锯出的木材比休多一倍。眼下她刚接了个干木材生意以来最大的订单，而且要得很急。她得把那批木材运到亚特兰大去。要是约翰尼辞职走人，她找谁管理这个锯木厂呢？

“没错，我不干了。是你让我完全负责这里的，你还告诉我，你要的只是尽量多出木材。你当初可没对我说该怎么管理，现在我也不准备受你限制。我怎么锯出木材用不着你管。你不能说我没按协议办事。我替你赚了钱，我挣到了工资……还顺便捞了点外快。可你现在跑来干涉我的事，提出这么多问题，当着那帮家伙破坏我的威信。以后我还怎么维持纪律？这帮家伙偶尔挨一下揍有什么关系？懒骨头就该受惩罚，我对他们还算轻的。他们吃得不痛快有什么关系？他们不配吃好的。要么你管你的事，让我管我的事，要么我今夜就走人。”他那张冷酷的小脸比任何时候都强硬。斯佳丽犹豫了。要是他今夜就走，她可怎么办呢？她不能通宵待在这儿看管囚犯哪！

她的眼睛里流露出进退两难的神色，约翰尼的表情立刻有了点微妙的变化，冷酷神情缓和了一点。开口说话时，声调也变得从容悦耳了。

“肯尼迪太太，时候不早了，你还是回去的好。我们不会为这么点小事闹翻的，对不对？我看，你在我下个月工资里扣掉十块钱，这笔账就算清了。”

斯佳丽满心的不情愿，她望着那帮可怜巴巴啃着火腿的人，还想到躺在漏风的棚子里那个生病的人。她应该解雇掉这个约翰尼·加勒吉尔。他是个贼，还是个野蛮的家伙。谁说得准，她不在场的时候，他是怎么对待这几个囚犯的。但是，从另一方面说，他又是个精明强干的人。老天知道，她的确需要个精明强干的人。算了，她眼下还不能跟他分手。他在替她赚钱。她只要保证以后让囚犯吃上像样的伙食就行了。

“我要从你工资里扣二十块，”她干脆地说，“明天早上我再来跟你讨论这事。”

她抓起缰绳。可她心里清楚，不会再为这事讨论了。她清楚，这事结束了，她知道约翰尼也清楚这一点。

她赶车沿那条小路朝迪凯特路驶去，一路上，良心在与赚钱的欲望做斗争。她知道不该把几个人的性命交给那个严酷的小个子摆布。要是他把其中一个人折磨死了，她跟他同样有罪，因为她知道了他的种种野蛮行为后，仍然让他负责。可是，从另一个角度讲，人不该做坏事当囚犯嘛。既然干坏事让人逮住，就只好由人摆布了。这个想法多少让她良心有点安慰，但是，那几个囚犯没精打采的枯瘦模样一路上总是出现在她的脑子里。

“唉，我以后再去考虑这事吧！”她打定了主意，就把这个念头转到木材上，把别的事情统统抛在了脑后。

她抵达贫民区那条转弯路时，已经是日落过后了。太阳落下去后，茫茫四野笼罩在阴冷的暮色中，冷风刮过昏暗的树林，光秃秃的树枝噼啪乱响，枯叶让风刮得发出瑟瑟声。她从来没有这么晚独自在户外活动过，心里觉得不安，真想赶紧回家去。

她拉住缰绳等山姆，可周围没有他的影子，她开始替他担忧，怕北佬已经把他逮走了。后来，她听见从棚户区传来脚步声，不由舒了口气，心里觉得宽慰。她一定要数落山姆一顿，他竟然让她等候。

从拐弯处露面的人不是山姆。

那是个身穿破衣烂衫的大个子白人，还有个矮胖的黑人，这个黑人的肩膀和胸脯活像大猩猩。她连忙抖动缰绳使劲打马背，还抓住那把手枪。马开始小跑，但突然惊得倒退起来，因为那个白人忽然举起一只手把马拦住了。

“太太，”他说，“给我个两毛五的硬币吧，我饿坏了。”

“别挡我的道，滚开，”她尽量保持正常声调，回答道，“我一个子儿也没有。驾！”

那个男人突然伸手抓住马龙头。

“抓住她！”他向那个黑人喊道，“她的钱也许在胸口藏着！”

接下来发生的事情，对斯佳丽简直像一场噩梦，所有事情都发生得那么突然。她迅速举起手枪，可本能地感到，她不能朝那个白人开枪，免得打中自己的马。那黑人朝马车扑了过来，一张黑脸丑得吓人，还龇牙咧嘴嘲地笑。距离那么近，她举起枪开了火。她根本不知道打中他没有，紧接着，手枪被夺走了，她的一只手腕被紧紧抓住，几乎把她的手扭断。那黑人跑到她身旁，抓住她要把她从马车上拉下来，她闻到他身上扑鼻的臭味。她挥动另一只手拼命搏斗，抓他的脸，接着，她的喉咙被他的大手掐住了。她的紧身上衣哧啦一声被扯开，一直扯开到腰部。那只黑手在她乳房中间摸索，她体会到一种从来没有过的恐惧和深恶痛绝的感觉，扯开嗓门疯了似的高声尖叫。

“堵住她的嘴！把她拽下来！”听了那个白人的喊叫，那只黑手在斯佳丽脸上摸索着，要堵她的嘴。她没命地咬他，继续死命尖叫。她一边尖叫，一边听到那个白人的咒骂声，意识到黑暗中路上又来了一个人。那只捂她嘴的黑手放开了，黑人连忙闪身跳开，躲避扑上来的大个子山姆。

“快跑，斯佳丽小姐！”山姆一边大叫一边跟那个黑人扭打。斯佳丽浑身颤抖，尖声惊叫，抓起缰绳和马鞭，一齐打在马背上，马猛地一跃，奔跑起来，她感觉到车子从一个挡在车轮前的软绵绵东西上碾过。是那个白人，刚才山姆把他打倒在地，正好让车轮碾过去。

她吓得快要疯了，一再打马，马跑得飞快，把马车拉得左右摇晃，上下颠簸。恐怖中，她感到身后有人奔跑的声音，她尖声吆喝马，催它快跑。要是让那个黑猩猩再次抓住她，不等他抓住她，她就会吓死。

身后有个声音在喊：“斯佳丽小姐，等一等！”

她并不放心，颤巍巍回头看，见是山姆一路在后面追，两条长腿像憋足了蒸汽的活塞一样迅速上下运动着。她拉住缰绳，让他赶上来，他纵身跳上马车，巨大的身躯把她挤到一边。汗水和血液从他脸上淌下来，他上气不接下气地问：

“你受伤了吗？他们伤着你没有？”

她话都说不出来了，可是，他朝她看了一眼便连忙把头扭开，她这才意识到她的上衣一直给扯开到腰部，露出她赤裸的胸脯和里面的紧身胸衣。她哆嗦着把两片衣襟拉在一起，低下头，吓得抽着鼻子哭了。

“把缰绳给我，”山姆说着把缰绳从她手里抓过去，“马儿，快跑吧。”

鞭子吧地响了一声，受惊的马发疯了似的飞跑起来，几乎把马车翻到沟里去。

“我真希望已经要了那个黑猩猩的命。可我没时间看就跑回来了，”他喘着粗气说，“不过要是他伤害了你，斯佳丽小姐，我就回去结果了他。”

“别……别……快赶车吧！”她抽泣着说。

第四十五章

那天晚上，弗兰克把斯佳丽、佩蒂姑妈和孩子安顿在玫兰妮家，便跟阿希礼一道骑马沿街而去。斯佳丽又气愤又伤心，几乎发作起来。这天傍晚她刚刚受过袭击，想想都后怕，可他偏偏要挑这么个日子去参加什么政治会议！政治会议！他这人真是太自私无情了。再说说刚才的情形吧，她不停地啜泣着让山姆扶进家门时，上衣一直撕开到腰部，她哭着把事情经过讲出来时，他静静倾听着，甚至连胡子都没有搔一搔，沉着得简直要把人气疯了。他只是温和地问了声："宝贝，你受伤了……还是吓坏了？"

她气得直掉眼泪，话都说不出来。山姆就代她回答说，她吓坏了。

"他们刚撕扯开她的衣服，我就赶到了。"

"山姆，你是个好伙计，我不会忘记你做的事。要是有什么事情我帮得上忙……"

"是，先生，请把我送到塔拉庄园，越快越好。北佬在追捕我呢。"

弗兰克听着他的陈述，态度同样平静，什么问题也没提。他的神情简直就像汤尼那天夜里来敲他家的门时一样，仿佛这纯粹是一桩该由男人办的事务，仿佛处理这种事务应该尽量不动声色。

“你出去坐上轻便马车，我让彼得送你到马虎村，你在那儿的树林里躲起来，天亮后搭火车到琼斯博罗。那样安全些……听我说，宝贝，别哭了。事情全过去了，你没伤着。佩蒂小姐，把你的溴盐瓶子借我用用好吗？黑妈妈，给斯佳丽小姐倒杯酒来。”

斯佳丽再次伤心落泪，这回是因为气的。她原本希望得到他的安慰，听他说说为她的遭遇感到愤慨，听他说说要为她复仇。她甚至愿意听他对她大发雷霆，说他一直提醒她会遇上这种事的——可他对这一切全都显得漫不经心，仿佛把她遭受的危险当成一桩无足轻重的琐事。当然，他的态度是温和的，可他却显得心不在焉，仿佛心里惦记着更加重要的事务。

结果那桩重要事务不过是个小小的政治会议。

弗兰克告诉斯佳丽换好衣服，准备好，他要送她去玫兰妮家度过这个夜晚。她听了几乎不敢相信自己的耳朵。他应该知道这天傍晚的经历让她多么痛苦，也肯定知道她身心交瘁，急需躺在床上，盖上毯子，敷上块热砖，喝上杯掺水的热酒，好让身子放松。要是他真的爱她，什么也不能把他从她身边拉走，他会整夜守在家里，握住她的手，一遍遍对她说，要是她有个三长两短，他也不活了。等他今晚回来，两人单独在一起时，她就要这么对他说。

弗兰克和阿希礼走后，玫兰妮家的小客厅像往日一样宁静，女人们凑在一起做针线活儿。在炉火的光亮中，房间里温暖宜人，气氛欢快。桌子上那盏灯射出柔和的黄色光芒，灯光下，四个人平心静气埋头做着针线活儿。四条裙袍微微颤动，八只娇小的脚姿态优雅地搭在低矮的跪垫上。育儿室的门敞开着，韦德、埃拉、博三个孩子都睡着了，大家听得到他们平静的呼吸声。阿奇背靠壁炉坐在一张小凳上，嘴里含着嚼烟，脸颊扭曲变形，手里使劲削一根木头。这个须发蓬乱的肮脏老头跟四位衣着整洁讲究的太太、小姐形成强烈对照，仿佛他是条凶猛的灰毛看家狗，而她们是四只小猫儿。

玫兰妮温和的声音里夹杂着一点气愤，不停地讲述最近妇女竖琴社闹别扭的事情，太太们与男子合唱俱乐部的先生们在下一次音乐会的节目安排方面意见不合，这天下午，她们来找过玫兰妮，声称要彻底退出音乐团体。玫兰妮使出自己的全部外交手腕，才让她们暂时放弃了这个决定。

斯佳丽精神紧张得要命，恨不得大声嚷叫："啊，让妇女竖琴社见鬼去！"她想讲述自己的可怕经历。她迫不及待地想把当时的细节全都讲出来，让别人也担惊受怕就能让她减轻自己心里的恐惧压力。她想告诉大家，自己当时多么勇敢，其实，她只是想说出来给自己壮壮胆。但是，她每次扯到这个话题上，玫兰妮总是巧妙地把话岔开，谈起无关痛痒的话题。斯佳丽觉得恼火，几乎憋不住了。这些女人跟弗兰克一样自私。

她刚刚逃避了那么可怕的一场劫难，她们怎么能这么沉着平静呢？她们甚至连一般的礼貌都不讲，不让她谈论那桩经历来宽宽心。

傍晚的遭遇对她产生了极大的震动，超过了她愿意承认的程度，她甚至不愿在心里承认那是个多大的震动。她每次回忆起那张面容可憎的黑脸，想起在暮色苍茫的树林里那条小路，想起他在阴影里望着她，心里就忍不住直打哆嗦。她想起伸到她胸脯上那只黑手，想到大个子山姆如果不来，会发生什么事情，心里就后怕得厉害，不由把脑袋耷拉得更低，两眼紧紧闭上。她坐在这个平静的房间里勉强做着针线，听着玫兰妮的声音，可是，时间越长，她的神经就越紧张。她仿佛觉得自己浑身的神经会咔吧一声绷断，就像班卓琴弦骤然绷断一样。

阿奇削木头的声音让她恼火，她不禁皱着眉头瞪了他一眼。忽然间，她觉得这事有点古怪，他怎么会坐在那儿削木头呢？平常他晚上守着太太们，总是躺在沙发上睡觉，打着响亮的呼噜，呼出的气能把长胡子吹得飘起来。更奇怪的是，玫兰妮和印第亚都没有提醒他，该在地板上铺张报纸，接住削下的木屑。他已经把那块炉前毯弄得一塌糊涂了，可她们仿佛并不在意。

她正望着他呢，突然他扭头把嘴里的烟汁吐进炉火里，吐的声音太大了，把印第亚、玫兰妮和佩蒂都吓了一大跳，好像听到一颗炸弹爆炸似的。

“你吐痰真需要使那么大劲吗？”印第亚紧张得声音都粗哑难听了。斯佳丽吃了一惊扭头望着她，印第亚一向是个沉得住气的人。

阿奇回瞪着她。

“我看确实需要。”他冷冷地回答完，又吐了一口。玫兰妮皱起眉头，朝印第亚瞟了一眼。

“我很高兴爸爸从来不嚼烟草。”佩蒂开口说，玫兰妮的眉头皱得更紧了，她猛地朝佩蒂转过脸，口吻严厉得斯佳丽从来没听见过。

“哎呀，姑妈，快住嘴吧！你真没眼色。”

“哎呀，天哪。”佩蒂一下子把针线活丢在腿上，气得撅起了嘴。

“真不知道你和印第亚今晚犯什么病了，脾气这么暴躁，活像两个神经病。”谁也不接她的话茬。玫兰妮甚至没有为顶撞她赔不是。只顾低头做针线，动作稍稍有点猛。

“你的针脚大得都有一寸长了，”佩蒂姑妈有点幸灾乐祸，“缝完了非拆开重干不可。你到底是怎么啦？”

可玫兰妮还是不作声。

斯佳丽心里纳闷，不知她们到底有什么心事。是自己太操心受过的恐惧，没顾上注意她们？可不是嘛，虽然玫兰妮努力让这天夜晚显得像以往五十个夜晚一样，可气氛却不同，有一种紧张气氛，看来不完全是因为这天傍晚的惊慌和震动。斯佳丽朝同伴偷偷瞥了一眼，还跟印第亚的目光碰在一起。印第亚的眼光让她觉得不自在，她长时间打量着斯佳丽，冷冰冰的眼光中带着比憎恨更强烈的神情，比轻蔑更侮辱人。

“仿佛我该为发生的事情受责怪似的！”斯佳丽愤愤然想道。

印第亚的目光从斯佳丽转向阿奇，她脸上对他恼火的神情消失了，换成一副隐藏着焦急的询问神色。可他没看她的眼睛。不过，他朝斯佳丽望了一眼，目光像印第亚一样冰冷。

玫兰妮不再谈话，屋子里一片寂静，静得让斯佳丽听得见外面起风的声音了。这个夜晚突然变得让人极不愉快。此时她觉得，空气里有一种不安气氛，她不知道是不是整个夜晚都有这种不安——也许是她太难过，刚才没留意到。阿奇的脸上有一种警惕戒备的神情，那对像猞猁一样毛茸茸的耳朵似乎一直在留神细听。玫兰妮和印第亚有一种拼命压抑住的不安神色，她们每听到路上传来一阵马蹄声，每听到光秃秃的树枝在呼啸的风中发出噼啪声，听到风吹枯叶在草坪上乱转的声音，就放下针线活，抬起头。壁炉里燃烧的木头发出轻微的爆裂声，她们也会惊得抬起脑袋，仿佛那是鬼鬼祟祟的脚步声。

准是出事了，可斯佳丽不清楚到底出了什么事。正在发生某种事，可她自己并不了解。她朝佩蒂姑妈望了一眼，见她那张天真的胖脸上嘴撅得老高，她看得出这位老小姐像她一样给蒙在鼓里了。但是，阿奇、玫兰妮、印第亚这三个人知道。寂静中，她都能感觉到印第亚和玫兰妮紧张的思绪了，她们的思绪像关在笼子里的松树一样，疯狂地打着转。她们知道正在发生的事情，尽管表面上显得像平常一样镇定，可她们在等待某种结果。她们不由自主把内心的不安传递给了斯佳丽，让她比刚才更加紧张不安。她心不在焉地做着针线，一针扎进自己大拇指，又疼又恼火，不禁轻轻叫出了声，把她们俩吓了一大跳。她紧紧捏住大拇指，挤出一滴鲜红的血。

“我太紧张了，没法做针线活儿，”她说着把缝补的东西丢在地板上，“我紧张得要惊叫了。我要回家上床睡觉。弗兰克知道这情况的，所以不该出去。他老是说啊说，说什么保护妇女不受黑人和投机商的侵犯，可是轮到他该保护人的时候，他在哪儿？他在家里照顾我吗？没有。他跟一帮人出去闲逛，什么都不干，只会高谈阔论……”

气愤中，她的一双眼睛闪闪发亮，跟印第亚四目相对，她一时说不下去了。印第亚呼吸急促，睫毛稀疏的灰眼睛紧紧盯住斯佳丽的脸，冰冷的神情让人难以忍受。

“印第亚，”她突然带着挖苦口吻开了口，“要是说出来不会让你感到痛苦，请你告诉我，干吗一晚上你总是用这种眼神盯着我。我的脸变成绿颜色了还是怎么的？”

“把事情告诉你不会让我感到痛苦，我会感到高兴的。”印第亚说着，眼睛闪闪发亮了，“我讨厌听你贬低肯尼迪先生那么高尚的人，要是你知道……”

“印第亚！”玫兰妮厉声警告她。她的双手紧紧抓着手头的针线活。

“我看我比你更了解自家丈夫。”斯佳丽打算跟印第亚吵一架，这是她头一回公开跟印第亚干仗，她顿时来了精神，紧张情绪突然烟消云散了。玫兰妮盯住印第亚的眼睛，印第亚不甘心地闭上嘴。可她立刻又开了口，冷冰冰的声音里带着强烈的憎恨。

“斯佳丽·奥哈拉，你让我恶心，你还谈什么让人保护！你还在乎有没有人保护！要是你想受人保护，这几个月就不会打扮得花枝招展，在城里到处抛头露面，在陌生人面前卖弄，希望他们个个喜欢你！你傍晚的遭遇是你活该，要是有人伸张正义，你的遭遇会更糟。”

“嘿，印第亚，住嘴！”玫兰妮嚷道。

“让她说，”斯佳丽嚷道，“我喜欢听。我知道她恨我，可她太虚伪了，就是不愿承认。要是她认为那样可能受人崇拜，准会一丝不挂地在马路上从早走到晚。”

印第亚受了侮辱，猛然跳起身，瘦削的身子气得直哆嗦。

“我的确恨你，”她的声音在颤抖，却很清晰，“不过我一直没说出来并不是由于虚伪，是因为你不明白的道理，你连一丁点起码的礼貌和教养都没有；是因为我懂得大家必须团结一心，消除小小的憎恨，否则就不能打败北佬。可你……你……你却干尽各种龌龊事，降低正派人的声望。你做买卖，给你的好丈夫带来羞耻，让北佬和下流坯子得到嘲笑我们的口实，让他们侮辱我们没教养。北佬不知道你并不属于我们这种人，而且你从来就不是我们这种人。北佬没脑子，不知道你根本没教养。你赶着马车在林子里乱闯，任凭自己暴露出来受人攻击，你等于在诱惑黑人和下流白人渣滓，让城里每一个上流社会女人处在受攻击的危险中。你还让我们的男人处在危险境地，因为他们不得不……”

“印第亚！你这该死的东西！”玫兰妮嚷起来。斯佳丽虽然怒在心头，却为玫兰妮竟然开口骂人惊呆了，“闭上你的嘴！她不知道，也……你闭嘴！你答应过的……”

“哎哟，姑娘们！”佩蒂帕特小姐恳求着，她的嘴唇在哆嗦。

“什么事瞒着我？”斯佳丽站起身，一脸怒气，面对印第亚冷冰冰的怒火，望着玫兰妮恳求的眼光。

“一群母珍珠鸡，”阿奇突然用轻蔑的口吻开了口。没等有人斥责他，他猛然抬起灰白的脑袋，匆匆站起身，“有人来了。不是韦尔克斯先生。别咯咯叫了。”他的声音带着男性的权威口吻，几个女人站在那里都默不作声，脸上的怒火立刻消失了。他一瘸一拐穿过屋子朝门口走去。

“谁呀？”客人还没敲门，他就开了口。

“巴特勒船长。让我进去。”

玫兰妮一听急忙奔跑过去，她的裙箍猛烈摇晃，都把里面的长裤露到膝盖上了。阿奇还没来得及伸手抓门把手，她已经嘭的一声把门打开了。瑞特·巴特勒站在门口，一顶宽边黑呢帽低低压在眼睛上，狂风把他的斗篷刮得满是褶皱。这回他没顾上周到的礼数，既没脱帽，也没朝屋子里的人打招呼，一双眼睛只盯住玫兰妮，直截了当问：

“他们去哪儿了？快告诉我。这是生死攸关的事。”

斯佳丽和佩蒂对视一眼，又惊奇又迷惑。印第亚像只老瘦猫，飞快地穿过房间，来到玫兰妮身边。

“什么也别告诉他，”她连忙嚷道，“他是个奸细，是个投机商！”

瑞特甚至看都没看她一眼。

“快，韦尔克斯太太！也许还有时间。”

玫兰妮好像吓傻了，只会盯着他看。

“到底是怎么……”斯佳丽开了口。

“闭嘴，”阿奇命令道，“玫兰妮小姐，你也闭嘴。喂，你给我滚出去，你这个该死的投机商。”

“别，阿奇，别这样！”玫兰妮一边喊着，一边伸出一只手颤巍巍搭在瑞特的胳膊上，好像要保护他不受阿奇伤害似的：“怎么回事？你怎么……怎么知道的？”

瑞特黑黝黝的脸上露出不耐烦神色，还竭力保持点礼貌。

“老天哪，韦尔克斯太太，他们从一开始就受到怀疑，可他们一直自作聪明，直到今晚还不明白！我怎么知道的？我今晚跟几个北佬的上尉打扑克，他们喝得醉醺醺的，把消息透露给我了。北佬知道他们今晚要闹事，已经做好了准备。那几个傻瓜是自投罗网。”

玫兰妮像挨了当头一棒，一时站都站不稳了，瑞特连忙搂住她的腰，扶住她。

“别告诉他！他是要套你的话！”印第亚嚷道，说着恶狠狠瞪了瑞特一眼，“你没听他说，他今晚还跟北佬军官在一起吗？”

瑞特仍然不看她一眼，两眼仍然盯在玫兰妮那张煞白的脸上。

“告诉我。他们上哪儿去了？他们有个集会地点吗？”

斯佳丽尽管又害怕又摸不着头脑，可她从来没见过瑞特露出这么呆板平淡的表情，玫兰妮显然看出了别的东西，她信任了瑞特，挺起娇小的身躯，从瑞特扶她的手臂里挣脱出身子，声音带着颤抖，却很平静：

“在迪凯 特路尽头的贫民区。他们在老沙利文家庄园的地窖里——就是那个烧得剩下一半的废墟。”

“谢谢你。我会马不停蹄赶过去。要是北佬来这儿，你们都说什么都不知道。”

他匆匆离去，黑斗篷立刻消失在夜幕中。他来去匆匆，大家甚至没来得及意识到他曾经来过，他已经走了，只听得小路上发出沙砾溅起的声音，接下来便是飞奔的马蹄声。

“北佬要来这儿？”佩蒂嚷了一声，小脚一软，倒在沙发上，吓得哭都哭不出来。

“这到底是怎么回事？他说的是什么意思？要是你们不告诉我，我要发疯了！”斯佳丽抓住玫兰妮，拼命摇晃她，好像使劲摇她能摇出个答案似的。

“什么意思？这意思是因为你，阿希礼和弗兰克先生可能断送性命！”印第亚尽管心里受着恐惧的煎熬，声音里却带着一丝得意，“别摇晃玫兰妮。她要晕过去了。”

“我不会晕过去！”玫兰妮低声说着，紧紧抓住椅子靠背。

“我的上帝啊，我的上帝！阿希礼断送性命？求求你们，告诉我是怎么回事……”阿奇的声音像生锈的铰链，打断了斯佳丽的话。

“坐下，”他命令道，“拿起针线活。像没事一样接着缝。没准北佬在日落后一直在房子周围暗中监视呢。嘿，我说，坐下，接着缝。”

几个女人哆嗦着服从了，就连佩蒂也抓起一只袜子，颤巍巍拿在手里，眼睛却像个吓傻的孩子一样睁得老大，东张西望，想听人解释。

“阿希礼在哪儿？他出什么事了，玫兰妮？”斯佳丽嚷道。

“你丈夫在哪儿？你不关心他吗？”印第亚淡灰色的眼睛里冒着恶意的怒火，把手里一条正在缝补的旧毛巾弄皱了又捋平。

“印第亚，求你别这样！”玫兰妮控制住自己的声音，可她煞白的脸在颤抖，流露出极度痛苦的眼神，显然她心里受着紧张和焦虑的煎熬：“斯佳丽，也许我们早该告诉你，可是……可是……你今天下午经历了那么多磨难，而且我们……弗兰克认为……你一向公开反对三K党……”

“三K党……”

斯佳丽刚说出这几个字的时候，仿佛她从来没听过似的，也好像不懂这个字眼儿的意思。

接着她几乎叫起来："三K党！阿希礼不是三K党！弗兰克也不可能是三K党！他答应过我的！"

"肯尼迪先生当然是三K党，阿希礼也是，我们认识的男人都是三K党，"印第亚嚷道，"他们都是男子汉，难道不是吗？不但是白种人，还是南方人。你该为他们感到自豪，而不是让他们偷偷摸摸出门，好像是去干什么见不得人的事，再说……"

"你们从来都知道，可我却不……"

"我们是怕你心里不安。"玫兰妮难过地说。

"这么说，他们表面上说是去开政治会议，其实是去那儿了？啊，他答应过我的！哎呀，这下，北佬要来抢走我的锯木厂和店铺，把他关进监狱……嘿，瑞特·巴特勒的话是什么意思？"

惊恐中，印第亚与玫兰妮两人的目光相遇了。斯佳丽站起身，把针线活使劲扔在地上。

"要是你们不告诉我，我就上闹市去弄个明白。逢人便问，直到弄清楚为止……"

"坐下，"阿奇盯着她的眼睛说，"我告诉你。因为你今天下午赶车出去闲逛，惹出麻烦，这全是你的过错。韦尔克斯先生、肯尼迪先生和别的男人今夜出去，是要在那儿找到那个黑鬼和那个白人，干掉他们，要是找不着他们，就要把整个贫民区的人统统消灭掉。要是刚才那个恶棍说的话没错，北佬起了疑心，要不然就是得到了风声，他们已经派出部队，埋伏在那里等候。我们的人已经掉进圈套了。要是巴特勒说的不是真话，那他就是个奸细，要把他们的行踪报告给北佬，他们还是免不了一死。他要是真的报告了他们的行踪，我就要干掉他，哪怕这是我这辈子干的最后一件事。要是他们幸免一死，也不得不离开这里，逃亡到得克萨斯，恐怕永远也回不来了。这都是你的过错，你的手上沾着他们的鲜血。"

玫兰妮见斯佳丽脸上渐渐露出理解的神色，紧接着又变成恐惧。玫兰妮脸上的恐惧渐渐变成了愤怒。她站起身，一只手搭在斯佳丽肩膀上。

“阿奇，你再说一句这种话，就别待在这儿了，”她口吻严厉地说，“不是她的错。她只是做了……做了她不得不做的事。你们男人也做了他们认为不得不做的事。人们肯定要做自己该干的事。我们大家的想法并不一样，行为也不一样。所以，不该拿我们自己去判断别人。你和印第亚怎么能说这么狠心的话，这时候，我的丈夫和她的丈夫说不定……说不定……”

“听！”阿奇轻声打断她的话，“坐下，太太们。有马蹄声。”

玫兰妮跌坐在一把椅子上，抓起阿希礼的一件衬衫，脑袋耷拉下去望着衬衫，手里不知不觉把褶边撕成小碎布条。

一群马朝这所房子奔来，马蹄声越来越响亮了。只听到外面有马嚼子的叮当声、勒缰绳的声音和人们的说话声。马蹄声在房子前面静下来，有一个人在发号施令，他的嗓门压过了其他人的声音，屋子里的人听见脚步声绕过房子侧面的院子，朝后门廊走去。他们觉得有一千只眼睛透过没有拉窗帘的窗户望着屋里。四个女人心里充满恐惧，耷拉下脑袋，手里继续做着针线活。斯佳丽的心里在尖叫：“是我害了阿希礼！我把他害死了！”在这个疯狂的时刻，她甚至没想过她可能也把弗兰克害死了。她脑子里想的只有阿希礼，再也没有容纳别人的余地了。她想象出一幅可怕的景象：阿希礼倒在北佬骑兵脚下，金黄色的头发上染着斑斑血迹。

听到一阵急促的敲门声，她朝玫兰妮望去，从她紧张的小脸上看到一种以前没见过的表情，就像瑞特·巴特勒刚才的表情一样呆板，仿佛一个扑克赌徒手头只有一对二，却板起面孔，要威胁对手摊牌认输。

“阿奇，开门。”她平静地说。

阿奇把刀子悄悄插进靴筒，解开手枪皮套，一瘸一拐走到门口，咣当一声把门打开。佩蒂看见门口挤进来一个北佬上尉和一队士兵，吓得轻轻尖叫一声，活像只老鼠感到捕鼠笼关上了门。不过其他人什么话也没说。斯佳丽发现她认识那个军官，稍稍松了口气。这人是汤姆·贾弗里上尉，是瑞特的一个朋友。他盖房子时，她曾卖给他木料。她知道他是个绅士。也许因为他是个绅士，所以就不至于把她们拉去坐牢。他一眼认出是她，就脱掉帽子鞠了个躬，模样有点发窘。

“晚上好，肯尼迪太太。你们哪位是韦尔克斯太太？”

“我就是韦尔克斯太太。”玫兰妮边回答边站起身。虽然她身材矮小，却浑身都显出了庄严，“请问，你们为了什么缘故闯进我家？”上尉的眼睛很快地环顾了房间一周，眼光在每个人的脸上逗留一下，接着很快从他们脸上转到桌子和帽架上，好像在找男人居住的迹象似的。

“对不起，我要找韦尔克斯先生和肯尼迪先生谈话。”

“他们不在家。”玫兰妮说。她柔和的声音里带着冷淡。

“你能肯定吗？”

“韦尔克斯太太的话你们还怀疑吗？”阿奇气得胡子都翘起来了。

“请原谅，韦尔克斯太太。我丝毫没有不敬的意思。如果你能保证，我就不搜查这房子了。”

“我向你保证。不过你们愿意的话，尽管搜查好了。他们在肯尼迪先生城里的店铺里聚会呢。”

“他们不在店铺里。今晚也没有聚会，”上尉厉声说，“我们要在外面等他们回来。”

他微微躬身后走出屋子，随手把门关上。屋子里的人听见他在呼呼风声中下了道严格的命令：“包围房子。每个窗口和门口站一个人。”一阵杂沓的脚步声后，斯佳丽朦胧看见所有窗户外都有胡子拉碴的脸，在朝里面看。玫兰妮坐下来，伸出一只不再颤抖的手，拿起桌子上的一本书。那是一本破旧的《悲惨世界》，这书深受邦联士兵的喜爱。他们以前借着营地的篝火读这本书还苦中作乐，把书名开玩笑地叫成《李的悲惨世界“李的悲惨世界”》。《悲惨世界》的法语发音与英语“李的悲惨世界”发音相近。玫兰妮把书翻到中间，用清晰单调的声音朗读起来。

“做针线活儿。”阿奇用粗哑的声音低声命令道，玫兰妮的声音让另外三个女人精神振作了起来，大家抓起针线活，开始埋头缝纫。

斯佳丽根本不知道玫兰妮在那圈人的监视下念了多久，她觉得好像有几个钟头。玫兰妮念的内容她一个字也没听进去。这时候，她不但想念阿希礼，甚至开始想弗兰克了。弗兰克晚上时显得十分平静，原来就是这个原因！他可是答应过她的，说他不会跟三K党有任何牵连。唉，她一向害怕这种麻烦降临到他们头上！去年的一切心血全都白费了。她冒着风雨严寒担惊受怕苦苦奋斗了一年，结果都将化为泡影。谁能想到，那个没精打采的老弗兰克竟然是个三K党人，还参加他们头脑发热的行动。此时此刻，没准他已经死了。就算没死，让北佬逮住也得上绞架。还有阿希礼！

她死死攥紧拳头，直到手心让指甲掐出四个红色的月牙形。阿希礼正处在被绞死的危险中，玫兰妮怎么能平心静气念个没完？难道他没有生命危险？但是，玫兰妮朗读冉阿让（冉阿让：雨果的《悲惨世界》书中主要人物）遭遇的种种不幸时声调平静，仿佛是一股力量，这力量支持着她，使她没有跳起身高声尖叫。

她的思绪回到汤尼·方丹来找他们的那天夜里，他受到追捕，精疲力竭，身上一个子儿也没有。要不是跑到他们家，得到一点钱和一匹精神饱满的马，肯定早让人绞死了。假如弗兰克和阿希礼此刻还活着，他们也处在原来汤尼的境地了，而且更糟。房子已经让士兵包围起来，他们没法回家取钱取衣服，否则就要被逮走。说不定这条街上所有房子前都有一队士兵把守，他们想求朋友帮忙都没法子。也许此刻他们正骑着马逃往得克萨斯呢！

但是，瑞特……也许瑞特能及时赶上他们。瑞特口袋里从来装着很多钱。也许能借给他们足够的钱，帮他们渡过难关。奇怪的是，瑞特怎么会替阿希礼的安全费心呢？他当然不喜欢阿希礼，还公开说对他表示轻蔑。那这是怎么回事呢？这个谜被心里涌起的一阵担忧淹没了，她在替阿希礼和肯尼迪担忧。

“唉，这全是我的过错！”她心里悲叹道，“印第亚和阿奇说得对。全是我的过错。可我从没想过，他们俩竟然那么傻，竟会参加三K党！我也从来没想过我自己真的会遇上麻烦。玫兰妮说的是真话。人们必须做自己不得不做的事情。我不得不维持锯木厂开工！我也不得不赚钱！可如今我却可能失去所有的钱，而且还全是因为我自己的过错！”

过了很久，玫兰妮的声音变得结结巴巴了，声音越来越低，最后完全没声了。她朝窗口扭过头去，盯着外面看，仿佛外面没有北佬隔着玻璃看她似的。其他几个人也抬起头，看见她倾听的姿势，也屏神细听。

外面传来马蹄声，还有人在歌唱，尽管门窗紧闭，而且还是逆风，但声音虽小还是听得出来。那是一首最可恶不过的歌——谢尔曼的士兵唱的进行曲《进军佐治亚》。唱歌的人却是瑞特·巴特勒。

他还没唱完第一段，就听到另外两个人的声音醉醺醺地数落他，说他唱得不好听，几个人的声音怒冲冲，傻乎乎的，结结巴巴，模糊不清。贾弗里上尉在前门一声令下，接着是一阵迅速跑动的脚步声。几位女士相互望了一下，惊呆了。因为刚才那两个责备瑞特唱得不好的醉醺醺声音是阿希礼和休·艾尔辛的声音。

正门前的步道上，人们的声音越来越响亮，有贾弗里上尉的简短询问声，有休的傻笑和尖叫，有瑞特满不在乎的低沉声音，阿希礼古怪的声音显得很不真实：“怎么他妈一回事！到底怎么他妈一回事！”

“这不可能是阿希礼！”斯佳丽疯狂地想道，“他从不喝醉酒！还有瑞特——嘿，瑞特酒醉后总是说话越来越少，从不这么吵闹的！”

玫兰妮站起身，阿奇也跟着站起来。他们听见上尉严厉的声音：“这两个人被捕了。”阿奇的手按在枪柄上。

“别动，”玫兰妮压低声音说，她的态度十分坚决，“别动，让我来应付。”

斯佳丽看到，她脸上的神情就像那天在塔拉庄园楼梯上第一次看到北佬尸体时一样，当时她手里抓着那把沉甸甸的马刀，手腕都抬不起来——为环境所迫，一位温和腼腆的女子能鼓起勇气，变得像母老虎一样谨慎而凶猛。她猛地把屋门拉开。

“把他拖进来，巴特勒船长，”她的声音清晰，口吻恶毒，咬牙切齿地喊道，“我看你又把他灌醉了。把他拖进来。”

寒风扫过的黑黢黢步道上，那个北佬上尉开口了：“对不起，韦尔克斯太太，你丈夫和艾尔辛先生被捕了。”

“被捕？为什么？因为喝醉酒吗？要是亚特兰大人因为喝酒要关禁闭，那北方驻军个个都要住监牢。好了，巴特勒船长，要是你自己还能走，就把他拖进来。”

斯佳丽脑子迟钝，一时没明白发生了什么事。她知道，不管是瑞特还是阿希礼，两人都没喝酒。她也知道，玫兰妮清楚他们没喝醉。然而，平时温文尔雅的玫兰妮，此刻却当着北佬的面，像个泼妇似的尖声嚷叫，说他们醉得路都走不稳了。

接下来是一阵短促含混的争论，其中还夹杂着咒骂，然后是踉踉跄跄的脚步声走上台阶。门口出现了阿希礼，只见他脸色煞白，脑袋耷拉着，一头金发乱蓬蓬的，高高的身子从脖子到膝盖裹在瑞特那袭黑斗篷里。休和瑞特两人一边一个扶着他，其实他们自己也显得站不稳。看上去，要不是他们扶着，阿希礼准会倒在地板上。那个北佬上尉跟在他们身后，脸上的神色显出，他既感到怀疑又觉得可笑。他站在敞开的门口，他的部下在他身后好奇地张望。寒风刮进屋里。

斯佳丽又害怕又迷惑，瞟了玫兰妮一眼，目光又落在虚弱的阿希礼身上，这时她有点明白了。她差点叫出声来：“他不可能喝醉！”可她连忙把话憋住。她意识到自己是在看一场戏，这是一场生死攸关的危险游戏。她清楚，她和佩蒂姑妈不是戏中角色，可其他人却是演员，他们相互提词，像排演熟练的演员。她只懂得这出戏的一部分，但是她已经充分理解，自己必须保持沉默。

“把他丢在椅子上，”玫兰妮怒不可遏地说，“你呢，巴特勒船长，请你马上离开这屋子！你把他灌成这样，怎么有脸上这儿来！”

两个男人把阿希礼小心安顿在一张摇椅上，瑞特踉踉跄跄抓住椅背，对那个上尉开了口，声音里带着痛苦。

“瞧，我就得到这么个感谢，多好的谢意呀！帮他免遭警察逮捕，还把他带回家，他还又叫又嚷，不停地抓挠我！”

“还有你，休·艾尔辛，我替你害臊！你可怜的妈妈会怎么说你呢？喝得烂醉，跟一个——跟一个喜欢北佬的叛贼出去！哎哟，再说说你吧，阿希礼先生，你怎么能干出这种事呢？”

“玫兰妮，我醉得不厉害。”阿希礼咕哝着说完，身子往前一倒，脸耷拉在桌子上，两条胳膊抱住脑袋。

“阿奇，像往常那样，送他回屋上床，”玫兰妮命令道，“佩蒂姑妈，请你跑过去替他整理一下床铺，哎呀，”她突然哭了，“他怎么能这样呢？他向我保证过不酗酒的！”

阿奇动手搀阿希礼，把胳膊插到他腋窝下，佩蒂站起身，心里害怕，有点不知所措。这时那个上尉开口了。

“别碰他。他被捕了。中士！”

中士提着枪走进屋子，瑞特显然想稳住自己的身子，一只手搭在那个中尉胳膊上，眼睛吃力地望着他。

“汤姆，你干吗逮他？他醉得不很厉害嘛。我见过比他醉得更厉害的人呢！”“喝醉酒，见鬼，”上尉嚷道，“他就是躺在阴沟里我也不管。我不是警察。他和艾尔辛先生被捕，因为他们今晚同谋组织了一次三K党对贫民区的袭击。一个黑人和一个白人被杀。韦尔克斯先生是头目。”

“今晚？”瑞特哈哈大笑。笑得太凶了，不得不坐在沙发上，双手捧住脑袋。“今晚不可能，汤姆，”他渐渐缓过气来，说道，“这两个人一直跟我在一起——从八点钟起，本来他们打算开会来着。”

“跟你在一起，瑞特？可是……”上尉皱起了眉头，望着正在打鼾的阿希礼和他哭泣的妻子，“可是……你们刚才在哪儿？”

“我不愿说。”瑞特那双醉眼朝玫兰妮机灵地瞟了一眼。

“你还是说出来的好！”

“咱们到门廊去，我在那儿告诉你我们去哪儿了。”

“你就在这儿说。”

“当着太太们的面，怎么好说呢。那就请夫人们去别的房间吧……”

“我不走。”玫兰妮嚷道，她气呼呼地用手帕擦了擦眼睛，“我有权知道，说，我丈夫刚才在哪儿？”

“在贝尔·沃特林的妓院，”瑞特显出害臊的模样，“他在那儿，还有休、弗兰克·肯尼迪、米德大夫和……他们都在那儿。大家举办了个酒会，是个盛大的酒会。香槟、姑娘……”

“哇呀……在贝尔·沃特林那里？”

玫兰妮的声音越提越高，最后强烈的痛苦使她嘶哑得说不出话来了。人人都惊得朝她扭过头看去。她双手拼命撕扯自己的胸脯，阿奇连忙扶住她，她晕倒了。接着是一片混乱，阿奇扶起她，印第亚连忙跑进厨房端水，佩蒂和斯佳丽摇扇子扇她的脸，拍打她的手，休·艾尔辛一遍又一遍地嚷：“这下你高兴啦！这下你高兴啦！”

“哼，这下全城都知道了，”瑞特幸灾乐祸道，“我希望你感到满意，汤姆。明天，整个亚特兰大，谁家的妻子都不会搭理自家丈夫了。”

“瑞特，我没想到……”风刮进敞开的门，吹在那个上尉脊背上，可他却在淌汗，“我说！你能起誓，他们刚才在……嗯……在贝尔那里？”

“见鬼，当然是，”瑞特咆哮道，“你要是不信我的话，去问贝尔本人好了。好啦，让我把韦尔克斯太太抱进她房间去，把她交给我，阿奇。没错，我抱得动她。佩蒂小姐，拿着灯头往里走。”

他从阿奇胳膊里轻松接过玫兰妮瘫软的身子。

“你送韦尔克斯先生上床去，阿奇。过了今夜，我再也不想看见他，再也不想碰他的身子了。”

佩蒂的手哆嗦得厉害，结果那盏灯成了个威胁房子安全的东西。可她总算拿稳了，快步走在前头，朝黑黢黢的卧室走去。阿奇哼了一声，一只胳膊伸到阿希礼身子下面，把他搀起来。

“可是……我得逮捕这两个人哪！”

瑞特从昏暗的走廊扭回头。

“那就明天早上再来逮捕吧。在这种情况下，他们不可能逃走——嘿，我还从没听说过在妓院喝酒是犯法呢。老天哪，汤姆，有五十个人能证明他们刚才在贝尔那里。”

“从来都会有五十个证人，证明一个南方佬在一个他根本没去过的地方，”那上尉憋着一肚子气，“你跟我走，艾尔辛先生。既然有人起誓担保，我就假释韦尔克斯先生……”

“我是韦尔克斯先生的妹妹。我保证他到案，”印第亚冷冰冰地说，“好啦，你们该走了吧？这一夜你们惹的麻烦够多了。”

“我万分抱歉，”上尉有些尴尬，鞠了一躬，“我只是希望他们能证明自己在……呃……沃特林小姐……呃，沃特林太太那里。请告诉你哥哥，他明天一定要向宪兵司令报到，接受讯问。好吗？”

印第亚冷冷地微鞠一躬，一只手抓住门钮，默默下了逐客令。上尉和中士带着艾尔辛出了门，她狠狠把门摔上。她看都没看斯佳丽一眼，匆匆走到各个窗口，拉下遮光窗帘。斯佳丽的膝盖颤抖得厉害，连忙抓住阿希礼坐过的那把椅子，稳住自己。她往下一看，见椅背上有一片黑乎乎的湿渍，比她的巴掌还大。她有点疑惑，摸了一下，手掌上显出一抹湿乎乎的红色黏液。

“印第亚，”她压低声音说，“印第亚，阿希礼……他受伤了。”

“你这个傻瓜！你以为他真的喝醉了？”

印第亚拉下最后一道遮光窗帘，然后拔脚朝卧室跑去。斯佳丽紧紧跟在她身后，只觉得心都要跳到嗓子眼了。瑞特的高大身躯挡在门口，可斯佳丽的目光还是越过他的肩膀，看到阿希礼躺在床上，脸色煞白，一动也不动。玫兰妮刚才还晕倒过，现在却动作特别麻利，正用一把绣花用的剪刀剪开他浸满了血的衬衫。阿奇一手端着灯把光亮投在床上，另一只骨节嶙峋的手抓住阿希礼的手腕。

“他死了吗？”两个姑娘异口同声问道。

“没有，只是失血过多晕过去了。子弹打穿了他的肩膀。”瑞特说。

“你干吗把他带到这儿来，你这个蠢货！”印第亚嚷道，“让我看看他！让我过去！你干吗把他带回这儿受逮捕？”

“他身体太弱，不能上路。没别的地方好去，韦尔克斯小姐。再说，难道你要他像汤尼·方丹那样当逃犯吗？你不至于想要你的十几个邻居都去得克萨斯，换个假名字度过余生吧？有个机会能让他们逃避罪名，只要贝尔……”

“让我过去！”

“不行，韦尔克斯小姐。你得帮个忙，请个大夫来——米德大夫不行。他牵连在这事里，眼下可能正向北佬辩解呢。另请个大夫来。你独自出门害怕吗？”

“不怕。”印第亚说，她的灰眼睛闪闪发亮，“我不怕。”她一把抓起玫兰妮挂在走廊里那件带兜帽的斗篷。“我去找老迪安大夫，”她努力迫使自己镇静下来，声音里没有兴奋的口吻了，”请你原谅，我把你叫成叛贼和蠢货。那是我以前不了解。我非常感谢你为阿希礼做的事——不过我仍然瞧不起你。”

“我欣赏坦率，也谢谢你的坦率。”瑞特向她鞠躬，嘴唇向下一撇，努出个滑稽的微笑，“好了，快去吧。要走小路。回来的时候，要是看到附近有士兵的影子，别走进这所房子。”

印第亚心情痛苦，朝阿希礼又瞥了一眼，裹上斗篷，匆匆穿过走廊，走到后门口，静悄悄出了门，投入夜色中。

斯佳丽的目光越过瑞特凝神看着，见阿希礼的眼睛睁开了，她的心怦怦直跳。玫兰妮从脸盆架上抓过一条折叠起来的毛巾，紧紧压住他流血的肩膀。阿希礼朝她微微一笑，显得十分虚弱，却让人放心。斯佳丽觉得瑞特敏锐的目光正盯着她，像是能看透她的心思。她知道自己的心事全暴露在脸上了，可她并不在乎。阿希礼在流血，也许要死了。她爱他爱得那么深，如今却因为自己的缘故，害得他肩膀上打了个窟窿。她想跑到他床前，俯身把他抱在怀里。可她的膝盖直打战，让她没法走进房间。她捂住嘴巴，望着玫兰妮又拿起一条毛巾死死按住他的肩膀，仿佛能让他的鲜血重新流回他的身体。但是，毛巾很快就染成了红色，好像中了魔法似的。

一个人流了那么多血怎么还能活着呢？谢天谢地，好在他嘴唇没长血泡。没错，她知道血泡是死亡的预兆，她从桃树河之战就知道得清清楚楚了。那天真可怕，受伤的人都死在佩蒂姑妈的草坪上，嘴里都淌着血。

"打起精神，"瑞特说，他的声音冷酷，带着一丝嘲讽意味，"他不会死的。听着，去给韦尔克斯太太端着灯。我要阿奇办点事。"

阿奇的目光越过灯望着瑞特。

"我不受你命令。"他的话说得很干脆，把嘴里嚼的烟块挪到嘴里另一侧。

"你按他的话去做，"玫兰妮严厉地说，"要快。凡是巴特勒船长的话句句都要听。斯佳丽，接着灯。"

斯佳丽走过去接过那盏灯，用双手端着，免得掉下去。阿希礼的眼睛又闭上了。他赤裸的胸膛缓慢隆起，很快就塌陷下去，鲜红的血从玫兰妮的小手指头间渗出来，那双手慌乱得像发了狂。斯佳丽朦胧听到阿奇踉踉跄跄穿过房间，走到瑞特跟前，接着听到瑞特压低声音急促说话。她的心思全在阿希礼身上，只听到瑞特压低声音说话的开头一句："骑我的马去……拴在门外……拼命快跑。"

阿奇咕哝着问了句话，斯佳丽听见瑞特回答道："老沙利文家庄园。在烟囱里能找到塞在里面的长袍，都烧掉。"

"嗯。"阿奇哼了一声。

"地窖里有两个人。尽力把他们搭在马背上，把他们送到贝尔家后面的空地上，就是她那所房子和铁路路轨中间那片空地。要当心，要是让人看见，你跟我们大家都得上绞架。把他们放在那片空地上，把手枪搁在他们旁边——塞在他们手里。给你——把我的手枪拿去。”

斯佳丽从屋子这头望过去，只见瑞特把手伸进夜礼服下摆，掏出两把左轮手枪。阿奇接过枪，插进自己腰带。

“每把手枪开一枪。要布置得像决斗的情况一样明显。你明白吗？”

阿奇点了点头，好像完全明白似的。接着，他那只冷冰冰的独眼闪出个尊敬的光亮，却仿佛并不心甘情愿。但是，斯佳丽一点也不明白。过去的半个钟头简直像一场噩梦，她觉得自己再也弄不明白任何事情了。不过，瑞特似乎完全控制了这场混乱的局面，这对她倒是个小小的安慰。

阿奇转身要走，却转身用那只独眼探询着瑞特的脸。

“是他？”

“对。”

阿奇哼了一声，朝地板上唾了一口。

“真倒霉。”他说完一瘸一拐走向后门。

最后这两句压低声音的对话让斯佳丽心中产生了新的恐惧和怀疑，像一股冰凉的泡沫涌上胸口。等那泡沫爆裂时……

“弗兰克在哪儿？”她嚷道。

瑞特快步走到床前，巨大的身躯尽量轻盈无声地挪动着，敏捷得像只猫。

“一切都很及时，”他说着脸上匆匆露出一丝微笑，“把灯端稳，斯佳丽。你不想烧着韦尔克斯先生吧。玫兰妮小姐……”

玫兰妮像个等待命令的小个子好兵。形势如此紧张，她根本没考虑到瑞特这是头一回用昵称叫她，这个昵称只有亲戚和老朋友才用的。

“我请你原谅，我想说的是，韦尔克斯太太……”

“噢，巴特勒船长，别要我原谅！你叫我‘玫兰妮’别加小姐两字，我会觉得光荣！我觉得你就像我的……我的哥哥，或者像我的堂兄。你的心多好，又多么聪明哪！我真不知道该怎么感谢你才好啦。”

“谢谢你，”瑞特说，他一时几乎显得有点发窘，“我哪敢这么放肆呢。不过，玫兰妮小姐，”他的声音里带着抱歉的口吻，“对不起，我不得不说韦尔克斯先生刚才是在贝尔·沃特林的房子里。我很抱歉，把他和其他人牵连进这么一种……一种……不过我从这儿骑马离开的时候，不得不赶紧考虑，这是我想出的唯一计划。我知道这话他们相信，因为我在北佬军官中有许多朋友。他们几乎把我当成他们的自己人，结果让我的名声受到大家怀疑，他们知道我在城里人中间……不妨说是‘不受欢迎’吧！我今晚早些时候还在贝尔酒吧打过扑克。这事有十几个北佬士兵能为我作证。贝尔和她那儿的姑娘们很高兴撒谎，说韦尔克斯先生和其他人整个晚上都在楼上。北佬会相信她们的话。北佬就是这么怪，他们从来没想过，干那一行的女人也会有强烈的忠诚感和爱国心。亚特兰大正派女人说出自己的男人在哪里开会，北佬一句也不信，可他们硬是相信那帮时髦女郎的话。我看，靠一个叛贼和十几个时髦女郎的名誉，我们有机会把我们的男人弄出来。”

说到最后几个字，他咧开嘴笑了笑，笑容里带着嘲讽。但是，玫兰妮带着感激神情抬头望着他时，他的微笑消失了。

“巴特勒船长，你真机智！你说什么我都不在乎，你就是说他们今晚下过地狱都没关系，只要能救他们就行！因为我知道，而且每一个跟他有关系的人都知道，我丈夫从来不去那种可怕的地方！”

“这个嘛……”瑞特有点尴尬地开了口，“其实他今晚真的在贝尔那里。”

玫兰妮挺直了身子，态度冷冰冰的。

“你怎么说都不能让我相信这种谎话！”

“玫兰妮小姐，请你听我解释！我今晚到了老沙利文那宅子时，发现韦尔克斯先生受了伤，休·艾尔辛、米德大夫、梅里韦特老头正陪着他……”

“那位老先生不可能去！”斯佳丽嚷起来。

“男人再老也难免干傻事。还有你家亨利伯伯……”

“噢，天哪！”佩蒂帕特姑妈嚷道。

“跟部队交火后，其他人都散了，没打散的这伙人来到沙利文的庄园，把长袍藏进烟囱里，察看韦尔克斯先生受的伤有多重。要不是因为他受了伤，大伙说不定这会儿已经在奔往得克萨斯的路上了，大伙儿全都会跑走。可他不能骑马，大家又不能抛下他。当时有必要证明他们去过某个地方，而不在他们去过的地方，所以我就带他们走小路去了贝尔·沃特林那儿。”

“噢，我明白了。请原谅我失礼，巴特勒船长。我明白必须带他们去那儿的原因了。可是……巴特勒船长，他们进去免不了让人看见啊！”

“没人看到我们进门。我们走的是那扇朝向铁路的门，人们都不知道那扇后门。门从来都是黑黢黢的，上着锁。”

“那你们怎么……”

“我有把钥匙。”瑞特说得很简短，他的目光平静，与玫兰妮的目光相遇了。

玫兰妮让这句话的含义震惊了，顿时感到非常尴尬，正在扎绷带的手变得非常笨拙，绷带整个从手里滑落了。

“我不是有意打听……”她声音含糊地说，一张白皙的脸涨得通红，连忙把毛巾重新按在伤口上。

“我很抱歉，不得不向一位太太说这种事。”

“这么说，他真的是跟那个坏女人沃特林同居！”斯佳丽想道，心里不由产生一种难以形容的痛苦，“那房子果然是他的！”

“我见了贝尔，把一切都解释给她听。我们还给了她一张名单，写着今晚在外面的人。她和她那些姑娘会替我们作证，说他们今晚都在她那个地方。接着，为了让我们离开时更惹人注意，她叫来两个在她那儿维持秩序的保镖，把我们连推带搡轰下楼，经过酒吧，赶到街上，就像对付在那里闹事的醉汉一样。”

他回忆着当时的情景，不禁咧开嘴笑了：“米德大夫装得不太像个醉汉。即使到了那种地方，他也觉得扮演醉汉有损尊严。可你家亨利伯伯和梅里韦特老头倒演得出色极了。要是他们不上舞台表演，演艺界真是少了两个了不起的演员呢。他们似乎觉得这事挺有趣。亨利伯伯的一只眼圈给打得发青了，因为梅里韦特的角色扮演得太热心。他……”

后门嘭的一声打开，印第亚走进门，后面跟着老迪安大夫。大夫一头长长的白发乱蓬蓬的，破旧的皮包在斗篷下面鼓鼓囊囊。他匆匆点了下头，没跟在场的任何人说话，马上揭掉阿希礼肩膀上的绷带。

“部位很高，没伤着肺，”他说道，“要是没伤着锁骨，就不严重。给我多拿些毛巾来，女士们，要是有棉花就拿点棉花来，还有白兰地。”

瑞特从斯佳丽手中接过灯，放在桌子上，玫兰妮和印第亚听从大夫吩咐，匆匆地跑来跑去。

“你在这儿什么也干不成，到客厅的壁炉跟前去吧，”瑞特搀着斯佳丽的胳膊，把她扶出房间。他的手和声音都透露出一种以前没有过的柔情，“你这一天真够受的，对不对？”

她任由他扶着来到客厅，虽然站在炉前地毯上，却浑身哆嗦着。她心里的疑惑像气泡一样越涨越大，此时已经不只是怀疑，几乎变得确信无疑，确定得可怕了。她望着瑞特不动声色的面孔，一时说不出话来。后来她开口问道：

“弗兰克也去过贝尔·沃特林那里吗？”

“没有。”

瑞特的声音变得十分直率。

“阿奇此刻正要把他送到贝尔家那片空地上。他脑袋挨了一枪，死了。”

第四十六章

那天夜里，亚特兰大城北端没有几家人入睡，因为印第亚·韦尔克斯像个幽灵似的悄悄溜进一家家后院，把三K党遇到的灾难和瑞特的计谋迅速传播开来，她压低声音，把消息匆匆传进人们的厨房，然后便闪身钻进夜色，消失在狂风之中。她就这样一路上带给人们恐惧和绝处逢生的希望。

从外表上看，一座座房子黑黢黢的，寂静无声，仿佛笼罩在睡眠中，但是，房子里，人们在压低声音热烈地讨论，一直谈到天明。许多人准备远走高飞，其中不但有参加这次夜袭的人，而且包括每一个三K党人。桃树街上，差不多在每个马厩里，马都备上了鞍，人们的手枪插在皮套中，粮食装进干粮袋里。印第亚低声传递的消息才阻止了一次大逃亡："巴特勒船长说了，别逃走。大路上有人监视呢。他已经跟那个叫沃特林的女人安排好了……"男人在黑暗的屋子里低声说："我怎么能相信巴特勒那个可恶的投机商呢？没准是个圈套！"女人的声音在恳求："别走！既然他救了阿希礼和休，也许他能把大家都救下。就连印第亚和玫兰妮都相信了他的话……"大家将信将疑，留下来没走，因为其实大家并没有出路。

前半夜，士兵敲了十几家人的门。凡是说不出或者不愿说出这天晚上他们去过什么地方的人，都让逮走了。不少人在监狱里过夜。其中有勒内·皮卡德、梅里韦特太太的一个侄儿、西蒙斯家弟兄和安迪·邦内尔。他们也参加了那次倒霉的袭击，但是，交火之后就给打散了。他们骑着马拼命赶回家，在听说瑞特的计划之前就被捕了。幸亏他们都一口咬定说，他们去过哪儿是自己个人的事，用不着北佬管。结果他们被关起来，要等到早晨再受审讯。梅里韦特老爷子和亨利·汉密尔顿伯伯却厚着脸皮称，他们晚上在贝尔·沃特林的妓院。贾弗里上尉不耐烦地指出，他们干那种事情，年纪未免太大了点，他们听了气得要跟他打架。

贝尔·沃特林接到贾弗里上尉的传讯，亲自跑来见他。他还没来得及提问，她便高声嚷嚷着说，今夜妓院要关门。说是昨天天刚黑，就有一批醉汉闯进妓院又吵又闹又打架，把她那地方闹了个底朝天，把最上等的镜子都砸了个稀巴烂，姑娘们都吓坏了，今晚的所有业务只好暂停。不过，贾弗里上尉如果想过去喝一杯，酒吧倒是还开着……

贾弗里上尉觉察到手下人都咧开嘴巴笑，觉得很尴尬，仿佛在跟迷雾搏斗。他怒气冲冲地说，他既不要年轻姑娘，也不喝酒，只想查出砸坏东西的顾客姓名。贝尔当然认识他们，说他们都是常客，每个星期三晚上都来，还自称是“礼拜三民主党人”，不过她可不知道他们这话是什么意思，也根本不关心。要是他们不赔偿在二楼走廊砸碎镜子的损失，她就跟他们打官司。她开了家有模有样的妓院，却……噢，他们的姓名？贝尔毫不犹豫就一口气写下十二个嫌疑人的名字。贾弗里上尉只有苦笑的份儿了。

“这些叛乱分子组织得跟我们的特务机构一样有效，”他说道，“你和你的姑娘们明天必须来见宪兵司令。”

“宪兵司令会赔我的镜子吗？”

“让你的镜子见鬼去！叫瑞特·巴特勒赔吧！那房子是他的，不是吗？”

天亮以前，城里每一个前邦联家庭都了解到了全部细节。他们家里的黑人也了解到了一切，虽然家人什么都没对他们说，可他们还是全都知道了。黑佣人是通过自己的秘密消息渠道了解的，白人永远也不会了解他们的消息渠道。人人都知道那次袭击的细节，弗兰克·肯尼迪和瘸腿汤米·韦尔伯恩被打死，阿希礼在运走弗兰克的尸体时受了伤。

妇女们本来对斯佳丽恨得咬牙切齿，但是，听说她丈夫死了，她虽然知道却不敢承认，连认尸那一点点可怜的安慰也得不到，女人对她的憎恨便有所缓和。天亮后，那两具尸体会暴露出来，当局自然要通知她，但在这之前，她必须装作什么也不知道。弗兰克和汤米，两具冰凉的尸体手里握着枪，直挺挺躺在一片空地的枯草里。北佬会说，他们是酒醉后为一个姑娘争风吃醋，结果开枪相互打死的。人们非常同情汤米的妻子范妮，她刚刚生了孩子，却没有人在黑夜里溜到她那儿安慰她。因为一队北佬兵把她的房子包围起来，埋伏着等待汤米回家。另一队士兵守在佩蒂姑妈家周围，等着抓弗兰克。

天亮前，消息慢慢传开，说这天要进行军事讯问。城里人一夜没睡，都睁不开眼，个个等得心焦。他们清楚，城里几个最有名望的公民处在危险中，性命有赖于三个条件：阿希礼·韦尔克斯能否站直身子出现在军事委员会面前，好像他没什么大毛病，只是早晨过后有点头疼而已；贝尔·沃特林能否证明那些男人整个晚上都在她的房子里；瑞特·巴特勒能否证明当时跟他们在一起。

城里人对后两个条件觉得苦恼！贝尔·沃特林！自己的优秀男子要靠她来救！简直让人受不了！妇女们以前见了贝尔就神气活现地穿过马路，不跟她打照面，不知道她是不是还嫉恨，她们心里为这事忐忑不安。男人跟女人的想法不同，他们并不觉得受她保护有什么丢脸，许多男人还认为她是个好人。可他们心里暗自觉得痛苦，因为如今不得不靠瑞特·巴特勒这种投机商和叛贼救他们的命，让他们重获自由。贝尔和瑞特，一个是城里最有名的妓女，一个是最让人痛恨的男人。如今大家要靠他们施恩。

他们还有个有火没处发的痛苦，他们知道北佬和投机商会因此嘲笑他们！他们会笑得多开心哪！城里十二位最有名望的公民让揭露出来，结果他们竟是贝尔·沃特林妓院的老主顾！其中两个人还在一场决斗中丧了命，居然是为了争一个卑贱的小姑娘。其他人酗酒闹事，竟然让贝尔赶出她的妓院。还有几个遭到逮捕，虽然人人都知道他们去过妓院，他们自己却拒不承认！

亚特兰大人担心会受到北佬的嘲笑，他们的担心没错。北佬长期遭南方人冷眼和轻蔑，一直难受不堪，这件事让他们乐得发狂了。军官叫醒自己的同伴，转述这个消息。丈夫们一大早就唤醒妻子，把凡是不失体面的细节都告诉她们。女人都急忙穿上衣服，敲开邻居家的门，传播这个故事。北方女人个个乐不可支，笑得眼泪顺着脸颊直流。原来这就是你们南方的骑士风度和侠义精神！南方女人都高高昂起头，冷冰冰拒绝一切友好姿态，今后也许不会再那么盛气凌人了，如今人人都知道了，她们的丈夫本来该参加政治会议，结果却在那种地方消磨时光。政治会议！得了吧，别逗了！

不过，即使是在她们嘲笑的时候，也对斯佳丽和她经历的悲剧感到难过。毕竟斯佳丽是位上流社会的夫人，也是亚特兰大城与北方人友好相处的少数几位太太之一。她已经赢得了她们的同情，因为她丈夫其实不能供养她，要不就是不愿供养她，她才不得不自己外出做生意。尽管她丈夫不是个好东西，但是，这个可怜人儿发现他对自己不忠，这对她实在是件可怕的事情。而且，他的不忠事实和死讯同时降临到她头上，这就加倍的糟糕。毕竟，有个倒霉丈夫还是比没丈夫好些。于是，北方女士们打定了主意，要对斯佳丽特别好心。至于其他人，就像米德太太、梅里韦特太太、艾尔辛太太、汤米·韦尔伯恩的寡妇，特别是阿希礼·韦尔克斯太太，她们每次见了这些女人，都要嘲笑她们，要让她们学得谦虚点。

那天晚上，亚特兰大城北端的一个个黑黢黢的房子里，人们压低声音谈论的多半是同样的话题。妻子们口吻热烈地告诉自己的丈夫说，她们一点儿也不会在乎北佬怎么看她们。但是，她们内心中却有不同的想法，她们宁愿受夹道鞭打刑罚，也不愿遭受北佬嘲笑的折磨，而且还不敢说出自己丈夫的实情。

米德大夫气得发狂，没想到瑞特把大家骗得落入尊严扫地的境地，他对米德太太说，要不是因为这事牵连到别人，他倒真想坦白真相后上绞架，免得说他去过贝尔的妓院。

“米德太太，这对你是个侮辱。”他吹胡子瞪眼地说。

“可是人人都知道你没去那儿，因为……因为……”

“可北佬不会知道。要是我们保住性命，他们就会相信这话。他们就会嘲笑我们。一想到有人相信那种事，还要嘲笑我，我心里就冒火。再说，那对你也是个侮辱，因为……我亲爱的，我对你从来是忠心耿耿的。”

“这我知道。”黑暗中，米德太太微笑着悄悄把一只瘦削的手伸到大夫手里，“不过，我情愿你真的去过那里，也不愿让你的一根头发丝遭受危险。”

“米德太太，你知道你在说些什么吗？”大夫对妻子不容置疑的现实态度感到大为吃惊。

“我知道的。我失去了达西，又失去了菲尔，如今只有你了。与其失去你，还不如让你永远住在那个地方呢。”

“你怎么变得没心没肺了！简直不知道自己在胡说些什么。”

“你这个老傻瓜。”米德太太温柔地说着把脑袋靠在他胳膊上。

米德大夫憋了一肚子的气，不作声了，他抚摸着她的脸，接着又发作了：“还欠了巴特勒那家伙的情！就是上绞架也比这好。哼，就算他救了我的命，我也不可能礼貌待他。他是个目空一切的小人，恬不知耻的投机商，他让我心里冒火。欠下他救命之恩，哼！这家伙从来没有参过军……”

“玫兰妮说，亚特兰大陷落那会儿，他入过伍。”

“那是撒谎。随便一个恶棍的话，玫兰妮小姐都会信。我真不懂，这个人为什么要这么做……把那么多麻烦揽过去。我不愿提，可是总有人议论他和肯尼迪太太。过去这一年，我就常常看见他们坐马车来来往往。他准是为了她才这么干的。”

“要是为了斯佳丽，那他手都懒得动一动，因为他会高兴看到弗兰克·肯尼迪给人绞死。我看是为了玫兰妮……”

“米德太太，你不至于暗示说，他们俩之间有什么事吧！”

“哎呀，别说傻话！不过，他在战争期间设法把阿希礼交换出来，打那以后，她一直对他好，好得没法解释缘故。我看我也得替他说句话，他跟玫兰妮在一起，脸上从来没有那种色迷迷的微笑，总是尽可能显出文雅态度，周到细致，简直像换了个人。从他跟玫兰妮的交往中，你可以说，他这个人要是愿意，还是能当个正派人的。对了，我知道他为什么这么干了……”她停顿下来，“大夫，你不喜欢我的想法吧。”

“我对整件事情一点都不喜欢！”

“算了吧。我看他这么干一方面是为了玫兰妮，不过主要原因是想跟我们大伙儿开个大玩笑。大家都恨他，也表现得明明白白，如今他让我们陷入两难境地，你们大伙儿不得不做出选择，要么说自己当时在沃特林那个女人的房子里，让你们自己和妻子丢脸；要么说出真相，上绞架。他知道大家因此会欠他的情，还欠他那个……那个情妇的情，也知道我们几乎是宁愿上绞架也不愿欠他的情。啊，我敢打赌，他觉得很开心呢。”

大夫哼了一声：“他带我们上那房子的楼梯时，倒的确显得很开心。”

“大夫，”米德太太迟疑地问道，“那地方什么样儿？”

“你这是说什么呢，米德太太？”

“她屋里什么样儿？有没有嵌雕花玻璃的枝形吊灯？有红色长毛绒帷幕和十几面大镜子吗？那些姑娘全都一丝不挂，对不对？”

“上帝呀！”大夫嚷起来，他简直惊呆了，从没想过一个正派女人对不正经的女同胞有这么强烈的好奇心，“你怎么能说出这么不正经的话呢？你脑子出毛病了吧？我给你调一杯镇静剂吧！”

“我才不要什么镇静剂呢。我要知道嘛。喂，亲爱的，我想知道一所坏女人住的房子是什么样，这可是我唯一的机会，你却忸怩作态，不肯告诉我！”

“我什么也没注意。我向你保证，当时发现自己竟然去了那么个地方，立刻尴尬得要命，根本顾不上注意周围环境，”大夫一本正经地说。他不经意认识到妻子的本质，觉得比那天晚上经历的种种事情更让他心烦，“要是你现在能原谅我，我想睡上一会儿了。”

“那你睡吧，”她回答的声调里带着失望。接下来，大夫弯腰脱靴子，黑暗中，她的声调重新变得愉快了，“我想多莉已经从梅里韦特老头那里把一切都打听到了，她会告诉我的。”

“天哪！米德太太！你这不是要告诉我说，上流社会的女人聚在一起就谈些这种事……”

“得了，上床吧！”米德太太说。

第二天，天下起了雨夹雪，冬日的暮色渐渐降临后，冰粒不再落下，不久寒风骤起。玫兰妮受到一个黑人神秘兮兮的召唤，觉得莫名其妙，裹上斗篷跟着他走出门前的步道，来到大门外一辆车门紧闭的马车跟前。车门开了，她看见车厢里坐着一个女人。

玫兰妮凑过去朝里面仔细瞅，开口说：“谁呀？天气这么冷，进屋去好吗？”

“请进来，陪我坐一会儿，韦尔克斯太太！”车厢里面有人说，声音显得有点尴尬，她隐隐约约觉得耳熟。

“噢，你是沃特林小姐……嗯，沃特林太太！”玫兰妮嚷起来，“我真的很想见你！一定要请你进屋去坐。”

“这可不行，韦尔克斯太太，”贝尔·沃特林的声音显得很吃惊，“你进来陪我坐一会儿吧。”

玫兰妮跨进车厢，马夫连忙关上车门。她坐在贝尔身旁，握住她的手。

“真不知道该怎么感谢你今天所做的事了！大家都对你感激不尽！”

“韦尔克斯太太，你今天早上不该派人送那张便条给我。我收到你的条子感到骄傲，但是，条子有可能落入北佬手中。至于说你打算亲自来拜访我，对我表示感谢——哎哟，韦尔克斯太太，你准是失去理智啦！怎么能想出这种主意！所以天一黑我就赶到这儿来告诉你，千万别想这种事情。嘿，那对你……对我都不合适。”

“登门拜谢一位救我丈夫性命的好心人，难道有什么不合适？”

“嘿，胡扯，韦尔克斯太太！你知道我的话是什么意思！”

这个暗示让玫兰妮觉得尴尬，她一时沉默不语。不管怎样，坐在车厢暗处的这个女人相貌漂亮，衣着大方，跟她想象中的坏女人和妓院老鸨不同，模样不一样，谈吐也不一样。这个女人的话听上去——有那么一点粗俗，也有点乡下人的味道，不过她这个人倒是既亲切又热心。

“你今天在宪兵司令面前真是太了不起了，沃特林太太！你和其他……你的……年轻小姐们确实是救了我们男人的命。”

“韦尔克斯先生才了不起呢。我真不知道他怎么能站得稳，还讲了他那套编出的故事，他冷静的神情就不用提了。昨晚我看见他的时候，他流血流得吓人。韦尔克斯太太，他没事吗？”

“没事的，谢谢你。大夫说，他虽然失了不少血，不过只是皮肉受伤。今天早上，他……他喝了很多白兰地提精神，要不然，他再怎么也不会有精力应付得那么顺利。不过，沃特林太太，是你救了他们。你说起他们打碎你的镜子时，怒不可遏的态度那么……那么令人信服。”

“谢谢你，太太。不过，我……我看巴特勒船长也干得很漂亮。”贝尔的声音里露出自豪，也带着腼腆。

“啊，他的确棒极了！”玫兰妮热情地喊道，“北佬没法不相信他的证词。他把事情整个安排得巧妙极了。我真不知道该怎么感谢他才好……还有你，我也不知道该怎么感谢你才好！你们真是人好心眼也好！”

“我真心感谢你，韦尔克斯太太。我很高兴做这事。我……我希望，我说韦尔克斯先生经常上我那儿去，你不至于难过。他从来没有，你知道……”

“对，我知道的。我一点也不难过。我对你只有感激。”

“我敢打赌，别的太太不会感谢我，”贝尔突然恶狠狠地说，“我也敢打赌，她们也不会感谢巴特勒船长。我敢打赌，她们更加憎恨他了。我敢打赌，你是唯一向我表示谢意的太太。我敢打赌，她们在街上见了我，甚至看都不会看我一眼。可我不在乎。她们的丈夫就是都让绞死，我也不会往心里去。可我真的关心韦尔克斯先生。你知道，我忘不了你在战争期间待我好，把我捐的钱送给医院。城里别的太太小姐没一个像你待我那么好过。我不会忘记别人的好意。我想过，要是韦尔克斯让绞死，你就成了寡妇，还带着一个孩子，可他……他是个好孩子。你的孩子是个好孩子，韦尔克斯太太。我自己也有个孩子，所以我……”

“噢？你有孩子？他住在……呃……”

“啊，太太，不！他不在亚特兰大。他从没来过这儿。他在上学。他很小的时候，我就跟他分开住了。我……唉，不管怎样，巴特勒船长要我替那些男人撒谎的时候，我就要求知道那些人是谁。我一听说其中有韦尔克斯先生，就没有犹豫。我对我那些姑娘说：‘你们要是敢不说你们整个晚上都陪着韦尔克斯先生，我就要你们的命。’”

“啊！”玫兰妮听她随口说出“姑娘”这个字眼儿，越发觉得困窘了，“啊，那是……嗯……那是你心眼好，她们也都好。”

“对你是应该的，”贝尔热情地说，“不过要是换了别人，我才不干呢。要是只有肯尼迪太太一个人，不管巴特勒船长怎么说，我都不会动一动嘴皮子。”

“那是为什么？”

“嘿，韦尔克斯太太，干我这一行的能了解很多事情。要是上流社会的太太们得知我们什么都知道，准会大吃一惊。她不是个好人，韦尔克斯太太。她害死了自己丈夫和那个好人韦尔伯恩，简直等于是她开枪把他们打死的。这事整个是她引起的，她独自在亚特兰大到处乱闯，引得那些黑鬼和白人穷鬼起了歹心。嘿，就是我的姑娘们也没一个……”

“你可不能说我嫂子的坏话。”玫兰妮口吻强硬冷淡。

贝尔一只手搭在玫兰妮胳膊上，想安慰她，接着连忙把手抽回去。

“别冷淡我，韦尔克斯太太。你刚才对我那么亲切，那么热情，现在这么待我，我受不了。我都忘了你有多喜欢她，我不该说那些话。肯尼迪先生死了，我也感到难过。他是个好人。我从他的店铺里买过不少屋里需要的东西，他待我总是很客气。可是肯尼迪太太……她跟你不是一种人，韦尔克斯太太。她从来是个冷冰冰的人，我一想起她，就是这种感觉……他们什么时候给肯尼迪先生下葬？”

“明天早上。你对肯尼迪太太的看法不对。嘿，这会儿，她伤心得死去活来。”“或许是吧，”贝尔的声音显得不相信，“好了，我该走了。我怕有人认出这辆马车，那就对你不好了。我说，韦尔克斯太太，要是你在街上看见我，你……你用不着跟我说话。我心里明白。”

“跟你说话我会觉得骄傲的。为欠你的恩情而骄傲。我希望……我希望我们能再见面。”

“不，”贝尔说，“那不合适，晚安。”

第四十七章

斯佳丽坐在卧室里，无精打采地吃着黑妈妈送来的一托盘晚饭，外面狂风的呼啸声声入耳，打破了夜色的寂静。屋子里一片死寂，比几小时前弗兰克的尸体停放在客厅时更宁静，更吓人。那时还听得见人们踮着脚尖走路的声音、压低声音的交谈、模糊的敲门声、邻居们匆匆赶来压低嗓门吊唁，弗兰克的妹妹从琼斯博罗赶来参加葬礼，还不时呜咽几声。

此时，屋子笼罩在一片寂静中。虽然她的卧室门敞开着，却听不到楼下有一点儿声音。自从弗兰克的尸体运回家来后，韦德和埃拉就一直待在玫兰妮家，她盼望听到儿子啪嗒啪嗒的脚步声和女儿的咯咯笑声。厨房里也是一片平静，楼上听不到彼得、黑妈妈和厨娘在那里的争执声。就连佩蒂姑妈也不在楼下的图书室摇晃她那张嘎吱嘎吱的椅子，免得搅扰斯佳丽的悲绪。

没有人闯进来打扰她，人们都理解，她在悲痛中希望独自待着。可斯佳丽最不愿意独自待着。假如只有悲伤陪伴，她还能忍受，她已经忍受过几次同样的悲伤了。但是弗兰克的死带来的不仅仅是让她头晕目眩的失落感，还有恐惧、悔恨，以及良心忽然觉醒让她感到的折磨。她平生头一回为自己做的事感到懊悔，懊悔中带着强烈的迷信感觉，她不禁朝她和弗兰克睡的那张床瞟了几眼。

是她把弗兰克害死了。简直像是她亲手扣动扳机开枪把他打死一样。他一再求过她，要她别独自到处闯，可她就是不听他的话。结果由于她的固执，他死了。上帝会为此惩罚她的。她良心上还有一个沉重的包袱，比导致他死亡更严重，更可怕。那件事以前从来没让她苦恼过，直到她望着棺材里他那张脸，这才体会到。那张脸上有一种无可奈何的可怜相，那张脸在谴责她。他真心爱的是苏埃伦，可她却把他抢了过来，上帝会为此惩罚她的。她将来准会缩在被告席上受审判，交代自己从北佬军营出来搭他的马车回家时，对他撒的谎。

尽管她现在可以争辩说，她是为了达到目的，所以才不择手段；说她是迫不得已才对他设下圈套，说很多人的命运当时要依靠她，让她没法考虑他或者苏埃伦的权利和幸福，可这全都没用。事实是明摆着的，她只能缩起身子躲避。她冷漠地嫁给他，冷漠地利用了他。过去六个月里，她本来能让他非常开心，却使他非常不快。上帝会为她没有善待他而惩罚她的，她欺负他，刺激他，对他大发雷霆，对他说话尖刻，迫使他疏远朋友，还独自经营锯木厂，建造酒吧，租用囚犯。

她心里清楚，她让他过得很不幸福，可他像个绅士一样承受了她的一切。她唯一让他感到真正快乐的事情，就是给他生了埃拉。她知道，假如自己能避免生孩子，埃拉根本就不会出生。

她浑身颤抖，心里恐惧，但愿弗兰克还活着，自己一定会善待他，弥补过去的一切。啊，要是上帝不会发怒，不会报复她，那该多好！唉，要是时间别过得这么慢，房子里不是这么寂静，那该多好！假如她不是独自一人，那就好了！

要是玫兰妮陪着她该多好，玫兰妮会让她忘掉恐惧的。可玫兰妮在家里照料着阿希礼。斯佳丽一时想把佩蒂帕特叫来做伴，好让她分散一下良心的自责。可她感到踌躇。佩蒂或许会把事情搞得更糟，因为她是真心诚意哀悼弗兰克，因为弗兰克的年纪与她相仿，比斯佳丽却高了一代。她一向对他忠心耿耿，因为他是“家里的男子汉”，能满足她许多需要。他送她小礼物，跟她聊些无伤大雅的闲话，对她开玩笑，给她讲故事。到了晚上，她替他补袜子，他就为她读报纸，把当天的新闻讲给她听。她一直格外关心他，费心烧他喜爱的饭菜，在他无数次感冒中，她总是悉心照料他。现在，她特别怀念他，一边轻轻擦着自己红肿的眼睛，一边喃喃地说："要是他不跟三K党出去，那该多好！"

要是有个人能安慰她，消除她心中的恐惧，并且把她的感觉解释出来，那该多好。斯佳丽感到恐惧，恐惧让她惊慌失措，仿佛心变得冰凉，正在往下沉，让她觉得恶心。要是阿希礼能……可是，她不敢往下想了。她杀了弗兰克，也几乎要了阿希礼的命。假如阿希礼得知真相，了解到她如何用谎言把弗兰克骗到手，了解她一向如何对待弗兰克，他就再也不会爱她了。阿希礼那么正直，那么真诚，那么和善，看问题那么清晰透彻。要是他了解到全部真相，准会明白的。啊，可不是，他会明白得一清二楚！他就再也不会爱她了。所以，千万不能让他了解真相，因为她一定要保住他的爱。他的爱就是她生命活力的秘密源泉，要是失去他的爱，她还怎么活下去呢？然而，要是能把脑袋靠在他肩膀上哭诉，卸下压在心灵上的愧疚负担，那该多舒畅啊！

死一般凝重的寂静沉沉地笼罩着她，最后，她觉得再也无法独自承受了。她小心翼翼站起身，把门半关上，然后在衣柜的底层抽屉里翻寻，掏出佩蒂姑妈那只盛着白兰地的"头晕药瓶"。瓶子是她藏在那里的。她把瓶子凑近灯光，见里面几乎半空了。哎呀，昨晚还是满的，她不可能喝了那么多吧！她朝自己喝水用的玻璃杯里足足倒了半杯，扬起脖子一口灌下去。天亮前，她得在酒瓶里兑满水，放回酒柜里。葬礼前，抬棺材的人要喝一口，黑妈妈一直在找这瓶酒，黑妈妈、厨娘和彼得甚至相互猜疑，厨房里的气氛变得紧张了。

白兰地带给她一种火辣辣的快感。需要点刺激的时候，什么也比不上它。她觉得白兰地任何时候都很管用，比淡而无味的葡萄酒好多了。为什么女人只能喝葡萄酒，喝烈性酒为什么就是不合规矩？在葬礼上，梅里韦特太太和米德太太毫不掩饰地闻她呼出的气息，接着便得意扬扬地交换一个眼色。这两只老猫！

她又倒了一杯。今晚就是喝得有点晕晕乎乎也没关系，她很快就要上床了，黑妈妈来帮她宽衣前，她可以用香水漱漱口。她真希望能像杰拉尔德那样，在开庭日喝得酩酊大醉，什么事都不去想。或许她就能忘记弗兰克那张凹陷的脸，看不出那张脸在谴责她毁了他的一生，最后把他害死。

她不知道城里人是不是都认为是她把他害死的。今天出席葬礼的人个个对她冷淡。只有跟她做过生意的北佬军官的太太们，向她表示同情时才露出一点温暖。嘿，她才不在乎城里人怎么说她呢。比起她必须向上帝交代的事情，人们怎么说完全是无关紧要的。

想到这里，她又喝了一杯，火辣辣的白兰地顺着喉咙流下去，她只觉得浑身在颤抖。这时她已经觉得挺暖和了，可还是没法把弗兰克从思绪中驱走。男人真是傻瓜，说什么喝酒让人健忘！除非她能喝得不省人事，否则弗兰克的脸总是在她眼前晃来晃去。那张脸就像最后一回求她别独自赶车外出一样，带着腼腆、责备和歉意。

正门响起一阵门锤敲门的沉闷声音，在寂静的房子里回荡着。接着，她听到佩蒂姑妈摇摇晃晃穿过走廊的脚步声和开门声。打招呼的声音和喃喃谈话都听不清楚，显然是某个邻居来说葬礼的事，要不就是送来了牛奶冻。佩蒂喜欢与吊唁的客人交谈，并从中得到很大的安慰。

她心里感到淡漠，不过她想知道来人是谁，只听到一个男人低沉的拖腔盖过了佩蒂压低的悲声，她听出那是谁了，心中顿时涌起一阵喜悦和宽慰。那是瑞特。自从他向她说出弗兰克的死讯后，她还没见过他。她心里马上感到，今夜只有他才能帮助她。

“我想她会见我的。”她听见瑞特的声音传到楼上来。

“可她已经睡下了，巴特勒船长，谁都不会见了。可怜的孩子，她已经支撑不住了。她……”

“我想她会见我的。请告诉她说，我明天一早要走，也许要离开一些日子。事情很重要。”

“但是……”佩蒂帕特姑妈心烦意乱。

斯佳丽赶紧跑到走廊去看，为自己的脚步有点踉跄觉得吃惊，连忙靠在楼梯栏杆上。

“我马上就下来，瑞特。”她喊道。

她朝佩蒂帕特姑妈那张仰起来的胖脸瞥了一眼，只见她猫头鹰似的眼睛露出惊奇和责备神情。“这下全城都要知道了，在我丈夫举行葬礼的同一天，我的行为就很不得体，”斯佳丽想道。她匆匆跑回房间，动手梳头发，把身上穿的黑色紧身上衣一直扣到下巴底下，用佩蒂帕特的服丧饰针把领子别住。她朝镜子里看看，心想，“我看上去不很漂亮，脸色太苍白，神色太惊慌了。”她不由自主把手伸向藏着胭脂的小抽屉，可她还是决定不用。要是她下楼的时候面色红润，满面春风，可怜的佩蒂帕特准会慌得要了命。她抓起香水瓶，含了一大口，仔细漱漱口，然后吐进污水罐里。

她裙裾摆动，匆匆下楼，朝他们两人跑去。斯佳丽的行为让佩蒂帕特心烦意乱，她都没顾上给瑞特让座，两个人仍然站在走廊里。他身穿得体的黑色礼服，衬衫饰边浆得又白又硬，举止符合习俗要求，是来向一位老朋友的遗孀表示吊唁。不过，他扮演得太完美了，简直有点像演戏。不过佩蒂帕特并没有发觉他的做作。他恰如其分地为打扰斯佳丽表示歉意，也为不能赶来参加葬礼感到遗憾，因为当时忙着赶在离城前做完生意。

“他来干吗？”斯佳丽感到纳闷，“他说的没一句是真心话。”

“我不愿在这种时候还来打扰，不过我有桩生意要讨论，实在等不及了。是肯尼迪先生和我一直在计划的……”

“我还不知道你跟肯尼迪先生有生意往来。”佩蒂帕特姑妈几乎感到气愤了，没想到弗兰克的活动她竟然不知道。

“肯尼迪先生是个兴趣广泛的人，”瑞特的话里带着敬意，“我们进客厅谈好吗？”

“不。”斯佳丽朝客厅的折叠门瞅了一眼，大声说。她仍然觉得客厅里停放着棺材，但愿自己永远别再进去。佩蒂这次总算领会了一个暗示，不过心里老大的不情愿。

“来图书室吧。我得……我得上楼去，把针线活拿出来做。天哪，整整一个礼拜我都没顾上做针线。”

她一边上楼，一边扭头瞟了一眼，目光里带着责备。不管是斯佳丽还是瑞特，都没有注意到她的目光。他闪身让她先走进图书室。

“你跟弗兰克搞过什么生意？”她突然开口问道。

他靠近她，低声说：“什么也没有。我不过是把佩蒂小姐打发走罢了。”他停顿片刻，向她俯身过来，“斯佳丽，没用的。”

“什么？”

“香水。”

“我实在听不懂你的意思。”

“我看你懂。你喝得太多了。”

“哼，那又怎么样？关你什么事？”

“即使是在深深的悲痛中，也要注意礼貌。别独自喝酒，斯佳丽。人们总会发现的，会毁掉自己名声的。再说，独自喝酒不是好事。怎么啦，宝贝？”

他把她搀到红木沙发前，她悄然坐下。

“我把门关上好吗？”

她知道，要是黑妈妈看到她关着门跟一个男人坐在屋里，准会大惊小怪，一连几天咕哝着训斥她。不过，要是黑妈妈无意中听到他们在谈论喝酒，而且那瓶白兰地还没找着，那就更糟了。她点了点头，瑞特把两扇推拉门合在一起。他回来坐在她身旁，两只黑眼睛敏锐地扫视她的脸。在他的活力光芒照射下，死亡的阴影消失了，房间里似乎又变得令人愉快，又像个人家了。玫瑰色的灯光投射出温暖的光芒。

“怎么回事，宝贝？”

瑞特能把这个表示亲热的愚蠢字眼儿说得十分甜蜜，这一点世界上任何人都比不上他，哪怕是开玩笑也让人愉快，可他看来不像是在开玩笑。她抬起饱受痛苦的眼睛朝他望去，也不知是为什么，看到他那张毫无表情的脸，看到他谜一样的神情，能让她感到慰藉，她并不知道为什么会有这种感觉，可他是个冷酷的人，完全无法预测他下一步会怎么说，怎么做。也许他经常说的话没错，他们两人太相像了。有时候，她甚至想到，除了瑞特外，她认识的其他人都是陌生人。

“你不能告诉我？”他握住她的手，温柔得让人奇怪，“不仅仅是因为弗兰克去世吧？你需要钱吗？”

“钱？上帝啊，不！唉，瑞特，我害怕极了。”

“别犯傻，斯佳丽，你这辈子从来就没害怕过。”

“啊，瑞特，我真的害怕！”

她的话不断冒到嘴边，快得都让她说不过来了。她可以讲给他听。她什么话都可以当着瑞特的面说出来。他自己也一直是个坏人，不会做审判她的判官。世界上到处是诚实正直的人，他们为了拯救自己的灵魂而不愿撒谎，他们宁愿挨饿也不做不光彩的事，因此知道有个人行为不端，声名狼藉，会撒谎，搞欺骗，让她心里感觉真好！

“我恐怕我死后要下地狱。”

要是他嘲笑她的话，她当下就不想活了。可他没嘲笑她。

“你很健康——再说恐怕根本就没有地狱。”

“噢，有的，瑞特！你知道有地狱的！”

“我知道地狱是有的，不过是在活人的世界上。不是在我们死后。我们死后就什么都没有了，斯佳丽。你现在尝到的，就是地狱的滋味。”

“啊，瑞特，这可是亵渎神明的话！”

“不过让人听了特别宽慰。告诉我，你怎么会下地狱呢？”

他这是取笑她，她都能看到他眼睛里隐隐约约闪烁着亮光，可她不在乎。他那双手那么温暖结实，握着她的手让她感到宽慰。

“瑞特，我本不该跟弗兰克结婚。我错了。他爱的是苏埃伦，不是我。可我对他撒谎，对他说，苏埃伦要跟汤尼·方丹结婚了。唉，我怎么能干出那种事呢？”

“啊，原来是这么回事！我一直感到纳闷呢！”

“后来我一直让他过得不开心，逼着他干各种他不愿做的事，就像让他逼人讨账，可那些人没钱，确实付不起账。我经营锯木厂、建造酒吧、租用囚犯，这些都让他伤心，他在人面前都抬不起头了。瑞特，是我把他害死的。没错，是我！我不知道他是个三K党人，也从没想过他有那么大的胆量。可我本该知道的。是我把他害死的。”

“伟大的尼普顿啊，你的所有海洋能洗净我手上的鲜血吗？”这句引语出自莎士比亚戏剧《麦克佩斯》第二幕第二场。尼普顿是希腊神话中的海神。

“什么？”

“没什么。接着说。”

“接着说？就这些了。难道还不够？我跟他结了婚，我让他不开心，我把他害死了。噢，上帝啊！我真不明白自己怎么会干出这种事！我为了嫁给他撒了谎，当时觉得没什么错，可现在才看出大错特错。瑞特，这一切仿佛都不是我干的。我并不是个卑鄙的人，可我对待他的行为太刻薄了。我受的教养不是那样的。妈妈……”她说不下去了，抑制住自己的感情。她整天都努力避免想到埃伦，可她现在再也躲避不开母亲的形象了。

“我常常想，不知她是个怎样的人。我觉得你非常像你父亲。”

“母亲是个……唉，瑞特，我这是头一回为她已经去世感到高兴，她看不见我现在的模样。她并不想把我养成个卑鄙的人。她待人那么和善好心。她情愿让我挨饿，也不会让我干出这种事。以前，我盼望在各方面都像她，可我一丁点都不像她。我以前从来没这么想过，因为总有那么多事情要考虑，可我希望像她。我不希望像爸爸。我爱爸爸，可他是那么……那么……头脑简单。瑞特，有时候，我真想和善待人，想对弗兰克好心，可那场噩梦总会出现在我脑袋里，让我吓得要死，我只想逃出噩梦，从别人手里把钱夺走，也不管是不是我的钱。”

眼泪顺着她脸蛋直往下淌，她也不管，她紧紧抓着他的手，指甲都掐进他的肉里了。

“什么噩梦？”他的声音十分平静，让她感到安慰。

“噢，我都忘了，你不知道。唉，我每次想要好生待人，每次对自己说钱并不是一切，上床后就会做梦，梦见我妈妈刚去世那会儿的事，梦见回到了塔拉庄园，北佬刚刚去过。瑞特，你简直无法想象……我一想到当时的情景，就浑身发冷。我眼前的一切都给烧光了，到处是死一样的寂静，什么吃的东西都没有。啊，瑞特，我在梦中又在挨饿。”

“说下去。”

“我在饿肚子，大家都在挨饿，爸爸、两个妹妹、家里的黑人，大家都在挨饿，人们嘴上一遍又一遍地说：‘我们肚子饿，’我的肚子里空空的，饿得肚子都疼了，害怕得要命。我的脑子里一直在想：‘要是能摆脱这种情景，我再也不挨饿了，永远也不挨饿了。’接着，梦境变成一片灰蒙蒙的迷雾，我在雾中跑啊跑，没命地跑，跑得心都要炸开了，身后好像有个东西在追我，我气都喘不上来，我心里在想，要是能赶到那个地方，就安全了。可我也不知道到底要赶到什么地方去。接着我就醒了，吓得浑身发冷，心里又害怕会饿肚子。醒来后，我好像觉得，就是钱再多，也不能让我忘掉害怕饥饿。可弗兰克说话总是那么慢条斯理，让我急得发疯，我忍不住要发脾气。我猜，他并不理解这些，可我又没法让他理解。我总是想，等我们将来有钱了，等我将来不再害怕挨饿了，我会报答他的。可现在已经太晚了，他死了，太晚了。唉，我做那些事情当时总觉得没错，但是我做得大错特错。要是能从头再来，我一定不会那么做了。”

“嘘，”他说着把手从她狂乱的抓握中抽出来，掏出一块干净手帕，“擦擦脸。你哭得死去活来，脑袋都昏了。”

她接过手帕，擦擦脸上的泪水，心里不由觉得轻松些，仿佛把肩上的担子转移到他宽阔的肩膀上去了。他看上去能力那么强，就连嘴角的轻微扭动也让她感到安慰，仿佛让她觉得自己的苦恼和慌乱其实没有道理。

“现在觉得好点？那我们就彻底谈谈这事。你说要是能从头再来，就不会那么做了。你能不那么做吗？想想看，能不能？”

“这个嘛……”

“不能。你还是会用同样的办法做。你有别的办法没有？”

“没有。”

“那你干吗这么难过呢？”

“我那么刻薄，结果他死了。”

“假如他没死，你还是照样会刻薄。照我看，你难过并不是因为嫁了弗兰克，也不是因为欺负他，或者无意中要了他的命，你是因为害怕下地狱才感到难受，对不对？”

“这……这话听上去很混乱。”

“你的道德观也很混乱。你跟一个当场被逮住的小偷处境一模一样，心里并不为偷窃感到难过，却为蹲监狱害怕得要命。”

“小偷？”

“别咬住字眼儿不放！换句话说，假如你没有这个下地狱让火烧的念头，就会认为终于摆脱了弗兰克。”

“啊，瑞特！”

“嘿，得了吧！你在忏悔，还不如在忏悔中把事实说成一个高雅的谎言呢。你那次感到良心不安没有……嗯，就是那次你打算用比生命还宝贵的首饰……就是说……要换三百块钱。”

白兰地的酒劲上来了，她觉得眩晕，有点什么都不在乎的感觉。对他撒谎有什么用？他似乎总能看透她的心。

“当时我的确没想过上帝……也没想过地狱。后来回想的时候，就觉得上帝能理解我的心。”

“可你认为上帝不理解你为什么要跟弗兰克结婚吗？”

“瑞特，你自己不相信上帝，怎么能谈论上帝呢？”

“不过，你相信上帝会惩罚的，眼下这是个重要问题。为什么上帝不理解呢？塔拉庄园仍然归你所有，投机商没有把它夺走，你为这感到难受吗？你没有挨饿，没有衣衫褴褛，你会为这感到难过吗？”

“噢，不！”

“你当时除了跟弗兰克结婚外，还有其他路子可走吗？”

“没有。”

“他不一定非跟你结婚不可，对不对？男人有自己的主动权。虽然你逼他干自己不愿做的事，可他也可以不做的，对不对？”

“这个嘛……”

“斯佳丽，干吗为这事难过呢？你要是能从头再来，还是不得不说谎，他还是不得不跟你结婚。你还是会到处乱闯，还是会遭遇危险，他还是非替你报仇不可。要是他跟你妹妹苏埃伦结了婚，也许她不会让他送命，可是，她很可能比你更让他不开心。事情不可能有什么不同。”

“可我原本可以对他好一点的。”

“你原本可以——除非你不是你自己。不过你生来就是要欺负能让你欺负的人。强者生来就是要欺负弱者，弱者生来就得屈服。弗兰克不拿马鞭抽你完全是他自己的过错……你真让我吃惊，斯佳丽，活到这个岁数了，居然长出良心来了。像你这样的机会主义者不该有什么良心。”

“什么是……主义？你那个字眼儿是怎么说的来着？”

“利用机会的人。”

“那样干不对吗？”

“那样干的人从来名声扫地……凡是得到同样机会却不干的人尤其有这种想法。”

“啊，瑞特，你在开玩笑，我原以为你会对我好些的！”

“我对你很好……我心里是这么想的。斯佳丽，宝贝儿，你喝醉了。所以才会有这副模样。”

“你怎么敢……”

“没错，我敢。你马上要——俗话说——‘哭鼻子’了。我看我还是换个话题的好，告诉你点感兴趣的消息，让你高兴高兴。这才是我今晚来访的原因，我要在出门之前，告诉你一些我自己的消息。”

“你要上哪儿去？”

“英国，也许要去几个月。忘掉你的良心吧，斯佳丽。我不想接着讨论你灵魂的益处了。你想听听我的消息吗？”

“可是……”她有气无力，刚一开口，又打住了。白兰地让她缓和了强烈的悔恨，瑞特说话尖刻，倒也带给她安慰，两样刺激作用下，弗兰克的苍白幽灵像影子似的渐渐消失了。也许瑞特的话没错。也许上帝真的理解。她的情绪在恢复，能够把那些想法抛在脑后了。她打定了主意：“我明天再去考虑这些吧。”

“你有什么消息？”她吃力地说，对着他的手帕擤了擤鼻子，把散在前面的头发掠到后面。

“是这样的，”他笑嘻嘻地低头望着她，“我仍然爱你，胜过我见过的任何女人。既然弗兰克已经去世，我觉得你知道这个会感兴趣的。”

斯佳丽猛地把手抽出去，一下子跳起身来。

“我……你是个世界上最没有教养的人，偏偏挑了这么个时间，满脑袋下流……我本该知道你永远不会改变的。弗兰克尸骨还没凉呢！要是你还懂点起码的礼貌……就请你离开这座……”

“小声点，要不然佩蒂帕特小姐马上要下楼来了，”他说道，他并没有站起身，只是伸出手握住她的两只小拳头，“恐怕你误会我的意思了。”

“误会你的意思？我什么都没误会，”她拼命用劲，想把手抽出来，“放开我，滚出去。我从来没听过这么没礼貌的话。我……”

“嘘，”他说道，“我是在向你求婚呢。要是我向你下跪，你会相信吗？”

她气喘吁吁地“噢”了一声，便跌坐在沙发上。

她目瞪口呆地望着他，不知道是不是自己的脑子让白兰地搞糊涂了。奇怪的是，她这时记起了他带着讥讽口吻说过的话："我亲爱的，我不是个愿意结婚的人。"准是她醉了，要不就是他疯了。不过，他看上去没疯，反而显得挺平静，仿佛在谈论天气似的。她听到他平静的拖腔中丝毫没有特别的抑扬顿挫。

"斯佳丽，我一直想要你。自从在十二橡树庄园第一次见到你，你还嘴里骂着脏话扔了个花瓶，证明你不是个淑女，我就一直想要你，无论如何都想得到你。我知道，如今你跟弗兰克已经攒起一点点钱，你再也不会被迫来找我，向我提出借款和担保之类有趣的建议了。所以我明白如今不得不跟你结婚了。"

"瑞特·巴特勒，你这是跟我玩恶作剧吧？"

"我把一颗心都掏给你了，你却在怀疑！不是恶作剧，斯佳丽，我这是最真诚体面地向你求婚。我清楚这时候提出求婚不太合时宜，但是，我这种缺乏教养的行为有个很好的借口。我明天早上要出门，要走很长时间，我怕等到回来的时候，你已经嫁给另一个稍稍有点钱的人了。所以我就想，你干吗不嫁给我，我的钱更多嘛。说真话，斯佳丽，我不能一辈子老这样，老是在等，想趁你还没有嫁给另一个丈夫，把你逮住。"

他这话是认真的，毫无疑问了。她细细品味他的话，只觉得嘴里干干的。她吞咽了一下，盯着他的眼睛，想看出些线索。可他的眼睛里充满了笑意，不过她还发现一点以前从没看出的东西，那是一种难以分析的微弱光芒。虽然他的坐姿十分自在随便，可她感到他在留神观察她，眼神活像一只猫盯着老鼠洞。她感到他的平静下面隐藏着一股蓄势待发的力量，让她不能抗拒，也让她感到一点畏惧。

他真的在向她求婚，他这等于是做一桩让人无法相信的事。以前，她心里打算过，要是他有一天说出向她求婚，她要折磨他，让他丢人，解解自己心头之恨。如今，他说出口了，可她却没想到那个计划。毕竟时过境迁，她如今不能主宰他了。其实，这个局面完全是由他控制的，她只能像个小姑娘第一次受到求婚似的，涨红了脸，结结巴巴话都说不完整。

“我……我再也不结婚了。”

“啊，你会结婚的。你天生就是个要结婚的人。干吗不跟我结婚呢？”

“可是，瑞特，我……我并不爱你。”

“那算不得什么障碍。我用不着提醒你，你前两次冒险也没有爱情。”

“哎呀，你怎么能这么说呢？你知道我喜欢弗兰克的！”

他没开口。

“我喜欢他！我喜欢他！”

“好了，我们不用为这事争了。我出外旅行的时候，你会考虑我提出的要求吗？”

“瑞特，我不喜欢心里悬着一桩事情，宁愿现在就告诉你。我不久要回塔拉老家去，印第亚·韦尔克斯要来陪着佩蒂帕特姑妈。我想回家去待很长一段时间。再说，我……我……再也不想结婚了。”

“胡说。为什么？”

“唉，得了……别管为什么吧。我就是不喜欢结婚后的生活。”

“但是，我可怜的孩子，你从来没有过真正的婚后生活，哪能知道呢？我承认你的运气一直不好——头一回为赌气，第二回为弄钱。你想过纯粹为了乐趣结婚吗？”

“乐趣！别说傻话了。婚后的生活没乐趣。”

“没有？怎么会没有？”

她稍稍恢复了些平静，喝下的白兰地也让她说话干脆的天性完全暴露出来了。

“男人觉得有乐趣——天知道是怎么回事。我永远也理解不了。但是，所有女人结婚后只能得到点吃的，却要干大量活计，还要忍受男人的愚蠢——每年还要生一个娃娃。”

他放声大笑，声音大得在寂静的房间里回荡。斯佳丽听见厨房门开了。

“嘘！黑妈妈的耳朵灵得像猞猁。再说，现在就笑不合适，刚刚举行过……别笑了。你清楚这是真话。乐趣！简直是胡扯！”

“我刚才说你一直运气不好，你这话证明我说得没错。跟你结过婚的两个人，一个还是个孩子，另一个是个老头。我还能断定，你妈妈告诉过你，女人必须忍受‘这种事情’，因为有当母亲的乐趣作补偿。嘿，整个是个错误。干吗不跟个好男人结婚呢？虽然他的名声不好，可他跟女人在一起的功夫却棒极了，那是很有乐趣的。”

“你粗俗，你傲慢。我看这次谈话扯得够远了。太……太粗俗了。”

“也很有趣，不是吗？我敢打赌，你以前从来没跟一个男人讨论过婚姻关系，甚至跟查尔斯或者弗兰克也没谈过。”

她望着他，皱起了眉头。瑞特知道的事情太多了。她觉得纳闷，不知道他从哪儿了解到关于女人的这么多事情。这是不体面的。

“别皱眉头。说个日子吧，斯佳丽。为了你的名声，我不催你马上结婚。我们要等到合适的时候。顺便问一句，这‘合适的时候’要等多久？”

“我没说过要跟你结婚。这种时候提这种事本来就不合适。”

“我已经告诉你为什么这时候提这种事。我明天要出门，可我胸中的激情太热烈了，再也按捺不住了。不过，我的求婚方式或许有点太鲁莽。”

他突然从沙发上滑下来，跪倒在地上，把她吓了一跳。他一只手姿势优美地按在胸口上，嘴里匆匆念道：

“我亲爱的斯佳丽……我是说，我亲爱的肯尼迪太太，请原谅我让你受此惊吓，实在是我的感情太强烈了。相信你不会没有注意到，很长时间以来，我心中对你的友情已经开花结果，变成了更深沉的感情，变成一种更美好、更纯洁、更神圣的感情。你允许我向你坦白这感情吗？啊！是爱情才使我变得如此鲁莽的！”“快起来，”她恳求道，“你怎么像个傻瓜似的，要是黑妈妈进来看见你这副模样呢？”

“她一看见我的高雅举止，就会惊得目瞪口呆，不敢相信自己的眼睛，”瑞特说着动作轻快地站起身，“得了，斯佳丽，你不是个孩子了，也不是个女学生，何必用什么得体之类愚蠢借口拒绝我？说你愿意等我回来跟我结婚，要不然，上帝作证，我就不走了，我要待在附近，天天夜里在你窗下弹着吉他，扯开嗓门大声唱歌，损害你的名声，直到你为了挽救自己的名誉不得不跟我结婚。”

“瑞特，别蛮不讲理。我不想跟任何人结婚了。”

“不想？你没有说出真实理由。这不可能是小女孩的腼腆。到底是什么？”她脑海里突然想到了阿希礼，仿佛清清楚楚看到他就站在自己身旁，他一头金发闪闪发亮，一双眼睛深邃有神，完全是一副尊贵气质，与瑞特完全不同。正是因为他，斯佳丽才不愿再次结婚，不过她并不讨厌瑞特，有时候还真心喜欢他。她属于阿希礼，永远都属于他。她心里从来都不属于查尔斯或弗兰克，也永远不可能真正属于瑞特。她的每一部分，她所追求的、得到的，这一切都属于阿希礼，她做的每一件事情几乎都是因为爱他才做的。她属于阿希礼和塔拉庄园。她给查尔斯和弗兰克的每一个微笑、每一次欢乐、每一个亲吻，心里都想着那是给阿希礼的，尽管他从来没有要求过，也永远不会向她提出要求。在她内心中深藏着一个愿望，要把自己留给他，虽然她知道他永远都不会接受。

她没有意识到自己的脸色变了，也没有留意自己在出神地思索，脸上显出瑞特从来没见过的温柔神情。他望着她那双碧绿的凤眼，只见她两只眼睁得老大，眼神却是蒙眬的，她的嘴唇曲线柔和，一时竟屏住了呼吸。接着，他的一个嘴角猛地往下一撇，不耐烦地狠狠咒骂她。

“斯佳丽·奥哈拉！你是个傻瓜！”

她还没来得及收回自己的遐思，他已经伸出双臂把她搂住了，就像很久以前在通往塔拉庄园的那条漆黑道路上，他把她紧紧搂住一样。她心中再次涌起那种无奈的冲动，那种屈服的沉落，她全身涌动着波涛般的暖流，让她浑身变得软绵绵的。阿希礼·韦尔克斯那张平静的脸被冲走，被淹没，变得模糊，最后消失在虚无之中了。他把她的脑袋靠在自己臂弯里亲吻她，起初吻得十分温柔，很快就变得越来越热烈，她不得不紧紧抓住他，仿佛在这个动荡混沌的世界上，只有他才是唯一可靠的。他坚持不懈的热吻让她分开了颤抖的双唇，让她浑身的神经都在剧烈震颤，让她体会到从未有过的激动。没等那种天旋地转的眩晕感觉到来，她知道她已经在回吻他了。

“别这样……求求你，我要晕倒了！”她低声说着，想把脑袋转开，却感到有气无力。他紧紧地把她的头靠在自己肩膀上，眩晕中，她瞥了一眼他的脸。他的两只眼睁得老大，闪烁出奇怪的光亮，他瑟瑟发抖的胳膊让她感到恐惧。

“我想要你眩晕。我要让你眩晕。你等了多年终于尝到了这个滋味。你认识的蠢货没一个这样吻过你，对不对？你那个亲爱的查尔斯或者弗兰克或者你那个愚蠢的阿希礼……”

“求你……”

“我说就是你那个愚蠢的阿希礼。他们都是绅士——可他们对女人了解多少呢？他们对你又了解多少？只有我了解你。”

他的嘴唇又贴在她的嘴唇上，她毫不抵抗就屈服了，虚弱得连动一下脑袋的力气都没有，甚至连扭一下头的愿望都没有了。她的心怦怦直跳，浑身颤抖不已，强烈的恐惧传遍她全身，她畏惧他的力量，也畏惧自己的虚弱。他这是要做什么？要是他不停下来，她就要晕过去了。但愿他停下来——但愿他永远不要停。

“说同意！”他的嘴就在她的嘴上方，他的眼睛离她那么近，看上去大得惊人，仿佛把整个世界都充满了，“说同意，你这该死的东西，要不……”

她还没来得及思索，就脱口而出：“同意。”好像这个字眼儿表达的是他的意愿，她说出这个字眼儿并非出于自己的真心。但是，话一出口，她的情绪突然平静下来，她的脑袋不再眩晕，就连酒劲也减轻了。她无意答应他的时候，竟脱口答应了。她简直没有明白这是怎么回事，可她并不后悔。此刻她说同意是非常自然的，几乎像是上天干预的结果，仿佛有一只强有力的手在干预她的事，为她了断难题。

她说出“同意”后，他立刻吸了口气，耷拉下脑袋，仿佛要再次亲吻她，她闭上双眼，脑袋向后仰去。可他没有亲吻她却缩了回去，她稍感失望。他的吻让她觉得陌生，却非常激动。

他一动不动坐在那里，把她的脑袋靠在自己肩膀上。仿佛经过一番努力，他的双臂不再颤抖了。他把她挪开一点，低头望着她。她睁开眼睛，看见他眼睛里那种让她畏惧的光亮消失了。可她有点不敢正视他的眼睛，慌得垂下了眼皮。

他开始说话，声音十分平静。

“你说的是真心话？不会收回吧？”

“不会。”

“不仅仅是因为我用热情让你……怎么说呢……‘慌了手脚’吧？”

她没法回答，因为她不知道该说些什么，也不敢正视他的眼睛。他伸手托住她的下巴，让她抬起脸。

“我以前对你说过，你做什么我都能忍受，就是受不了你说谎。现在我想听你说实话。告诉我你为什么说‘同意’？”

可她还是不开口，可她的身体在做出反应。她的眼皮仍然垂着，嘴角扭动，露出一丝笑意。

“看着我。是为我的钱？”

“怎么啦，瑞特！这算个什么问题！”

“抬起头看着我。别跟我花言巧语躲躲闪闪，我可不是查尔斯或弗兰克，也不是县里随便哪个能让你眨巴眼皮就迷住的小伙子。是为我的钱？”

“嗯……是的，有一部分原因是的。”

“有一部分？”

他看上去并不恼火，匆匆吸了口气，吃力地掩盖起眼睛里的刻薄神情。她心情太慌乱，没看出那份刻薄。

“唉，”她无奈结结巴巴地说，“钱是有用的，你知道，瑞特，上帝知道，弗兰克没留下多少。再说啦……嗯，瑞特，我们的确合得来，你知道的。我见过的男人里，只有你听得进女人说真话，有个不愿听我说假话的丈夫真不错，你还认为我不是个没头脑的傻瓜，另外……嗯……我也喜欢你。”

“喜欢我？”

“得了吧，”她烦躁地说，“要是我说我爱你爱得发疯，那我是说谎话，你也听得出来。”

“有时候，我觉得你真话说得太实了，我的宝贝儿。难道你不觉得说上句‘我爱你，瑞特’才得体？哪怕是句谎话，哪怕不是你的心里话。”

她不知道他有什么想法，心里更慌了。他的模样那么古怪，情绪那么激动，一副受了伤害还带着嘲讽的神情。他把搂着她的双手抽回去，深深插进裤兜里，她见他的手在兜里攥成了拳头。

“就算说真话会丢掉这个丈夫，我还是要说真话。”她想道，心情变得冷酷，血直往头上涌。瑞特捉弄她的时候，她总是这样。

“瑞特，那是个谎话，我们干吗做那种蠢事呢？我喜欢你，我就这么说。你知道是怎么回事。你以前告诉我说，你不爱我，可我们有许多共同的地方。我们俩都是无赖，你就是这么说……”

“唉，天哪！”他压低声音匆匆说，把头扭过去，“掉进我自己设的陷阱了。”“你说什么？”

“没什么，”他看了她一眼，哈哈大笑，不过笑得并不愉快，“说个日子吧，我亲爱的！”说完再次哈哈大笑，弯腰亲吻她的双手。她见他不再难过，又恢复了好心情，自己脸上也露出了微笑。

他抚弄了一阵她的手，抬起头笑嘻嘻地看着她。

“你读小说的时候，是不是看到过一种情节，说是一个冷漠的妻子后来爱上了自己的丈夫？”

“你知道我是不看小说的。”她说着心里打算跟他一样揶揄几句，便接着说，“记得你说过，夫妻相爱是最糟糕不过的情况了。”

“真见鬼，我以前说得实在太多了。”他突然站起身咒骂起自己来。

“别说脏话。”

“你得习惯我说脏话，而且自己也难免骂娘。你得习惯我的一切坏习惯。你……喜欢我并且用你的漂亮小手抓我的钱，这算是一部分代价吧。”

“嘿，别因为我没撒谎，就让你自以为了不起，还发这么大脾气。你并不爱我，对不对？我干吗要爱你呢？”

“没错，我亲爱的，我不爱你，就像你不爱我一样。就算我爱你，也绝不会说出口的。愿上帝保佑那个真正爱过你的人吧。你会把他的心撕碎的，我亲爱的小猫咪，你一脸自信，满不在乎，你是个残忍的东西，专门搞破坏，甚至连自己的爪子都懒得缩回去。”

他猛地把她拉得站起来，再次亲吻她，不过这次的吻跟刚才不一样，他似乎不在乎是不是会弄疼她，好像是有意要让她疼，要欺侮她。他的嘴唇往下滑，滑过她的喉咙，贴在她胸脯的塔夫绸上，贴得那么紧，那么久，他的呼吸都让她感到发烫了。她挣出双手，把他推开，气咻咻摆出一副端庄模样。

“你不能！你怎么敢！”

“你的心怦怦乱跳，快得像兔子的心跳，”他嘲弄道，“跳得太快，显然不仅仅是喜欢，不知我是不是有点狂妄。别像好斗的公鸡一样奓起羽毛。不过假装摆出一副纯洁处女模样罢了。告诉我，我该从英国给你带什么回来。戒指？你喜欢什么样的？”

她一时踌躇了。对他最后说的话发生了兴趣，可她又像女子一样，想要耽搁一会儿，消消气。

“嗯……钻石戒指……而且，瑞特，要买个特别大的。”

“好让你在穷朋友面前摆阔，对他们说：‘瞧，我逮住什么了！’你会有个大戒指的，大得让你那些不幸的朋友们只好安慰自己说，戴这么大的钻石真俗气。”

他突然迈开脚步，穿过地板，走到紧闭的屋门前，她紧跟在他身后，不知道他要做什么。

“怎么啦？你上哪儿去？”

“回屋收拾行李。”

“啊，可是……”

“可是什么？”

“没什么。我希望你旅途愉快。”

“谢谢你。”

他拉开门来到走廊上，斯佳丽跟在他后面，有点不知所措，没料到他的举止如此虎头蛇尾，她稍感失望。他穿上大衣，抓起手套和帽子。

“我会给你写信的。给我写回信，让我知道你是不是改变了主意。”

“你就不……”

“不什么？”他好像急着要走。

“你就不跟我吻别吗？”她压低声音说，留意不让房子里其他人听见。

“你觉得一个晚上接了那么多吻还不够？”他反驳一句，朝她低下头咧嘴一笑，“该想想自己是个端庄体面有教养的年轻女子……噢，我刚才说过，这会十分有趣的，对不对？”

“哎呀，你这个无可救药的家伙！”她气得大声嚷起来，也不在乎会不会让黑妈妈听见，“你就是永远不回来，我也不会在乎。”

她转身朝楼梯走去，心里盼望会感觉到他温暖的手抓住她的胳膊，拉住她。可他却拉开了正门，一阵冷风刮进了屋子。

“可我会回来的。”他说完就走出屋子，把她撇在楼梯下面，她眼巴巴望着已经关上的门。

瑞特从英格兰买回的戒指的确很大，大得让斯佳丽都不好意思戴了。她喜欢华丽昂贵的珠宝，可她有点不自在，觉得人人都在说，这只戒指真俗气，他们这话还真是说的没错。戒指中间是一颗四克拉重的大钻石，周围镶着许多绿宝石。戒指大得能盖住她的指关节，仿佛压得她的手都抬不起来了。斯佳丽怀疑，准是瑞特费了很大工夫才定做了这枚戒指，而且纯粹是出于低级趣味，才把戒指做得尽可能绚丽夺目。

瑞特返回亚特兰大后，她戴上了那枚戒指。在这之前，她没有把自己的意图告诉过任何人，甚至家里人都不知道。她宣布婚约后，一场猛烈的议论风波爆发了。自从那桩三K党事件以来，瑞特和斯佳丽成了除北佬和投机商以外最不受欢迎的本城居民。很久以前，斯佳丽脱去为查理·汉密尔顿穿的丧服，人人都对她颇有微词。由于她办锯木厂不合妇道，怀孕期不守规矩到处抛头露面，还做过许多违反常规的事情，大家对她的反对日益强烈。后来，她给弗兰克和汤米带来杀身之祸，还危及十二个其他男人的生命，大家胸中厌恶的火焰演化成了公开的谴责。

至于瑞特，由于他在战争期间做投机生意，所以一直受到全城人们的憎恨，后来他跟共和党人过从甚密，就越发不能让城里人喜爱了。奇怪的是，他虽然救了亚特兰大一些最显赫的居民，反倒激起亚特兰大的淑女们更加强烈的憎恨。

这倒不是因为她们为自家男人仍然活着感到懊悔，而是因为瑞特这个人耍的那个花招让人无比尴尬，可大家还得感谢他的救命之恩，她们都对此心怀刻骨的仇恨。几个月来，她们在北佬的嘲笑和轻蔑下受尽了煎熬。夫人们心里憋不住，竟然公开说，假如瑞特心里赞成三K党做的好事，本该用比较得体的方式处理这件事。她们说，他故意把贝尔·沃特林扯进来，让城里的正派男人都陷入受羞辱的境地了。所以，他不配得到人们的感激，他过去为非作歹的行为也不该受到宽恕。

这些女人最易于发善心，一遇到伤心事就心软，赶上时势艰难，她们不屈不挠，但是，一旦有人违背了她们那部不成文法中的任何一个小条款，她们就怒不可遏，绝不通融。这部法典非常简单。那就是：崇敬邦联，尊重老兵，忠于老一套生活方式，为贫穷感到自豪，对朋友慷慨相助，对北佬心怀刻骨仇恨。斯佳丽和瑞特这两个人违反了这部法典中的每一条。

让瑞特救过性命的那些男人出于体面和感激，劝自家女人不要说长道短，可他们的劝阻并无效果。在斯佳丽和瑞特宣布婚约之前，尽管两个人很不受欢迎，可大家还能按照正常礼节对待他们。如今，就连冷冰冰的礼节也保持不住了。他们订婚的消息如同冷不丁一声炸雷，惊天动地，把整个亚特兰大震得摇晃起来，就连最温和的女人也气呼呼说出了心里话。弗兰克去世才一年，她就要结婚了，不用说还是她害得他送了命的！而且还是跟那个巴特勒结婚，那家伙拥有一家妓院不说，还跟北佬和投机商勾搭起来，干各种骗钱的勾当！他们俩不结合，大家还勉强能容忍，可是斯佳丽和瑞特竟然要厚着脸皮结婚，这可太过分了，如何能让人受得了。这两个人又粗鄙又下流，真是臭味相投！真该把他们撵出这座城市！

两人订婚的消息若是在平时宣布的，或许人们还比较易于容忍，但此时瑞特的投机商和叛贼同伙最受可敬的市民讨厌。亚特兰大人得知他们订婚的消息时，恰巧北佬和他们的同盟者受公众憎恨达到了白热化程度，因为佐治亚州抵抗北佬统治的最后一个大本营陷落了。这场漫长的斗争自从谢尔曼从达尔顿南下时就开始了，斗争最后达到了高潮，结果这个州以彻底的耻辱而告终。

三年的“重建”期过去了，人们遭受了三年的恐怖统治。人人都以为，形势糟得不能再糟了，但是，如今佐治亚人才发现，重建时期最糟糕的形势才刚刚开了个头。

三年来，联邦政府一直在想方设法，要将不同的观念和不同的统治方法强加给佐治亚州，他们用一支军队强制推行统治，在很大程度上进展顺利。但是，新政权仅仅是靠军事强权支持着。本州是在北佬的统治下，却并没有得到全州人民的支持。佐治亚州的领导阶层一直在斗争，争取按照自己的观念治理自己州的权力。北佬采取种种手段迫使他们屈服，并强迫他们将华盛顿的命令当作本州的法律，对此，他们进行着不断的抵制。

佐治亚州政府从来没有停止抵抗，但这是一场徒劳的战斗，是一场永远吃败仗的战斗。这场战斗不可能取胜，不过战斗至少推迟了不可避免的结果。在南方的其他州，已经让黑人文盲在政府机关担任了高级职务，州议会已经被黑人和投机商控制了。但是佐治亚州靠顽强抵抗，迄今尚未一败涂地。在过去三年的大部分时间里，州议会仍然掌握在白人和民主党人手里。由于到处是北佬士兵，州政府的官员除了抗议和抵制外，几乎无所作为。他们仅仅掌握着有名无实的权力，但是，他们至少使州政府仍然掌握在土生土长的佐治亚人手中。如今，就连这个最后的堡垒也陷落了。

四年前，约翰斯顿率部节节败退，从达尔顿退守亚特兰大，如今，自从一八六五年以来，佐治亚州的民主党人也是被迫节节败退。联邦政府处理本州事务的权力，以及掌握本州公民生杀予夺的权力却在逐步加强。强制手段越来越严厉，越来越多的军管法令使文职官员日益变得无能为力。最后，佐治亚州的地位变成了一个军事管制区，不管州里的法律是否允许，对黑人选举权的限制已经明令取消了。

在斯佳丽和瑞特宣布他们的婚约前一个星期，举行过一次州长选举，南方民主党人推举约翰·B戈登将军做自己的候选人，戈登将军是佐治亚州一位最受爱戴和尊敬的公民。同他竞选的是共和党人布洛克。选举不是在一天进行而是一连持续了三天。一列列满载着黑人的火车从一个城市匆匆驶往另一个城市，让黑人在沿途每一个选区投票。最后当然是布洛克获胜。

谢尔曼占领佐治亚州让当地人深受苦难，而投机商、北佬、黑人占领州议会带给人民的深刻痛苦则是前所未有的。亚特兰大市和整个佐治亚州群情沸腾，人人怒不可遏。

而瑞特·巴特勒却与这个万人憎恨的布洛克为友！

斯佳丽甚至不知道举行过什么选举，凡是没有直接发生在鼻子底下的事情，她向来漠不关心。瑞特没有参加选举，他与北佬的关系也跟以往没什么不同。不过，事实总归是事实，瑞特是个叛贼，是布洛克的同党。如果完成了婚礼，那斯佳丽也就成了叛贼。亚特兰大人个个心绪恶劣，无法忍受和宽恕敌人阵营中的任何人。订婚的消息一传出，城里人便想起这对男女的种种坏处，一点儿也记不得他们的好处。

斯佳丽清楚城里人感到震动，却没有意识到公众已经愤慨到何等程度。后来梅里韦特太太在教会圈子里的朋友鼓动下，决定为了她好亲自跟她谈谈。

“因为你亲爱的母亲去世了，而佩蒂小姐没结过婚，自然没资格……嗯……跟你谈这事。我觉得我必须警告你，斯佳丽。任何好出身的女子都不该跟巴特勒船长那种人结婚。他是个……”

“他救了梅里韦特爷爷的命，还救了你侄子。”

梅里韦特生气了。不到一小时前，她还跟老爷子谈过话，结果不欢而散。老人说，虽然瑞特·巴特勒是个叛贼，是个恶棍，可她要是对巴特勒没有一点感激之情，那她就是不怎么看重他那条老命。

“斯佳丽，他那么干不过是对我们开了个下流玩笑，让我们在北佬面前受屈辱，”梅里韦特太太接着说，“你我都知道，这个人是个无赖，他从来就是个无赖，如今更是坏透了。他不是正派人应该接受的那种人。”

“噢？这就奇怪了，梅里韦特太太。战争期间，他可是经常出现在你家客厅里的，给梅贝尔送过做结婚礼服的白缎子，对不对？要不，也许是我记错了？”

“战争期间的情况是不同的，好人也要联合那些不太……那都是为了事业，也是非常正当的。你肯定不愿嫁一个没入过伍的男人，一个对应征入伍者满嘴讥讽的人吧？”

“他参过军，打过八个月的仗。他参加过最后一次战役，在富兰克林作战，一直跟随约翰斯顿将军，直到投降。”

“这我可没听说过，”梅里韦特太太说着显出一副难以置信的神情，“可他没负过伤。”她得意扬扬地补充说。

“许多人都没负过伤。”

“凡是好样的战士都负过伤。我认识的人没一个不负伤的。”

斯佳丽让她惹火了。

“那么我猜你认识的男人全都是些蠢货，他们连什么时候该进屋躲避阵雨都不知道，也不知道躲避子弹。听着，梅里韦特太太，你可以把我的话带回去，告诉你那帮好管闲事的朋友，我要跟巴特勒船长结婚，哪怕他站在北佬一边打仗我都不在乎。”

那位可敬的太太怒气冲冲走出屋子，气得脑袋上的遮阳帽上下乱颠。斯佳丽明白，她树了个公开的敌人，而不是仅仅对她表示不赞成的朋友。不过，她并不在乎。梅里韦特太太的言行对她一点儿损伤都没有。任何人说三道四她都不会在乎，只有黑妈妈的话是个例外。

宣布婚约后，斯佳丽忍受了佩蒂的昏厥，硬着心肠看到阿希礼突然显得苍老，避开她的眼光祝她幸福。宝莲姨妈和尤拉莉姨妈从查尔斯顿写来信，她看了又好气又好笑。她们让这个消息吓坏了，竭力阻止这门亲事，说这不但要毁掉她自己的社会地位，还会危及她们的社会地位。玫兰妮忧心忡忡地皱起眉头，说的话一片真诚：“当然，巴特勒船长比大多数人想的要好。他想出那套办法救阿希礼，这就说明他善良聪明，而且他的确为邦联打过仗。但是，斯佳丽，是不是别这么匆忙作决定？”斯佳丽听了不禁笑出了声。

不错，不管谁说什么她都不在乎，只在乎黑妈妈的话。黑妈妈的话最让她恼火，也最惹她伤心。

“你干了这么一大堆事我全看见了，要是埃伦小姐看见的话，准会伤心的。我实在觉得难过。不过，你这件事干得最糟。嫁给一个渣滓！没错，小姐，我说的是渣滓！别跟我说他也是个好人家出身，反正一个样。上等人家出身的渣滓跟下等人一个样，他是个渣滓！不错，斯佳丽小姐，我可是看着你从霍尼小姐手里夺走查尔斯先生，可你根本就不爱他。我还看着你从你亲妹妹手里夺走弗兰克先生。你干了那么多事，我可是什么都没说。你卖木料赚钱，说其他木料商坏话，独自赶车到处乱闯，在那群到处流浪的黑鬼面前露面，害得弗兰克挨了枪子儿，不给囚犯吃饱饭，饿得他们浑身没力气。你干这些事我可是什么都没说过，哪怕埃伦小姐在天堂说：‘黑妈妈，黑妈妈！你没照顾好我的孩子！’可不是，小姐，以前我什么都忍受了，可这一回我忍受不了，斯佳丽小姐。你不能跟那个渣滓结婚。只要我还有一口气，就不行。”

“我爱跟谁结婚，就跟谁结婚，”斯佳丽冷冰冰地说，“我看你忘记自己的身份了，黑妈妈。”

“还忘了现在是什么时候！要是我不跟你说，谁还会说呢？”

“我已经把事情考虑过了，黑妈妈，我已经作了决定，你呢，最好是回塔拉庄园去。我会给你些钱，还有……”

黑妈妈神气地挺直身子。

“我是自由的，斯佳丽小姐。你不能把我打发到我不愿去的地方。要我回塔拉庄园，你就得跟我一道走。我不会撇下埃伦的孩子不管，不管用什么办法，都休想把我撵走。我也不会撇下埃伦小姐的外孙女，让一个渣滓后爹养活。我就在这儿，我要待在这儿！”

“我不会让你待在我家，对巴特勒船长粗暴无礼。我就要跟他结婚，再没什么好说的了。”

“要说的话多着哩！”黑妈妈慢吞吞地跟她针锋相对，一双昏花老眼闪烁出战斗的光芒。

“我以前可从没想过要跟埃伦小姐的亲骨肉说这话，可是，斯佳丽小姐，我跟你说，你不过是头骡子套上马挽具罢了。人可以擦亮骡子的蹄子，刷光它的毛皮，在它的挽具上挂满铜饰，给它套一辆漂亮马车。可骡子还是骡子。它骗不了任何人。你其实就是这副样子。你身穿丝绸衣裳，自家有锯木厂、店铺，还有钱，你给自己装出的派头就像一匹好马，可你照样还是一头骡子。你也骗不了任何人。再说说巴特勒那个家伙，他是好人家出身，打扮得漂漂亮亮，活像匹赛马，可他跟你一个样，也不过是头上套上马挽具的骡子。”

黑妈妈目光锐利地看着她的女主人。斯佳丽没想到受了这样的侮辱，气得浑身发抖，话都说不出来了。

“要是你想嫁给他，那就嫁吧，因为你跟你爹一样倔。不过斯佳丽小姐，你记住我的话，我不会撇下你的。我就待在这儿，看这事怎么收场。”

黑妈妈没等回答就转身走了，把斯佳丽独自撇下，仿佛刚才说的是："等着瞧，我不会放过你！"她声调里的不祥预兆再不能地明显了。

斯佳丽和瑞特在新奥尔良度蜜月期间，她把黑妈妈的那番话讲给他听。他听了黑妈妈那个骡子套上马挽具的比喻不禁放声大笑，让斯佳丽又惊又气。

"这么浅显的话表达出一个深刻道理，我还从来没听到过呢，"他说道，"黑妈妈是个聪明的老人。我很想得到几个人的尊敬和善意，她就是其中一个人。不过，既然我是头骡子，我看永远得不到她的尊敬和善意了。婚礼过后，我做了新郎头脑发热，拿出十块金币送她做礼物，她竟然不肯接受。我很少看到见钱眼不开的人，可她盯着我的眼睛，对我说谢谢，说她不是个新获得自由的黑鬼，不需要我的钱。"

"她干吗这么惹人生气呢？为什么人人都像珍珠鸡似的冲着我叽叽喳喳乱叫？我跟谁结婚，跟几个人结婚，这完全是我自己的事。我从来不管闲事，可别人干吗非要瞎操心不可？"

"我的宝贝儿，世人几乎什么都能宽恕，就是不能宽恕不管闲事的人。你干吗尖叫得像只挨了烫的猫？你以前经常说，不管别人怎么说你，你都不会在乎。干吗不用事实证明自己的话呢？你自己也知道，你因为一些小事还常常遭人批评，这么大的事哪能逃脱说长道短。你肯定知道，跟我这样的无赖结婚肯定会有人议论的。假如我出身低微，或者是个穷光蛋坏人，人们就不会气得发疯了。可是，一个蒸蒸日上的富有恶棍——那当然是不可饶恕的。"

"我真希望你有时候能说点正经话。"

"我现在说的就是正经话。虔诚的人从来就感到恼火，因为不虔诚的人总是像青翠的月桂树一样越来越兴盛。高兴点吧，斯佳丽，你从前跟我说过，你要有很多钱，为的是对每个人说，见鬼去吧。现在你有机会说这话了。"

"我主要想对你说，见鬼去吧。"斯佳丽说罢哈哈大笑。

"你真的还想对我说见鬼去？"

“嗯，不像过去那么经常想了。”

“什么时候想说就说，只要觉得开心就成。”

“那并不能让我觉得特别开心。”斯佳丽说着弯下腰漫不经心地吻他。他那双闪烁的黑眼睛扫视着她的脸，想从她眼睛里寻找某种东西，却没找到，便干笑了一声。

“别老想着亚特兰大了。把那帮老猫撇在脑后吧。我带你上新奥尔良是来享乐的，我要让你玩个开心。”

第五部分

第四十八章

斯佳丽的确过得很开心，自从战前那个春天以来，她还从没享受过这么多乐趣呢。新奥尔良实在是个又奇异又迷人的地方，斯佳丽就像个获得大赦的无期徒刑犯人，纵情享受这里的各种乐趣。在这里，投机商巧取豪夺，许多诚实的人被迫离开家园，有的人甚至吃了上顿没下顿，而一个黑人却坐上了副州长的宝座。但是，瑞特让斯佳丽看到的新奥尔良似乎是个她从来没见过的欢乐之乡，她见过的人仿佛个个都有花不完的钱，生活无忧无虑。瑞特把她介绍给几十个女人——她们身穿艳丽服装，容貌十分漂亮，一双双嫩手没有半点干粗活的痕迹，这些女人听了一切都只会笑笑，从不谈论愚蠢而又严肃话题，从不说起时势如何艰难。她见到的那些男人才够刺激呢！他们跟亚特兰大的男人完全不同，个个争着跟她跳舞，恭维她的漂亮话说得天花乱坠，仿佛她依然是个年轻貌美的姑娘。

这些男人的神情像瑞特一样，个个显得顽强鲁莽。他们的眼睛时时保持着警觉，就像长期生活在危险中的人一样，丝毫不敢懈怠。这些人表面上仿佛没有过去，也没有未来，斯佳丽为了找话题，问起他们来新奥尔良前曾在哪里生活，做什么生意，他们就会彬彬有礼地把话岔开。这事本身就够奇怪的，因为在亚特兰大，凡是体面的陌生人，都急着亮明自己的身份，自豪地介绍自己的故乡和家世，甚至不厌其详地讲述自家遍布整个南方的亲戚关系。

然而，这些人却沉默寡言，一旦开口也是字斟句酌。有时候，瑞特独自陪他们交谈，斯佳丽在隔壁屋子里听到他们哈哈大笑，偶然听到他们谈话的只言片语，其中夹杂着一些她不熟悉的人名和地名——封锁时期的古巴和拿骚、淘金热和强占地盘、偷运枪炮和海盗、尼加拉瓜，以及威廉·沃克怎么在特鲁克斯利奥被枪决等。有一次，他们正在谈论康特里尔那帮游击队的遭遇，她突然闯进去，大家的谈话戛然而止，她无意间听到了弗兰克和杰西·詹姆士的名字。

不过他们个个身穿漂亮服装，举止彬彬有礼，显然十分崇拜她，她也就不在乎他们只顾眼前的生活。重要的是，他们是瑞特的朋友，他们拥有宽大的房屋漂亮的马车，他们带她和瑞特出去兜风，请他俩吃晚饭，专门为他们夫妇俩举行晚会。斯佳丽非常喜欢他们，瑞特听她这么说，觉得愉快。

"我知道你会喜欢的。"他说着笑了。

"怎么会不喜欢呢？"她每次听见他笑，心里就犯猜疑。

"他们全是些下等人、害群之马、恶棍，全是些冒险家或投机商里的贵族。他们要么像你亲爱的丈夫一样靠粮食投机发了财，要么靠政府采购合同赚了钱，要么是在靠经不起调查的勾当暗中装满了腰包。"

"我才不信呢。你这是逗我乐吧。他们是些最出色的人物……"

"本城最出色的人物正在饿肚子，"瑞特说，"举止端庄地住在棚户区。他们在自己的小棚屋里是否愿意接待我，这我可拿不准。你看，我亲爱的，战争期间我在这儿参与过好几起阴谋勾当，这些人记性好，过多久都不会忘记我！斯佳丽，你从来都让我感到有趣。你看中的总是那些不该看重的事和不该看重的人，而且从来没有例外。"

"可他们是你的朋友哪！"

"啊，不过我喜欢与恶棍交往。我年轻的时候就在河上一条小船上赌博混日子，我熟悉他们那种人。不过我不会看不出他们的本性。可你呢……”他又笑了，“你没有识别人的本能，分不出卑贱者和高贵者。有时候，我觉得你接触过的高贵女性只有你母亲和玫兰妮小姐，可你对她们俩似乎都不怎么重视。”

“玫兰妮！嘿，她就像只旧鞋子一样不起眼，衣裳从来穿得那么俗气，对什么事都没有看法！”

“别犯嫉妒，夫人。貌美不能成高雅，华服并非皆淑女。”

“噢，是吗？你等着瞧吧，瑞特·巴特勒，我会让你看看的。既然我……我们有钱了，我要做个你从来没见过的最了不起的淑女！”

“那我就等着瞧吧。”他说道。

斯佳丽对漂亮衣服更感兴趣，觉得比结识这些人更让她激动。她添置的新衣服从颜色到面料到式样，全是瑞特亲自选定的。裙箍已经不时兴了，眼下时兴的是迷人的筒裙，后面腰垫上有一圈花儿、蝴蝶结和一层层花边。回想起战争年代身穿有裙箍的裙子那么朴素，如今穿上这种新式裙子，连小肚子的形状都暴露无遗，她觉得有点难为情。再说说那些可爱的小遮阳帽吧，其实根本算不得遮阳帽，只不过是一个扁平的小东西，斜扣在脑袋上，遮住一只眼睛，帽子上插满了花朵、羽毛、随风飘舞的丝带之类。她买了个假发，为的是让鬈曲的假发衬托自己的直发，瑞特竟然气得付之一炬，把假发给烧了，要不然小帽子后面泻出一绺绺假鬈发，该多神气！还有修女们手工缝制的精致内衣！一套套全都非常可爱，那么多套全都是她的！衬衣、睡衣、衬裙用的全都是最细的亚麻布，上面有讲究的绣花和玲珑的褶皱。瑞特还给她买了缎面便鞋，后跟足有三英寸高，上面的人造宝石鞋扣又大又明亮。还有一打长丝袜，没有一双的袜头是绵织的！多阔啊！

她大手大脚花钱给家人买礼物。给韦德买了只毛茸茸的小圣伯纳狗，因为韦德早想要这么一只小狗；给博买的是只小波斯猫；给小埃拉买的是珊瑚手镯；给佩蒂姑妈买的是一串沉甸甸的项链，上面带着宝石坠子；给玫兰妮和阿希礼买的是一套莎士比亚全集；给彼得大叔的是一副精致的马具，其中包括一顶马车夫戴的丝质礼帽，还带了把刷子；给迪尔西和厨娘买了整匹衣料，还给塔拉庄园的每个人都买了礼物。

“可你给黑妈妈买什么礼物了？”瑞特望着那一堆摊在旅馆房间大床上的礼物，把小狗和小猫都抱进了更衣间。

“什么也没买。她这人最可恶。把咱俩说成骡子，我干吗还要给她买礼物？”“我的宝贝，你怎么一听有人说实话就嫉恨？你一定要给黑妈妈带一份礼物，要不然她会伤心的，她那么高贵的心可不该受到伤害。”

“我什么也不给她。她不配得到礼物。”

“那我就要给她备一份礼物了。记得我自己的黑妈妈以前常常唠叨说，她升天的时候要穿条塔夫绸衬裙，说是料子要硬得能独自立起来，还要能瑟瑟作响的，好让上帝认为那是用天使的翅膀做成的。我就给黑妈妈买块红色塔夫绸，让人替她做条漂亮雅致的衬裙。”

“她才不会要你的礼物呢。她宁死也不会穿在身上。”

“这我不怀疑。不过我总得表示一下心意嘛。”

新奥尔良的商店多得不胜枚举，令人激动，跟瑞特出去买东西简直就像一种探险。随他外出吃饭也像是探险，甚至比购物更刺激，因为他知道该点什么菜，还会告诉人家怎么烧。新奥尔良的各种葡萄酒、甜酒和香槟她从没喝过，也让她十分愉快。以前她喝过的无非是家酿的黑莓酒、斯卡珀农葡萄酒，另外就是佩蒂姑妈的“头晕药”白兰地了。啊，瑞特点的菜真棒！新奥尔良最出色的东西就是美食了。回想起在塔拉庄园挨饿的痛苦日子，还有近来的贫困时光，斯佳丽觉得，这些美食自己怎么也吃不够。秋葵烧克里奥尔虾、醉鸽、奶油牡蛎馅饼、蘑菇烧牛肚火鸡肝、油纸包鱼在生石灰里即席烹调，等等。她的食欲始终旺盛不衰，因为她只要一想起在塔拉庄园只有花生、干豆子和红薯可吃，便食欲大增，恨不得把克里奥尔的法式菜肴全都吞进肚子里。

“瞧你这副模样，仿佛吃了这顿再也吃不上似的。”瑞特说，“别刮盘子，斯佳丽。我相信厨房里多的是，只要叫侍者送来就行了。要是你不停止暴饮暴食，用不了多久就会胖得像古巴女人，到时候我可要跟你离婚了。”

可她只是对他吐吐舌头，马上又要了份糕饼，上面厚厚涂了层巧克力。

想花多少钱就花多少，这真是人生一大乐趣，而且用不着考虑节省钱用来缴税，或者用来添置骡子。能跟这些又快活又富有的人做伴多痛快哪，他们可不像亚特兰大那帮穷酸的上等人。她身穿作响的锦缎衣裙，显示出腰肢的形状，袒胸露臂，心里明白男人个个崇拜自己，这感觉多惬意哪！想吃什么就吃什么，还用不着顾忌身旁有个专挑毛病的人指责她有失淑女风度，这又多么自在呀。再说，还可以放开肚量喝香槟，这又多么有趣。记得她第一次喝酒过量，第二天早上醒来头疼得都要裂了，而且还没忘记晚上回旅馆途中，坐在敞篷马车里高唱《美丽的蓝旗》，从新奥尔良大街上招摇而过，她不禁觉得害臊。她以前甚至从没见过哪位淑女喝酒喝到头晕的地步，只是在亚特兰大陷落那天，才见过一个喝醉酒的女人，就是沃特林那个骚货。她觉得自己丢尽了丑，没脸再见瑞特了。但是，瑞特似乎只觉得这是桩滑稽事而已。他对她做的一切都觉得滑稽，仿佛她只是调皮的小猫咪。

他长得那么帅，跟他外出让她感到兴奋。她觉得奇怪，不知道为什么以前从来没想过他的相貌，在亚特兰大时，人人都谈论他的种种毛病，从来没人谈起他的长相。但是在新奥尔良，她注意到瑞特大受其他女人青睐，只要他弯腰对她们行吻手礼，这些女人就会激动得颤抖起来。斯佳丽意识到，其他女人不但为她丈夫着迷，说不定还嫉妒她，心里不禁感到自豪，因为大家总是看到她在瑞特身旁。

“嗬，我们可真是漂亮的一对呢。”斯佳丽心中暗喜。

瑞特当初的话没错，婚后的生活是有许多乐趣的。除了乐趣之外，她还学到了不少新东西。这的确够奇怪的，斯佳丽原来觉得生活中没什么新鲜事了。如今她却觉得自己还是个孩子，每天都会有新的发现。

首先，她发现跟瑞特结婚与她以前跟查尔斯或弗兰克结婚完全不同。那两位都尊重她，也都怕她发脾气。他们俩都设法讨她欢心，她高兴的时候也屈尊俯就。瑞特却不怕她，她常常觉得，他还并不很尊重她。他喜欢怎么做就怎么做，要是她不赞成，他就嘲笑她。她并不爱他，不过，跟他这样的人生活在一起，无疑是十分令人激动的。最让她感到兴奋的事情，是在他激情迸发的时刻，在这种时刻往往略带点施虐的感觉，有时让她觉得又好气又美妙，他似乎总能控制住自己，从来都能约束住自己的情绪。

“我猜想，这是因为他并不真正爱我。”她想道，却为这种状况感到十分满意，“如果他在我面前完全放纵自己，我会讨厌他的。”但是，他也有可能爱她，这激起了她强烈的好奇心。

跟瑞特生活在一起后，斯佳丽了解到他更多的方面，她原以为自己对他已经有了充分了解呢。她发现，他的嗓音可以轻柔得像猫儿的皮毛一样，可转眼间就能变得声色俱厉，爆发出一连串咒骂。他能带着真诚与赞许的口吻讲述自己在各种地方的经历，谈起勇气、荣誉、美德和爱情，接着便会骤然换上一副冷冰冰的愤世嫉俗的口吻，讲起下流故事。她猜想，没有哪个丈夫会对自家妻子讲述这类故事，可这些故事恰恰迎合了她性格中粗俗的低级趣味，让她觉得趣味横生。他有时爱她爱得激情洋溢，几乎算得上温存了，但片刻之后就会变成个冷嘲热讽的魔鬼，刺激她炮筒般的脾气，逗她发作，自己取乐。她发现，他的恭维从来一语双关，就连他最温柔的说法也值得怀疑。在新奥尔良的那短短两个礼拜中，她了解到他的方方面面，就是不清楚他是个什么样的人。

有几天早上，他不让女佣动手，自己亲自给她端来早餐托盘，一口一口喂她吃，仿佛她是个小娃娃，还从她手里接过梳子，为她梳那一头长长的乌黑头发，最后竟然连梳子也给折断了。还有几天早上，他把她盖在身上的被单毯子全掀掉，搔弄她的光脚，粗鲁地把她从酣睡中弄醒。有时候，他一本正经倾听她谈起自己生意上的琐细事务，显得蛮有兴致，还点头称赞她聪明能干，但是，他有时却对她可疑的生意手段大扣帽子，说她是“扒死人的皮”、“拦路抢劫”、“敲诈勒索。”他带她去听戏，却跟她咬耳朵说，上帝大概不赞成这种娱乐，让她觉得恼火。他带她上教堂，却压低声音对她讲些滑稽的下流笑话，接着还责备她不该笑出声来。他鼓励她有话直说，怂恿她举止轻率鲁莽。她跟他学会了说话刻薄、讽刺讥笑的本事，也学着利用这些本事挖苦别人从中取乐。但是，她并不拥有他那种缓和恶毒口吻的幽默感，脸上也扮不出嘲笑别人同时自嘲的微笑。

多年来，生活一向严酷艰辛，她几乎已经忘记如何做游戏了。如今他又带她做起了游戏，他懂得如何做游戏，也硬要拉她做伴。不过他绝不是像小孩子那样玩耍嬉戏，不论他做什么，都不会让她忘记他是个男子汉。她也不可能觉得自己高他一筹，不能像其他女子那样，总是嘲笑男人童心未泯的滑稽举动。

她一想到这一点，心中就难免气恼。要是能觉得自己高瑞特一筹，那多让她高兴。对于她认识的所有别的男人，她都能半带鄙夷地说上句“真是孩子气！”然后不理不睬。她父亲、塔尔顿家那对好捉弄人的孪生兄弟、方丹家那几个天性火爆爱发孩子脾气的兄弟、还有查尔斯、弗兰克，以及战争期间向她献过殷勤的所有男人，说来几乎人人如此，只有阿希礼是个例外。只有阿希礼和瑞特的心思让她摸不透，也让她无法驾驭，因为他们都是成年人，缺乏童心和稚气。

她不了解瑞特，也不愿费心去了解，不过，他的某些方面有时让她感到困惑。他有时会从旁打量她，还以为她没有察觉。她常常猛然扭头，发现他在盯着她看，眼神里带着警觉、渴望和期待。

“你干吗这么盯着我？”她有一回恼火地问道，“就像猫盯着老鼠洞似的！”

可他迅速换了副面孔，笑而不答。没过多久，她便把这事忘了，不再费神去解这个谜，也不再考虑瑞特的其他事情。这个人太让她摸不透了，干脆别去瞎操心，好在生活非常愉快——只有她惦记阿希礼的时候心里觉得苦闷。

瑞特给她安排很多活动，让她顾不上常常考虑阿希礼。白天她难得想到阿希礼，可是，到了晚上，她跳舞跳累了，或者香槟酒喝多了，脑子迷迷糊糊，就难免思念起阿希礼。夜里，她躺在瑞特的臂弯里，月光泻在床上，她往往会想，假如是阿希礼把她紧紧搂在怀里，用他的面孔贴住她的一头乌黑头发，把她的头发搭在他脖子上，那生活该是多么十全十美啊！

有一次，她心里这么想着，不由叹了口气，把脸转向窗户，片刻之后，她发现搂着她脖子的那条胳膊突然变得像铁一样坚硬，寂静中只听得瑞特在说："愿上帝惩罚你骗人的小心眼，让它永远堕入地狱！"

说罢，他穿上衣服离开卧室，她再怎么表示吃惊、再怎么辩解和质问都没用。第二天早上，她在卧室吃早饭的时候，他又露面了，只见他头发蓬乱，宿醉未消，心绪恶劣，既不找什么借口，也不解释昨夜上哪儿去过。

斯佳丽什么也不问，对他态度冷冰冰的，仿佛自己成了个受过侮辱的妻子，她吃过早饭后，在他一双充血的眼睛注视下穿戴好，径自上街去购物。她回来后，他不在屋里，直到吃晚饭时才露面。

两人吃晚饭时，谁也不开口，斯佳丽克制住自己的脾气，因为这是在新奥尔良的最后一顿晚餐，她要美美品尝一番小龙虾的滋味。可他在一旁瞪着眼看她，让她无法尽兴。不过她还是吃掉一只个头挺大的小龙虾，喝了不少香槟。也许是由于这种古怪的气氛，那天晚上她又做起了噩梦，醒来时浑身冷汗，出声地啜泣起来。梦中，她又回到了荒凉的塔拉庄园。母亲去世了，把力量和智慧也从人世间带走了。她自己在人世间举目无亲，无依无靠。一个可怕的东西在追赶她，她拼命奔跑，跑得心都要爆裂了，她跑进一片浓雾，大声呼喊，寻找那个不知名的安全港湾，她觉得那个地方就在身旁。

她醒来时，见瑞特俯身望着她。他默默抱起她像抱起一个孩子，搂进自己怀里。他结实的肌肉让她觉得宽慰，他喃喃的哼声也让她感到安慰，最后止住了啜泣。

"唉，瑞特，梦里我又冷又饿，累得要命，可就是找不着它。

我在迷雾里到处奔跑，可就是找不着它。”

“找什么呢，宝贝？”

“我也不知道。要是知道就好了。”

“是你以前常做的那个梦？”

“嗯，是的！”

他把她放回床上，在黑暗中摸索着，点着根蜡烛。烛光下，只见他眼睛里布满血丝，脸的轮廓冷峻，像石刻般没有表情。他的衬衫一直敞开到腰上，露出长满黑毛的古铜色胸脯。斯佳丽仍然吓得浑身颤抖，觉得他的胸膛无比结实坚强。她低声说：“抱住我，瑞特。”

“宝贝！”他连忙说了一声，抱起她坐在一张大椅子上，像抱娃娃一样把她紧紧搂在怀里。

“唉，瑞特，挨饿的滋味真可怕。”

“吃了顿七道菜的晚餐，还有那只硕大的小龙虾，结果做梦还是挨饿，这滋味肯定够可怕的。”他微笑道，不过他的眼神十分慈祥。

“哦，瑞特，我不断地跑啊跑，怎么也找不着我要找的那个东西。那东西总是藏在雾里。我知道，要是我找到它，就永远安全了，再也用不着挨饿受冻了。”

“你要找的是个人，还是个东西？”

“我也不知道。我从来就没想过。瑞特，你认为我会不会有一天做梦时找到那个安全的地方？”

“不会的，”他说着捋顺她那头乱发，“我看不会。不可能做那种梦。不过我觉得，假如你习惯了安全、温暖、吃饱肚子的日常生活，就不会做那种梦了。再说，斯佳丽，我一定会让你生活得到安全保障的。”

“瑞特，你真是太好了。”

“财主财主：典故出自《圣经·新约·路迦福音》第十六章，一个财主每日饮宴，极尽奢华，一乞丐每日靠其餐桌上的面包屑充饥。瑞特用此典故，显然讥讽她将残留的爱情赏给自己。太太，谢谢你餐桌上的面包屑。斯佳丽，我要你每天早上一醒来就对自己说：‘我再也不会挨饿了，只要瑞特在，只要合众国政府能维持下去，什么也别想触动我。’”

“合众国政府？”她不顾脸上还在流泪，惊得坐起来。

“前邦联的钱如今用在正道上了。我把那笔钱的大部分买了政府公债。”

“活见鬼！”斯佳丽嚷道。她在他腿上坐起身，全然忘记了刚才的恐惧，“难道你是说，你把钱借给北佬了？”

“利息挺高的。”

“哪怕是百分之百的利息我也不在乎！你一定要马上把公债卖掉。没想到你会让北佬用你的钱！”

“那我的钱干吗用？”他微笑着，注意到她不再让惊恐吓得睁圆眼睛了。

“嘿，这还用说吗？买五角广场的房地产。我敢打赌，凭你手里的钱，你买得下五角广场的全部房地产。”

“谢谢你的主意，不过我可不要五角广场。如今投机商政府其实已经把佐治亚州整个控制住了，谁也说不准会发生什么事。一大群秃鹰正从四面八方朝佐治亚州扑过来，我可不愿在那儿花冤枉钱。你知道，我像一个叛贼一样跟他们周旋，可我不信赖他们。我不会拿钱投资房地产，宁可买公债。公债可以保密，房地产却躲不过人们的耳目。”

“你认为……”她想到了自己的锯木厂和店铺，脸色变得煞白。

“我不知道。不过别吓成这副模样，斯佳丽。我们那位风度翩翩的新州长是我的一个好朋友呢。只不过是因为眼下时局不太稳定，我不愿把太多钱投资在房地产上。”

他把她挪到另一条腿上，身子靠向后面，伸手拿了支雪茄，点上火。她坐在他腿上，晃荡着两只光脚，看着他古铜色的胸脯上一块块肌肉随着动作隆起，心中的恐惧消失了。

“斯佳丽，既然咱们说起了房地产，”他说道，“我要造所房子。你可以逼弗兰克住进佩蒂小姐家，可我不愿意。我受不了她一天三次吹牛皮。再说，我看彼得大叔不等我住进汉普顿家神圣的宅第，就得把我暗杀掉。佩蒂小姐可以找印第亚·韦尔克斯小姐跟她同住，免得害怕。我们回到亚特兰大后，在我们自己的房子造好前，先住在国民饭店的新婚套房里。来新奥尔良前，我已经开始筹划买桃树街那一大块地产，就是靠近莱登家宅子的那块地皮。你知道我说的那块地吧？”

“哎呀，瑞特，那真是太好了。我真的想有自己的一座宅子。要有个大宅子。”“我们总算在一件事情上有了一致看法。那么，房子用白灰墙，外面用锻铁栏杆，就像这里的克里奥尔式房子，你觉得怎么样？”

“啊，不，瑞特。别像新奥尔良的老式房子。我知道要建什么样式。应该是最新式的，我见过一幅画片——让我想想在哪儿看到过——对了，是在《竖琴师周刊》上看到的。是瑞士牧人小屋的风格。”

“瑞士什么风格？”

“牧人小屋。”

“你拼一下这个单词。”

她照办了。

“噢。”他说着捻了捻小胡子。

“样式可漂亮呢。房子有高高的大屋顶，屋顶周围还围有一圈栏杆，每一头有个用上乘木瓦盖的塔楼，塔楼窗户用红蓝两色玻璃，样式非常时髦。”

“我猜想，门廊的栏杆还是锯齿形的吧？”

“没错。”

“门廊屋顶上还挂着一排蔓叶花样的饰板？”

“对。你准是见过这种房子。”

“我见过——不过不是在瑞士。瑞士人是个非常聪明的民族，对建筑美独具慧眼。你真的想要一座这种房子？”

“啊，是的！”

“我原以为你跟我过了一段日子，趣味可能有所提高呢。干吗不要一座克里奥尔式的房子？或者盖一座有六根白柱子的殖民地式房子？”

“我告诉你，我可不要那种俗气的老式房子。屋子里面还要贴红色壁纸，所有折门都要挂上红天鹅绒门帘，对了，还要摆上许多豪华的胡桃木家具，铺上厚厚的地毯——啊，瑞特，我要让人们见了我们的房子，都嫉妒得脸色发青！”

“真有必要让人人都嫉妒吗？好吧，要是你喜欢，就让他们嫉妒得脸色发青吧。不过，斯佳丽，你想过没有，眼下大家都那么穷，把家搞得那么豪华，是不是趣味有点不高雅呢？”

“我就要搞成那样。”她执拗地说，“我要让所有对我刻薄的人都难受。我们要举行一场大型招待会，让全城人都后悔原来不该说那么刻薄的话。”

“但是谁会来参加我们的招待会呢？”

“这还用说，大家当然都会来的。”

“这我可拿不准。保守派人物可是宁死不屈的。”

“啊，瑞特，你怎么总是说这话！只要你有钱，人们就会喜欢你。”

“南方人才不这样呢。投机商的钱要想钻进上流社会的客厅，那可比骆驼钻过针眼还难呢。至于你我这种叛贼，我的宝贝，只要大家别朝咱们脸上吐唾沫，就算万幸了。如果你打算试一试，我一定为你撑腰，我亲爱的。我肯定能从你搞的活动中大得其乐。既然我们现在谈到了钱，我要把话跟你说清楚。你盖房子和穿着打扮的所有费用都由我出。要是你想要珠宝，你也可以买，不过要由我来挑选。我的宝贝儿，你的眼光实在太糟了。还有你想给韦德或埃拉买的一切。假如威尔·本蒂恩销不出棉花，我也乐意助一臂之力，帮他把克莱顿县那种笨重的白色产品推销出去，至少你把它视为珍宝嘛。这够公平了，对不对？”

“当然。你非常慷慨。”

“但是，你仔细听好：我一分钱也不花在你的店铺里，也不花在你的锯木厂里。”

“噢。”斯佳丽接应了一声，沉下脸来。在整个蜜月期间，她都在考虑如何提出要一千块钱，好购买五十英尺土地，扩大她的木材场地。

“我以为你一直在夸口，说自己胸襟开阔，不在乎别人对我做生意开厂子说闲话，看来你跟其他人没什么两样——也一样害怕别人说三道四，怕人说我这个女人在当家。”

“谁也不会怀疑巴特勒家谁当家。”瑞特拖长了腔调说，“我不会在乎那帮傻瓜说三道四。说实在话，我很缺乏教养，家里有个精明妻子，我还会引为自豪呢。我要你继续维持店铺和厂子。那是你孩子们的产业。等韦德长大了，要是仍然由继父养活，他会觉得不自在的，到那时，他可以接过去经营。不过在这两个产业上，我一个子儿也不会投了。”

“为什么？”

“因为我不愿帮你养活阿希礼·韦尔克斯。”

“你这是要重提旧事了？”

“不。是你追问我的理由，所以我才说清楚。还有一点。你别想虚报账目，从买衣服的钱和维持家用的开销里扣出钱，给阿希礼添置骡子或者再买下一家锯木厂。我打算亲自过问，还要仔细查账，我知道各种东西值多少钱。哼，不要觉得受了委屈。你会那么干的。我不会放手不管。说实在话，凡是牵涉到塔拉庄园或阿希礼的事情，我绝不会让你随便行事的。对塔拉庄园我还不太在乎，不过，对阿希礼必须划清界限。我的宝贝儿，我驾驭你的缰绳不会拉得很紧，但是你别忘了，我还可以用马勒和马刺。”

第四十九章

艾尔辛太太竖起耳朵，听到玫兰妮的脚步声在走廊里远去，最后消失在厨房，还听到厨房里准备点心时盘子和银餐具发出叮当声。她扭头与客厅里坐成一圈的女士们压低声音交谈起来，大家腿上都放着一个针线筐。

“我个人不论现在还是将来，都不打算拜访斯佳丽。”她的声音里，冷峻高傲的腔调比平时更冷峻。

邦联孤寡缝纫会的其他成员个个迫不及待，放下手中针线，俯身把摇椅凑拢在一起。大家都想谈论斯佳丽和瑞特，但是，有玫兰妮在场就不便开口。昨天，这对夫妇从新奥尔良回来了，眼下住在国民饭店的新婚套房里。

“我家休对我说，看在巴特勒船长救我他一命的份上，我一定要去做一次礼节性拜访，”艾尔辛太太接着说，“可怜的范妮也站在休那边，说她自己也要去拜访。我对她说：‘范妮，要不是因为斯佳丽，汤米现在还活在世上。你去看他们，这不是侮辱他的亡魂吗！’可范妮鬼迷了心窍，竟然说：‘妈妈，我不是去看斯佳丽，是去拜访巴特勒船长。他救汤米的命竭尽了全力，最后没救成也不是他的错。’”“年轻人多傻呀！”梅里韦特太太说，“去拜访他们，真是的！”她胖乎乎的胸脯气得胀鼓鼓的。记得当初她规劝斯佳丽别嫁给瑞特，却被斯佳丽抢白了一顿，“我家梅贝尔跟你家范妮一样傻。她说，她跟勒内要去拜访，要不是因为巴特勒船长，勒内就上了绞架。我就说，要不是因为斯佳丽出头露面，勒内根本就不会有危险。还有我家梅里韦特老爹也要去拜访，他就像个老糊涂似的，说就算我不感激那个恶棍，他也感激。我敢说，自打梅里韦特老爹去过沃特林那个婊子的地方后，行为一直不正经。去拜访他们，真说得出口！我绝对不去拜访。斯佳丽竟屈身下嫁了这么个男人。他在战争期间搞投机生意，不顾大家饿肚子，靠粮食投机发财，这已经够可恶了，如今他又跟那帮投机商和叛贼穿一条裤子，还跟那个可恶的混账州长布洛克交朋友——没错，真是他的朋友。去拜访，哼！”

邦内尔太太叹了口气。她是个面目和善的胖女人，活像只棕色的胖鹪鹩。

“多莉，他们不过是出于礼节，去拜访一次而已。我觉得不该责怪他们。我听说，那天晚上参加行动的男人都打算登门拜访他们。我倒觉得他们该去。说来奇怪，斯佳丽的母亲竟然生了这么个女儿，实在让人难以想象。当年我在萨凡纳跟埃伦·罗比亚尔是同学，同学中没有比她更可爱的姑娘了，她对我非常亲热。要是她父亲不反对她嫁给她的堂兄菲利普·罗比亚尔就好了！那小伙子没什么大问题——男孩子难免要寻欢作乐，放荡一下。结果把埃伦赶出去，嫁了个奥哈拉老头，生了斯佳丽这样的女儿。话说回来，我觉得看在埃伦的份上，我也得去拜访一次。”

“感情用事的胡话！”梅里韦特使劲哼了一下鼻子说，“基蒂·邦内尔，你真要去拜访那种女人？丈夫死了还不到一年就改嫁，那种女人……”

“而且她就是杀死肯尼迪先生的凶手。”印第亚插嘴说。她的口吻冰冷的，而且尖酸刻薄。她一想到斯佳丽，就难免联想起斯图尔特·塔尔顿，说话就连礼貌都顾不上了，“我总是觉得，她跟那个叫巴特勒的家伙早有勾搭，在肯尼迪先生送命前好久就有关系，而且比大多数人怀疑的关系还要不正当。”

一个未出嫁的处女竟然提到这种事，而且还说出这种话，大家个个大为震惊。没等大家从震惊中回过神来，玫兰妮已经站在门口了。女士们议论得太专心了，竟没听到她轻盈的脚步声，此刻女主人就站在她们面前，大家觉得像上课说悄悄话的女学生被老师抓住一样尴尬。玫兰妮脸色变了，她们仓皇中又添了几分惊恐。她胸中燃烧着怒火，脸涨得绯红，一双温和的眼睛直冒火，鼻翼在翕动。以前谁也没见过玫兰妮发过火。在场的女士根本没想到她会发火。大家都疼爱她，认为她是年轻女人里最温和柔顺的，她对长辈毕恭毕敬，从来没表示过任何不同看法。

“你怎么敢这么说，印第亚？”她压低声音问道，大家听得出，她的声音在颤抖，“你的嫉妒心要把你引到哪条邪路上去啊？真丢人！”

印第亚脸变得煞白，可她仍然高高昂起头。

“我说过的话不想收回。”可她心里却在翻腾。

“我这是嫉妒吗？”她想道。斯图尔特·塔尔顿、霍尼、查尔斯，他们的事让她记忆犹新，难道她没理由嫉妒斯佳丽？难道她没有理由憎恨她？特别是，她还怀疑斯佳丽把阿希礼缠在自己的罗网里了。她想道：“关于阿希礼和你那个可敬的斯佳丽，我有许多话可以告诉你呢。”印第亚心情矛盾，既想保持沉默，好保护阿希礼，又渴望把自己的怀疑讲出来，让玫兰妮和世人都听听。那样就能迫使斯佳丽放弃对阿希礼的死缠了。不过现在还不是时候。她还没有确凿证据，只是心里怀疑罢了。

“我说过的话不想收回。”她重复了一遍。

“那么，幸亏你没住在我家里。”玫兰妮说。她的言语冷冰冰的。

印第亚一下跳起身，浅黄色的面孔涨得通红。

“玫兰妮，你……你是我嫂子……你要为那个骚货跟我争吵……”

“斯佳丽也是我的嫂子。”玫兰妮瞪着印第亚的眼睛，仿佛盯着个陌生人，“她跟我比亲生姐妹还亲，你可以忘记她对我的情义，我却不能忘。围城期间她本可以回家去，连佩蒂姑妈都逃到梅肯去了，可她却守在我身边。北佬几乎打进城来了，她还在为我接生。后来，她本来可以把我留在这里的医院，让我任凭北佬摆布，自己回塔拉庄园去，可她不顾旅途劳累负担，带着我和博一道走。她不顾自己疲惫饥饿，照顾我，供养我。因为我又病又虚弱，我在塔拉庄园用了最好的床垫。等我能下床走动了，她把塔拉庄园唯一的一双鞋给我穿。印第亚，你可以忘记她为我做的这些事，可我不能。阿希礼回家来时，身体病弱，心情沮丧，自己的家没了，口袋里一个子儿也没有，可她像亲姐妹一样接待他。后来我们打算到北方去谋生，可又舍不得离开佐治亚州，左右为难时，又是斯佳丽伸手援助，让他去管理锯木厂。巴特勒船长救阿希礼的命完全是出于一颗善良的心。他当然不欠阿希礼的情！我对他们充满感激，感谢斯佳丽，感谢巴特勒船长。可你呢，印第亚！你怎么能忘记斯佳丽对我和阿希礼的恩义？你怎么能诬蔑你哥哥的救命恩人？难道你哥哥的命就那么不值钱？你就是跪倒在巴特勒船长和斯佳丽面前，也还不清他们的一片情义！”

“行了，玫兰妮。”梅里韦特太太恢复了镇定，换了副轻松口吻说，“别这么跟印第亚说话嘛。”

“你刚才说斯佳丽的话我也听到了。”玫兰妮转身朝那位矮胖女人嚷道，说话的神情仿佛要跟人决斗，似乎刚刚击倒一个对手，又拔出血淋淋的剑扑向另一个：“还有你，艾尔辛太太。你那个小心眼怎么看斯佳丽我不在乎，那是你自己的事。不过你在我家里说她闲话，还让我听见，我就不能不管。你们怎么能动那么可怕的念头，更不用说还要说出口？你们就不把自家男人的性命当回事？宁愿让他们死也不愿让他们活着？那个人冒着自己的生命危险救了他们，你们对他就没有感激之情？假如真相整个暴露出来，北佬很可能把他看作三K党成员，送他上绞架。他是冒着生命危险救你们家人的，救了你梅里韦特太太的公公，救了你家女婿，还有你的两个侄儿，救了你邦内尔太太的兄弟，还有你艾尔辛太太的儿子和女婿。忘恩负义，这就是你们的本色！我要求你们大家为说过的话道歉。”艾尔辛太太绷着嘴，站起身，把针线活往筐子里塞。

“怎么就没人告诉我说，你竟然如此缺乏教养，玫兰妮……我不道歉。印第亚说得没错。斯佳丽是个轻浮浪荡的骚货。我不会忘记她在战争期间的所作所为，也不会忘记她如今有了点钱，就变成个穷白佬渣滓……”

“最让你忘不了的，”玫兰妮打断她的话，两手握成小拳头，抵在自己腰际，“就是她降了休的职，那是因为他不够精明，管不了她的厂子。”

“玫兰妮！”在场的人异口同声嚷起来。

艾尔辛太太扬起头朝门口走去。手抓在门钮上后，站住脚扭回头来。

“玫兰妮，”她的口气缓和多了，“宝贝，这真让我伤心。我可是你母亲最要好的朋友，而且还是我帮着米德大夫把你接生到这个世界上来的，我爱你如同亲生女儿。要是真有什么严重事，你那么说说倒也能让人听进去。可是，为了斯佳丽·奥哈拉这种女人……要知道，她最想伤害的是你，我们倒在其次。”

玫兰妮听到艾尔辛太太开头几句话，眼泪涌出了眼眶，可是这位老女士说到后来，玫兰妮的脸色沉下来了。

“我要大家听明白了，”她说道，“你们谁要是不去拜访斯佳丽，就再也不用来看我了。”

屋子里顿时叽叽喳喳响作一团，女士们全都站起身，一片混乱。艾尔辛太太的缝纫筐掉在地上，她又回到屋里，头上的假发刘海也歪了。

“我不接受！”她嚷道，“我不接受！你准是脑袋发昏了，玫兰妮，我不会把你的话当真。你还是我的朋友，我也是你的朋友。我不让这事破坏我们的友谊。”

说完，她哭了，玫兰妮不知怎么也倒在她怀里哭了，不过玫兰妮一边哭泣，一边说，她的话句句当真。另外几位女士也放声大哭，梅里韦特太太掏出手帕，捂住脸大声号啕，伸出胳膊搂住艾尔辛太太和玫兰妮。在这之前，佩蒂姑妈目睹眼前景象，一直呆若木鸡，此刻突然晕倒在地，这是她一生中为数不多的几次真正晕厥之一。人们有的在流泪，有的在忙乱，有的在接吻，有的在找溴盐瓶、白兰地，只有一张面孔保持着平静，只有一双眼睛没有流泪，这就是印第亚·韦尔克斯。她趁人不注意，悄然离去。

几个钟头之后，梅里韦特爷爷在现代女郎酒吧遇到亨利伯伯，把上午发生的事情讲给他听。梅里韦特爷爷是从梅里韦特太太嘴里听来的，他讲得津津有味，心里乐开了花。他儿媳妇那么凶神恶煞的女人，如今竟然有人敢出面对付她，还把她给降服了。他本人当然绝对没这个胆量。

“那么，这帮傻瓜最后决定怎么做呢？”亨利伯伯气恼地问。

“我还不清楚，”爷爷说，“不过照我看，这一回合玫兰妮好像占了上风。我敢打赌，她们准会去，至少也得去一回。大家都买你侄女的账呢，亨利。”

“玫兰妮是个傻瓜，太太们说得没错。斯佳丽是个狡诈的骚货，真不知道查尔斯当初怎么会娶她，”亨利伯伯脸色阴沉，“不过玫兰妮的话也算有点道理。巴特勒船长救过大家命，他们的家眷按理说的确该登门拜访一次才对。说实在的，巴特勒船长还真没多少好挑剔的地方。那天晚上他侠肝义胆，舍身救大家的命。只是斯佳丽像扎在尾巴上的芒刺，让人不自在。她有点太精明了，反倒对自己不好。嘿，我反正得去拜访。叛贼不叛贼，斯佳丽毕竟是我侄媳妇。我打算今儿下午去。”

“我跟你一道去，亨利。多莉听说我已经去过，也准得去。等我再喝一杯。”“别喝了，到了巴特勒船长那里，有你喝的。我会开口要的，他那儿从来备着各色好酒。”

瑞特说过，保守派绝对不会屈服，他这话没错。他心里清楚，不多几次登门拜访没有什么意义，他也知道大家为什么会来拜访。起初，参加三K党袭击的那帮倒霉蛋男人的女眷果然来拜访过，不过，在那以后，访客人数明显减少了。而且他们并不邀请瑞特·巴特勒夫妇去家里做客。

瑞特说，要不是因为害怕玫兰妮的高压手腕，他们干脆就不会来。斯佳丽不知道他从哪儿得知这一情况的，也不去追究这种不值一提的琐事。她想不出，玫兰妮怎么能左右得了艾尔辛太太和梅里韦特太太那种人呢？她们后来不再来访，并没有让斯佳丽稍感担忧，其实，她根本就没注意这些人不再来访，因为她的新婚套房里成天都有另一种类型的客人。亚特兰大当地人用比较委婉的说话称他们是“外地人”。

国民饭店里住着不少这种“外地人”，他们也像瑞特和斯佳丽一样，住在这里等待自己的新宅子落成。他们跟瑞特在新奥尔良的朋友很相像，也是穿着讲究，纵情狂欢，钱多得花钱如流水，同样避讳谈起自己的身世。这些人都是共和党人，“在亚特兰大搞与政府有联系的商务”。至于他们具体搞些什么生意，斯佳丽不知道，也不愿操心了解。

瑞特倒是可以告诉她的，这些人的生意就跟兀鹰对付死兽一个样。他们远远闻到死亡的气息，就准确无误地朝它扑过去，吃个肚子滚瓜溜圆。本地公民选出的佐治亚州政府已经死了，佐治亚州已经无能为力，于是冒险家们便蜂拥而至。

瑞特那帮投机商和叛贼朋友的女眷成群来访，客人中还有斯佳丽兜售木料时结识的那些买木料盖房的“外地人”。瑞特说，既然做过生意，就该接待，接待后，她发现跟这些人做伴也不无乐趣。他们穿戴漂亮，从来不谈战争，也不谈艰难时势，嘴里说的不外乎时尚、风流韵事、惠斯特牌。斯佳丽以前从没打过牌，现在迷上了惠斯特牌，没过多久便成了打牌好手。

只要她待在饭店里，就会在她套房里聚上一批惠斯特牌友。不过，这些日子她不常在套房里待，因为她正忙着建造新宅子，无暇接待客人。近来她更不关心有没有客人来访了。她想推迟各种社交活动，等到新宅子落成的那一天，她要以亚特兰大最大公馆的女主人角色出面，以全城最讲究的方式招待客人。

这些日子白昼长，天气暖和，她眼看着她那座红石墙灰板瓦的新宅子拔地而起，高高耸立在桃树街，高出其他所有的房子，她顾不上店铺和锯木厂，成天待在工地上，跟木匠争执，与泥瓦匠讨价还价，闹得承包商不得安宁。随着屋墙迅速升高，她满意地自忖，等到竣工，这就是全城最大、最出色的宅子了。甚至比旁边的詹姆士宅子更有气派，那座宅子刚刚被政府买去，用作布洛克州长的官邸。

州长官邸的栏杆和屋檐，都镶有华丽的锯齿形装饰，但是与斯佳丽这所宅子的蔓叶花饰相比，就显得黯然失色了。官邸内有个舞厅，但是与斯佳丽这所宅子的舞厅相比，就小得像个台球桌了。斯佳丽把三楼整个一层开辟成个大舞厅了。她的宅子在各方面都胜过了州长官邸或城里的任何一座宅子，圆屋顶、角塔、塔楼、阳台、避雷针，全都比别人家的多，彩色玻璃窗就更比别人的多了。

整座房子四周有回廊，房子四面各有一段台阶通往回廊。庭院宽大，一片葱绿，院子里散放着锻铁长椅，还建有一个铁柱亭子，按时髦说法，称作“凉亭”，斯佳丽认为，凉亭的设计纯粹是哥特风格。院子里还有两尊铸铁像，一尊是牡鹿，另一尊是一头猛犬，个头大如设得兰马驹。在韦德和埃拉眼里，这么宏伟堂皇的时髦豪宅让他们看了有点头晕，有了这两尊铸铁动物，才显出几分生气。

室内装潢完全是按照斯佳丽的设计，厚厚的红地毯铺满整个地板，门上挂着红色天鹅绒门帘，崭新的黑胡桃木家具锃光瓦亮，凡是可供雕刻的位置全雕上花，椅座上铺的马鬃垫子无比光滑，女士们坐上去必须当心，否则会滑下去。墙上到处挂着镀金框的镜子和长长的穿衣镜，瑞特不经意地评论了一句，说屋里镜子多得像贝尔·沃特林的妓院。镜子之间还有框架沉重的钢板饰刻，有的竟高达八英尺，是斯佳丽特别从纽约订购的。墙壁上装裱着华丽的深色壁纸，天花板很高，窗户上都严严实实挂上梅红色长毛绒窗帘，将阳光大半遮挡住，使房间里光线幽暗。

总而言之，这是一座让人惊叹不已的宅子。斯佳丽走在柔软的地毯上，陷在厚厚的鸭绒床垫里，不由得回想起当初塔拉庄园冷冰冰的地板和填满干草的褥垫，觉得心满意足。她觉得这是她平生见过的最漂亮的宅子，里面的摆设也是最雅致的。但是，瑞特却说简直像一场噩梦。不过，只要自己高兴，噩梦她也欢迎。

“一个对我们根本不了解的陌生人，只要看了这座房子，就知道这是用不义之财建造的。”他说，“你知道吗，斯佳丽，金钱来之不善，绝无善终，这座宅子就是个明证。只有暴发户才会建造这样的房子。”

但是，斯佳丽志满意得，正满心欢喜地筹划着，等到完全搬进来后，如何大开宴会款待各方宾客，便轻轻拧了拧他的耳朵，说：“胡扯！别喋喋不休了！”

如今她摸透了瑞特的脾气，他是专门驳她的面子，一有机会就扫她的兴，所以根本不能认真听他的嘲弄。要是把他的话当真，她就不得不跟他争吵，她可不想跟他唇枪舌剑，因为到头来总是她甘拜下风。所以他说的话她很少听得进去，遇上不得不听的话，她就当成耳旁风，一笑了之。至少有些时候这么做还管用。

在度蜜月和后来在国民饭店暂住的那段时间里，两人的关系还算和谐。但是，他们一搬进新宅子，斯佳丽邀请朋友聚在自己周围，他俩就开始不断爆发争吵。争吵往往很短暂，因为跟瑞特争吵不可能持久，他对她的激烈言辞总是抱以冷漠态度，然后瞅准时机戳她的破绽。她大吵大闹，瑞特却并不吵闹。他只是对她本人，对她的行为，对她的房子，对她结交的新朋友毫不含糊地表达自己的看法。他的有些看法性质严重，让她无法当成笑话不理不睬。

有一次，她决定将“肯尼迪杂货铺”改换个比较气派的名称，她要瑞特想个新名字，最好包含“商店”这个字眼，瑞特提议叫“Caveat EmptoriumCaveat Emptorium：拉丁词，意为“货物出门，概不退换”。”，说是这跟店铺出售的货色很般配。斯佳丽觉得这个店名叫得响，答应使用，甚至叫人漆上了店铺招牌。后来，阿希礼·韦尔克斯面有难色地翻译出这两个拉丁词的意思，她听了肺都要气炸了，可瑞特却放声大笑。

还有他对待黑妈妈的态度也让她恼火。黑妈妈从来没改变过自己的看法，始终认为瑞特是头配了马具的骡子。她对瑞特面子上还算客气，不过态度总是冷冰冰的。她一直称他“巴特勒船长”，从来不叫“瑞特先生”。瑞特送她那条红色衬裙，她甚至没道声谢，也从来没穿过。尽管韦德很崇拜瑞特叔叔，瑞特也喜爱这个孩子，可黑妈妈尽量不让埃拉和韦德接近瑞特。然而，瑞特不但没有辞退黑妈妈，也不扮起严厉面孔对她发脾气，反而对她毕恭毕敬，态度远远胜过对待斯佳丽新结交的那些女士。说实话，他对黑妈妈的敬意超过了对待斯佳丽本人的态度。他每次带韦德出去遛马，总要先征得黑妈妈的同意，给埃拉买布娃娃，也要先征求她的意见。可黑妈妈几乎从来对他没好气。

斯佳丽觉得，瑞特应该对黑妈妈硬一点，这才能显示出一家之主的地位，可瑞特只是笑笑，说黑妈妈才是真正的一家之主。

瑞特还口吻冷静地对斯佳丽说，他为她几年以后的前途很担忧，因为到时候共和党在佐治亚州的统治会削弱，民主党人又要掌权了。斯佳丽听了大为光火。

“等到民主党人选出自己的州长和州议会，你那帮俗不可耐的共和党新朋友就要统统给清洗掉，只好回去干老本行，当酒保倒垃圾。到那时，你在民主党这方面没朋友，在共和党那方面的朋友也走了，只剩下你孤零零一个人缩在角落里。嘿，话说回来，何必操心明天的事呢。”

斯佳丽笑了，觉得自己得意是不无道理的，因为眼下布洛克的州长位子坐得很稳，州议会里有二十七名黑人议员，而佐治亚州有成千上万的民主党人被剥夺了选举权。

“民主党人再也不可能复辟了。他们越闹腾，北佬越疯狂，只能把他们重新上台的日子往后推。他们眼下只会白天说大话，晚上搞三K党袭击。”

“他们会复辟的。我了解南方人。我也了解佐治亚人。他们是一群倔脾气的硬汉子。即使他们不得不再打一场战争才能复辟，他们也不惜再打一场。如果他们不得不模仿北佬的手法收买黑人的选票，他们也会那么做。如果不得不模仿北佬的手段，把成千上万死人列入选民册，把佐治亚州每一个公墓中的每一具死尸都抬到选举点来，他们也会那么干的。在我们的好朋友鲁弗斯·布洛克的仁政下，形势越来越糟，最终佐治亚州会唾弃他的。”

“瑞特，别用这么粗俗的字眼儿跟我说话！”斯佳丽嚷道，“听你说话的口气，好像我不乐意民主党上台似的！你知道我不是这个想法！我很乐意看他们重新当政。你当我喜欢成天看着这帮大兵在街上到处巡逻，提醒我……你以为我喜欢……嘿，我自己也是个佐治亚人哪！我愿意让民主党人恢复统治。可他们不行，永远不行。就算他们能重新上台，对我们有什么害处呢？对我的朋友又有什么妨碍呢？他们仍然能保住自己的钱，难道不是？”

“他们要能保住自己的钱倒好了。可我怀疑他们照现在的花钱速度，没一个能维持五年的。来得容易，去得快。他们的钱对他们没有任何好处。我的钱也对你没什么好处。钱肯定没有把你变成一匹漂亮的马儿，不是吗，我漂亮的骡子？”最后这句话又惹起了一场争吵，而且一连持续了好几天。四天过后，斯佳丽的脸仍然是阴沉沉的，不跟他说话，显然是要求他道歉。可是瑞特不顾黑妈妈一再反对，带着韦德去了新奥尔良，一直待到斯佳丽消了气才回来。她从来不能杀杀瑞特的威风，这是她心中永远的气恼。

他从新奥尔良回来后，显得既冷静又温和，她只好尽量咽下那口恶气，等以后再做道理。此时她不愿让任何不愉快的事情扫了自己的兴致。她正兴致勃勃筹划在新宅子举办第一次晚会，满脑子都让这桩事占满了。她要把这次晚会办成个盛况空前的招待会。客厅要摆上盆栽棕榈树，要请一支管弦乐队演奏，要用帆布把回廊整个围起来，招待客人的点心让她自己一想起来也要流口水。凡是她在亚特兰大认识的人，她都打算邀请来参加晚会，不但邀请所有老朋友，还要邀请蜜月旅行回来后结识的所有迷人的新朋友。筹办晚会让她激动不已，大部分时间里她顾不上考虑瑞特那些带刺的话。她多年来没体会过张罗这次招待会的愉快心情了。

啊，有钱的感觉真美妙！举办晚会还用不着计较开支！购置最昂贵的家具、服饰、食品，也从来用不着考虑账单！她可以将一张张数目可观的支票寄给查尔斯顿的宝莲姨妈、尤拉莉姨妈，寄给塔拉庄园的威尔，这感觉真是妙不可言！哈，那帮嫉妒她的傻瓜还说什么金钱不是万能的！瑞特还说什么金钱对她没好处！

斯佳丽向所有朋友和熟人发去请帖，有老朋友也有新朋友，甚至还有她不喜欢的人。就连来国民饭店拜访时态度近乎粗暴无礼的梅里韦特太太，以及冷若冰霜的艾尔辛太太也没有忽略。她向米德太太和怀廷太太也发出了邀请，她知道她们不喜欢自己，也知道她们接到请帖后会感到左右为难，因为她们参加如此盛大的聚会连套合适的服装都没有。斯佳丽庆祝乔迁之喜的这次晚会，按眼下时髦说法叫作“盛大招待舞会”，既是招待会，又是舞会。它是亚特兰大迄今为止最盛大高雅的一桩盛事。

那天晚上，室内和帆布遮盖的回廊上，到处挤满了宾客，大家喝着精心调制的香槟潘趣酒，吃着她订购的点心和奶油牡蛎，在乐队伴奏下翩翩起舞。乐队还特意用盆栽棕榈树和橡胶树构成的屏风遮挡起来。但是，瑞特所说的保守派一个也没来，只有玫兰妮、阿希礼、佩蒂姑妈、亨利伯伯、米德大夫、米德太太、梅里韦特爷爷光临了。

许多保守派勉强决定参加这次“盛大招待舞会”。有些人是受到玫兰妮的态度所迫才参加的，有些是碍于情面，觉得欠了瑞特的救命之恩，不是救自己，便是救了自己的亲戚。但是，在举行庆典前两天，亚特兰大谣言纷纷，说布洛克州长也收到了邀请。保守派表示不满，纷纷寄来明信片婉言谢绝邀请。只有少数几位老朋友光临招待会，而且州长在斯佳丽的宅子里一露面，他们便面露窘色，坚决退席而去。

斯佳丽见状又迷惑又气恼，兴致彻底败坏了。这可是她精心策划的高雅“盛大招待舞会”！但是，除了不多几位老朋友外，她的宿敌一个也没看见如此精彩的盛会！第二天黎明时分，最后一位客人也离去时，她真恨不得哭闹一场。可她害怕瑞特放声大笑嘲弄她，也怕他嘴上不说，一双乌黑的大眼睛却对她眨巴，仿佛在说：“我早对你说过的。”她只得强咽下满腔怒火，勉强装出一副优雅冷漠态度。

到了第二天上午，她只能对玫兰妮痛痛快快发泄出心头的怨气。

“你侮辱了我，玫兰妮·韦尔克斯，还让阿希礼和其他人也一起侮辱我！你知道得清清楚楚，要不是你把他们拉走，他们绝不会那么早就回家。啊，我亲眼看见你了！我正打算领布洛克州长过来，把他介绍给你，你却像兔子一样溜了！”

“我原来不相信……我不能相信他真的会出席。”玫兰妮的口吻显得不快，“虽然大家都说……”

“大家？这么说，大家都在背地里说我的坏话喽？”斯佳丽怒气冲冲地嚷道，“你这是想对我说，假如你早知道州长要参加晚会，你自己也不来？”

“是的，”玫兰妮低声说，她的两眼望着地板，“宝贝，要是那样我肯定不能来。”

“真见鬼！这么说，你也要像其他人一样侮辱我了！”

“噢，天哪！”玫兰妮嚷起来，真心感到苦恼，“我不是有意要伤你的心。亲爱的，你我就像亲姐妹一样，你是我哥哥的遗孀，再说，我……”

她战战兢兢将手搭在斯佳丽胳膊上。可斯佳丽猛地甩开她的手，恨不得像杰拉尔德那样扯开嗓门大声吼叫。但是，玫兰妮坦然面对她的盛怒，望着她那对冒火的绿眼睛，自己瘦弱的双肩挺得高高的，一副凛然不容冒犯的神情，与自己带有稚气的面庞和瘦削的身段十分不相称。

“我亲爱的，你感到伤心我很难过，但是我不能见那个布洛克州长，也见不得共和党人和投靠共和党的南方人。不论在哪儿我都见不得他们，就是在你家里也不行。就是我不得不……不得不……”玫兰妮在寻找一个恶狠狠的字眼儿，“就是我不得不粗暴无礼，也不见他们。”

“你这是要批评我的朋友？”

“不，亲爱的。他们是你的朋友，但不是我的。”

“你这是批评我不该邀请州长来家里做客？”

玫兰妮被逼到无奈的境地了，可她仍然毫不退缩地望着斯佳丽的眼睛。

“亲爱的，你那么做总是有充分理由的，我爱你，也信赖你，不该批评你。我也不允许任何人当着我的面批评你。不过，斯佳丽！”说到这里，她的话突然如泉水般喷涌而出，言辞锋利激烈，虽然声音不高，却饱含着不可动摇的憎恨，“难道你能忘记这些人对我们做的事吗？亲爱的查尔斯死在前线，阿希礼的健康受到摧残，十二橡树庄园被烧毁，这些你能忘记吗？斯佳丽啊，你不会忘记抓着你妈妈的针线匣子让你打死的那个人！你不会忘记谢尔曼的人闯进塔拉庄园，连我们的内衣都要抢走！他们还想把那个地方烧毁，甚至玩弄我父亲的那把军刀！斯佳丽啊，抢劫我们，折磨我们，让我们忍受饥饿的，正是你邀请的那帮人哪！正是那帮人煽动黑人造反，让他们骑在我们头上作威作福，那帮人如今还在抢劫我们，剥夺我们的选举权！我不能忘掉这些，也不会忘记。我不会让我的博忘记，如果上帝允许我长生不老，我还要教会我的孙子辈、孙子的孙子辈憎恨这帮人！斯佳丽，你怎么能把这些都忘掉呢？”

玫兰妮停顿下来喘口气，斯佳丽呆呆地望着她，玫兰妮说话时的激烈口吻和颤抖的声调把她惊呆了，也把她一肚子怒气都吓跑了。

“你当我是个傻瓜？”她不耐烦地反问道，“我当然没忘！但是，玫兰妮，那一切全都过去了。我们应该顺应潮流，尽量往好处努力，我正是这么做的。只要我们利用得好，布洛克州长和一些比较好的共和党人对我们是大有帮助的。”

“共和党里没好人，”玫兰妮断然说，“我不需要他们的帮助，也不准备顺应潮流，尤其不准备顺应北佬的潮流。”

“我的天哪，玫兰妮，干吗发这么大的火？”

“唉！”玫兰妮嚷了一声，显出内疚的神色，“瞧我说了些什么！斯佳丽，我不是有意要伤你的心，也不是要批评你。人人都有自己的想法，人人也都有权保留自己的观点。听我说，亲爱的，我爱你，你也知道我爱你，不论你怎么做都不会改变我对你的爱。你仍然爱我，对不对？我没惹你恨我吧，斯佳丽？要是我们俩之间有了隔阂，我可受不了，我们毕竟一起共患难过。对我说，什么事也没有。”

“哎呀，玫兰妮，你这是胡扯些什么哪，干吗小题大做呢？”斯佳丽说得有点勉强，不过这次她没有甩开玫兰妮探索着搂在她腰上的胳膊。

“那就好，我们言归于好了，”玫兰妮的口吻十分愉快，不过她委婉地补充说，“亲爱的，我希望我们还能像以往那样彼此经常来往。你只要事先告诉我一声，说哪些日子有共和党人和叛贼去看你，遇上这种日子，我就待在家里。”

“你来不来看我，我才一点儿也不在乎呢。”斯佳丽说着戴上帽子，怒气冲冲地回家了。看到玫兰妮脸上伤心的神情，斯佳丽受伤的虚荣心得到了某种满足。

举行第一次晚会后的几个礼拜里，斯佳丽觉得很难对公众舆论全然不管不顾。除了玫兰妮、佩蒂姑妈、亨利伯伯和阿希礼之外，老朋友们没一个上门拜访的，她也没有再收到过邀请她去参加他们小型聚会的请帖，这时，她才真正感到伤心困惑了。难道她没有作出努力，并不在乎他们背后对她说三道四议论纷纷，表示自己对他们并不心存恶意吗？他们肯定也知道，她也像他们一样并不喜欢布洛克州长，对他表示友善，无非是一种不得已的权宜手段。这帮白痴！假如人人都对共和党人表示亲善，佐治亚州一定能尽快摆脱目前的困境。

她当时还没有意识到，由于她对那位州长的邀请，她已经永远割断了与旧时代、旧朋友之间本来已经很脆弱的纽带。即使玫兰妮竭力运用自己的影响，也无法修复那条纤弱的断线。玫兰妮感到惶惑，感到伤心，不过仍然对她忠心耿耿，却并不想设法修复这层破裂的关系。如今，就是斯佳丽回心转意，想要回到老路上，回到朋友们身边来，也绝对没有可能了。全城人反对她的面孔都像花岗岩一样无情。包围着布洛克政权的憎恨也同样将她包围其中。这种憎恨没有多少怒火，也不带多少狂暴，却无比冷峻无情。斯佳丽已经把赌注押在了敌人一边，不论她原来有什么样的出身，有什么样的家世，有什么样的社会关系，她现在已经被归入变节者之例，成了个亲黑鬼分子、叛徒、共和党人——她成了个叛贼。

熬过一段苦恼的日子后，斯佳丽改变了态度，不再假装泰然自若，开始面对现实了。对于人们反复无常的反应，她不是那种会长期苦恼的人，也不会因此一蹶不振。因此，没过多久，她便不再考虑人们怎么看待她了。梅里韦特太太、艾尔辛太太、怀廷家的人、邦内尔家的人、米德夫妇以及其他人，他们有什么看法她才不在乎呢。至少玫兰妮还来看她，而且还总是带阿希礼来，阿希礼才是她最关心的人。而且亚特兰大还有其他人，他们来参加她办的晚会，这些人比那些死板的老母鸡更投合她的情趣。只要她希望宾客盈门，总是能如愿以偿。这些宾客衣着漂亮，令人愉快，远比那帮身穿紧身衣、态度谨小慎微、成心跟她作对的老傻瓜有趣得多。

这是些新迁到亚特兰大来住的人，其中有的是瑞特的老熟人，有的与瑞特搞的那些神秘买卖有牵连，瑞特对那种买卖只是随口说上句“纯粹是生意呗，我的宝贝”。有些是他们住在国民饭店时结识的夫妇，还有些是布洛克州长任命的下属。

如今她交往的人三教九流，各色人物都有。格勒特夫妇曾在十几个州住过，每逢他们设下的骗局行将败露时，便匆匆逃离那个州。康宁顿夫妇原来住在某个偏远的州，靠黑人解放事务局的关系，拼命盘剥本该受他们保护的无知黑人，结果自己发了大财。迪尔夫妇曾把“纸板”做的靴子卖给邦联政府，事发后不得不逃往欧洲，在那里躲过战争的最后一年。许多城市的警察局都存有亨顿夫妇的档案，不过他们在投标承包政府工程时，往往能中标。卡拉汉夫妇靠赌博起家，如今押下大赌注，筹划用州里的公共资金建造一条并不准备建造的铁路线。弗拉赫蒂夫妇在一八六一年以每磅一分钱的价格囤积了大量食盐，到了一八六三年盐价涨到五毛钱一磅，他们获取了暴利。巴特夫妇战争期间在北方某大都市开了一家规模极大的妓院，如今迁来混入投机商的一流社交圈。

这类人如今与斯佳丽过从甚密，不过，参加她家大型招待会的人也包括有些教养比较高雅的人士，许多人还是出身名门。除了投机商中的上层人物，许多从北方来到亚特兰大的人是受了这里机会的吸引，想在城市重建和扩展的商业活动中一展身手。北方富有的人家送年轻的儿子们到南方来开拓新疆界，北佬军官退役后，便在他们为之激战才占领的城里定居下来。这些陌生人初到一座城市，很乐意接受邀请，参加富有而好客的巴特勒太太举行的豪华招待会，但是，他们很快便离开了她那个圈子。他们都是些规矩人，与投机商及其政权交往无须多久，便像当地佐治亚人一样，对他们深恶痛绝了。许多人成为民主党人，而且比南方人更具南方特色。

还有些与斯佳丽社交圈子格格不入的人，他们依然来是因为在其他地方不受欢迎。他们更加喜欢老保守派平静的客厅，但是保守派却不愿接纳他们。这些人有些是北方学校的女教师，她们来南方是出于提高黑人文化水准与道德水平的愿望；有些人是投机者，他们本来是很好的民主党人，但是，战败投降后却倒向了共和党。

很难说清楚本地居民最讨厌哪种人，是那些不切实际的北方女教师，还是那帮叛贼，比较而言，大概人们更恨后一种人。对于那些女教师，人们不屑一顾，说上句：“唉，亲黑人的北佬，你能对她有何指望？她们当然认为黑鬼跟她们一样出色！”至于那帮为了个人私利而投靠共和党的佐治亚人，大家便认为没有任何理由去原谅他们。

“我们尝过挨饿的滋味，你们也该尝尝才对。”这就是保守派的思想方式。许多在前邦联军队服过役的人体验过眼看家人挨饿的恐惧，他们对曾经是战友的变节者比较宽容，因为这些人变化政治立场，为的是让家人有饭吃。但是保守派中的女人却不是这种态度，她们是支持社会权力的力量，不能通融，毫不动摇。在她们心目中，事业虽已失败，但它比鼎盛时期更加强大，更为珍贵，如今简直成了她们心中的偶像。与它相关的一切事物都仿佛罩上了一道神圣的光环：为事业捐躯者的墓地、为事业而战的战场、破损的军旗、挂在门厅的十字形军刀、从前线寄来的褪色信函，还有退伍老兵。对于以前的敌人，这些女人不给予任何协助、安慰，也不提供容身之所。如今斯佳丽也被划归敌方阵营了。

这是个各阶层各类人混杂的社会，迫于政治形势的压力聚集在了一起。这个社会中，人们只在一件事情上有共同点。这就是钱。战前，他们中的大多数人一辈子从来没一次见过多达二十五块钱的巨款，如今这些人却挥霍无度，构成了亚特兰大从来没见过的怪现象。

共和党人执掌政治权力后，亚特兰大城进入一个铺张浪费的新纪元，薄薄一层虚饰的风雅掩盖不住下面的邪恶与粗俗。暴富与赤贫之间的鸿沟从来没有这样宽。处在上层的人根本不考虑时运不济的底层众生。当然，黑人并不包括在内，他们必须给予最好的待遇，学校、住所、衣服、娱乐，一切都必须是第一流的，因为黑人是左右政局的中坚力量，每一张黑人选票都至关重要。至于那些新近破落的亚特兰大市民，随他们饿死在大街上好了，共和党人暴发户才不会理睬他们呢。

斯佳丽航行在这股庸俗的浪峰上，觉得志得意满。她是个结婚不久的新娘，衣着华丽，又美貌又活跃，背后还有瑞特的钱财支持着她。这个时代也符合她的品味——粗俗、炫耀、浮华，到处是穿戴过分讲究的女人，遍地是装饰过度的房屋，太多的珠宝，太多的马匹，太多的食物，太多的威士忌。斯佳丽偶尔也会静下心来思索眼前的事，她知道，按照埃伦的严格标准，她新结交的女子没一个能算得上淑女。但是，她记起，很久以前她站在塔拉庄园的客厅里，打定主意要做瑞特的情妇，自从那个遥远的日子以来，她已经多次打破了埃伦的标准，如今她甚至不会常常感到良心有什么不安了。

也许，这些新朋友严格地说来算不得淑女和绅士，但是，他们就像瑞特在新奥尔良的朋友一样，也非常有趣！她最初来到亚特兰大时，结交的朋友态度温和，信仰虔诚，喜爱莎士比亚的作品，如今这些朋友比他们有趣得多。除了蜜月期间的短暂乐趣外，她已经有很长时期没有过这么痛快的日子了，以前她也没有过这样的安全感。如今她安全了，她要跳舞，要玩耍，要放纵自己，要大吃大喝，要穿丝绸锦缎，要睡柔软的羽绒床，要挂天鹅绒帷幔。如今这一切都已如愿以偿了。她受到瑞特的怂恿和愉快的宽容，不再受到孩提时期的种种约束，甚至免却了对贫困持续不断的恐惧，她放任自己随心所欲，纵情享受梦寐以求的豪华生活，谁要是不喜欢她这样，她就要对他说：见你的鬼。

她领略到只有赌徒、骗子、冒险家才能体会到的那种陶醉，那些人都是靠自己的智慧才获得了成功，他们的生活本身就是故意朝四平八稳的社会迎面抽了一记耳光。她想说什么就说什么，爱怎么干就怎么干，没过多久，她的傲慢就发展到无法收拾的地步了。

对新结识的共和党和叛贼朋友，她无所顾忌地表现出傲慢，对那些没有地位的人，她表现出的蛮横和粗鲁更胜过了她对卫戍部队的北佬军官及其家属的无礼态度。在拥进亚特兰大的混杂人群中，她既拒绝接待也不能容忍的就是军方人士。她甚至故意摆出一副架子，无礼对待他们。并非只有玫兰妮一人忘不掉蓝军装的意义。在斯佳丽看来，那种缀着镀金纽扣的军服就意味着围城的恐怖和逃难的仓皇，意味着抢劫和焚烧，意味着令人绝望的贫困，意味着塔拉庄园的苦役。如今她富有了，安全了，还有州长和许多共和党头面人物做靠山，她尽可以侮辱每一个身穿蓝军服的人。她真的在侮辱那些人。

有一次，瑞特漫不经心地向她指出，现在聚在他们家的大多数男宾客，不久前就身穿那种军服，可她反驳说，北佬只有身穿蓝军服才像个北佬。瑞特听了耸了耸肩，说道："始终是表面文章，你真是个宝贝蛋。"

斯佳丽痛恨北佬军官那身刺眼的蓝军服，北佬军官对此浑然不觉，她就越发冷落他们怠慢他们，自己因此觉得解恨。卫戍部队及其家属有理由觉得困惑，因为他们大多数性格文静，出身名门，在这片有敌意的土地上感到孤寂，渴望回到自己在北方的家乡去，被迫扶持那帮社会渣滓的统治让他们感到耻辱。他们所属的社会阶层不知比斯佳丽结识的那帮人高出多少倍。军官的太太们发现，这位浮华的巴特勒太太故意冷落她们，却将布里奇特·弗拉赫蒂那种平庸的红头发女子当成知己朋友，她们自然感到迷惑不解了。

不过，即使是让斯佳丽当成知己朋友的那些太太，也不得不忍受她的百般无礼。然而她们心甘情愿地忍受着。在她们看来，她不仅是财富与风雅的象征，而且她还代表了旧政权和她们渴望攀附的名门世家和古老传统。她们渴望攀附的老世家或许已经把斯佳丽驱逐出门了，不过这些新贵的太太们对此并不了解。她们只知道，斯佳丽的父亲是位有名气的奴隶主，她母亲出身萨凡纳的望族罗比亚尔家，她丈夫是查尔斯顿的瑞特·巴特勒。这些对她们已经足够了。她是她们插入古老上流社会的一个楔子，她们渴望能进入那个社会，然而那个社会圈子里的人却蔑视她们，从不登门回访，即使在教堂迎面遇上，他们也只是冷冷躬一下身子。其实，斯佳丽还不仅仅是她们试图打入上流社会的一个楔子。在这些出身微贱的新贵眼里，她本人就是上流社会。那些冒牌的淑女缺乏辨别真伪的眼力，看不出斯佳丽装腔作势，其实不过也是个冒牌的淑女，她自己缺乏自知之明，也没有明白这一点。她们以她的自我评价来看待她，也一概忍受她的支配，她的装腔作势，她的恩赐，她的脾气，她的傲慢，她赤裸裸的粗鲁，以及她对她们的缺点直率的批评。

她们都是不久前才从一贫如洗而暴发起家的，在社交场合不知所措，所以格外渴望表现得温文儒雅，不敢发脾气，更不敢顶撞反驳，唯恐别人说她们没有淑女风范。她们必须不惜一切代价成为淑女。她们假装得无比纤弱、谦卑、无知。听她们说话，人们还以为她们缺胳膊少腿，身体功能不全，对邪恶的世界浑然无知呢。布里奇特·弗拉赫蒂有一身不怕太阳晒的白皮肤，操一口浓重的爱尔兰土腔，谁也不会想到，这位红头发女人竟然是偷了父亲藏起来的钱财，偷偷来到美国的，还在纽约一家旅店当过侍女。人们若仔细观察孱弱的西尔维亚·康宁顿以前的大美人赛迪。和梅米·巴特，谁也不会疑心前一位是在纽约鲍里街她父亲开的酒吧里长大的，遇上生意忙，还帮着招待顾客，后一位据说原来是她丈夫开的一家妓院里接客的姑娘。如今不同了，她们都成了住在豪宅里的娇贵夫人。

男人虽然发了财，却不太容易学会新的生活方式，也许是因为他们不能容忍新的上流阶层那套繁文缛节。他们在斯佳丽举办的晚会上豪饮美酒，一次招待会结束后，往往有一两位客人喝得酩酊大醉，不得不留下来醉卧一宵。他们喝酒不像斯佳丽没结婚时见过的那些男人，这些人喝酒过量后变得呆头呆脑，要么就丑态百出，一副猥琐模样。更糟糕的是，不管她在显眼的地方摆上多少只痰盂，第二天早上总会发现地毯上到处吐的是嚼烟汁的污渍。

斯佳丽瞧不起他们，却觉得他们让她开心。因为她开心，所以她的宅子里总是宾客盈门。由于她瞧不起他们，遇上她心烦了，她就叫他们滚出去，他们倒也忍受得住。

他们甚至能忍受瑞特的轻蔑。瑞特让他们更难忍受，因为他能看透他们的本质，而且他们也清楚这一点。瑞特言辞锋利，会毫不迟疑地剥去他们的面具，也不管他们是家里的客人，往往说得他们张口结舌，无法对答。他先是谈起自己如何发财，口吻里丝毫也没有羞耻，在此基础上装出也不怕别人揭老底的样子，他难得错过任何一个机会，总要把别人心照不宣的隐秘揭出来，还要横加评论。

他举着一杯潘趣酒满面春风时，谁也不知道他什么时候就会冒出这么几句话："拉尔夫，当初我要是有头脑，绝对不会在封锁线上玩命，我要像你老兄一样，把金矿股票卖给孤儿寡母，毕竟安全多了。""嘿，比尔，我见你又添置了一对好马。又卖掉几千股假铁路股票吧？干得不赖，伙计！""恭喜你，阿莫斯，又捞到一份政府合同。打通关节破费了那么多，真是太划不来了。"

太太们觉得他可恶，简直粗鄙不堪。男人背着他的面，骂他是头猪，是个杂种。亚特兰大的外地人像本地居民一样不喜欢他，可他无意博得这些人的好感，照样我行我素，对别人的种种议论他只觉得好笑，只报以轻蔑，不屑一顾，有时他表现出极其谦恭的态度，让人觉得他的谦恭本身就是一种对他们的侮辱。在斯佳丽看来，他仍旧是个谜，是个她不再费心去解开的谜。她深信，过去从来没有什么事让他感到过喜悦，以后也不会有让他喜悦的事情，要么就是他得不到自己渴望的东西，要么便是他无所求，所以对一切都无所谓。他对她做的一切都付之一笑，纵容她挥霍，放任她态度傲慢，嘲讽她的装腔作势——不过却替她支付账单。

第五十章

即使是在他俩最亲热的时候，瑞特也总是保持着一副平静、沉着的模样。但是，斯佳丽却总觉得他在偷偷地观察自己，因为每当她突然转过头去，就会惊奇地在他眼中看到那种好奇的、伺机而动的神情，斯佳丽无法理解这种极度耐心的神情有什么含义。

瑞特不允许任何人在他面前撒谎、欺骗或虚张声势，这个习惯虽然让人不快，不过有时和他生活倒也非常舒服。斯佳丽和他谈店铺、锯木厂和酒吧的事儿，谈雇佣犯人以及养活他们的开销等，他都耐心聆听，而且还给她出一些精明、切实可行的点子。斯佳丽喜欢跳舞，喜欢参加晚会，瑞特则有用不完的精力陪她。偶尔有几个晚上，他们独自在家，等餐桌收拾干净，摆上白兰地和咖啡的时候，他就讲一些粗俗的故事逗她开心，这样的故事他有一肚子。她发现只要她直截了当，瑞特会满足她一切要求，而且有问必答，但是，假如她拐弯抹角地暗示，或是像平常女人那样撒娇，他便什么都不给她。他总是能把她一眼看穿，对她冷嘲热讽，让她下不了台。

一想到他平日对自己总是彬彬有礼、漠不关心，斯佳丽经常不无好奇地纳闷，他干吗要和她结婚呢？男人结婚要么是为了爱情，要么是为了有个家、养孩子，再不就是为了贪图钱财，可是她自己也知道他娶她压根不是为了这几条理由。他肯定不爱她。他把她这座可爱的房子称作建筑界之一大不幸，说他宁愿住在管理良好的旅店，也不愿住在家里。而且，他也从来不像查尔斯和弗兰克那样，暗示想要孩子。有一回，她故意和他卖弄风情，问他为什么要娶她，他竟然像是感到可笑一样眯起眼睛回答说："亲爱的，我是为了要个宠物才娶你的！"气得她勃然大怒。

是的，男人结婚的一般理由没有一条能解释瑞特娶她的原因。他娶她就是因为他需要她，而除了结婚外没有其他办法能得到她。他向她求婚那天已经这么承认了。他需要她，就像他需要贝尔·沃特林一样。这个想法令人不快。可以说，这是对她毫不掩饰的侮辱。但是她耸耸肩把它抛在脑后，因为她已经学会遇到所有不愉快的事都耸耸肩把它们抛在脑后。他们达成的是一笔交易，她对这笔交易相当满意。她希望他也同样感到满意，至于他是不是满意，她才不在乎呢。

可是一天下午，她因为胃肠消化问题去看米德大夫，却得到一个不愉快的消息，而且她无法耸耸肩就把它抛在脑后。那天黄昏，她满怀怒气地冲进卧室，眼光恶狠狠地告诉瑞特她有孩子了。

瑞特正穿着一件丝绸睡衣懒洋洋地躺在那里吞云吐雾，她说话的时候，他的眼睛尖利地盯着她。但是他什么都没说。他静静地打量着她，身体显得有点紧张，等她把话说完。但是斯佳丽丝毫没有注意到这些。她只觉得愤怒而绝望，其他什么都没感觉到。

"你知道我再也不要孩子了！永远不要了。每次情况好起来的时候，我就会怀上孩子。哦，别坐在那里笑！你不是也不要嘛。哦，圣母玛丽亚！"

如果瑞特是在等她把话说完，这些话可不是他想听到的。他的脸略略一沉，眼中一片惘然。

"好啊，那干吗不把它送给玫兰妮小姐？你不是告诉我她不听劝告想再要一个孩子吗？"

"哦，我真想把你杀了！我告诉你，我不要这孩子，不要！"

"不要？请继续往下说。"

"哦，是有些办法的。我已经不是以前那个乡下傻丫头。现在我知道要是一个女人不想要孩子，不一定非要不可。有办法……”

话音未落，瑞特已经腾地站起身来，一把搂住她的腰身，脸上露出强烈的恐惧。

“斯佳丽，你这个傻瓜，跟我说实话！你还没有做什么吧？”

“没有，不过我打算这就去做。你以为我好不容易才瘦下来的腰身，才开始过上好日子，就再把自己的体形彻底毁了……”

“你从哪儿听来的这个主意？谁告诉你这些的？”

“玛米·巴特，她……”

“只有妓院里的鸨母才知道这种把戏。以后再不允许那个女人迈进这个家门，明白了没有？这毕竟是我的家，而且我还是这家的主人。我还要你以后再也不许和她说话。”

“我想怎么着就怎么着。放开我。你干吗瞎操心？”

“我才不管你要一个孩子还是二十个，但是你要是死了，我可在意得很。”

“死？我？”

“是的，你会死的。我想玛米·巴特一定没有告诉你女人那样做会冒多大的险吧？”

“没有。”斯佳丽不情愿地承认道，“她只是说这办法挺管用。”

“上帝，我非杀了她不可！”瑞特喊道，他的脸都气黑了。他低下头看见斯佳丽满脸泪水，于是稍稍消了点气，但是还是脸色阴沉。突然他把她拥进怀里，坐在椅子上，紧紧搂着她，好像担心她会从他身边跑掉似的。

“听着，我的小乖乖，我可不能让你送了自己的性命。你听见了吗？上帝啊，我和你一样不想要孩子，不过我还养得起孩子。我再也不想听你说傻话了，要是你胆敢尝试……斯佳丽，我曾经见过一个姑娘就那样送了命。她才……哎，人长得还挺漂亮。这样死可不轻松。我……”

“哦，瑞特！”斯佳丽失声喊道，瑞特声音里那种强烈感情驱散了她自己的烦恼。她从来没有见他这么动情过，“在什么地方？是谁啊？”

“在新奥尔良……哦，已经是好多年前了。那时我还很年轻，容易动情。”他猛地低下了头，把嘴唇埋进她的头发里，“你要把孩子生下来，斯佳丽，即使这九个月我得用手铐把你铐在我手腕上，我也在所不惜。”

她坐在他腿上挺直了身体，惊诧地盯着他的脸。在她的注视下，他的脸突然变得平静温和起来，原来的怒气仿佛变戏法儿一样消失殆尽了。他扬起眉毛，嘴角下撇。

“我对你真的那么重要？”斯佳丽垂下眼睑问道。

他冷静地看了她一眼，似乎在估摸她的问题背后有多少卖弄风情的成分。明白了她这么做的真实意图后，他漫不经心地回答说：“哦，当然啦。你瞧，我在你身上可是投了一大笔钱，我可不愿就这么丢掉。”

玫兰妮走出斯佳丽的房间，虽然身心疲惫，脸上却为斯佳丽生了个女儿挂着幸福的泪水。瑞特紧张地站在门厅，脚下四周满地扔的都是雪茄烟蒂，把上好的地毯烧的满是小洞。

“现在你可以进去了，巴特勒船长。”玫兰妮羞涩地说。

瑞特飞快地从她身边经过，走进房间，米德大夫关上门前的一瞬间，玫兰妮看见他弯下腰亲吻黑妈妈腿上抱着的光不溜球的婴儿。玫兰妮瘫坐在椅子上，她为自己无意间看到这样一副亲昵的场面窘迫得满脸通红。

“啊！”她心想，“真是太温馨了！可怜的巴特勒船长一直多么焦虑！这阵子他滴酒未沾！他人真好！好多男人在孩子出生的时候，都喝得酩酊大醉。我想他现在一定很想喝一口。我是不是该提出来呢？不行，那样会显得太冒失了。”

玫兰妮舒服地倒在椅子上，这几天她的背一直疼痛不止，现在更是疼得好像要从腰部裂成两段。哦，斯佳丽真是有福气，生孩子的时候巴特勒船长一直守在门外！要是她生小博那天，阿希礼能和她在一起，她一定不会觉得那么受罪。要是那几扇紧闭的房门后面的小女孩是她的而不是斯佳丽的有多好！“哦，我真是太坏了，”她内疚地想，“斯佳丽对我一直都那么好，而我却想要她的孩子。

请宽恕我，上帝，我并不是真的想要斯佳丽的孩子……我只是太想自己要个孩子了！”

她抓过一个靠垫垫在自己疼痛的背后，心里满是奢望，要是自己能有一个女儿该多好。但是米德大夫在这个问题上一直不肯让步。虽然她自己情愿冒生命的危险再要一个孩子，可是阿希礼就是不答应。一个女儿，阿希礼多喜欢有个女儿啊！

女儿！天哪！她惊慌地坐了起来：我还没有告诉巴特勒船长生的是个女儿呢！他当然是希望有个男孩。哦，太可怕了！”

玫兰妮知道，无论孩子是男是女，做母亲的都一样高兴，可是对男人来说，尤其是像巴特勒船长这样自命不凡的男人，生个女孩无异于当头一棒，有损他大丈夫形象。哦，她真是太感谢上帝了，幸亏她唯一的孩子是个男孩！她想，要是自己是那个可怕的巴特勒船长的妻子，她宁愿生孩子的时候死去也不敢头胎就给他生个女儿。

但是黑妈妈咧着嘴，笑吟吟地从房间里蹒跚走了出来，玫兰妮看到这副情景松了一口气，同时她不禁纳闷巴特勒船长到底是个什么样的人。

“刚才我给小娃娃洗澡，”黑妈妈说道，我跟巴特勒先生道歉说没给他生个儿子。可是，老天啊，玫兰妮小姐，你知道他怎么说？他说：‘嘘，小声点儿，黑妈妈！谁想要儿子啊？儿子才不好呢，只会惹来一大堆的麻烦。女儿最好。就是用一打男孩来换我这个女儿我都不干。’然后他还想从我这儿把孩子抢过去，可小娃娃还是光不溜球，我就掰开他的手腕，说：‘放规矩点儿，瑞特先生！我可要等你有个男孩的时候，看你不乐得大叫才怪。’他咧嘴笑呵呵地摇摇头说：‘黑妈妈，你是个傻瓜。男孩有什么好？我自个儿不就是个证明吗？’说句实话，玫兰妮小姐，他这会儿的举止倒真像个绅士。”然后，黑妈妈用一句宽容的话收了场，玫兰妮便明白，瑞特这回举止确实十分得体，就连黑妈妈都对他另眼相看了，“可能是我以前错怪瑞特先生了。玫兰妮小姐，今天对我可真是个好日子。我都给罗比亚尔家三代女孩换过尿布，可真是个好日子呀。”

“哦，是的，是个好日子，黑妈妈！孩子出生的日子是最好的日子！”

这栋房子里只有一个人觉得这天不是个好日子。韦德·汉普顿这天不是挨大人骂，就是被撇在一边没人理睬，他一个人待在餐厅里闲得发慌。一大早，黑妈妈就粗暴地把他叫醒，匆匆忙忙地给他穿上衣服，把他和埃拉送到佩蒂姑妈那里吃早饭。人们只是告诉他，他妈妈病了，他在家里玩，弄出声音会让妈妈难受。佩蒂姑妈家一片混乱，因为老太太听到斯佳丽生了病，便倒在床上，还得厨娘在身边伺候，早饭是彼得大叔给孩子们做的，只有不多一点儿。上午的时间一点点挨过去，韦德越来越害怕。要是妈妈死了可怎么办？有些孩子的妈妈就死了。他就见过灵车从屋子里驶出来，还听到小朋友呜呜大哭。要是妈妈也死了怎么办？韦德虽然非常害怕妈妈，但是也非常爱妈妈，想到妈妈要被放在黑色的灵车里，被马笼头上插着羽毛的大黑马给拉走，他的小胸口就不由疼起来，疼得连气也喘不上来。

中午的时候，彼得叔叔在厨房里忙着做饭，韦德从前门溜了出去，然后撒开小腿朝家跑去，由于心里恐惧，他跑得飞快。瑞特叔叔、玫兰妮姑姑或黑妈妈肯定会跟他说实话的。但是哪里都看不见瑞特叔叔和玫兰妮姑姑，黑妈妈和迪尔西拿着毛巾、端着一盆盆的热水在后楼梯上跑上跑下，谁也没有注意到他站在前厅里。楼上的房门偶尔打开时，他听到米德大夫简单干脆的声音。有一次他听到母亲的呻吟，吓得他抽噎起来，又开始打嗝了。他知道妈妈就要死了。为了寻求安慰，他朝着那只卧在前厅窗台上晒太阳的浅色猫咪哭诉。可是猫咪汤姆上了年岁，不喜欢被人打扰，摆动着尾巴，冲他低声吼叫。

最后，黑妈妈从前楼梯下来，围裙皱巴巴的，上面还满是污点，她的头巾也歪了。她看见韦德立刻皱起了眉头。黑妈妈一向是韦德的后台，看到她也冲他皱眉头，吓得韦德哆嗦起来。

“你是我见过的最不听话的孩子。”黑妈妈开口说，“我不是把你送到佩蒂小姐那里了吗？快回去！”

“妈妈是不是要……她要死了吗？”

“你可真是我见过的最让人心烦的孩子！要死了？上帝啊，才不会呢！老天，男孩子就是麻烦人。真不明白老天爷干吗要把男孩子送到世上来。现在，你快离开这儿。”

但是韦德并没有走，他躲在走廊的门帘后面，对黑妈妈的话将信将疑。听到黑妈妈说男孩子麻烦人，他感到很伤心，因为他一直都在努力做个好孩子。又过了半小时，玫兰妮姑姑从楼上跑了下来，虽然脸色苍白，模样憔悴，却自己一个人在那里微笑。她看见韦德躲在布帘影子里那副愁眉苦脸的样子，吓得像是给雷击中一样。玫兰妮姑姑平时总是有时间陪他，从不像妈妈那样老对他说：“现在别来烦我。我正急着有事呢！”或者“走开，韦德。我忙着呢。”

但是今天早晨，玫兰妮姑姑却说：“韦德，你可太淘气了。你怎么不待在佩蒂姑奶奶家呢？”

“妈妈是不是要死了？”

“天啊，不会的，韦德！别变成个傻孩子。”然后用温和的语气说，“米德大夫刚刚帮你妈妈生了个漂亮的小宝宝，这下你有个可爱的小妹妹跟你玩了。你要是听话今天晚上就能看见她。现在，出去玩吧，别在屋里弄出声音来。”

韦德溜进静悄悄的餐厅，他那个原本就不太安全的小天地现在更是摇摇欲坠。在这个阳光明媚的日子里，大人们的举动都奇奇怪怪，难道就没有一个忧心忡忡的七岁小男孩可待的地方？他坐在凹室的窗台上，轻轻地咬了一口阳光下长在盆子里的秋海棠。那味道辣得他直流眼泪，于是他哭了起来。妈妈可能要死了，没人注意他，所有人忙来忙去都是为了一个小娃娃，还是一个小女娃娃。韦德一点儿都不喜欢小娃娃，更别说是小女娃娃了。他唯一比较了解的小女孩就是埃拉，可她从来没有做过什么让他可以尊敬和喜欢的事。

过了很长时间，米德大夫和瑞特叔叔才一块儿从楼梯上走下来，站在厅里低声地交谈。送走大夫关上门，瑞特叔叔疾步走进餐厅，给自己从玻璃瓶倒了一大杯酒，然后才看见韦德。韦德吓得往后一缩，以为又要被人责怪淘气，得回佩蒂姑奶奶家去，可是没承想瑞特叔叔竟然冲他微笑起来。韦德从来没有见过他这样微笑过，也从来没有见他这么高兴过，于是他壮起胆，从窗台上跳下来，朝瑞特叔叔跑过去。

“你有了个小妹妹。”瑞特叔叔紧紧抓住他说道，“我打赌，你肯定没见过这么漂亮的小宝宝！哎，你哭什么呀？”

“妈妈……”

“你妈妈正吃大餐呢，有鸡肉、米饭、肉汤和咖啡，等会儿我们再给她弄点冰激凌，如果你也想要，也可以吃两碟。我还要带你去看看你的小妹妹。”

韦德虽然松了一口气，身体却软得连想为这个小妹妹说几句客气话都说不出来。大家都关心这个小女孩，再也没人关心他了，就连玫兰妮姑姑和瑞特叔叔也是一样。

“瑞特叔叔，”韦德开口说，“大家是不是都喜欢女孩不喜欢男孩？”

瑞特放下手中的玻璃杯，敏锐地盯着这张小脸，眼中一下子显出明白的神色。

“不是，我就不这样想。”他神情严肃地回答，好像在认真思考这个问题，“女孩比男孩更麻烦，不过，人们对麻烦多的孩子就得更加操心。”

“可是黑妈妈说男孩很麻烦人。”

“哦，黑妈妈肯定是心情不好。她只是随口那么说说而已。”

“瑞特叔叔，你是不是更想要个小男孩而不是个小女孩呀？”韦德满怀期望地继续问。

“那倒不是。”瑞特随口答道，看见小男孩的脸露出失望的表情，他又补充说，“你想，我已经有了一个小男孩干吗还要一个呢？”

“你已经有一个了？”韦德叫了出来，听到这个消息他惊讶得嘴都合不上了，“那他在哪儿呢？”

“远在天边，近在眼前。”瑞特把孩子抱起来，放在自己的膝盖上回答道，“有你这样一个男孩对我来说就已经足够了，我的儿子。”

顿时，韦德感到一种有人需要的强烈幸福，激动得又哭了起来。他使劲憋住，不让自己哭出来，把头埋进了瑞特的怀里。

“你不就是我的儿子吗？”

“一个人能……能做两个人的孩子吗？”韦德问道，一方面想要忠实于那个从没见过的父亲，另一方面又抑制不住对这个如此理解他的继父的爱。

“能！”瑞特肯定地说，比如说你既是妈妈的孩子，又是玫兰妮姑姑的孩子。”

韦德琢磨着这句话。他觉得挺有道理，于是他笑了，在瑞特怀里害羞地扭动着身体。

“你真明白小孩子的心，是吧，瑞特叔叔？”

听到这句话，瑞特黝黑的脸沉了下来，脸上出现一道道粗深的皱纹，嘴巴也扭歪了。

“是啊，”他苦涩地说道，“我是很明白小孩子的心。”

韦德一时间又害怕起来，不仅害怕而且感到一种突如其来的嫉妒。瑞特叔叔这时心里并不是在想他而是想别的孩子。

“你是不是有过别的小男孩？”

瑞特把他放在地下。

“我想喝上一杯，你也要喝一杯，韦德，你的第一杯酒，为你的小妹妹干杯。”“那你有没有过别的……”韦德想问下去，然后看见瑞特已经伸手去拿葡萄酒，觉得自己要跟大人一样举杯庆祝，兴奋得忘了继续往下问。

“哦，我不能喝，瑞特叔叔！我答应过玫兰妮姑姑要等到上大学毕了业才喝酒，要是我做到了，她就送给我一块表。”

“那我就送你一条表链……如果你想要，就把我现在戴的这条送给你，”瑞特说，脸上又露出了微笑，“玫兰妮姑姑说的没错。但是她说的是烈性酒，不是葡萄酒。你要学会像个绅士那样喝酒，儿子，现在就是学喝酒的最好时候。”

他老练地从玻璃瓶倒出水和葡萄酒，掺和起来，直到酒只剩下淡淡的粉红色，然后才把杯子递给韦德。就在这时，“黑妈妈走进餐厅。她换上了自己最好的衣裳，平时只有星期日才穿的黑裙子，而且她的围裙和头巾也是崭新的。她蹒跚走路的时候，裙子里传出丝绸的声音。她脸上着急的神情不见了，咧开几乎没牙的嘴笑着。

“该给生日礼物了，瑞特先生！”她说。

韦德端着酒杯停在嘴边。他知道黑妈妈一向不喜欢他这个继父。她总是把他叫作“巴特勒船长”，而且她对他的态度总是威严而冷淡。现在她却眉开眼笑，忸怩作态，还管他叫“瑞特先生”！今天可真是颠三倒四了！

“我想你更想喝朗姆酒吧。”瑞特说道，一边伸手到酒柜，拿出一个矮矮的酒瓶，黑妈妈，小娃娃长得真漂亮，是不是？”

“可不是嘛。”黑妈妈赞同道，同时咂巴着嘴端起酒杯。

“你以前见过这么漂亮的小宝宝吗？”

“哦，那当然，斯佳丽小姐生下来的时候也差不多有这么漂亮。”

“来，再喝一杯，黑妈妈。黑妈妈呀……”瑞特虽然说话的声音严肃，可是却眨巴着眼睛，“我听见的这个声是怎么回事啊？”

“老天爷，瑞特先生，就是我那件红绸衬裙！”黑妈妈哧哧地傻笑起来，巨大的身子都跟着晃了起来。

“只是那件衬裙吗？我才不信呢。你身上听起来像是有一大堆干树叶在那里沙沙作响。让我瞧瞧。把你的裙子拉起来。”

“瑞特先生，你可太坏了！哦，呦，老天爷呀！”

黑妈妈叫了一小声，然后往后退了一码远，稍稍把裙子拉起来几寸，露出红色塔夫绸做的衬裙边。

“隔了这么久你才穿上它。”瑞特不满地嘟囔道，可是他的黑眼睛却在发笑，在跳舞。

“是啊，都好长时间了。”

接下来瑞特说了一句韦德听不明白的话。

“不再是配着马具的骡子了？”

“瑞特先生，斯佳丽小姐真是的，把这话也告诉你！你不会计较我这个老黑婆说的话吧？”

“不会的，我才不计较呢。我只是随便问问而已。再喝一杯，黑妈妈。把这一瓶都喝了吧。干杯，韦德！让我们来干一杯。”

“为了小妹妹。”韦德大声道，说完把酒一口喝下。酒把他给噎着了，于是他又是咳嗽，又是打嗝，另外两人忍不住哈哈大笑，一面给他拍拍背。

从女儿降临的那一刻起，瑞特的举止就变得让大家都迷惑不解。本来全城的人包括斯佳丽在内都对他已经有了一种不会轻易改变的看法，但是他现在却动摇了他们对他的观点。谁曾想到他竟然会这样不觉得难为情，竟然公开夸耀自己当了父亲？尤其是他的头胎所生只不过是个女儿又不是儿子，本来是够尴尬的。

他一点儿都没有因为时间逝去而渐渐削弱当父亲的新鲜感。这让一些女人暗生嫉妒，她们的丈夫在孩子受洗之前许久就已经把孩子当成是一件想当然的事了。他在街上拦住人就向人家讲述自己孩子的种种奇迹般的进步，甚至连一般出于礼貌说的客套话都不说，像什么“我明白谁都觉得自己的孩子聪明，可是……”他觉得自己的女儿实在了不起，其他人家的孩子根本不能与她相提并论，而且他也不在乎别人知道他这么想。一次，一位新来的保姆给孩子吃了一点肥肉，结果弄得孩子肚子疼，瑞特在这件事上的做法成为许多父母的笑谈。他急忙招来米德大夫和另外两名大夫，而且大家费了老大的劲才把他拦住，没去拿鞭子抽打那个保姆。那个保姆被解雇了，随后雇的保姆如走马灯一样，最长的也不过待一个星期。没有哪个保姆能够满足瑞特定下的那些苛刻的规矩。

黑妈妈也和瑞特一样，没有哪个保姆能让她看顺眼，其实是她对雇来的黑人保姆嫉妒得不得了，不明白她怎么就不能带着韦德和埃拉，同时照看小宝宝。但是黑妈妈已经上了年纪，风湿病更是让她步履蹒跚，行动迟缓。瑞特掩盖起这些理由，不敢直言说明为什么要再雇个保姆，而是告诉她说，像他这种地位的人家里不能只有一个保姆，否则看起来太寒酸。他要雇两个人干粗活，让她做仆人总管。黑妈妈对这种解释非常满意。家里多雇些仆人不仅瑞特脸上有光，而且也显得她有身份。但是她坚决地对瑞特说她可不要那些刚被解放的黑人来做保姆。于是瑞特派人回塔拉把普莉西接来。虽然他知道这个普莉西也有不少毛病，但是不管怎么说她也是个家里的黑奴。彼得叔叔又推荐了他的一个孙侄女，名字叫卢，以前在佩蒂小姐的表哥伯尔家当女奴。

斯佳丽还没有下床，就注意到这个孩子占据了瑞特的全部心思，看到他在客人面前那么宠爱孩子，她竟然感到有一种气恼和尴尬。一个男人喜欢自己的孩子本没有什么错，可是她觉得这样表现自己的父爱也太不像个男子汉了。他应该像其他父亲那样自然随便些。

“你都要变成一个傻瓜了。”她气恼地说，“我实在不明白这是为什么。”

“不明白？哦，你是不会明白的。为什么要这样，因为她是第一个完全属于我的人。”

“她也属于我！”

“不，你已经有两个孩子了。她可是我的。”

“见鬼去吧！”斯佳丽嚷道，“孩子是我生下来的，不是吗？再说，亲爱的，我自己都属于你呀。”

瑞特的目光越过孩子黑黑的头发上望着她，脸上露出古怪的笑容。

“是吗，亲爱的？”

正在这时，玫兰妮走了进来，阻止了这场一触即发的口角，这些天来他们俩之间经常爆发这样的争吵。斯佳丽咽下怒火，看着玫兰妮把孩子抱了过去。孩子本来起名叫欧仁妮·维多利亚，可是那天下午，玫兰妮无心地为孩子定下名字，就像人们都叫佩蒂帕特这个名字，反而不记得莎拉·简这个原名了。

瑞特低头仔细观察孩子的时候说了句：“她的眼睛以后一定是浅绿色的。”

“才不是呢。”玫兰妮高声反驳道，忘了斯佳丽的眼睛就差不多是这种颜色，“她的眼睛肯定是湛蓝的，就像奥哈拉先生的眼睛一样，蓝得像……像美丽的蓝旗那么蓝。”

“那就叫美蓝·巴特勒。”瑞特笑着说，然后从玫兰妮手中把孩子抱过来，近近地盯着研究孩子的小眼睛。于是孩子就叫美蓝了，最后连她的父母都记不得当初曾经用皇后和女王的名字给她起的名字。

第五十一章

等到斯佳丽终于能外出走动了，她让卢帮她尽量拉紧腹带，然后她拿皮尺量了一下自己的腰围。二十英寸！她高声叹息。这就是生孩子给身段造成的结果！她的腰围要跟佩蒂姑妈一样，要跟黑妈妈的腰一样粗了！

“卢，再拉紧些。看能不能收到十八寸半，要不然我的裙子全都穿不上了。”“带子会绷断的。”卢说道，“斯佳丽小姐，你的腰围粗了，没办法了。”

“总有办法的。”斯佳丽一边想，一边狠狠拆开衣服的线缝，放宽裙子，“我再也不生孩子了。”

美蓝长得很漂亮，她脸上当然也光彩，瑞特把孩子视为掌上明珠，可她以后再也不生孩子了。至于怎么才能避免生孩子，她自己也不知道，因为她不能像对付弗兰克那样应付瑞特。因为瑞特不怕她，所以很难对付。虽然他口头上说，要是她生下的是儿子，不把他淹死才怪呢，可是看他溺爱美蓝的那副痴心模样，没准他来年还想要个儿子。嘿，她可不给他生了，不论是男孩还是女孩，反正不生了。三个孩子，随便哪个女人都受够了。

卢把撕开的衣缝放出来缝上，拿熨斗熨平，给斯佳丽穿戴好。斯佳丽便叫人备好马车，自己赶车去锯木厂。她一路上兴致高涨，把腰围的事撇在了脑后，因为她要在锯木厂见到阿希礼了，还要跟他一道翻阅账目。要是走运的话，说不定还能跟他单独待在一起呢。她最后见到他还是在美蓝出生前好长一段时间，后来挺着大肚子，她就不想让他看见自己的丑陋模样了。她想念以前那段时光，当时天天都能见到他，尽管总是有别人在身边。坐月子期间，她一直挂念着自己的木材生意，觉得那是生活中重要的部分。当然啦，如今她用不着亲自操劳了，完全可以把厂子卖出手，把卖的钱用来为韦德和埃拉搞其他投资。可那样一来，她就难得见到阿希礼了，只有在正式的社交场合才能见到他，而且周围总是有一群其他宾客。能在阿希礼身旁工作，是她莫大的乐趣。

马车驶近锯木厂时，她兴致勃勃地看到木料堆得像小山似的，许多顾客站在木料堆中间，正在跟休·艾尔辛谈生意。六队骡子运货车旁边，黑人车夫正在往车上装木料。“六个车队”。她得意地自忖道。

“这是我一手搞起来的！”

阿希礼来到小小的办公室门口，看到斯佳丽又来到锯木厂，他眼睛里流露出喜悦神情，他扶她跨下马车，像迎接女王似的恭恭敬敬把她迎进办公室。

但是，她查阅他的账本，跟约翰尼·加勒吉尔那本账作对比时，心中的喜悦减少了。阿希礼管的这个厂子收支勉强相抵，可约翰尼·加勒吉尔那个厂子却有大笔的盈余。她嘴上什么都没说，只是比较着两个厂子的账目。阿希礼从她的脸色中看出她心里的想法。

“斯佳丽，我真抱歉。我想说，希望你能让我用自由黑人干活，别用囚犯。我相信我能干得好些。”

“黑人！你怎么啦，支付他们的工钱就能把我们压垮。囚犯便宜多了。既然约翰尼用他们能赚这么多……”

阿希礼的目光越过她的肩头，茫然望着远处发愣，眼睛里的喜悦光芒消失了。

“我不能像约翰尼·加勒吉尔那样强迫囚犯干活。我不能强迫别人。”

“活见鬼！约翰尼·加勒吉尔干得很出色。阿希礼，你的心太软了。你该逼他们多干出活才对。约翰尼对我说过，只要有个懒鬼找你请一天病假，你都会准假。天哪，阿希礼！那还能赚上钱吗？狠狠打他们两下，不管他们什么病都能治好，只要不打断他们的腿就行……”

“斯佳丽！斯佳丽！别说了！你这么说我受不了。”阿希礼嚷起来，他的目光又返回她身上，只见他眼睛里闪出凶光，她连忙住了口，“难道你没意识到他们也是人！他们中间有的人有病，营养不良，够惨的，再说……啊，我亲爱的，你一向那么温柔，我不忍心看到他把你教唆得这么残忍……”

“谁把我怎么样了？”

“虽然我没有这份权利，可我不得不说。就是你那位……瑞特·巴特勒。凡是让他碰过的东西，没一样不受毒害的。你虽然性子有点急，可心地温柔善良，为人慷慨，可他把你搞到手后，毒害了你，把你变成现在这个样子，你变得冷酷了，野蛮了。”

“唉。”斯佳丽喘了口气，内疚和喜悦在心里翻腾起来，没想到阿希礼对自己怀有如此深情，仍旧认为自己心地善良。谢天谢地，他认为她锱铢必较是瑞特的错。瑞特当然跟这些毫无关系，全是她自己的过错，不过，再给瑞特脸上抹点黑对他也没什么害处。

“要是换了别人，我不会这么担心……可偏偏是瑞特·巴特勒！我清楚他对你干了些什么。你还蒙在鼓里呢，他已经扭曲了你的思想，把你引上他走的那条邪路了。啊，不错，我知道我不该这么说……他救过我的命，我很感激，不过我心里祈祷上帝，但愿娶你的不是他，而是别人！唉，我实在没权这么说……”

“噢，阿希礼，你有这份权利的……除了你谁还有这样的权利呢？”

“我告诉你，我心里受不了。眼睁睁看着你的优雅让他变成粗鄙，你的美貌，你的妩媚落到这么一个人手里，这个人……我一想到他接触你，我就……”

“他要亲吻我啦！”斯佳丽心中一阵狂喜，“这可不是我的错！”她扭动身子朝他凑过去。可他猛然后退，仿佛意识到自己说得过火了——仿佛说了自己从来没打算说的话。

“我真心向你道歉，斯佳丽。我……我这是暗示说你丈夫不是个正人君子，我说出这话，其实也证明我自己也不是个正人君子了。谁也无权当着妻子的面子说人家丈夫的坏话。我找不出任何借口，只是……只是……”他结结巴巴说不下去，脸变得很难看。她屏住呼吸，等他说下去。

“我找不出任何借口。”

赶车回家途中，斯佳丽一路胡思乱想，找不出任何借口，只是……只是因为他爱她！他一想到她躺在瑞特的怀抱里，心中竟会燃起怒火，她没想到他可能会这样。噢，这她能理解。幸亏她认为，他与玫兰妮的关系无非是兄妹情谊，否则她会觉得生活是一场磨难。由于瑞特拥抱她，使她变得粗鄙野蛮！嘿，既然阿希礼有这种想法，以后她可以不接受瑞特拥抱。虽然她和阿希礼都与别人结了婚，但是，假如两人都在肉体上暗暗为对方保持忠诚，那该多么甜美浪漫啊！这个想法激起她的想象，她从中获得了乐趣。再说，这么做也有实际意义，因为她就不会再生孩子了。

回家后，她叫人把马车赶走，刚才听了阿希礼的话，心中的激越情绪开始消散，因为她想跟瑞特提出分卧室居住的要求，这一来她就得面对这么做的全部意义。这是桩难事。再说，她怎么才能启口对阿希礼说，她已经如他所愿拒绝与瑞特同床共枕了？自己做出牺牲，却没人知道，那又有什么用处呢？体面与娇柔，这两样真是压在淑女肩头的一副重担！要是她对阿希礼说话，也能像对瑞特说话一样坦率，那该多好！没关系。她总有办法向阿希礼做出暗示的。

她上楼推开育儿室的门，看见瑞特坐在美蓝的小床旁边，埃拉坐在他腿上，韦德把兜里的东西一一掏出来向他展览。瑞特喜欢孩子，也会善待孩子，这真是桩幸事！有些继父却总是痛恨前夫的孩子。

“我想跟你谈谈。”她说完就朝卧室走去。既然心里已经打定了不再生孩子的主意，而且阿希礼的爱情让她心里产生了力量，不如趁热打铁早点说出来。

他刚把卧室门在身后关上，她便马上开口说："瑞特，我已经打定了主意，以后不再生孩子了。"

即使他听了这句没料想到的话心里感到吃惊，脸上也一点没表现出来。他懒洋洋坐在一把椅子上，身子往后仰，把椅子的两条前腿翘起来。

"我的宝贝，早在美蓝出生前我就告诉过你，你生一个孩子还是生二十个，对我都无所谓。"

他这人真可恶，一下子就巧妙回避了这个问题，仿佛不在乎要孩子跟孩子出生没什么必然联系。

"我想三个孩子已经足够了。我不打算每年生一个妹妹。"

"三个看来是个合适的数目。"

"你心里很清楚……"她欲言又止，窘得脸都红了，你清楚我的意思吧？"

"我清楚。不过，你是不是意识到了，我可以跟你离婚，因为你拒绝我享受婚姻的合法权利？"

"你这人真下流，怎么想到那种事了？"她嚷道，心里为谈话偏离自己计划的轨道感到恼火，要是你还有点骑士风度，就该……就该好一点，就像……嘿，你看看阿希礼·韦尔克斯。玫兰妮不能再生孩子，他就……"

"那个微不足道的小绅士，阿希礼。"瑞特说。他的眼睛里闪烁出异样的亮光，"请接着往下说。"

斯佳丽顿时说不出话来，因为她的话已经说完了，没什么话好说了。她这才意识到自己有多傻，竟然以为能心平气和地解决这么重要的事情，何况对手还是瑞特这种自私的下流鬼。

"你今天下午去锯木厂了，是不是？"

"这有什么关系？"

"你喜欢狗吧，斯佳丽？你喜欢让狗待在狗窝里，还是喜欢让狗占马槽狗占马槽：典故出自伊索寓言，与汉语俗语中"占着茅坑不拉屎”意思相似。？”

她心里涌起一腔怒火，也感到失望，没理解这句话的暗示意义。

他轻轻站起身，走到她身边，托起她的下巴猛地一扭，让她面对自己。

“你真是个孩子！你已经跟三个男人生活过，却仍然不了解男人的脾性。你好像认为，男人就像过了绝经期的老太太一样没有欲望吧。”

他顽皮地在她下巴上捏了一下，放开手，一道黑眉往上一挑，俯下身子长时间凝视着她的脸：“斯佳丽，你听明白了。只要你和你那张床对我还有点吸引力，不管你给门上锁，还是对我哀求，都别想阻止我。我什么事都干得出来，绝不会觉得羞耻，因为我跟你达成了一笔交易，我始终信守契约，可你要毁约。守着你那张贞洁的床吧，我亲爱的。”

“你的意思是说，”斯佳丽愤愤地嚷道，“你不在乎……”

“你已经对我感到厌烦了，是不是？哼，一般来说，是男人比女人更容易厌倦。守住你那份贞节吧，斯佳丽。这不会让我吃苦头的。没关系。”他耸了耸肩，咧开嘴笑了，“幸亏世界上有的是床，而且大部分床上睡的都是女人。”

“难道你真的会那么……”

“我亲爱的天真孩子！那是当然喽。这以前我要是一直规规矩矩，那才是怪事呢。我从来没觉得忠贞不二是种美德。”

“以后我每天晚上都把门锁上！”

“何必费心，假如我需要你，什么锁也别想把我拦在门外。”

他转过身，仿佛这场谈话已经结束，径自走出屋子。斯佳丽听到他返回育儿室，孩子们欢呼起来，对他表示欢迎。她颓然跌坐下去。她如愿了。这正是她想要的，也是阿希礼想要的。但是并没有让她感到快乐，反而伤害了她的虚荣心。没想到瑞特对这事竟然满不在乎，而且是他不再需要她了。他把她跟别的床上躺的那群坏女人相提并论。一想到这些，她就觉得屈辱。

她原本希望以某种巧妙的方式告诉阿希礼，说她与瑞特已不再有实质性的夫妻关系了。可她知道，如今她讲不出口了。事情搞得一团糟，她不禁有点后悔，觉得不该提起这种事。她会怀念与瑞特躺在床上的长时间交谈，谈话妙趣横生，他的雪茄烟头在黑暗中闪闪发亮。她从迷雾中奔跑的噩梦中惊醒时，瑞特总是搂着她，给他安慰，她会怀念那份慰藉的。

忽然间，她觉得非常不幸，趴在椅子扶手上失声痛哭起来。

第五十二章

美蓝刚满周岁后的一天下午，外面下着雨，韦德待在起居室里闷闷不乐，时而走到窗前，把鼻子贴在外面有水滴的玻璃窗上。他是个瘦高个儿，虽然已经八岁了，可是显得不足这个年龄。孩子沉默寡言，近乎羞涩，别人不跟他说话，他从不先开口。他觉得烦闷，不知道该怎么消遣才好。埃拉在屋子一角摆弄她的布娃娃，斯佳丽坐在写字台前，嘴里低声嘟囔着，正在把一长串数字加起来，瑞特躺在地毯上，提着表链晃动怀表，逗美蓝抓，可她刚好抓不着。

韦德捡起几本书，又任它们落在地上，发出扑通扑通的响声，自己长叹一声。斯佳丽朝他转过身去，满脸的气恼。

“天哪，韦德！到外面玩去。”

“不行。外面下雨呢。”

“是吗？我没留意。那就找点事做。你在这儿晃来晃去，让我心烦。去叫波克套上马车，送你找小博玩去。”

“他不在家，”韦德叹了口气，“他去参加拉乌尔·皮卡德的生日聚会了。”

拉乌尔是梅贝尔和勒内·皮卡德的小儿子，斯佳丽觉得那是个讨人嫌的小家伙，不像个孩子，倒活像只猿猴。

“嗯，你想找谁就找谁，告诉波克带你去。”

“谁也不在家。”韦德回答道，“大家都去参加生日聚会了。”

他这言外之意就是“大家都去了——就我没去”。可斯佳丽正忙着算账，根本没注意听。

瑞特一骨碌坐起身，说：“孩子，那你干吗不去参加生日聚会呢？”

韦德侧着身子朝他挪近一步，满脸的不高兴。

“没人邀请我，先生。”

瑞特把怀表递给美蓝，任凭她抓着玩，他站起身。

“别算你那该死的账了，斯佳丽。他们为什么没邀请韦德参加聚会？”

“看在老天的分上，瑞特！现在别打扰我。阿希礼记的这糊涂账……噢，那个聚会？他们没邀请韦德有什么奇怪的，就是邀请了我也不会让他去。别忘了拉乌尔是梅里韦特太太的外孙。梅里韦特太太宁肯请一个自由黑鬼进她家神圣的客厅，也不会放我们家人进去。”

瑞特若有所思地望着孩子的脸，看见孩子在往后退缩。

“上这儿来，孩子，”他把孩子拉到身边，“你想参加那个聚会吗？”

“不想，先生。”韦德说得很勇敢，眼皮却耷拉下去了。

“嗯，告诉我，韦德，乔·怀廷家的聚会、弗兰克·邦内尔家的聚会，还有别的小朋友家的聚会你都去参加吗？”

“没有，许多聚会都不邀请我。”

“韦德，你撒谎！”斯佳丽转过身来嚷道，“上礼拜你还参加过三个聚会呢，巴特家孩子的聚会，格勒特家的，还有亨顿家的。”

“你这是把套了马具的骡子拉来当上等货色。”瑞特拖着长腔温和地说，“你参加那些聚会玩得快活吗？说啊。”

“不快活，先生。”

“为什么？”

“我……我不知道，先生。黑妈妈说，他们是些白人里的垃圾。”

“看我不立刻剥了黑妈妈的皮！”斯佳丽跳起身，“还有你，韦德，怎么敢对妈妈的朋友说坏话……”

“孩子说的是实话，黑妈妈说的也是实话。”瑞特说，“当然，你从来看不出真实情况，就是在马路上遇到也看不出来……别担心，孩子。你不愿参加的聚会尽管别去。拿着。”他掏出一张钞票递给孩子，“告诉波克套上马车带你进城。买点糖果，要买多多的，放开肚子吃，吃个开心。”

韦德脸上绽开了笑容，把钞票揣进兜里，又不安地朝母亲望望，想征得她同意，可她正皱起眉头望着瑞特。瑞特从地板上抱起美蓝，偎在怀里，她的一张小脸贴在他脸上。斯佳丽看不清他脸上的表情，但隐隐约约感觉到，他眼睛里有种近乎恐惧和自责的神情。

继父的慷慨让韦德受到鼓舞，孩子脸上带着羞怯走到他跟前。

“瑞特叔叔，我能问你个事儿吗？”

“当然能。”瑞特显得焦躁，也有点心不在焉，他把美蓝的脑袋抱得更近些，“什么事哪，韦德？”

“瑞特叔叔，你……你打过仗吗？”

瑞特神色警惕地扭过头，目光十分敏锐，可他的口吻仍然漫不经心。

“你干吗问这个呢，孩子？”

“嗯，乔·怀廷说你没打过仗，弗兰克·邦内尔也这么说。”

“啊，”瑞特说，“你是怎么跟他们说的？”

韦德一脸的不高兴。

“我……我说……我对他们说，我不知道。”后来他匆匆说，“可我不在乎，我揍了他们。你打过仗没有，瑞特叔叔？”

“打过，”瑞特的声音突然变得慷慨激昂了，“我打过仗。我在军队里待了八个月。我从拉夫乔伊一路打到田纳西州的富兰克林。约翰斯顿投降的时候，我就跟他在一起。

韦德骄傲得扭动了一下身子，可斯佳丽听了哈哈大笑。

“我还以为你对自己的参战经历感到羞愧呢。”她说，“难道不是你告诉我别张扬出去吗？”

“嘘，”他说，“这让你满意了吗，韦德？”

“啊，是的，先生！我就知道你打过仗的。我知道你不是他们说的胆小鬼。不过……你怎么没跟其他小孩子的爸爸在一起呢？”

“因为那些小孩的爸爸都是些傻瓜蛋，只能编在步兵里，我在西点军校上过学，所以进了炮兵部队。是正规的炮兵部队，韦德，不是自卫队。只有脑子特别聪明的人才能当炮兵呢，韦德。”

“没错，”韦德脸上熠熠放光，“你挂过彩吗，瑞特叔叔？”

瑞特迟疑了一下。

“把你得痢疾的事说给他听听。”斯佳丽挖苦道。

瑞特小心翼翼地把美蓝放在地毯上，从裤腰里拽出衬衫和内衣。

“上这儿来，韦德，我让你看看我哪儿受过伤。”

韦德走过去，一脸的激动，盯着看瑞特指给他的地方。只见他古铜色的胸膛上有道隆起的伤疤，那道伤疤很长，一直延伸到肌肉发达的小肚子上。其实，那是他在加利福尼亚采金场跟人械斗时留下的纪念，韦德当然不知道。他喘着粗气，乐得要命。

“我就知道你跟我爸爸一样勇敢，瑞特叔叔。”

“差不多，不过不完全一样，”瑞特说着把衬衫塞回裤腰里，“好啦，现在去把你的钱花掉。要是有谁敢说我没打过仗，你就狠狠揍他。”

韦德乐了，连蹦带跳地跑出去，高声叫波克。瑞特重新把美蓝抱起来。

“喂，干吗编造这么多谎言，我勇敢的士兵弟兄？”斯佳丽问。

“男孩需要为父亲——或者为继父感到自豪。我不能让他在其他小家伙面前觉得丢人。孩子们都是些残忍的家伙。”

“嘿，胡扯！”

“我从没想过这些对韦德这么重要，”瑞特慢吞吞地说，“我从没想过他为此难受。将来不能让美蓝受同样的罪。”

“什么罪？”

“你以为我会让我的美蓝为自己父亲感到羞耻？让她在八九岁的时候没人邀请她参加生日聚会？他们蒙受耻辱不是自己的过错，而是你我的过错。”

“噢，就为孩子的生日聚会？”

“先是孩子们的聚会，以后还有少女初入社交场的聚会。你以为我会让女儿从小到大让人排斥在亚特兰大上流社会之外？我不打算送她去北方上学，也不打算让她去北方游览，因为怕她在这里或在查尔斯、萨凡纳、新奥尔良这些地方受上流社会排斥。我可不愿眼睁睁看着她将来被迫嫁给个北佬或外国人，就因为她母亲是个傻瓜，父亲是个恶棍，上流社会家庭都不愿要她。”

这时韦德站在门口，听得津津有味，也觉得迷惑不解。

“美蓝可以嫁给博的，瑞特叔叔。”

瑞特转身面对韦德时，刚才那一脸怒气已经荡然无存了。他似乎在认真考虑韦德的话，他跟孩子们打交道时，总是认真听取孩子们的只言片语。

“没错，韦德，美蓝可以嫁给博·韦尔克斯，可你要娶谁呢？”

“哼，我谁也不娶。”韦德得意地说，此时他沉湎于像大人似的跟一个成人面对面交谈。除了玫兰妮姑姑外，只有这个人从不对他厉声呵斥，总是给他安慰和鼓励，“我要像我父亲一样上哈佛，当律师，以后还要像他那样当个勇敢的士兵。”“真希望玫兰妮别当着孩子的面子乱说。”斯佳丽嚷道，“韦德，你不能去哈佛念书。那是北佬的学校，我不让你进北佬的学校念书。你该进佐治亚大学，毕业后回来帮我管那家店铺。至于说你父亲是个勇敢的士兵……”

“嘘。”瑞特连忙打断她。他留意到，刚才韦德说起自己从未见过面的父亲时，兴奋得眼睛里闪着亮光，“你长大以后要像你父亲一样，做个勇敢的人，韦德。要努力像他一样，因为他是个英雄，要是谁敢说不一样的话，你就让他闭上嘴。他娶了你母亲，不是吗？这就足以证明他的英雄气概了。我会让你上哈佛当律师的。

好了，快去叫波克带你进城。”

“你让我管教我的孩子我会谢谢你的。”斯佳丽等韦德顺从地快步跑出屋子后，大声嚷起来。

“你的管教真他妈糟透了。你把埃拉和韦德该有的机会都毁了，我可不准你按那种方式管美蓝。美蓝一定要做个人人争着要的小公主。不能有任何地方她去不了。老天哪，你以为我会听任她在满屋子的社会渣滓中长大，跟他们交往？”“他们对你够好了……”

“那种该死的景象对你再好不过了，亲爱的，但是不适合美蓝。你以为我会允许她嫁给一个成天跟你厮混在一起的亡命徒？野心勃勃的爱尔兰人、北佬、穷白佬、投机商、暴发户……哼。我的美蓝有巴特勒家的血统和罗比亚尔家的血缘……”

“还有奥哈拉家族的……”

“奥哈拉家族或许一度是爱尔兰的王室，可你父亲只不过是个利欲熏心的精明爱尔兰佬而已。你也好不了多少。不过，我也有过失，我过日子像只黑暗中乱飞的蝙蝠，对自己做的任何事从来不在乎，因为任何事对我都没关系。但是美蓝关系重大。天哪，我一向多糊涂啊！美蓝在查尔斯顿不会被上流社会接纳的，不管我妈妈、你尤拉莉姨妈或者宝莲姨妈怎么努力都不会管用……显然她在这里也不会被上流社会接纳，除非我们赶快采取行动……”

“嘿，瑞特，你把这种事看得太严重，简直有点滑稽。凭我们手里的钱……”

“让我们的钱见鬼去吧！把我们的钱全拿出来，也买不到我要给她的东西。我宁肯让皮卡德那种穷苦人家请美蓝去啃干面包，或者让艾尔辛太太请她去摇摇欲坠的谷仓里做客，也不愿看到她成为共和党要员就职舞会上的美人明星。斯佳丽你从来都是个傻瓜。你几年前就该为孩子们在社会中谋求个稳妥的位置，可你没有。你甚至不费心保住自己原有的地位。如今你就是想改邪归正，也太晚了，完全成了非分的念头。你赚钱的渴望太强烈了，太喜欢欺负人了。”

“我看你这番话纯粹是小题大做。”斯佳丽的口吻冷淡，哗啦啦翻动着账簿，表示她不愿继续讨论了。

“愿意帮助我们的只有韦尔克斯太太了，可你却尽量疏远她，侮辱她。噢，请你以后别在我面前说她怎么穷，穿得怎么寒酸之类啦。她是亚特兰大正气和灵魂的核心。谢天谢地，好在还有她。她会在这方面助我一臂之力的。”

“你打算怎么做？”

“怎么做？我要与本城保守派中的每一个母夜叉培养关系，特别是梅里韦特太太、艾尔辛太太、怀廷太太、米德太太。即使我不得不肚皮朝下趴在恨我的老恶婆面前，我也会照办。对她们的冷淡我要逆来顺受，还要表现出痛改前非的样子。我要捐助他们该死的慈善事业，要去他们那令人讨厌的教堂做礼拜。我要公开承认并且吹嘘曾为邦联多方出力，如果万不得已，我还要参加他们该死的三K党——不过，慈悲的上帝大概不会用这种酷刑罚我赎罪吧。我还会毫不迟疑地提醒我救过命的那帮傻瓜，说他们欠我一份人情。你呢，夫人，请你高抬贵手，别背着我拆我的台，对我巴结的人，别取消他们抵押品的赎回权，别把劣质木料卖给他们，也别用其他方法侮辱他们。布洛克州长再也休想跨进这座房子。你听明白了没有？你结交的那帮高雅的小偷一个也不准再进这所房子。要是你盗用我的名义请他们来，到时候别怪我不赏脸，让你下不了台。要是他们上这所房子来，我就去贝尔·沃特林的酒吧消磨时间，还要告诉每一个愿意听我说的人，我不愿跟他们待在同一个屋顶下。”

斯佳丽听了这番话，心里一阵刺痛，干笑了两声。

“这么说，河船上的赌棍，封锁线上的投机商，如今要改邪归正，当正人君子喽！哼，你要想受人敬重，第一步该是卖掉贝尔·沃特林的妓院才对。”

这不过是摸黑放了一枪，因为她从来没有确凿证据，并不能肯定瑞特拥有那所房子。瑞特似乎看透了她的心思，忽然放声大笑。

“谢谢你的建议。”

瑞特选了个最困难的时机实施他恢复体面地位的计划。共和党人和叛贼的恶名已经达到了空前绝后的地步，因为如今投机商的政权已经腐败透顶，而邦联投降以来，瑞特的名字已经跟北佬、共和党人和叛贼密切交织在了一起。

在一八六六年，亚特兰大人无可奈何地愤然想道，恐怕没有比此时的军事统治更糟糕的世道了，如今在布洛克的统治下，他们这才明白什么是更糟的。共和党人及其盟友借助黑人选票，牢牢占据了这个州的地盘，他们作威作福，任意欺凌没有权力还不愿屈服的少数派。

他们在黑人中间散布谣言，说《圣经》里只提到两大政治派别，一派是被逐出教会者，另一派是罪人。没有哪个黑人愿意加入一个完全由罪人组成的政党，所以他们纷纷加入了共和党。他们的新主子逼他们一再重复投票，选举穷白佬和叛贼，甚至选举黑人，担任重要职务。黑人议员坐在州议会里，大部分时间不是在吃花生，就是把脚上的鞋脱了穿，穿了脱，因为他们一时还穿不惯新鞋子。他们没几个识字的，都是刚刚从棉花田和藤蔓丛里出来，如今却有权投票决定税金征收、债券发行之类重大事务，并有权批准为自己及其共和党人朋友提供巨额开支。他们还投票推选共和党人。这个州被沉重的税金压垮了，纳税人缴纳税金时满腔怒火，心里清楚这些钱名义上是为公众目的，结果都流入私人腰包了。

州议会大厦被围得水泄不通，其中有众多推销商、投机商、寻求政府合同的承包商以及其他五花八门的人物，这些人都希望从政府的恣意挥霍中获取利益，许多人凭借这种巧取豪夺发了大财。他们根本不费什么周折就从州政府那里搞到资金，名义是用来修筑铁路、购买火车头和车皮、建造公共建筑物，其实这些项目只是些空头支票，根本就不存在。

公债的发行金额高达千百万，大部分是以欺骗手段非法发行的，然而照样行得通。该州的财务主管是个共和党人，不过为人诚实，他一遍遍大声疾呼，阻止一次次非法发行公债，还拒绝签发行令，然而，尽管他和其他人努力制止各种滥用职权的现象，却无法抵挡滚滚浊流。

州属铁路曾是本州的一宗资产，如今却成了一笔债务，金额高达百万元的危险警戒线。铁路已不成其为铁路，简直成了一条无底鸿沟，贪婪的猪猡可以在里面任意豪宴痛饮，快活地打滚。许多铁路官员是出于政治原因任命的，根本不管他们懂不懂铁路经营管理，雇员超过必要人数的三倍，共和党人可以凭证免费乘车，选举中，一车皮一车皮的黑人免费乘车，在州内各地旅游，同一次选举中在不同地点重复投票。

州属铁路管理不当特别惹纳税人恼火，因为公立学校的资金就来自铁路的收益。铁路非但没有收益，反而背上了沉重的债务，公立学校只得关门。没有多少家庭供得起孩子上费用高昂的私立学校，于是，整整一代儿童要在无知中成长，这些孩子又要在若干年里播下无知的种子。

南方人对挥霍浪费、管理不当、贪污渎职非常痛恨，但是更让他们痛恨的是州长去了北方对本州人民恶意中伤。佐治亚州上下一致怒斥州政府的腐败，州长匆匆去了北方，出席国会听证会，称州里白人对黑人施暴，并预谋另一场叛乱，有必要对该州实施严厉的军事管制。佐治亚州人谁也不想惹黑人，都想避免麻烦。谁也不想再打一场战争，谁也不希望、不需要刺刀下的统治。整个佐治亚州所需要的，就是不受人打扰，让该州恢复元气。但是，在州长的“造谣工厂”影响下，北方把这个州看作蓄意谋反的地方，需要采取强硬手段镇压。于是，佐治亚州便处在高压统治之下了。

对那些扼制佐治亚州喉咙的团伙，这是个绝好的时机。他们肆意掠夺，横行无忌，政府要员公开谋私，寡廉鲜耻令人不寒而栗。抗议和努力终归无用，因为州政府受到合众国军队的支持。

亚特兰大人诅咒布洛克，诅咒共和党，诅咒那帮叛贼，诅咒凡是与他们有关系的人。瑞特与他们有关系。他与他们过从甚密，大家便说，他们的种种阴谋他也有份。不久前，他还在随波逐流，如今他逆流而返，自然游得很艰辛。

他采用巧妙手段，缓缓展开自己的攻势，避免激起亚特兰大人的疑心，如果人们发现美洲豹一夜间竟褪去浑身花斑，自然要起疑心。他避免接触来历不明的老朋友，再也不让人看到与北佬军官、叛贼及共和人混在一起。他参加民主党人的集会，公开让人看到他投民主党人的票。他不再参加高赌注的扑克牌赌博，饮酒也比较有节制了。有时他也去贝尔·沃特林那里，但他总是像城里体面市民那样，天黑后才不动声色地前往，不再像以前那样大下午的把马拴在她门外，让人一看就知道他在里面。

星期日礼拜时，他等到圣公会教堂的椅子差不多坐满了人，礼拜已经开始了，才牵着韦德的手，踮着脚尖走进教堂。做礼拜的人见了瑞特跟看见韦德来此做礼拜同样感到惊讶，因为大家认为这孩子是信天主教的。至少斯佳丽是个天主教徒，或者应该算个天主教徒。多年来，她从不涉足教堂，她心目中已经没有宗教，也把埃伦的训诫撇在了脑后。大家认为她忽视了对自家孩子的宗教教育。如今瑞特努力弥补这事，尽管他没带孩子去天主教堂，却来了圣公会，可还是该受嘉许的。

瑞特只要愿意管住自己的舌头，不让他的黑眼睛乱转也不露出恶意，他就能显出庄重迷人的绅士风度。多年来他一直打算这样做，可直到现在才付诸实施。他俨然一副稳重而有魅力的风度，就连贴身马甲也要挑选颜色稳重的。与自己救过性命的人们重建友谊并不困难。他们早已对他表示感激了，只是瑞特一直不把人家的感激当回事。如今，休·艾尔辛、勒内、西蒙斯家兄弟、安迪·邦内尔和其他一些人都发现，他还是挺讨人喜欢的。大家说起欠他的救命之恩，他反而显得有点窘迫，不好意思突出自己的作用。

“那没什么，”他总是态度谦虚地说，“换了谁都会那么做的。”

他为修缮圣公会教堂捐了一大笔款子，还为阵亡将士墓地美化协会提供了一笔数目可观却还不太张扬的捐款。他特意把款子交给艾尔辛太太，还态度尴尬地求她保守秘密，可他知道得很清楚，这么一说，她会更加迫不及待地把消息传播出去。艾尔辛太太很不情愿接受他的钱——因为这是“投机商的钱”——却无奈协会急需用钱。

“我不明白你怎么会跑来捐款。”她的口吻尖酸刻薄。

瑞特的态度稳重得恰如其分，说这是出于对战友的怀念，他们比他更勇敢，却没他那么幸运，如今躺在了无名将士墓地里。艾尔辛太太听了，那只带有贵族气质的下巴耷拉下去。多莉·梅里韦特曾告诉她，是斯佳丽说的，巴特勒船长入伍打过仗，可她当然不信这话。谁都不会相信。

“你参过战？在哪个连，哪个团？”

瑞特报出自己的部队番号。

“噢，炮兵！我认识的人不是在骑兵团就是在步兵团。怪不得……”她仓皇失措，没把话说完，心里预料他会投来恶意的目光。可他却低头不语，手里摆弄着自己的表链。

“我原打算参加步兵的，”他装作完全没有理解她的言外之意，接着说，“可我上过西点军校。不过我没毕业，艾尔辛太太，全是因为我年幼胡闹。他们得知我进过西点军校，就把我编进炮兵团，是正规部队，不是民兵自卫队。在那次最后战役中，需要懂专业的人员。你知道当时损失有多惨重，很多炮兵都牺牲了。在炮兵团很孤单。一个熟人都没有。整个服役期没见过一个亚特兰大人。”

“哎呀！”艾尔辛太太有点不知所措了。假如他当过兵，那就是她错怪他了。她说过他不少刻薄的话，说他是个胆小鬼，想来觉得惭愧，“嘿！你服役的事干吗谁也不告诉？好像这让你觉得丢脸似的。”

瑞特正视着她的脸，一副怅然若失的模样。

“艾尔辛太太，”他恳切地说，“相信我，要是我说出，能为邦联效力是我一生最自豪的经历，我就会觉得……觉得……”

“嘿，你干吗瞒着不说？”

“因为……因为我过去的某些行为，我觉得羞于出口。”

艾尔辛太太把这笔捐款和那次谈话细细讲给梅里韦特太太听。

“多莉，我跟你说吧，他说到羞于出口几个字时，眼睛里含着泪水呢！真的，眼泪！我自己也险些跟着哭了。”

“简直是胡说八道！”梅里韦特太太嚷起来，不信她的话，

“我才不信他那种人会流眼泪，也不信他参过军。我马上就能搞清楚。要是他真的在那个炮兵团待过，我很快就能打听到，因为那个炮兵团的司令卡尔登上校是我一位老姑姑的女婿，我要给他写封信。”

她给卡尔登上校写了封信，上校的回信让她惊愕不已，上校的信口吻毫不含糊，对瑞特在军队里的表现大为褒扬，称他是天才的炮兵、勇敢的战士、无怨无悔的绅士、谦虚的好人，说他甚至拒绝接受上级授予他的军官军衔。

“哼！”梅里韦特太太把信拿给艾尔辛太太看，“你轻而易举就把我说服了！也许我们说这坏蛋没打过仗是错怪了他，也许该相信斯佳丽和玫兰妮的话，说他在本城陷落那天报名参了军。不过，这没什么区别，他是个叛贼，也是个流氓。我可不喜欢他！”

“话说回来，”艾尔辛太太有点拿不准，“话说回来，我觉得他还没那么坏嘛。凡是替邦联打过仗的人，就不可能太坏。要说坏，是那个斯佳丽。你知道吗，多莉，我真的相信他……唉，他为斯佳丽感到害臊了，可他碍于体面才没那么说出口。”

“害臊！呸！他俩是一块料子上剪下的两块布。你这傻念头是从哪儿冒出来的？”

“这可不是什么傻念头，”艾尔辛太太怒气冲冲地反驳道，“昨天下那么大的雨，他坐着马车在桃树街来回兜风，还带着三个孩子，你知道吗，还有那个小娃娃。他还让我搭车，送我回家。我就说：‘巴特勒船长，你疯啦，这么大的雨，干吗让孩子在外面淋雨？怎么不送他们回家去？’他一副窘态，什么话都没说。可他家黑妈妈开了口：‘家里来了满屋子的白人垃圾，待在外面淋雨也比屋里干净！’”

“他怎么说？”

“他能说什么？他只是瞪了黑妈妈一眼，当没这么回事。你知道，昨天下午斯佳丽招惹一大帮子人在家里打惠斯特牌，把那帮下贱女人都请到家里去了。我猜他是不想让她们亲吻他的孩子。”

“是吗？”梅里韦特太太有点动摇，可仍然抱顽固态度。到了第二个星期，她也认输了。

瑞特此时在银行设了张办公桌。至于他坐在那张办公桌后面办什么公，银行职员都感到迷惑不解，可他在银行有相当大的股份，他们便不敢过问他的公干。过了一阵子，他们忘记自己曾反对他了，因为他态度和蔼，举止得体，而且真正懂得不少银行和投资业务。不管怎么说，他整天都坐在自己的办公桌前，显得十分忙碌。他说本城受人敬重的居民都在努力工作，他也要向大家看齐。

梅里韦特太太打算扩大她那蒸蒸日上的面包房，来这家银行，想以自家房子作抵押贷款两千元。结果，她遭到拒绝，因为她已经用房子作抵押借贷过两笔款子了。这位身材矮胖的老太太气得直嚷，正要冲出银行时，瑞特连忙把她拦住，问明她遇到的困难后，他抱歉地说："准是他们搞错了，梅里韦特太太，这真是个严重错误。您这样的人贷款还要什么抵押！啊，你只要口头说一声，我就会把钱借给你。从您的业务经历上看，您这样善于经营的夫人是世界上信誉最好的客户。银行就是要给你这样的人发放贷款。请您在我的椅子上稍坐片刻，这事由我替你操办。"

他回来时满脸笑容，和蔼可亲地说，果然是出了个错误。两千元已经划拨到她账上了，她可以随时提取。至于她的房子——她可以签个字。

梅里韦特太太竟然得到这么一个人的帮助觉得又羞又恼，这个人她可是既不喜欢又不信任的，所以，她道谢时没有显出应有的高雅风度。

可他并不在意。他送她到银行门口，说道："梅里韦特太太，我一向敬佩您丰富的知识，不知道能不能向您请教一件事？"

她微微点了点头，帽子上那根羽毛甚至都没有抖动。

"你女儿梅贝尔小时候是不是也吮吸大拇指？你当时是怎么让她改掉这个习惯的？"

"什么？"

"我家美蓝总是吮吸大拇指。可我想不出办法制止她。"

“你一定要制止她，”梅里韦特太太口吻激烈地说，“要不然，她的嘴形就毁了！”

“我知道！我知道！她的嘴巴长得很美。不过我不知道怎么制止她。”

“哦，斯佳丽应该知道，”梅里韦特太太说得很干脆，“她先前有过两个孩子。”

瑞特耷拉下眼皮，望着脚尖，叹了口气。

瑞特没理会她对斯佳丽的说法，说道：“我试过在她指甲缝里涂上肥皂。”

“肥皂！嘿！肥皂根本不管用。我原来是在梅贝尔拇指上抹奎宁，告诉你吧，巴特勒船长，她很快就不再吮那根拇指了。”

“奎宁！你不说我怎么也不会想到！真不知该怎么感谢你才好，梅里韦特太太。这事让我太苦恼了。”

他面对着她，脸上露出微笑，显得那么愉快，带着真诚的感激，让梅里韦特太太一时不知所措了。后来她跟他道别时，自己脸上也露出了微笑。她不愿对艾尔辛太太承认自己以前错怪了这个人，不过她是个诚实的人，就说，一个人爱自己的孩子，准有点好的地方。斯佳丽竟然不关心美蓝这么个漂亮的小东西，真是太遗憾了。一个大男人家，还得亲自养小女儿，这人也真有点可怜！瑞特心里十分明白，这个戏剧性场面必然激起她们的同情，即使这样会给斯佳丽脸上抹黑，他也不在乎。

自从孩子会走路时，他就经常带她四处走动，不是坐在马车里，就是让孩子坐在马鞍前面。下午他从银行下班回家，就牵着她的小手在桃树街上散步，自己放慢脚步配合孩子的蹒跚步伐，还耐心回答她的种种问题。到了日落时分，人们总是待在院子里或门廊上。美蓝长着一头乌黑的鬈发，一双湛蓝明亮的眼睛，长相漂亮，态度还十分可爱，人们见了都禁不住想跟她说两句话。遇上人们跟孩子交谈，瑞特从不插嘴，只是静静地站在一旁，看着人们这么喜爱自己女儿，脸上便流露出做父亲的得意和感激神情。

亚特兰大人并不健忘，大家对瑞特抱有戒心，一时难改变成见。如今时势艰难，凡是与布洛克州长和他那帮人有关系的人，大家无不痛恨。但是，美蓝却集中了斯佳丽和瑞特两人最迷人的优点，她便成了瑞特打入亚特兰大这堵冰墙的楔子。

美蓝一天天长大，长得越来越像外公杰拉尔德·奥哈拉了。她的两条小短腿粗壮结实，一对湛蓝的大眼睛一看就知道有爱尔兰血统，她的小下巴颏宽宽的，透出为所欲为的倔强。她的脾气也像杰拉尔德，发起脾气来嚷个没完，不过，凡事只要依了她，那股火气转眼就烟消云散了。平时只要父亲在她身边，她的愿望总是马上就能得到满足了。黑妈妈和斯佳丽一再努力劝阻，可他还是把女儿给宠坏了。女儿事事让他喜悦，只有一样事除外，那就是孩子害怕黑暗。

美蓝两岁以前，同韦德和埃拉一起睡在育儿室里，她一上床很快就睡着了。后来，黑妈妈拿着灯脚步蹒跚地走出屋子，她就会无缘无故地啼哭。而且半夜还会突然醒来，吓得又哭又叫，把另外两个孩子也给惊醒，还惊动起全家人。有一次，他们不得不把米德大夫请来，大夫诊断后说，不过是做了场噩梦。瑞特对这个诊断结果很不满意。可是，不管大家怎么问美蓝，她的回答只有一个字："黑！"斯佳丽对这孩子很不耐烦，想打她一顿屁股了事。她不赞成在育儿室点一盏灯迁就孩子，因为点着灯韦德和埃拉都睡不好。瑞特心里着急，可是态度很温和，想从女儿嘴里了解更多情况。他冷冷地对斯佳丽说，要是打屁股，得由他自己来打，不是打女儿，而是打斯佳丽。

最终的解决办法是把美蓝搬进瑞特的房间，如今夫妇俩已经各住一间卧室了。美蓝的小床就放在瑞特的大床旁边，桌子上放了盏彻夜不熄的灯，上面遮着灯罩。这事在全城传开后，人们议论纷纷，说一个小女孩睡在父亲的卧室里，虽然孩子才两岁，但终归有点不雅。人们对斯佳丽的闲话就更多了。首先，这不容置疑地证实她跟丈夫分房居住的说法，这事本身就让人感到震惊。其次，如果孩子害怕单独睡，就该睡在母亲房里才对。斯佳丽又苦于无法向人们解释说，屋里点着灯她自己睡不着，也不能解释说，瑞特不同意让孩子跟她睡。

“孩子不尖声大叫你就醒不了，就是醒了恐怕也会打孩子一顿了事。”瑞特口吻干脆地说。

他把美蓝怕黑当成大事对待，让斯佳丽感到很恼火。不过，照她想来，这事终究能平息来，然后把孩子送回育儿室。所有孩子都怕黑，对付的办法只有一个，那就是态度要坚决。瑞特处理这事很荒谬，分明是要报复她把他赶出自己卧室，让她显得是个不称职的母亲。

自从那天她提出再也不生孩子了，瑞特不但从来没跨进她的房门，甚至连她的门钮都没碰过一下。后来他因为美蓝怕黑才待在家里，可在这之前，他很少在家里吃晚饭，有时候甚至夜不归宿。斯佳丽锁上房门，躺在床上睡不着，听到钟敲一点钟、两点钟，心里嘀咕着，不知他上哪儿去了。她回想起瑞特说过的话：“幸亏世界上有的是床，亲爱的！”想起这话，她心里就难受得直翻腾，可她毫无办法。她不好说什么，否则准会引起一场口角，他准会说起她分房锁门的事情，没准还要把阿希礼牵扯进来。可不是嘛，他让美蓝睡在亮着灯的屋子里——而且是在他的屋子里——这事看上去挺傻，可这分明是报复她的卑鄙手段。

在那个可怕的夜晚前，斯佳丽根本没意识到他迁就美蓝的愚蠢习惯到了何种痴迷的程度。全家人永远忘不了那个可怕的夜晚。

那天，瑞特遇到一位过去一道闯封锁线的同行，两人叙旧有说不完的话。斯佳丽不知道他俩上哪儿去喝酒聊天，可她怀疑准是在贝尔·沃特林那里。那天下午，他没回来带美蓝去散步，也没回家吃晚饭。美蓝整整一个下午都守在窗前，急不可待地等爸爸回家，渴望让他看看自己收集的一堆肢体残缺不全的甲虫和蟑螂。最后，卢不顾她又叫又闹，安顿她上了床。

不知是卢忘了点灯，还是灯自行熄灭了，谁也不知道是怎么回事，总之，瑞特最后带着几分醉意发着脾气回家时，家里正乱作一团。他在马厩跟前就听到了美蓝的尖叫声。孩子半夜在黑暗中醒来叫他，可他不在家。各种想象中的无名恐惧一下子让她吓得半死。斯佳丽和仆人拿来好几盏灯，怎么哄都哄不住她，瑞特一步三级奔上楼，脸色像见到死神似的。

终于把女儿抱在怀里了，只听女儿在抽泣的间歇中吐出个“黑”字。他立刻怒不可遏，转向斯佳丽和几个黑人仆人。

“是谁把灯熄掉的？谁把她单独丢在屋子里的？普莉西，看我不剥了你的皮，你这个……”

“万能的上帝啊，瑞特先生！不是我！是卢！”

“看在上帝的分上，瑞特先生，我……”

“闭嘴。你知道我的命令。天哪，我要……滚出去。再也别回来。斯佳丽，给她点钱，在我下楼前打发她走。现在统统给我出去！都出去！”

几个黑人连忙逃出屋子，不幸的卢撩起围裙捂住脸号啕大哭。斯佳丽没走。刚才斯佳丽把宝贝女儿抱在怀里，孩子哭得好可怜，现在躺在瑞特怀里却安静下来，她觉得挺不自在。刚才她怎么也没从女儿嘴里问出句完整话，可现在女儿的两只小胳膊搂住父亲的脖子，却呜咽着诉说是什么把她吓坏了，斯佳丽见状，觉得心里难过。

“这么说，那个东西压在你小胸脯上了，”瑞特柔和地说，“是个挺大的东西吗？”

“哦，是的！大得吓人，还长着爪子。”

“哎呀，还长着爪子。好了，听着，我今晚不睡了，就守在这儿等它，它一来，我就开枪打死它。”瑞特的声音显得既关心又体贴，美蓝的抽泣渐渐止住了。她的抽咽声越来越少，细细描绘刚才闯来的那头怪物。瑞特便煞有介事地跟她讨论起来。斯佳丽让他们惹火了。

“看在老天的分上，瑞特……”

瑞特抬起手做了个让她住嘴的手势。美蓝终于睡着了，他把她放在床上，给她盖好被单。

“我要活剥那个黑鬼的皮！”他悄悄地说道，“你也有错。为什么不来看看灯是不是亮着？”

“别说傻话了，瑞特，”她压低嗓门说，“就是因为你娇惯她，才把她弄成这样。很多孩子都怕黑，慢慢就克服了。韦德就怕过，可我就没纵容他。只要让她哭闹一两夜……”

“让她哭闹！”他那架势让斯佳丽觉得要扑上来打她，“你要不是个傻瓜，就是个最没人性的女人。”

“我可不想让她长大变成个神经兮兮的胆小鬼。”

“胆小鬼？见你的鬼！她身上没一块胆小鬼的骨头！你这个人没一点想象力，当然无法体会富有想象力的人受过的折磨——特别是富有想象力的孩子受的折磨。要是有个头上长角脚上带爪的怪物压在你胸口上，难道你不会大叫大嚷，要它滚开？你会死命尖叫呢！请你别忘了，夫人，我就亲眼见过你尖声惊叫着醒来，因为你梦见在雾中奔跑。这还是不久前的事呢！”

斯佳丽吓了一跳，她再也不愿回忆那个梦境了。另外，她想起当初瑞特安慰自己，就像刚才安慰美蓝一样，不由觉得尴尬。她连忙岔开话题，发起另一场攻击。

“你一味纵容她，她才……”

“我打算继续纵容她。只要我继续这么做，她慢慢就不太怕黑，最后会把这事忘掉的。”

“那好吧，”斯佳丽的口吻酸溜溜的，“要是你真打算当她的奶妈，最好换换习惯，晚上守在家里，别喝得醉醺醺的。”

“我会早早回家的，至于酒，只要我高兴，照喝不误，而且要喝个痛快。”

打那以后，他真的回家很早，每到美蓝该上床的时候，他就守在家里了。他坐在她身旁，握住她的小手，一直等她睡着才松手。只有到了这种时候，他才会蹑手蹑脚下楼，让屋里的灯亮着，房门开着，万一她醒来害怕，他在楼下也能听见。他再也不愿让女儿因为黑暗受到上次那样的惊吓。全家对那盏灯不敢掉以轻心，斯佳丽、黑妈妈、普莉西和波克都常常踮起脚尖上楼，看看灯是不是还亮着。

他回家时也不再带着酒味了。不过，这倒不是斯佳丽的功劳。一连几个月，他喝酒一直很凶，不过从来没有喝得酩酊大醉过。一天晚上，他回家时，嘴里的威士忌味特别强烈。他抱起美蓝，把她搂在自己肩膀上，问她说："跟你亲爱的爸爸亲个嘴好不好？"

她皱起小翘鼻子，使劲扭动身子要挣脱他。

"不，"她说得很老实，"讨厌死了。"

"你说我怎么了？"

"气味讨厌死了，阿希礼叔叔就不臭。"

"哼，我真该死，"他懊悔地说着，把她放到地上，"没想到自己家里竟然出了个搞戒酒宣传的。"

不过，自从这事以后，他节制饮酒，每天只是晚饭后喝一杯葡萄酒。他也允许美蓝喝酒杯里残留的几滴葡萄酒，好让她不再讨厌酒味。结果，他脸上原先出现的虚胖渐渐消失了，恢复了粗犷轮廓，一双乌黑眼睛下的眼袋也不再那么黑那么肿了。因为美蓝喜欢坐在他的马鞍前面骑马，他在户外待的时间多了，那张黑黝黝的面孔晒得更黑，人显得更精神了。他显得更加健康，经常欢声笑语，又成了战争初期迷住亚特兰大人的那个勇猛的小伙子了。

原先从来不喜欢他的人，见他骑马从他们身旁走过，马鞍前总是带着个小美蓝，不禁朝他微微一笑。以前女人们一直认为，妇女跟这个人在一起不安全，如今也在大街停下脚步跟他聊几句称赞美蓝的话。就连最拘谨的老太太也觉得，既然这个人能向她们讨教孩子生病和坏习惯之类问题，这人绝不可能一无是处。

第五十三章

阿希礼的生日这天，玫兰妮打算给他个惊喜，晚上为他举行一次生日招待会。人人都得知招待会的事，只瞒着阿希礼一个人。就连韦德和小博都知道了，两人发誓保守秘密，心里为这事得意极了。亚特兰大每一位体面人物都受到了邀请，大家都答应出席。戈登将军携全家愉快地接受了邀请。亚历山大·史蒂文斯答应说，若健康状况允许，他也会出席。就连鲍勃·图姆斯也接受了邀请，图姆斯在邦联有“暴风雨中的海燕”之称。

整整一上午，斯佳丽、玫兰妮、印第亚和佩蒂姑妈四个女人在那所小房子里忙得团团转，她们指挥黑仆人挂上洗净的窗帘，擦拭银餐具，给地板打蜡，烹调佳肴，配制酒水，品尝点心。斯佳丽从没见过玫兰妮这么兴高采烈，这么喜气洋洋。

“你知道吗，亲爱的，已经有很久没有给阿希礼举行过生日晚会了，上一次……上一次还是在十二橡树庄园举行烧烤野餐那次。就是在那一天，我们听说了林肯先生号召志愿兵参战的消息。打那以后，我们一直没给他过生日。他工作辛苦，晚上回家总是累得要命，根本没想到自己今天过生日。晚饭后客人成群结队拥进家来，他准会大吃一惊的！”

“你们怎么对付草坪上的灯笼，才能不让阿希礼先生回家吃晚饭时看见？”阿奇瓮声瓮气地问道。

整个上午，大家忙着为生日晚会作准备，他就坐在一旁观看，心里挺感兴趣，表面上却不动声色。他从来没见过城里人怎么准备大型聚会，觉得挺新鲜。他嘴上说她们为请几个客人来，就忙得像家里着了火似的，可他心里蛮高兴，就是野马也休想把他拖走。艾尔辛太太和范妮为这次招待会特别制作了彩画灯笼，他看着觉得特别有趣。他以前从没见过“这种古怪玩意儿”。灯笼就藏在地窖下面他那间屋子里，所以他已经仔细看了个够。

“哎哟！我还真没想到呢！”玫兰妮嚷道，“阿奇，幸亏你提醒。天哪，天哪！该怎么办呢？灯笼应该挂在树丛和树枝上，里面要插上蜡烛，要赶在客人到来前点上。斯佳丽，你能派波克来趁我们吃饭的时候做这件事吗？”

“韦尔克斯太太，你比大多数女人都有头脑，怎么如今慌得乱了阵脚啦？”阿奇说，“哪能让波克那个笨手笨脚的黑鬼做这么精细的活计呢？他准得把灯笼一把火都烧光的。那么漂亮的灯笼，”他总算说出了自己的感觉，“你跟韦尔克斯先生吃饭的时候，我来挂灯笼吧。”

“噢，阿奇，那就太谢谢你了！”玫兰妮眼睛里流露出孩子气的欢乐和感激，信赖地望着他，“没有你我真不知该怎么办才好了。你能不能现在就把蜡烛插进里面？待会儿就省事了。”

“嗯，恐怕我能。”阿奇回答的态度显得不懂礼貌，瘸着一条腿朝地窖楼梯走去。

“真是请将不如激将。”玫兰妮见那个满脸胡须的老人嗵嗵走下楼梯，咯咯笑起来，“我本来就准备让阿奇挂那些灯笼，可你知道他是个什么样的人，你要他做他偏不肯做。现在他总算暂时不碍我们的事了。黑人都怕他，有他在他们大气都不敢出，活儿也做不成。”

“玫兰妮，要是换了我，我才不让那个老亡命徒待在家里呢。”斯佳丽气恼地说。她和阿奇两人相互憎恨，几乎从不说话。要不是在玫兰妮家，只要有斯佳丽在场，阿奇准会离去。即使在玫兰妮家，他冷眼睇视她的目光也充满狐疑和轻蔑，“相信我的话吧，他会给你惹麻烦的。”

“不会的，他这人没有恶意，只要你捧着他，好像要依赖他才行。”玫兰妮说，“再说，他对阿希礼和博忠心耿耿，有他在身旁，我从来都觉得很放心。”

“你是说他对你忠心耿耿吧，玫兰妮。”印第亚冷漠的面孔上露出一丝笑容，两眼深情地望着她嫂子，“我相信，自从他……他老婆死后，你是他钟情的第一个女人。照我看，他巴不得有人来侮辱你，那样他就能杀掉他们，好对你表示崇拜了。”

“天哪！你这是胡说些什么哪，印第亚！”玫兰妮涨红了脸，“你心里清楚，他把我当成个大傻瓜。”

“哼，我看不出，那个浑身恶臭的乡巴佬怎么想有什么要紧的。”斯佳丽唐突地说。她一想起阿奇竟敢评价她雇用囚犯的事，心里就冒火，“我现在得走了。我先吃午饭，完了路过店铺进去看看，给伙计们发薪水，然后去锯木厂，给车夫们和休·艾尔辛发工钱。”

“噢，你要去锯木厂？”玫兰妮问道，“阿希礼傍晚要去那儿找休。你能不能把他拖到五点钟？要是他回来太早，肯定能看见我们做蛋糕、作其他准备，就不会觉得惊奇了。”

斯佳丽一听这话，心里觉得喜悦，忘了刚才的恼火。

“没问题，我去拖住他。”她说道。

她说这话的时候，印第亚的眼睛透过黄色睫毛瞪了她一眼。斯佳丽想道：“我一说起阿希礼，她就用这么古怪的眼光看我。”

“好，尽量把他拖到五点以后。”玫兰妮说，“印第亚会赶车去接他……斯佳丽，晚上一定要早点来。今晚的生日晚会我可不想让你迟到一分钟。”

斯佳丽坐车回家途中觉得闷闷不乐，自忖道：“生日晚会她不想让我迟到一分钟，这话当真？那她干吗不请我帮她、印第亚、佩蒂姑妈一道接待客人？”

平时，斯佳丽并不在乎玫兰妮请不请她帮着接待客人。可这一回是玫兰妮举办的最盛大的一次聚会，而且还是给阿希礼过生日，斯佳丽多想站在阿希礼身边，陪他一道接待来宾啊。可她心里清楚为什么玫兰妮没请她接待客人。即使她不明白，瑞特对这事的说法也足够坦率了。

“前邦联分子和民主党的名人都要去，能让一个叛贼接待客人？你的想法倒是迷人，可就是愚蠢透顶了。能邀请你去参加，也算玫兰妮够义气了。”

这天下午，斯佳丽比平时更加刻意穿着打扮了一番，这才去了店铺和锯木厂。她身穿一件闪亮的暗绿色新上衣，在某种光线下，衣服的颜色看上去带点淡紫色；头上戴一顶淡绿色的新软帽，帽子周围插着一圈深绿色的羽毛。假如瑞特不反对她在额前梳卷曲的刘海，戴上这顶帽子该多美啊！可他早已威胁过，说是她敢把刘海梳成发鬈，他就要把她的头发全剃光。这些日子来，他脾气暴躁得要命，没准真能做出来。

午后天气晴好，太阳并不太热，也不太刺眼。和煦的微风吹过桃树街，拂动她帽子上的羽毛飞舞起来，她的心也乐得像在飞舞。每次要见到阿希礼，她的心就在飞舞。要是她早点给车队的车夫和休发放工资，他们说不定会早点回家，把她和阿希礼单独留在锯木厂中间那个小办公室里。近来，能单独见到阿希礼的机会太少了。没想到玫兰妮竟然要求她拖住阿希礼！真滑稽！

她来到店铺时心里高兴，甚至没问问这天的生意如何，就把工钱发给威利和另外几个柜台伙计。这天是个星期六，是店铺最红火的一天，因为农夫们都挑这个日子来城里买东西，可她什么都没问。

去锯木厂途中，她停了十几次车，跟投机商的太太们打招呼聊天，她们衣着华丽，却比她稍逊一筹，她于是心里颇感得意。路上不时有些男人在红尘飞扬的街上脱帽向她致意，她便一一对他们还礼。这是个美好的下午，她显得十分漂亮，一路上像皇家车辇般受到礼遇，心里快活极了。由于一路耽搁，到达锯木厂比她预计的时间晚了些。她见休和车队的车夫坐在一堆低矮的原木堆上等她。

“阿希礼在吗？”

“在，他在办公室里。”休回答道。见了她开心欢快的目光，他脸上的忧愁顿时一扫而光，“他想要……我是说，他正在查账呢。”

“噢，他今天不必操那份心了。”她压低声音接着说，“玫兰妮要我在这儿拖住他，好在他回家前做好一切准备。”

休的脸上露出了微笑，他今晚也要去参加生日晚会。他喜欢参加聚会，从斯佳丽今天下午的打扮上，他觉得她也一样喜欢聚会。她给车夫们和休发放薪水后，二话没说就朝阿希礼的办公室走去，那副神态显然是表示，她不愿有人打扰。阿希礼站在办公室门口迎接她，他那头金发闪闪发亮，嘴角浮出的微笑几乎像喜悦的笑容。

“哎呀，斯佳丽，你这个时候还跑来干吗？怎么不在我家帮着玫兰妮准备生日晚会？”

“啊！阿希礼·韦尔克斯！”她怒气冲冲地嚷道，“你怎么知道的。玫兰妮要是见你不感到吃惊，会大失所望的。”

“我不会让别人知道。我会装得比亚特兰大任何人都吃惊。”阿希礼的眼睛在笑。

“嘿，是谁这么讨厌，把这事透露给你了？”

“玫兰妮邀请的男人几乎人人都对我说过。第一个就是戈登将军。他说，根据他的经验，男人打算把家里所有枪支都擦一遍时，女人却出其不意挑这个日子举办招待会。接下来，梅里韦特爷爷对我发出警告。他说，梅里韦特太太有一次就为他举行过一个聚会，原想让他吃上一惊，结果她自己反倒大吃了一惊，因为梅里韦特爷爷为了‘治风湿病’，偷偷喝了一整瓶威士忌，结果醉得起不了床——凡是接受过这种意外惊喜的男人，都对我预先提示过了。”

“这些造孽鬼！”斯佳丽嘴上这么说，可脸上却露出了微笑。

他一露出这种笑容，就让她回想起在十二橡树庄园见到的那副迷人模样。这些日子来，他难得露出这种微笑了。空气如此柔和，阳光如此明媚，阿希礼的脸色如此愉快，他的谈吐如此无拘无束，她的心儿不禁乐得怦怦直跳，甚至让她乐得胸中感到胀痛了，仿佛承受不了如此强烈的喜悦。她的眼睛里不禁滚动着喜悦的泪水。忽然间，她仿佛回到了十六岁的青春年华，激动得气都有点喘不上来了。她心里一阵冲动，几乎想脱下帽子，抛向空中，高呼万岁。可她想到了阿希礼，知道他见状准会惊慌失措，不由放声大笑，笑得眼泪都流出来了。他也跟着笑了，笑得前仰后合，仿佛他喜欢她的笑声，以为她是为男人们向他泄露了玫兰妮的秘密而笑呢。

“进屋来吧，斯佳丽。我正在查账呢。”

她走进斜阳夕照下明亮的小屋，在一张椅子上坐下，面前是一张桌面能翻起的桌子。阿希礼跟在她身后，坐在一张粗糙的桌子角上，两条修长的腿晃荡着，显得十分悠闲自得。

“嘿，阿希礼，今天下午咱们别费心看账本了！我没那份心思。我只要戴上顶新帽子，脑袋里就容不下数目字了。”

“头戴这么漂亮的帽子，数字肯定钻不进去，”他说，“斯佳丽你真是越来越漂亮了。”

他的身子从那张桌子上滑下来，他脸上带着笑，拉住她的双手，朝两边张开，欣赏她的衣裙：“你真是太漂亮了！我相信你永远不会老！”

让他的手一接触，她不由自主地意识到，她希望的事情终于发生了。整整一个下午，她心里都在盼望接触到他温暖的双手，看到他眼睛里的柔情，听他说出个真正爱她的字眼儿。自从那年冬天在塔拉果园里那个寒冷的日子以来，他俩还是第一回单独待在一间屋子里，除了在正式社交场合上的礼节性接触外，这也是他俩第一回握住对方的手。多少个月来，她心里一直渴望与他有更加密切的接触。可是如今……

他的双手在接触她，可她心里并不感到激动！从前，只要他靠近她身边，她就能激动得浑身颤抖。可现在呢，她仅仅感觉到一种奇特的满足感和温馨的友情。他的手掌没有向她传递狂热的情绪，她的心里只有愉快的宁静。这让她感到迷惘，有点仓皇。他还是她的阿希礼，还是让她着迷的亲人儿，还是她聪明的阿希礼，她爱他胜过爱自己的生命。那么，这到底是为什么……

可她把这个想法抛在了脑后。只要能跟他在一起，他能握住她的手，脸上挂着微笑，两人友好如初，心里既不紧张也没有狂热，这就足够了。她心里想的是两人之间从未说出口的一切甜言蜜语，表面上却能安于这种状态，这简直像个奇迹。他凝视着她，清澈的两眼闪闪发亮，脸上露出爱恋的笑容，仿佛两人之间除了幸福再没有发生过其他事情。如今，两人的目光中间没有其他障碍，没有让他们难堪的隔阂。她不禁笑了。

“唉，阿希礼，我越来越老了。”

“啊，那不过是表面现象！不会的，斯佳丽，你就是到了六十岁，在我眼里还是原来的模样。你在我心里永远是我们最后吃野外烧烤宴的模样，还是坐在一棵大橡树下，让十几个小伙子围在中间的模样。我还记得起你当年穿的服装呢。你当时身穿一条白底绿花长裙，肩膀上围着一条白色雕花披肩，脚上穿一双小巧的绿色舞鞋，系着黑色鞋带，头戴一顶宽边的意大利里沃纳草帽，长长的绿帽带飘在身上。那身衣裙我记得非常清楚，因为我在战俘营里特别难过的时候，就像翻看画片一样回忆往事，反复回忆其中的每一个细节……”

他突然打住话头，脸上熠熠生辉的渴望神情暗淡下去，轻轻放开她的双手。她默不作声，等待着他的下文。

“自从那天以后，我们走过一条漫长的道路，我们俩都走过一条长路，对不对，斯佳丽？那些路完全出乎我们的预料。你走得步伐快捷，不绕弯路，可我呢，走得又缓慢，又勉强。”

他坐回到那张粗糙的桌子上，脸上又浮现出一丝微笑。不过这次的微笑跟片刻之前不同了，没有让她感到愉快，只是个苦笑。

“没错，你的步伐快捷，把我拖在你的轻便马车后面走。斯佳丽，有时候，我会不由自主地想，假如没有你，真不知道我会落到什么田地呢。”

斯佳丽连忙开口安慰他。她的反应脱口而出，主要是因为他这番话与瑞特谈起这事的口吻相似。

“可我并没有替你做什么事哪，阿希礼。没有我你照样过得很好。将来有一天，你会变成个富有的人，会成为一个了不起的名人。”

“不会的，斯佳丽，我身上没有名人的种子。我知道，要是没有你帮助，我早就灰飞烟灭了——就像可怜的凯瑟琳·卡尔弗特和许多其他人一样，尽管他们有古老显赫的姓氏，却落得默默无闻的下场。”

“哎呀，阿希礼，别这么说。听上去太伤感了。”

“我并不伤感。以前……以前我有过忧伤，可如今再也没有伤感了。如今我只是……”

他又打住话头，她突然明白他在想什么了。阿希礼那双清澈的眼睛扫视她的时候，看上去心不在焉，可她却第一次摸透了他的心。当初，爱的激情拍击她的心房时，他的心扉却对她紧紧关闭着。如今，两人之间只剩下平静的友情了，她却可以举步探进他的心扉，稍稍观察一下他的心事。他不再有伤感了。南方投降后他感到过悲哀，她求他来亚特兰大时，他也有过悲哀。如今他完全是顺天从命了。

“我不喜欢你这么说，阿希礼。”她口吻激烈地说，“你这话就像瑞特说的一样。他总是喋喋不休地说这类话，说什么适者生存，我听得烦透了，恨不得大声嚷叫。”

阿希礼微笑了。

“你想过没有，斯佳丽？其实瑞特跟我在本质上很相像。”

“噢，不一样！你这么高雅体面，可他……”她不知道该怎么说才好了。

“可我们很相像的。我们出生在同一种类型的家庭，在同样的影响下成长，自幼思维方式也一样。无非在生活道路上走上了不同的岔道。我们的思维方法仍然相似，只不过行为反应不同而已。就拿战争来说吧，我们俩都不相信战争有益处，可我还是去入伍打仗，他却一直等到战争行将结束才参战。我们两人都清楚，这场战争完全是个错误。我们两人都知道那是一场失败之战。我情愿去打一场必败的战争。可他却不情愿。有时候，我觉得他是对的，可是，后来……”

“唉，阿希礼，你什么时候才能不这么左思右想呢？”她问道，不过她的口吻不再像以往那样不耐烦了，“老是左思右想又能得到什么呢？”

“这话没错，不过……斯佳丽，你到底要得到什么呢？我常常这么想。你清楚，我从来没想过要得到什么。只是想成为我自己。”

她想得到什么？真是个没头脑的问题。当然是金钱和安全保障。然而……她心里不禁犯了猜疑。她如今有了钱，也有了安全保障，在这个动荡的世界上，谁不希望她这种地位呢。但是，现在想想，有了这些还不够。她仔细思索，觉得这些并没有让她感到特别幸福，只是减轻了她的烦恼，不太为明天担惊受怕了，如此而已。“金钱、安全保障，还有你，这些就是我想得到的。”她心里这么想着，两眼望着他，露出思慕之情。可她并没有说出这话，唯恐破坏两人之间的亲密气氛，害怕他会关上对自己敞开的心扉。

“你只想成为你自己？”她笑了，笑得有点苦涩，“我不能成为我自己向来是我最大的苦恼！至于我想得到什么，嗯，我看我已经得到了。我想变得富有，想得到安全保障，还想……”

“可是，斯佳丽，你想过没有，我并不在乎自己是不是富有。”

不在乎？她从没想过有人不愿富有。

“那你想要什么？”

“如今我也不知道了。以前我是知道的，可现在已经差不多忘掉了。大半是希望不受自己不喜欢的人的打扰，别让人逼着干自己不喜欢的事。或许我希望重新过上昔日的生活，可它已经一去不复返了。我只能在回忆中见到往昔的日子，耳畔还不时响起那个世界崩溃的轰鸣声。”

斯佳丽紧闭双唇，显出倔强模样。她并非不理解他这番话的意思。他的声音最能让她回忆起昔日的好时光，她心里忽然感到一阵痛苦，因为她也记起了往昔的一切。不过，那回她在十二橡树庄园的花园里难过得要命，心里感到无依无靠，当时她说过：“我绝不决然。”从此她毅然回头，再也不愿回首往事了。

“我更喜欢现在的日子。”她说道。可她说话的时候并不看他的眼睛，“如今总有些让人激动的事情，晚会啦什么的。一切都光彩夺目。过去的日子太单调了。”她嘴上这么说，心里却无法否认自己怀念那悠闲的岁月，怀念乡间那些温暖宁静的黄昏！怀念庄园宅子里传出柔和响亮的欢笑声！那时的生活如金光灿烂，对明天即将发生的一切让人心驰神往！

“我更喜欢如今的日子。”她说这话的时候，声音却在颤抖。

他的身子从桌子上滑下来，轻声笑了笑，显然不相信她的话。他伸手托住她的下巴，让她的面孔对着自己。

“啊，斯佳丽，你太不会撒谎了！不错，现在的生活中有某些光彩夺目的东西，可这正是错误的所在。过去的日子不那么光彩夺目，却有一种魅力，有一种美，有一种悠然迷人的东西。”

她的心仿佛被拉向两个不同的方向，她耷拉下眼皮。他的声音，他的触摸，仿佛轻轻打开了她已经永远封上的几道门。在这些门的后面，露出了昔日的美景，她心中又喷涌出对昔日的悲哀渴望。可她知道，不论门后面的景色有多美，它们也只能待在门后面。谁也不能背负着痛苦的回忆走向未来。

他放开她的下巴，双手抓起她的一只小手，轻轻托住。

“你还记得吗？”他说道。可她脑袋里却响起一阵警钟：不要回首往事！不要回首往事！

但是，一股幸福的暖潮涌遍她全身，让她很快不再顾忌那声声警钟。最后，她终于理解他了，两个人的心撞击在一起。这个时刻太珍贵了，不容她错过，不论接踵而至的是怎样的痛苦她都不在乎。

“你还记得吗？”他的声音里有一种魅力，仿佛让她眼前这间小办公室的墙壁悄然消失了，他们又回到从前，在早已成为往事的那个春天，两人并肩骑马走在乡间小径上。他一边说话，一边握紧她的小手，他的声音里饱含着早已让她忘怀的那些古老歌曲中的忧伤魅力。她耳畔仿佛又响起了马辔头上悦耳的叮当声，仿佛又回到那条山茱萸树下的小道，他们无忧无虑地欢笑着，要去塔尔顿家参加野餐会，眼前仿佛又出现当年他骑在马背上那副自豪怡然的神态，看到他的头发让明亮的阳光镶了一圈闪闪发亮的银色光环。他的声音如音乐般悦耳动听，他们和着提琴和班卓琴的音乐在那所白色的大宅子里翩翩起舞，可那所宅子如今已不复存在了。在秋月的清凉中，黑黢黢的沼泽地偶然传来几声犬吠，让人昏昏欲睡；到了圣诞节，桌上摆出一杯杯芬芳的蛋奶酒，门上装点着冬青花环。一群群老朋友前来聚会，欢声笑语仍然响在她耳畔，仿佛这些年他们还活在人世间。腿修长的斯图尔特和布伦特兄弟俩一头红发，喜欢搞恶作剧；汤姆和博伊德狂放不羁，像两匹小马驹；乔·方丹的一对黑眼睛透出急躁神色；凯德和雷福特·卡尔弗特举止慵懒优雅；约翰·韦尔克斯和杰拉尔德见了白兰地就痛饮狂欢；埃伦说话总是慢声细气，身上飘逸着芬芳。所有这些人身上都透出一种安全感，让她感到明天还会像今天一样快乐。

他的声音停下来了，两人长时间对视着，重温着青春年华，他们共同享有过那段阳光明媚的时光，可如今已经在无意间逝去了。

“现在我明白你为什么感到不快活了。”她悲哀地自忖道，“我以前从来不明白其中的道理，甚至不明白为什么我也不快活。不过……嘿，我们的谈吐简直像两个老人！”想到这里，她心里不禁又沉闷又诧异，“就像老人谈起五十年前的往事似的！可我们还没老呢！只是这些年发生的变故太多，一切都变得面目全非，仿佛足足过了五十年似的。可我们还没老呢！”

她望着阿希礼，这才发觉他已经不再年轻，已经失去了往昔的光彩。他低着头，两眼心不在焉地望着抓在自己手里的她那只手。她注意到他那头曾经光泽明亮的金发，如今已经花白，像投在平静水面上的月光。在她心里，这个四月的下午顿时失去了迷人的魅力，回忆带给她的悲哀甜蜜也变成一片苦涩。

“我真不该让他勾起我对往事的回忆，”她伤心地自忖道，“我说过永远不回首往事，看来这话没错。那只能让人感到痛苦，结果让人除了回首往事外，眼前的事什么也不愿做了。阿希礼的错误就在这里，他不能向前看。以前我从来没理解到这一点，我以前从来没有了解阿希礼的心。唉，阿希礼啊，亲爱的阿希礼，你不该总是往后看！这么做有什么用处呢？我真不该引诱你谈起往昔的时光。你的痛苦，你的悲哀和不满，都是回忆往事的结果。”

她站起身，她的一只手还被他握在手中。她得走了，她不能待在这里回忆往昔，也见不得他那张憔悴悲哀的苍白面孔。

“阿希礼，我们已经走了漫长的道路，往昔的日子已经离我们很远了。”她努力克服喉咙的哽咽，让声音平静下来，“我们有过种种美好的愿望，对不对？”接着她换上一副匆忙的声调，“啊，阿希礼，到头来全都落空了！”

“生活从来没有如愿过。”他说道，“生活从来没有顺遂过人的愿望。我们只好得到什么就凑合着拥有什么，只要不是更糟，就谢天谢地了。”

她想到自从那时以来走过的道路，心中忽然感到隐隐作痛，觉得疲惫。她心中又记起原来那个自我，那个斯佳丽·奥哈拉喜欢小伙子向她献殷勤，喜欢穿漂亮衣服，幻想将来有一天能像埃伦一样，做个了不起的贵夫人。

她眼里不知不觉涌出了泪水，顺着脸颊流淌，站在那里无声地望着他，活像个不知所措的孩子。阿希礼也没有作声，默默将她搂在怀里，把她的脑袋靠在自己肩头，低下脑袋，让脸颊贴住她的脸。她靠在他身上，全身觉得很放松。他的双臂让她感到快慰，眼泪很快干涸了。啊，在他怀抱中的感觉真好，没有激情，没有紧张，就像两个要好的朋友。只有阿希礼知道她记忆中的往事，分享过她的青春，他了解她的过去，知道她的现在。

她听见屋外有脚步声，不过并没有放在心上，只当是车夫们准备回家。她默默站了一会儿，屏息静听阿希礼的心跳声。忽然间，阿希礼挣脱她的搂抱，动作猛烈得让她不由抬头朝他望去，只见他的目光越过她朝门口望去，目光中带着惊慌。

她转身望去，只见门口站着印第亚。印第亚脸色苍白，暗淡的眼珠像要喷火。她身旁站着恶狠狠的阿奇，像只独眼鹦鹉。他们身后是艾尔辛太太。

她记不得自己是怎么离开办公室的，可她按照阿希礼的吩咐马上匆匆离去，把阿希礼跟阿奇留在屋里交谈，印第亚和艾尔辛太太背对着她站在屋外。她又羞又怕，匆匆赶车回家，心里觉得留着满嘴大胡子的阿奇变成个《圣经·旧约》中的复仇天使。

家里一个人也没有，整座房子沐浴在四月夕阳的余晖中。仆人们都去参加一个葬礼了，孩子们正在玫兰妮家后院玩耍。玫兰妮……

玫兰妮！斯佳丽上楼回自己卧室时想到了玫兰妮，一时觉得浑身冰凉。玫兰妮会得知这事的。刚才印第亚说过，要把这事告诉玫兰妮。唉，印第亚会告诉她，还会说得扬扬得意，她才不在乎这么做会不会给阿希礼的名声抹黑，会不会伤害玫兰妮，只要能伤害斯佳丽就行！艾尔辛太太专门搬弄是非，虽然她当时站在小木屋门外，被印第亚和阿奇挡在后面，什么也没看见，可她照样会翻闲话。到了吃晚饭时分，这个消息就会传遍全城。到了明天早上吃早饭的时候，全城所有人都会知道，就连黑人也不例外。在今晚的聚会上，女人们会凑在角落里窃窃私语，个个幸灾乐祸。斯佳丽·巴特勒一个跟头从高高在上的地位跌下来了！传说会越来越离奇，根本别想阻止人们的传说。当时的事实非常简单，无非是她哭了，所以阿希礼把她搂在怀中。但人们不会满足于此。不等天黑，人们就会说，她跟人通奸时被逮了个正着。其实他们的拥抱那么纯洁，那么甜蜜！斯佳丽突然产生了一个疯狂的念头："假如那年我在门厅跟他吻别时让人发现该多好！假如我当年在塔拉庄园求他跟我私奔时让人发现又该多好！唉，那几次我们倒的确有点愧疚，却不像这次倒霉！可现在呢！现在！我无非像朋友般投入他的怀抱……"可这话谁都不会信。她没有一个朋友，谁都不会出面替她说："我不相信她做错事了。"她早已把老朋友全都得罪完了，如今找不出一个人能替她说话的。至于她那帮新朋友，平时他们吃尽了她盛气凌人的苦头，个个敢怒而不敢言，如今终于得到个机会，巴不得臭骂她呢。没错，人人都会相信关于她的任何绯闻，不过，大家也会为阿希礼·韦尔克斯这么好的人卷入如此肮脏的绯闻感到遗憾。人们照例会把一切罪过归咎于女人，而对男人的过失则会耸耸肩不当回事。眼前这桩事他们也没错，因为的确是她投入了他的怀抱。

唉，城里人怎么挖苦、蔑视、窃笑、议论，要是她不得不忍受，她都能承受得住，可她就是不能面对玫兰妮！啊，她不能面对玫兰妮！她也不知道为什么心里对玫兰妮可能知道这事耿耿于怀，她只是觉得过去的负疚感沉沉压在她心头，让她无法努力理解自己心里的感受。她想象出印第亚告诉玫兰妮，说她亲眼看见阿希礼跟斯佳丽在一起亲热，想象着玫兰妮的眼神，她不禁放声大哭。玫兰妮得知后会怎么做呢？离开阿希礼？为了保持尊严，她除了离开阿希礼又能怎么做呢？“那阿希礼和我又该怎么办？”她心里十分慌乱，泪水止不住地流淌着，“哎，阿希礼会羞死的，也会恨我害了他。”想到这里，她心里突然感到一阵恐惧，泪水突然止住了。那么瑞特呢？他会怎么做？

说不定他永远也不会知道。那句老俏皮话怎么说的来着？“妻子偷情事，丈夫最后知。”或许谁也不会告诉他。要把这种消息透露给他，得有胆量才行，因为瑞特有个先开枪后发问的恶名声。上帝啊，千万别让任何人壮起胆子告诉他！可她记起阿奇也在锯木厂的办公室露过面，他那只惨淡的灰色独眼冷酷无情，充满了对她和对所有女人的憎恨。阿奇天不怕地不怕，谁都不怕，他痛恨所有放荡女人，恨不得杀一个解解恨。他刚才就说过要告诉瑞特。不论阿希礼怎么劝，他都会告诉瑞特。除非阿希礼杀了他，否则阿奇准会告诉瑞特，他会觉得他这是在履行基督徒应尽的义务。

她匆匆扒去衣服，躺倒在床上，脑子里思绪万千。要是她能永远把自己锁在这个安全的地方，永远不再见人该多好。也许今晚瑞特还不会得知。她要推说自己头疼，不去参加招待会了。到了明天早上，她会想出一些借口，蒙混过去。

“我现在不考虑这事了。”她满心懊恼地说着，把脸埋在枕头里。

“我现在不考虑这事了。等到我能忍受得了时再去考虑吧。”

夜幕降临时，她听见仆人们回来了。可她觉得，大家今天准备晚饭时动静很小。要不就是她自己疑神疑鬼？黑妈妈来敲门，她说不想吃晚饭，把她打发走了。时间在一点点过去，她终于听到瑞特的脚步声走过来。他走到二楼过道时，她浑身紧张，鼓起全部勇气准备面对他，不过他没停下脚步，径直进了自己的屋子。她松了口气。他还没听说。谢天谢地，他尊重了她冷冰冰的要求，再也没跨进她的屋门一步。要是他看见她现在的面孔，准会看出破绽。她必须鼓起全部勇气对他说，她难受得厉害，不能去参加阿希礼的生日晚会。嘿，她有足够的时间让自己平静下来。可她怀疑自己到底有没有这种时间。自从下午那个可怕的时刻起，生活中似乎失去了时间概念。她听见瑞特在自己房间里走动了很长时间，偶尔还听见他跟波克交谈。可她就是没勇气叫他进来。黑暗中，她静静地躺在床上发抖。

过了很久，他来敲她的门，她竭力控制住自己的嗓音，说：“进来。”

“我真的有此荣幸，应邀进入你的圣殿吗？”他推开门问道。黑暗中，她看不见他的脸。也没从他声音里听出任何意义。他进了门，随手把门带上。

“该去参加生日晚会了，你准备好了吗？”

“很抱歉，我头疼。”真奇怪，她的声音听上去十分自然！幸亏屋子里漆黑一片，“我看去不成了。你去吧，瑞特，代我向玫兰妮道歉。”

他沉默许久，最后，黑暗中传来他拖长腔调咬牙切齿的声音。

“真是个胆小如鼠的骚货。”

他知道了！她躺在床上瑟瑟发抖，话都说不出来了。她听见他在黑暗中摸索，划着一根火柴，屋子里顿时亮得刺眼了。他走到床前，俯视着她。她见他身上穿着晚礼服。

“起来。”他的声音不带感情色彩，“我们去参加生日晚会，你得赶快。”

“啊，瑞特，我不能去。你知道……”

“我知道。起来。”

“瑞特，阿奇竟敢……”

“阿奇有胆量，阿奇是个非常勇敢的人。”

“你该杀了他，他撒谎……”

“我有一种奇怪的习惯，不杀讲真话的人。现在没时间争论这些。起来。”

她坐起身，把身上的睡衣紧紧裹在身上，眼睛留意看他的脸。可是从他黝黑的脸上看不出表情。

“我不去，瑞特。我不能去，除非这种……误解能澄清。”

“你今晚不露面，这辈子休想在这座城市里露面了。老婆是个堕落女人我还能忍受，可我不能忍受一个胆小鬼。你今晚一定要去，哪怕上至亚力克斯·史蒂文斯下至每一个人都冷落你，甚至韦尔克斯太太都对我们下逐客令，我们也一定要去。”

“瑞特，听我跟你解释。”

“我不想听。没时间了。快穿上衣服。”

“他们误会了——印第亚、艾尔辛太太还有阿奇。他们都恨我。印第亚对我恨之入骨，为了让我丢人，不惜造她哥哥的谣。你让我解释一下好不好……”

她心里突然一阵苦恼，自忖道：“天哪，假如他说：‘那就请你解释吧！’我该怎么说呢？我可怎么解释呢？”

“他们准会对大家说这些谎言。我今晚不能去。”

“你非去不可！”他说，“要不然，我就卡着你的脖子，抬起靴子踢你的屁股，走一步踢一脚，一路把你踢过去。”

他眼睛里闪烁着冷冰冰的光亮，伸手把她拉下床，捡起紧身衣丢到她面前。

“穿上。我给你系带子。可不是嘛，我知道怎么系紧身衣的带子。不行，我不叫黑妈妈来帮忙，免得让你趁机反锁上房门，像个胆小鬼似的瑟缩在屋子里。”

“我才不是胆小鬼呢！”她被激怒了，全然忘记了恐惧，“我……”

“省下你的大话吧，说什么当年开枪打死北佬，正面跟谢尔曼的军队交锋。你不是别的，就是个胆小鬼。就算不替自己想，也得替美蓝想想，今晚非去不可。你怎么忍心再把她的前程也断送掉呢？穿上紧身衣，快。”

她连忙脱掉睡衣，上身只穿着一件内衣。要是他这时朝她看上一眼，见她身穿内衣的漂亮身段，说不定脸上就不会有那么吓人的神色了。毕竟他已经有好长时间没见过她身穿内衣的模样了。可他此刻没看他。他在匆匆翻她的壁橱，为她找一条合适的裙子。他从壁橱里取下一条新做的碧玉色波纹绸裙子。这条裙子领口开得很低，腰衬把裙裾向后高高托起，腰衬上有一朵很大的粉红色天鹅绒玫瑰花结。

“就穿这件。”他说着把裙袍丢在床上，朝她走过来，“不能穿得太朴素庄重，不要鸽子灰色或淡紫色裙子。你的大旗必须钉在桅杆上，否则必然会倒。而且要浓妆艳抹。我敢肯定，一个女人跟道貌岸然的男人通奸，脸色也不该这么惨白。转过身去。”

他拉住紧身衣的系带使劲一勒，她疼得嚷叫起来，心里又羞又怕，可对他的野蛮举止又无可奈何。

“疼了，是吧？”他冷笑一声，可她看不见他的脸，“可惜没有勒在你脖子上。”玫兰妮家每一间屋子都灯火通明，他们在街上老远就能听见音乐。他们来到大门外时，听到宅子里飘出一阵阵欢声笑语和人们嬉戏的声音。宅子里满是宾客，就连门廊也挤满了人。许多客人只好在昏暗的灯笼光照下坐在院子里的长椅上。

斯佳丽坐在马车上，手里紧紧攥着揉作一团的手帕，心想：“我不能进去……我不能，我不去。我要跳下马车逃走，逃到某个地方，逃回塔拉庄园去。瑞特干吗要逼我上这儿来？人们会怎么对付我？玫兰妮会怎么对待我呢？她会摆出一副什么样的表情？啊，我没脸见她了。我要逃走。”

瑞特好像看透了她的心思，伸手牢牢抓住她的手臂，像个陌生人一样粗暴蛮横。她手臂上准会让他捏出一块青紫色。

“我还真没见过这么胆小的爱尔兰人呢。平时自夸的勇气上哪儿去了？”

“瑞特，求求你，让我回家向你解释吧。”

“要解释有的是时间，进斗兽场殉难只有今天一个晚上。下车，宝贝儿，让我看看狮子怎么活活吃掉你。下车。”

她也不知道自己是怎么走上石阶的，她觉得自己挽着的不是手臂，而是坚硬的花岗岩，这让她平添了不少勇气。老天在上，她能够正视大家，她会面对大家的。他们算得了什么，无非是一群只会嚎叫抓挠的猫儿，而且对她嫉妒得要命。她要给他们点颜色看看。她才不管他们怎么想呢。只是玫兰妮……她只在乎玫兰妮怎么想。

他们踏上门廊，瑞特手持礼帽，向左右频频点头打招呼，他的声音冷漠而柔和。他们进门时，音乐戛然而止。斯佳丽脑袋里一片混乱，忽然觉得人群如海啸般朝她涌过来，随后又退下去，呼啸声音越来越低。人人都要藐视她，哼，活见鬼，让他们来吧！她高高扬起下巴，脸上露出微笑，眼角都皱了起来。

她还没来得及跟门口最近的一个人打招呼，只见一个人从人群中挤过来。屋子里顿时一片死寂，斯佳丽不由一愣。从人群闪开的通道中，只见玫兰妮那双小脚匆匆跑出，来到门口迎接斯佳丽。她要抢在别人面前同斯佳丽说话。她挺起瘦削的肩膀，下巴倔强地撅起来。仿佛眼里没有其他客人，只有斯佳丽。她来到斯佳丽身边，伸手搂住她的腰。

“亲爱的，你的裙子真是太漂亮了。”她的声音虽小，却十分清晰。

“我的天使，你能帮我个大忙吗？印第亚今晚不能来帮我了，你和我一道接待客人好吗？”

第五十四章

安全回到自己房间后，斯佳丽不顾那身波纹绸裙袍，也不顾后面的裙垫和玫瑰花结，一头倒在床上。她一时动弹不得，只能直挺挺躺在床上，心里回想着站在玫兰妮和阿希礼中间，向客人们打招呼的情景。真是让人胆战心惊的场面哪！她宁愿再次面对谢尔曼的军队，也不愿重演这出戏了！过了一会儿，她从床上爬起身，在房间里来回踱步，心里紧张得厉害，一边走一边脱身上的衣服。

紧张的反应这才开始向她袭来，她浑身都在颤抖。手里抓的发卡不知不觉丁零零落在地上，她想如往常一样用刷子梳把头发梳上一百下，结果刷子背面打在太阳穴上，把她打得生疼。她十几次踮起脚尖走到门边，听听楼下的动静，可楼下过道就像个漆黑死寂的无底洞。

生日晚会结束后，瑞特送她上了马车，让她独自回家。她心里深深感谢上帝赐给的这次缓刑。他还没回家。谢天谢地他还没回家。她羞愧难当，满心恐惧，浑身还在颤抖，今晚实在无法面对他。可他上哪儿去了？大概又去见那个妓女了。斯佳丽平生头一回觉得，幸亏有个贝尔·沃特林，幸亏除了这个家，瑞特还有个地方可去，好让他锋芒毕露的腾腾杀气能慢慢平息下去。她这想法纯属荒唐，哪有妻子知道丈夫找妓女反而会高兴的？可她此时也没别的办法了。就是他马上死去，她也几乎会感到高兴，因为那样她就用不着见他了，至少今晚她不要见他。

等到明天……嗯，明天就是另外一天了。明天她会想出借口来，还要想出办法向他发起进攻，设法找瑞特的茬儿。等到明天再回想，今晚就不再这么可怕了，也不会让她浑身发抖了。明天她就不会老想着阿希礼那张脸，用不着为他受到损害的自尊和他受到的耻辱耿耿于怀了。他的耻辱是她造成的，他自己几乎没什么责任。此时此刻，她亲爱的阿希礼是不是会为自己的尊严蒙受耻辱而憎恨她呢？他此刻当然会恨她——多亏了玫兰妮，他们俩才得救。玫兰妮挺起瘦弱的肩膀，抵抗了人们的好奇、恶意和不敢公开表示的敌意，她与斯佳丽手挽手穿过光滑的地板，言谈举止中充满爱意和信任。整整这个可怕的夜晚中，玫兰妮都陪在斯佳丽身旁，巧妙地镇压住了流言蜚语！人们的态度稍有点冷淡，也有些迷惑，不过大家还算彬彬有礼。

唉，最大的耻辱莫过于躲在玫兰妮的裙子后面，不过，这样她才躲避开憎恨她的人，要不然，他们准会用无聊闲话把她撕个粉碎！她不得不仰赖玫兰妮的盲目信赖！不是别人，偏偏是玫兰妮！

斯佳丽一想到这事，就不由地打了个寒噤。她一定得喝杯酒，恐怕得喝上几杯，否则就别想躺下睡着。她在睡衣外面披了件晨衣，快步走进走廊。周围寂静无声，她脚上拖鞋发出的啪嗒声就特别响亮。她下楼梯走到一半，这才看见关闭的餐厅门缝下有道亮光，心里一时有点发慌。是刚才回家时那盏灯一直亮着，当时心烦意乱没注意到？还是瑞特已经回家来了？没准他是走厨房门悄没声地进来的。要是瑞特已经回来了，她再想喝白兰地也只好不喝，她得蹑手蹑脚返回房间，免得让他撞个正着。等她回到自己房间，她就可以把门锁上了，躲在里面就安全了。

她弯下腰，打算脱掉拖鞋，然后赶紧悄悄退回去，这时餐厅门突然开了，里面泻出的昏暗烛光照出瑞特的轮廓。他看上去身材魁梧，仿佛比她平时所见更加高大，摇曳的烛光照在他背后，看不见他的面孔，整个身子黑黢黢的十分可怕。

“请进来陪陪我，巴特勒太太。”他的声音有点粗重模糊。

他喝醉了，露出一副醉态。以前不管他喝多少，都没见他喝醉过。她站在那里犹豫不决，他挥了下手，做了个命令手势。

“上这儿来，你这个该死的东西！”他粗暴地说。

她心里一阵狂跳，想道：“他准是醉得厉害。”往常，他酒喝得越多，举止就越斯文，不过言谈中讥讽刻薄字眼儿也就更多些，可他的举止与言谈从来配合得一丝不乱——而且十分严谨。

“我绝不能让他以为我怕见他。”她这么想着，把晨衣领子抓紧，扬起头走下楼梯，让拖鞋后跟发出很大的啪嗒声。

他闪身站在一旁，微微向她鞠躬，把她迎进屋里，脸上的嘲弄神色让她心里一阵畏缩。她见他没穿上衣，领带耷拉在敞开的衬衫领口两边，他的衬衫没系扣子，露出胸脯上浓密的黑色胸毛。他的头发蓬乱，两只布满血丝的眼睛眯成一条缝。桌子上点着一支蜡烛，微弱的烛光给高大的屋子里投上一团团让人毛骨悚然的阴影，巨大的餐具柜和餐具架像蛰伏的巨兽。桌子上，一只银盘子上放着一只细颈酒瓶，雕花玻璃瓶塞打开了，周围摆着几只玻璃杯。

“坐下。”他说了一声，跟在她身后走进屋子。

这时，一种新的恐惧袭上她心头，相比之下，刚才怕见他的惊慌心情显得微不足道了。瑞特的表情、言谈、举止，全都像个陌生人。她以前从没见过瑞特举止如此粗鲁的一面。即使是在他们最亲昵的时刻，他也表现得相当淡漠，并不露出激动情绪。哪怕在他发怒时，他也显得态度温和，不过出语尖刻，喝多了威士忌也不过让这些品质更加突出而已。起初，她为此感到恼火，还想改变他这种阴阳怪气的脾性，没过多久，她便发现，他的脾气对她没什么不方便的，就认可了。多年来，她觉得他对什么都不在乎，觉得在他眼里，生活中包括她在内的一切无非是些讽刺笑话。现在，她隔着桌子与他面对，这才忐忑不安地体会到，他还是在乎某些事的，而且非常在乎。

“虽然我回家来显得没教养，但也不妨碍你喝杯睡前酒嘛。”他说道，“要我为你斟酒吗？”

“我没打算喝酒，”她绷着脸说，“我听到有动静，就下来……”

“你没听到动静。要是听见我在家，你就不会下来。我一直坐在这儿听着你在楼上来回走动。你准是想喝一杯。喝吧。”

“我不……”

他抓起酒瓶，笨拙地斟酒，把酒倒得溢出酒杯。

“拿着，”他把酒杯塞到她手里，“你浑身打战。嘿，别装模作样了。我知道你偷偷喝酒，也知道你酒量不小。我一直想对你说，别费尽心机装模作样，想喝就公开喝。你以为我会在意你喝白兰地？”

她接过滴沥着酒的酒杯，心里默默诅咒他。她的任何心思他都能看透。虽然他对她了如指掌，可她就是想对他隐瞒起自己的真实想法。

“我说，喝吧。”

她举起酒杯，手腕都不弯曲一下，猛地一抬胳膊，把酒一饮而尽，简直跟杰拉尔德当年灌威士忌的姿势一模一样。可她就没想过，这么纯熟的姿势在她身上是多么有失体统。他把这一切都看在眼里，嘴角不禁耷拉下去。

“坐下，我们来个愉快的家庭讨论，好好谈谈刚才参加的那场高雅生日晚会。”

“你喝醉了，”她口吻冷淡地说，“我可要上床睡觉了。”

“我的确喝醉了，我今晚还打算喝个烂醉。可你不能去睡——现在还不能走，坐下。”

他的口吻还是平时那种不焦不躁的冷淡拖腔，可她却听得出一种弦外之音，仿佛一种狂暴的力量正蓄势待发，狂暴得就像噼啪作响的皮鞭。她摇摇晃晃站起身，他马上冲到她跟前，一把抓住她的胳膊，捏得她生疼。他把她的胳膊轻轻一扭，她疼得轻轻叫了一声，跌坐下去。她心里害怕，一辈子从来没这么怕过。他俯身盯住她，她见他黝黑的脸涨得通红，眼睛里闪烁出让她恐惧的光芒。他的眼睛深处有一种她无法理解的感情，它比愤怒更深沉，比痛苦更强烈，那种感情在逼迫他，让他的眼睛闪烁得像两块火炭。他久久地盯着她，直把她不屈的眼睛盯得垂下眼皮认输，这才回到她对面的座位上颓然坐下，又给自己斟了杯酒。她迅速思索着，想要筑起一道防线，可他还没开口，她并不知道他打算怎么指责她，也不知道该怎么说才好。

他慢慢呷着酒，眼睛从酒杯上面打量着她，她努力克制自己，设法不再颤抖。他的脸色好一阵子没有变化，最后才放声大笑，可眼睛仍然盯着她。她惊得浑身再次颤抖起来。

“今晚上演的真是一幕滑稽喜剧，对不对？”

她一声没吭，脚趾在宽松的拖鞋里全都蜷缩起来，想要控制住浑身的颤抖。

“真是一场角色齐全的喜剧，令人赏心悦目。全村人聚集起来朝不守妇道的女人投掷石块典故出自《圣经·旧约》。按古以色列习俗，女子犯淫乱罪要被带到娘家门口，让村里人乱石打死。，戴绿帽子的丈夫以绅士风度维护老婆的面子，奸夫的妻子本着基督教精神出面遮掩，好在她平素洁白无瑕的名声就像一袭遮丑的斗篷。那个奸夫……”

“求你别说了。”

“我还没尽兴呢。今晚我要尽兴。那出戏实在太有趣了。那个奸夫显得像个十足的大傻瓜，好像恨不得一死了之。我亲爱的，感觉怎么样？让一个自己痛恨的女人站在身边替你遮掩罪孽，心里有什么滋味？坐下。”

她只好坐下。

“照我猜想，你并没有因此更喜欢她。你只是心里在想，假如她知道你和阿希礼的事，干吗会那么做……她那么做难道仅仅是为了保住自己的面子？你认为她那么做完全是个傻瓜，尽管那样会保住你的面皮，可是……”

“我不听了……”

“你要听。我对你说这些为的是让你宽心。玫兰妮小姐是个傻瓜，却不是你想象的那种傻瓜。显然有人把你们的事告诉她了，可她并不相信。她那个人就是亲眼见了你们的龌龊事都不会相信的。

她的荣誉感太强烈了，绝对无法想象出自己爱的人能干出那等无耻勾当。我不知道阿希礼·韦尔克斯要拿什么谎言哄她——反正说什么她都会相信，因为她爱阿希礼，她也爱你。我实在想不出她怎么会爱你，可她就是爱你。就让她的爱成为你的十字架吧。”

“你醉得一塌糊涂，出语伤人，我本来打算向你解释的，”斯佳丽恢复了一点尊严，“可现在……”

“我对你的解释不感兴趣。我对事情的真相比你自己更了解。上帝在上，要是你再敢从那把椅子上站起来……

“我还发现一桩比今晚的喜剧更有趣的事实。你这一向以我犯有种种罪孽为名，不让我享有与你同床共枕的乐趣，显得无比贞洁，可你心里一直在跟阿希礼·韦尔克斯奸淫。这叫作‘意念的奸淫’，对不对？那本大书那本大书：指《圣经》。《圣经·新约·马太福音》第五章：‘凡看见妇就动淫念的，这人心里已经与她犯奸淫了。’真是妙语连珠啊。”

“什么书？什么书？”她心乱如麻，满脑子都是些不相干的愚蠢念头。她的眼睛烦躁地环顾四周，昏暗的烛光下，她觉得眼前那只巨大的银盘子黯然失色，屋子里各个角落都黑黢黢的阴森森的，让她感到恐怖。

“我被你拒之门外，因为我的情欲太粗俗，配不上你的高雅，还因为你不想再生孩子了。我的心肝，这可让我太难过了！我心里像刀割一样难过！所以我不得不上外面另找安慰，让你恪守你的高雅。可你却把这些时光用在思念那个倒霉龌龊的韦尔克斯先生身上。见他的鬼，他到底犯了什么病？他精神上对自己的妻子不忠，还不敢在肉体上背叛她。这小子干吗不痛下决心？你不反对为他生儿育女，对不对……然后假装是我的亲生骨肉养在家里？”

她大叫一声，霍地站起身，他也从座位上跳起来，嘴里发出一个柔和的笑声，让她听了浑身的血都冷了。他伸出两只古铜色的大手，把她按回座位上，俯身对着她。

“看看我这双手，我亲爱的，”他说着把手伸到她眼皮底下，攥成拳头又放开，“我可以轻而易举用这双手把你撕成碎片，要是这么做能把阿希礼从你脑袋里赶走，我非这么做不可。但是不可能。所以，我打算这样把他从你脑袋里赶走。我要用双手抱住你的脑袋，像夹核桃一样把你的脑壳碾碎，把他挤出去。”

他双手贴在她鬓角以下，捧住她的脸，使劲抚摸，把她的脸扭过来对着自己。她看着眼前这个人，觉得这是张陌生人的面孔，他喝得酩酊大醉，说话拖着长腔。她从来不缺乏困兽的勇气，此时勃然大怒，挺直腰杆，眯缝起眼睛。

“你这个醉鬼蠢货，”她嚷道，“把手拿开。”

他真的把手放开了，这倒让她觉得有点惊奇。他坐在桌子边上，给自己又斟了一杯酒。

“我向来钦佩你的精神，我亲爱的。现在你走投无路了，还这么精神，让我尤其钦佩。”

她裹紧身上的晨衣，唉，要是能回到自己房间多好哇，她要把那扇坚固的门反锁上，独自待在屋里。现在无论如何要击退他、欺负他，让他投降，她还从没见过瑞特这副模样呢。她不慌不忙站起身，可她的膝盖在打战。她裹紧身上的晨衣，又把前额的头发捋向脑后。

“我没有走投无路，”她语气尖刻地说，“你永远不会把我逼到走投无路的地步，瑞特·巴特勒，也别想威胁我。你算个什么东西？一个醉醺醺的禽兽，一个寻花问柳的恶棍，脑袋里从来只有邪恶，别的一概不懂。你根本不理解阿希礼，也不理解我。你在污秽中生活太久了，除了污秽什么都不知道。你在嫉妒自己不理解的东西。晚安。”

她若无其事地转身朝门口走去，突然身后爆发出一阵大笑，她不由地停住脚步。她转过身，见他踉踉跄跄朝她扑来。上帝啊，但愿他别再发出这种可怕的笑声了！这一切有什么好笑的？斯佳丽面对着他，一步步朝门口退，结果却撞在墙上。他双手使劲抓住她，把她的肩膀按在墙上。

“别笑了。”

“我笑是因为替你感到难过。”

“难过……替我？替你自己难过吧。”

“没错，上帝作证，我是替你难过，我亲爱的，我漂亮的小傻瓜。让你难受了，对不对？你既受不了嘲笑，也受不得怜悯，是吧？”

他止住笑，身体重重地往前压，使劲按住她的肩膀，她疼得厉害。他靠得越来越近，脸也扭曲了，嘴里喷出一股浓烈的威士忌酒味，她扭开脑袋避开他。

“嫉妒？我嫉妒了？”他说道，“我怎么能不嫉妒呢？啊，不错，我嫉妒阿希礼·韦尔克斯。怎么能不嫉妒呢？噢，别说话，也别解释。我知道你在肉体上对我是忠实的。你想说的就是这话吧？哼，这我从来就很清楚。这么多年了，我知道得很清楚。我怎么知道的？哼，我了解阿希礼·韦尔克斯和他那种人。我知道他是个体面的上等人。可这种话对你，对我就不合适了。我们不是上等人，我们不知廉耻，对不对？所以我们才会兴旺发达，就像月桂树一样繁茂。”“放开我。我不能站在这儿听你侮辱。”

“我没有侮辱你。我在赞美你肉体上的贞节呢。不过你一点都骗不了我。你当男人都是傻瓜，斯佳丽？要是低估了对手的力量与智慧，准得吃大亏。我可不是傻瓜。你当我不知道，你躺在我怀里，心里却把我当成阿希礼·韦尔克斯。”

她目瞪口呆，脸上只剩下恐惧和惊讶神色。

“那倒是桩有趣的事，就是有点可怕。就像本来只能睡两个人的床，结果上面躺着三个人。”他说着轻轻摇晃一下她的肩膀，打了个饱嗝，面露讥讽的笑容。

“啊，不错，你在肉体上一直是忠于我的，那是因为阿希礼不要你。见鬼，他要你的肉体我可绝不会吝啬。肉体算什么——尤其是女人的肉体。可他要你的心我却会吝啬，我也不会放走你这颗宝贵的、冷酷的、顽固的心。可那个傻瓜却不要你的心，我呢，又不要你的肉体。我可以廉价买到女人的肉体。可我却要你的情、你的心，到头来，我却永远得不到，你也永远得不到阿希礼的心。所以我才替你感到难过。”

尽管她又害怕又糊涂，可他的讥讽还是深深刺痛了她。

“难过……替我？”

“没错，替你难过，因为你是这么可爱的孩子，斯佳丽。你就像个嚷着要摘月亮的孩子。孩子真的摘到了月亮，又会拿它怎么样呢？就算你真的把阿希礼搞到手，又会拿他怎么样呢？不错，我替你难过——因为你抛弃了幸福，却伸出双手，要抓永远不会使你幸福的东西。我替你难过，因为你是个大傻瓜，不懂得只有同类相聚才会有幸福。假如我死了，假如玫兰妮小姐也死了，你最终得到了你那个可敬的宝贝情郎，你以为跟他在一起生活会幸福？见鬼，根本不会！你永远都无法了解他，永远也不知道他在想些什么。你永远也不会理解他，就像你理解不了音乐、诗歌、书籍一样，就像你无法理解金钱以外的一切。然而，我的爱妻，假如你愿意给我们半个机会，我们本来可以过得幸福，过得十全十美，因为我们是如此的相像。我们俩都是无赖，斯佳丽，我们想要什么都会到手。我们本来可以过得很幸福的，因为我爱你，而且我了解你，斯佳丽，一直了解到你骨子里。阿希礼却永远不会理解你。假如他知道你是个什么人，他会鄙视你……可你偏偏一辈子痴心想要一个你无法理解的男人。我呢，我的宝贝，还得继续找那些婊子寻求安慰。我敢说，我们可以比大多数夫妇生活得好。”

他动作生硬地放开她，转身踉踉跄跄朝酒瓶走去。斯佳丽一时呆住了，脑袋里翻滚着万千思绪，却让她无法抓住一个仔细琢磨。瑞特说他爱她。他这说的是真心话？还是酒后胡言？要不就是一个可怕的玩笑？阿希礼……月亮……嚷着要摘月亮。她朝黑黢黢的走廊逃去，仿佛身后有魔鬼在追赶。啊，要是能赶快逃回自己房间就好了！她跑得崴了脚脖子，拖鞋也歪了。她停下脚步，想把拖鞋使劲甩掉，瑞特动作敏捷得像个印第安人，黑暗中立刻赶到她身旁，他呼出的热气喷在她脸上，双手粗暴地伸到她晨衣下，搂住她的腰。

“你追求他，却让我在城里人面前丢丑。上帝在上，今晚我的床上只容得下两个人。”

他抱起她，朝楼上走去，把她的脑袋紧紧贴在他胸口上。她听到他的怦怦心跳像铁锤敲打一样响亮。他把她挤疼了，她大声惊叫，可嘴巴却给堵着，只能发出惊慌沉闷的声音。黑暗中，他一步步朝楼上走去，她心里惊恐万状。他是个疯狂的陌生人，她也从来没有经历过如此的黑暗，比地狱还黑。他就像死神，抱着她离去，让她浑身疼痛。她觉得要让他憋死了，放开喉咙尖声叫喊。他在楼梯平台上停下脚步，敏捷地让她翻了个身，俯身狂吻她，吻得粗野而酣畅，竟让她忘记了一切，只觉得正在堕入黑暗，只觉得他的嘴唇与自己的嘴唇紧紧贴在了一起。他浑身颤抖，仿佛站在狂风之中，他的嘴唇从她的嘴唇上往下滑，沿着滑落的晨衣渐渐向下，拼命亲吻她柔软的肌肤。他嘴里喃喃絮叨着，她一句也没听清，他狂吻的嘴唇激起她从未体验过的阵阵激情。她就是黑暗，他也是黑暗，在此之前从未发生过任何事情，只有黑暗和他亲吻她的嘴唇。她想开口说话，可这时他的嘴唇又压在她的嘴唇上了。突然，她体会到一种从未有过的狂野的刺激，它糅合了欢乐、恐惧、疯狂、亢奋，向强有力的臂膀屈服、向疯狂的亲吻屈服、向迅速转折的命运屈服。她平生头一回遇到个比她更强的人，这个人她既不能欺负，也不能打垮，反而要欺负她，打垮她。不知不觉中，她的双臂搂在他脖子上，她的嘴唇也颤抖着迎合着他的吻。他们重新一步步走上去，走向黑暗，走向那令人眩晕的黑暗，走向那笼罩一切的柔和的黑暗。

第二天早上她醒来时，他已经走了。若不是看到她身边那只皱巴巴的枕头，她真会以为昨晚发生的事不过是个荒诞的梦境呢。此刻回想起来，她不禁羞红了脸，连忙拉起被单遮住脖子。她全身沐浴在阳光里，脑袋里想把纷乱的思绪理出个头绪。

她首先想到两桩最明显的事情。她已经与瑞特生活多年了，她与他同床共枕，同桌吃饭，与他争吵，还与他一道生了孩子——然而，她并不了解他。那个抱着她上楼走进黑暗的男人是个陌生人，她从来没想过世界上竟有这种人。如今，虽然她竭力迫使自己憎恨他，努力激起满腔愤怒，可她不能。他羞辱了她，伤了她的心，在整整一个疯狂的夜晚野蛮地凌辱她，可她却感到心花怒放。

唉，她应该感到羞愧，应该忘却黑暗中那炽热眩晕的记忆！经历了这样的夜晚后，一位淑女，一位真正的淑女再也抬不起头来了。但是，回忆那销魂的感觉，回味那屈服的狂喜，强烈的喜悦却胜过了羞愧。她平生头一回感到自己生机勃发，体会到一种不可阻挡的原始激情，它就像逃出亚特兰大时感到的恐惧一样强烈，也像击毙北佬时一样解恨。

瑞特爱她！至少他亲口说他爱她，现在她还有什么可怀疑的？这真是太让她奇怪，太让她迷惑不解了，他竟然爱她，可他是个野蛮的陌生人，她跟他生活在一起的气氛是那么冷漠。至于她对这一新发现有什么感觉，自己此刻也还颇感迷惘，不过，她突然动了个念头，不禁笑出声来。他爱她，这么说，她终于俘获他了。她几乎忘记以前渴望诱使他爱上自己，好对他那颗乌黑的脑袋扬起鞭子发号施令。现在她想起原来的愿望，不禁感到深深的满足。整整一个夜晚，他恣意摆布她，可是，如今她掌握了他的弱点。从现在起，她要随意摆布他。长期以来，她吃够了他冷嘲热讽的苦头，现在，她要捉弄他，只要她举起铁圈，他就得像猴子一样跳过去。

她一想到要再次与他相会，要在光天化日下与他面对面清醒相见，她就觉得又紧张尴尬，又激动喜悦。

“我心跳得像个新娘，”她想道，“而且是为了瑞特而激动！”想到这一点，她不禁咯咯傻笑起来。

但是，瑞特没回家吃午饭，到了晚饭时分也没出现在餐桌旁。夜晚也过去了，那是一个漫长的夜晚，她彻夜未眠，耳朵竖起来仔细听锁孔里是不是有钥匙转动的声音。可他没回来。第二天也过去了，还是没有他的消息，斯佳丽焦急得坐立不安，感到又失望又恐惧。她去银行找他，可他不在那里。她去了自家的店铺，每次店门打开，她都要焦急地望着新来的顾客，希望来人是瑞特，结果她对店员个个没好气。她去了锯木厂，专找碴欺负休，弄得休躲在木堆后面不敢露面。但是瑞特没有上锯木厂去找她。

她怕丢人，不敢询问朋友们是否见过他，也不能向仆人打听他的消息。可她感觉到，她不知道的事他们可能知道。黑人向来消息灵通。这两天，黑妈妈一反往常的习惯，变得沉默寡言了。她用眼角注意着斯佳丽，嘴上却什么都不说。第二天晚上过去后，斯佳丽打定主意要找警察报案。没准他出事了，说不定他从马背上摔下来，此刻正无可奈何地躺在水沟里。也许……啊，这念头太可怕了……也许他已经死了。

第二天早饭后，斯佳丽回到自己房间，正要戴上帽子出门，忽然听到楼梯上有一阵轻快的脚步声。她感到一丝宽慰，倒在床上。瑞特走了进来。他刚刚理过发，修过脸，做过按摩，也没喝酒，可他眼睛里充满了血丝，脸也因为饮酒过度有点浮肿。他动作潇洒地朝她挥了挥手："嘿，你好哇。"

一个男人怎么能两天不回家，也不解释一句，只是说上句"嗨，你好哇？"他们度过那么不寻常的一个夜晚，他怎么还能如此若无其事？他不该这样，除非……除非……那个可怕的念头跃然冒出在她脑袋里。除非那种夜晚对他来说不过是桩寻常小事。她一时说不出话来，原来计划好见了他要撒娇，要微笑，此时全都记不起来了。他甚至没过来像以往那样随便亲吻她一下，只是站在那里望着她，手指间夹着雪茄，咧开嘴巴微笑。

"你……你上哪儿去了？"

"别假装你不知道！我相信，到这会儿，全城都该知道了。说不定大家都知道，只瞒着你一个。你知道那句老话：'妻子最后知。'"

"你这话是什么意思？"

"我以为警察前天察访贝尔那里之后……"

"贝尔……那个……那个女人！你一直跟……"

"当然啦。我还能去哪儿？我希望你没有替我担心。"

"你离开我去……噢！"

"行了，行了，斯佳丽！别扮演受骗妻子的角色啦。贝尔的事你早知道了。""你离开我去找她，还是在那一晚……之后……"

"噢，那一晚，"他做了个满不在乎的手势，"有时我难免忘记礼貌。我为上次相聚时的举止向你道歉。我当时醉得厉害，这你知道得很清楚，而且让你迷得神魂颠倒，你的魅力……要不要我一一列举出来？”

她忽然觉得想哭，想倒在床上痛哭一场。他没变，什么都没变，她是个傻瓜，是个愚蠢、自负、可笑的傻瓜，还一心以为他爱她呢。不过是他酒醉后的又一个恶作剧而已，就像他撒酒疯欺负贝尔那个妓院的姑娘一样。现在他回家来了，还是满口的侮辱嘲弄，不可理喻。她咽下泪水，强打起精神。千万不能让他知道自己的心思，要不然，他准会耻笑她。哼，他永远也不会知道的。她迅速抬起头朝他望了一眼，瞥见他那双眼睛里闪烁出一贯让她难以捉摸的眼神，他凝视着她——带着热情和渴望，似乎等着扑向她即将说出的字眼，期待她说出……他期待着什么？期待她犯傻，期待她大吵大闹，好授他以笑柄。她才不呢！她的吊梢眉拧在了一起。

“我自然早已怀疑到你跟那个坏女人的关系了。”

“仅仅是怀疑？那你干吗不向我打听，好满足自己的好奇心呢？要是你问，我会告诉你的。自从你和阿希礼合谋，决定跟我分房居住，我就一直跟她同居。”

“你竟然这么无耻，站在那里对我吹嘘那种事，我可是你的妻子啊。”

“噢，省了这段道德说教吧。只要我付清家里的账单，你才不管我在外面怎么干呢。你知道我近来也不是个天使。至于说你是我的妻子，自从美蓝出生后，你算不上个贤妻良母，对不对？我对你的投资太糟了，斯佳丽。相比之下，贝尔要好得多。”

“投资？你是说你给了她……”

“我看，正确的说法应该是‘帮助她开张’。贝尔是个精明女人。我想看到她有所发展，她所需要的只是有钱买所属于自己的房子。你应该知道，一个女人只要有一丁点钱，什么奇迹都能创造出来。看看你自己就知道了。”

“你拿我比……”

“嘿，你们俩都是精明能干的女生意人，干得都挺成功。当然，贝尔比你略胜一筹，因为她心眼好性情温和……”

“请你离开这个房间。”

他懒洋洋朝门口走去，挑起一道眉毛，露出嘲讽神色。他怎么敢如此侮辱她呢？她气得要命，伤心得要死。他这是存心欺负她，羞辱她。几天来，她眼巴巴盼望他回来，可他却喝得酩酊大醉，在妓院里跟警察争吵。

“滚出这间屋子，永远别再进来。我早就告诉过你，可你不是个正人君子，听不懂人的意思。从今以后，我要把门锁上。”

“别费心啦。”

“我会锁上的。那天晚上，你的行为实在可恶……喝得烂醉，让人恶心……”“得了吧，宝贝儿！肯定不是恶心吧！”

“滚出去。”

“别急。我会走的。我还保证以后再也不来打扰你了。这是最后一次。我只是想告诉你，如果我的无耻行为让你无法忍受，我会答应你离婚的。只要把美蓝留给我，我绝不会提出异议。”

“我可不能败坏门风跟丈夫离婚。”

“要是玫兰妮小姐死了，你会巴不得败坏门风呢，对不对？想到你会迫不及待地要求跟我离婚，我就觉得头晕。”

“你到底走是不走？”

“走，我这就走。我回来就是要告诉你我这就走，要去查尔斯顿和新奥尔良还有……噢，我要做一次漫长的旅行。今天就走。”

“啊！”

“我要带美蓝一道走。叫那个没头脑的普莉西收拾起她的小衣服。我还要把普莉西带上。”

“你绝对不能把我的孩子带出这所房子。”

“也是我的孩子，巴特勒太太。你当然不会反对我带她去查尔斯顿看祖母吧？”

“看祖母？见你的鬼！你以为我会让你带小美蓝离开这里？你每天都喝得烂醉，没准会带她上贝尔妓院那种地方……”

他猛地把雪茄扔在地毯上，烧焦的羊毛味刺进他们鼻孔。他快步冲到她身边，气得脸色铁青。

“假如你是个男人，我非扭断你的脖子不可。既然你是个女人，我只好对你说，闭上你该死的嘴。你以为我不爱美蓝，以为我会带她去那种……她可是我女儿啊！天哪，你这个傻瓜！你倒好，居然摆起母亲架子，你算了吧，要说做母亲，就是一只猫也比你强！你为孩子做过什么？韦德和埃拉见了你怕得要死。要不是有玫兰妮·韦尔克斯，他们根本就不知道什么是母爱。可美蓝呢，我的美蓝！你以为我照顾她不如你？你以为我会让你像对待韦德和埃拉一样，随意欺负美蓝，伤她的心？见鬼，绝不！快让人收拾起她的东西，一个钟头之内给我准备好，不然的话，我警告你，那天晚上发生的事跟这事相比，不过是桩小事。我常常想，狠狠抽你顿皮鞭对你大有好处。”

没等她开口，他就疾步冲出房门。她听见他穿过走廊，到了育儿室，推开房门。里面顿时传来三个孩子欢快、清脆稚嫩的声音。她听见美蓝的嗓音特别响亮，压过了埃拉的声音。

“爸爸，你上哪儿去了？”

“寻找一块兔子皮，好把我的小美蓝包裹起来。过来，亲吻一下你最亲的亲爹……还有你，埃拉。”

第五十五章

“亲爱的，我不要什么解释，也不听你这话。”玫兰妮的话说得斩钉截铁。她伸出一只小手轻轻捂住斯佳丽噘起的嘴，不让她说下去，“要是你我之间还需要解释，哪怕动一动这种念头，也是对你自己、对阿希礼和对我的侮辱。这还用说吗？我们三个人多年来一直……一直像三个士兵一样团结奋战，共同打天下，要是你怀疑几句流言蜚语就能离间我们，那我可要替你害臊了。你以为我会相信你和我的阿希礼……嘿，这是什么鬼念头啊！难道你不知道吗？我比世界上任何人都更了解你。你以为我会忘记你对阿希礼、博和我的种种恩情？你无私、你好心，救了我的命，让我们避免忍饥挨饿！你以为我会忘记你赤脚扶犁，赶着北佬那匹马耕地，双手磨得都是血泡？你那么做为的是让我的孩子和我自己有饭吃。我哪会相信人们说你的那些可怕的坏话呢？我可不想听你解释，斯佳丽·奥哈拉，一个字都不听。”

“但是……”斯佳丽结结巴巴说不下去了。

一个钟头前，瑞特带着美蓝和普莉西走了，在斯佳丽的羞愧与愤怒之上又增添了寂寞。此外，她对阿希礼的负疚感和玫兰妮的袒护都让她觉得再也忍受不住了。假如玫兰妮听信印第亚和阿奇的话，在生日晚会上蔑视她，或者虽然跟她打招呼，口吻却很冷淡，那她倒能扬起头施展浑身解数奋力反抗。但是，玫兰妮却站在她前面，像一柄闪闪发亮的利剑，对她无比信赖，眼睛里闪烁出战斗激情，抵挡住社会上的流言蜚语。一想到这些，她就觉得该与玫兰妮坦诚相见才对。不错，她应该推心置腹，从很久以前阳光明媚的塔拉庄园门廊上那次与阿希礼相见开始说起。

她受到了良心的驱使。虽然她的良心长久以来一直受到摧残，但她那天主教徒的良心仍能萌动。埃伦对她说过无数遍："忏悔你的罪孽，在悲痛和悔悟中赎罪。"面对眼前的危机，埃伦的宗教教诲又回到她的心头，支配着她的精神。她要忏悔——不错，她要说出一切，每个眼神，每一句话，还有不多的几次接触——这样上帝才能平息她心中的痛苦，让她得到心灵的安宁。她的话会造成一幅可怕的景象，玫兰妮的满脸慈爱会变成难以置信的恐惧和厌恶。噢，那将是对斯佳丽的惩罚，这种惩罚实在太严酷了。玫兰妮会看透她是个卑鄙猥琐的小人，是个两面三刀的伪君子，没有忠诚可言，只有一副伪善面孔，玫兰妮会露出怎样的表情啊！她脑子里一辈子将无时无刻不浮现出玫兰妮的那种表情，想到这里她心里不禁感到痛苦难忍。

斯佳丽曾经有过一个恶毒的想法，渴望当着玫兰妮的面嬉笑怒骂说出真相，亲眼看着她心中的天堂崩溃，自己反而会欣喜陶醉，为此，就是失去一切她都心甘情愿。但是，如今一切都骤然发生了变化，她最不愿意做的事莫过于此了。她不知道为什么会发生这种变化。她心乱如麻，心里矛盾重重，根本理不出个头绪来。她只清楚一点，就像她希望母亲把她看作一个谦恭、善良、心地纯洁的人一样，她如今也热切地盼望保持玫兰妮对她的好感。她只觉得，自己并不在乎世人怎么看待她，也不在乎阿希礼或瑞特对她有点什么想法，但是，她绝不能让玫兰妮改变对自己的看法。

她害怕把真相告诉玫兰妮，但是她内心偶然闪现的诚实本能却站出来，不容她戴着假面具欺骗这位竭尽努力袒护她的女人。所以，这天早上瑞特带着美蓝刚走，她就匆匆赶到玫兰妮家。

但是，她刚刚说出："玫兰妮，我一定要解释那天……"玫兰妮就打断了她，不容她再说下去。斯佳丽一脸的羞愧，望着她闪烁出慈爱和愠怒的黑眼睛，不禁感到心情沉重，她心里清楚，假如说出真相，她将再也得不到和平与宁静。玫兰妮刚才说的那番话，彻底打消了她忏悔的念头。斯佳丽也稍有点成熟的情感，她意识到，这种忏悔是一种不折不扣的自私行径，等于把自己承受的磨难转嫁给一颗纯洁的心，嫁祸给一个信赖自己的人。她欠玫兰妮的恩情，因为玫兰妮竭力支持她，袒护她，这种恩情只能以沉默来报答。假如说出真相，让玫兰妮知道丈夫对她不忠，那个第三者恰恰是她的挚友，斯佳丽说出如此不受欢迎的真相等于以怨报德，简直能毁了玫兰妮的生活。

她心里感到悲哀，想道："我不能告诉她。绝对不能，即使我的良心折磨得我痛苦一辈子，我也绝不说。"她不由自主想起瑞特酒醉后说的那句话："她绝对无法想象自己爱的人能干出那等无耻勾当……就让她的爱成为你的十字架吧。"

没错，她不得不终生背起这个十字架，默默忍受这种痛苦的煎熬，忍受如芒刺在背的羞愧。在以后的岁月里，玫兰妮每一个温存的眼神和手势都会让她难受得坐立不安，她不得不永远控制住自己的冲动，不让自己脱口喊出来："别对我这么好！别袒护我！我不配！"

"假如我不是这么一个大傻瓜该多好！假如我不是个讨人喜欢、让人信赖、头脑简单的傻瓜，事情倒简单多了。"她满心的无奈，"我挑过许多累人的重担，可没有哪副担子比眼前这副更沉重，更累人。"

玫兰妮坐在她对面的一把小椅子上，两只脚一动不动登在一个高高的软凳上，两个膝盖像孩子的膝盖一样突起。若不是因为动了肝火，她绝对不会如此失礼的。她手里正在织一条花边，手里一支闪亮的针来回穿梭，猛烈得仿佛那是一柄搏斗用的利剑。

假如斯佳丽心里发这么大的火，准会跺着双脚，像杰拉尔德年富力强时那样扯开嗓门吼叫，要上帝来看看人类这种该受诅咒的欺诈行径，还会咬牙切齿地威胁，发誓报复。但是，玫兰妮只会颦蹙双眉，用飞针走线表现内心的激动。她的口吻冷静，话语比平时更凝练，但话说得很强硬，与她平时的风格完全不同。玫兰妮平时很少直抒己见，刻薄的字眼儿更是一个也不会说出口。斯佳丽这才忽然意识到，韦尔克斯家和汉密尔顿家的人发起火来，绝不亚于奥哈拉家的盛怒。

“亲爱的，人们说你的坏话我都听厌了，”玫兰妮说道，“这次我绝不容忍，我要采取行动。这全是因为他们嫉妒你，因为你精明、你成功。许多男人干不成的事，你却做得很成功。亲爱的，我说这话，你别生我的气。我跟许多人说你的意思不一样，我可不是说你不守妇道，不顾性别差异。因为你并没有不守妇道。人们只是不理解你，不能容忍女人聪明能干。但是，他们凭什么因为你精明能干就说你和阿希礼……真该死！”

她最后说的这个字眼儿无非是个温和咒骂，如果出自男人之口，无非被人认为是个随意带出的粗话。但是，从她嘴里突然说出，就让斯佳丽感到出乎意料，不由得惊得目瞪口呆了。

“他们居然编造出那么无耻的谎言，跑来对我说——阿奇、印第亚，还有艾尔辛太太！他们怎么敢？当然啦，艾尔辛太太没来。她没那个胆量。可她向来嫉恨你，亲爱的，因为你比范妮更讨人喜欢。她还对你撤换休耿耿于怀，怪你不让他继续干工厂管理工作。不过你降他的职是对的。他是个游手好闲的懒虫，毫无价值可言！”玫兰妮很快把儿时的玩伴和少年时代的好友撇开不说了，“阿奇的事怪我不好。我不该收留这个老恶棍。人人都这么对我说，可我就是不愿听。因为你用囚犯的事，他一直不喜欢你，亲爱的。可他有什么资格对你指手画脚？一个杀人犯，而且杀的还是个女人！我对他算得上仁至义尽，可他却跑来对我说……就是阿希礼开枪打死他，我也一点儿不会觉得遗憾。哼，跟你说吧，我狠狠奚落了他一顿，叫他收拾起东西滚蛋。他已经离开亚特兰大了。

“还有印第亚那个可恶的东西！亲爱的，自从我头一次见到你俩在一起，就注意到她嫉妒你，憎恨你。因为你比她漂亮得多，身边还有那么多小伙子向你献殷勤。因为斯图尔特·塔尔顿的事，她尤其嫉恨你。她对斯图尔特痴情相思……嘿，我不愿这么说阿希礼的妹妹，可我认为她的脑子就是因为那种相思给搞坏了！否则根本没法解释她的行为……我告诉她说，再也不许她踏进这所房子，我还对她说，要是我再听到她哪怕暗示出这种恶毒的话来，我就要当众说她是个骗子！”

玫兰妮住了口，脸上的怒气突然消失了，露出满脸悲愁。佐治亚州人有着特别强烈的家族观念，玫兰妮对家族更是忠心耿耿，一想到这场家庭纠纷，她就觉得痛心。她踌躇了。但是斯佳丽是她最亲爱的人，斯佳丽在她心目中占据着首要地位，她口吻中带着忠诚，接着说下去：“她总是嫉妒你，还因为我最喜爱的是你，亲爱的。她再也不会进这个家门了，而且，凡是她在的地方，我绝不踏进门。阿希礼同意我的决定，不过他心里很难过，没想到他的亲妹妹竟然说出这种话。”

斯佳丽一听到阿希礼的名字，沉甸甸的心再也忍受不住了，不禁潸然泪下。难道她就不能不伤他的心？她一心一意想保证他幸福安定，可每走一步总是要伤他的心。她毁了他的生活，打碎了他的自尊，搅乱了他内心的平静，而忠诚才是他内心宁静的基石。如今又让他疏远了他真心热爱的亲妹妹。为了保全她的名声和他妻子的幸福，他不得不让印第亚成为牺牲品，让人看成个疯疯癫癫的说谎者、嫉妒心重的老处女——然而印第亚的每一个怀疑都没错，每一句指责全有理。只要阿希礼正视印第亚的眼睛，就会看到她的眼睛里闪烁着真实的光芒。热爱真诚、鞭挞虚伪、冷眼蔑视丑恶，韦尔克斯家族的人在这方面从不让步。

斯佳丽深知阿希礼把名誉看得重于生命，此时他一定痛苦万分。他也像斯佳丽一样，被迫依赖玫兰妮的保护。虽然斯佳丽知道他这样做是出于无奈，也知道让他蒙受不白之冤主要是她的错，然而……然而……从女人的角度看，假如阿希礼开枪打死阿奇，然后向玫兰妮和世人公开一切，她对他会更加敬重。她清楚自己这一感觉并不公正，但是她此刻伤心得心绪烦乱，顾不得仔细分析这些细微的差异了。她记起瑞特的那些蔑视嘲讽，心里也拿不准阿希礼在这桩事情上是否表现出应有的男子汉气概。自从她爱上阿希礼以来，笼罩在他头上的那圈明亮的光环头一次开始在不知不觉中暗淡了。她不仅为自己感到羞愧和内疚，而且也渐渐为他感到内疚和羞愧。她内心中竭力拨开这种念头，结果这种努力让她哭得更伤心了。

“别这样！别这样！”玫兰妮丢下手中的花边，转身坐在沙发上，把斯佳丽的脑袋靠在自己肩膀上，“都怪我，不该说这些惹你伤心。我知道你心里有多难受，我们以后再也不提这事了。不提了，我们之间不提，对别人也不提了。就当这事从来没发生过。不过，”她口吻平静措辞严厉地补充说，“我要让印第亚和艾尔辛太太知道点厉害。她们别想说我丈夫和我嫂子的坏话。我要让她们在亚特兰大抬不起头。谁敢相信她们的话，与她们交朋友，谁就是我的仇敌。”

斯佳丽不禁忧心忡忡，在今后漫长的岁月里，这个家庭和城里人要因为她而分裂不和。

玫兰妮说话算话，再也没跟斯佳丽和阿希礼提起这事，也不愿跟任何人谈论此事。要是有人胆敢暗示起那件事，她就会立刻摆出一副冷若冰霜的面孔。那次令人吃惊的生日晚会后，瑞特神秘失踪，几个星期里，城里人议论纷纷，人心骚动，陷入派系之争。玫兰妮对诽谤斯佳丽的人毫不留情，不论是老朋友还是本家亲戚，全都一样对待。她什么话都不说，只是采取行动。

她像一枚欧龙牙刺果一样与斯佳丽紧紧黏在一起。她要斯佳丽一如既往地行动，每天上午去店铺，去锯木厂，她也跟斯佳丽一道去。她还要求斯佳丽下午驱车上街，斯佳丽很不乐意，因为她不愿满城的人瞪着热切好奇的眼睛看她。玫兰妮也跟她并排坐在车座上。下午正式拜访朋友时，玫兰妮带斯佳丽一道去，态度和蔼地迫使她走进两年来没有涉足的客厅。玫兰妮与惊愕的女主人交谈时，脸上带着‘爱屋及乌”的凛然神情。

在这些午后的聚会中，她要斯佳丽提前到来，一直待到最后一批客人离去，让那些太太们没有机会凑在一起谈论各种传闻和闲话。太太们因此稍感愠怒。斯佳丽在这些聚会中简直是活受罪，可她不敢拒绝陪玫兰妮同行。斯佳丽不愿坐在这群女人中间，因为她们心里都在暗自揣摩，她是不是真的有过奸情。她讨厌跟这些女人交往，因为她知道，她们若不是恐怕失去与玫兰妮的友谊，根本就不会与她交谈。但是斯佳丽也知道，她们一旦开始接待自己，以后就不好再冷落她了。

在看待斯佳丽的这桩事方面，人们的态度有个共同点，不论他们袒护她还是批评她，都很少关心她自己是否诚实。“我可不愿管她的闲事”。这是人们的普遍态度。斯佳丽一向树敌太多，如今没多少人支持她。她的言行在太多的人心中留下了积怨，很少有人关心那桩绯闻是否伤了她的心。大家对玫兰妮或印第亚是否受到伤害却极为关切，人们争论的焦点不是斯佳丽，而是她们俩，最关键的一个问题是：“印第亚是否说了谎？”

站在玫兰妮一边支持她的人得意扬扬地指出一个事实：这些天来，玫兰妮总是与斯佳丽在一起。像玫兰妮这样坚持高度道德原则的人会支持一个有罪孽的女人吗？她会袒护一个与自家丈夫有不正当关系的女人吗？当然不会！印第亚不过是个头脑有问题的老处女，出于对斯佳丽的嫉恨才造她的谣，还诱使阿奇和艾尔辛太太相信她的谎话。

但是，维护印第亚的人们反问道，假如斯佳丽是无辜的，那巴特勒船长上哪儿去了？他为什么不留在妻子身边，支持自己的妻子？这是个无法回答的问题。几个星期之后，又传开一个谣言，说斯佳丽怀孕了。亲印第亚派更是点头得意，他们说，这不可能是巴特勒船长的孩子。很久以来他们夫妇关系不和就尽人皆知了。全城人长期以来一直为他们分房居住的事实感到吃惊。

流言蜚语就这么风传开来，让全城人分裂成两派，就连汉密尔顿家、韦尔克斯家、伯尔家、惠特曼家和温菲尔德家等关系密切的家族内部也发生了分裂。家庭中的每个成员都不得不作出支持某一派的抉择。根本没有中间地带。一边是玫兰妮冷峻的尊严，另一边是印第亚的刻薄嫉恨。但是，不论亲戚们站在哪一边，心里都怀着怨恨，因为造成家庭不和的原因竟然是斯佳丽。大家谁都认为不值得为斯佳丽产生不和。亲戚们不论站在哪一边，心里都深感难过，没想到印第亚公然抖出家丑，把阿希礼卷入这种有失体面的绯闻中。不过，既然她话已出口，许多人便连忙为她辩护，站在她那一边攻击斯佳丽，另外一些人喜欢玫兰妮则支持玫兰妮和斯佳丽。

半数亚特兰大人不是与玫兰妮和印第亚沾亲带故，就是自称与她们有亲戚关系。亲戚关系五花八门，有堂兄堂妹、姑表姨表、姻亲连襟、隔山亲戚等，除了土生土长的佐治亚州人，谁也理不清他们错综复杂的亲戚关系。他们的宗族观念从来很强，在以往的艰难时势中，不论家族内部对族人的行为有什么个人看法，但大家总是抱成一团，将层层叠叠的盾牌围起来抵御外敌。佩蒂姑妈与亨利伯伯之间游击战式的小冲突多年来一直是大家的笑柄，除此之外，这个大家族的和谐关系从来没发生过裂痕。这些人个个温文尔雅，说话心平气和，态度保守持重，甚至连亚特兰大城大多数家庭常有的亲热口角也很少在这个家族中听到。

然而，这个家族如今却分裂成两个阵营，在这场亚特兰大有史以来最具破坏性的绯闻中，让全城目睹家族中所有成员纷纷表态，就连五服六服的亲戚也不例外。这事给那些与他们不沾亲带故的另一半人造成极大的困难和障碍，因为印第亚与玫兰妮之争几乎给每一个社会团体都造成了不和。喜剧社、邦联孤寡缝纫会、阵亡将士墓地美化协会、周末夜音乐社、妇女夜沙龙舞协会、青年图书协会等组织都卷进这场纠纷。就连四个教会及其下属的妇女赈济会和传教会也卷进来了。这些社团在分组活动时不得不极其谨慎，避免将敌对派别的成员分在同一个小组里。

每逢下午拜客时间，亚特兰大的家庭主妇们在四点到六点这段时间里就感到苦恼，生怕玫兰妮和斯佳丽来访时，印第亚和她的忠实朋友还在客厅里。

全家最遭罪的当数可怜的佩蒂姑妈了。佩蒂别无他求，但愿亲人和睦，生活安逸。在这桩事情上，既想跟野兔跑，又想随猎狗追。但是，野兔和猎狗都不允许她这样。

印第亚同佩蒂姑妈住在一起，假如佩蒂按自己的意愿站在玫兰妮一边，印第亚就会搬走。要是印第亚离开了，可怜的佩蒂可怎么过呢？她独自一个简直不能活，要么就得找个陌生人来与她同住，要么就关上门，搬到斯佳丽那儿去住。佩蒂姑妈隐约感到，巴特勒船长不喜欢她搬去住。要不然她就搬到玫兰妮家，睡在当作博的育儿室的那间小屋里。

佩蒂不很喜欢印第亚，因为印第亚脾气倔，说话干巴巴的，态度狂妄自大，让佩蒂觉得害怕。不过，要不是有印第亚，佩蒂就不可能维持住自己舒适的小天地，而且佩蒂注重个人舒适胜过道德问题。于是印第亚继续在她家住下去。

但是，印第亚住在佩蒂姑妈家，就把她家变成个风暴的中心了，因为玫兰妮和斯佳丽都认为，这意味着她站在印第亚一边。斯佳丽干脆表示说，只要印第亚住在那里，她就不给佩蒂捐助生活费用。阿希礼每礼拜都派人给印第亚送去生活费，但印第亚每次都傲慢地默默把钱退回来。老太太见状既惊慌又遗憾。若不是亨利伯伯送钱来，住在这所红砖房里的人肯定会陷入绝境。然而，接受他的钱又让佩蒂觉得丢脸。

在这个世界上，佩蒂最爱的人除了自己就算玫兰妮了，如今，玫兰妮却成了个态度冷淡客气的陌生人。虽然她等于是住在佩蒂的后院里，可她一次也没有穿过树篱来家里串门，以前她可是每天都要来回跑上十几趟的。佩蒂来访时，总要哭着说起自己多爱她，对她多忠心，可玫兰妮从来不跟她谈这种事，也从不上佩蒂家回访。

佩蒂对自己欠斯佳丽的情心里十分清楚。就连她这条老命也几乎是斯佳丽替她捡回来的。在战后那些艰难的日月里，佩蒂面临着要么搬去与哥哥亨利同住，要么就得忍饥挨饿，当然是斯佳丽把她收留在自己家里，供她吃，供她穿，让她在亚特兰大社交圈里重新抬起头。斯佳丽与瑞特婚后搬进自己家，对她一直非常慷慨。还有那位既让她害怕又让她着迷的巴特勒船长，他跟斯佳丽来访后，佩蒂常常发现那张香炉腿桌子上放着一个崭新的钱包，里面塞满了钞票，要不就是在她的缝纫匣子里找到个花边手帕扎起来的小包，里面包着金币，这些都是趁她不注意时偷偷放下的。瑞特总是赌咒发誓，说自己对此一无所知，甚至还开非常粗俗的玩笑，说她准是有个秘密崇拜者，一般总是指那位留着长胡子的梅里韦特爷爷。

可不是嘛，玫兰妮给了佩蒂爱，斯佳丽给了她安全保障，可印第亚又给了她什么呢？什么都没有，只是陪她住在一起，让她免于放弃眼下这种安逸的生活，让她不必事事由自己做主。唉，这桩事情太粗鄙，太让人沮丧了，佩蒂一辈子从来没有为自己作过什么决定，此时也只好听其自然，结果，她大部分时间都花在伤心落泪上，却没人来安慰她。

最后，一些人终于真心诚意相信斯佳丽是无辜的，这倒并不是由于她个人的美德，而是由于玫兰妮相信她是无辜的。有些人虽然心底有所保留，但是对斯佳丽还算礼貌，甚至登门去拜访她，因为他们热爱玫兰妮，希望保持与她的友情。印第亚的维护者们见了斯佳丽只对她冷冷地微鞠一躬，有几个人甚至公开冷落她。最后这种人让她感到难堪恼火，不过斯佳丽意识到，没有玫兰妮的袒护和果断行动，恐怕全城人都会跟她作对，她恐怕早已为大家所遗弃了。

第五十六章

瑞特离家已经三个月了，在此期间，斯佳丽没有收到他的一封信。她既不知道他在哪儿，也不知道他多久才会回来。她其实连他到底会不会回来心里都没底。在这段时间里，虽然她仍然得意扬扬地处理各种业务，可心里却很难受。她身体不很舒服，不过在玫兰妮的要求下，还是每天去店铺，照样去锯木厂，表面上显得很感兴趣。但是，她头一回对那个店铺失去了兴趣，虽然店铺的营业额高达去年的三倍，金钱滚滚而来，可她对这不感兴趣，进了店铺就怒气冲冲，对店员发火。约翰尼·加勒吉尔管的那个锯木厂生意兴隆，木料厂很快就把他的产品销售一空，可约翰尼怎么做怎么说都不能让她称心如意。约翰尼跟她一样，也是个爱尔兰人，再也忍受不了她没完没了的唠叨，终于发作了，威胁要辞职。他大发雷霆，咒骂连连，最后说："夫人，我可是双手清白干净，愿你像暴君克伦威尔一样受诅咒。"她不得不说好话道歉才算平息了他的怒火。

她再也没去过阿希礼管的那个厂子。去木料厂那个办公室也专挑她认为阿希礼不在的时候。她知道他也在躲避她，也知道她应玫兰妮之邀总是去他家，对他是一种折磨。他俩再也没有单独交谈过。她真想知道他现在是不是恨她，也想知道那桩事他对玫兰妮是怎么说的，可他总是跟她保持一段距离，眼睛默默乞求她别跟他说话。眼看悔恨让他变得苍老憔悴，她心里十分难过，再加上他管的厂子每星期都在赔钱，她心里更是恼火，却有苦难言。

他面对目前形势一筹莫展，这让她感到恼火。她不知道该如何扭转这种局面，可她觉得他应该采取某种行动才对。要是换了瑞特，他准会采取行动的。瑞特总是在行动，即使错了也会干下去。虽然有点违心，可她却为此敬佩他。

瑞特的侮辱起初激起她满腔的怒火，如今怒气渐渐消了，她开始想念他了，日子一天天过去，他音信全无，她却越来越想念他。他走的时候，留给她的是狂暴的愤怒、撕心裂肺的伤心、自尊心的伤痕，如今这些情绪渐渐消失，变成了强烈的沮丧。她想念他，怀念他讲趣闻轶事用的轻松口吻，她常常给逗得捧腹大笑，也怀念他嘲讽的讥笑，她往往能因此消除心中的烦恼。她甚至怀念他那些惹她愤怒反驳的刻薄话。最让她怀念的是有他在就有个说话的人。瑞特是个最让她满意的听众。她可以厚着脸皮得意地讲述如何神不知鬼不觉地盘剥人，他听了会乐得拍手叫好。这种事假如讲给其他人听，准会让他们惊得目瞪口呆。

身边没有他和美蓝，她感到寂寞。她没想到自己竟如此想念这个孩子。她回忆起瑞特临行前对她说起韦德和埃拉的话，当时她觉得非常刺耳，现在她努力留出点空闲时间陪两个孩子。结果毫无用处。瑞特的话以及孩子们的反应让她看到一个事实，这个事实让她触目惊心，也让她无比烦恼。在两个孩子的婴儿时期，她实在太忙了，只顾操心金钱方面的事情，而且她脾气太暴躁，动不动就发火，既没有赢得他们的信任，也没有得到他们的爱戴。现在，一方面有点太晚了，另一方面，她也没有足够的耐心和智慧，无法打进他们幼小隐秘的心灵。

那个讨厌的埃拉！斯佳丽发觉埃拉是个傻孩子，心里觉得恼火，可她毫无疑问是个傻孩子。就像小鸟不能在树枝上站定一样，她的小脑筋不能认真关注任何事情，斯佳丽想给她讲个故事，她就撒娇打岔，尽提些与故事毫不相关的问题，没等斯佳丽开始回答，她早已把问题忘了个一干二净。至于韦德呢，也许瑞特说的话没错。他或许真的怕她。真是桩怪事，让她觉得伤心。他是她的亲生儿子，而且还是个独生儿子，怎么会怕她呢？她想引他开口说话，他却瞪着一双跟查尔斯一模一样的浅棕色眼睛看着她，窘得浑身蠕动，两脚踟蹰不安。但是，他跟玫兰妮在一起却唠唠叨叨说个没完，还把兜里的蚯蚓啦、破线啦都掏出来给她看。

玫兰妮确实会跟孩子们亲近，这事谁都不能否认。她自己的小博就是亚特兰大最讨人喜欢的乖孩子。他跟斯佳丽交往比她跟自己的儿子还亲热，因为小博在大人面前从不感到拘谨。只要他见到斯佳丽，不等她招呼，就会爬到她腿上。小博是个漂亮的金发男孩，长得跟阿希礼一样！要是韦德能像博一样就好了……当然，玫兰妮能带好孩子，主要原因是她只有一个孩子，而且用不着像斯佳丽一样操劳和工作。至少斯佳丽是这么替自己辩解的。不过，她心里对自己老实承认，玫兰妮确实喜爱孩子，就是有十几个孩子也一样欢迎。她也将自己洋溢的爱心倾注给韦德和邻居们的许多孩子。

斯佳丽永远不会忘记那天感到的震惊。这天她赶车来玫兰妮家接韦德回家。踏上门前的石阶时，只听得她儿子扯起嗓门，惟妙惟肖地模仿南军的喊杀声——可韦德回到家里却安静得像只耗子。接着是小博附和韦德的勇敢尖叫声。她走进起居室，只见两个孩子正手持木剑向沙发发起冲锋。一见她进来，两个孩子立刻羞得闭上了嘴。玫兰妮笑着从藏身的沙发后面站起身，手里抓着发卡和卷发器。

“这里是葛底斯堡战场，”她解释说，“我是北佬，当然已经被打得一败涂地了。这位是李将军，”她说着指了指小博，“这位是皮克特将军。”她伸手搂住韦德的肩膀。

不错，玫兰妮跟孩子们交往确实有一套，斯佳丽却永远也无法了解。

她想道："至少美蓝还爱我，喜欢跟我玩。"不过，她心里又不得不承认，美蓝喜欢瑞特远远胜过喜欢她。没准她再也见不到美蓝了。她猜想，瑞特说不定去了波斯或者埃及，没准打算永远待在那里不回来了。

米德大夫告诉她说，她怀孕了。她听了不禁大吃一惊。她原以为不过是消化不良或者神经紧张而已。接着，她脑海里浮现出那一夜狂欢的情景，不觉脸涨得通红。尽管后来发生的事情给那次狂喜的记忆蒙上了阴影，但这孩子却是那些销魂时刻的结晶。她平生第一次为自己要生孩子感到高兴。但愿这是个男孩！应该是个好男孩，不像瘦小的韦德那样萎靡不振。她一定要好好养育他！如今她既有闲又有钱，要悉心照料他、培养他，她多幸福呀！她心里一阵冲动，想给瑞特写封信，寄给查尔斯顿他母亲，请她转交，把这个消息告诉他。老天啊，他一定要回来，现在就回来！要是等到孩子出生后他才回家，那她就永远也解释不清了！但是，假如她写信给他，他就会以为她想念他，想要他回家，就会得意扬扬了。千万不能让他觉得她想要他、需要他。

后来，宝莲姨妈从查尔斯顿写信来，告诉她瑞特的消息，她很高兴自己打消了写信的念头。这是她第一次得到瑞特的消息，看来瑞特在查尔斯顿看望自己母亲。虽然宝莲姨妈的信让她看了生气，但是，得知他仍然在美国，她心里觉得真宽慰。信中说，瑞特带着美蓝去看过她和尤拉莉姨妈，信里说了许多赞美孩子的话。

"真是个漂亮孩子！长大后准是个美人。不过照我看，谁要想追求她，必须先过巴特勒船长这一关，我还从来没见过像他那么痴心的父亲呢。我亲爱的，我想对你坦白一桩事。见到巴特勒船长之前，我曾觉得你嫁给他是辱没了门第，当然，这是因为查尔斯顿没人听到过赞扬他的话，大家对他的家庭也都有微词。说实在的，尤拉莉和我起初拿不定主意，不知道该不该接待他，不过那可爱的孩子毕竟是我们的外孙女嘛。他来了以后，我们才感到又惊又喜，简直是喜出望外了，这才意识到轻信流言蜚语实在是有悖教义。我们觉得他魅力十足，人也长得很帅，举止庄重，礼貌周全，对你和孩子非常疼爱。

“另外，我亲爱的，我们偶尔听人说起一些事，我一定得讲讲。起初尤拉莉和我都不敢相信这是真的。我们听说，你有时候亲自过问肯尼迪先生给你留下的那个店铺。先前也听说过这种流言，我们当然没有理会。可以理解，在战后那些可怕的日子里，这么做也许是必要的，当时就是那种条件嘛。但是如今你却没有这个必要了。照我看，巴特勒船长的境况相当宽裕，再说，他也完全有能力替你搞任何经营，管理你的一切产业。我们有必要了解这些传闻是否属实，因此不得不向巴特勒船长直接提出这个问题。当然，这种方式让我们感到极为尴尬。

“他显得很不情愿，不过勉强告诉我们说，你把每天上午都花费在那个店铺里，还不让别人插手账目的事。他还承认说，你在一家或几家工厂拥有产权我们还从来没听说过这事，心里觉得烦恼，没顾上追问。因此你不得不独自驾车奔忙，或者由一个亡命徒为你驾车。巴特勒船长还断言说，那人是个杀人犯。我们看得出，这事让他很伤心，也觉得他是个百依百顺的丈夫，恐怕有点过于溺爱你了。斯佳丽，这种情况必须终止。如今你母亲去世不能管束你了，我作为你的姨妈必须代她负起责任来。你要替你的孩子们想想，他们长大了得知母亲竟然是个做买卖的，会怎么想！他们知道你曾抛头露面，耳闻目睹粗野男人和他们的污言秽语，还因为经营工厂而置身流言蜚语的危险之中，他们会蒙受怎样的屈辱啊。如此不守妇道的……”

斯佳丽没看完就骂了一句，把信扔下。斯佳丽想象得出宝莲姨妈和尤拉莉姨妈的模样，她们俩坐在炮台区那所破房子里，对她评头论足。她们穷得几乎一无所有，若不是斯佳丽按月寄钱去，她们只剩下挨饿的分了。不守妇道？假如她恪守妇道，没准宝莲姨妈和尤拉莉姨妈早已流离失所了。这个该死的瑞特，竟然把店铺、管账、工厂这类事全抖出给她们了！他不情愿？她知道得清清楚楚，他在两个老太太面前装出举止庄重、礼貌周全、魅力十足的模样，装成个忠实的丈夫、慈爱的父亲，还不知道当时怎么开心呢。他肯定乐于讲述她经营店铺、工厂、酒吧的行为，以此折磨两个老太太，自家寻开心。这人真是个魔鬼！这么邪恶的勾当怎么能让他如此开心呢？

但是，不久之后，就连这股怒火也淡化了。近来，炽热的激情已经大半从她的生活中消失了。她多希望能重新唤起心中的激情，重新见到阿希礼脸上的熠熠光彩，她又多希望瑞特能回家来，逗得她放声大笑啊。

他们事先也没打个招呼就回来了。他们回家来的第一个迹象就是行李砰地墩在门厅地板上接着是美蓝大声叫喊："妈妈！"

斯佳丽连忙走出房间来到楼梯上首，见女儿迈着胖乎乎的小短腿儿，吃力地一步步爬上楼梯。怀里抱着一只温驯的花狸猫。

"奶奶送我的。"她一边兴奋地高喊，一边揪住猫的领花皮，把它拎起来。

斯佳丽扑上去把女儿抱在怀里，亲吻她，心里觉得庆幸，有女儿在场，她就能避免与瑞特久别重逢后单独相见的尴尬场面。她的目光越过美蓝的脑袋朝下面门厅望去，见他正在给马车夫付车钱。他抬头看见她，摘下礼帽，动作潇洒地向她鞠躬致意。她的目光与他那双黑眼睛相对时，心里不禁怦怦直跳。不管他是个什么人，也不管他做过什么事，他毕竟回家来了。她觉得高兴。

"黑妈妈在哪儿？"美蓝一边问，一边在斯佳丽怀里扭动身子。她虽然不情愿，却只好把孩子放下。

装出不经意的面孔跟瑞特打招呼，并且把怀孕的事告诉他，这些看来比原来料想的要困难。他上楼时，她望着他的脸，这张黝黑的面孔还是那么冷漠，那么无动于衷，还是毫无表情。不，她要等一等再告诉他。她不能马上说出来。这种事应该首先让丈夫知道，因为丈夫听了这种消息总是感到很幸福。可她觉得，他听了可能不会觉得高兴。

她站在楼梯平台上，身子斜倚着扶手，心想他也许会亲吻她。可他没吻，只是说了句："你看上去脸色苍白，巴特勒太太。胭脂缺货了？”

连一句想念她的话都没有，就算心里不想，嘴里也该说上句吧。至少该当着黑妈妈的面亲吻她一下。黑妈妈嘴里嘟囔着对他行了个屈膝礼，就带领美蓝下楼去育儿室了。他跟她并排站在楼梯平台上，他的眼睛漫不经心地上下打量她。

“这副憔悴模样是不是因为想我想的？”他皮笑肉不笑。

看来他就打算用这种态度跟她交谈了。他还是以前那副可恶模样。忽然间，她觉得自己怀的这个孩子成了个让她讨厌的累赘，不再让她高兴了。站在她面前的这个男人满不在乎地将巴拿马礼帽搭在腰间，这个人突然间又变成了她的死敌，成了她一切苦难的根源。她开口回答时，两眼冒出凶光，她的恶毒那么明显，他一见，脸上的那丝笑容也收敛起来了。

“要是我脸色苍白，那也是你的过错，不是因为我想念你，你这个自作多情的家伙。那是因为……”噢，她没打算这么把这个让人害羞的消息告诉他，可话已经到了嘴边，她也顾不得佣人会不会听见，“那是因为我怀了孩子！”

他突然倒抽了一口冷气，眼睛迅速在她身上扫视一下。他一步跨到她跟前，仿佛要搀她的手臂，可她却一扭身躲开了。看到她仇恨的目光，他的脸绷紧了。

“真的！”他冷冰冰地说，“那么，这位幸福的父亲是谁呢？阿希礼？”

她连忙紧紧抓住楼梯支柱，直到支柱上木雕狮子的耳朵把她的手心都刺痛了才放手。她对他了解那么深，却没料到他会说出这么侮辱人的话。当然他是在开玩笑，可这个玩笑恶毒得让人无法忍受。她恨不得用尖利的指甲抓挠他的眼珠，把里面的阴阳怪气全抓碎。

“你该死！”她气得声音直打战，“你……你明知道是你的孩子。你不想要，我更不想要。没有……没有哪个女人愿给你这种人生个下流坯。我真希望……噢，天哪，我真希望这不是你的孩子！”

她见他黝黑的脸突然变了脸色，露出愤怒和一种她分辨不出的一种神情，像被蜇了一下似的抽搐起来。

“哈！”她乐得心花怒放，“哈哈！这下可伤了他的心！”

可他转眼就恢复了平时那种冷漠面孔，捋了捋一侧的小胡子。

“得了，”他说着转身朝楼上走去，“也许你行为不轨吧。”

她一时觉得眩晕，怀孩子的种种痛苦顿时涌上心头：撕心裂肺的呕吐、单调乏味的等待、身子越来越臃肿、分娩前一连几个钟头的阵痛。男人永远体会不到这些。他怎么敢拿这些开玩笑。她真想狠狠撕扯他。此刻要是看到他那张黑脸上鲜血淋漓，才能解她心头之恨。她朝他扑过去，敏捷得像只猫，他吃了一惊，连忙闪身一旁，伸出一只胳膊抵挡。她正站在最上面一级楼梯边缘，地板又刚刚打过蜡，她扑过去时，整个重心都集中到他那只胳膊上，经他一挡，她脚往前一滑失去了平衡，连忙去抓楼梯扶手，却抓了个空，身子向后倒在楼梯上，肋间顿时一阵钻心的疼痛，脑袋眩晕，控制不住自己，一直滚到楼梯脚下。

这是斯佳丽平生第一次病倒在床上。当然，生那几个孩子也卧床休息过，可那算不上生病。当时也不觉得孤寂凄凉，没有一点害怕的感觉。可这次她却觉得浑身虚弱，疼痛难忍，脑袋昏沉沉的。她知道自己病得很严重，大家都不敢对她说实话，她软弱无力，觉得自己可能要死了。她一呼吸，那根断裂的肋骨就像刀割似的疼。她脸上摔得青一块紫一块，头疼得厉害，好像无数恶魔用火热的铁钳撕她的皮，用钝刀子割锯她的肉，一阵剧痛刚刚过去，她还没缓口气，那些魔鬼就再次来折磨她了。噢，生孩子不是这种感觉。韦德、埃拉和美蓝出生后两个钟头，她就能吃个开心了。这次不一样，她一想到吃东西就觉得恶心，只想喝点凉水。

得到孩子非常容易，失去时却如此痛苦！奇怪的是，她得知孩子保不住了，心头感到一阵剧痛，甚至忘却了浑身的疼痛。更奇怪的是，这是她头一回真正想要个孩子。她竭力思索，为什么想要这个孩子，可她太疲惫了，脑子里只有对死亡的恐惧，其他事情全都顾不得去考虑。死神就在这间屋子里，她已经无力与之对抗，无力击退它，心里只感到恐惧。她要有个强壮的人站在自己身边，抓住她的手，把死神击退，直到恢复足够的体力，然后自己与死神搏斗。

疼痛淹没了她心头的怒火，她想要瑞特。可他不在这儿，可她又不好意思要人叫他来。

她记起最后一次见到他的面孔，他把她从黑暗的楼梯底下抱起来，他面色苍白，脸上什么表情也没了，只剩下极度的恐惧。他大声叫黑妈妈，声音都嘶哑了。她还朦朦胧胧记得让人抬到楼上，然后脑袋里就是一片黑暗。后来，她感到一阵比一阵疼痛，听见屋子里人们嗡嗡的嘈杂声，佩蒂姑妈在抽泣，米德大夫用粗暴的声音下命令，还能听到上下楼梯的脚步声和踮着脚尖在过道走路的声音。接着，她仿佛看到刺眼的闪光一样恍然明白自己要死了，恐惧突然迫使她拼命叫出一个人的名字，可她的声音不过是个低声耳语。

她绝望的喃喃低语马上从黑暗中得到了回答。她轻声呼唤的那个人就在她的床边，那个人的声音轻柔而圆润："我在这儿，亲爱的，我一直都在这儿。"

玫兰妮抓住她的手，轻轻贴在自己凉爽的脸颊上，死神和恐惧悄然隐退了。斯佳丽想扭过头去看她的脸，可她动弹不了。玫兰妮要生孩子，北佬打进来了。全城在燃烧，她必须赶紧离开，要快。可是玫兰妮就要生孩子了，她不能走。她必须跟她在一起，直到孩子出生，要坚强些，因为玫兰妮需要她的力量。玫兰妮疼痛得要命——有滚烫的火钳和钝刀在害她，一阵又一阵疼痛。她一定要抓紧玫兰妮的手。

但是，好在米德大夫就在这里，虽然车站的士兵需要他，可他还是来了，因为她听见他在说："这是神志昏迷。巴特勒船长在哪儿？"

那天晚上时而黑暗时光明亮，有时候她觉得自己要生孩子，有时候又觉得是玫兰妮在嚷叫。玫兰妮一直守候在她身旁，她的双手冰凉，却丝毫没有表示出焦虑神色，也没有像佩蒂姑妈一样哭泣。只要斯佳丽睁开眼，就会叫上一声："玫兰妮！"她便会立刻应答。她总是想低声说："瑞特……我要瑞特。"却马上就会像大梦初醒一样记起瑞特并不要她。瑞特的面孔就像个印第安人一样黑，牙齿总是露出讥讽神色。她想要瑞特，可瑞特并不要她。

有一次，她开口说："玫兰妮！"黑妈妈的声音在答应："是我，孩子。"她把一块冷毛巾敷在她额头上，焦急地喊："玫兰妮……玫兰妮。"但是玫兰妮过了好久才过来。玫兰妮刚才正坐在瑞特的床边，瑞特喝得烂醉，瘫倒在地板上，脑袋枕在她腿上哭得很伤心。

玫兰妮每次从斯佳丽屋里出来，都要过来看看他。他坐在床上，房门大开，眼巴巴望着过道对面的门子。屋子里乱糟糟的，雪茄烟蒂扔得一地都是，一盘盘饭菜都没动过。他坐在凌乱的床上，被子也没叠。他满脸胡子拉碴，一下子显得消瘦了许多，坐在那里一支接一支抽雪茄。他看见她从来不提问。她总是门口站立片刻，告诉他情况："我很难过，她病情恶化了。""没有，她没问起你。你知道，她现在神志昏迷。"或者对他说"巴特勒船长，你千万不能放弃希望。我给你煮杯热咖啡，做点吃的吧。你这样会闹出病来的。"

虽然她又累又困，几乎什么感觉都没有了，可她一见他这副模样，心里就觉得难过，不由得对他产生怜悯。她亲眼看着他日渐消瘦，满脸痛苦，人们怎么能说他那么卑鄙的坏话呢？怎么能说他没心肝，说他邪恶，说他对斯佳丽不忠呢？尽管她疲惫不堪，但她向他传达病房里的情况时，尽量表现出比平时更和蔼的态度。他就像个等候审判的囚徒，也像个突然让敌意包围其中的孩子。但是，在玫兰妮的眼睛里，人人都像是孩子。

最后，斯佳丽病情有了好转，她兴冲冲跑到他的门口告诉他这个消息，眼前的情景却出乎她的预料。床头柜上放着一只半空的威士忌酒瓶，屋子里散发着酒气。他抬起明亮的眼睛望着她，尽管他咬紧牙关，可他下巴上的肌肉却在颤抖。

“她死了？”

“啊，不是的。她好多了。”

他说了声：“噢，我的上帝。”脑袋耷拉下去，双手捂住脸。她见他宽阔的肩膀在发抖，像打摆子似的。她望着他，心里涌起一阵怜悯，后来，她发现他在哭，心里顿时慌了。玫兰妮从没见过男人流眼泪，更没想到瑞特这么温和、幽默、坚定的男人也会哭。

他绝望的哽咽声把她吓坏了。玫兰妮以为他喝醉了，她一向害怕喝醉酒的人发酒疯。可他抬起了头，她瞅见他的眼睛，看出他没醉。她快步走进屋子，轻轻带上门，朝他走过去。她从未见过男人哭泣，却安慰过哭泣的孩子。她一只手轻轻搭在他肩上，他突然伸出双臂，搂住她的裙裾。没等她明白过来，她已经坐在床上，他跪倒在地板上，把脑袋埋在她腿上，他两手没命地抓住她，把她都抓疼了。

她抚摸着他满头乌黑的头发，安慰道：“好了！好了！她会好起来的。”

听了她的话，他手抓得更紧了，开始上气不接下气地讲话，他声音嘶哑，喋喋不休，仿佛在对永远不会泄露其秘密的坟墓说话。他平生第一次喃喃讲出真话，他无情地剖析自己，把自己的心里话讲出来。起初，玫兰妮有点摸不着头脑，只是像个慈母般听他说。他脑袋深深埋在她的两腿中间，使劲扯她的裙子褶皱，话说得结结巴巴。有时候，他的话含糊不清，声音很低，有时候却让她听得清清楚楚，他在忏悔，在严厉谴责自己，他的态度谦恭、心情沉重，说的事情就是一个女人也从来没当着她的面说过。那些忏悔的秘密让她听了羞红了脸，他没抬起过头还算让她觉得庆幸。

她像安抚小博一样拍了拍他的脑袋，说：“别说了，巴特勒船长！你不该对我说这些事情的！你现在不舒服。别说了！”可他继续滔滔不绝地说，抓着她的裙子不放，好像那是他生活的希望。

他谴责自己的行为，可那些事她并不理解。他烦恼说出贝尔·沃特林的名字，接着拼命摇晃着她，大声嚷道：“是我杀了斯佳丽，我把她杀了。你不明白。她并不想要这个孩子，可……”

“快住嘴吧！你头脑发昏了！不想要孩子？哪有女人不想要……”

“是的！是的！你想要孩子。可她不想要。不想要我的孩子……”

“你一定得住嘴！”

“你不理解。她本来不想要孩子，可我逼她怀了孕。这个……这个孩子……全是我的错。我们很久没有同床了……”

“嘘，巴特勒船长！这话不该……”

“那天我喝醉了，脑袋发昏，想要伤害她……因为她害得我伤心。我想要……我做了……可她不想要我。她从来就不想要我。我努力过……我作过很大的努力，结果……”

“噢，求求你。”

“她从楼上摔下来之前，我不知道她怀了孕。她不知道我去了哪儿，没法给我写信告诉我……她就是知道我在哪儿，也不会给我写信的。我告诉你……我告诉你，要是我知道她怀了孕……不管她想不想要我回来，我都会直接回来的……”

“哦，是的，我知道你会这样做的！”

“天哪，这几个星期我简直是疯了，发了疯，还喝得烂醉！她在楼梯上告诉我怀孕的事情……我都干了些什么啊！我说了些什么浑话啊！我只是笑了笑，说：‘得了，也许你行为不轨吧。’她就……”

玫兰妮突然脸色变得煞白，瞪大了眼睛，露出恐怖神色。低头望去，只见巴特勒那头乌黑的头发在她腿上痛苦地扭动。午后的阳光从敞开的窗口泻进来，猛然间，她仿佛头一次注意到，他那双手竟那么大、那么黝黑、那么结实有力，手背上的黑毛长得那么浓密，她不禁身子往后一缩。这双手看上去这么凶狠残忍，然而，耷拉在她裙子上却显得如此虚弱无力。

这可能吗？难道他听信了关于斯佳丽和阿希礼的荒诞谣言，心里嫉妒了？不错，那种流言蜚语刚传开，他就出了城，但是……

不，不可能。巴特勒船长出门旅行向来是说走就走。他不可能相信那些街谈巷议。他这人非常理智。假如是为了这种原因，他准会开枪打死阿希礼。至少也会要求一个解释的。

不，不可能是这个原因。只因为他喝醉了，心情紧张的厉害，脑袋糊涂了，就像个神志不清的人满脑子胡思乱想，满嘴说胡话。在承受紧张方面，男人不如女人。说不定是什么事让他心神不宁了，也可能是他跟斯佳丽有过一场小小的口角，他却把那事看得过重。没准他说的有些话是真的，但不可能全是真的。啊，最后那句话肯定不是真的！别说这个男人还深深爱着斯佳丽，随便哪个男人都不可能对一个自己爱的女人说那种话。玫兰妮从来没见过邪恶的事情，从未见过残忍的事情，今天头一回遭遇这种事，觉得一切根本无法想象，简直让她不敢相信。他准是喝醉了，糊涂了。对生病的孩子只能哄着捧着。

“好啦！好啦！”她像哄孩子似的说，“现在别说了。我明白了。”

他猛地抬起头，狠狠甩开她的手，两只布满血丝的眼睛看着她。

“不，上帝啊，你不明白！你不可能明白！你……你的心太善，不可能明白这种事情。你不相信我，可我说的话句句是真的，可我是个卑鄙小人。你知道我为什么会那么做吗？我疯了，嫉妒得发疯。她对我向来无情无义，我以为可以让她回心转意。可她从来不理睬我。她不爱我，从来就没有爱过。她爱的是……”

他那双热情的醉眼与她的目光相遇了。他连忙打住话头，变得张口结舌，仿佛这才意识到是在跟谁说话。她脸色苍白，神色紧张，可她的目光还是那么坦然亲切，流露出怜悯，显然不相信他的话。她的眼睛闪烁着安详，淡褐色的深邃眼睛露出的圣洁光芒等于打了他一记响亮的耳光，他的酒劲顿时大大消退了，连忙打住说到一半的疯话，嘟囔了几句，垂下眼皮躲避开她的目光。他使劲眨巴着眼睛，想让自己清醒过来。

“我是个卑鄙小人，”他嘴里喃喃着，脑袋疲惫地耷拉在她腿上，“可我还不是个彻头彻尾的卑鄙小人。假如我真的告诉你，你也不会相信，对不对？你心地太善良，会相信我的话。以前我从来没见过像你这样真正的好人。你不会相信我的话，对不对？”

“对，我不会相信。”玫兰妮安慰道，又开始抚摸他的头发，“她会好起来的。好了，巴特勒船长！别哭了！她会好起来的。”

第五十七章

一个月后，瑞特把斯佳丽送上开往琼斯博罗的火车，她面色苍白，身体瘦弱。韦德和埃拉与母亲同行，见母亲那张苍白的面孔毫无表情，两个孩子都默不作声，感到局促不安。他们紧紧靠在普莉西身旁，两个孩子虽小，却能从母亲与继父冷冰冰的客套气氛中体会到某种可怕的东西。

斯佳丽虽然身体虚弱，却执意要回塔拉庄园。她觉得，在亚特兰大多待一天，她都会闷死。她精神疲惫，不禁一遍又一遍思索自己深陷的困境，虽然想也没用，可就是禁不住要想。她身心交瘁，活像个迷失在噩梦中的孩子，没有任何熟悉的路标指引她走出迷津。

在亚特兰大被入侵的军队攻占时，她曾经逃出这座城市，如今她要再次从城里逃走，把一切烦恼统统抛在脑后，心里又拿出抵御一切的那句老话："我现在不考虑它了。要是现在考虑，会觉得受不了的。我明天到了塔拉再考虑吧。明天就是另一天了。"好像只要回到家乡那平静碧绿的田野上，她的一切麻烦就会统统消散，她就有办法理顺支离破碎的思维，凝成自己生活的哲学。

瑞特目送着火车消失在天边，他心事重重，一脸的苦涩，不禁叹了口气，把马车打发走，自己骑上马背，沿常春藤街朝玫兰妮家奔去。

这是个温暖的早晨，玫兰妮坐在葡萄藤遮阴的门廊上，身边的针线筐里堆满了要补的袜子。瑞特从马背上跳下，把马缰绳丢给像铁塔一样站在人行道上的黑仆人。她一见他，心里不由一阵慌乱。自从那个可怕的日子以来，她没有单独见过他。那天实在是太可怕了。斯佳丽病情那么严重，可他呢，却烂醉如泥。玫兰妮甚至不愿在脑子里想“烂醉”这个字眼儿。在斯佳丽恢复期间，她偶然见过他几次，不过都不好意思正视他的眼睛。好在他每次都露出和蔼的本色，神色和言谈中都仿佛两人之间没发生过那回事。阿希礼曾对她说过，男人往往记不起酒醉时说的话，玫兰妮便真心希望，巴特勒船长能忘记那天发生的事。她觉得，自己宁死也不愿他还记得那天吐露的真心话。见他沿着步道走来，她觉得胆怯，也觉得尴尬，脸上浮现出红晕。或许他来只是为了叫小博去陪美蓝玩一天。他当然不至于为那天她为他做的一切专门来向她致谢吧，那未免显得太平庸了！

她站起身迎接他，见他身材如此高大，步伐却如此矫健，心里不禁像往常一样感到吃惊。

“斯佳丽走了？”

“走了。塔拉对她有好处。”他微笑道，“有时候我觉得，她就像巨人安泰，只要一接触大地母亲，马上会力气倍增。斯佳丽不适于长时间离开那片她热爱的红土地。看看生长的棉花苗，比米德大夫开的滋补药还管用。”

“请坐。”玫兰妮有点手足无措。他身材高大魁梧，极富男子汉气质。凡是遇上特别富有男子汉气质的人，她总是有点心神不宁。他们似乎散发出一种力量和活力，让她相形之下显得更加渺小虚弱了。他显得那么黝黑强大，肩膀上的肌肉把白色细亚麻上装撑得胀鼓鼓的，让她看了心里有点害怕。他身强力壮、风度翩翩，可她竟然目睹过他低声下气的可悲模样，而且还把这颗满头乌发的脑袋埋在她两膝之间——这仿佛是不可能的。

“噢，天哪！”想起当初的情景，她不禁涨红了脸。

“玫兰妮小姐，”他的口气温和，“我来是不是惹你生气了？要是你想要我走开，请直说。”

“啊！”她心想，“他没忘！还清楚我心里感到不安！”

她抬头望着他，带着恳求的目光，可她的尴尬和慌乱顿时消失了。他的目光那么平静、那么慈祥、那么善解人意，甚至让她觉得刚才那番慌张有点傻。他脸上露出疲惫神色，甚至还透露出一丝悲哀，让她觉得意外。她怎么该胡思乱想，以为他会做出不体面的事，提起把双方都想忘掉的旧事？

“可怜的人儿，他一直在为斯佳丽担心呢。”她心想。便连忙装出个微笑说：“请坐吧，巴特勒船长。”

他身子沉重地坐下，望着她重新拿起织布的袜子。

“玫兰妮小姐，我来是想请你帮我个大忙。”他微笑道，接着嘴角往下一撇，“请你参与一件事，帮我设个骗局。可我知道你不愿这么做。”

“一个……骗局？”

“没错。说实话，我是来跟你谈一桩生意的。”

“噢，天哪。你最好还是跟韦尔克斯先生谈。我对生意上的事可是一窍不通。我不像斯佳丽那么精明。”

“我恐怕斯佳丽太精明了，对她反倒不好。”他说道，“我想跟你谈的正是这事。你清楚她病得多厉害。等她从塔拉庄园回来，她又会不顾一切地经营那个店铺和那两家工厂。我倒真希望有一天晚上工厂和店铺都炸毁算了。我是在替她的健康担忧，玫兰妮小姐。”

“可不是嘛，她干得太累了。你一定要让她住手，保重自己的身体。”

他笑了。

“你知道她有多顽固。我甚至从来没跟她争辩过。她简直就像个任性的孩子，不愿让我帮她，也不让任何人帮她。我曾试着说服她，要她把工厂的股份卖掉，可她就是不听。嗯，玫兰妮小姐，我还是谈正事吧。我知道斯佳丽绝不会把工厂的剩余股份卖给任何人，不过假如韦尔克斯先生想买，那就另当别论了。我就希望韦尔克斯先生把她的产权全部买下。”

“啊，天哪！那倒是桩好事，不过……”玫兰妮连忙打住，咬着自己的嘴唇。她不该跟外人谈论钱的事。虽然阿希礼有薪水，可她和阿希礼的钱总是不够花。他们的积蓄少得可怜，让她觉得担心。她也不知道钱是怎么花掉的。阿希礼给她的钱足够家里用，可需要额外的花销时，就往往捉襟见肘了。当然，她请大夫看病的费用不菲，阿希礼从纽约订购的书籍和家具也要一大笔支出。另外，他们还得供养地窖里住的那些流浪者。遇上前邦联部队里的人来借钱，阿希礼从来不忍心拒绝。除此之外……

“玫兰妮小姐，我愿意借给你们这笔钱。”瑞特说道。

“真感谢你这番好意，但是我们恐怕永远偿还不起。”

“我不要你们偿还。别生气，玫兰妮小姐！请你听我说完。只要斯佳丽用不着每天赶车好几英里，不必累得精疲力竭，那就是对我的最大补偿了。那个店铺就足够让她忙的，也能让她感到愉快了……你明白了吗？”

“嗯……我明白……”玫兰妮迟疑道。

“你不是想让儿子得到一匹小马儿吗？你还想送他上大学，进哈佛，到欧洲游览观光，不是吗？”

“噢，当然想。”玫兰妮像往常一样，一提到儿子脸上就熠熠生辉，说话声音也提高了，“我想让他得到一切，可是……唉，如今人人都这么穷，所以……”

“韦尔克斯先生买下那两家工厂，将来能赚大钱的。”瑞特说道。

“我也愿意小博得到他应得到的一切。”

“哈，巴特勒船长，你可真是诡计多端哪！”她笑道，“利用一个母亲的愿望！我可看透你了。”

“我希望不是这么回事。”瑞特说着，眼睛里头一回闪烁出一线亮光，“那么，你同意让我把钱借给你了？”

“可你说的那个骗局是怎么回事？”

“咱们俩就是同谋，必须骗过斯佳丽和韦尔克斯先生两个人。”

“啊，天哪！我不能！”

“假如让斯佳丽知道是我在背后设下了阴谋，就算这是为她好，你知道她也会发作的。再说我恐怕韦尔克斯先生也不会接受我的借款。所以，不能让他俩知道钱是从哪儿借来的。”

“不过，如果韦尔克斯先生了解事情的真相，就不会拒绝了。他非常喜欢斯佳丽的。”

“是的，这我相信。”瑞特心平气和地说，“不过，他仍然会拒绝。你知道韦尔克斯家的人多么孤傲。”

“啊，天哪！”玫兰妮嚷起来，声音里露出痛苦心情，“我但愿……可是，巴特勒船长，我真的不能欺骗自己的丈夫。”

“就是为了帮助斯佳丽也不能？”瑞特显得非常伤心，“可她多喜欢你啊！”

玫兰妮眼睛里涌出泪水。

“你知道为了她我什么事都愿意做。她为我做的事我永远也报答不完。这你是知道的。”

“没错。”他说得干脆利落，“我知道她为你做过什么。难道你不能告诉韦尔克斯先生说，钱是一位亲戚在遗嘱里留给你的。”

“唉，巴特勒船长，我可没有哪个亲戚能给他留下一个子儿的遗产！”

“那么，假如我通过邮局把钱寄给韦尔克斯先生，不让他知道是谁寄的，你能不能保证让这笔钱用于购买工厂，不花在赈济穷困的前邦联军人？”

听了他最后这句话，她觉得有点难过，仿佛这话隐含着对阿希礼的批评，但是看到他露出善解人意的微笑，她也报以微笑。

“当然能。”

“那么我们成交了？这可是我们两人之间的秘密，对吧？”

“可我跟丈夫之间从来没有秘密的！”

“这我相信，玫兰妮小姐。”

她望着他，心里觉得自己对他的一贯看法是多么正确，而其他人的看法却是大错特错了。人人都说他野蛮、傲慢、没教养，甚至说他为人不诚实。不过，如今许多最体面的人都承认说，他们以前的看法是错误的。哈！她从一开始就认为他是个好人。他对她从来无比和蔼体贴，他对她表现的只有深深的敬意和理解！他对斯佳丽爱得有多深哪！他多细致微妙，竟然想出这么巧妙的办法，为的是卸去斯佳丽肩上的这副重担！

她心里一阵冲动，不禁脱口而出："斯佳丽有你这样一位体贴的丈夫真是福气！"

"你这么想？如果她听见你这番话，恐怕不会同意你的看法。另外，玫兰妮小姐，我也希望对你表示善意。我给你的比我给斯佳丽的还要多。"

"给我？"她迷惑不解地问道，"噢，你是说给小博吧？"

他抓起帽子站起身。他又稍站了片刻，低头望着她那张瓜子脸和尖尖的下巴颏，她的脸上神色平淡，乌黑的眼睛稳重端庄。如此不谙世故的面孔，这个女人对生活丝毫也不持戒心。

"不，不是小博。我要给你一样比博更珍贵的东西，但愿你能想象得出。"

"我想不出，"她说着再次显得迷惑，"世界上没有什么比小博更让我觉得珍贵了，另外就只有阿希……只有韦尔克斯先生。"

瑞特没有开口，低头望着她，他黝黑的面孔上没有一点表情。

"你愿意帮我，我真是太感激了，巴特勒船长，我也太幸运了。一个女人在世上希望得到的东西，我都有了。"

"那很好。"瑞特说着脸色突然阴沉下来，"我希望你能保住它们。"

斯佳丽从塔拉庄园回来时，脸上苍白的病态不见了，脸蛋不但变得丰满，还有点红扑扑的。她的绿眼睛恢复了原先的机灵模样，闪烁着熠熠光彩。瑞特带着美蓝到车站去接她和韦德、埃拉这两个孩子，她乐得几个星期来头一回放声大笑。瑞特的帽檐上插着两支火鸡羽毛，美蓝身上那件最好的上衣破得不成样子，小脸蛋上画着两道靛青色斜线，鬓发上还插着一根足有她身高一半长的孔雀羽毛，让她看了既好气又好笑。显然，他们刚才正在玩印第安人的游戏，然后中断游戏来接站。从瑞特无奈的嘲讽表情和黑妈妈憋着一肚子火的模样看，美蓝显然不肯卸装就跑来接妈妈了。

斯佳丽说："你真像个小叫花子！"她亲吻着孩子，转过脸让瑞特在脸上亲了一下。车站上人很多，否则她绝不会让他如此亲热的。虽然美蓝的模样让她觉得尴尬，可她不禁注意到，车站上人人都对他们父女俩的打扮露出微笑，微笑中没有嘲弄，只有开心和善意。人人都知道，瑞特对斯佳丽这位小女儿百依百顺，亚特兰大人个个觉得欣慰，也表示赞许。瑞特如此疼爱孩子，这事对他恢复在公众心目中的形象起了很大作用。

回家的路上，斯佳丽滔滔不绝地讲述县里的新闻。由于天气炎热干燥，棉花苗长得飞快，让人几乎能听到它们生长的嘎吱声。不过威尔说，今年秋天棉花价格要下跌。苏埃伦又要生孩子了——不过她说生孩子几个字时，特意一个个字母拼出来，免得孩子们听懂。埃拉有一回气急败坏，竟咬了苏埃伦的大女儿一口。斯佳丽认为，那完全是小苏活该，因为那孩子就像她妈一样蛮不讲理。可是苏埃伦怒不可遏，两个女人又像以前一样大吵了一架。韦德打死一条有毒的水蛇，而且是独自一人干的。兰达·塔尔顿和卡米拉·塔尔顿在学校里教书，这不是开玩笑吗？塔尔顿家没一个人识字，就连个猫字也写不出来！贝齐·塔尔顿跟拉夫乔伊的一个独臂胖男人结了婚，他们夫妇俩加上塔尔顿家的赫蒂和吉姆，在费尔希尔庄园棉花种得很好，看来收成不错。塔尔顿太太养了一匹小牝马和一匹小马驹，日子过得很开心，就像拥有百万家产似的。黑人占了卡尔弗特家的宅子！有一大帮黑人呢，而且真的拥有了那个宅子！是在镇上拍卖时买下的。那宅子给破坏得一塌糊涂，让人见了就心酸。谁也不知道凯瑟琳和她那个没用的丈夫上哪儿去了。亚力克斯要跟萨莉结婚了，那可是他哥哥的遗孀呀！真想不出，他们俩在一个宅子里一起生活了这么多年，如今居然要结婚了！人人都说这桩婚姻是不得已的，因为庄园上的老小姐和年轻小姐都死了，只剩下他们俩，已经有人开始说闲话了。这事伤了迪米蒂·芒罗的心。可她也是活该。要是她有点见识的话，早该替她另找个男人，用不着等到亚力克斯攒足了钱来娶她。

斯佳丽一路兴致勃勃说个没完，不过县里也有些事让她一想起来就伤心，那些事她只字未提。在县里的时候，她跟威尔赶着马车转过一圈。她努力不去回忆那片以前曾是连绵几千英亩的肥沃的棉花田，到处都是一望无际绿油油的棉花苗。如今一个个农场都被森林吞噬了，一片死寂的宅子废墟周围长满了笤帚苗和灌木，原来的棉花田里，橡树苗和松树苗悄悄蔓延开来。以前的棉花田只有百分之一还在耕种。他们那一趟简直像是在墓地周游。

“这片土地要想恢复原先的面貌，没有五十年根本不行。”威尔当时这么对她说，“塔拉庄园的农田是县里最好的，这都多亏了你我的努力，斯佳丽。不过，它已经称不上个庄园了，只能算个小农耕作的农场。排在塔拉庄园之下的是方丹家的庄园，再往下是塔尔顿家的庄园。塔尔顿家庄园挣不了多少钱，不过还能维持，而且也很有信心。不过除此之外，大多数人，其他庄园全都……”

唉，斯佳丽脑子里不愿回想县里凄凉的景象了。与喧闹繁华的亚特兰大相比，那里就更让人伤心了。

“这里有什么事吗？”大家终于回到家，坐在门廊里后，她问道。回家来的路上，她滔滔不绝说得很快，害怕没人说话陷入沉默。自从那天从楼梯上摔下来，她就没有跟瑞特单独说过话，现在根本不急着跟他单独相处。她不知道他心里对她有什么想法。在她病后恢复期间，他对她一直充满善意，但那就像陌生人的善意一样并不带感情色彩。她需要什么他预先就能考虑到，还不让孩子们去打扰她，另外替她照料好店铺和锯木厂。可他从未说过一句：“对不起。”哼，大概他根本就没觉得有什么对不起她的地方。没准他仍然觉得她怀的根本就不是他的孩子。她哪能猜得透，怎么知道他那张黝黑的面孔后面到底是怎么想的？不过，他们结婚以来，他头一回显得彬彬有礼，也显出一种渴望，想要继续生活下去。斯佳丽心里难过地想到，仿佛他们之间并没有发生任何不快的事情。既然他想要这样，她也可以继续扮演自己的角色。

“一切都好吗？”她又问了一遍，“店铺换了木瓦没有？换了新骡子没有？看在老天分上，瑞特，把帽子上的羽毛摘了吧。看上去活像个傻瓜。没准儿你忘了，待会儿就这么进城去呢。”

“不。”美蓝夺过父亲的帽子护着不放。

“这里一切正常。”瑞特回答道，“美蓝和我过得很开心，我看你走后她根本就没梳过头。别把羽毛含在嘴里，宝贝儿，羽毛很脏的。对，木瓦已经弄好了，骡子换得很上算。这里没什么新闻。一切都很单调乏味。”

接着，他好像想起了什么事，补充说：“那位可敬的阿希礼昨晚来过。他想问问你是否愿意把你的工厂和你那部分股权卖给他。”

斯佳丽正晃动着摇椅，手里打着一把火鸡尾羽扇，一听这话，顿时停下不动了。

“卖给他？阿希礼哪来的钱？你知道，他连一个子儿也没有。他挣的钱玫兰妮一到手就花个精光。”

瑞特耸了耸肩：“我一向以为她是个勤俭持家的小妇人，看来我对韦尔克斯家的事不如你更了解。”

这句话听上去又是瑞特那挖苦的老一套，斯佳丽心里渐渐恼火起来。

“你走开，亲爱的，”她对美蓝说，“妈妈要跟爸爸说话。”

“不。”美蓝断然拒绝，还爬到瑞特腿上。

斯佳丽皱起眉头瞪了女儿一眼，美蓝也皱起眉头回敬她一眼，小模样看上去与杰拉尔德·奥哈拉太相像了，逗得斯佳丽几乎笑出声。

“让她待着好啦。”瑞特怡然地说道，“至于他的钱是打哪儿来的，好像是个罗克艾兰战俘营的人送的，那人当时害了天花，阿希礼护理过他。这事让我恢复了对人性的信念，感恩戴德之心毕竟还是有的。”

“那个人是谁？我们认识吗？”

“信上没有署名，不过信是从华盛顿寄来的。至于是谁寄的，阿希礼也一点儿都不知道。不过，阿希礼生性无私，走遍天下到处做好事，哪能记住那么多受他恩惠的人呢？”

她在塔拉庄园时心里打定了主意，将来凡涉及阿希礼的事绝不跟瑞特争执，但是，若不是斯佳丽为阿希礼发了笔意外之财感到惊讶，听了瑞特这句嘲讽，准得跟他干仗。她对这桩事情完全摸不着头脑，只有完全弄明白自己与这两个男人的利害关系后，才肯表示看法。

“他想买断我的股权？”

“是的。不过，我当然告诉他说，你不会卖的。”

“我希望你让我自己处理我的生意。”

“嗯，可我知道那两家工厂你不会放手的。我告诉他说，他心里应该跟我一样清楚，你不插手管人家的事，心里就不舒服，假如你把股权卖给他，你就不能对他管理工厂指手画脚了。”

“你怎么胆敢当着他的面这么说我？”

“为什么不敢？我说的是实话，对不对？我看他真心同意我的话，不过他完全是个绅士，不至于有话直说。”

“你胡说！我会把两家工厂都卖给他！”斯佳丽怒气冲冲地嚷道。

此刻之前，她从没想过卖掉那两家工厂。她想保留自己的厂子有许多理由，金钱方面的理由倒是最次要的。过去几年中，假如她想把工厂卖出手，随时都能卖个好价钱。可她一一拒绝了有意购买者。这两家工厂是她过去几年所作所为的明确证据，她面对各种挑战独自奋斗，为自己创下的业绩感到骄傲，也为自己感到骄傲。她不愿卖出这两家工厂，最主要的原因是因为那是她与阿希礼接触的唯一途径。一旦失去对这些工厂的控制，就意味着她难得见到阿希礼，恐怕永远都不可能单独与他见面了。可她不能不单独与他见面。现在这种状态她再也忍受不住了，她要知道他现在对她有什么想法，她想知道在玫兰妮那场可怕的生日晚会之后，他对她的爱是不是因为羞愧而消失殆尽了。在做生意过程中，她可以找到很多适当的机会跟他交谈，却不至于让人觉得她是有意找他。她心里清楚，假以时日，她一定能恢复在他心中的失地。但是，假如她把工厂卖掉……

不行，她才不想卖掉工厂呢。但是，瑞特当着阿希礼说她的话那么坦率露骨，让他这么一刺激，她反而立刻打定了主意。她要把工厂卖给阿希礼，而且价钱要特别低，让他认为她对他多么慷慨大方。

“我卖！”她怒气冲冲地嚷道，“你现在又有什么看法？”

瑞特眼里闪出淡淡的得意，他弯腰替美蓝系好鞋带。

“我看你要后悔的。”他说道。

她已经为自己脱口而出的话感到后悔了。假如她不是当着瑞特的面而是对其他人说这话，肯定会厚着脸皮把话收回。她说话干吗这么草率呢？她紧皱眉头，怒气冲冲望着瑞特，结果发现他也在注视着她，表情里还是那副机警神色，活像只猫守在耗子洞口。看见她颦蹙双眉的模样，他突然放声大笑，露出闪闪发亮的洁白牙齿。斯佳丽心里不安，觉得他骗自己上了当。

“你在这里面是不是插了一手？”她突然厉声问道。

“我？”他挑起眉毛，装出惊讶神色，“你对我还不了解？除非万不得已，我才不走遍天下做好事呢。”

当天晚上，她就把工厂所有权和她在工厂的全部股份都卖给了阿希礼。她并没有遭受任何损失，因为阿希礼不愿占她的便宜，没有按她提出的价格，而是以别人出过的最高价钱买下了两家厂子。她在契约上签过字后，就不可挽回地失去了这两家工厂。玫兰妮为阿希礼和瑞特送上两小杯葡萄酒，祝贺成交，斯佳丽心里感到的却是卖儿卖女般的痛苦。

这两家锯木厂一直是让她得意的心肝宝贝，是她那双贪婪的小手攫取的成果。在亚特兰大尚未从废墟和灰烬中挣扎着站起来的黑暗日月中，她迫于生活的压力先办起一家小厂子。在那些黑暗的日子里，面临北佬没收财产的威胁，当时金钱奇缺，许多精明的人都破了产，可她奋力拼搏、精心策划，竭力保住工厂。如今亚特兰大正在从战争的创伤中恢复过来，每天都有外地人拥到城里来，到处都在大兴土木，她拥有了两家锯木厂，两个木材堆栈和十几支骡车运输队，还雇用了成本低廉的囚犯劳工干活。跟这一切告别，就像永远关上一扇门，将自己与过去的生活隔绝开来，那段生活有苦涩也有心酸，不过回想起来也有一种怀旧的满足感。

这份产业是她一手创造的，如今她却把它卖掉了。她感到心情沉重，因为她能确信，没有她掌舵，阿希礼会把她辛苦创造的一切都丧失掉。阿希礼什么人都相信，甚至分不清什么是 2 × 4 英寸的料，什么是 6 × 8 英寸的料。如今她再也不能向他提出有益的建议了——这全是因为瑞特对他说，斯佳丽喜欢对管理工厂指手画脚。

“噢，该死的瑞特！”她这么想着，两眼盯住瑞特，心里能肯定，准是瑞特在幕后策划了这一切。不过，他到底是怎么策划的，为的是什么目的，她就不得而知了。此时他正在跟阿希礼交谈，他的话又激起了她心头之火。

“我猜你会马上把囚犯送回去吧？”他说道。

送回囚犯？怎么会想到把囚犯送回去呢？瑞特心里十分清楚，锯木厂的高额利润就是靠廉价的囚犯劳工创造的。瑞特谈到阿希礼要采取的行动时，语气为什么这样肯定？他对阿希礼了解多少呢？

“没错，要把他们马上送回去。”阿希礼回答道。他避开斯佳丽惊愕的目光。

“你疯了？”她嚷道，“你这是要损失囚犯的全部租赁费，再说你上哪儿找人做工呢？”

“我要用自由黑人。”阿希礼说。

“自由黑人！胡扯！你知道他们的工资有多高吧，再说，北佬会死死盯住你，看你一日三餐给不给他们吃鸡，晚上睡觉给不给他们盖鸭绒被。要是你想让哪个黑人懒鬼快点干活，轻轻打了他两下，这下可就坏了，从亚特兰大到达尔顿的北佬都会大声疾呼，最后非把你关进监牢不可。这还用说，囚犯是唯一的……”

玫兰妮垂下脑袋，两只手耷拉在膝头上紧紧扭在一起。阿希礼显得不愉快，但不准备让步。他一时沉默不语。接着他朝瑞特望去，好像要从他那里得到理解和支持——斯佳丽留意到了他的目光。

“我不用囚犯，斯佳丽。”他平静地说。

“是吗，先生！”她气急败坏地说，“为什么不用？难道你怕人们像议论我那样议论你？”

阿希礼抬起头。

“只要我做得对，就不怕别人议论我。可我从来就认为用囚犯是不对的。”

“为什么不对……”

“我不能靠强迫别人吃苦受罪赚钱。”

“可你家从前蓄过奴隶的！”

“奴隶的生活并不悲惨。再说，即使没有这场战争解放他们，我也会在父亲死后让他们全部获得自由的。不过这是两码事，斯佳丽。这种做法引起的争议太多。也许你并不知道，可我了解。约翰尼·加勒吉尔至少在他的厂里杀害过一个人，这我知道得清清楚楚。说不定还不止一个。谁会多多少少关心犯人的死活呢？他说那人是在逃跑时被打死的，可我从别处听到的情况不是那样。我还知道他逼迫重病的犯人干活。你可以说我这是迷信，不过我不相信靠别人的痛苦挣钱会感到幸福。”

“活见鬼！你这意思是说……天哪，阿希礼，你不是全盘接受了华莱士牧师那番肮脏金钱的说教了吧？”

“我用不着接受他的说教。早在他布道之前，我就相信这一点了。”

“那你认为我的钱全都是肮脏的，”斯佳丽开始发火了，“因为我用囚犯干活，拥有酒吧产业，还有……”她突然打住话头，韦尔克斯夫妇显得难堪，瑞特却咧开嘴笑了。斯佳丽恶狠狠地想道：“见他的鬼。他又认为我在对别人指手画脚了，而且阿希礼也是这想法。我真恨不得把他们俩的脑袋砸在一起撞个稀烂！”她强忍下心中怒火，竭力摆出一副超然的神色，结果装的并不成功。

“当然，这并不关我的事。”她说道。

“斯佳丽，不要把我的话当成对你的批评！不是这样的。只不过我们对事物的看法不同而已。有的东西你认为是对的，但我可能认为不对。”

她突然希望她跟阿希礼两人是单独在一起，希望瑞特和玫兰妮远在天边，好让她大声对阿希礼喊叫：“我希望我对事物的看法跟你一样！告诉我你这到底是什么意思，好让我理解，让我跟你保持一致看法！”

但是，玫兰妮就在眼前，她正浑身颤抖，为这一场面深感不安。瑞特却懒洋洋待在一旁，咧开嘴朝她发笑，她只能尽量保持冷静，尽量保持住体面说：“当然这是你自己的事，阿希礼，根本用不着我告诉你该怎么管理厂子。不过我得说，我不能理解你的态度和你的说法。”

唉，要是他俩能单独在一起就好了，那样她就用不着被迫说出这么冷冰冰的话让他不快了！

“我惹你不高兴了，斯佳丽，我不是有意这么做的。你一定要相信我，也要原谅我。我的话里没有什么高深莫测的谜。我只是相信，用某种方法挣来的钱不会让人感到幸福。”

“可你错了！”她再也控制不住自己，大声嚷起来，“你看看我！你知道我的钱是怎么来的。你知道我挣到钱以前的状况！你还记得那年冬天在塔拉庄园的情况吧，当时冷得要命，我们把地毯割开做鞋子，吃的也不够，我们都发愁，不知道怎么才能让博和韦德接受教育。你记……”

“我记得，”阿希礼感到厌倦，“可我宁愿忘掉。”

“那你不至于说我们当时是幸福的吧，对不对？看看我们现在的光景！你有一个美满的家，有一个不错的未来。谁的家比我的更漂亮，谁的衣服比我的更华丽，谁家有我家那么好的骏马？谁家的餐桌上都没有我家的饭菜丰盛，谁家的招待会都没有我家的体面，我的孩子要什么就有什么。我做这些的钱都是哪儿来的？从树上掉下来的？不，先生！是靠囚犯干活，靠酒吧租金，还有……”

“别忘了你还杀过那个北佬，”瑞特轻声说道，“其实你发家是从他那儿开了个头。”

斯佳丽突然朝他转过身去，满腔怒火正要脱口而出。

“不过，金钱还是让你感到非常非常幸福，对不对，亲爱的？”他问道。他的话说得很甜蜜，却让她感到十分恶毒。

斯佳丽顿时张口结舌，说不出话来。她的目光匆匆扫视周围这三个人，见玫兰妮尴尬得几乎要哭了，阿希礼脸色苍白，陷入沉默，瑞特抽着雪茄，漠不关心的眼神里带着自得其乐的表情。她想大声喊出来：“当然，金钱让我感到幸福！”可她不知怎的却说不出口。

第五十八章

斯佳丽生病后那段时间里，她注意到瑞特身上发生了一种变化，她并不很喜欢他这种变化。他很少喝酒，变得沉默寡言、心事重重了。如今他常常在家里吃晚饭，对用人慈祥多了，对韦德和埃拉也更加疼爱了。他从不提起以前的事，不论是愉快的还是让她烦恼的事都不提，而且他保持着沉默似乎也让她不敢再提起那种话题。斯佳丽也保持着沉默，因为那种事还是不提的好。生活过得相当平静，至少在表面上是平静的。他对她一直表现出一种冷漠的谦恭态度，再也没有用冷嘲热讽挖苦她。她这才意识到，虽然他以前用恶毒的话语激她发火争辩，可他那么做是出于对她言行的关心。如今她却拿不准他对自己做的任何事是否关心了。他现在态度彬彬有礼，对一切都漠不关心，反倒让她怀念以往他反复无常的关心，怀念往日那些争吵和反驳。

现在他让她感到愉快，几乎变得像陌生人一样客气。可他那双盯着她看的眼睛，如今却紧紧盯在美蓝身上，仿佛他生命的激流转上了一条狭窄的河道。有时候，斯佳丽觉得，假如瑞特将倾注在美蓝身上的关爱拿出一半给她，生活就会变得美好。有时候，听到人们的议论她觉得难受：“巴特勒船长真是太疼爱那个孩子了！”但是，假如她听了这话不露出笑容，人们会觉得奇怪。她甚至在心里都不愿承认自己嫉妒这个小女孩，况且这还是她最疼爱的孩子。斯佳丽从来想在周围人们的心目中占据首要地位，可现在瑞特和美蓝显然把对方看得比别人更重要。

瑞特在许多个夜晚要很晚才回家，不过回来时并没有喝得醉醺醺的。她常常听到他轻声打着口哨，经过她关闭的房门，沿着走廊过去。有时候，他深夜带几个男人回家来，在餐厅聊天、喝白兰地。这些人不再是他们婚后头一年那种人了。如今他不再邀请投机商、叛贼、共和党人上家里来。斯佳丽往往踮起脚尖来到二层楼梯栏杆旁，偷偷听他们交谈。她感到大为吃惊，因为她听见说话的人竟然是勒内·皮卡德、休·艾尔辛、西蒙斯兄弟和安迪·邦内尔这种人的声音。而且梅里韦特爷爷和亨利伯伯每次都在场。有一回，她甚至听到了米德大夫的声音。可这些人以前都认为，就是把瑞特绞死，都算便宜他了！

在她心里，这些人从来与弗兰克的死联系在一起，这些人深夜来自己家，更让她联想起弗兰克丧生那天晚上三K党的袭击事件。她记起瑞特曾说过，如果不得不参加他们那个该死的三K党才能得到他们的尊敬，他也会那么干的。她不禁心里感到恐惧，她但愿上帝不让她承受那么沉重的酷刑。假如瑞特也像弗兰克一样……

一天夜里，他又是深夜未归，她再也忍受不了心中的紧张了。她听到钥匙在门锁里转动的声音，便急忙披了件晨衣走进点着煤气灯的走廊，在楼梯上首迎上他。他一见她，脸上心不在焉的沉思表情马上变成了惊讶。

“瑞特，我一定要知道！我要知道你……你是不是参加了三K党……你这么晚不回家是不是干那种事去了？你属于……”

摇曳的煤气灯下，他漠然瞥了她一眼，微微一笑。

“你的想法落后于时代了，”他说道，“亚特兰大如今没有三K党了。或许整个佐治亚州都没有了。你那些关于三K党施暴的谣言，都是从那帮叛贼和投机商朋友那里听来的。”

“没有三K党了？你不是想宽我的心对我撒谎吧？”

“亲爱的，我什么时候想过让你宽心？如今真的没有三K党了。我们认定，那么做害处大于益处，只能激怒北佬，给布洛克州长大人的造谣工厂提供更多原料。他知道，只有让联邦政府和北方的报纸相信，佐治亚州到处搞叛乱，每一个树丛后面都埋伏着一个三K党人，他才能保住州长的宝座。他为了保住自己的位置，他拼命无中生有制造关于三K党暴行的谣言，说什么忠诚的共和党人被双手捆着吊起来，说什么正直的黑人因为莫须有的强奸罪受私刑处死。可他自己也知道那是无的放矢。谢谢你替我担忧，不过自从我背离叛贼成为一名恭顺的民主党人以后，很快就没有三K党的活动了。”

他说布洛克州长的那番话，大半从她左耳朵进右耳朵出，她听说已经没有三K党了，不禁大大舒了口气。瑞特不会像弗兰克那样送命了，她不会失去自己的店铺和他的钱了。但是他刚才谈话中的一个字眼儿引起了她的注意。他说的“我们”让她自然把他和那帮被他称作“保守派”的人联系在了一起。

“瑞特，”她突然问道，“你跟三K党的解散有什么关系吗？”

他久久盯着她，眼皮开始眨巴起来。

“我亲爱的，有关系。跟这事有关系的人主要是阿希礼·韦尔克斯和我。”

“阿希礼……和你？”

“没错，政治让陌路人结为同盟。这话听起来像陈词滥调，可道理却是真的。我不喜欢阿希礼，阿希礼也不喜欢我，但我们是政治同盟者……阿希礼从来不相信三K党的做法，因为他反对任何暴力形式。我也从不相信三K党，因为我认为他们的做法是愚蠢透顶的蛮干，绝不会达到我们的目的。那只能让北佬永远骑在我们脖子上。阿希礼和我说服了那些头脑发热的家伙，让他们相信密切注视、耐心等待、勤奋工作比身穿长袍手持燃烧的十字架更有效。”

“你是说，那帮年轻人真的接受了你的忠告？可你却是个……”

“可我却是个投机商？是个叛贼？是个跟北佬狼狈为奸的家伙？你忘了，巴特勒太太，现在我可是个模范民主党人，为了从掠夺者手里收复我们热爱的州，我愿意贡献出最后一滴献血！我的忠告很好，他们都接受了。我在其他政治问题上的意见也都很好。如今我们民主党人在州议会里占了多数，对不对？我亲爱的，用不了多久，我们就要把一些共和党好朋友送到铁窗后面去了。他们近来有点太贪得无厌，太明目张胆了。”

“你会帮着把他们关进牢房？嘿，他们可是你的朋友啊！他们让你参加了那笔铁路公债交易，你从中还赚了几千块钱呢！”

瑞特忽然咧开嘴笑了，还是过去那种嘲弄的笑容。

“噢，我对他们倒没什么恶意。不过我如今站在跟他们对立的一边了，要是我能帮着把他们推到该去的地方，我会那么做的。那会大大提高我的信誉！我对他们那些交易的内幕有足够的了解，等到州议会开始调查时，我了解的情况就非常有价值——从目前的情况看，调查的日子不远了。他们还要调查州长，假如有可能，也要把他关进监牢。最好告诉你那些好朋友格勒特夫妇和亨顿夫妇，叫他们随时准备逃走。要是能逮捕州长，他们当然也会被捕。”

这么多年来，斯佳丽一直见共和党人在北佬军队的支持下掌握着佐治亚州的大权，所以对瑞特这番口吻轻松的话并不当真。州长的地位太牢固了，州议会休想撼动他，更别说把他关进监狱了。

“你可真是能说会道啊。”她评论道。

“即使不能把他关进监牢，至少也不让他当选连任。我们下一次要有个民主党人州长替换他。”

“我看这事你又要插一手了？”她挖苦道。

“我的宝贝，我会的。我正在为这事出力。所以这些天夜里回来挺晚。我干得挺卖力，比当年在淘金热潮里手持铁锹干得还欢，我努力帮着组织选举工作。另外，我还给我们的组织捐了许多钱，我知道你听了这话会伤心的，巴特勒太太。你还记得吗？多年前你在弗兰克的店铺里告诉我说，藏着邦联的金币是不正当的。如今我同意你的看法了，邦联的钱正用在使邦联分子重新掌权上。”

“你这是往老鼠洞里倒钱！”

“什么！你把民主党说成老鼠洞？”他的眼睛露出嘲弄她的表情，但很快又变得冷漠了，“谁赢得这场选举不关我的事。重要的是人人都会知道我为这次选举出了力，花过钱。人们记住这一点对美蓝的未来十分有利。”

“听你刚才那番热心的谈话，我还担心你会换一副心肠呢，看来你对民主党和任何别的事情都没诚意。”

“心肠根本不会改变。只是换了层皮而已。你可以涂改豹子身上的花斑，可它还是只豹子。”

他们在走廊里的交谈声把美蓝吵醒了。美蓝在昏睡中用命令般的口吻喊道：“爸爸！”瑞特连忙离开斯佳丽，朝女儿走去。

“瑞特，等一等。还有件事我要告诉你。以后你下午出去参加政治聚会，绝不能把美蓝带去。带小姑娘去那种地方太不像话了！这让你显得像个傻瓜。不是亨利伯伯提起，我做梦也想不出你会带她去那种地方。亨利伯伯还当我知道呢，而且……”

他突然转身面对着她，脸色十分严厉。

“小姑娘坐在父亲膝头上听父亲交谈，你怎么连这也觉得不像话呢？你或许觉得这样很傻，可这并不傻。很多年后人们都会记得，我帮着把共和党人赶出这个州时，美蓝就坐在我腿上。人们很多年后都会记得……”他脸上的严厉表情消失了，但眼睛里还闪烁着恶意的光芒，“你知道吗？人们问她，你最喜欢什么人？她总是说‘爸爸和民主党人’。问她最恨什么人，她就说‘叛贼’。感谢上帝，人们最容易记住的就是这种事。”

斯佳丽气得说话提高了嗓门：“我看你甚至会告诉她说，我也是个叛贼！”

“爸爸！”孩子的声音这次变得怒气冲冲了。瑞特笑着朝女儿走去。

那年十月，布洛克州长辞去职务，逃出佐治亚州。滥用公共基金、挥霍、腐败，他在任期间，这些丑行达到了令人无法容忍的地步，结果他的统治彻底倾覆了。由于公众义愤填膺，就连他自己那个党也分崩离析了。如今民主党人在州议会占了多数，这只意味着一件事。布洛克知道自己要受调查，担心遭弹劾，便没有等下去，连忙秘密潜逃了。出逃前还做好了安排，要等他安全抵达北方后，再宣布他辞职的消息。

他辞职的消息是在他出逃一周后宣布的，亚特兰大人顿时狂欢起来。人们拥上街头，男人相互握手道贺，女人相互亲吻欢呼。家家举办晚会庆祝。消防队忙得不亦乐乎，四处扑灭男孩子点燃篝火引起的火灾。

就要度过最困难的时期了！“重建”已近尾声！虽然代理州长仍然是个共和党人，但是十二月份就要举行大选，对选举结果谁也不会怀疑。选举的日子到来时，共和党人疯狂挣扎，但佐治亚州还是选出了一位民主党人。

人们再次欢腾了，不过这次的激动场面与布洛克逃跑时不一样，这次人们的头脑更加清醒，喜悦更加深沉，心中充满了深深的感恩之情。所有教堂都挤满了信徒，牧师们主持弥撒，虔诚地感谢上帝拯救佐治亚州。人们的欢乐和喜悦中还交织着一种自豪感，大家为佐治亚州终于回到佐治亚人手里而感到自豪，尽管华盛顿当局设置重重障碍，尽管军队驻防在这里，尽管投机商、叛贼和本地共和党人百般阻挠，仍然无济于事。

国会曾七次通过对付佐治亚州的强制性法案，企图使它保持被占领区的地位。军事当局曾三次宣布取消民法。黑人曾聚在州议会狂欢，那帮贪婪的外乡人曾滥用政府职权中饱私囊，一些钻营的人利用公共资金变成了富翁。佐治亚州在无可奈何中受尽了折磨、凌辱和压迫。如今，苦难重重的佐治亚州在佐治亚人的努力下又回到自己人民的手中了。

共和党人突然被推翻并没有给所有人都带来欢乐。那帮叛贼、投机商、共和党人惊慌失措了。没等布洛克州长辞职的消息公布出来，格勒特夫妇和亨顿夫妇显然已经有所耳闻，便突然离开亚特兰大不知去向了。留下来没走的投机商和叛贼个个心神不定，惶惶不可终日。他们常常聚在一起相互寻求安慰，却仍然提心吊胆，不知道州议会下一步调查会把他们的什么隐私揭露在光天化日之下。他们不再像以往那样傲慢了，个个惊慌失措，提心吊胆。上门来拜访斯佳丽的那些太太们嘴里一遍遍地说：

“谁想得出世道会变成这样呢？我们以为州长权力很大，我们以为他会永远待在这里，我们以为……”

斯佳丽也同样对时局变化感到迷惑不解。可是瑞特事先曾就局势的变化警告过她的。对布洛克下台她倒不感到惋惜，对民主党人重新当政她也没感到难过。说来别人不会相信，可她对北佬统治终于被推翻也感到高兴。她对自己在“重建”初期的挣扎和奋斗记忆犹新，也没忘记当初整天提心吊胆，害怕北佬军队和投机商没收自己的钱财和财产。她没忘记当初自己无依无靠，心里为自己无可奈何感到恐慌，没忘记自己多么痛恨北佬，因为他们把那个可恶的制度强加给了南方。她心里对北佬的憎恨从来没有中止过，但是她随遇而安，为了得到安全保障，她又跟征服者打得火热。虽然心里不喜欢他们，却让那些人簇拥在自己周围，她断绝了与老朋友们的交往，也抛弃了以前的生活方式。如今，征服者的权力终止了。可她却把赌注押在布洛克州长的持久统治上，结果她输了个精光。

一八七一年的圣诞节是十多年来佐治亚人最快乐的一个圣诞节。可是，身边的一切都让斯佳丽厌烦。尤其让她气愤的是，瑞特这个最让亚特兰大人讨厌的家伙，如今摇身一变，竟变成最受欢迎的人物。因为他谦恭地摈弃了共和党的异端邪说，把自己的时间、金钱、精力、思想都贡献给了帮助佐治亚重新掌权的斗争。他搂着身穿一身蓝衣服的美蓝骑马走在街上，脸上挂着微笑，逢人便抬起帽子致敬，人们也都对他报以微笑，热情地跟他打招呼，并满心爱怜地望着他的小女孩。可她斯佳丽却……

第五十九章

毫无疑问，大家都认为美蓝·巴特勒的举止变得越来越放肆，需要好好管教一下。可她是众人的宠儿，谁也不忍心对她严加管教。最初，她是在跟随父亲外出旅行时变得不受管束的。那回她跟随父亲住在新奥尔良和查尔斯顿，她可以随心所欲玩到很晚不睡觉，跟着父亲去剧院、进餐馆、上赌台，瞌睡了就睡在父亲的怀抱里。从那以后，要想让她像百依百顺的埃拉一样早早上床睡觉，就非得动武不可。她跟随父亲在外面时，瑞特让她想穿什么自己挑。自从那时起，黑妈妈要想让她穿条纹上衣戴围嘴，不让她穿带花边领的蓝色塔夫绸裙子，就得大发一通脾气才行。

孩子离家在外时以及在斯佳丽生病和去塔拉期间养成了坏习惯，看来无法纠正了。美蓝年龄稍大一点，斯佳丽想要管束她，想让她不至于太任性乖张，结果却收效甚微。不论这孩子的念头多愚蠢，举止多蛮横，瑞特总是袒护孩子。他总是鼓励她讲话，把她当成大人看待，听取她的想法时显得一本正经，还假装按照她的意见行事。结果，美蓝总是随心所欲打断大人的话，还反对父亲，让他不敢管她。他只是哈哈一笑了事，甚至不许斯佳丽轻轻打她的小手惩戒她。

“要是这孩子不是这么甜蜜可爱，可真让人受不了。”斯佳丽沮丧地想道。她看出这孩子跟自己一样任性倔强，“她崇拜瑞特，要是他想让她规矩点，他准有办法的。”

但是瑞特丝毫没有让美蓝循规蹈矩的意思。孩子做的事样样都对，就是想要天上的月亮，只要他能摘下来，也要让她得到。孩子的美貌、卷曲的头发、脸上的酒窝、优美动人的举止，样样都让他无比自豪。他爱她的傲慢、爱她的兴致、爱她对他撒娇时那种乖巧可爱的态度。虽然孩子给惯坏了，举止非常任性，可她这么可爱，他实在不忍心管束她。他就是她的上帝，是她小小心目中的核心，这一地位实在太珍贵了，让他不敢冒险申斥她。

孩子就像影子一样追随着他。早晨他还想多睡一会儿，可她却早早把他叫醒。吃饭的时候她坐在他身旁，既吃自己盘子里的菜，也从他的盘子里夹菜吃。他骑马，她就坐在他马鞍前面。晚上睡觉前，她只允许瑞特为她脱衣服，然后就睡在他旁边那张小床上。

斯佳丽见自己的小女儿把父亲牢牢控制在手心里，觉得既滑稽又感动。谁能想到，瑞特当父亲竟然如此一本正经呢？但是，有时候，斯佳丽心里又会涌起一阵嫉妒，因为美蓝虽然只有四岁，可她对瑞特的了解已经远远超过她对丈夫的了解，而且对父亲的控制也远远超过她的能力。

美蓝只有四岁的时候，黑妈妈就开始嘟囔着抱怨，说“一个女孩子家，叉开腿骑马，坐在父亲前面，让裙子都飞起来，实在不成体统”。瑞特认真听取黑妈妈的这一意见，他对黑妈妈养育小女孩的一切说法都言听计从。结果，他买来一匹红白相间的设得兰品种的小马，长长的马鬃毛和马尾巴像丝一般光滑。他还为马配了副精致的银边侧坐马鞍。名义上，这匹马是为三个孩子买的，而且瑞特还给韦德配了一副鞍子。但韦德喜爱那条圣伯纳犬远胜过喜欢这匹小马，而埃拉见了什么动物都害怕。所以，这匹小马就归美蓝独自所有了，还给小马取了个名字叫“巴特勒先生”。美蓝得到这匹小马十分高兴，唯一美中不足的，就是不能再像父亲那样叉开双腿骑马，不过瑞特对她解释说，侧身骑马更加难学，她便感到心满意足，很快就学会了。美蓝坐在马上姿势优美，控制马儿十分稳当，瑞特心里得意极了。

“等到她足够大了，就能去打猎了。”他夸口说，“任何猎场上都没人比得上她。到时候我要带她去弗吉尼亚，那才是真正能打猎的地方呢。还要带她去肯塔基，那里的人欣赏好骑手。”

到了要给她做骑马服的时候，她照例挑选了自己喜爱的蓝颜色。

“我的宝贝！别选那种蓝色天鹅绒！蓝色天鹅绒是我做晚礼服用的。”斯佳丽笑道，“小姑娘该穿黑色细平纹布。”斯佳丽见孩子两道乌黑的眉毛皱在一起了，忙说：“看在上帝分上，瑞特，告诉她蓝色天鹅绒对她不合适，而且很容易弄脏的。”

“哦，就让她选蓝天鹅绒吧。脏了我给她再做一套好了。”瑞特说得很轻松。

于是，美蓝就做了套蓝色天鹅绒骑马服，裙摆一直拖到小马的腹部，一顶黑帽子上还插着支红羽毛。这是因为玫兰妮姑姑给她讲故事的时候说过，杰布·斯图亚特的帽子上就插着羽毛，这激发了她的想象力。遇上晴朗的日子，人们就能看到他们父女俩在桃树街上并驾齐驱，瑞特拉着自己的大黑马，让它配合上那匹小胖马的步调。有时候，他们到城里僻静的小道上狂奔，搞得鸡飞狗跳，小孩子四处逃窜。美蓝挥动短鞭抽打“巴特勒先生”，马儿飞奔，她那头乱蓬蓬的卷发也飞扬起来，瑞特紧紧拉着自己的马，好让美蓝认为她的“巴特勒先生”总是赢得比赛。

瑞特确信女儿已经能骑稳，双手也能把握住缰绳，丝毫没有恐惧感了，便认为该让她学习跳低栏了，“巴特勒先生”的四条小短腿可以轻而易举跳过低栏。为此，他在后院架了个栅栏，还把彼得大叔的一个小侄儿沃什雇来，每天付给他两毛五分钱，要他教“巴特勒先生”跳栏。马儿刚开始跳的低栏只有两英寸高，渐渐提高到一英尺。

这一安排引起有关三方的不满。沃什、“巴特勒先生”、美蓝都不高兴。沃什害怕马，只是因为报酬丰厚，才接受了这份差事，每天教那匹倔强的小马从栅栏上跳过去几十次。"巴特勒先生"对小女主人随意拉扯它的尾巴，不断地检查它的蹄子并不在意，但是认为造物主让它来到这个世界上并不是让它滚瓜溜圆的身子跳跃栏杆的。美蓝不能容忍任何人骑她的小马，"巴特勒先生"学习跳跃课时，她站在一旁又跳又嚷，满心的不耐烦。

最后瑞特认定，小马已经训练好，可以胜任让美蓝骑着跳栏了。孩子激动得要命。她头一回跳栏就取得了成功，打那以后，跟着父亲骑马外出都引不起她的兴趣了。见父女俩那股子扬扬得意的劲头，斯佳丽不禁觉得好笑。不过，她认为，等到这股新鲜劲过去后，美蓝的兴趣会转移到别的东西上，街坊邻居就能清静了。但是，这项运动并没让美蓝觉得厌倦。从后院的凉亭到跳栏处，已经让马蹄踏出一条露出土面的小路，整整一上午，院子里激动的嚷叫声不断。梅里韦特爷爷一八四九年曾旅行穿越美国大陆，他说，这声音就跟阿帕切印第安人剥下敌人头皮时的呼喊声一个样。

第一星期过后，美蓝央求父亲提高栅栏，把栏杆提到一英尺半高。

"等你到了六岁才行，"瑞特说，"到那时，你个头长高了，我给你买匹大些的马才行。'巴特勒先生'的腿不够长。"

"够长了。我跳过玫兰妮姑姑家的玫瑰花丛，那花丛可高了！"

"不行，你一定得等。"瑞特说，这次他口气很坚决。但是美蓝纠缠不休，不断地发脾气，最后他口气软下来了。

"好吧，好吧，"一天早上他笑着说道，把那根细细的白栏杆提高了一点，"要是你摔下来，可别哭，也别怪我。"

"妈妈！"美蓝转过身抬起头，冲着斯佳丽的卧室尖叫，"妈妈！看着我！爸爸说我可以跳了！"

斯佳丽正在梳头，来到窗前，脸上露出微笑，低头望着那个满心激动的小人儿。她身穿那身沾满泥土的骑马服显得十分可笑。

"我真该给她做套新骑马服才对，"她想道，"不过，天知道怎么才能让她放弃这身脏衣服。"

"妈妈，看着！"

“我看着呢，亲爱的。”斯佳丽微笑道。

瑞特把孩子抱起来放在马背上。斯佳丽见她挺直腰杆扬起脑袋的模样，心里涌起一阵得意，喊道：

“你漂亮极了，宝贝！”

“你也漂亮极了。”美蓝大方地说完，脚后跟朝“巴特勒先生”肋间一磕，就朝院子里的凉亭奔去。

“妈妈，看我跳过这道栏！”她一面大声喊，一面用马鞭使劲抽打马。

看我跳过这道栏！

斯佳丽的记忆深处突然响起这声叫喊。这几个字眼儿让她觉得是个不祥之兆。到底是什么呢？她怎么就想不起来？她低头望着小女儿，见她骑在马背上的姿势那么轻盈，忽然觉得心头一阵发冷，不禁皱起了眉头。美蓝飞驰而来，卷曲的黑发在飘荡，蓝色的眼睛闪闪发亮。

“这对眼睛就像爸爸的眼睛一样，”斯佳丽想道，“爱尔兰式的蓝眼睛，她各方面都像他。”

她一想到杰拉尔德，脑海中忽然闪现出刚才一直没有捕捉到的那个记忆，清晰得像看到夏夜闪电瞬间照亮田野一样，让她心跳都要停止了，耳畔响起马蹄声越过塔拉庄园的牧场山丘，一个满不在乎的爱尔兰歌声与美蓝的呼喊声如此相像：“埃伦！看我跳过这道栏！”

“不！”她喊起来，“不！啊，美蓝，停下来！”

她探身窗外，只听见下面传来恐怖的木头劈裂声，瑞特声嘶力竭喊了一声，蓝色天鹅绒乱作一团摊在地上，马倒在地上四蹄乱蹬。接着，“巴特勒先生”挣扎着站起身，小跑着离去，背上只剩一副空马鞍。

美蓝死后的第三天晚上，黑妈妈脚步蹒跚地走上玫兰妮家厨房台阶。她头上披着黑头巾，身上穿着黑丧袍，脚蹬一双男人的大鞋，为了让脚趾舒展开，特意把鞋子割开一道，她眼圈发红，一双昏花老眼布满了血丝，高大的身躯处处露出悲哀神色。她的表情悲哀而无奈，紧紧皱成一团，像只老猿猴，但是她的下巴却透出坚毅。

她与迪尔西轻声说了几句话，迪尔西和蔼地点了点头，仿佛达成了停战协议，将过去的不和一笔勾销了。迪尔西放下手中的盘子，悄没声地穿过餐具室，朝餐厅走去。玫兰妮很快便来到厨房里，手里还抓着餐巾，脸上挂着焦虑神色。

“不是斯佳丽小姐……”

“斯佳丽小姐倒是挺住了，跟往常一个样，”黑妈妈语气沉重地说，“我没想到会打扰你吃饭，玫兰妮小姐。我可以等一等，等你吃完再说。”

“我可以等一会儿再吃，”玫兰妮说，“迪尔西，接着上菜吧。黑妈妈，你跟我来。”

黑妈妈步履蹒跚跟在她身后，穿过走廊进入餐厅，见阿希礼坐在餐桌上首，旁边是他的小博，斯佳丽的两个孩子韦德和埃拉坐在他们对面，用汤匙把盘子敲得叮当响。屋子里到处听得到韦德和埃拉欢快的声音。在玫兰妮姑妈家长时间做客，就像野餐度假一样开心。玫兰妮姑妈对他们从来很好，这次就更好了。妹妹去世并没有对他们产生多少影响。美蓝从马背上摔下来，母亲哭个没完，玫兰妮姑妈就把他们接到家里来，在后院跟小博一道玩，什么时候想吃点心都能随便吃。

玫兰妮把黑妈妈带进那间四壁摆满书的小起居室，关上门，示意让黑妈妈在沙发上坐下。

“我本打算吃过晚饭就过去的，”她说道，“既然巴特勒船长的母亲来了，我猜明天早上就要举行葬礼了。”

“葬礼？我就是为这事来的。”黑妈妈说，“玫兰妮小姐，我们的麻烦大了，我来是向你求助的。家里乱得一团糟，亲爱的，简直乱成一团糟了。”

“斯佳丽小姐病倒了吗？”玫兰妮担忧地问道，“我难得见到她，自从美蓝……她一直把自己关在屋子里，巴特勒又一直不在家里，而且……”

黑妈妈顿时老泪横流。玫兰妮坐在她身旁，轻轻拍着她的胳膊，过了一会儿，黑妈妈撩起黑裙子擦了擦眼。

“玫兰妮小姐，你一定要帮帮我们。我已经尽了最大的力量，可是没用。”

“斯佳丽小姐……”

黑妈妈挺直了腰杆。

“玫兰妮小姐，对斯佳丽小姐你了解得跟我一样清楚。那孩子该忍受的，仁慈的上帝已经给了她力量让她忍受。这事让她伤透了心，可她能挺得住。我来是为了瑞特先生。”

“我一直想见他，可我每次去，他不是进了城，就是把自己锁在屋子里，陪着……斯佳丽的样子就像个幽灵，什么话也不说……快告诉我，黑妈妈，你知道我能帮得上忙的事一定会尽力的。”

黑妈妈用手背擦了下鼻子。

“我说过，对主的安排，斯佳丽小姐还是能挺得住，因为她经受过太多磨难了。可瑞特先生……玫兰妮小姐，他从来没经受过，从来就没经受过啊。我就是为了他来找你的。”

“可是……”

“玫兰妮小姐，你今晚一定要跟我到瑞特家去一趟。”黑妈妈的声音很急迫，“也许瑞特先生会听你的话。他一向看重你的意见。”

“啊，黑妈妈，到底是怎么回事？你这是什么意思？”

黑妈妈挺了挺胸脯。

“玫兰妮小姐，瑞特先生他……他神经错乱了，不让我们把小姐的尸体弄走。”“神经错乱了？啊，黑妈妈，不会吧！”

“我可没说谎。上帝知道是真的。他不让我们埋葬那孩子。是他自己对我说的，这话说了还不到一个钟头呢。”

“可他不会……他不是……”

“所以我才说他神经错乱了。”

“可是为什么……”

“玫兰妮小姐，我都告诉你吧。这话我本不该说的，可你是我们家自己人，我只能对你一个人说这话。我都告诉你。你知道他多疼爱那孩子。不管是黑人还是白人，我从没见过哪个男人对孩子那么疼爱的。一听米德大夫说孩子的脖子摔断了，他马上发了疯，抓起枪跑出去把那匹可怜的小马打死了。天哪，看他那副模样，我只怕他连自己也要打死呢。斯佳丽小姐晕过去了，街坊邻居都来了，屋里屋外都是人。瑞特先生只管抱着那孩子，我想给孩子洗洗脸上的血，他都不让。后来斯佳丽小姐醒过来了，我就想，谢天谢地！现在他们能相互安慰了。"

黑妈妈又流泪了，可这次她并不去擦。

"她醒过来后，跑进他抱着美蓝待的那间屋子，对他说：'你杀了我女儿，你还我的女儿！'"

"啊，不！她不会这么说的！"

"她是这么说的，小姐。她说'你杀了她'。我替瑞特先生难过，因为他就像只挨了顿鞭子的猎狗。我就说'把孩子交给黑妈妈吧，我去给我的小小姐收拾收拾。我从他手里接过孩子，到她屋子里去给她洗脸'。他俩的争吵让人听了真寒心哪。斯佳丽小姐骂他是凶手，说他让孩子骑马跳那么高是存心要害死孩子；他说斯佳丽从来没关心过美蓝小姐，也不关心另外两个孩子……"

"别说了，黑妈妈！别再对我说这些了。你不该对我说这话！"玫兰妮嚷起来。她不忍心接着听黑妈妈描绘那番景象了。

"我也知道不该对你说这些，可我心里憋的话太多了，我也不知道该不该说了。后来瑞特先生抱着孩子去了殡仪馆，又把孩子抱了回来，放在他房间里那张小床上。斯佳丽小姐说，孩子应该入殓，不应该停在客厅里。我看瑞特先生的样子像是要动手打她。他冷冰冰地说：'这是她的房间。'他转身对我说：'黑妈妈，你要让她待在这儿，不许人动，等我回来。'说完他就骑马出了门，直到日落时分才回来。他回家后，我见他喝得醉醺醺的，可他像往常一样，举止还正常。他直奔自家房间，不跟任何人说话，见了斯佳丽小姐和佩蒂小姐也一句话都不说，也不跟跑来吊唁的太太们说话。他一跑进自己屋里，就大声嚷嚷着叫我。我连忙跑上楼。屋子里漆黑一片，我连他在哪儿都看不见，因为百叶窗都给拉上了。

“他恶狠狠地对我嚷：‘打开百叶窗！屋里太黑！’我连忙拉开百叶窗，他两眼直勾勾地瞪着我。真吓人哪，玫兰妮小姐，吓得我两腿都要瘫了，他那模样真古怪。接着，他说：‘把灯点上。多拿些灯来。全都点上。不许拉窗帘，不许拉下百叶窗。你不知道美蓝小姐怕黑吗？’”

玫兰妮惊恐的眼睛跟黑妈妈的目光相遇了，黑妈妈的眼睛里露出不祥的目光，点了点头。

“他就是这么说的——‘美蓝小姐怕黑’。”

黑妈妈浑身打了个寒战。

“我给他点上十二支蜡烛，他就说：‘出去！’然后他就把门锁上，在里面一直陪着小小姐。就是斯佳丽小姐叫也不开门，斯佳丽小姐又喊又叫，拼命打门他也不开。这种样子已经有两天了。下葬的事他提都不提。每天早上，他就骑马进城，一直到日落时分才喝得醉醺醺地回家，然后就把自己锁在屋里，饭也不吃，觉也不睡。现在，他妈妈老巴特勒太太从查尔斯顿来了，苏埃伦小姐和威尔先生也从塔拉庄园来了，可瑞特先生跟谁也不说一句话。哎呀，玫兰妮小姐，真是太糟啦！而且越来越不像样子，人们该有流言蜚语了。

“今天晚上，”黑妈妈停顿一下，又用手擦了擦鼻子，“今天晚上，斯佳丽小姐在楼上截住他，跟他走进屋子说：‘葬礼定在明天早上。’可他却说：‘你敢那么干，我明天就要你的命。’”

“哎呀，他准是疯了！”

“没错，小姐。后来他们说话声音低了，他们的话我没全听见。只听见他又说了美蓝怕黑，说坟墓里黑得厉害。后来，斯佳丽小姐说：‘你这人真残忍，为满足自家虚荣心不惜害死孩子。’他说：‘你这人就没一点怜悯心吗？’可她说：‘我连孩子都没了，还有什么怜悯心。美蓝死后你让我忍无可忍。全城人都对你议论纷纷，你整天喝得醉醺醺的，当我不知道你在哪里鬼混，你这个傻瓜。我知道你一直在那个妓院，跟贝尔·沃特林搞在一起。”

“啊，黑妈妈，她不可能这么说的！”

“她就是这么说的，小姐。再说，玫兰妮小姐，那事也是真的。黑人的消息比白人来得快。我知道他就是在那儿，可我一个字也没提。他也没否认。他说：‘没错，我就是在那儿，你用不着假装，因为你根本不在乎。这个家成了地狱，婊子家就成了天堂。贝尔的心肠最软。她不会像你一样说我杀了自己的孩子。’”

“哎呀呀……”玫兰妮痛心地喊道。

她自己的生活过得非常愉快，向来风平浪静，周围又有那么多慈爱的人，大家都那么友善，所以黑妈妈的这番话让她觉得难以理解。可她脑子里回忆起一段话，想起一幅景象，她连忙撇开不去考虑，就像看到一个人一丝不挂的模样连忙转开脸一样。她想起瑞特那天把脑袋埋在她两膝之间痛心地说出的那番话，其中提到了贝尔·沃特林。可他是爱斯佳丽的。那天的话她不可能听错。当然，斯佳丽也爱他。那他们之间怎么会搞成这个样子呢？夫妻两人怎么会如此出言不逊，把对方骂得体无完肤呢？

黑妈妈接着讲下去，她的声音非常沉重：

“后来，斯佳丽小姐走出那间屋子，她脸色煞白，下巴绷得紧紧的。见我站在那里，她对我说：‘黑妈妈，葬礼明天举行。’说完，她就像个鬼魂似的从我身旁走过去了。听了这话，我心里直翻腾，因为斯佳丽小姐向来说话算话。可瑞特先生说话也是算话的。他说了要是敢埋葬孩子就要杀她。我心里难过得厉害，玫兰妮小姐。因为我心里一直有愧，让我心神不定。玫兰妮小姐，小小姐怕黑都是我吓出来的。”

“唉，黑妈妈，这没什么关系的——现在已经完全没关系了。”

“不，有关系的。麻烦整个就是因为这事。我想我还是把事情告诉瑞特的好，哪怕说出来他把我杀了都行。因为我心里有愧，就趁他的房门还没锁上，赶紧走进去。我对他说：‘瑞特先生，我来向你悔罪。’他猛然转身冲着我吼道：‘滚出去！’老天爷呀，我还从来没那么怕过呢！可我还是说了：‘瑞特先生，请你让我说出来。我不说出来心里难过得要死。小小姐怕黑是我吓出来的。’说完，玫兰妮小姐，我就耷拉下脑袋，等他来打我。可他什么也没说。我就接着说：‘我不是有意害她，可是，瑞特先生，这孩子胆子太大了，什么都不怕。别的孩子都睡下了，她却要偷偷溜下床，光着脚丫在房子里到处乱跑。我替她担心，怕她伤着，就对她说，黑暗里有鬼，有妖怪。’

“后来，玫兰妮小姐，你知道他怎么样？他脸上变得和蔼了，走到我跟前，把手搭在我胳膊上。他还是头一回这么对待我呢。他说：‘她挺勇敢的，对不对？除了黑暗什么都不怕。’我听了放声大哭，他拍拍我的肩膀对我说：‘好了，黑妈妈，好了，别哭成这样。你告诉我，我心里高兴。我知道你爱美蓝小姐，因为你爱她，所以没关系的。心好才是最重要的。’唉，小姐，我见他那么和气，就壮起胆子说：‘瑞特先生，你说葬礼的事怎么办？’他听了这话一下子又变成个疯子了，眼睛里像是在冒火，说：‘我还当别人不懂我的心你会懂呢。既然孩子那么怕黑，你当我会把她埋在黑黢黢的地底下？我现在都能听到她黑暗里醒来吓得直嚷了。’玫兰妮小姐，我这才知道他脑子不正常了。他光喝酒不吃饭，觉也不睡，还不止这些呢。他完全是疯了，把我推出房间门，嘴里喊着：‘你从这儿给我滚出去！’

“我下楼的时候脑袋里在想，他说不举行葬礼，可斯佳丽小姐说明天下葬，可他说要敢这么干就开枪打死她。家里的亲戚和街坊邻居已经在议论纷纷，叽叽喳喳像一群珍珠鸡。我想到了你，玫兰妮小姐。你可得来帮帮我们哪！”

“哎呀，黑妈妈，这事我不能插手！”

“要是你不能，谁能？”

“我能怎么办呢，黑妈妈？”

“玫兰妮小姐，我不知道。可你总有办法的。你可以跟瑞特先生谈谈，没准他听得进去。他很看重你的，玫兰妮小姐。大概你还不知道，可他很看重你。我就亲自听他说过一遍又一遍，说他认识的太太里，就数你最了不起。”

“可是……”

玫兰妮站起身，觉得不知所措，一想到要去安抚瑞特，心里就害怕。照黑妈妈的叙述，这个人精神失常了，想到要跟他面对面争论，她觉得浑身都发冷了。她又想到要走进一个烛光通明的屋子，里面还停放着她最喜爱的一个小女孩，她心里像刀扎一样疼。她能做些什么呢？她对瑞特怎么说才能减轻他的悲痛，让他恢复理智呢？她站在那里，一时犹豫不决。紧闭的房门外面传来餐厅里小博的欢笑声，她假设自己的孩子死了，心里不禁像刀割一样疼。假如她的小博停放在楼上，他的小尸体冷冰冰的一动也不动，再也听不到他欢乐的笑声，她会有什么感觉呢？

“啊呀！”这一想法让她吃惊不浅，她在想象中把孩子紧紧搂在胸前。她体会到瑞特的感情了。假如小博死了，她哪舍得埋葬他，哪舍得把他独自留在黑暗中，哪舍得让他受风雨的肆虐呢？

“啊！巴特勒船长真可怜，太可怜啦！”她嚷道，“我现在就去，马上就走。”

她匆匆返回餐厅，口气温和地跟阿希礼说了几句话，然后紧紧搂住自己的孩子，动情地亲吻他金色的卷发，让孩子不免吃了一惊。

她匆匆出了门，帽子也没顾上戴，手里甚至还抓着餐巾。她的步伐快得把年迈的黑妈妈远远甩在身后。她走进斯佳丽家的前厅，朝聚在图书室的人们匆匆鞠了一躬，里面有惊慌失措的佩蒂·帕特小姐，有举止庄重的老巴特勒太太，还有威尔和苏埃伦。她快步走上楼梯，黑妈妈气喘吁吁跟在她身后。她在斯佳丽紧闭的屋门前停了一下，黑妈妈压低声音说：“不，小姐，别进去。”

玫兰妮放慢脚步，沿着过道走去，到了瑞特的门前，她停下来，稍稍犹豫了片刻，仿佛想临阵脱逃似的。接着，她下定了决心，像一名小兵投入战斗，她敲响了门，轻声说：“请让我进去，巴特勒船长。我是韦尔克斯太太。我要看看美蓝。”

门很快打开了。黑妈妈连忙闪身藏在走廊的暗处，只见一片耀眼的烛光中，露出瑞特高大的身影。他站得不稳，黑妈妈都能闻得出他嘴里的威士忌酒味了。他低头看着玫兰妮，片刻之后抓着她的胳膊，把她拉紧房间，关上了门。

黑妈妈悄无声息地凑到门口，瘫坐在一把椅子上，肥胖的身躯把椅子挤得满满当当。她一动不动坐在椅子上，默默淌着眼泪，心里在祈祷，不时撩起裙摆擦一下眼睛。她尽量竖起耳朵细听，可屋子里的交谈她什么也听不清，只听到断断续续的低沉嗡嗡声。

也不知道过了多久，屋门才打开，玫兰妮的面孔出现了，她显得那么苍白憔悴。

“给我端一壶咖啡来，要快，再拿几块三明治。”

遇上紧急情况，黑妈妈的动作灵巧得像十六岁的小姑娘。由于她特别渴望进瑞特的房间看看，所以动作就更快了。但是她大失所望了，玫兰妮只把房门拉开一道缝，把托盘接进去。她竖起灵敏的耳朵听了很久，但是，除了银餐具跟瓷器的碰撞和玫兰妮压低的柔和嗓音外，其他声音都分辨不出来。后来，她听到沉重的身体倒在床上的嘎吱声，紧接着又听到靴子砸在地板上的扑通声。随后，玫兰妮出现在门口。黑妈妈很想看看屋里的情况，可玫兰妮的身子把门缝堵得严严实实，她什么也没看见。玫兰妮看上去很疲惫，睫毛上还沾着泪珠，不过她的脸上重新露出安详的神色。

“去告诉斯佳丽小姐，巴特勒船长很愿意明天早上举行葬礼。”她压低声音说道。

“感谢上帝！”黑妈妈嚷起来，“你到底怎么……”

“声音轻点。他快睡着了。黑妈妈，去告诉斯佳丽小姐，我今晚留在这里不回家了。你再为我端点咖啡，送到这儿来。”

“送到这个房间？”

“对，我答应过巴特勒船长，要是他肯睡觉，我就坐一晚上，守着小小姐。现在去告诉斯佳丽小姐吧，免得她再担心。”

黑妈妈沿着过道走去，沉重的身体把地板踩得嗵嗵直响，心里宽慰得直唱：“赞美神！赞美神！”走到斯佳丽门前，她停下脚步，沉思一下，心里充满了感激之情，也感到好奇。

“真不知道玫兰妮小姐是怎么做的。我猜准是有天使在她身旁帮忙。我要告诉斯佳丽小姐，明天早上举行葬礼，不过，我看最好把玫兰妮小姐整夜守着小小姐的事瞒着她。斯佳丽小姐绝对不会喜欢这种事。”

第六十章

这个世界出了岔子，变得阴森恐怖，像一团拨不开的迷雾，将斯佳丽悄悄包围其中，甚至比美蓝的死还让她难受。如今，最初无法忍受的痛苦已经渐渐淡漠，变成对丧女之痛的无奈屈从。然而，一种灾难将至的怪异感觉却挥之不去，仿佛有个黑黢黢的蒙面怪物就趴在她肩上，仿佛她只要跺一跺脚，脚下的地面就会变成流沙。

她以前从未经历过这种恐惧。她这辈子从来以理智为立足点，让她感到恐惧的从来是看得见摸得着的事物，譬如伤害、饥饿、贫穷、失去阿希礼的爱等。她平生不善分析，如今尝试着分析，却一无所获。虽然她失去了最亲爱的女儿，可她总算能承受住了这一打击，就像她也承受过其他毁灭性的打击一样。她有健康的身体，她有很多钱，多得让她心满意足，她还有阿希礼。这些日子来，她与阿希礼见面的机会越来越少了，虽然自从玫兰妮那次为了给阿希礼一个意外惊喜而举办的倒霉晚会后，两人见了面总感到局促不安，可这并不让她感到担忧，她知道这也会成为过去的。不是这些原因，她的恐惧不是因为痛苦，不是因为饥饿，也不是因为失去了爱情。那些恐惧感从来没把她的精神压垮，不像这种若有所失的感觉更让她担忧。眼前这种恐惧在折磨她，让她感到怪异，就像她以前那些梦境一样让她感到恐惧。这是一团将她紧紧包围其中的浓雾，她仿佛在其中狂奔，奔跑得心都要炸了，像个迷路的孩子想找到个安全的庇护所，却不知那个地方在哪里。

她想起以前瑞特听她说感到的恐惧只是哈哈一笑，就让她感到放心了。她也记起他古铜色的宽阔胸膛和强壮的胳膊，让他搂着从来就让她感到宽慰。于是她投向他，仔细打量着他。几个星期来，她还是头一回仔细打量他。结果，他的变化让她感到了震惊。这个人再也不会笑了，也不会安慰她了。

美蓝死后，她一度对他怒不可遏，只顾沉浸在自己的悲痛之中，即使当着用人的面，也不过对他说两句客套话。她一直沉浸在记忆中，脑子里想起的是美蓝的两只小脚丫奔跑时啪嗒啪嗒的脚步声，想起孩子欢乐的笑声。可她根本就没想到，瑞特的脑子里也在回忆，他感到的痛苦可能比自己更加深沉。在那几个星期里，两人见了面或者交谈时，就像陌生人在旅馆里见了面一样客气。两人虽然住在同一所房子里，在同一张餐桌上吃饭，却从不真正交流思想和感情。

如今她感到又恐惧又孤独，巴不得冲破这道障碍。但是她注意到，他在努力与她保持一段距离，知心话仿佛一句也不愿与她谈。现在她的愤怒已经消散，她想对他说，她不为美蓝的死怪罪他了。她想靠在他肩上哭个痛快，对他说，自己也为女儿骑马的技术感到自豪，自己对女儿甜言蜜语的央求也过分纵容了。现在她情愿低声下气地承认，当初指责他的话说得重了，不过是因为她自己心里痛苦，指望伤他的心减轻自己的痛苦而已。可她从没找到说这种话的机会。他望着她时，阴郁的眼睛总是毫无表情，不给她开口的机会。赔礼道歉这种事，一旦拖下去，就变得越来越难开口，最后就干脆说不出口了。

她没想到事情会变成这样。瑞特是她丈夫，两人同床共枕，生过一个孩子，爱过这个孩子，最后眼睁睁看着这个孩子夭折，被埋葬在黑暗中，夫妇之间理应有一种牢不可破的关系。她只有依偎在孩子父亲的怀抱里，相互倾诉往日的回忆和悲哀，才能有助于治愈最初的悲伤，得到心灵的安慰。但是，如今两人之间竟形同陌路了。

他很少待在家里。即使他们坐在一起吃晚饭，他也往往喝得烂醉。以前，他酒喝得越多，举止越文雅，话说得越尖刻刺耳，那些逗人的恶毒字眼总是惹得她不禁放声大笑。如今他喝多了酒就一声不吭，满脸郁闷，而且一天比一天喝得多，每晚都醉得一塌糊涂。有时候，到了黎明时分，她听见他骑马从后院回来，敲响用人的门，让波克扶他从后楼梯回房间睡觉。如今他自己竟要人服侍上床！瑞特跟人喝酒向来把人家都灌醉了，自己却不动声色，然后把别人送上床。

他以前总是打扮得整整齐齐，如今他穿戴也邋遢了，波克为了让他在晚饭前换件衬衫，都得跟他争论一番。他脸上已经露出了醉汉模样，坚毅的下巴轮廓让脸上的浮肿遮掩得模糊不清，两只布满血丝的眼睛下眼袋越来越大，高大的身躯上，原来结实隆起的肌肉如今变得松弛疲软，腰围也开始变粗了。

他常常夜不归宿，也不打发个人回来告一声。当然，他很可能喝多了酒，醉卧在酒馆楼上一个房间里打呼噜。每逢这种时候，斯佳丽总是认为他在贝尔·沃特林那里厮混。有一次，她在一家商店里遇到贝尔，见她如今变成个臃肿的胖女人，显得又邋遢又粗俗，原先的丰韵已经大半不复存在了。尽管她浓妆艳抹，衣着华丽，但肥胖的体态已经像个老妇人了。其他轻浮女人见了上流社会的淑女，要么垂下眼皮，要么露出挑衅的眼神怒目而视，可贝尔见了斯佳丽却与她正面对视，目光中显出热情，甚至还带着怜悯神色。斯佳丽不由得飞红了脸颊。

现在斯佳丽也不能责备瑞特，不能对他发火，不能要求他忠实，也不能想办法羞辱他了，她也不好为指责他杀死美蓝向她道歉。她深深陷入一种莫名其妙的冷漠状态，一种从未体验过、自己也无法理解的深深悲苦之中。她感到孤独，她从来不记得自己有过如此孤独的感觉。也许在这之前她忙得顾不上感到孤独吧。她既感到孤独又觉得害怕，如今除了玫兰妮之外，谁也不会给她安慰了。

就连她的主心骨黑妈妈也回了塔拉庄园，而且一去不复返了。

黑妈妈走的时候什么也没解释。她向斯佳丽要回家的车费，一双昏花老眼盯住斯佳丽，露出悲哀神色。斯佳丽泪流满面，央求她别走，可黑妈妈只是说了句：“我就像听到了埃伦小姐的声音：‘黑妈妈，回家来吧。你的活儿已经干完了。’所以我要回家了。”

瑞特一直在旁边听着她们的交谈，这时他把钱给了黑妈妈，拍了拍她的胳膊。

“你说得对，黑妈妈。埃伦小姐是对的。你在这里的活儿是干完了。回家去吧。要是需要什么，尽管告诉我。”斯佳丽气得大发雷霆，他以不容置疑的口吻喝道：“住嘴，你这个蠢货！让她走！如今谁还想待在这所房子里呢？”

他说话的时候眼睛里闪着凶光，把斯佳丽吓得直往后面退缩。

后来她无奈地向大夫讨教：“米德大夫，你觉得他是不是真的精神失常了？”“不是的，”大夫对她说，“不过他整天这么狂饮下去，非要了自己的命不可。他爱那孩子，斯佳丽，我看他拼命喝酒，为的是设法忘掉她。小姐，我的建议是你尽快再给他生个孩子。”

“哈！”斯佳丽离开他的诊所时心里觉得辛酸。这话说来容易，要办就难了。要是能消除瑞特眼睛里那种神情，也把自己心中的痛壑填平，就是再生个孩子，甚至再生几个孩子她也情愿。她愿意再生个男孩，有瑞特那样的黑眼睛和他那样的英俊潇洒，还想再生个女孩。啊，要生个漂亮欢乐的任性女孩，不能像埃拉那么没头脑。既然上帝要夺走她一个女儿，干吗不把埃拉夺走呢？美蓝死后，埃拉并不能给她安慰。但是看上去瑞特并不想再要孩子了。至少他从不上她卧室来。她如今不但不锁门，还往往把门半开着，想请他进来。可他似乎并没有留意。现在他除了威士忌和那个红头发的邋遢女人，似乎对一切都不在意了。

以前他喜欢嘲弄别人取乐，嘲弄的话虽然不雅，但是刻薄中也不无幽默。可他现在总是露出一副苦相。他宠爱孩子的迷人风度曾为他赢回街坊邻居许多上流社会太太们的赞许，美蓝死后，这些太太在街上见了面，停下脚步向他表示同情，还隔着篱笆跟他讲话，表示理解他的痛苦。但是，既然美蓝死了，想赢得她们认可也变得没有必要了。他不等太太们说完，就粗鲁地打断她们的话。

但是，太太们倒并不生他的气。她们能理解他的心情，或者自以为能理解他的心情。他在晨曦中骑马回家，醉得几乎在马鞍上坐不稳，见了跟他说话的人便怒目相视，好心的太太们便摇头叹息道："可怜的人儿！"对他反而加倍地仁慈和宽容了。她们为他难过，知道他回到家也不能从斯佳丽那里得到安慰。

人人都知道斯佳丽有多冷酷无情。美蓝死后没多久她就显出若无其事的模样，让人人感到惊骇不已。瑞特得到全城的深切同情，可他既不知道，也不在意。斯佳丽遭到全城的厌恶，可这一回她却渴望得到老朋友们的同情。

如今，除了佩蒂姑妈、玫兰妮和阿希礼，她的老朋友一个也不来看望她。只有那些新朋友坐着锃亮的四轮大马车来访，带着急切的心情对她表示哀悼，也迫不及待地说些其他新朋友的闲话，为的是排遣她心中的苦闷，可她对那些议论丝毫也不感兴趣。这些"外地人"全都是陌生人，没一个例外！她们不了解她，也永远不会了解她。她住进桃树街这所房子，得到了目前的安全和稳定，可她在这之前的生活经历，她们什么都不了解。她们自己也不愿谈起身穿绫罗绸缎乘坐豪华马车以前的生活。她们不知道她经历过怎样的拼搏，经受过怎样的困苦，最后才得到这所大宅院，这些漂亮服饰，以及这些举办招待会的银餐具。她们什么都不了解，什么也不在乎。这些不知从哪儿来的人似乎总是浮在表面上，她们无法分享她对战争、饥饿和拼搏的回忆，她们没有她那种深深扎在红土地上的根。

如今她感到孤独，真希望能与梅贝尔、范妮、艾尔辛太太、怀廷太太甚至与凶神恶煞的梅里韦特太太一起消磨午后时光。或者有邦内尔太太或者老朋友老邻居作陪也行。因为她们了解她。她们了解战争、恐惧、大火，经历过亲人去世的悲痛，经受过饥饿，曾经衣衫褴褛，经历过恶狼守在门外的日子，如今也都在废墟上重建起了家业。

要是能与梅贝尔聊聊，斯佳丽会感到安慰的，因为她记得梅贝尔也埋葬过一个夭折的婴儿，那婴儿是在谢尔曼进攻亚特兰大前大家仓皇出逃时死的；要是能与范妮交谈也能得到安慰，因为她知道她和范妮都是在实施军事管制法的那些黑暗日子里失去丈夫的；要是能与艾尔辛太太一道回忆起亚特兰大陷落，也会有一种悲凉的乐趣，她记得艾尔辛太太当时赶着马车穿过五角广场，从军粮库抢食品，马车还一路撒下不少食品，回忆起这些，彼此准会哈哈大笑；要是能与梅里韦特太太比赛谁讲的故事更有趣，也肯定让人开心。老太太如今有面包房的稳定收入，日子过得挺开心，她会乐呵呵地说："还记得刚投降那阵子形势多艰难吗？还记得鞋子破了没得换的日子吗？看看我们现在的光景吧！"

不错，要是能跟大家交谈准会十分愉快。以前，两个前联邦分子相遇，总是谈得津津有味，谈起那场战争显得那么自豪那么怀念，现在她懂了。因为那些战争岁月考验了他们的心，他们经受住了考验。他们成了战场老兵，她也是个老兵。然而，却没有战友与她一道重温昔日的战争经历。啊！如果能跟战友相聚，那该多好啊！大家有着同样的经历，承受过同样的苦难，然而他们又是自己生活中重要的一部分！

然而，这些人都悄然离她而去了。她也知道这是自己的错。在这之前她从来不在乎，如今美蓝死了，她感到孤独，感到害怕，锃亮的餐桌对面却总是坐着一个皮肤黝黑的醉汉，这个人就像个陌生人，她只能眼睁睁望着他一天天垮下去。

第六十一章

斯佳丽在玛丽埃塔的时候突然收到瑞特发来的加急电报。十分钟后正好有趟车开往亚特兰大，她为了赶上这趟车什么行李都没带，只拎了一个手提包就出发了，把韦德和埃拉都留在旅店交给普莉西照看。

亚特兰大离玛丽埃塔只有二十英里，可是在那个多雨的初秋下午，火车却一直缓慢爬行，每个小站都要停下上人，好像一辈子都到不了似的。瑞特的电报弄得斯佳丽焦虑万分，她急着往回赶，所以车每次一停，她都急得几乎尖叫起来。火车轰隆轰隆驶过一片片昏暗的树林，穿过一座座依然矗立着防御工事的红土山坡，经过一个个古老的炮台和如今已被荒草覆盖的弹坑，正是沿着这条铁路，约翰斯顿带领的士兵与敌人苦战，一步步被击退。列车员喊出的每一个站名、每一个交叉路口，都是一场战役或一次战斗的名字。以前，这些地方都会让斯佳丽想起那些恐怖的往事，但是现在她却没心情去想这些。

瑞特的电报上说：

“韦尔克斯夫人病重。速归。”

当火车驶入亚特兰大的时候，夜幕已经降临，整个城市雾雨蒙蒙，煤气街灯发出昏黄的灯光，在雾中成为一个个小黄点。瑞特坐马车到车站来接她。他脸上的神色比他的电报更吓人。她以前从来没有看见他脸上出现过这种表情。

“她没有……”她喊了出来。

“还没有。她还活着呢。”瑞特扶她上了马车。“到韦尔克斯夫人家，要快！”他吩咐车夫。

“她怎么啦？我没听说她生病啊。上个星期她还看上去好好的。她是不是出了什么意外？哦，瑞特，不会真像你说得那么严重……”

“她要死了，”瑞特说，他的声音和他脸上的表情一样空洞，“她想见见你。”

“不会的，玫兰妮不会死！哦，玫兰妮不会死的！她究竟怎么啦？”

“她流产了。”

“流……产……可是，瑞特，她……”她说不出话了。瑞特说的这个可怕的消息让她什么也说不出来了。

“你不知道她怀了孩子？”

她连摇头的力气都没有了。

“哦，是的，我想你也不知道。我想她对谁都没说。她想给大家一个惊喜。不过我知道。”

“你知道？可她肯定不会告诉你的！”

“她是没有告诉我。可我看出来了。她这两个月那么……高兴，我就知道不可能是别的。”

“可是，瑞特，大夫早就说了她再要孩子会要了她的命的！”

“真是要了她的命了。”瑞特说。然后又冲着车夫喊：“老天啊，你能不能再快点！”

“可是，瑞特，她不会死！我不就没有……”

“她可没你那么好的身体。她一向身体就不太好。她只有一颗坚强的心。”马车哐啷一下停在了那幢小平房门口，瑞特扶斯佳丽下了车。斯佳丽心惊肉跳，浑身颤抖，突然又感到一阵凄凉袭来，于是紧紧抓住瑞特的胳臂。

“你也进去吗，瑞特？”

“不了。”他说着又爬上马车。

她冲上门前的台阶，穿过门廊，猛地打开屋门。阿希礼、佩蒂姑妈和印第亚坐在昏黄的灯光下。斯佳丽心中暗想：“印第亚在这儿干什么？玫兰妮不是告诉她再也不许她进这个家门了。”看见她，三个人都站了起来，佩蒂姑妈咬住嘴唇，不让它们发抖，印第亚伤心地盯着她，不过并没有任何敌意。阿希礼像在梦游一样，神情木然。当他朝她走过来，把手放在她胳臂上的时候，说话的样子也像是在梦游。

“她要见你，”他说，“她要见你。”

“我现在能见她吗？”她转过身冲着玫兰妮的屋子，房门是关着的。

“不行。米德大夫现在正在里面呢。我很高兴你能赶来，斯佳丽。”

“我尽快赶来了。”斯佳丽脱下她的帽子和斗篷，“火车太……她不是真的要……告诉我，她已经好点了，阿希礼。快告诉我！别这样！她不是真的……”“她一直说要见你。”阿希礼盯着她的眼睛说道。斯佳丽从他的眼睛中看到了答案。她的心像是一下子停止了跳动，然后她感到胸中有一种奇怪的、一种比焦虑和悲伤更强烈的恐惧跳动起来。“这不会是真的。”她情绪激动地想，一面努力抑制住自己的恐惧，“医生也会出错。我不相信这是真的。我一定不让自己相信这是真的。要是我相信的话，我一定会尖叫起来的。我一定得想想其他事情。”“我不相信！”她急切地放声喊道，同时盯着那三张悲伤的脸，好像在向他们挑战，让他们反驳自己，“玫兰妮怎么没跟我说？我要是知道就不会去玛丽埃塔了！”

阿希礼清醒过来，眼中露出痛苦的神色。

“她对谁都没说，斯佳丽，特别是你，她怕你知道了会责怪她。她想等到三个月，等到孩子安稳了，彻底没事了，再给大家一个惊喜，然后她就可以开怀大笑，说大夫们的话是错的。那段时间她是那么高兴。你知道她多么喜欢孩子，多么想要个小女孩。开始一切都挺好的，然后突然一下就……一点道理都没有。”

玫兰妮的房门轻轻地开了，米德大夫从里面走了出来，随手关上了门。他站了一会儿，灰白的胡子耷拉在胸前，然后抬头看着那四个一下愣在那里的人。他的目光落在斯佳丽身上，他朝斯佳丽走过来的当儿，她看见他的眼中充满悲伤，还有一种憎恶和不屑的神情，顿时她本来惊恐万分的心中感到一阵愧疚。

“你终于来了。”米德大夫说。

她还没有开口回答，阿希礼已经朝着那扇紧闭的房门走去。

“还没轮到你呢，”米德大夫说，“她想和斯佳丽说话。”

“大夫，”印第亚一只手抓住他的袖子说道。尽管她的声音没有起伏，但是却比言语更加满含恳求，“让我看看她吧。我今天一大早就来了，一直等到现在，可是她……让我看看她吧。我想告诉她……我必须告诉她……有件事是我弄错了。”

她说话的时候既没看阿希礼也没看斯佳丽，可是米德大夫却冷冷地盯着斯佳丽。

“我知道，印第亚小姐，”他简单地说，“可是你得答应我，不要因为告诉她你错了而耗尽她的气力。她知道你错了，你的道歉只会让她难受。”

佩蒂也小心翼翼地说：“求求你，米德大夫……”

“佩蒂小姐，你知道自己会尖叫起来，晕过去的。”

佩蒂挺直自己矮墩墩的身体，跟米德大夫对视。她的眼睛是干的，全身每一个曲线都充满了尊严。

“好吧，亲爱的，不过得等一会儿。”大夫用缓和一些的口吻说，“来吧，斯佳丽。”

他们踮着脚尖穿过厅堂，来到那个紧闭的门前。米德大夫一只手狠狠地抓住斯佳丽的肩膀。

“现在听好了，小姐，”他低声简单地说，“不要歇斯底里，不许对她做临终忏悔，否则，老天在上，我会拧断你的脖子！别这么假装无辜地盯着我。你明白我的意思。你可不能为了让自己良心上好过，便告诉玫兰妮小姐有关阿希礼的事，让她无法安心地撒手而去。我还从来没有打过一个女人，可是如果你今天说些什么的话……你可要后果自负。”

斯佳丽还没来得及答话，他已经打开房门，把她推进屋里，然后又随手关上了门。玫兰妮的小屋子里只有些黑桃木做的简单家具，屋子里光线暗淡，因为灯上罩了一张报纸。屋子又小又整洁，简直像是女学生的宿舍一样，一张低矮的窄床，撩起的单色网格窗帘，地板上铺的是那张虽然干净却已经褪色的旧地毯，这一切都和斯佳丽的豪华卧室有着天壤之别，她那里的家具雕刻精美且气派，挂着锦缎帷帐，地毯织满玫瑰图案。

玫兰妮躺在床上，身上盖着一块单子，看上去就像小姑娘一样瘦小干瘪。两条黑辫子垂在脸颊两侧，紧闭的双眼凹陷在两个青紫色的眼窝里。看到玫兰妮这个样子，斯佳丽不禁靠在门上，愣在那里。尽管屋子里光线昏暗，但是她还是看得出玫兰妮的小脸蜡黄，血气已经枯竭，连鼻子也不再挺直。在这之前，斯佳丽还一直希望是米德大夫弄错了。但是现在她明白了。战争时期，她在医院里见过好多人脸上就是这种枯槁的模样，所以知道这代表着什么不可避免的结局。

玫兰妮要死了，一时间斯佳丽心里难以接受这个事实。玫兰妮不会死，她不可能死。上帝不会在她斯佳丽这么需要她的时候，让她死去。她以前从来没有觉得需要玫兰妮，可是现在却从她的内心深处涌起这个事实，她一直依赖着玫兰妮，就如同她依赖自己一样，而她却从来没有发觉。现在玫兰妮要死了，斯佳丽才意识到自己没有她不行。此时此刻，她踮着脚尖穿过屋子朝这个安静的身体走去，心中感到一片惶恐，她这才明白玫兰妮一直是她的挡箭牌、她的安慰，她力量的源泉。

“我一定得抓紧她！我绝不放她走！”她心里想着，在床边蹲下，裙子发出一阵沙沙声。她一把抓住那只搁在被单外的柔软小手，又把她吓了一跳，因为那手摸起来冰凉。

“是我，玫兰妮。”她说。

玫兰妮的眼睛睁开一条缝，然后好像因为是看到真的是斯佳丽而感到满意了，又合上了眼。过了一会儿，她长出一口气，低声说：

“你能答应我一件事吗？”

“哦，什么都行！”

“小博……照料他。”

斯佳丽的喉咙一阵哽咽，说不出话来，只能点头表示同意，同时她轻轻地捏捏握在手里的那只手。

“我把他托付给你了，”玫兰妮脸上出现一丝几乎察觉不到的微笑，“我以前就曾把他托付给你……记得吗？在他出生之前。”

她记得吗？她怎么忘得了那段时间呢？那可怕的一天清晰得好像就在眼前，她都能感觉到九月正午的闷热，记起她对北佬的恐惧，听到部队撤退的脚步声，想起玫兰妮恳求她要是她死了替她照看孩子……而且，她还记得当时她是多么痛恨玫兰妮，恨不得她死去。

“是我害了她，”一种迷信让她痛苦地想道，“我总是盼望她死掉，上帝听到了我的祈祷，现在来惩罚我了。”

“哦，玫兰妮，别这么说！你知道你能挺过来的……”

“不行了。答应我。”

斯佳丽哽咽了。

“你知道我会答应的。我会像对自己的孩子一样照看他。”

“上大学？”玫兰妮气息微弱而平静地问道。

“哦，是的！让他上大学，只要他愿意，上哈佛或者去欧洲上学都行……还有……送他一匹小马……上音乐课……哦，求求你，玫兰妮，你要坚持住！要挺住啊！”

她俩再次陷入沉默，玫兰妮脸上流露出努力想说话的样子。

“阿希礼，”她终于说，“阿希礼和你……”她的声音颤抖地停住了。

一听到阿希礼的名字，斯佳丽的心都停止跳动了，浑身像花岗岩一样冰冷。这么说玫兰妮一直都知道。斯佳丽把头埋在被单上，想哭却没有哭出来，仿佛有只手狠狠地掐住了她的脖子。原来玫兰妮都知道。斯佳丽现在忘记了羞愧，心中为伤害这样一个温柔的好人而深感悔恨。玫兰妮原来早就知道了……可她还继续把她当成忠诚的朋友。哦，她要是能回头重新把这几年再过一回该多好！她就再也不会去看阿希礼的目光了。

"哦，上帝啊，"她急切地祈祷，"求求你，让她活下来吧！我会补偿她。我会对她好。只要我活着就再也不和阿希礼说话，只求你让她好起来！"

"阿希礼，"玫兰妮虚弱地说，同时伸出手抚摸斯佳丽低垂的头。她用大拇指和食指捻弄斯佳丽头发的气力还不如个婴儿。斯佳丽明白她这样做的意思，是想要她抬起头来。但是她做不到，她无法直视玫兰妮的双眼，因为玫兰妮的眼中表明她知晓一切。

"阿希礼……"玫兰妮再次低声说，斯佳丽拼命控制住自己。就算她在世界末日面对上帝的眼睛，从上帝的眼中得到对自己的宣判，也不会像现在这么艰难。她的灵魂在畏缩后退，不过她还是抬起了头。

虽然因为死神临近，玫兰妮眼睛凹陷，目光迷离，嘴巴痛苦地呼吸，然而斯佳丽看到的还是那双充满爱意的黑眼睛，还是那张温柔的嘴。脸上没有任何指责和恐惧的表情——只有一种担心她没有力气说话的焦急。

斯佳丽一时竟然不知所措，甚至都没有觉得松了口气。然后她更紧地握住玫兰妮的手，心里充满对上帝的感激，平生第一次虔诚无私地祈祷道：

"感谢你，上帝。我知道我不配，但是感谢你没有让她知道。"

"阿希礼什么，玫兰妮？"

"你能照看他吗？"

“哦，是的。”

“他很容易得……感冒。”

然后停顿了一会儿。

“照看他的生意……你明白吗？”

“是的，我明白。我会的。”

玫兰妮使出浑身的气力说：

“阿希礼他……他这人不实际。”

只有死亡才能让玫兰妮对自己的丈夫这样评论。

“照顾他，斯佳丽——但是——不要让他知道。”

“我会照看他，还有他的生意，而且我不会让他知道。我只是给他提点建议。”

玫兰妮的目光和斯佳丽的目光相遇时，她努力挤出一个胜利的微笑。她俩通过眼神交流便达成了一笔交易，从此在这个严酷的世界上保护阿希礼·韦尔克斯的任务便从一个女人移交到另一个女人身上，而且为了避免有损阿希礼的男子自尊心，绝不能让他知道此事。

现在玫兰妮疲倦的脸上不再有挣扎的迹象，斯佳丽答应后，玫兰妮脸上一片宁静。

“你是那么聪明……那么勇敢……一直都对我那么好……”

听到这些话，斯佳丽的喉咙不禁微微哽咽，她用手捂住嘴。此时她恨不得像个孩子一样号啕大哭，大声说出真相：“我是个恶魔！我一直都在对你撒谎！我从未为你做过任何事！我做的一切都是为了阿希礼。”

她猛地站起身，用牙使劲咬住大拇指，免得自己失控。瑞特的话又在她耳边响起：“她爱你。这会成为你的十字架。”是的，现在这十字架更加沉重了。她费尽心机想把阿希礼从玫兰妮身边夺过来，这本来已经够卑鄙了。但是现在更糟的是盲目地信任了她一辈子的玫兰妮在临死前依然一如既往地爱她、信任她。不，她不能说出真相。她甚至连一句：“努力活下来。”都说不出来。她要让她愉快地离去，没有痛苦、没有眼泪、没有遗憾。

门轻轻地开了，米德大夫站在门槛上不耐烦地冲她招手，示意她该离开了。斯佳丽弯下腰，忍住眼泪，握住玫兰妮的一只手，贴在自己脸上。

“晚安。”她说，声音比她原想的要镇定。

“答应我……”玫兰妮低声说，现在声音已经非常微弱了。

“什么都行，亲爱的。”

“巴特勒船长……对他好些。他……非常爱你。”

“瑞特？”斯佳丽迷惑不解地想，这句话对她毫无意义。

“是的，那当然。”她脱口而出，然后轻轻地吻了一下那只手，把它放回床上。

“叫女士们快来吧。”斯佳丽经过门口的时候米德大夫吩咐道。

透过朦胧的泪眼，她看见印第亚和佩蒂跟在大夫后面进了屋，手里拽着裙裾，免得发出声音。大夫随手关上了门，屋里一片寂静。阿希礼不知在哪儿。斯佳丽像个淘气的孩子一样躲在角落里，头抵着墙，手揉搓着疼痛的喉咙。

那扇门后，玫兰妮就要死了，斯佳丽这么多年来一直没有意识到依赖的那种力量也将随她而去。为什么，哦，为什么她之前就没有意识到她其实是那么爱玫兰妮，那么需要她呢？但是谁又能想到身材瘦小、相貌平平的玫兰妮竟是大家的力量源泉？玫兰妮在陌生人面前总是羞得几乎要掉眼泪，发表自己意见的时候胆小得都不敢提高嗓门，生怕会遭到那些老太太们的反对，连对鹅说声呸的胆子都没有？然而……

斯佳丽的思绪回到几年前塔拉那个寂静炎热的中午，当青烟还在那个身穿蓝军服的北佬身上盘旋，玫兰妮手中拿着查尔斯的军刀站在楼梯顶。斯佳丽记起自己当时的想法：“多傻啊！玫兰妮自己连那把刀都举不起来呢！”但是现在她明白了，如果需要，玫兰妮会冲下楼梯，杀死那个北佬……或者自己被杀死。

是的，那天玫兰妮用她的小手握着军刀准备为她而战。而现在，当斯佳丽悲伤地回顾时，她发现玫兰妮一直像她的影子一样，手握军刀默默地守候在她身边，以满腔热情和盲目的忠诚爱她，为她与北佬、大火、饥饿、贫困、大家的看法，甚至与深爱的亲人斗争。

当斯佳丽意识到那把横在她和这个世界之间闪亮的军刀就要永远地插入刀鞘，她不禁觉得自己的勇气和自信在慢慢消失。

“玫兰妮是我唯一的女朋友，”她绝望地想，“除了母亲外，她是唯一爱过我的女人。而且她就像我的母亲一样。所有认识她的人都围在她裙边不愿离去。”

突然，好像那扇紧闭的房门后躺着的是埃伦，正在第二次离开人世。突然，她好像又一个人孤苦伶仃地回到了战乱时的塔拉，她发现没有了那个身体虚弱、脾气温和、好心的女人，她无法面对生活。

她不知所措地站在走廊里，起居室明亮的炉火在墙上留下她高大的身影。房子里寂静无声，寂静像冰冷的细雨浸透她的身体。阿希礼！阿希礼去哪儿了？她像一只冻坏的野兽找火取暖一样，走向起居室寻找阿希礼，但是阿希礼不在那里。她必须找到他。她刚发现玫兰妮的力量和自己对这种力量的依赖，就立刻失去了她，现在只剩下阿希礼了。阿希礼是强壮的、聪明的、能够让人安慰。阿希礼和他的爱就是力量，可以使她不再软弱，他有勇气可以驱散她的恐惧，他那里还有抚慰她悲伤的舒适。

“他肯定是在他的屋子里。”她想，于是踮着脚尖走过客厅，轻轻地敲门。没人应答，于是她推开了门。阿希礼站在梳妆台前，眼睛直勾勾地盯着玫兰妮修补的一副手套。他先拿起一只仔细地看着它，好像从来没有见过似的。然后他轻轻地把它放下，仿佛那是用玻璃做的，接着又拿起另外一只。

她声音颤抖地喊了一声“阿希礼”！他慢慢地转过身，望着她。那种迷离超然的神情从他那双灰色的眼睛中消失了，此刻他的眼睛毫无掩饰地睁得大大的。斯佳丽在其中看到了和她一样的恐惧，看到了比她更强烈的无奈，看到了最深切的困惑。斯佳丽看到这张脸，心里比刚才在客厅更加恐惧了。她朝他走过去。

“我好害怕啊，”她说，“哦，阿希礼，抱抱我吧。我好害怕啊！”

他一动没动，只是瞪着她看，双手还紧紧抓着那只手套。斯佳丽伸出一只手放在他手臂上，低声说：“怎么啦？”

他目不转睛地看着她，绝望地寻找着什么，但是却没有找到。最后他终于开口了，声音却不像他自已。

“我刚才一直需要你，”他说，“我到处跑着找你……就像个孩子那样跑去寻找安慰……可现在我找到的是一个孩子，一个比我更害怕，跑来找我的孩子。”

“不会的，你……你不会被吓坏，”斯佳丽喊道，“从来没什么能吓倒你。但是我……你一向都是那么强壮……”

“如果我曾经强壮，那也是因为有她在我身后。”阿希礼声音嘶哑地说，然后他又低头看着那只手套，把上面的手指撸平，“可是……可是我所有的力气都随她而去了。”

他低沉的声音里有一种极度绝望，斯佳丽不禁把手从他的手臂上拿下，朝后退。接着他们之间出现了一段令人压抑的沉默，沉默中斯佳丽觉得自己有生以来第一次真正理解了他。

“那么……”斯佳丽慢慢开口说，“那么，阿希礼，你是爱她的，对吗？”

他像是费了好大的劲才说出来。

“她是我唯一的梦，她活着，她呼吸，她是唯一在现实面前不会破灭的梦。”

“梦！”她像以前那样被激怒了，“他总是说什么梦！一点都不实际！”

她心情沉重苦涩地说：“你真是个傻瓜，阿希礼。你怎么没看出来她比我好几百万倍？”

“斯佳丽，求求你！你难道不知道这几天我是如何度过的，自从大夫……”

“你是如何度过的！难道你以为我……哦，阿希礼，你应该在很多年以前就知道，你爱的就是她不是我！你怎么当时不明白呢？你要是早知道，现在一切就都不一样……哦，你本应当早就意识到，而不是让我为了你谈的什么荣誉和牺牲执迷不悟！你要是在多年以前跟我说清楚，我就会……我肯定会伤心得要命，可是我总会挺过来的。但是你却一直等到现在，等到玫兰妮就要死了才发现，现在做什么都太晚了。哦，阿希礼，男人应该知道这些事情，而不是女人呀！你应该早就明白自己一直爱的都是她，只是需要我就像……就像瑞特需要那个叫沃特林的女人一样！”

听到斯佳丽的话，阿希礼往后退了几步，但是依然望着她，默默地恳求能够得到她的慰藉。他脸上的每一个线条都承认她的话是对的。他那低垂的肩膀也表明他内心的自责要比斯佳丽的责备更严厉。他默默地站在她面前，紧紧地抓着那只手套，好像那是一只善解人意的手。斯佳丽说了那些话后，怒气在随后的沉默中慢慢消失了，取而代之的是略带轻蔑的同情。她的良心使她感到不安。她这是在踢打一个饱受打击、毫无自卫能力的人……而且她刚刚答应玫兰妮要照看他。

“我刚刚答应了玫兰妮，然后我就对他说这些刻薄、伤人的话，我根本没必要说这些，其他人也不该说，他自己知道真相，而且他正为这个伤心欲绝呢，”她凄凉地想，“他还没长大，还是个孩子，就像我一样，正因为害怕失去玫兰妮而难受。玫兰妮知道他会这样——玫兰妮可比我更了解他。那就是为什么玫兰妮对我说要照看小博同时还要照看他。阿希礼怎么能挺得住呢？我能够挺得住，我遇到什么都能挺得住，而且我也必须这样挺住一切。但是他不行……没有了她，他可挺不住。”

“原谅我，亲爱的，”斯佳丽一边柔声说，一边张开胳膊，“我知道你现在正难受呢。但是你要记住，她什么都不知道……她甚至都不曾怀疑过……上帝对我们真是太仁慈了。”

他快步朝她走过来，一下子就把她抱住。她踮起脚尖温柔地用自己温暖的面颊贴着他的脸，同时一只手抚摸着他背后的头发。

“别哭了，亲爱的。她希望你要勇敢。过会儿她就要见你了，你一定要勇敢。可千万不能让她看见你在哭。那会让她担心的。”

他紧紧地抱住她，她觉得连呼吸都有点困难，他沙哑的声音在她耳边响起：

“我该怎么办？我无法……没有她我活不下去。”

“我也一样，”斯佳丽暗自思忖，一想到今后那么多年不再有玫兰妮相伴，她就不禁浑身发颤。但是她努力控制住自己。阿希礼现在正需要依靠她，玫兰妮现在也正需要依靠她。就像在塔拉那个月夜，她喝得烂醉，又筋疲力尽，曾经想：“有力的肩膀挑重担。”那好吧，既然她有有力的肩膀，而阿希礼没有……于是她挺直了肩膀准备扛起重担，她头脑冷静、无动于衷地吻了吻阿希礼的脸颊，这一吻既没有热情，也没有渴望，更没有激情，有的只是冷静的温柔。

“我们会熬过去的……不管怎样都会熬过去，”她说。

门突然开了，声音传到了客厅，米德大夫急切地喊：

“阿希礼！快来！”

“上帝啊！她要死了！”斯佳丽心想，“阿希礼要来不及和她说再见了！但是说不定……”

“快！”她大声叫道，同时看到阿希礼瞪着眼睛站在那里发呆，便推了阿希礼一把，“快去呀！”

她拉开门示意他出去。在她的话的刺激下，他跑进客厅，手里仍然紧紧抓着那只手套。她先是听到他飞快的脚步声，然后是门关上的声音。

她又说了一声“上帝啊”！然后慢慢走到床边，一屁股坐上去，把头埋进手里。突然间她感到异常疲惫，这辈子她都没觉得这么累过。随着刚才那声关门的声音，她一直苦苦支撑、给她力量的弦猛地断了。她感到自己筋疲力尽，感情麻木。现在她既不觉得难过或悔恨，也不觉得害怕或惶恐。她疲倦了，她的脑子像壁炉架上的钟表一样机械、一样沉闷，滴答滴答地转动。

沉闷中心中涌起一个念头。阿希礼不爱她，也从来没有真正爱过她，而且她知道这一切后并不伤心。她应该感到伤心才对。她应该觉得凄凉心碎，对着命运大声尖叫才对。这么长时间以来，她一直都在依靠他的爱才活下来的。正因为他的爱，她才度过了那么多的艰难困苦。然而，事实就是这样。他并不爱她，而她也毫不在乎。她毫不在乎是因为她也不爱他了。既然她不爱他，那无论他做什么，说什么都不会让她伤心。

她躺倒在床上，头疲惫地枕在枕头上。徒劳地与自己的想法争辩，徒劳地想要说服自己："但是我的确是爱他的。这么多年我一直都在爱他。爱不可能在片刻之间就变成同情。"

但是它会变，而且已经变了。

"除了在我的想象中，他从来没有真正存在过，"她疲倦地想，"我爱的是我自己虚构出来的一个人，一个就像玫兰妮一样没有生命的人。我做了身漂亮的衣服，然后就爱上了它。当阿希礼骑着马过来时，他是那么英俊，那么与众不同，我就给他硬套上那身衣服，也不管是不是合身。于是我就看不见他真正的模样。其实我一直爱的是那身衣服，压根儿不是他这个人。"

现在她可以回首多年以前的往事了，看见自己在塔拉，身穿绿色条纹绣花长裙，站在阳光里，看见那个骑马的年轻人，金色的头发在阳光的照耀下像戴着顶银色的盔甲，于是她怦然心动。现在她才清楚地认识到他不过是少女的幻想，就像她从杰拉尔德那里哄骗而来的蓝宝石耳坠一样，是个被宠坏了的孩子的愿望。因为，一旦她拥有了那副耳坠，它们就丧失原来的价值，对她来说除了金钱以外，什么东西一到手就丧失了它原来的价值。阿希礼也一样，如果当初他向她求婚，遭到她的拒绝后，他也像其他人一样在她眼里一文不值了。如果他听任她摆布，像其他男孩一样，追求热烈、纠缠不休，一会儿嫉妒，一会儿生气，一会儿恳求，她对他那种极度的痴迷在遇到另一个男人后，不久也就消失了，就像日出前的薄雾一样被轻风吹散。

“我一直都是个大傻瓜，”她辛酸地想，“现在我得为此付出代价了。我希望的事情总是会发生。我曾经希望玫兰妮死了，这样我就能得到阿希礼。现在她死了，我能够得到他了，可是我却不想要他了。他那该死的体面会让他来问我是否愿意和瑞特离婚，嫁给他。嫁给他？把他托在银盘子上送给我都不要！不过，不管怎么样，这辈子我都得把他拴在我的脖子上照看。只要我活一天，我就必须好好照看他，保证他不挨饿，还不能让别人伤害他的感情。我又多了一个抓住我裙子不放的孩子。我失去了一个爱人，却多了一个孩子。要不是我已经答应了玫兰妮要照看他，以后再也见不着他，我也……我也不在乎。”

第六十二章

她听到外面有人低声说话，便走到门口，看见几个吓得惊慌失措的黑人站在后面走廊上。迪尔西胳膊下垂，吃力地抱着熟睡的小博，彼得叔叔在哭，厨娘用围裙擦抹着她那张宽脸上的眼泪。三个人都望着她，默默地用眼神询问她他们现在该做些什么。她朝起居室的方向望去，只见印第亚和佩蒂姑妈握着彼此的手，一声不响地站在那里，印第亚头一回没有把脖子挺得直直的。像那几个黑人一样，她俩也恳求地望着她，期待她吩咐下一步该做什么。她走进起居室，两个人立刻迎上来。

“哦，斯佳丽，我们该……”佩蒂姑妈开口说，她那孩子似的小胖嘴在颤抖。

“别和我说话，否则我就要尖叫了。”斯佳丽说。过分的紧张让她的声音变得尖厉起来，两只手攥成拳头搁在身体两侧。一想到现在就要讨论玫兰妮，讨论如何安排死后的种种事宜，就让她的喉咙再次发紧，“什么话也别和我说。”

她声音里那种命令人的语调，让她俩不禁往后退，脸上一副受伤无助的表情。“我可不能当着她们的面流泪，”她想，“我现在也不能崩溃，否则她们一定会再次哭起来，然后那些黑人也会跟着哭号，那我们就乱了方寸。我必须挺住。等着我做的事还多呢。得和殡仪馆的人谈，得安排葬礼，得让人来打扫屋子，还得和前来吊唁的人交谈。阿希礼不懂得怎么做这些事，佩蒂和印第亚又做不了，只好由我来做。哎，又是一副重担。总是有重担等着我，而且总是别人的担子。”她看到印第亚和佩蒂两人的脸上出现一片茫然和受到伤害的表情，感到一阵后悔。玫兰妮就不会像她这样对那些爱自己的人露出凶狠神色。

“对不起，刚才我不该发脾气，”她困难地说，“我只是……对不起，刚才我不该发脾气，姑妈。我去门廊待一会儿。我得独自待一会儿。然后我回来，咱们再……”她轻轻拍了拍佩蒂姑妈，然后迅速从她身边走向大门，她觉得自己要是在屋里再多待哪怕一分钟，她就会失去控制。她必须独自待上一会儿。她得自己哭上一场，否则自己的心肯定会碎的。

她走进漆黑的门廊，随手关上了门，夜晚潮湿凉爽的空气扑面而来。雨已经停了，除了偶尔有雨水从屋檐上滴下发出滴答滴答的声音，再没有其他声响。整个世界笼罩在一层浓雾中，这略带寒意的雾气中有一股一年将尽的气息。街对面黑黢黢的，只有一个屋子里还有灯光，那灯光挣扎着穿过浓雾，透过窗户照在路面，光线里有无数飞舞的金色颗粒。整个世界仿佛被装进了一个静止不动的灰烟做成的袋子。整个世界寂静无声。

斯佳丽把头倚在门廊的一根柱子上，准备大哭一场，可是却怎么也哭不出来。悲极无泪。她的身体在颤抖，脑海中还回响着她生活中两个坚不可摧的堡垒坍塌的声音，那坍塌发出的轰鸣仿佛仍在耳边缭绕。她就这么站了一会儿，想要让自己振作起来，便拿出自己那老话：“我明天再考虑这事，到时候我就能受得住了。”可是这句话不灵了。她必须考虑两件事情：首先是玫兰妮——她怎么现在才意识到自己其实是这么爱她，这么需要她呢；其次就是阿希礼，她一直盲目而固执地不愿认清他的真面目。她明白无论是明天，还是明天的明天，想起这些都会让她心痛。

“现在我可不能回屋跟他们说话了，”她心想，“今晚我不能面对阿希礼，安慰他。今晚可不行！明天一大早我就来做我应该做的事，但是今晚，我什么都做不了。我得回家去。”

她的家距这里不过五个街区。她等不及哭哭啼啼的彼得给她套好车，也等不及米德大夫赶车送她回家。她忍受不了别人冲她流眼泪，或是对她无声的谴责。她既没穿大衣也没戴帽子，在黑暗中飞快跑下台阶，走进浓雾笼罩的夜色。转过街角，走在了通往桃树街方向的上坡路，在这个万籁俱寂、雨雾蒙蒙的世界，她的脚步声都仿佛是在梦中一般悄然无声。

爬上坡后，她的胸口因为哭不出来而憋得发疼，她产生了一种奇怪的感觉，觉得她以前曾经来过同样一个黑暗寒冷的地方，连周围的环境都是相同的——而且不止一次。“我又犯傻了。”她不安地想，同时加快了脚步。一定是她的神经在捉弄她。可是这种感觉非但不肯离去，而且慢慢占据了她的思想。她疑惑地向四周打量，这种感觉愈加强烈，突然，她像野兽嗅出危险一样抬起了头。“我不过是累坏了而已，”她试图安慰自己，“今天晚上可真是奇怪，雾这么大。我以前从来没有见过这么大的雾，除了……除了……”

突然她明白是怎么回事了，恐惧占据了她的心。现在她明白了。在那个她做过千百次的噩梦中，她就是在这样的浓雾中奔逃，穿过一个没有路标、鬼怪出没的地方，四周满是遮天蔽日的浓雾，到处都是鬼魂幽灵。她是又做梦呢，还是那个梦变成了现实？

一时间，现实离她远去，她迷失了。她又感到那种熟悉的噩梦般的感觉，而且比以往哪次都更强烈，她的心狂跳起来。就像她那次在塔拉一样，她又被夹在死亡和寂静的边缘。世界上的一切都化为乌有，生活成为一堆废墟，恐惧如冷风般呼啸着吹过她的心口。恐惧就在浓雾中，恐惧就是浓雾本身。这恐惧伸出手来紧紧地抓住她。于是她跑了起来。就像她在千百次梦中那样，在一种不可名状的恐惧下，她盲目地飞奔起来，自己也不知道要到哪里，在灰蒙蒙的浓雾中寻找那个不知藏在哪里的庇护所。

她沿着昏暗的街道奔逃，低着头，心怦怦狂跳，夜晚潮湿的空气吹在嘴唇上，头顶上则是阴森森的树冠。在这个潮湿寂静的荒野之地，庇护所就藏在某个地方！她气喘吁吁地跑上坡道，被汗水浸湿的裙子冷冰冰地贴在她的脚腕上，绷得紧紧的胸衣带子简直要把肋骨勒进心脏，她的肺都要炸裂了。

她的眼前出现一盏灯，接着是一排灯，虽然又昏暗又摇曳，不过却是真实的。在她的噩梦中从来没有过任何灯光，只有灰色的浓雾。她的思想集中在这些灯光上。有灯光就意味着有安全、有人居住，是现实的。她猛地停下了脚步，握紧双拳，努力想摆脱恐惧，眼睛专注地盯着那一排灯，这些灯表明她是在亚特兰大的桃树街，而不是那个充满鬼怪的梦幻世界。

她跌坐在一个下车台上，大口大口地喘着粗气，同时紧紧地抓住自己的神经，仿佛那是一根随时会从手中滑落的绳子。

“我刚才一直像个疯子一样……一直在跑！”她想，虽然不再那么害怕了，身子还是抖个不停，怦怦的心跳让她都有点恶心，“但是我要跑到哪里呢？”

她的呼吸慢慢地平缓下来，于是她叉着腰，望着桃树街。那里，在坡道顶端，就是她家的房子。房子里每一盏灯都好像亮着，而且用它们的光亮驱散了迷雾。家！原来家才是真实的！她满怀感激、充满渴望地望着远处房子模糊地轮廓，心情顿时平静下来。

家！那就是她想要去的地方。那就是她一直跑着寻找的地方。回家去找瑞特！

意识到这一点后，她好像从枷锁中挣脱一样，那种经常在梦中困扰她的恐惧也随之而去。以前她踉踉跄跄逃回塔拉，发现以前那个世界已经不复存在了，自从那个晚上起，那场噩梦就一直折磨着她。回到塔拉后，她发现不再有安全感了，以前埃伦身上所有的力量、所有的智慧、所有的温柔、所有的理解也都化为乌有，而这些一直是她少女时代的庇护。虽然后来她获得了物质上的安全，可是在梦中她依然是个受到惊吓的小女孩，寻找着那个失去的世界里失去的安全。

现在她明白了什么才是那个她一直在梦中寻找的避难所，那个总是在迷雾中躲避着她的温暖而安全的地方。那不是阿希礼——哦，从来都不是！他顶多不过是一盏沼气灯，并没有多少温暖；或者像一片流沙，更不能让人感到安全。瑞特才是她的避难所，瑞特有强健的臂膀能抱住她，有宽阔的胸膛能让她枕住疲惫的脑袋，能讥笑着让她看清如何正确处理各种事情。瑞特还能理解她，因为就像她自己一样，瑞特有一副实际的头脑，不受什么荣誉、牺牲观念的困扰，也没有什么对人类本质的高尚信仰，他总是实事求是。而且他爱她！她怎么以前没有看出他对她冷嘲热讽，其实却是爱她的？玫兰妮就看出来了，所以她临死的时候才对她说，要“对他好些”。

“哦，”她想，“不是阿希礼一个人糊涂。我本应该早看出来的。”

这么多年来，她一直背靠着瑞特这堵爱之墙，却把瑞特的爱和玫兰妮的爱一样认为是想当然的事毫不在意，还自诩自己的力量都是从自己身上来的。尽管刚才她明白了在她与生活苦苦斗争时是玫兰妮一直守候在她身边，可她一直到现在才明白是瑞特站在她身后，爱她、理解她、随时准备帮她。是瑞特在义卖场上从她眼中看出了她等不及想跳舞的渴望，让她领跳弗吉尼亚乡村舞；是瑞特帮她摆脱了服丧期的束缚；是瑞特在亚特兰大陷落的那个晚上护送她冲出大火和爆炸；是瑞特借给她钱，让她启动生意；当夜晚她从噩梦中惊醒时，也是瑞特在那里安慰她……哦，如果不是因为一个男人对一个女人爱到痴迷的地步，谁会做出这样的举动！

露水从树上落下掉在她身上，她丝毫没有察觉。雾气在她四周飘飞，她也没有注意。因为她想起了瑞特黑黝黝的脸庞，一口雪白发亮的牙齿和一双机敏的黑眼睛，她不禁激动得浑身颤抖。

“我爱他，”她想道，和往常一样，她毫不奇怪地就接受了这个想法，就像小孩接受礼物一样，“我不知道我是从什么时候爱上他的，但这是真的。要不是因为阿希礼，我肯定早就发觉了。因为阿希礼挡在那里，我从来没有看清楚这个世界。”

她爱他，爱他的无赖、爱他的流氓、爱他做事肆无忌惮、不讲廉耻……至少不像阿希礼那样看重名誉。“让阿希礼的名誉见鬼去吧！”她心想，“阿希礼的名誉总是让我失望。是的，从一开始就是这样，当时他明知家里人要让他娶玫兰妮，却还是不时来看我。

瑞特就从来不会让我失望，就像玫兰妮为阿希礼举办的生日宴会那天，他本来可以拧断我的脖子。亚特兰大陷落那天他把我扔在路上，也是因为他知道我会安全的。他知道我不管怎样一定能够挺过去。即使那次在北佬的监狱我跟他借钱，他让我用身子作担保，他也不过是戏弄我而已。他从来都不曾骗过我。他只是戏弄我。我对他一直那么刻薄，他却一直都爱我。我一次又一次地让他伤心，他却顾及脸面，从不发作。美蓝死后……唉，我怎么能那么做呢？”

她直起身子，望着坡顶的房子。半小时前，她还觉得自己在这个世界上除了钱以外，什么令生活有意义的东西都没有了——埃伦、杰拉尔德、美蓝、黑妈妈、玫兰妮，还有阿希礼。失去了他们，她才发现原来她爱瑞特——爱他因为他就像自己一样，强壮、寡廉鲜耻、充满激情、具体实在。

“我要把一切都告诉他，”她心想，“他会理解的。他一直都理解我。我要告诉他我一直都是个傻瓜，告诉他我有多爱他，而且我要为他做出补偿。”

突然她觉得自己又强壮、快乐了。她不再害怕黑暗或浓雾，而且她心里在小声地歌唱，因为她再也不会害怕这些了。无论以后迷雾如何在她身边缭绕，她都知道到哪里去寻找安全了。她迈着轻快的步子朝家走去，只是感到这条街太长了。实在是太长太长了。她把裙子提到膝盖，轻快地跑了起来。不过这次她可不是因为恐惧而奔跑，而是因为这条街的尽头有瑞特的臂膀在等待着她。

第六十三章

前门微微敞开着，斯佳丽上气不接下气地跑进门厅，在枝形吊灯五颜六色的灯光下站了一会儿。房子里虽然灯火辉煌，却寂静无声，而且不是那种睡觉时安详的寂静，这种静默中含着不祥的预兆，带着戒备和疲倦。她朝客厅和书房瞥了一眼，见瑞特不在那里，她的心不禁一沉。他难道又出去了——又去了贝尔那里？还是去了不在家吃晚饭时去的那些地方？这可是她没有料到的。

她打算要上楼找他的时候，忽然发现餐厅的门是关着的。看到这扇关闭的门，她的心不禁羞愧地缩了一下，她想起这年夏天有好多个晚上，瑞特独自一人坐在那里喝闷酒，直到喝得酩酊大醉，波克才硬把他扶到床上。这都是她的错，不过她要弥补他。从现在开始一切都会不同了——不过，求求你，上帝，别让他今天晚上喝得太多。他要是喝多了，就不会相信我，他就会嘲笑我，那样我会心碎的。

她轻轻地把餐厅的门推开一条缝，朝里面望去。瑞特坐在餐桌前，颓然地倒在椅子里，面前的酒瓶里满满的，瓶塞没有打开，玻璃杯也没有动过。感谢上帝，他没醉！斯佳丽推开门，努力控制住自己没向他跑过去。但是当瑞特抬起头看到她的时候，他眼睛有一种东西让她愣在门槛上，已经到了嘴边的话也说不出来。

他用黑色的眼睛平静地看着她，眼中不再有跳跃的光芒，只有深深的疲惫。尽管斯佳丽头发披散在肩头，气喘得胸口剧烈起伏，裙子上的泥点一直溅到了膝盖上，但是他全然不动声色，既没有露出惊讶或疑问的神情，也没有嘲弄地朝她撇嘴。他瘫在椅子里，衣服皱巴巴地裹在正在变粗的腰上，他身上的每一根线条都在显示那个优美的身躯被损坏了，那张坚强的脸庞正在变得粗糙。饮酒和放荡破坏了他原本优美整洁的外形，现在他的头已不再像新铸的金币上那个年轻波斯王子的头像，而是旧铜板上那个衰老疲惫的恺撒。他抬起头来看着她站在那里一只手捂在心口，他的目光安静，几乎称得上温和，却把她吓了一跳。

“来，坐在这儿，”他冲她说，“她死了？”

斯佳丽点点头，迟疑地朝他走过去，因为他脸上这副她从来没有见过的表情，心里感到十分疑惑。他没有起身，只是伸出一只脚，将一把椅子推出来，斯佳丽跌坐在上面。她没有料到他这么快就提到玫兰妮。她现在还不想说起她，不想重新体验一小时前的那种痛苦。以后的生活里有的是时间谈论玫兰妮。她现在正迫不及待地想大声喊：“我爱你。”因为只有今天晚上，只有此时此刻她才想对瑞特如此倾诉。但是他脸上的表情阻止了她，她突然感到玫兰妮尸骨未寒，她实在羞于启齿言爱。

“哦，愿上帝保佑她安息，”他语气沉重地说，“她是我见过的唯一一位十全十美的好人。”

“哦，瑞特！”她凄惨地喊道，因为他的话让她又清楚地想起了玫兰妮为她所做的一切，“你为什么不跟我一起进去？太可怕了——我刚才好需要你！”

“我会忍受不了……”他只说了一句，然后就沉默了一阵。过了一会儿，他才费劲地轻声说，“一位非常伟大的女人。”

他忧郁的目光对着斯佳丽却不是在看她，从他眼里，她看到了亚特兰大陷落的那天晚上，看到了他告诉她要追随撤退的军队而去时火光照耀下他那种神情。他是个自制力很强的人，却发现自己流露出忠诚的感情，他仿佛为此感到有点好笑。

他忧郁的目光越过斯佳丽的肩膀，仿佛看到玫兰妮静悄悄地从屋子的一边朝门走去。他脸上那种永别的神情中既没有伤心，也没有痛苦，只有对自己的好奇，还有早年便失去的感情激荡，然后他又重复了一句：“一位非常了不起的女人。”

斯佳丽见他如此不禁浑身一颤，刚才让她脚下生出一双翅膀的激情、温暖和喜悦顿时从心中消失殆尽。瑞特是在向这世界上他唯一尊敬的人告别，而她对他此刻的心思却不甚了解，便不由自主感到一种可怕的失落，心中一阵凄凉。她无法完全理解或看清瑞特在想什么，但是他仿佛和她一样，玫兰妮的裙裾也刚刚抚过他的身上，刚刚在临别的拥抱中轻触过她温柔的身体。她看出瑞特眼中逝去的不仅仅是一个女子，而是一个传说——南方正是依靠这样温柔、谦逊，却意志坚强的女子，在战争中才得以保留家园，也正是这些女子自豪地张开双臂拥抱过那些战败归来的将士。

瑞特的眼睛回到了斯佳丽脸上，他的声音变了，变得轻松而又冷峻。

“她死了。你该称心如意了吧？”

“啊，你怎么能说这种话？”她喊了起来，心痛得立刻涌出了泪水，“你知道我有多爱她！”

“我可不敢说我知道。真是出人意料，想想你以前对穷白佬的态度，你能在最后时刻懂得赞赏她真是不容易。”

“你怎么这么说呢？我当然懂得赞赏她！你才不懂呢！你才不像我那么了解她呢！是你不知道她……她有多好……”

“是吗？不一定吧。”

“她想到了所有人，就是没有替自己想……对了，她最后还提起了你。”

瑞特朝她转过身来的时候，脸上流露出一股真情。

“她说什么了？”

“哦，现在别问，瑞特。”

“告诉我。”

他的声音平静，可是那只手却抓得她手腕生疼。她并不想说，因为她可没有打算这样就提到关于她对他的爱，但是他的手不容她不说。

“她说……她说：‘对巴特勒船长好些。他非常爱你。’”

他盯着她，放开了她的手腕。他垂下了眼睑，脸上一片茫然。突然他站了起来，走到窗前，拉开窗帘，盯着外面，好像外面除了让人伸手不见五指的浓雾外还有其他可以看得见的东西。

“她说别的什么没有？”他问道，但是并没有转过身来。

“她让我照顾小博，我说我会像对待自己的孩子一样照顾他的。”

“还有呢？”

“她说……阿希礼……她还让我照顾阿希礼。”

他沉默了一会儿，然后轻轻地笑了：“得到前妻的许可，就方便多了啊！”

“你什么意思？”

他转过身来，她虽然迷惑不解，但是仍然惊奇地发现他脸上没有嘲弄的神色。他的脸色看起来仿佛一个人观赏一部乏味无聊的喜剧，没有任何兴趣。

“我觉得我的意思清楚得很。现在玫兰妮小姐死了。你当然要和我离婚，反正你的名誉也所剩无几，再离一次婚也没什么大不了的。你也不在乎什么宗教信仰，所以教会影响不了你。然后……带着玫兰妮小姐的祝福，你和阿希礼的美梦就要成真了。”

“离婚？！”斯佳丽喊起来，“不！不！”她一时间觉得语无伦次，猛地跳起身，冲过去抓住瑞特的胳膊说，“你大错特错了！我不想离婚……我……”她停了下来，因为她找不出别的话来。

他一只手端起她的下巴，静静地抬起她的脸冲着光，然后仔细打量着她的眼睛。她抬头看着他，眼中显露出内心活动，嘴唇颤抖着打算开口说话。但是她组织不起语言，因为她正在瑞特脸上寻找回应的感情，寻找跳跃着的希望和喜悦的光芒。他现在肯定明白！但是她急切寻找的目光看到的还是平日常惹她恼怒的那张平静得没有任何表情的黑脸庞。他松开了她的下巴，转过身走回椅子旁，重新疲惫地跌坐在上面，下巴顶着胸口，扬起黑黑的眉毛用一种冷淡思考的目光望着她。

她也跟着他走到椅子前，绞着两手站在他面前。

“你错了。”她终于能说话了，便又开口道，“瑞特，今天晚上，当我明白后，我就一路跑回来想要告诉你。哦，亲爱的，我……”

“你累了，”他说，眼睛仍然盯着她，“你该上床休息了。”

“可是我必须告诉你！”

“斯佳丽，”瑞特口气沉重地说，“我不想听——什么也不想听。”

“但是你不知道我要告诉你什么！”

“我亲爱的，你的脸上都已经写得清清楚楚了。一些事情……某个人让你明白了那位不幸的韦尔克斯先生就像传说中的死海的苹果，大得就连你也嚼不动。而我的魅力又突然对你显得又新奇又诱人了，”他轻轻地叹了口气，“现在说这些已经没用了。”

斯佳丽不禁吃了一惊，深吸一口气。当然，他总是能一眼把她看穿。她以前一直讨厌他这种能力，不过现在，虽然被人这么轻易就看穿，她一开始觉得有些震惊，可是转念一想，她又觉得松了一口气，感到十分欣慰。既然他都明白，都理解，那么她的任务就变得轻松，也变得难以把握了。说这些已经没有用了！他当然为这么长时间被她冷落感到伤心，他当然不信任她的突然转变。她会用温柔来安抚他，用她的爱来使他相信，那将会多么幸福呀！

“亲爱的，我要把一切都告诉你。”她说着把手放在椅子的扶手上，朝他俯下身来，“过去是我错了，我真是个大傻瓜……”

“斯佳丽，别说了。别在我面前低三下四的。我可受不了。少说几句，留点尊严，也给我们的婚姻留点纪念。最后这一场你就放过我吧。”

斯佳丽猛地站起身来。最后这一场你就放过我吧。他说“最后一场”是什么意思？“最后”又指的是什么？这是他们俩的开始啊。

“可是我一定要告诉你，”她急急忙忙地说，仿佛害怕他会用手捂住她的嘴，不让她说出来，“哦，瑞特，我非常爱你，亲爱的！我肯定这么多年来一直爱你，只是我太傻，以前没有发现。瑞特，你要相信我！”

瑞特盯着站在自己面前的斯佳丽，盯了好长时间，一直盯到斯佳丽的内心深处。她从他眼中看出他是相信自己的话，可是却没有什么兴趣。哦，难道他这次变得不近人情？难道他要折磨她，要对她一报还一报？

“哦，我相信你，”他终于开口说，“但是阿希礼·韦尔克斯呢？”

“阿希礼！”她一边说，一边做了个不耐烦的手势，“我……其实我这么多年来并不真正在意他。那……那就像是从小养成的一种习惯。瑞特，如果我以前就明白他是怎样的一个人，我肯定压根儿不会想他。他虽然整天把真理和名誉挂在嘴边，可实际上他又怯懦又没有自立能力……”

“不对，”瑞特说，“如果你非得看清他是怎样一个人，那你就应该不带任何偏见地去看他。他是一个绅士，只是被困在一个不属于他的世界，他在苦苦挣扎，只是他的规则属于那个逝去的世界。”

“哦，瑞特，我们别说他了！他现在还和我们有什么关系？你难道不高兴吗，知道……我是说，既然我……”

他疲惫的目光与她的目光相遇，她难为情地停了下来，像个少女第一次见情人一样害起羞来。她真希望他能帮她一下，不要让她这么难为情！她真希望他能张开双臂，这样她就可以心满意足地倒在他的膝上，把头依偎在他胸前。她的嘴唇贴在他的嘴唇上，要比她结结巴巴的话语更容易让他明白。但是等她一看他，她就明白他并不是因为不近人情才与她保持距离。他看上去筋疲力尽，仿佛她说的一切都无足轻重。

“高兴？”他说，“要是以前我听到你说这些，一定会吃斋感谢上帝。但是现在，一切都无所谓了。”

“无所谓？你在说什么呀？这当然有关系了！瑞特，你是在意我的，对吧？你一定喜欢我。玫兰妮说你喜欢我的。”

“就她知道的情况而言，她的话没错。但是，斯佳丽，至死不渝的爱情也会被消磨光，你难道没有遇到过这样的情况吗？”

她看着他，一句话也说不出来，嘴巴张得老大。

“我的爱已经被消磨光了，”他继续说道，“被阿希礼·韦尔克斯和你愚蠢荒唐的固执磨光了，你固执得像只斗牛，对自己想要的东西总不肯善罢甘休……我的爱被消磨光了。”

“可是爱不会被消磨光的！”

“你对阿希礼的爱不就消磨光了吗？”

“可是我从来没有真正爱过阿希礼呀！”

“那你可装得真像……一直装到了今天晚上。斯佳丽，我不是在批评责备你，也不是在谴责你，这种时候已经过去了。所以别跟我争辩、别向我解释了。如果你能听我说几分钟，别打断我，我能让你明白我的意思。尽管上帝作证，我觉得压根不需要解释什么。事实就摆在那里。”

斯佳丽坐了下来，刺眼的灯光照在她苍白迷惑的脸上。她望着眼前这双自己那么熟悉，然而又是那么陌生的眼睛，听着他平静地说着一些开始对她没有任何意义的话。这是他第一次这么跟她说话，没有尖刻、没有嘲讽、没有影射，就像一个人和另一个人谈话，像其他人谈话一样。

“你难道就从来没有发现我爱你已经爱到一个男人爱一个女人的最大程度？你没有发现在我最后得到你之前，我已经爱了你好多年？打仗那会儿，我离开了就是为了要忘掉你，可是我做不到，最后我又不得不回来。战后我冒着被逮捕的危险，就是为了回来找你。我太爱你了，倘若弗兰克·肯尼迪不是被人打死的话，我肯定会杀了他。我爱你，可我不想让你知道。你对那些爱你的人太残忍了，斯佳丽。你抓住他们的爱，像鞭子一样在他们头上挥舞。”

瑞特的这番话只有他爱她这个事实对她有意义。他声音里微微带出的热情，又让她重新感到高兴和兴奋。她坐在那里屏息聆听，等瑞特把话说完。

“我知道我们结婚的时候你并不爱我。我也知道你和阿希礼的事。但是我当时真傻，我以为我能让你爱上我。如果你想笑就笑吧，但是我那时就是想要照顾你、宠爱你，让你得到想要的一切。我想和你结婚，想保护你，给你自由做任何能让你高兴的事——就像我对美蓝一样。你曾经与生活艰苦地斗争，斯佳丽。没人比我更清楚你经历的一切，我想让你不必再斗争，我想替你去斗争。我想让你像个孩子一样玩耍，因为你本来就是个孩子，一个受了惊吓的勇敢的孩子，一个固执的孩子。我觉得你现在仍然是个孩子。只有孩子才会像你这样固执任性、感觉迟钝。”

他的声音平静而疲倦，但是音质中却有种东西让斯佳丽隐约产生些可怕的回忆。她以前在生命中另一个转折关头也听到过这样的声音。那是什么时候？这是一个男人毫无感情、毫无畏惧，然而也是毫无希望地面对自己和这个世界时发出的声音。

哦，那是阿希礼，那年冬天在塔拉，在寒风呼啸的果园里，和她说起什么生活有如影子戏，声音虽然疲惫而平静，却比绝望痛苦的哀号更让人觉得命运无法改变。尽管阿希礼说的那些可怕的事情她并不明白，但他的声音还是让她不寒而栗，而瑞特现在的声音也让她的心直往下沉。他的声音，他说话的方式，比他的话更让她心烦意乱，让她觉得自己几分钟前的高兴和兴奋过早了。有个地方不对劲，而且很不对劲。她虽然不知是什么地方不对了，她只有屏息听他说，眼睛盯着他那张古铜色的脸庞，希望从他的话里听出些能驱散她心中恐惧的内容。

“很明显我们俩可谓是天生的一对。我显然是你认识的男人中唯一能够在知道你的真面目后还会爱你的，因为你和我一样冷酷无情、贪婪而且不择手段。我爱你，我只好试试自己的运气。我以为你最终会忘掉阿希礼。但是，”说到这里，他耸了耸肩膀，“我用尽了一切办法，可就是不管用。要知道我是那么爱你，斯佳丽。如果可能的话，我爱你会比任何一个男人爱一个女人时都更温柔、更体贴。可是我不能让你知道，因为我明白那样的话你会认为我软弱，会利用我的爱对付我。但是你心里总是想着阿希礼。这都要把我气疯了。我无法每天晚上坐在你对面，因为我知道你心里巴不得阿希礼坐在我的位置上。而且晚上我也无法把你搂在怀里，因为我知道——不过，现在一切都无所谓了。现在我倒奇怪当时我怎么那么难受。这就是我为什么去找贝尔。尽管她是个大字不识的妓女，可是她一心一意地爱我，把我当成绅士一样尊敬。和她在一起当然有种舒适，她安慰了我的受伤的虚荣心。你却从来没有给过我安慰，亲爱的。”

“哦，瑞特……”听到他提起贝尔的名字，斯佳丽感到很伤心，于是开口说，但是瑞特摆手让她住口，自己继续说下去。

“那次，那天晚上我把你抱上楼……我想……我希望……我是满怀希望，所以我第二天早晨都不敢面对你，害怕我弄错，害怕你并不爱我。我害怕你嘲笑我，于是我逃跑了，出去喝得大醉。等我回来的时候，我的腿都在发抖，要是你能到半道来迎接我，给我些暗示，我想我一定会扑倒在地亲吻你的脚。可是你没有。”

“哦，瑞特，可我当时确实想要你，而你却那么可恶！我当时确实想要你！我想那是……那是我第一次发觉自己爱上你。阿希礼……从那以后我再也没有喜欢过阿希礼，可你却那么可恶，我……”

“哦，那么说，”瑞特说，“我们误会对方了，是吧？但是现在一切都无关紧要了。我只是把一切都告诉你，省得你日后想不通。当你病倒了，那可都怪我，我站在你的门外，希望你能叫我的名字，但是你没有，于是我明白自己一直都是个傻瓜，一切都结束了。”

他停了下来，像以前阿希礼经常做的那样，眼睛越过她望着前方，好像在看着她无法看到的东西。而她只能瞪着他沉思的面容，一句话也说不出来。

“不过那时还有美蓝，让我觉得并不是一切都完了。我喜欢把美蓝当成你，好像你又变成战前那个小姑娘，贫苦还没有在你身上留下痕迹。她也确实很像你，那么聪明，那么勇敢，那么欢快，精力充沛，我可以像希望宠爱你一样宠爱她、娇惯她。不过她并不全像你，她爱我。这真是老天恩赐我，我可以把你不要的爱给她……可是她一死，把一切都带走了。”

斯佳丽突然为他感到难过，难过得让她忘却了自己的痛苦，忘却了害怕他这番话隐藏的意思。这是她平生头一回替别人感到难过而没有同时感到瞧不起他，因为这是她头一回如此接近了解另外一个人。现在她能够理解他的精明小心、顽固骄傲，她自己就是这样，他无法承认他对她的爱，就是因为他怕遭到拒绝。

“哦，亲爱的，”她一边说，一边身子朝前，希望他能张开双臂把她拉到膝前，“亲爱的，我真是太对不起你了，可我会全都弥补起来的！既然我们明白了一切，我们以后一定会幸福的，哦，瑞特……看着我，瑞特！我们……我们还可以再要孩子，不一定像美蓝，不过……”

“谢谢你，不了，”瑞特说，好像再拒绝一块面包似的，“我不会拿自己的心冒第三次险。”

“瑞特，别这么说！哦，我说的你难道不明白吗？我已经对你说对不起了……”“亲爱的，你可真是个孩子。你以为说一句‘对不起’，就可以弥补这么多年的错误和伤害，一切就可以从心里抹掉，所有的毒液都可以从旧伤口里吸出吗……给你手绢，斯佳丽。无论你遇到什么紧急关头，我还没见你用过手绢呢。”

她接过手绢，擤了擤鼻子，然后又坐了下来。他显然不会把她搂进怀里了。他说爱她现在显然毫无意义，那是很久以前的事，如令他回首往事仿佛不曾发生在他身上似的。这真是太可怕了。他几乎用和蔼的目光瞅着她，眼睛里充满沉思。

“你多大了，亲爱的？你以前总是不愿告诉我。”

“二十八。”她用手帕捂在嘴上，声音闷闷地回答。

“年纪不算大嘛。对于已经赢得了世界，失去自己灵魂的人来说，这个年纪可是很小，对不对？别这么害怕。我不是说你会因为和阿希礼的事要受地狱烈火的煎烤。我只是这么比喻地说说。自从我认识你以来，你一直想得到两样东西。一样是阿希礼，另外一样就是要有多多的钱，可以让世上的人都见鬼去。现在你有钱了，对世上的人已经够刻薄，而且只要你想要，阿希礼也是你的了。可是这些现在似乎又不够了。”

斯佳丽心里害怕极了，倒不是想到要受地狱烈火的炙烤。她心想：“可是瑞特才是我的灵魂，而我却要失去他了。如果我失去了他，其他什么还有什么意义？朋友啦，金钱啦，一切都没有意义了。如果能留住他，我宁愿再变得身无分文。而且，我也不介意重新穿不暖吃不饱。可是他不要……啊，他不会真的不要我的！”

她擦干眼泪，不顾一切地说：

“瑞特，如果你曾经那么爱我，那对我一定还是有感情的！”

“我发现只剩下两种感情，而这两种感情恰恰是你深恶痛绝的……怜悯和奇怪的善意。”

怜悯！善意！“哦，上帝啊！”斯佳丽绝望地想。任何感情都比怜悯和善意要强。每当她对什么人产生怜悯和善意的时候，都会伴随着一种看不起。他难道也看不起她了吗？什么都比这两种感情强啊。无论是打仗那会儿他对她的冷嘲热讽，还是喝醉酒后把她抱上楼，有力的大手把她弄得满身瘀青的那种疯狂，或是那些她现在明白其实包含着苦涩的爱的有气无力的挖苦都比怜悯和善意要强。可现在他的脸上清清楚楚表明的只有这种没有感情的善意。

“你是说我把一切都毁了，你不再爱我了？”

“正是。”

“但是……”她仍然固执地继续道，像个孩子那样觉得说出来，就能实现自己的愿望，“但是我爱你！”

“那就是你的不幸了。”

斯佳丽立刻抬起头来，想看看这句话里是不是有嘲弄的意味，但是她却没有看到。他只是就事论事。可是她仍然不愿相信这个事实，她实在无法相信。她用那双燃烧着绝望之火的吊梢眼固执地盯着瑞特，下巴一下子从柔和的面颊撅起，线条坚硬得和杰拉尔德一模一样。

“别傻了，瑞特！我可以弥补……”

他举起一只手做出一副吓坏了的样子，同时两道黑色的眉毛像以前嘲弄人时一样扬起，呈新月状。

“别摆出这么一副意志坚决的样子，斯佳丽！你把我吓坏了。我看你是打算把对阿希礼那种暴风骤雨式的爱移到我身上来了，我可为自己的自由和内心的平静担心啦。不，斯佳丽，我不会像倒霉的阿希礼那样被你追求。再说，我就要走了。”

她还没来得及咬紧牙关，她的下巴就开始抖了起来。走？！不，他绝不能走啊！没有瑞特她可怎么活下去？！所有的人都离开她了，现在就剩下瑞特一个人了。他可不能走。但是她怎么才能留住他？在他冷静的头脑和冷漠的话语面前，她是那么软弱无力。

“我要走了。我本来打算等你从玛丽埃塔回来后告诉你。”

“你要抛弃我了？”

“别像演戏一样做出一副被遗弃妻子的模样，斯佳丽。你可不适合这个角色。那么我明白了，你不想离婚或分居是吧？好吧，那我会不时回来，次数多得正好不让别人说闲话。”

“该死的闲话！”斯佳丽恶狠狠地说，“我要的是你。带我一起走吧！”

“不，”他斩钉截铁地说。片刻间，斯佳丽差点像个孩子一样号啕起来。她本来想倒在地板上，大哭大闹，顿足捶胸，但是自尊和常识阻止了她。她想：“要是我那么做，他只会嘲笑我，或者只是看着我不管。我可不能哭出来，也不能向他乞求，更不能让他看不起我。即使他不爱我，我也得让他尊重我。”

于是她扬起下巴，强作镇定问道：

“那你要去哪儿？”

瑞特回答时眼中微微露出一丝赞赏。

“可能去英国，也或者去巴黎，也说不定回查尔斯顿向家里人求得和解。”

“可你不是恨他们吗？我常听你嘲笑他们……”

他耸了耸肩。

“我仍然会嘲笑他们，可是我已经到了该结束漂泊的时候了，斯佳丽。我已经四十五岁，人到了这个年纪就会发现他年轻时候轻易摈弃的一些东西，比如家庭观念、名誉和安全，还有先辈等，还是有价值的。哦，我这不是在检讨自己，也不是后悔我做过的任何事。我一直都过得很快活，只是快活得都让我觉得腻味了，现在我想尝试另一种事物。我可不会彻底改变自己。我只是想模仿一些我过去非常熟悉的东西，像无聊透顶的名望什么的，亲爱的，我是说别人的而不是我的名望；还有已经不复存在的那种上流社会镇定自若的尊严和宜人的风度。我年轻时没有认识到这些东西恬淡的魅力……”

斯佳丽听到这些又想起那年冬天在塔拉果园里的情景，当时阿希礼眼中的神色和瑞特现在的神色完全相同。她耳畔清晰地响起了阿希礼的那番话，仿佛现在说话的是阿希礼而不是瑞特。她像鹦鹉学舌一样说起阿希礼当时说的一些话：“一种魅力……如同希腊艺术般完美和谐。”

瑞特警觉地问：“你怎么知道？这正是我的意思呀。”

“这是……是阿希礼曾经说过的，关于以前那个时代。”

他又耸了耸肩，光芒从眼中消失。

“总是阿希礼。”他说完沉默了一会儿，然后才又开口。

“斯佳丽，等你四十五岁的时候，或许你会明白我现在说的话。那时你可能也会厌倦了这种假装的文雅、虚伪的礼貌和廉价的感情。不过我现在说不准。我觉得你会永远贪恋美丽的外表，不会注重实质的。反正我也等不了那么久，而且我也不想等了。我已经没有任何兴趣。我要去那些古老的城镇和乡村去寻找，那里一定还保存着一些昔日的遗风。如今我太多愁善感了。亚特兰大对我来说太年轻太时尚了。”

“别说了。”斯佳丽脱口而出。瑞特说的话她几乎什么都没听进去，她心里压根不愿意接受这些话。她只是知道自己再也无法忍受他这种不带任何感情、口吻强硬的声音。

他停下来，不解地望着她。

“那么，你明白我的意思了，对吧？”他一边问一边站起身来。

她做出一个古老的恳求手势，手心朝上向他伸出两手，心思全都写在脸上。

“不，”她大声说道，“我只知道你不爱我了，你要走了！哦，亲爱的，你要是走了，我可怎么办？”

他在那里踟蹰了一会儿，仿佛在思量是不是说个善意的谎言而不是告诉她真相。然后他耸了耸肩。

“斯佳丽，我从来没有耐心把打碎的东西捡起来粘好，然后对自己说修好的这个和新的一样。破的终归是破的，我宁愿记住它破碎时的样子，也不愿修好它，一辈子看着那些补丁。如果我还年轻，或许……”说到这里，他叹了口气，“可我现在太老了，再也无法相信什么‘冰释前嫌，从头开始’的感性说法了，再也没法承受为了生活在文雅的幻灭中，一直编织谎言。我没法和你生活，对你说谎，也无法对自己说谎。即便是现在我也无法对你说谎。我希望我能关心你今后的一切，可是我做不到。”

他很快地吐了一口气，然后轻松而平和地说：

“亲爱的，我可不在乎啦。”

她默默地看着他走上楼去，只觉得喉咙疼得喘不上气来。随着他的脚步声渐渐消失在楼上的过道里，这个世界上对她唯一重要的事也化为泡影。现在她明白了，无论怎样恳求或怎样说服都无法改变他冷静的头脑做出的决定。现在她明白了，他说的每一句话，哪怕是那些轻松说出来的话都是认真的。她明白这一点是因为她在他身上感受到一种刚正不阿、不屈不挠、毫不退让的性格，而这种性格正是她在阿希礼身上一直寻找却没有找到的。

她爱过的这两个男人，她都从来未曾了解过，于是她把他们都失去了。现在她才懵懂地明白，如果她真正了解阿希礼，她就永远不会爱上他；如果她真正了解瑞特，她也就绝不会失去他。她不禁凄凉地想，这世界上有哪个人是自己真正了解的？

此刻她的头脑中一片混沌，她根据以前的经验知道这种混沌很快就会变成一种剧痛，这就好像被医生用刀划开伤口，一阵短暂的麻木过后，才会疼痛起来。

“我现在先不想它，”她又拿出自己那句口头禅，坚强地想道，“我要是现在不停地想我失去了他，我一定会发疯的。等明天再去想怎么办吧。”

“可是，”她的心却把这口头禅抛开，开始疼得喊了起来，“我不让他走！一定有办法阻止他的！”

“我现在先不想它，”她又大声念叨，努力想把自己的痛苦抛在脑后，努力想筑起一道堤坝阻挡即将到来的痛苦浪潮，“我要……哦，明天我要回塔拉去。”想到这里她又微微提起一点精神。

她曾经因为恐惧和挫败逃回塔拉，在塔拉屋檐的庇护下，她又变得强壮起来，为胜利做好了准备。她以前能做的事——上帝保佑，现在她一定还能做！至于怎么做，她还不知道。她现在还不想考虑。她想做的就是找一个容她思痛的喘息之地，一个能让她舔伤口的安静地方，一个让她计划战斗方案的避风港。她一想到塔拉就仿佛有只温柔凉爽的手轻抚着她的心。她仿佛看到那座白色的房子透过秋天正在变红的树叶热情洋溢地欢迎她，仿佛感到乡间宁静的暮色在为她祝福，仿佛感到露珠落在连绵数里郁郁葱葱的灌木丛中，白色的棉桃像星光一样点缀其中，还仿佛看到红土地不加任何修饰的颜色，看到起伏的山岭上阴郁而美丽的松树林。

这幅景象让她恢复了气力，隐隐觉到一丝安慰，心中的伤痛和悔恨少了许多。她就这么站着回想各种细节：通往塔拉阴凉宜人的松柏大道、路边芳香四溢的茉莉花丛、映衬着白墙的青翠的草地、随风飘摆的素色窗帘。黑妈妈肯定会在那里。想到这里，她顿时觉得渴望见到黑妈妈，就像小时候需要黑妈妈一样，需要把自己的头埋进她宽阔的胸膛，需要她那只粗糙的大手抚摸自己的头发。黑妈妈是她和过去的最后纽带。

她们家族的人从来不知道什么是失败，即使失败面对面地盯着他们，他们也毫不在乎，抱定这种精神，她扬起了下巴。她一定能留住瑞特。她知道自己一定做得到。只要她想得到，还没有什么男人她得不到的。

“这些等我明天到了塔拉再考虑吧。到那时我就能忍受了。明天，我一定能想出什么办法来留住他。毕竟，明天是另外一天了。”